KB084982

개미

개미 4

제3부 개미 혁명

베르나르 베르베르 장편소설

이세욱 옮김

LA RÉVOLUTION DES FOURMIS
by BERNARD WERBER

Copyright (C) Éditions Albin Michel – Paris, 1996
Korean Translation Copyright (C) The Open Books Co., 1993, 2023
All rights reserved.

조나탕을 위하여

제3부 개미 혁명

1+1

=3

(어쨌든, 나는 그렇게 되기를 간절히 희망한다.)

에드몽 웰스, 『상대적이며 절대적인 지식의 백과사전』

첫 번째 게임   **하트**

1. 끝

손이 책을 펼쳤다.

눈이 왼쪽에서 오른쪽으로 글자를 따라가다가, 행의 끝에 다다르자 아래로 내려간다.

눈이 더욱 크게 뜨인다.

뇌가 낱말들의 뜻을 해석하고, 그 해석에 따라 차츰차츰 하나의 상(像)이 맺힌다. 아주 거대한 상이다.

두개(頭蓋) 깊숙한 곳, 뇌 속의 커다란 파노라마 화면에 불이 들어온다. 이것이 시작이다.

화면에 나타난 첫 번째 상은······.

2. 숲속 산보

······찬 기운이 감도는 남청색의 광대한 우주.

더 가까이에서 그 상을 살펴보기로 하자. 한 부분을 클로즈업해 보면, 무수히 흩뿌려진 오색찬란한 은하들이 보인다.

그 은하들 중 하나에서 휘돌아 나온 소용돌이의 끝에 스스로 영롱한 빛을 내는 늙은 별이 하나 있다. 바로 태양이다.

상을 앞으로 더 끌어당겨 보자.

태양의 둘레를 도는 별들 가운데 자갯빛 구름이 대리석 무늬처럼 띠를 두르고 있는 미지근한 행성이 하나 있다.

　그 구름 아래로 연보랏빛 대양과 맞닿은 황갈색 대륙이 보인다.

　그 대륙에는 산맥과 평원이 있고, 기복을 이루며 펼쳐진 푸르른 숲들이 있다.

　숲갓 아래에는 수천 종의 동물이 있고, 그들 가운데 아주 특별하게 진화한 두 종이 있다.

　발걸음 소리.

　봄기운이 완연한 숲속을 누군가 걷고 있었다.

　젊은 여인이었다. 길게 늘어뜨린 감태(甘쏨) 같은 머리, 검정 웃옷에 기다란 검정 치마를 받쳐 입은 모습이었다. 그녀의 연한 잿빛 눈조리개에는 복잡한 무늬가 돋을새김을 한 것처럼 새겨져 있었다.

　3월의 이른 아침 시간에, 그녀는 부지런히 발을 놀려 어딘가로 나아가는 중이었다. 힘을 내느라고 그녀의 가슴이 이따금 붕긋붕긋 솟아오르곤 했다.

　그녀의 이마와 코밑에 땀방울이 송골송골 맺혔다. 땀방울이 입아귀로 미끄러져 내리자, 그녀는 그것들을 훅 들이마셨다.

　연회색 눈의 그 처녀 이름은 쥘리였고, 나이는 열아홉 살이었다. 아버지 가스통, 그리고 아킬레우스라는 이름의 개와 동행을 이루어 숲속을 성큼성큼 걷고 있던 그녀가 갑자기 걸음을 멈추었다. 그녀의 앞, 협곡이 내려다보이는 자리에 사암으로 된 거대한 바위가 우뚝 서 있었다.

　그녀는 협곡 위로 돌출한 바위 끄트머리까지 나아가서 아래를 굽어보았다. 사람들이 많이 다니는 길로 가지 않아도 분지로 통하는 이슬받이가 있을 법했다.

그녀가 입에 손나발을 대고 소리쳤다.

「아빠, 여기예요! 제가 새로운 길을 찾아냈어요. 저를 따라오세요!」

3. 연쇄 반응

그가 앞으로 곧장 달리다가, 비탈길로 빠르게 내리닫는다. 여기저기에 미루나무의 새싹이 자줏빛 방추처럼 서 있다. 거기에 부딪히지 않으려면 슬랄럼[1]을 하듯이 사형(蛇形)을 그리며 내려가야 한다.

날개들의 갈채 소리가 인다. 나비들이 화사한 날개를 펼치고 서로 앞서락 뒤서락 희룽대며 공기를 휘젓는다.

문득 탐스러운 잎새 하나가 그의 눈길을 끈다. 맛이 아주 달고, 한번 맛보고 나면 자기가 하고자 했던 일들을 깡그리 잊게 되는, 그런 종류의 잎이다. 그는 달리기를 중단하고 잎새 쪽으로 다가간다.

참으로 쓸 만한 잎사귀다. 이것을 네모지게 잘라서 조금 으깬 다음 침을 발라 발효를 시키면 향미 그윽한 균사로 덮인 흰색의 작은 덩어리가 된다. 늙은 불개미는 날이 선 위턱으로 잎꼭지를 잘라 내고 잎새를 커다란 돛이라도 되는 양 머리 위로 들어 올린다.

하지만 그 개미는 돛단배의 원리를 전혀 모르고 있다. 그래서 잎새를 들어 올리면 바람의 힘을 받게 되리라는 것을

---

1 스키에서 사형을 그리면서 좌우로 돌며 활강하는 경기. 이하 모든 주는 옮긴이 주이다.

미처 생각하지 못했다. 평형을 유지하려고 갖은 애를 쓰지만 늙은 불개미의 몸은 너무 가벼워서 바람살에 맞설 수가 없다. 그는 기어이 균형을 잃고 고꾸라진다. 온 발톱에 힘을 모아 잎맥에 매달려 보지만 바람의 힘이 너무 세다. 바람에 휩쓸린 개미가 공중으로 올라간다.

너무 높이 날아오르기 전에 불개미는 잡고 있던 잎맥을 가까스로 놓아 버린다.

잎이 허공에서 갈지자를 그리며 살랑살랑 내려온다. 늙은 개미는 떨어지는 잎을 바라보며 저 잎이 아니라도 괜찮아, 더 작은 잎들이 있는데 뭘, 하고 스스로를 달랜다.

잎이 여전히 나붓거리며 내려오고 있다. 자기가 땅에 닿는 게 남들에게 큰 은혜라도 베풀어 주는 것인 양 늑장을 부린다.

민달팽이 한 마리가 그 탐스러운 미루나무 잎사귀에 눈독을 들인다. 으흠, 아주 먹음직스러운 간식거리로군!

도마뱀 한 마리가 그 민달팽이를 보고 삼켜 버릴 채비를 하다가 그 역시 잎사귀에 눈길이 끌린다. 으흠, 저 녀석이 잎새를 먹고 더 통통해진 다음에 잡아먹는 게 좋겠군! 하면서 그는 더 다가가지 않고 민달팽이의 식사를 지켜보기로 한다.

족제비 한 마리가 그 도마뱀을 발견하고 잡아먹을 채비를 하다가, 민달팽이가 나뭇잎을 다 먹고 통통해지기를 기다리는 도마뱀의 속셈을 알아채고, 자기 차례를 참을성 있게 기다리기로 마음을 바꾼다.

숲갓 아래에서 먹이 사슬로 얽힌 세 동물이 저마다 자기의 기회를 노리고 있다.

그때, 예의 그 민달팽이는 다른 민달팽이 한 마리가 어슬

렁어슬렁 다가오는 것을 보았다. 이러다가 저 녀석이 내 맛난 먹이를 가로채려고 하면 어쩌지? 더 이상 꾸물거릴 겨를이 없다고 판단한 그는 먹음직스러운 잎사귀에 달려들어 마지막 잎맥까지 알뜰하게 먹어 치운다.

그의 식사가 끝나자마자, 도마뱀이 그를 덮쳐서 스파게티를 먹듯이 후루룩 삼켜 버린다. 이번엔 족제비가 도마뱀을 잡아먹기 위해 달려들 차례다. 족제비는 쏜살같이 내달아 나무뿌리 위로 펄쩍 뛰어오른다. 그러다가 그는 느닷없이 어떤 물렁한 것에 부딪히고 말았다……

4. 새로운 길

연회색 눈의 그 처녀는 족제비가 오는 것을 미처 보지 못했다. 덤불에서 갑자기 튀어나온 그 동물이 그녀의 다리에 부딪혔다.

그 충격을 받고 소스라치는 서슬에 한쪽 다리가 바위 가장자리에서 미끄러졌다. 그녀는 평형을 잃고 비틀거리면서 아래의 낭떠러지를 보았다. 안 돼, 떨어지면 안 돼.

그녀는 몸을 다시 가누려고 팔을 저어 댔다. 아슬아슬한 순간이었다. 시간의 흐름이 갑자기 느려진 듯한 기분이 들었다.

떨어질 듯하다가 다시 평형을 찾고, 이젠 살았다며 막 안도의 숨을 내쉬려는 찰나에 한 줄기 바람이 건듯 불어와 그녀의 기다란 검은 머리를 돛처럼 펄럭이게 만들었다.

모두가 그녀를 나쁜 쪽으로 떨어뜨리려고 작당이라도 한 모양이었다. 바람이 그녀를 밀었다. 한쪽 다리가 다시 미끄

러졌다. 연회색 눈조리개가 활짝 열리고 동공이 커졌다. 속
눈썹이 바르르 떨렸다.

바람에 밀린 그녀의 몸이 협곡 쪽으로 기울어졌다. 추락
이 시작되면서 그녀의 기다란 검은 머리채가 얼굴을 보호해
주려는 양 휘감아 왔다.

가풀막을 미끄러져 내려가면서 그녀는 듬성듬성하게나
마 나 있는 풀 나무들에 매달려 보려고 했으나, 풀 나무들은
그녀로 하여금 헛된 바람만 품게 하면서 손 사이로 빠져나갔
다. 그녀가 움켜쥔 것은 그저 풀 나무에서 훑어 내린 꽃 몇 송
이뿐이었다. 그녀는 결국 너덜겅 위로 굴러떨어졌다.

낙차가 너무 커서 그녀는 다시 몸을 가눌 수가 없었다. 쐐
기풀 모다기에 쏘이고 나무딸기 덤불에 긁히면서 고사리밭
까지 굴러 내려가서야, 그녀는 비로소 추락이 끝나는가 보다
라고 생각했다. 그러나 그건 오산이었다. 고사리의 커다란
잎들은 한결 더 가파른 다른 소협곡을 감추고 있었다. 그녀
는 돌에 스쳐 손의 살갗이 벗겨지는 아픔을 겪으며 다시 미
끄러져 내려갔다. 또 한차례 고사리밭이 나왔지만 그것 역시
함정이었다. 그녀는 고사리 덤불을 지나 또다시 굴러떨어졌
다. 산딸기나무 덩굴에 할퀴고, 민들레 한 무더기를 건드려
그 꽃들을 별구름처럼 흩날림으로써, 그녀는 모두 합해 일곱
개의 풀 나무 장벽을 통과한 셈이었다.

그렇게 한참을 미끄러져 내려간 뒤에, 그녀는 뾰족한 바
윗돌에 발을 찧었다. 발뒤꿈치가 찢어지는 듯 아팠다. 추락
이 끝난 곳에는 개펄 같은 진창이 그녀를 기다리고 있었다.

그녀는 일어서면서 풀줄기로 얼굴에 묻은 진흙을 닦아 냈
다. 그녀는 완전히 진창말이가 되어 있었다. 옷서껀 얼굴서

껀 머리서껀 온통 진흙투성이였다. 그녀의 입 안에까지 흙이 들어가 있었다. 그 맛이 아주 씁쓸했다.

연회색 눈의 그 처녀는 욱신거리는 발꿈치를 주물렀다. 얼겁이 든 그녀가 미처 정신을 추스를 새도 없이, 이번에는 뭔가 차갑고 끈적거리는 것이 그녀의 손목 위로 미끄러져 올라왔다. 소름이 쫙 끼쳤다. 뱀이었다. 아니, 뱀 떼였다! 그녀가 떨어진 곳은 바로 뱀 굴이었다. 뱀들이 그녀의 몸 위로 기어오르고 있었다.

그녀는 공포의 비명을 질렀다.

뱀들에게 청각이 있는 건 아니지만, 그 대신 혀가 극도로 민감하기 때문에 뱀들도 공기의 진동을 지각할 수 있다. 그녀의 외침은 뱀들이 느끼기에 폭발음처럼 강하게 울린 모양이었다. 이번엔 뱀들이 겁에 질려서 사방으로 달아났다. 불안을 느낀 어미 뱀들은 가늘고 긴 몸을 흔들어 흥분을 뜻하는 S 자를 그리면서 새끼들을 감쌌다.

그녀는 한 손으로 얼굴을 문지르고, 이마 위로 흘러내려 앞을 제대로 못 보게 하는 머리칼을 쓸어 올린 다음, 씁쓸한 흙을 뱉어 내고 가풀막을 다시 오르려고 애썼다. 그러나 비탈은 너무 가파르고 발꿈치는 더 이상 발을 움직일 수 없을 만큼 아팠다. 그녀는 되올라가기를 단념하고 그 자리에 주질러앉아 아버지를 불렀다.

「아빠, 도와줘요! 아빠! 저 여기 있어요. 낭떠러지 아래로 떨어졌어요. 어서 와서 저 좀 꺼내 주세요. 아빠, 도와줘요!」

한동안 고래고래 소리를 쳤지만 아무 소용이 없었다. 그녀는 상처를 입은 채 낭떠러지 아래에 홀로 있었고 그녀의 아버지는 오지 않았다. 아빠도 길을 잃고 헤매고 계신 것이 아닐까? 그렇다면 이렇게 층층이 가로막힌 덤불을 뚫고 들어와 숲의 가장 깊숙한 곳에 들어와 있는 나를 누가 찾아낼 수 있단 말인가?

연회색 눈의 갈색 머리 처녀는 숨을 아주 깊이 들이마시면서 두근거리는 심장을 진정시키려고 애썼다. 이 궁지에서 어떻게 벗어나지?

그녀는 아직 이마에 달라붙어 있는 진흙을 닦아 내고 주위를 찬찬히 둘러보았다. 그녀의 오른쪽으로 다른 곳보다 유난히 빛깔이 어두운 지대가 눈에 띄었다. 그 어두운 부분은 구렁의 가장자리에서 시작되어 웃자란 풀들을 가로지르며 이어지고 있었다. 그녀는 겨우겨우 그쪽으로 몸을 움직였다. 엉겅퀴며 우엉 같은 풀들이 땅굴로 보이는 것의 입구를 가리고 있었다. 그녀는 어떤 동물이 그렇게 거대한 땅굴을 팠을까 하고 생각해 보았다. 토끼나 여우나 오소리 따위가 팠다고 보기에는 굴이 너무 컸다. 그렇다고 숲에 곰이 있는 건 아니었다. 그럼, 늑대의 굴일까?

어쨌든 그 땅굴은 서서 들어갈 수 있을 만큼 천장이 높은 건 아니지만 중키의 사람이라면 충분히 지나갈 수 있을 만큼 널찍했다. 그녀는 위험을 무릅쓰기가 왠지 꺼림칙했지만, 그래도 그 땅굴이 어딘가로 빠져나갈 수 있게 되어 있으리라고 기대하면서 엉금엉금 안으로 기어 들어갔다.

그녀는 더듬거리며 앞으로 나아갔다. 안으로 들어갈수록 어둠이 짙어지고 찬 기운이 더해 갔다. 바늘 같은 가시가 빽빽이 덮인 어떤 덩어리 같은 것이 그녀의 손바닥 아래로 달아났다. 겁 많은 고슴도치가 그녀의 앞에서 밤송이처럼 몸을 웅크리고 있다가 반대쪽으로 달아난다. 그녀는 칠흑 같은 어둠 속을 계속 나아갔다. 그녀의 주위로 작은 목숨붙이들이 잽싸게 달아니는 소리가 들렸다.

고개를 숙이고 팔꿈치와 무릎을 놀려 나아가면서 그녀는 어린 시절을 생각했다. 아기 적에 그녀는 따로따로와 걸음마를 배우는 데 오랜 시간을 들였다. 대부분의 아기들은 첫돌 무렵이면 걸음마를 하는데 그녀는 첫돌하고도 여섯 달이 지나서야 따로따로를 했다. 그녀의 생각에 직립 자세는 너무 위태로워 보였다. 팔과 다리를 놀려 기어다니는 편이 한결 안전했다. 그렇게 기어다니면 방바닥에 널려 있는 모든 것들을 더 가까이서 볼 수 있었고, 설령 쓰러진다 해도 따로따로를 하다가 쓰러지는 것보다는 위치가 낮아서 아픔이 덜하였다. 그래서 그녀는 어머니와 자기를 돌보아 주는 사람들이 따로따로를 하도록 강요하지만 않았더라면, 남은 생애를 기꺼이 융단 깔린 방바닥 위에서 보냈을 거였다.

땅굴은 여전히 끝날 기미를 보이지 않았다. 계속 나아갈 힘을 얻기 위해서 그녀는 어릴 적에 배운 노래 하나를 흥얼거렸다.

푸른 생쥐 한 마리
풀밭으로 달려가요.
쫓아가서 꼬리를 잡고
아재들에게 보였더니
아재들이 이러데요.
그것을 기름에 담그렴,
그것을 물에 담그렴.
그럼 아주 따끈한 달팽이가 된다나요!

그녀는 점점 더 큰 소리로 그 노래를 서너 번 되풀이해서 불렀다. 그녀의 성악 선생이었던 얀켈레비치 교수는 마치 누에가 실을 토하여 제 몸을 둘러싸듯이 음성의 진동으로 자기 몸을 감싸서 보호할 수 있다고 가르친 바 있었다. 하지만 그 땅굴 속은 너무나 추워서 목청껏 소리를 내지를 수가 없었다. 노래를 할라치면 이내 입김이 서리고 새된 숨소리가 나오고 말았다.

앞으로 나아가기가 갈수록 힘겨워지는 상황이었지만, 그녀는 하나 마나 매한가지인 바보짓을 끝까지 하겠다고 고집을 피우는 아이처럼 뒤돌아갈 생각을 하지 않고 지구의 땅거죽 밑을 계속 기어갔다.

멀리에 희미한 불빛이 보이는 듯했다.

그 불빛은 곧 여러 개의 작은 빛으로 나뉘었고, 그중 몇몇은 제법 환하게 반짝거렸다. 그것을 보고 쥘리는 기운이 다 빠진 나머지 눈에 헛것이 보이는 거라고 생각했다. 그러나 그것은 허깨비가 아니었다. 불빛 쪽으로 다가가면서 쥘리는 그것이 개똥벌레의 인광임을 알아차렸다. 반디들은 어떤 완벽한 정육면체 위에 앉아 있었다.

웬 정육면체일까?

쥘리가 손을 내밀자 이내 반딧불이 꺼지고 개똥벌레들이 사라졌다. 빛 한 점 없는 암흑이 다시 찾아오자 보기 감각은 쓸모가 없어졌다. 쥘리는 촉각이 최대한 예민해지도록 온 신경을 집중하고 정육면체를 더듬었다. 반들반들하고 딱딱하고 차갑다. 돌이나 바위 조각은 아니다. 손잡이가 달려 있고 자물쇠가 있다……. 그렇다면 이것은 사람의 손으로 만든 어떤 물건이다.

그랬다. 그것은 정육면체 모양으로 된 작은 가방이었다.

극도로 지친 몸을 이끌고 그녀는 땅굴 밖으로 나시 나왔다. 위에서 개 짖는 소리가 들렸다. 개가 그렇게 좋아라 하며 짖어 대는 것은 아버지가 그녀를 다시 찾아낼 수 있게 되었다는 것을 의미했다. 아버지가 저기 아킬레우스와 함께 있었다. 아버지가 힘이 다 빠진 음성으로 소리치고 있었다. 그 목소리가 그녀에게는 그저 아스라하게만 들릴 뿐이었다.

「쥘리, 너 거기 있니? 애야, 대답 좀 해봐, 신호를 보내라고!」

5. 신호

머리로 세모꼴을 그리듯 움직이면, 미루나무 이파리를 찢어 낼 수 있다. 늙은 불개미는 민달팽이의 먹이가 된 잎새 대신에 나무의 아랫줄기에서 다른 잎을 붙들어 그것을 잘라 먹는다. 침을 발라 발효시켜서 먹어야 제맛이지만 그럴 시간이 없다. 맛은 없지만, 힘을 내기 위해서는 그거라도 먹어야 한다. 할 수만 있다면 미루나무잎보다는 고기를 먹고 싶지만, 손가락들의 세상에서 도망쳐 나온 뒤로 아직 아무것도 먹지 않은 터라, 먹이 타박을 하며 배부른 수작을 할 처지가 못 된다.

식사가 끝나고 나면 그가 어김없이 하는 일이 있다. 감각기를 깨끗이 닦는 일이 그것이다.

그는 발톱 끝으로 긴 더듬이를 잡아 입술 어름까지 오도록 앞으로 구부린다. 그런 다음, 위턱 밑으로 해서 더듬이를 구관(口管) 쪽으로 가져가 침을 바르고 먼지와 때를 닦아 낸다.

더듬이를 닦고 나선 광을 내야 한다. 광을 낼 때에는 다리의 종아리마디 밑에 달린 작은 솔에 더듬이를 집어넣고 문지른다.

늙은 불개미는 배와 가슴과 목의 관절들을 이리저리 한껏 비틀어서 부드럽게 풀어 준다. 이제는 겹눈을 이루는 수백 개의 낱눈에서 먼지와 때를 벗겨 내는 일이 남아 있다. 개미들에겐 눈꺼풀이 없어서 눈을 보호할 수도 없고 촉촉하게 적실 수도 없다. 그래서 만일 낱눈의 렌즈들을 제때제때 잊지 않고 문질러 닦아 주지 않으면, 눈에 비치는 상들이 금세 흐릿해진다.

낱눈들이 본래의 깨끗함을 되찾자 그의 앞에 있는 것들이 한결 잘 보인다. 앗, 뭔가 이상한 것이 있다! 크다, 아주 크다. 바늘 같은 가시로 덮여 있다. 그것이 움직인다.

위험하다. 조심해야 한다. 고슴도치 한 마리가 굴에서 나왔다!

달아나야 한다, 어서. 예리한 독침이 빽빽이 덮여 있는 위압적인 공이 아가리를 벌리고 그에게 달려든다.

6. 어떤 경이로운 이와의 만남

바늘로 찌르는 것처럼 온몸이 따끔따끔 쑤셨다. 그녀는 무의식적으로 가장 후끈거리는 부위에 침을 바르고, 다리를 절름거리면서 정육면체의 가방을 자기 방으로 옮겼다. 그녀는 침대 위에 걸터앉아 잠시 방을 둘러보았다. 벽에는 왼쪽에서 오른쪽으로 성악가 마리아 칼라스와 혁명가 체 게바라, 록 그룹 더 도어스, 훈족의 왕 아틸라의 얼굴이 담긴 포스터

들이 차례로 붙어 있었다.[2]

쥘리는 힘겹게 다시 몸을 일으켜 욕실로 갔다. 물을 아주 뜨겁게 틀어 놓고 라벤더 향이 나는 비누로 몸을 박박 문지르며 샤워를 했다. 그런 다음, 큰 수건으로 몸을 감싸고 타월천으로 만든 끌신을 신은 뒤에, 자기의 검은 옷에 묻은 연갈색 흙뭉치를 털어 내기 시작했다.

다친 발뒤꿈치가 부어올라서 구두를 다시 신기가 어려웠다. 쥘리는 신발장을 뒤져 가벼운 여름 샌들 한 켤레를 찾아냈다. 그 신은 운두가 가는 끈으로 되어 있어서 발뒤꿈치가 눌리지 않는 데다 발가락을 편하게 노출시킬 수 있다는 이중의 장점이 있었다. 사실 쥘리의 발은 크지는 않아도 볼이 무척 넓었다. 그런데, 대다수의 신발 제조업자들은 여자들의 신발은 으레 볼이 좁고 기름한 것으로만 생각하고 있어서, 쥘리 같은 별종 여자들의 발에는 고통스러운 굳은살이 가실 날이 없었다.

쥘리는 다시 발뒤꿈치를 문질렀다. 자기 몸의 일부임에도 이제껏 한 번도 발뒤꿈치에 주의를 기울여 본 적이 없는 듯했다. 그녀는 처음으로 자기 발의 그 부분 안에 무엇이 있는지를 느꼈다. 마치 그 부분의 뼈와 살과 힘줄이 이 사건을 빌미로 자기들의 존재를 드러내고 있는 것 같았다. 뼈와 살과 힘줄이 거기 그녀의 다리 끝에서 한창 격렬하게 시위를 벌이는 중이었다. 자기들도 존재하고 있노라고, 자기네가 고통을 받고 있노라고 신호를 보내고 있었다.

---

2 마리아 칼라스는 소프라노 가수. 체 게바라는 아르헨티나 출신 쿠바 정치가이자 혁명가. 아틸라는 트란실바니아를 중심으로 카스피해에서 라인강에 이르는 대제국을 건설했던 훈족의 왕 이름.

쥘리는 나직한 목소리로 〈발꿈치야, 너 거기 있었구나〉 하고 인사를 했다.

자기 몸의 한 부분을 상대로 그렇게 인사를 한다는 것이 재미있었다. 그녀가 발꿈치에 관심을 갖게 된 것은 단지 거기에 상처를 입었기 때문이었다. 그런 식으로라면, 그녀는 삭은니가 생겨야 비로소 자기 이를 생각하게 되지 않을까? 마찬가지로, 그녀는 충수염에 걸리고 나서야 막창자꼬리의 존재를 깨닫게 되지 않을까? 그렇듯이, 그녀의 몸 안에 있는 많은 기관들이 단지 그녀에게 고통의 신호를 보내지 않고 점잔을 떨었다는 이유 하나로 그 존재가 무시되고 있을 터였다.

문득, 그녀의 눈길이 예의 그 가방에 쏠렸다. 그녀는 홀린 듯이 땅굴에서 꺼내 온 그 물건을 한동안 바라보다가, 그것을 잡고 흔들어 보았다. 묵직했다. 암호 하나씩을 담고 있는 다섯 개의 작은 톱니바퀴가 자물쇠를 단단히 물고 있었다.

가방은 두꺼운 금속으로 되어 있어서, 거기에 구멍을 뚫으려면 공기 해머 같은 것이 있어야 했다. 쥘리는 자물쇠를 찬찬히 살펴보았다. 각각의 작은 톱니바퀴에는 숫자와 기호가 새겨져 있었다. 그녀는 우연에 기대면서 숫자와 기호를 아무렇게나 조작해 보았다. 그런 식으로 해서 맞는 조합을 찾아낼 확률은 1백만 분의 1쯤 될 법했다.

쥘리는 다시 가방을 흔들어 보았다. 안에 무엇인가 들어 있었다. 소리로 짐작건대 여러 개가 아니라 단 하나의 물건이었다. 그 수수께끼가 그녀의 호기심을 자극하기 시작했다.

아버지가 개를 데리고 그녀의 방으로 들어왔다. 아버지는 콧수염을 기른 적갈색 머리의 쾌남자였다. 골프 바지를 입고 개와 함께 들어오는 품이 영락없는 스코틀랜드 사냥터지기의 모습이있다.

「좀 나아졌니?」

쥘리는 고개를 끄덕였다.

「네가 떨어진 곳은 그야말로 쐐기풀과 나무딸기 장벽을 통과해야만 들어갈 수 있는 지대야. 호기심 많은 사람들과 산보객들이 접근할 수 없는 곳에 자연이 만들어 놓은 숲속의 빈터 같은 곳이지. 지도에도 표시가 되어 있지 않아. 네가 거기에 있다는 것을 아킬레우스가 냄새로 알아냈기에 망정이지, 그렇지 않았으면 우리가 어떻게 되었겠니?」

그러면서 그는 아이리시세터를 다정하게 쓰다듬었다. 개는 좋아라 하면서 그의 바지 자락에 하얀 침을 묻히며 끙끙거렸다.

「정말 큰일 날 뻔했어! 그건 그렇고, 암호 자물쇠로 잠긴 이 가방 말이다. 이거 좀 수상해. 강도들이 열려다가 못 열고 그곳에다 감춰 놓은 금고일지도 몰라.」

쥘리는 갈색 머리채를 흔들며 말했다.

「그런 것 같지는 않은데요.」

아버지가 가방을 들어 무게를 가늠해 보고 동을 달았다.

「이 안에 쇠돈이나 금괴가 들었다면 이보단 더 무거울 게고, 돈다발이 들었다면 서로 부딪치는 소리가 들릴 텐데 그렇지도 않아. 그렇다면 마약 밀매자들이 숨겨 놓은 약봉지 가방일지도 몰라. 어쩌면…… 폭탄이 들었을지도 모르고.」

쥘리는 대수롭지 않다는 듯 어깨를 으쓱해 보이며 아버지보다 한술 더 떴다.

「사람 머리가 들어 있으면 어쩌지요?」

「이 안에 사람 머리를 집어넣었다면 먼저 히바로 인디오[3] 들을 시켜 머리를 작게 쭈그러뜨려야 했을 게다. 이 가방은 정상적인 사람의 머리를 집어넣기에는 너무 작아.」

아버지는 손목시계를 들여다보더니, 중요한 약속이 있음을 생각해 내고 외출 준비를 해야겠다며 방을 나갔다. 아킬레우스는 무엇이 그리 좋은지 꼬리를 흔들고 요란하게 숨을 헐떡이면서 아버지를 따라갔다.

쥘리는 가방을 또다시 흔들어 보았다. 별로 딱딱하지 않은 물건이 들어 있음에 틀림없었다. 만일 그 안에 사람 머리가 들었다면, 그녀가 이리저리 흔들어 대는 바람에 그 머리에 붙은 코가 깨지고 말았으리라. 그런 생각을 하자 갑자기 가방이 혐오스럽게 느껴졌다. 더 이상 그것을 가지고 씨름하지 않는 편이 좋겠다는 생각이 들었다. 대학 입학 자격시험이 세 달 앞으로 다가와 있었다. 삼수도 모자라 사수를 하고 싶은 생각이 없다면, 시험공부를 하고 있어야 할 시간이었다.

쥘리는 역사책을 꺼내어 다시 읽기 시작했다. 1789년, 프랑스 혁명, 바스티유 감옥 공격, 혼돈, 무정부 상태, 위대한 혁명가들, 마라, 당통, 로베스피에르, 생쥐스트, 공포 정치, 단두대 기요틴……[4]

---

3 아마조니아의 원주민 부족. 그들은 적을 죽이고 나서는 그 머리를 잘라 건조시켜 쭈그러뜨렸다고 한다.
4 마라는 「인민의 벗」을 창간하여 파리 시민의 인기를 모았던 혁명가, 당통은 자코뱅당의 당수로 공포 정치를 수행했던 민중 지도자, 로베스피에르는 혁명 당시 급진적 소시민이나 소농층을 대표하는 공화주의자였던 자코뱅의 지도자, 생쥐스트는 엄격한 금욕주의를 지지하고 로베스피에르와 함께 자코뱅당의 중심 세력으로 활약한 혁명가였다.

피, 피, 그리고 또 피. 〈역사란 그저 살육의 연속일 뿐이야.〉 다시 벌어진 상처에 반창고를 붙이면서 쥘리는 그런 생각을 했다. 읽으면 읽을수록 혐오감이 더해 갔다. 기요틴을 생각하자 가방 안에 있다고 상상했던 목 잘린 머리가 떠올랐다.

잠시 후, 쥘리는 커다란 드라이버를 들고 가방의 자물쇠에 달려들었다. 자물쇠는 그리 호락호락하지 않았다. 지레의 힘을 늘리기 위해 망치를 들고 드라이버 위를 두드려 보았으나 역시 효과가 없었다. 그녀는 〈노루발장도리가 있어야겠어〉 하다가 〈아냐, 이건 도저히 못 열겠어〉 하고 혼잣말을 했다.

쥘리는 다시 역사책으로, 프랑스 혁명으로 돌아갔다. 1789년, 인민 재판, 국민 공회, 루제 드 릴 대위[5]의 혁명 찬가, 파랑·하양·빨강의 삼색기, 자유·평등·박애, 내전, 정치가 미라보, 처음엔 혁명 운동에 가담했으나 나중엔 공포 정치의 과도함을 비판하다 단두대의 이슬로 사라진 시인 셰니에, 국왕에 대한 재판, 그리고 또 기요틴……. 살육으로 점철된 이런 역사에 어떻게 흥미를 느낄 수 있단 말인가? 그녀가 읽고 있는 단어들이 한쪽 눈으로 들어왔다가 이내 다른 눈으로 나가 버리는 느낌이었다.

그때, 들보의 나무 속에서 뭔가를 긁는 듯한 소리가 들렸다. 쥘리는 그 소리에 가만히 귀를 기울였다. 흰개미가 나무를 쏠고 있는 모양이었다. 그래, 바로 그거야. 청각을 이용하는 거야.

쥘리는 가방의 자물쇠에 한쪽 귀를 갖다 대고 첫 번째 톱

5 후에 프랑스의 국가가 된 「라인군의 노래」를 작사 작곡 한 프랑스의 군인.

니바퀴를 천천히 돌렸다. 아주 희미하지만 찰칵 하는 소리가 들리는 듯했다. 톱니바퀴의 이가 날름쇠의 이에 제대로 맞물리면서 나는 소리였다. 쥘리는 같은 조작을 네 차례 더 되풀이했다. 마침내 다섯 톱니바퀴의 이가 모두 제 짝을 찾고 자물쇠청이 삐걱 소리를 내며 오그라졌다. 드라이버와 망치로 무리하게 힘을 가하는 것보다 가만히 귀를 기울이는 편이 나았다. 감각이 예민한 귀만 있으면 충분히 해결할 수 있는 수수께끼였다.

외출 준비를 마치고 돌아와 문틀에 서 있던 아버지가 깜짝 놀라며 말했다.

「아니, 너 열었니? 어떻게 한 거야?」

그는 자물쇠를 살펴보며 암호를 확인하였다. 암호는 〈1＋1＝3〉이었다.

「음, 말 안 해도 알겠다. 생각을 많이 했구나. 숫자 열(列), 기호 열, 숫자 열, 기호 열, 숫자 열, 이런 차례로 있으니까 암호가 하나의 등식일 거라고 추론한 거지? 그다음엔, 이렇게 생각했을 거야. 어떤 비밀을 간직하고 싶은 사람이라면 2＋2＝4라는 식의 논리적인 등식을 사용하지는 않을 거라고 말이야. 그래서 너는 1＋1＝3을 시도해 보았을 게야. 이 등식은 고대의 의식을 다룬 문헌에서 자주 볼 수 있는 것이지. 이 등식에는 둘의 재능이 합쳐지면 그것들의 단순한 합보다 더 큰 효과를 발휘한다는 뜻이 담겨 있단다.」

적갈색 눈썹을 치켜올리고 콧수염을 문지르면서 아버지가 자기의 추론이 맞는다는 것을 확인하고 싶어 했다.

「너 정말 그렇게 알아낸 거니? 응?」

쥘리는 장난기 어린 눈을 반짝이며 아버지를 말끄러미 바라보았다. 아버지는 누가 자기를 놀리는 데는 질색을 하는 사람이었지만, 아무 말도 하지 않고 딸의 대답을 기다렸다. 쥘리의 얼굴에 미소가 번졌다.

「아니요.」

쥘리는 그렇게 대답하면서 단추를 눌렀다. 용수철이 탁 튀어 오르면서 가방이 열렸다.

아버지와 딸이 몸을 기울였다.

쥘리는 생채기 난 두 손으로 가방 안에 든 것을 잡아 책상의 스탠드 불빛 아래로 가져갔다.

책이었다. 풀로 붙인 종잇조각이 여기저기 비어져 나와 있는 두꺼운 책이었다.

표지에 커다란 도안 문자로 공들여 써놓은 제목은 이러하였다.

상대적이며 절대적인 지식의 백과사전
에드몽 웰스 지음

가스통은 심드렁하게 투덜거렸다.

「거 제목 한번 희한하군. 무엇이든 상대적인 것이 아니면 절대적인 거야. 상대적이면서 동시에 절대적일 수는 없지. 그건 이율배반이야.」

그 아래에는 더 작은 글씨로 이렇게 덧붙여 놓았다.

제3권

다시 그 아래에는 그림이 하나 있었다. 꼭짓점이 위로 올라간 삼각형이 원에 내접하고 있고, 그 삼각형 안에 뒤집어 진 Y 자가 들어 있는 그림이었다. Y 자를 잘 살펴보니, 그것의 줄기와 두 가지를 이루는 것은 더듬이를 서로 맞대고 있는 개미 세 마리였다. 왼쪽 개미는 검은색, 오른쪽 개미는 흰색이었고, 가운데에서 뒤집어진 Y 자의 줄기를 이루고 있는 개미는 흰색과 검은색이 반씩 섞여 있었다.

마지막으로, 삼각형 아래에 가방의 자물쇠를 열 수 있는 암호, 곧 1+1=3이 적혀 있었다.

「이거 아무래도 옛날의 마법서 같은데.」

아버지가 그렇게 중얼거렸다.

쥘리는 표지가 새것임을 보고 오히려 최근에 지어진 책일 거라고 판단했다. 손바닥으로 표지를 쓸어 보니 촉감이 매끈하고 부드러웠다.

연회색 눈의 갈색 머리 처녀는 책의 첫 페이지를 펴서 읽었다.

7. 백과사전

인사말

미지의 독자여, 먼저 그대에게 인사를 보낸다.

이것은 그대에게 보내는 나의 세 번째 인사이거나 아니면 첫 번째 인사일 것이다. 사실, 그대가 처음으로 이 책을 접하게 되었든 세 번째로 보게 되는 것이든 그건 별로 중요하지 않다.

이 책은 한마디로 세계를 변화시키는 데 쓰일 무기다.

아니, 우스개로 하는 말이 아니다. 그건 가능한 일이다. 당신은 세상을 변화시킬 수 있다. 어떤 일이 일어나기를 진정으로 바라는 사람에게는 그 일이 일어난다. 아주 보잘것없는 원인이 큰 결과를 낳을 수 있다. 호놀룰루에서 나비 날개 하나가 파닥이면 캘리포니아에 태풍이 분다는 얘기도 있지 않던가. 당신은 나비 날개 하나가 일으킬 수 있는 바람보다 더 강력한 영향을 세상에 미칠 수 있다. 그렇지 아니한가?

당신이 이 글을 읽을 때쯤이면 나는 이미 이 세상 사람이 아닐 것이다. 유감스럽게도 나는 이 책을 매개로 해서 간접적으로 당신을 도울 수밖에 없다.

내가 당신에게 제안하고자 하는 것은, 하나의 혁명을 이루어 내라는 것이다. 아니, 혁명이라기보다는 〈진화〉라고 말하는 편이 옳을지도 모르겠다. 우리의 혁명은 예전의 혁명들처럼 폭력적일 필요도 없고 휘황찬란할 이유도 전혀 없기 때문이다.

나는 그것을 하나의 정신적인 혁명으로 생각하고 있다. 그것은 폭력을 사용하지 않는 혁명이며, 눈에 띄지 않게 조금씩조금씩 세상을 변화시키는 개미식 혁명이다. 보기에 따라서는 그저 하찮게만 보이는 작은 몸짓들이 자꾸자꾸 보태지면 마침내 태산마저도 무너뜨릴 수 있게 되는 것이다.

내가 보기에 예전의 혁명들은 인내심과 관용이 부족했다는 점에서 결함이 있었다. 지상에 유토피아를 건설하고자 했던 혁명가들은 그저 단기적인 안목으로만 사고를 했다. 어떤 대가를 치르더라도 자기들의 생전에 혁명 활동의 결과를 보고 싶어 했기 때문이다.

지금 여기에서 내가 열매를 딸 수 없더라도, 훗날 다른 곳에서 남들이 열매를 거둘 수 있도록 나무를 심는다는 마음가짐을 가져야 한다.

그 주제를 놓고 우리 함께 토론을 해보자. 우리의 대화가 계속되는 동안, 내 말에 귀를 기울이건 기울이지 않건 그건 당신의 자유다(당신은 이미 자물쇠에 귀를 기울일 줄 아는 사람임을 보여 주었다. 따라서 당신은 남의 이야기를 경청할 줄 아는 사람임이 분명하다. 그렇지 않은가?).

내가 잘못 생각하는 경우도 있을 수 있다. 나는 중생(衆生)을 제도하는 스승도 아니고, 정신적인 지도자도 그 어떤 숭배의 대상도 아니다. 나는 인류의 모험은 이제부터 시작임을 자각하고 있는 사람들 중의 하나일 뿐이다. 우리는 인류 역사의 여명기를 사는 사람들에 지나지 않는다. 우리의 무지는 끝이 없고 우리가 발견하고 발명해야 할 것은 무궁무진하게 남아 있다.

우리가 해야 할 일은 참으로 많고, 당신은 아주 훌륭한 일을 해낼 능력이 있다. 나는 그저 독자인 당신의 파동과 서로 작용하여 간섭 현상을 일으키는 하나의 파동일 뿐이다. 우리의 파동이 만나 서로 작용하는 것은 유익한 일이다. 이런 간섭 현상 때문에 독자들은 이 책에서 저마다 다른 의미를 발견하게 될 것이다. 말하자면, 이 책은 마치 살아 있기라도 한 것처럼 당신의 교양과 기억, 그리고 당신의 독특한 감수성에 맞추어 그 의미를 달리하게 될 것이다.

살아 있는 사람으로서가 아니라 하나의 〈책〉으로서 내가 작용하는 방법은 무엇인가? 혁명과 유토피아에 대해서, 사람이나 동물의 행동에 관해서 당신에게 짤막한 얘기들을 들려주는 것 말고는 다른 방법이 없다. 그 이야기들에서 실천적인 방안을 이끌어 내고 당신의 개인적인 발전에 도움을 줄 대답들을 찾아내는 것은 당신의 몫이다. 나로서는 이것이 길이요, 진리다 하고 당신에게 제시할 것이 없다.

당신이 그렇게 되기를 원한다면, 이 책은 살아 있는 존재가 될 것이다. 이 책이 당신 스스로를 변화시키고 세계를 변화시키는 데 도움을 주는 친구가 될 수 있기를 희망한다.

이제 중요한 일 하나를 당장에 같이하자고 당신에게 제안하고자 한다. 당신이 그것을 원하고 또 마음의 준비가 되어 있다면 응해 주기 바란다. 내가 권하고 싶은 것은 바로 책장을 넘기라는 것이다.

8. 울울불락(鬱鬱不樂)

오른손의 엄지와 검지가 책장의 귀퉁이를 만지작거리며 막 넘길 채비를 하고 있는데, 부엌에서 어머니의 음성이 울렸다.

「저녁 먹자!」

독서를 중단해야 할 시간이었다.

열아홉 살 난 쥘리는 몸이 마른 편이었다. 반드르르하고 비단결처럼 부드러운 검은 머리채가 허리께까지 치렁치렁했다. 맑은 살갗은 반투명에 가까워서 이따금 손이며 관자놀이의 혈관이 푸르스름하게 내비치곤 했다. 눈의 홍채는 연한 빛깔을 띠고 있었지만 눈빛은 강렬하였다. 아몬드처럼 갸름하고 오래전부터 어떤 분노를 감추고 있는 것처럼 보이는 눈은 늘 뭔가를 찾아 움직이고 있어서, 그녀를 가만히 보고 있으면 마치 불안에 싸인 작은 동물을 보는 듯했다. 어쩌다 그녀가 어떤 한 방향을 응시할 때면, 그 안광은 자기 마음에 들지 않는 것을 찔러 버리기라도 할 것처럼 날카롭게 빛났다.

쥘리는 신체적으로 자기는 보잘것없다고 판단하고 있었다. 그녀가 거울을 전혀 보지 않는 것도 그런 까닭에서였다.

향수를 뿌린다든가, 화장을 한다든가, 손톱에 매니큐어를 칠하는 일 따위는 해본 적이 없었다. 하긴 손톱에 매니큐어를 칠한들 무슨 소용이 있었으랴. 노상 손톱을 물어뜯고 있었으니 말이다.

그녀는 옷매무새에도 공을 들이는 적이 없었다. 검고 헐렁한 옷으로 몸을 가리면 그것으로 족했다.

그녀의 대학 진학은 순조롭게 이루어지지 않았다. 고등학교의 마지막 학년에 올라갈 때까지만 해도 언제나 반에서 1등이었고, 선생님들로부터는 지력(知力)이 탁월하고 정신적으로 성숙한 학생이라며 칭찬을 받곤 했다. 그러던 것이 3년 전부터 사정이 완전히 달라졌다. 열일곱 살 때, 그러니까 고교 마지막 학년을 처음으로 이수하던 해에 그녀는 대학 입학 자격시험에 실패했다. 마지막 학년을 한 해 더 다니고 나서도 또 실패하고, 이제 그녀는 세 번째로 대학 입시를 치를 준비를 하고 있는 터였지만, 그녀의 성적은 그 어느 해보다 저조했다.

그녀의 학업 성적이 형편없이 떨어진 것은 그녀의 성악 선생이 죽은 사건과 때를 같이하여 일어났다. 그 선생은 독창적인 방법으로 성악을 가르치는 아주 엄격한 노인이었다. 얀켈레비치라는 이름의 그 귀먹은 노인은 쥘리가 성악에 소질이 있으며 그 소질을 잘 계발해야 한다고 확신했다.

그는 배와 허파를 풀무처럼 움직이는 법과 횡격막을 다스리는 법에서, 목과 어깨의 자세에 이르기까지 좋은 소리를 내는 데 영향을 미치는 모든 것들을 가르쳐 주었다.

그의 가르침을 받고 있을 때면, 그녀 자신이 백파이프 같은 하나의 악기가 되어 있고, 한 음악의 거장이 그 악기의 소리를 완벽하게 만들기 위해 골몰하고 있다는 느낌을 받곤 했다. 그의 가르침 덕분에 그녀는 허파가 공기를 들이고 내는 것에 심장 박동을 조화시킬 줄 알게 되었다.

얀켈레비치가 가르친 것 중에는 가면 훈련이라는 것도 있었다. 그것은 몸이라는 악기를 완벽하게 만들기 위해서 얼굴과 입의 형태를 변화시키는 훈련이었다.

그들은 죽이 척척 잘 맞는 사제 간이었다. 백발이 성성한 스승은 귀가 먹었음에도 단지 그녀의 입놀림을 살피고 그녀의 배에 손을 얹어 보는 것만으로 그녀가 내는 소리의 특질을 식별할 수 있었다. 그는 자기의 뼛속을 울리는 진동으로 그녀의 음성을 느꼈던 거였다.

농혼(聾昏)이 성악을 가르치는 것에 대해 누가 이의를 다는 듯한 기미가 보이면 그는 〈내가 귀가 먹었다고? 그래서 그게 어떻단 말인가! 베토벤 역시 청각 장애였지만 훌륭한 음악을 창조하지 않았던가!〉하고 언성을 높이곤 했다.

그는 노래가 단순히 청각적인 아름다움을 창조하는 것으로 그치지 않고 그것을 넘어서는 힘을 지니고 있다면서, 오로지 목소리만을 이용해서 감정을 조절하고 스트레스를 해소하고 두려움을 잊게 하는 법을 가르쳤다. 그런가 하면, 새들의 지저귐조차 그녀를 성악가로 키우는 데 한몫을 하게 하려고 그것을 여겨듣도록 가르치기도 했다.

그의 앞에서 노래를 할 때면, 쥘리는 자기 배에서 힘이 나무 기둥처럼 솟구쳐 오르는 것을 느꼈다. 그것은 때때로 황홀경에 가까운 느낌이었다.

얀켈레비치는 귀가 성한 사람보다도 더 훌륭한 성악 선생이었지만, 그렇다고 그에게 청각을 찾고자 하는 열망이 없었던 건 아니었다. 그는 새로운 치료법에 줄곧 관심을 기울였다. 어느 날, 귀 수술을 잘하기로 소문난 한 젊은 외과의가 그의 두개골 안에 전자 보청기를 심는 데 성공했다. 그로써 그의 청각 장애는 완전히 해소되었다.

그 순간부터 선생은 세상의 소음을 있는 그대로 지각하게 되었다. 그는 진짜 소리와 진짜 음악을 들었다. 사람들의 음성과 라디오에서 흘러나오는 대중가요, 자동차들의 경적과 개 짖는 소리, 후드득거리는 빗소리와 졸졸거리는 시냇물 소리, 발걸음의 뚜벅거림과 문의 삐걱임, 재채기와 웃음, 한숨과 흐느낌, 시내 어디에서나 시도 때도 없이 흘러나오는 텔레비전 소리 등 세상의 온갖 소리가 그의 귀를 파고들었다.

청각 장애를 치료하는 날은 행복의 날이 되었어야 마땅했는데 오히려 절망의 날이 되고 말았다. 선생은 진짜 소리라는 것이 자기가 상상했던 것과는 판이하게 다르다는 것을 확인했다. 모든 게 소음과 불협화음이었고, 모든 소리가 거칠고 새되고 귀가 따가웠다. 세계엔 음악이 흐르고 있는 것이 아니라 음률이 맞지 않는 소음으로 가득 차 있었다. 노인의 실망은 너무나 컸고, 그는 그것을 감내할 수가 없었다. 그리하여 그는 자기의 이상에 걸맞은 자살을 생각해 냈다. 파리에 있는 노트르담 성당의 종으로 기어 올라가 종의 안벽을 두드리는 추 밑에 머리를 디미는 것이 그것이었다. 낮 12시 정각, 음악적으로 완벽한 열두 차례의 그 어마어마한 진동이 만들어 내는 가공할 에너지를 온몸으로 빨아들이면서 그는 이 세상을 하직했다.

얀켈레비치 선생이 그렇게 떠남으로써 쥘리는 단지 친구하나를 잃은 것이 아니라 그녀의 천부적인 소질을 발전시킬 수 있도록 도와줄 안내자를 잃게 되었다.

물론 다른 성악 선생을 찾아보지 않은 건 아니었다. 그녀가 새로 만난 선생은 학생들에게 그저 음계 연습을 시키는 것으로 만족하는 그렇고 그런 선생님 가운데 하나였다. 그선생은 그녀의 후두를 너무 혹사시키는 음역까지 목청을 내지르라고 강요했다. 그녀는 목에 심한 고통을 느꼈다.

얼마 지나지 않아, 한 이비인후과 의사가 쥘리의 성대에 작은 결절들이 생겼다고 진단했다. 그 의사는 성악 레슨을 중단하라고 지시했다. 수술을 받고 성대의 상처가 아물기까지의 몇 주 동안 쥘리는 일절 말을 하지 않고 지냈다. 그런 다음 다시 말을 찾기 위해서 재활 요법을 받았다.

그 후로도 쥘리는 얀켈레비치처럼 자기를 이끌어 줄 수 있는 진정한 성악 선생을 찾아보았지만, 한 사람도 찾아낼 수가 없었다. 쥘리는 결국 세상에 대해 점점 마음을 닫게 되었다.

얀켈레비치 선생은 이렇게 이르곤 했다.

「재주가 있는데도 그걸 사용하지 않는 사람은 이가 있는데도 딱딱한 것을 쏠지 않는 토끼와 같다. 그 토끼의 앞니는 점점 길어지다 휘어지고 계속 자라서 입천장을 뚫고 마침내는 뇌를 아래위로 관통하게 된다.」

그 위험을 생생하게 보여 주기 위해서, 선생은 앞니가 두 개의 뿔처럼 위로 솟아오른 토끼의 머리통을 집에 간직해 두고 있었다. 그는 어쩌다 자기 계발에 게으름을 피우는 학생들이 있을 때면 그 으스스한 물건을 보여 주고 학생들이 공부를 열심히 하도록 격려하곤 했다. 그는 토끼 머리통의 이마에 빨간 잉크로 이렇게 써놓기까지 했다.

〈자기의 타고난 재주를 계발하지 않는 것은 죄악 중에서도 가장 큰 죄악이다.〉

자기의 재주를 더 갈고닦을 수 없게 된 뒤로, 쥘리는 심리적으로 많은 우여곡절을 겪었다. 대단히 공격적인 성향을 보이던 첫 단계를 보내고 나자, 거식증(拒食症)의 시기가 찾아왔다. 그다음엔 다식증(多食症)의 단계가 이어졌다. 그 기간 동안 쥘리는 완하제(緩下劑)나 구토제를 손 닿는 곳에 두고 멀거니 허공을 바라보면서 수 킬로그램의 케이크 따위를 먹어 치우곤 했다.

쥘리는 더 이상 예습 복습도 하지 않게 되었고 수업 시간엔 꾸벅꾸벅 졸기가 예사였다.

그녀의 몸은 자꾸 나빠지고 있었다. 늘 숨이 가쁘던 차에, 엎친 데 덮친 격으로 얼마 전부터는 천식 발작으로 고생을 하고 있는 터였다. 노래가 그녀에게 가져다주었던 좋은 것들이 모두 나쁜 것으로 바뀌어 가는 셈이었다.

쥘리의 어머니가 가장 먼저 식탁에 앉으며 물었다.

「오늘 오후에 애하고 어디를 갔다 왔어요?」

「숲에서 산보했어요.」

「쥘리의 이 상처는 다 숲에서 긁힌 거예요?」

「그래요. 구렁에 떨어져서 이렇게 된 거예요. 다행히 크게 다치지는 않았지만 발뒤꿈치에 상처를 입었어요. 그 와중에 이상한 책을 발견하기도 했고…….」

하지만 어머니의 관심은 이미 김이 모락거리는 요리에만 가 있었다.

「그 이야기는 조금 있다 듣기로 하고, 어서 듭시다. 메추라기구이는 뜨거울 때 먹어야 돼요. 식으면 제맛이 안 나요.」

어머니는 마냥 흐뭇해하면서 건포도가 덮인 메추라기구이를 한입에 삼켜 버릴 기세로 서둘렀다.

노련한 솜씨로 정확하게 포크를 한 번 놀리자, 럭비공에 바람이 빠지듯 메추라기가 푹 쭈그러들었다. 어머니는 구운 메추라기를 손가락 끝으로 잡고 부리 쪽을 할쭉거리더니 날갯죽지를 북 뜯어 입술 사이로 얼른 밀어 넣었다. 곧 작은 뼈들이 어금니에 오도독오도독 부서지는 소리를 냈다.

「넌 안 먹니? 이거 안 좋아해?」

쥘리는 가는 끈으로 묶인 채 접시에 아주 다소곳하게 놓여 있는 구운 새고기를 살펴보았다. 머리 위에 이고 있는 건포도 한 알은 꼭 실크해트를 쓰고 있는 형상이었다. 그 텅 빈 눈구멍과 벌어진 부리를 보고 있자니, 그 새가 제 일에 몰두하고 있다가 인간 세계에서 폼페이 화산이 갑자기 폭발한 것에 비할 만한 어떤 무시무시한 사건 때문에 하던 일을 못 하고 갑자기 죽었을 거라는 생각이 들었다.

「고기는 싫어요…….」

「이건 여느 고기가 아니야, 애. 새고기야.」

어머니는 그렇게 퉁을 놓고는, 어조를 누그러뜨리며 달래듯이 말했다.

「설마 거식증이 다시 도지는 건 아니겠지. 건강해야 대입 자격시험에 합격하고 법대에 들어가지. 아버지를 봐라. 법 공부를 하셨기 때문에 지금 산림치수국(山林治水局)을 이끌고 계신 거야. 그리고 아버지가 산림치수국을 이끌고 계시니까 그 든든한 배경 덕에 학교에서 네가 삼수하는 것을 받아 준 거고 말이야. 이젠 네가 법 공부를 할 차례야.」

「저는 법에는 관심 없어요.」

「공부를 제대로 해야 사회의 일원이 되는 거야.」

「저는 사회에 관심 없어요.」

「그럼 네가 관심을 두고 있는 게 뭐니?」

「아무것도 없어요.」

「그래도 뭔가 네가 시간을 바쳐 하는 일은 있을 거 아니니? 너 연애하니, 응?」

쥘리는 물러서듯 의자에 등을 기대었다.

「연애엔 관심 없어요.」

「관심 없다, 관심 없다……. 넌 그 말밖에 할 줄 모르니? 어떤 일이 아니면 어떤 사람에게라도 관심을 가져야 해. 너처럼 예쁜 애한테는 틀림없이 남자애들이 많이 따를 거야.」

쥘리는 입술을 내밀고 뾰로통한 표정을 지었다. 어머니를 응시하는 그녀의 연회색 눈에 고집스러운 안광이 어리었다.

「애인 따위 없어요. 그리고 분명히 말씀드리지만 전 아직 성 경험 같은 건 없어요.」

어머니는 잠시 어이없어하는 표정을 짓다가 피식 웃음을 터뜨렸다.

「열아홉 살에 아직 성 경험이 없는 여자는 아마 SF 소설에서나 찾아볼 수 있을 게다.」

「여하튼 저는 애인을 사귈 생각도 없고, 결혼을 한다거나 애를 낳을 생각도 없어요. 왠 줄 아세요? 엄마처럼 되는 게 두려워서 그래요.」

어머니는 얼굴에 웃음기를 거두고 정색을 했다.

「가련한 것, 너 정말 애물단지로구나. 정신 요법 의사를 한번 만나는 게 좋겠다. 그러잖아도 내가 의사하고 약속을 해 놨다. 이번 목요일이야.」

모녀는 그렇게 아옹다옹 다투는 일에 이골이 나 있었다. 그 말다툼은 한 시간이나 더 계속되었고, 쥘리가 그날 저녁 식사 동안 먹은 거라곤 화이트초콜릿무스에 고명으로 얹혀 있던 버찌 하나뿐이었다.

한편 아버지는 딸내미가 발로 툭툭 건드리며 여러 번 응원을 청했음에도, 늘 그랬듯이 나 몰라라 하는 얼굴을 하고 참견하기를 삼갔다.

바로 그때, 그의 아내가 소리쳤다.

「여보, 당신도 뭐라고 얘기 좀 해봐요.」

아버지는 냅킨을 접으면서 간결하게 한마디를 툭 던졌다.

「쥘리야, 엄마 말씀 잘 들어.」

그러고서 그는 식탁에서 일어서며 일찍 잠자리에 들고 싶다고 했다. 다음 날 새벽같이 개를 데리고 나가 숲을 한번 돌아볼 생각이라는 거였다.

「저 따라가도 돼요?」

딸이 묻자 아버지가 고개를 흔들었다.

「이번엔 안 돼. 네가 발견한 그 협곡을 더 가까이에서 살펴보려고 그러는 거야. 나 혼자 가는 게 편해. 그리고 엄마 말이 맞아. 숲에서 돌아다니는 것보다는 시험공부를 하는 게 나을 게다.」

아버지가 몸을 숙이고 그녀의 볼에 입을 맞추며 잘 자라는 인사를 하려 할 때, 쥘리가 속삭였다.

「아빠, 저도 데리고 가주세요.」

그는 아무 소리도 못 들은 듯한 표정을 짓고 그냥 이렇게만 말했다.

「좋은 꿈 꿔라.」

아버지가 개를 데리고 나갔다. 아킬레우스는 아주 신이 나서 왁스를 발라 놓은 마룻바닥 위를 한번 쏜살같이 달려보려고 했는데, 그의 발톱은 고양이 발톱과는 달리 신축이 자유롭지 못했던 탓에 마룻바닥에서 그만 죽 미끄럼을 타고 말았다.

쥘리는 더 이상 어머니와 단둘이 얼굴을 맞대고 있기가 싫어서, 용무가 급하다고 둘러대고 화장실로 달려갔다.

쥘리는 문을 꼭 잠그고 변기 뚜껑 위에 앉아 생각에 잠겼다. 자기가 숲의 골짜기보다 더 깊은 낭떠러지 아래로 떨어져 있다는 느낌이 들었다. 이번엔 자기를 궁지에서 끌어내 줄 사람이 아무도 없을 것만 같았다.

그녀는 자기 내면과 오롯이 대면하고 싶어서 불을 끄고, 힘을 얻기 위해 노래를 다시 흥얼거렸다. 「푸른 생쥐 한 마리, 풀밭으로 달려가요…….」 하지만 자기 내면이 텅 비어 있는 듯한 느낌은 가시질 않았다. 감당할 수 없는 세계에서 길을 잃어버린 듯한 기분이었다. 그녀는 스스로를 아주 작다고, 개미처럼 보잘것없다고 느꼈다.

9. 고난의 하루

개미는 여섯 다리를 힘껏 놀리며 빠르게 달아난다. 바람 때문에 그의 더듬이가 뒤로 젖혀진다. 그만큼 그가 빨리 달리고 있다는 얘기다. 이끼와 돌옷이 그의 턱을 스치고 지나간다.

금잔화와 삼색제비꽃과 애기미나리아재비 사이로 요리조리 빠져나가며 돌고 또 돌기를 여러 차례 했건만, 추격자는 포기할 기미를 보이지 않는다. 날카로운 바늘로 단단히 무장한 거대한 고슴도치가 한사코 그의 뒤를 쫓고 있다. 그 몸에서 나는 지독한 노린내가 사방에 진동하고, 그가 발걸음을 옮길 때마다 땅이 흔들린다. 등을 덮고 있는 가시에는 고기 조각들이 아직 달라붙어 있다. 개미는 도망치느라고 자세히 살필 겨를이 없어 못 보았겠지만, 그 가시들에는 벼룩들도 떼를 지어 오르내리고 있다.

늙은 불개미는 추격자를 따돌릴 수 있기를 바라면서 비탈길로 뛰어내린다. 그러나 고슴도치는 추격의 고삐를 늦추지 않는다. 가시들이 그가 추락하는 것을 막아 주고 필요할 경우에는 완충 장치 구실도 해준다. 그는 탄력을 얻기 위해 몸을 둥글게 웅크렸다가 펄쩍 뛰어오른다. 그러고 나서는 이내 균형을 되찾고 추격을 계속한다.

늙은 불개미는 더욱 빠른 속도로 내리닫는다. 그의 앞에 돌연 매끈하고 하얀 굴 같은 것이 나타난다. 그게 무엇인지 즉각 판단하기가 어렵다. 입구는 개미 하나가 충분히 지나갈 수 있을 만큼 넓다. 이게 도대체 무얼까? 귀뚜라미나 여치의 구멍치고는 너무 크다. 그렇다면 땅강아지나 거미의 굴일까?

더듬이가 너무 뒤로 젖혀져 있어서 그 굴을 더듬어 볼 수가 없다. 그렇다면 시각에 의지해 알아보는 수밖에 없다. 그의 눈에 선명한 상이 맺히게 하려면 아주 가까이 다가가야 한다. 됐다, 이제 보인다. 그 하얀 굴은 어떤 동물의 은신처도 아니다. 그것은 뱀의 벌어진 입이다!

뒤에는 고슴도치, 앞에는 뱀. 정말이지 이 세상은 고독한 개체가 살아가기엔 너무나 험난하다.

늙은 불개미가 살 수 있는 길은 하나뿐이다. 옆에 늘어져 있는 작은 나뭇가지에 매달려 기어올라야 한다. 개미를 삼키려던 고슴도치의 긴 주둥이가 뱀의 입천장에 부딪힌다.

고슴도치는 아슬아슬하게 재빨리 뒤로 물러서서 뱀의 목을 물어뜯는다. 뱀은 즉각 머리를 빙빙 돌리며 몸을 일으킨다.

너무 놀라서 얼이 빠진 채 늙은 불개미는 잔가지 꼭대기에서 두 포식자의 전투를 관망한다.

길고 차가운 대롱 대(對) 따갑고 뜨거운 공의 대결이다. 독사의 거뭇하게 째진 눈에 노란빛이 감돈다. 공포도 증오도 담겨 있지 않은 그 눈은 오로지 적에게 효과적인 공격을 가하려는 일념으로 빛난다. 독사는 치명적인 독니를 박아 넣을 급소를 찾는 데 골몰하고 있다. 고슴도치는 잔뜩 겁을 먹은 채 앞발을 들고 일어서서 가시로 적의 배를 공격하려고 한다. 적은 대단히 민첩하다. 고슴도치의 가시는 뱀의 비늘을 뚫지 못한다. 그러자 고슴도치는 갈퀴진 발로 뱀의 비늘을 마구 두드린다. 하지만 뱀의 몸뚱이가 차가운 채찍처럼 감기며 그를 조여 온다. 독사가 아가리를 벌려 죽음의 액체가 스며 나는 독니를 쩍 드러낸다. 고슴도치는 주둥이 끝의 연한 부위만 물리지 않는다면 독사에 물려도 끄떡없다.

전투의 결과를 알 새도 없이 늙은 불개미는 자기가 어디론가 실려 가고 있음을 느낀다. 놀랍게도 그가 매달려 있는 잔가지가 천천히 움직이기 시작한 것이다. 처음엔 바람 때문에 가지가 기울어지는 것이려니 생각했는데, 잔가지가 원가지에서 떨어져 나와 앞으로 움직이는 상황이 되고 보니, 더 이상 어찌 된 영문인지 이해할 수가 없다. 잔가지는 곰작거리면서 천천히 이동하여 다른 가지 위로 기어오른다. 그러더니 조금 더 가다가 아예 원줄기를 기어오르기 시작한다.

참 별난 일이 다 있다. 개미가 움직이는 잔가지에 실려 가고 있으니 말이다. 늙은 개미는 아래쪽을 굽어보고 나서야 어찌 된 곡절인지를 깨닫는다. 잔가지에는 눈과 다리가 달려 있다. 따라서 이것은 나무에 기적이 생긴 것이 아니다. 그를 싣고 가는 것은 잔가지가 아니라 대벌레[6]다.

몸이 가늘고 긴 이 곤충은 의태(擬態)를 한껏 활용해서 천적으로부터 스스로를 보호한다. 이들은 자기들이 빌붙어 사는 나뭇가지나 잎이나 풀줄기와 똑같은 모습을 하고 있다. 개미를 싣고 가는 이 대벌레는 위장을 어찌나 치밀하게 잘했는지 몸에 목질 섬유 같은 느낌을 주는 무늬가 찍혀 있고 흰개미가 조금 쏠아 놓은 것 같은 흠과 반점까지 있다.

대벌레가 느릿느릿 움직이는 것도 그 의태의 일환이다. 포식자들은 대벌레가 거의 꼼짝 않고 있는 것처럼 보일 만큼 느릿느릿 움직이기 때문에 공격할 생각을 하지 않는다. 늙은 불개미는 예전에 대벌레의 짝짓기 광경을 목격한 적이 있다. 더 크기가 작은 수컷이 20초에 한 번꼴로 다리를 움직여 암컷 쪽으로 다가가고 있었다. 암컷은 좀 멀리 떨어져 있는 데다 수컷이 워낙 느리다 보니 도저히 암컷을 따라갈 수가 없었다. 그러나 문제 될 것은 없다! 턱없이 굼뜬 수컷들을 기다리다 지친 대벌레 암컷들이 마침내 그것에 적응하기 위해 다른 생식법을 터득했기 때문이다. 동물의 어떤 종들은 생식의 문제와 관련하여 독특한 해결책을 찾아냈다. 단성 생식이 바로 그것이다. 교미를 하고 안 하고는 더 이상 문제가 되지 않는다. 대벌레들은 생식을 하기 위해 상대를 찾을 필요가 없다. 그냥 그렇게 수컷을 기다리면서 새끼를 만들면 되는 것

6 대벌레목에 딸린 벌레. 몸은 가는 기둥 꼴에 나뭇가지와 비슷하고 풀빛이나 누른 풀빛이며, 날개는 퇴화하였다.

이다.

늙은 개미는 자기가 올라타고 있는 대벌레가 암컷이라는 것을 알아냈다. 그 대벌레가 갑자기 알을 낳기 시작했던 것이다. 대벌레가 아주 천천히 하나씩 몸 밖으로 밀어낸 알들이 빗방울처럼 잎새에서 잎새로 통통 튀어 간다. 대벌레의 위장 기술은 참으로 대단하다. 알들마저 식물의 씨앗을 닮았으니 말이다.

개미는 대벌레가 먹을 만한지 알아보기 위해 조금 물어뜯는다. 그러나 대벌레들의 방어 전술은 비단 생김새를 식물과 비슷하게 만드는 것으로 그치지 않는다. 그들은 죽은 시늉을 할 줄도 안다. 그래서 포식자의 턱 끝이 몸에 닿는 것을 감지하면, 대벌레는 이내 몸을 뻣뻣하게 만들면서 땅바닥으로 떨어진다.

개미는 그런 시늉에 속아 넘어가지 않는다. 그는 뱀과 고슴도치가 사라졌음을 확인하고 대벌레를 따라 내려와 잡아먹는다. 아무리 죽은 시늉을 한다 해도 정작 죽어 가는 마당에는 단말마의 몸부림이라도 칠 법한데, 이 짜증스러운 벌레는 끝내 몸 한 번 꿈틀거리지 않는다. 반나마를 먹어 치우도록 대벌레는 진짜 잔가지처럼 그대로 꼼짝을 않고 있다. 그래도 그것이 나뭇가지가 아니고 벌레임을 드러내 주는 것이 한 가지는 있다. 꽁무니에서 씨앗처럼 생긴 알이 계속 나오고 있다는 점이 바로 그것이다.

많은 두려움과 놀라움을 겪은 하루였다. 공기가 서늘해진다. 움직임을 멈추고 일상적인 휴면에 들어가야 할 시간이다. 늙은 불개미는 흙과 이끼로 덮인 은신처로 숨어든다. 내일도 그는 자기가 태어난 둥지로 돌아가는 길을 찾아 나설 것이다. 어떠한 일이 있어도 너무 늦기 전에 〈그들에게〉 알려야 한다.

그는 주위에 무엇이 있는지를 잘 감지하려고 다리의 종아리마디로 더듬이를 닦는다. 그러고는 더 이상 방해를 받지 않기 위해 작은 조약돌로 자기의 작은 은신처를 덮는다.

10. 백과사전

지각의 차이

우리는 세계에 존재하는 모든 것을 지각하는 것이 아니라 우리가 지각할 준비가 되어 있는 것만 지각한다. 어떤 생리학 실험을 위해 갓 태어난 고양이들을 수직 무늬로 내벽을 장식한 작은 방 안에 집어넣었다. 뇌의 형성이 끝나는 시기가 지난 뒤에, 고양이들을 그 방에서 꺼내어 이번에는 수평선으로 내벽을 장식한 방 안에 넣어 보았다. 수평으로 그어 놓은 그 선들은 먹이를 감춰 놓은 장소나 출구가 있는 곳을 가리키는 것이었다. 그런데, 수직 무늬의 방에서 자란 그 고양이들은 단 한 마리도 먹이를 먹거나 밖으로 빠져나오지 못했다. 그들이 자란 환경 때문에 그들의 지각이 수직적인 현상에 제한되어 버린 것이다.

우리의 지각에도 그런 제한이 있다. 우리는 어떤 현상들이나 사건들을 이해하지 못한다. 어떤 한 가지 방식으로만 사물을 지각하도록 조건 지어져 있기 때문이다.

에드몽 웰스, 『상대적이며 절대적인 지식의 백과사전』 제3권

11. 말의 힘

그녀는 베개 위에 놓인 손을 천천히 펴다가 움쭉하며 다시

오므렸다. 쥘리는 꿈을 꾸고 있었다. 꿈속에서 그녀는 중세의 공주다. 거대한 뱀이 그녀를 잡아 희누르스름한 진창에 던져 버렸다. 진창에는 새끼 뱀들이 우글거리고 그녀의 몸은 자꾸 진창 속으로 더 깊숙이 빠져 든다. 글자들이 찍힌 종이 갑옷으로 무장한 젊은 왕자가 하얀 군마를 타고 달려와 그 거대한 뱀과 싸운다. 왕자는 붉은색의 긴 칼을 휘두르며 그녀에게 자기가 구해 줄 터이니 조금만 더 버티라고 이른다.

하지만 거대한 뱀은 제 입을 화염 방사기처럼 사용한다. 왕자의 종이 갑옷은 별로 쓸모가 없다. 그저 불똥 하나가 튀었는데도 불이 붙어 버렸기 때문이다. 가는 끈에 묶인 왕자와 군마가 구이 요리가 되어 납빛 퓌레에 둘러싸인 채 접시 위에 놓여 있다. 잘생긴 왕자의 당당했던 풍모는 어디로 가고, 검게 그을린 살갗에 눈구멍은 텅 비고 머리에 건포도 한 알을 얹은 형편없는 몰골만이 남았을 뿐이다.

거대한 뱀이 독니로 공주를 잡아 진창 밖으로 들어 올리더니 화이트초콜릿무스 속에 던져 버린다.

공주는 소리를 지르고 싶었지만, 그녀를 덮고 있는 화이트초콜릿무스가 입 안으로 들어와 소리를 막아 버린다.

쥘리는 소스라치면서 잠에서 깨어났다. 꿈속에서 얼마나 질겁을 했는지, 그녀는 깨어나자마자 자기가 정말로 목소리를 잃어버린 건 아닌지 확인했다. 〈아아아, 아아아아〉 하고 그녀의 목 깊은 곳에서 소리가 나왔다.

실성증(失聲症)에 걸리는 악몽이 점점 더 자주 찾아오고 있었다. 어떤 때는 사람들이 그녀를 고문하면서 입 안에 음식물을 마구 쳐넣거나 혀를 잘라 버리는 꿈을 꾸었고, 또 어떤 때는 가위에 성대가 잘리는 꿈을 꾸기도 했다. 그럴 때마다 쥘리는 제발 꿈을 안 꾸며 잘 수 있기를 바라면서 다시 잠을 청하곤 했다.

쥘리는 후끈거리는 손으로 축축한 목을 쓸며 몸을 일으켜 베개를 대고 앉았다. 자명종 시계를 보니 아침 6시였다. 밖은 아직 어두웠다. 십자창 너머로 별들이 반짝이고 있었다. 아래층에서 발걸음 소리와 개 짖는 소리가 들렸다. 전날 이야기한 대로 아버지가 개를 데리고 숲을 둘러보러 나가는 모양이었다.

「아빠, 아빠…….」

대답 대신 문 닫는 소리가 들렸다.

쥘리는 다시 몸을 쭉 뻗고 잠을 청했다. 그러나 잠은 이미 다 달아난 뒤였다.

에드몽 웰스 교수의 『상대적이며 절대적인 지식의 백과사전』을 볼까? 첫 페이지만 읽었는데, 그다음엔 무슨 내용이 있을까?

쥘리는 그 두꺼운 책을 잡았다. 개미에 관한 것과 혁명에 관한 이야기들이 많았다. 그녀의 눈이 번쩍 뜨였다. 그 책은 혁명을 이루라고 단호하게 권고하고 있었고, 인간 문명과 나란히 가고 있는 한 문명이 그 혁명에 도움이 될 수도 있다고 말하고 있었다. 공들인 글씨체로 쓰인 짤막한 글들 사이사이에 대문자나 간단한 그림이 나타나곤 했다.

쥘리는 눈길이 닿는 대로 한 구절을 골라 읽었다.

이 책은 솔로몬 신전의 구조를 본떠서 구성되어 있다. 각 장 첫머리의 첫 번째 글자는 솔로몬 신전의 규모를 나타내는 치수들 중의 하나에 대응한다.

쥘리는 눈살을 찌푸렸다. 글쓰기와 신전 건축 사이에 대체 무슨 관련이 있단 말인가?

그녀는 책장을 넘겼다.

『상대적이며 절대적인 지식의 백과사전』은 갖가지 정보와 그림과 도표가 모여 있는 거대한 잡동사니 창고 같은 책이었다. 제목에 걸맞게 학술적인 문헌들이 들어 있는가 하면, 시(詩)며 서툴게 오려 붙인 광고 전단, 요리법, 컴퓨터 프로그램 사용 안내, 잡지에서 발췌한 기사, 보도 사진, 채색 삽화처럼 들어간 유명한 여자들의 색정적(色情的)인 사진도 있었다.

그뿐만 아니라, 씨앗은 언제 뿌리고 이런 채소 저런 과일은 언제 심는지를 정확하게 일러 주는 달력도 보였고, 천과 희귀한 종이를 붙여 만든 콜라주 작품과 천궁이나 대도시 지하철의 도면, 사사로운 서신에서 발췌한 글, 수학적인 수수께끼, 르네상스 시대의 투시도 따위도 나와 있었다.

어떤 사진들이나 그림들은 폭력이나 죽음이나 재앙 따위를 소재로 한 것이어서 자못 생경한 느낌을 주었다. 문헌은 파란색이나 빨간색, 또는 향내가 나는 잉크로 씌어 있었다. 향수나 레몬주스를 섞어 쓴 듯한 글이 있는가 하면, 돋보기가 있어야만 제대로 해독할 수 있을 만큼 아주 작은 글씨로 작성된 문헌도 있었다.

쥘리는 또 가상 도시의 설계도며 정사(正史)에서 잊힌 인물들의 전기, 기이한 기계들의 제작법 등도 찾아냈다.

잡살뱅이 창고라고 해야 할지 보물 창고라고 해야 할지 알 수가 없었다. 그 책을 다 읽으려면 적어도 2년은 걸릴 듯했다. 그때 그녀의 눈길이 별난 초상화에 닿았다. 처음엔 기연가미연가했는데, 그건 사람의 머리를 그린 게 아니라 개미들의 머리를 마치 위인의 초상화를 그리듯이 그려 놓은 거였다. 개미들의 생김새는 제각각이었다. 눈의 크기며 더듬이의 길이, 머리통의 형태가 서로 눈에 띄게 달랐다. 게다가 각 초상화에는 일련의 숫자로 이루어진 이름이 붙어 있었다.

개미라는 주제는 홀로그램이나 콜라주 작품, 요리법이나 설계도면 등 어디에서건 악극의 지도 동기(指導動機)처럼 되풀이해서 나타나곤 했다.

바흐의 악보, 인도의 성전(性典) 카마수트라에서 가르치는 방사(房事)의 체위, 제2차 세계 대전 중에 프랑스 레지스탕스가 사용한 전신 약호 교본……. 에드몽 웰스라는 인물은 도대체 다방면에 걸쳐 얼마나 아는 것이 많고 얼마나 열린 정신을 가진 사람이기에 이 모든 것을 다 모을 수 있었을까?

쥘리는 그 엄청난 정보의 모자이크를 훌훌 넘기며 계속 훑어보았다.

생물학, 유토피아, 여행안내, 편람, 사용법, 온갖 부류의 사람이나 갖가지 학문과 관련된 일화들, 군중을 제어하는 기술, 주역의 육효(六爻).

쥘리는 에멜무지로 한 문장을 골라 읽었다.

주역(周易)은 사람들이 흔히 생각하고 있는 것과는 달리 미래를 점치는 책이 아니라 현재를 설명하는 철학책이다.

책을 조금 더 넘기다가 쥘리는 한니발을 격파한 로마 장군 대(大)스키피오와 프로이센의 병법가 클라우제비츠의 병법을 찾아냈다.

문득 이것이 어떤 주의나 주장을 주입하기 위한 교본이 아닐까 하는 생각이 들었다. 그러다가 쥘리는 이런 충고를 읽게 되었다.

어떤 정당이나 당파, 어떤 조합이나 종교에서 주장하는 것이든 그 주장을 곧이곧대로 믿어서는 안 된다. 당신이 어떻게 생각해야 하는가를 남이 가르쳐 주리라 기대하지 말고, 아무런 영향 없이 당신 스스로 생각하는 법을 배워야 한다.

몇 장을 더 넘기자 가수 조르주 브라상스[7]의 노랫말이 이렇게 인용되어 있었다.

남을 변화시키려고 하기보다는 먼저 여러분 스스로를 변화시키도록 노력해 봐요.

또 다른 구절이 그녀의 눈길을 끌었다.

외적인 오감(五感)과 내적인 오감에 관한 소론
오감에는 육체적인 오감과 정신적인 오감이 있다. 육체적인 오감은 시각, 청각, 미각, 후각, 촉각이다. 정신적인 오감은 감정, 상상력, 직관, 우주적인 의식, 영감이다. 만일 사람이 육체적인 오감으로만 산다면, 그것은 마치 왼손의 다섯 손가락만 사용하는 것과 같다.

라틴어와 그리스어 문헌에서 발췌한 인용문, 새로운 요리

7 Georges Brassens(1921~1981). 프랑스의 가수 겸 작곡 작사가. 흥과 재치, 비순응주의로 가득 찬 시적인 노래를 많이 남겼다.

법, 한자(漢字), 몰로토프 칵테일 곧 화염병 제작법, 마른 나뭇잎, 만화경, 개미와 혁명, 혁명과 개미.

쥘리는 눈이 따끔거리고 머리가 어질어질했다. 그 엄청난 정보에 취해 버린 듯한 느낌이었다. 때마침 이런 구절이 눈에 들어왔다.

이 책은 차례대로 읽을 필요가 없다. 그보다는 오히려 이런 방식으로 사용하는 편이 나을 것이다. 이 책이 필요하다고 느낄 때, 아무 데나 한 페이지를 펼치라. 그런 다음 그 페이지를 읽고 그것이 현재 당신이 안고 있는 문제와 관련해서 어떤 유익한 정보를 주는지 깊이 생각해 보기 바란다.

또 다른 곳엔 이런 구절도 있었다.

당신이 보기에 너무 길다고 느껴지는 대목이 있거든 주저하지 말고 건너뛰라. 책이란 신성한 것이 아니다.

쥘리는 책을 덮고 저자가 친절하게 일러 준 대로 그 책을 사용하기로 했다. 쥘리는 이불을 끌어당겨 덮었다. 이번엔 숨이 차분해지고 체온이 천천히 정상으로 내려가면서 스르르 잠이 들었다.

12. 백과사전

역설수면[8]

우리는 밤마다 잠을 자는 동안 〈역설(逆說)수면〉이라는 특이한 단계를 거친다. 그 단계는 15분에서 20분 정도 지속되며, 중단되었다가 한 시간 반쯤 지나서 더 길게 다시 찾아온다. 그런 수면 상태를 그렇게 명명한 사람은 리옹 분자 몽학 연구소의 미셸 주베 교수였다. 그 단계를 왜 〈역설적〉이라고 하는 걸까? 그것은 가장 깊은 잠에 빠져 있으면서도 격렬한 신경 활동을 보이는 모순적인 상황 때문이다.

아기들의 수면은 역설수면이 많은 부분을 차지하기 때문에, 아이들은 늘 흥분 상태에서 밤을 보낸다고 볼 수 있다(아기들의 수면은, 정상 수면 3분의 1, 얕은 수면 3분의 1, 역설수면 3분의 1의 비율로 이루어진다). 그런 흥분 상태에 있을 때, 아기들은 흔히 어른들처럼 이상한 표정을 짓곤 한다. 아기들은 노여움, 기쁨, 슬픔, 두려움, 놀라움 따위를 담은 갖가지 표정들을 잇달아 흉내 낸다. 그런 감정들을 전혀 경험해 보지 못했으면서도 말이다. 나중에 어른이 되어서 표현하게 될 감정들을 미리 연습해 두고 있는지도 모를 일이다.

어른의 경우에는, 나이를 먹음에 따라 역설수면의 단계가 점점 줄어들어 전체 수면 시간에 대한 비율이 10분의 1에서 20분의 1 정도밖에 되지 않는다. 역설수면 과정에서 어른들은 쾌락을 경험하며 남자들의 경우에는 발기가 일어날 수도 있다.

역설수면을 생각하면, 우리는 밤마다 어떤 메시지를 받고 있다는 느낌이 든다. 그것을 알아보기 위해 한 가지 실험이 행해졌다.

한창 역설수면에 빠져 있는 성인을 깨워 꿈속에서 겪은 일을 이야기해

---

8 급속한 안구 운동이 나타난다고 해서 렘수면이라고도 한다. 렘REM은 급속 안구 운동rapid eye movement을 줄인 말이다.

달라고 부탁했다. 그의 이야기를 들은 다음, 다시 잠들게 두었다가 다음 역설수면의 단계에서 그를 또 흔들어 깨웠다. 그 실험을 통해 확인한 것은, 피실험자의 이야기는 매번 달랐지만, 거기에는 공통적인 핵심이 있었다. 마치 방해를 받은 꿈이 똑같은 메시지를 전달하기 위해 다른 방식으로 되풀이되는 것처럼 보였다.

최근에 연구자들은 꿈에 대해서 새로운 생각을 내놓았다. 그들의 견해에 따르면, 꿈은 사회생활에서 생기는 정신적 억압을 잊게 해주는 수단이라고 한다. 우리는 꿈을 꿈으로써 낮 동안에 남들이 우리에게 억지로 주입한 것, 그리고 우리의 뿌리 깊은 신념과 상충하는 것들을 잊을 수 있게 된다. 꿈은 외부의 모든 억압에서 우리를 해방시킨다. 꿈을 꾸는 한, 우리는 그 어떤 자에게도 완전히 조종당하는 일은 없을 것이다. 꿈은 전체주의에 대한 인간 본성의 제동 장치다.

에드몽 웰스, 『상대적이며 절대적인 지식의 백과사전』 제3권

13. 나무숲의 외돌토리

신새벽이다. 아직 어둠이 가시지 않았는데 벌써 온기가 느껴진다. 이것이 3월의 역설 가운데 하나다.

얼키설키한 나뭇가지들 사이로 달빛이 비쳐 든다. 그 빛이 그의 잠을 깨우고 다시 길을 떠나는 데 필요한 힘을 불어넣는다. 이 거대한 숲에서 혼자 돌아다니게 된 뒤로는 편히 쉴 겨를이 별로 없다. 거미, 새, 길앞잡이,[9] 개미귀신, 도마뱀, 고슴도치, 심지어는 대벌레마저도 모두 한통속이 되어 그를 성가시게 하기 때문이다.

9 여름에 산길에서 사람이 걷는 길 앞을 앞질러서 잇달아 뛰어 날기 때문에 이런 이름이 붙었다.

거기 그가 태어난 둥지에서 겨레와 더불어 살 때는 이런 근심 걱정이 없었다. 그의 뇌는 〈집단의 정신〉에 접속되어 있었고 굳이 개체적으로 애를 써가며 생각을 할 필요가 없었다.

그러나 이제 그는 둥지와 겨레로부터 멀리 떨어져 있다. 따라서 뇌를 어쩔 수 없이 개체적으로 움직여야만 한다. 개미들은 두 가지 기능 방식을 가지고 있다. 그들은 뇌를 집단적으로 움직이기도 하고 개체적으로 움직이기도 한다. 그러나 현재로서는 개체적인 방식이 그가 살아갈 수 있는 유일한 방법이다. 살아남기 위해서 끊임없이 자신에 대해 생각해야 한다는 것은 꽤나 고통스러운 일이다. 자기 자신에 대한 생각은 결국 죽음에 대한 공포로 이어진다. 어쩌면 그는 홀로 살아가야 하기 때문에 늘 죽음을 두려워하게 된 최초의 개미일지도 모른다.

이 얼마나 구차스러운 삶인가!

그는 느릅나무 아래로 나아간다. 배불뚝이 풍뎅이의 붕붕거리는 소리에 그가 머리를 든다.

그는 숲이 얼마나 경이로운지를 새삼 깨닫는다. 달빛을 받은 식물들이 모두 연보랏빛이나 흰빛을 띠고 있다. 짓궂은 나비들이 연보랏빛 꽃에 달라붙어 암꽃술을 지분거린다. 좀 더 떨어진 곳에선 등에 얼룩무늬가 있는 나비 애벌레들이 딱총나무잎을 갉아먹고 있다. 숲이 더욱 아름다워진 모습으로 그의 귀환을 축하하고 있는 것만 같다.

어떤 벌레의 마른 시체에 부딪혀 그가 비틀거린다. 뒤로 물러서서 살펴보니, 개미들이 소용돌이 꼴로 모여서 죽어 있다. 검은 수확개미들이다. 그는 전에도 그런 현상을 경험한 적이 있다. 그 개미들은 둥지에서 너무 멀리 떨어져 있었다. 그러다가 밤이슬이 내리자 어디로 가야 할지를 몰라 소용돌이 꼴로 모여서 죽음을 맞을 때까지 같은 자리를 돌고 또 돌았다. 누구나 자기가 살고 있는 세계를 이해하지 못하면 죽을 때까지 한곳에서 맴을 돌기 마련이다.

늙은 불개미는 그 불행한 변고를 더듬이 끝으로 자세히 조사해 보려고 앞으로 다가간다. 소용돌이의 가장자리에 있는 개미들이 먼저 죽었고 가운데에 있는 개미들이 나중에 죽었다.

그는 달빛을 받고 있는 그 죽음의 소용돌이를 물끄러미 바라본다. 어떻게 이런 원시적인 행동을 할 수 있단 말인가! 둥지로 돌아가기가 어려우면 나무 그루터기로 숨어들거나 땅을 파고 들어가 야영을 하면서 추위를 피하면 그만이었다. 이 어리석은 검정 개미들은 마치 춤이 위험을 쫓아 주기라도 할 것처럼 그저 돌고 또 도는 것 말고는 다른 것을 전혀 생각할 줄 몰랐다.

《확실히 우리 종(種)은 아직 배워야 할 게 많아.》

늙은 불개미는 그렇게 페로몬을 발하고 검은 고사리 밑을 지나간다. 어린 시절에 맡았던 냄새의 기억이 되살아난다. 꽃가루 냄새 때문에 머리가 어질어질하다.

식물이 꽃가루받이와 같은 완벽한 생존 전략에 이르는 데는 오랜 세월이 걸렸다.

먼저, 모든 식물의 선조라고 할 만한 바다의 녹조식물이 육지에 다다랐다. 녹조식물들은 땅에 달라붙기 위해 이끼로 바뀌었다. 이끼는 다음 세대에 부식토를 마련해 주기 위해 땅을 비옥하게 만드는 전략을 개발했다. 그 부식토 덕에 다음 세대의 이끼는 땅에 더욱 깊이 뿌리를 박으면서 더욱 크고 튼실하게 자랄 수 있었다.

이제 식물들은 저마다 자기의 영역을 가지고 있다. 하지만 아직도 분쟁 구역은 남아 있다. 늙은 불개미는 보리수 한 그루가 자신만만하게 산벚나무의 영역에 쳐들어가고 있음을 본다. 그 대결에서 가련한 산벚나무는 승산이 없다. 한편 참소리쟁이[10] 묘목을 만만히 보고 그 영역을 넘보던 다른 보리수들은 참소리쟁이의 유독한 수액에 중독되어 시들시들해지고 있다.

멀리 떨어진 다른 곳에서는 전나무 한 그루가 제 가시들을 떨어뜨려 땅을 산성으로 만들고 있다. 기생 식물들과 자기의 영역에 들어와 경쟁을 벌이고 있는 작은 식물들을 없애 버리려는 것이다.

식물들도 저마다 제 깜냥의 무기와 방어 수단과 생존 전략을 가지고 있다. 식물의 세계도 무자비하기는 마찬가지다. 적을 죽이는 행위가 더 천천히 그리고 조용히 이루어진다는 점이 다를 뿐이다.

어떤 식물들은 독 같은 화학 무기보다 칼이나 창이나 바늘 같은 무기를 더 좋아한다. 호랑가시나무잎의 톱니, 엉겅퀴 잎의 가시털, 시계꽃의 낚싯바늘, 아카시아의 가시 따위가 그런 예다.

지금 늙은 불개미가 지나가고 있는 덤불은 마치 서슬 푸른 칼날로 가득 찬 통로나 진배없다.

늙은 불개미는 더듬이를 닦고 새의 볏처럼 곧추세운다.

10 마디풀과에 딸린 여러해살이풀. 5~7월에 엷은 풀빛 꽃이 총상 꽃차례로 피고 야윈 열매를 맺는다.

공기에 떠도는 온갖 냄새를 더 잘 감지하기 위해서다. 그가 찾고 있는 것은 그가 태어난 둥지로 통하는 길의 냄새다. 한 시라도 빨리 둥지로 돌아가야 한다. 어떠한 일이 있어도 너무 늦기 전에 겨레에게 알려야 할 것이 있기 때문이다.

훅훅 끼쳐 오는 냄새 분자들을 분석해서 알아낸 것들은 그 구역의 동물들에 관한 사소한 정보들뿐이다.

그래도 중요한 정보를 제공할 냄새들을 놓칠까 싶어서 그는 걸음의 리듬을 알맞게 조절하고, 공기의 흐름을 잘 감지할 수 있는 곳으로 이동한다. 역시 이렇다 할 만한 냄새가 없다. 다른 방법을 써야 한다.

그는 소나무 그루터기 꼭대기의 삐죽 내민 곳으로 기어 올라가 몸을 바로 세우고 더듬이를 천천히 돌린다. 더듬이 운동의 강도를 차츰차츰 높여 가면 온갖 종류의 냄새를 포착할 수 있다. 1초당 4백 회의 진동에서는 특별한 것이 지각되지 않았다. 그는 후각 레이더를 더욱 빨리 움직인다. 초당 진동 수가 6백에서 1천, 2천으로 증가했다. 여전히 관심을 가질 만한 냄새가 없다. 꽃과 야생 박하잎의 향기, 버섯의 홀씨나 딱정벌레, 썩어 가는 나무 따위의 냄새뿐이다.

그는 더욱 빠른 속도로 더듬이를 흔든다. 초당 진동수 1천. 더듬이가 돌면서 일으킨 바람살 때문에 먼지가 인다. 그는 더듬이를 닦고 다시 힘을 내어 그것을 흔든다.

초당 진동수 1만 2천. 마침내 멀리에 개미들이 다니는 길이 있음을 알리는 냄새 분자가 포착된다. 됐어, 바로 이거야. 서남서 방향, 달빛을 기준으로 12도 각도에 냄새길이 있다. 자, 전진!

14. 백과사전

차이의 이점

우리는 모두 승리자다. 우리는 모두 3억의 경쟁자를 물리친 챔피언 정자에서 나온 사람들이기 때문이다.

그 정자는 자기가 지닌 일련의 염색체들을 전달할 권리를 쟁취했고, 그 염색체들이 당신을 그 어떤 사람과도 다른 당신으로 만들어 주었다.

당신의 정자가 승리를 거둔 데에는 그럴 만한 이유가 있었다. 그는 참으로 능력이 있었다. 어떤 구석으로 잘못 빠져들지 않고 바른 길을 찾아낼 줄 아는 정자였다. 그는 어쩌면 자기와 경쟁하던 다른 정자들이 따라오지 못하도록 자기 나름의 조처를 취해 길을 봉쇄했을지도 모른다.

사람들은 오랫동안 경쟁자들을 따돌린 가장 빠른 정자가 난자를 수태시키는 것으로 생각했다. 그러나 사실은 그렇지 않다. 가장 빠른 정자 하나가 아니라 수백의 정자가 동시에 난자의 주위에 다다른다. 거기에서 정자들이 편모(鞭毛)를 살랑살랑 흔들며 기다리고 있으면, 그 가운데 하나가 선택을 받게 되는 것이다.

따라서 난자의 문 앞으로 몰려온 많은 청혼자들 가운데 하나를 골라 승리자로 만들어 주는 것은 결국 난자다. 그렇다면, 난자는 어떤 기준으로 정자를 선택하는 것일까? 연구자들은 오랫동안 그 문제를 탐구한 끝에 최근에 답을 찾아냈다. 난자는 〈자기 것과 가장 다른 유전적 특성을 보이는〉 정자를 낙점한다는 것이 그 답이다. 이것은 일종의 생존 전략이다. 난자는 자기 위에서 서로 껴안고 있는 남녀가 누구인지 모른다. 그래서 그저 근친 결합의 문제라도 생기지 않게 하려고 노력하는 것이다.

우리의 염색체는 자기와 유사한 것이 아니라 자기와 다른 것과 결합해서 더욱 풍부해지려는 성향을 지니고 있다. 그것이 바로 자연의 섭리다.

에드몽 웰스, 『상대적이며 절대적인 지식의 백과사전』 제3권

15. 멀리에 그것이 보인다

땅을 울리는 발소리. 아침 7시. 하늘엔 아직 스러지지 않은 별들이 아스라이 빛나고 있었다.

고요한 퐁텐블로 숲 한가운데의 가파른 오솔길을 개와 함께 올라가면서, 가스통 팽송은 삽상한 기분을 느끼며 적갈색 콧수염을 쓰다듬었다. 이렇게 숲에만 나오면 자유인이 된 느낌을 마음껏 누릴 수 있었다.

그는 왼편으로 갈린 구불거리는 이슬받이로 접어들었다. 어떤 돌무더기로 이어지는 오솔길이었다. 그 길을 다 올라가 카스포 바위 끄트머리에 있는 던쿠르 탑에 다다랐다. 그곳은 전망이 아주 좋았다. 아직 어둠살이 완전히 가시지 않은 이른 아침이지만 새벽달이 환해서 파노라마를 감상하기엔 더없이 좋았다.

그는 바위 위에 앉았다. 개보고도 앉으라고 일렀지만, 개는 그대로 서 있었다. 그래도 개는 주인이 하늘을 올려다보자 저도 따라 했다.

「봐라, 아킬레우스. 옛날에 천문학자들은 하늘을 평평한 궁륭처럼 생각하고 성좌도를 그렸단다. 그들은 하늘을 88개의 별자리로 나누었어. 하늘을 하나의 나라로 보고 88개의 도(道)로 나눈 셈이지. 그 별자리들을 매일 밤마다 볼 수 있는 건 아니야. 대부분의 별자리들이 그렇지. 물론 예외는 있

어. 지구의 북반구에 사는 사람들이 하늘만 맑다면 사시사철 밤마다 볼 수 있는 별자리가 있지. 큰곰자리가 바로 그거야. 큰곰자리는 긴 손잡이 달린 냄비처럼 생겼어. 별 네 개가 네모꼴을 이루고 손잡이 쪽에 별 세 개가 있지. 그 별자리를 큰 곰이라고 이름 지은 건 고대 그리스 사람들이었어. 아르카디아[11]의 요정 칼리스토를 기리는 뜻에서였지. 칼리스토와 큰곰 사이에 무슨 관련이 있느냐고? 그리스 신화에 이런 얘기가 있지. 아름다운 칼리스토가 제우스신의 사랑을 받게 되었어. 그러자 제우스의 아내 헤라가 강짜를 부렸지. 헤라는 칼리스토를 커다란 곰으로 만들어 버렸어. 그 곰은 사냥의 신 아르테미스에게 죽음을 당했지. 그래, 아킬레우스, 사람들이란 다 그런 식이야. 서로 샘을 부리지.」

개는 머리를 흔들면서 가벼운 탄식을 하듯 끙 하는 소리를 냈다.

「큰곰자리를 찾아낼 줄 알면 살아가는 데 도움이 될 때가 있을 거야. 냄비의 손잡이를 별들이 떨어져 있는 간격의 다섯 배만큼 연장해 보면 냄비에서 튀어나간 팝콘 같은 별이 하나 있어. 눈에 잘 띄니까 금방 알아볼 수 있을 거야. 그게 바로 북극성이지. 북극성을 찾을 줄 알면 어느 쪽이 북쪽인지를 알게 되기 때문에 길을 잃고 헤매는 것을 피할 수 있지.」

개는 주인의 설명을 전혀 이해하지 못하고 있었다. 그의 귀에는 주인의 말이 그저 〈베데베데베 아킬레우스 베데베데데 아킬레우스〉 하는 식으로 들렸다. 인간의 언어 중에서 그

11 고대 그리스의 남부 산간 지방. 목가적 분위기와 순박한 이상향으로 유명하다.

가 알아들을 수 있는 음절의 조합은 아-킬-레-우-스뿐이
었다. 그것이 자신을 가리킨다는 것쯤은 개도 알고 있었다.
주인의 지루한 객설에 짜증이 난 아이리시세터는 짐짓 불편
한 기색을 드러내며 두 귀를 내리고 엎드렸다. 그러나 평소
에 할 말을 제대로 못하고 살아온 주인은 너무나 말이 하고
싶었던 터라 거기서 그칠 수가 없었다.

「냄비의 손잡이 부분에 있는 세 별 가운데 두 번째 별은 언
뜻 보기엔 하나인 것 같지만 사실은 두 개의 별로 이루어져
있어. 옛날에 아라비아의 무사들은 그 두 개의 별, 곧 알코르
와 미자르를 구별할 수 있는가 없는가로 시력이 좋고 나쁨을
가렸다고 하지.」

가스통은 이마에 주름을 잡으며 눈을 들어 하늘을 보았다.
개가 하품을 했다. 벌써 지평선 위로 햇살이 뻗쳐 오기 시작
한 참이었다. 별들이 시나브로 희미해지다가 태양에 자리를
물려주고 스러졌다.

가스통은 배낭에서 요깃거리를 꺼냈다. 그는 햄과 치즈와
양파와 새끼 오이와 후추가 들어간 샌드위치로 아침을 에우
고 느긋하게 숨을 내쉬었다. 이렇게 아침 일찍 숲에 나와 해
돋이를 보는 것보다 더 유쾌한 일은 없었다.

화려한 빛의 축제가 펼쳐졌다. 태양은 빨강에서 분홍으로,
다시 주황에서 노랑으로 바뀌어 가다가 마침내 흰색이 되었
다. 그토록 찬란한 햇살과 빛을 겨룰 수 없게 된 새벽달은 스
스로 자취를 감추었다.

가스통의 눈길이 별에서 태양으로, 태양에서 나무숲으로,
나무숲에서 골짜기로 옮겨 갔다. 광활하게 펼쳐진 퐁텐블로
숲의 윤곽이 이제 분명하게 드러났다. 평지와 구릉이 갈마들

며 기복을 이루고, 모래, 사암, 점토, 석회암의 지대들이 숲을 분할하고 있었다. 또 이 숲에는 수많은 개울과 협곡이 있었고, 자작나무 수림이 울창했다.

그 풍광이 놀랍도록 다양한 면모를 보였다. 퐁텐블로는 아마도 프랑스에서 가장 다채로운 숲일 터였다. 수백 종의 새와 설치류, 파충류와 곤충들이 그 숲에 서식하고 있었다. 가스통은 이 숲에서 여러 차례 새끼 멧돼지나 어미 멧돼지와 마주쳤고, 새끼를 데리고 있는 암사슴을 본 적도 있었다.

파리에서 60킬로미터만 오면 닿을 수 있는 곳이지만, 이곳에 오면 인간 문명이 전혀 망쳐 놓지 않은 자연이 아직 남아 있다는 생각을 가질 수 있었다. 이곳에 오면 자동차도 경적도 오염도 없었고, 그 어떤 걱정 근심도 없었다. 그저 깊은 고요, 바람의 어루만짐에 나뭇잎 서걱이는 소리, 수다쟁이 새들의 지저귀는 소리만이 있을 뿐이었다.

가스통은 눈을 감고 아침 공기를 한껏 들이마셨다. 야생적인 활력으로 가득 찬 250제곱킬로미터의 숲이 아주 싱그러운 냄새를 발산하고 있었다. 그 어떤 향수 업자의 제품 목록에도 아직 들어 있지 않은 향수였다. 게다가 무한정으로 발산되기 때문에 누구라도 공짜로 누릴 수 있는 향이었다.

산림치수국을 이끄는 사람으로서의 본분에 충실하고자, 가스통은 쌍안경을 들고 숲 전체를 죽 둘러보았다. 그는 이 숲의 구석구석을 잘 알고 있었다. 오른쪽으로는, 아프르몽 협로와 그랑브뇌르 갈림목, 〈솥바닥〉 길, 큰 전망대, 〈산적 동굴〉이 있었고, 정면에는 프랑샤르 협로와 오래된 암자, 〈우는 바위〉 길, 드루이드 전망대가 있었다. 또 왼쪽으로는 드무아젤 권곡(圈谷)과 〈한숨의 갈림길〉과 모리용산이 있었다.

뤼뤼 종달새들의 서식지인 히스 황야, 그리고 더 멀리에 샹프루아 평원과 거기에 솟은 푸르스름한 봉우리들도 보였다.

가스통은 쌍안경을 조절해서 주피터 나무에 초점을 맞추었다. 그것은 수령이 4백 년이나 되고 높이가 35미터에 달하는 커다란 떡갈나무였다. 〈숲은 정말 아름다워〉 하고 감탄하면서 그가 쌍안경을 내려놓았다.

그때 개미 한 마리가 쌍안경통 위로 올라왔다. 가스통이 쫓아내려고 하자 개미는 그의 손에 매달렸다가 스웨터 위로 기어 올라갔다.

가스통이 개를 내려다보며 말했다.

「개미들 때문에 불안해. 예전에는 개미들의 둥지가 서로 떨어져 있었어. 그런데, 무슨 까닭인지는 모르지만, 개미집들이 서로 결합하고 있어. 개미집들이 모여 연방을 이루고 다시 그 연방들이 모여 거대한 제국을 형성하고 있는 거야. 마치 개미들이 〈초군거성(超群居性)〉 사회를 건설하는 실험을 하고 있는 것 같아.」

실제로 가스통은 개미집들이 연합한 초대형 군서지가 점점 더 많이 눈에 띈다는 얘기를 신문에서 읽었다. 프랑스의 쥐라산맥에서는 1천에서 2천에 이르는 개미집들이 냄새길로 연합되어 있는 사례가 발견된 바 있었다. 가스통이 보기에 개미들은 확실히 자기들의 사회 실험을 가장 높은 단계까지 밀고 나가고 있는 중이었다.

그런 생각을 하며 주위를 휘휘 둘러보고 있는데, 문득 어떤 기이한 광경이 그의 눈길을 끌었다. 그는 눈살을 찌푸렸다. 멀리, 그의 딸이 발견한 협곡과 사암 바위 쪽의 수림 사이에서 세모꼴의 물체가 번쩍이고 있었다. 개미집 따위로 걱정하고 있을 계제가 아니었다.

그 번쩍이는 물체는 나뭇가지에 가려 있었지만, 뼈대가 너무 곧아서 그의 눈에 띄지 않을 수가 없었다. 자연은 직선을 모른다. 따라서 그 물체는 야영자들이 별로 볼일도 없는 그 자리에 세워 놓은 천막이거나 숲을 오염시키는 자들이 숲 한가운데에 버리고 간 덩치 큰 쓰레기이기가 십상이었다.

가스통은 화가 나서 그 세모꼴의 빛이 오는 쪽을 바라보면서 오솔길을 내리달았다. 몇 가지 다른 가정들이 그의 뇌리를 스치고 지나갔다. 새로운 모델의 캠핑용 이동 주택일까? 금속 도금을 한 자동차일까? 아니면, 플래카드인가?

나무딸기와 엉겅퀴 덤불을 헤치며 한 시간가량을 달려가서, 그는 기진맥진이 되어 그 이상한 물체가 있는 곳에 다다랐다.

가까이에서 보니 그 물체는 한결 더 괴이쩍었다. 그것은 천막도 캠핑용 이동 주택도 플래카드도 아니었다. 그의 앞에 서 있는 것은 측면이 다 거울로 덮인, 높이 3미터가량의 피라미드였다. 그 꼭대기의 뾰족한 부분은 수정처럼 반투명했다.

「허, 이것 참! 봐라, 아킬레우스, 이거 정말 뜻밖인데…….」

개는 동의를 표하듯 멍멍 짖더니, 피라미드를 향해 삭은 송곳니를 드러내며 으르렁거리고, 왕년에 동네의 길고양이들을 숱하게 패주시킨 비장의 무기, 즉 악취 풍기는 입김을 쏟아 냈다.

가스통은 건물의 주위를 한 바퀴 둘러보았다.

커다란 나무들과 고사리 덤불이, 언뜻 보기에는 눈에 띄지 않을 만큼 피라미드를 잘 감춰 주고 있었다. 만일 아침 해가 섬세한 빛살로 그것을 비춰 주지 않았더라면, 가스통 역시 그것을 발견하지 못했을 터였다.

가스통은 건물을 자세히 살펴보았다. 문도 창문도 굴뚝도 우체통도 없었다. 심지어는 건물에 다가가기 위한 오솔길조차 보이지 않았다.

아이리시세터는 땅 냄새를 맡으며 계속 으르렁거렸다.

「너도 나처럼 생각하고 있니, 아킬레우스? 나는 이 비슷한 것을 텔레비전에서 본 적이 있어. 이건 아마…… 외계인들이 지은 걸 거야.」

그러나 개들은 가정을 내놓기 전에 먼저 정보를 수집한다. 아이리시세터들은 특히 그렇다. 아킬레우스는 거울 벽에 흥미를 느끼고 있는 듯했다. 가스통은 거울 벽에 귀를 갖다 댔다.

「이런!」

안에서 소리가 들렸다. 사람 목소리를 들은 것 같기도 했다. 그는 손으로 거울을 두드렸다.

「안에 누가 있소?」

대답이 없었다. 안에서 들리던 소리가 끊어졌다. 그가 말을 할 때 거울 벽에 달무리처럼 서렸던 입김이 스러졌다.

더 가까이에서 보니 피라미드는 전혀 외계인들의 것이 아니었다. 콘크리트로 짓고 그 위에 거울 판을 덧씌운 건물이었다. 그런 거울 판은 아무 건축 자재 가게에서나 쉽게 구할 수 있는 것들이었다.

「도대체 누가 이따위 생각을 한 거야? 퐁텐블로 숲 한가운데에 피라미드를 세우다니 말이야. 너 뭐 짚이는 데가 없니,

아킬레우스?」

개가 멍멍으로 대답을 했지만 주인은 그 대답을 제대로 이해하지 못했다.

주인의 뒤에서 곤충의 날갯짓 소리가 희미하게 들렸다.

브즈즈즈……

가스통은 그 소리에 전혀 주의를 기울이지 않았다. 숲에는 으레 모기와 등에 따위의 갖가지 날벌레들이 날아다니기 마련이었다. 날갯짓 소리가 다가왔다.

브즈즈즈…… 브즈즈즈……

그는 목이 뭔가에 따끔하게 찔리는 느낌을 받고는 성가신 날벌레를 쫓아내려고 손을 들었다. 그의 손짓이 허공에서 멎었다. 그는 입을 크게 벌리고 제자리에서 맴을 돌았다. 그의 손에서 개줄이 놓여나왔다. 눈을 휘둥그렇게 뜬 채 그는 시클라멘[12] 무더기에 고꾸라졌다.

16. 백과사전

별점

중앙아메리카의 마야 사회에는 공식적이고 의무적인 점성술이 있었다. 마야 사람들은 아이가 태어나면 그 출생일에 따라서 장차 그 아이가 겪게 될 일들을 예측해서 적은 특별한 책력을 아이에게 주었다. 그 책력에는 언제 일거리를 찾게 되고 결혼은 언제 하며 언제 무슨 사고를 당할 것이고 죽는 날은 언제라는 식으로 아이의 미래가 다 나와 있었다. 갓난아기 때부터 어른들이 그것을 되풀이해서 읊어 주기 때문에, 아이도 그 내용을 외워 노래처럼 읊조리면서 자기 삶이 어떻게 전개되

12 앵초과의 다년초. 겨울부터 봄까지 빨강, 하양, 분홍 따위의 꽃이 핀다.

리라는 것을 알게 되었다.

그 제도는 별문제 없이 원만하게 운용되었다. 마야의 점성술사들이 자기들의 예측이 빗나가지 않도록 적절한 조치를 취해 놓았기 때문이었다. 예를 들어, 어떤 젊은이의 책력에 적힌 가사 중에 모년 모월 모일에 이러이러한 처녀를 만나게 되리라는 말이 있으면, 그 만남이 실제로 이루어졌다. 그 처녀의 별점 노래에도 그와 똑같은 구절이 들어 있기 때문이었다. 그런 식의 일치는 사업 분야에서도 마찬가지로 이루어졌다. 예컨대, 어떤 사람의 노랫말에 언제 집을 사게 되리라는 구절이 있으면, 그 집을 팔 사람의 노래에는 그날 집을 꼭 팔아야 한다고 되어 있었다. 또 어느 날짜에 싸움이 벌어지리라는 예언이 있으면, 그 싸움에 가담할 사람들이 이미 오래전부터 그 날짜를 알고 있는 터라 실제로 싸움이 벌어졌다.

그런 식으로 모든 게 아주 잘 돌아갔고, 그 제도는 저절로 공고해졌다. 전쟁조차 날짜가 예고되고 전투의 내역이 미리 숙지되었다. 사람들은 승리자가 누구라는 것도 싸움터에 부상자 몇 명 사망자 몇 명이 쓰러져 있게 되리라는 것도 알고 있었다. 만일 사망자 수가 예견과 정확히 맞아떨어지지 않는 경우가 생기면, 포로들을 희생시켜서라도 그 수를 맞추었다.

물론 그 별점 노래가 삶을 편리하게 만들어 주는 면도 있었다. 삶에 우연적인 요소가 개입될 여지가 전혀 없었기 때문에 아무도 내일을 두려워하지 않았다. 점성술사들이 각각의 인생 경로를 분명히 제시해 놓았기에 사람들은 저마다 자기 삶뿐만 아니라 남들의 삶까지도 어디로 나아가리라는 것을 알고 있었다.

마야인들의 별점은 세계의 종말이 오는 순간을 예언하는 데서 그 절정을 이루었다. 세계의 종말은, 세계의 다른 한쪽에서 그리스도 기원이라고 부르는 이른바 서력기원의 열 번째 세기에 오기로 되어 있었다. 마야의 점성술사들이 모두 똑같은 시간을 세계 종말의 정확한 시간으로 예언했다. 그 전날이 되자, 사람들은 그 재앙을 감수하기보다는 도시에 불을 지르고 가족을 제 손으로 죽인 뒤에 스스로 목숨을 끊었다. 얼마 안 되는 생존자들만이 불길에 싸인 도시를 떠나 평원의 떠돌이가 되었다.

그 점을 들어 마야 문명을 고지식하고 어수룩한 사람들의 작품으로 생각하는 것은 오산이다. 마야인들은 0이라는 수와 바퀴를 알고 있었고 (비록 그런 발견이 유용하게 쓰일 수 있다는 점을 깨닫지는 못했다 해도), 도로를 건설하기도 했다. 18개월 체계로 이루어진 그들의 태양력은 현재 우리가 사용하는 것보다 더 정확했다.

16세기에 스페인인들이 유카탄반도에 침입하였을 때, 그들은 마야 문명을 멸망시키려고 그다지 애를 쓸 필요가 없었다. 이미 오래전에 그 문명이 스스로 파멸되었기 때문이었다. 그렇지만, 오늘날에도 스스로를 마야의 먼 후손이라고 주장하는 인디오들이 남아 있다. 〈라칸돈〉이 바로 그들이다. 이상하게도 그 라칸돈의 아이들은 인생의 모든 사건들을 나열하는 옛 노래를 흥얼거리고 있다. 그러나 이제 그 노래의 정확한 의미를 아는 사람은 아무도 없다.

에드몽 웰스, 『상대적이며 절대적인 지식의 백과사전』 제3권

17. 수하(樹下) 상봉

이게 어디로 가는 길이지? 그는 지칠 대로 지쳐 있다. 개미 길의 냄새를 맡으며 이 길을 따라 걸어온 게 벌써 며칠째다.

한번은 그에게 아주 이상한 일이 일어났다. 도무지 어찌 된 영문인지를 알 수 없는 일이었다. 그는 갑자기 검고 매끈매끈한 물체에 올려진 다음 위로 들려 올라갔다. 그러고 나

서, 검은 풀이 흩어져 있는 분홍빛 사막을 걷다가 정교하게 엮인 식물성 섬유 위로 떨어졌다. 그는 거기에 매달려 있다가 멀리 허공으로 튕겨 나갔다.

그건 십중팔구 〈그들〉 중의 하나였을 것이다.

〈그들〉이 숲에 점점 더 빈번하게 출현하고 있다.

아무튼 여전히 살아 있어서 다행이다. 중요한 건 살아 있다는 것이다.

처음엔 옅게 나던 페로몬 냄새가 제법 진해졌다. 그가 개미들이 다니는 길을 걷고 있는 건 확실하다. 히스와 백리향[13]의 중간쯤 되는 이 냄새는 틀림없이 개미길의 냄새다. 그는 냄새를 맡아 보고 이내 탄화수소 화합물의 성분을 분석해 낸다. $C_{10}H_{22}$, 벨로캉 탐험 개미들의 배 아래에 있는 분비샘에서 나온 화합물이다.

등에 햇살을 받으며 늙은 불개미는 냄새의 자취를 쫓아 후각 궤도를 따라간다. 주위의 큰 고사리들이 초록색의 둥근 천장을 이루고 있다. 고사리들이 둥근 천장이라면 가짓과 식물인 벨라도나들은 엽록체로 된 기둥이다. 주목(朱木)들도 이따금 그에게 그늘을 만들어 준다. 그는 풀과 나뭇잎 속에서 수천의 더듬이와 눈과 귀가 자기의 동정을 살피고 있음을 느낀다. 그러나 어떤 동물도 그의 앞에 나타나지 않는 걸로 보아, 그의 존재가 그들에게 두려움을 주고 있다고 생각해도 될 듯하다. 그는 병정개미의 위용을 돋보이게 하려고 목을 움츠려 머리를 가슴에 가까이 붙인다. 몇몇 작은 목숨붙이들

---

13 히스는 진달랫과에 딸린 떨기나무. 겨울부터 봄까지 흰빛 또는 옅은 붉은빛의 대롱 모양의 꽃이 핀다. 백리향은 꿀풀과에 딸린 떨기나무로 8~10월에 불그레한 꽃이 피고 씨열매가 가을에 어두운 갈색으로 익는다.

이 줄행랑을 놓는다.

루핀이 무리 지어 피어 있는 곳을 빙 돌아가고 있는데, 돌연 개미의 열두 실루엣이 나타났다. 그들 역시 숲속 불개미다. 게다가 그가 태어난 도시 벨로캉의 냄새를 풍기고 있다. 같은 겨레의 어린 아우들이다.

그는 위턱을 앞으로 내밀고, 문명의 냄새를 풍기는 그들 쪽으로 달려간다. 열두 개미들이 깜짝 놀라며 멈춰 서서 더듬이를 세운다. 늙은 개미는 그들이 속한 계급과 아계급을 알아낸다. 그들은 탐험 겸 사냥 개미 아계급에 딸린 중성의 어린 병정개미들이다. 늙은 불개미는 가장 가까이에 있는 개미에게 다가가 영양 교환을 부탁한다. 그 개미는 두 더듬이를 뒤로 젖혀 동의의 뜻을 표한다.

곧 두 개미는 그들 세계에서 변함없이 이어져 내려온 먹이 교환의 의식을 치른다. 더듬이 끝으로 서로의 머리를 두드리면서 두 개미는 정보를 주고받는다. 한쪽은 상대가 필요로 하는 것이 무엇인지를 알고자 하고, 다른 쪽은 상대가 자기에게 무엇을 줄 것인지를 알고 싶어 한다. 그런 다음, 두 개미는 위턱을 벌리고 바투 다가들어 입과 입을 마주 댄다. 주는 쪽은 자기의 갈무리 주머니로부터 액체로 된 먹이를 게워 올린 다음 그것을 공처럼 둥그렇게 말아서 넘겨주고, 받는 쪽은 그것을 받아 꿀꺽꿀꺽 삼킨다.

먹이의 일부는 즉시 힘을 되찾기 위해 소화위로 보내고, 나머지는 필요할 경우 동료들에게 나누어 줄 수 있도록 사회위, 곧 갈무리 주머니에 넣어 둔다. 늙은 불개미가 다시 힘을 얻고 몸을 추스르자, 열두 아우들이 더듬이를 흔들며 그에게 소개를 부탁한다.

더듬이의 열한 마디는 각각 특별한 페로몬을 발산한다. 말하자면 열한 개의 입이 동시에 다른 어조로 말하는 셈이다. 그 열한 마디는 페로몬을 발할 뿐만 아니라 받아들이기도 한다. 그 경우에는 더듬이마디 하나하나가 귀 노릇을 하는 셈이다.

먹이를 나누어 준 젊은 개미가 늙은 병정개미에게 다시 다가오더니, 그의 더듬이마디 중에서 머리로부터 첫 번째 것을 건드려 그의 나이를 알아낸다. 그는 세 살이다. 두 번째 마디에서는 그의 계급이 중성의 병정개미라는 것과 아계급이 탐험 겸 사냥 개미임을 밝혀낸다. 세 번째 마디에서는 종과 출생지를 알 수 있다. 그는 숲속 불개미에 속하고 벨로캉 출신이다. 네 번째 마디에서는 산란 번호, 곧 그의 호칭에 관한 정보를 얻을 수 있다. 늙은 불개미는 여왕이 봄철에 103683번째로 낳은 알에서 나왔다. 따라서 그의 호칭은 103683호다. 다섯 번째 마디는 더듬이 접촉에 동의한 개미의 심리 상태를 알려 준다. 103683호는 지쳐 있기도 하고 중요한 정보를 지니고 있는 탓에 무척 흥분해 있기도 하다.

젊은 개미는 거기에서 후각 정보 해독을 멈춘다. 냄새길의 분자를 검색하는 데도 쓰이는 다섯 번째 마디까지는 개체에 관한 정보를 주지만 다른 마디들은 다른 용도로 사용되기 때문이다. 여섯 번째 마디는 기본적인 대화를 나누는 데 쓰이고, 일곱 번째 마디는 복잡한 대화에, 여덟 번째 마디는 여왕개미와 대화할 때만 사용된다. 끝의 나머지 세 마디는 유사시에 작은 곤봉으로 이용될 수 있다.

이번에는 103683호가 열두 탐험 개미들에 대해서 알아볼 차례다. 그들은 태어난 지 198일 된 젊은 병정개미들이다.

거의 같은 시각에 세상에 나왔지만 생김새는 제각각이다.

5호는 몇 초 차이로 맏이가 되었다. 갸름한 머리, 좁다란 가슴, 뾰족한 위턱에 배도 막대처럼 생겨서 전체적으로 길쭉한 느낌을 준다. 거동은 정확하고 신중하다. 넓적다리마디는 두툼하며, 발톱은 길고 아주 많이 벌어져 있다.

6호는 바로 위의 5호와는 달리 전체적으로 동글동글하게 생겼다. 머리가 동그랗고 배는 볼록하며 가슴은 다부지다. 게다가 더듬이마저도 끝이 살짝 말려 올라가서 둥근 느낌을 더해 준다. 그는 한 가지 버릇이 있다. 뭔가 가렵게 하는 거라도 있는 것처럼 오른쪽 앞다리로 줄곧 눈을 비빈다.

7호는 위턱이 짧고 다리가 두꺼우며 생김새가 준수하고 깔끔하다. 등딱지는 하늘이 비칠 만큼 반짝거린다. 몸짓이 우아하나 배 끝으로 이따금 아무 뜻 없는 갈지자를 그리는 버릇이 있다.

8호는 털보다. 이마, 위턱 할 것 없이 도처에 털이 나 있다. 거동이 굼뜨고 서툴다. 잔가지를 씹는 버릇이 있다. 때때로 위턱으로 그 잔가지를 들어 더듬이로 보낸 다음 다시 위턱으로 되보내는 장난을 치곤 한다.

9호는 만무방이다. 머리는 둥글고 가슴은 세모꼴이며 배는 네모꼴이고 다리는 원통형이다. 어릴 적에 앓은 병 때문에 구릿빛 가슴에 여기저기 구멍이 나 있다. 관절의 놀림이 아주 좋다. 그 자신도 그걸 알기에 관절을 가지고 늘 장난을 친다. 그때마다 기름칠 잘 된 돌쩌귀 소리 같은 것이 나는데, 전혀 불쾌한 소리는 아니다.

10호는 체구가 가장 작다. 그래도 더듬이는 아주 길어서 그 무리의 후각 레이더 구실을 한다. 그의 더듬이짓은 그가 얼마나 호기심이 많은지를 능히 짐작게 한다.

11호, 12호, 13호, 14호, 15호, 16호에 대해서도 그런 식의 세심한 관찰이 진행되었다.

조사를 끝낸 늙은 개미가 5호에게 대화를 제의한다. 단지 5호가 맏이라서가 아니라, 그의 더듬이에 끈적끈적한 후각 정보가 가장 많이 묻어 있었기 때문이다. 끈적거리는 더듬이는 사교성이 아주 좋다는 것을 알리는 표시다. 이야기를 풀어 나가는 데는 역시 수다스러운 쪽이 편하다.

두 개미가 더듬이를 맞대고 대화를 나눈다.

103683호는 그 열두 개미가 벨로캉 병정개미의 새로운 아계급인 정예 특공대에 속해 있다는 사실을 알아낸다. 그들은 유사시에 전위로 파견되어 적의 전선에 침투한다. 그들은 필요에 따라 다른 개미 도시와의 전투에 나가기도 하고, 도마뱀처럼 덩치가 큰 포식자들을 처단하기 위한 사냥에 참가하기도 한다.

103683호가 무엇 하러 둥지에서 이렇게 멀리 나왔느냐고 묻자, 5호는 자기네가 하나의 임무를 띠고 원거리 탐험에 나섰노라고 대답한다. 세계의 동쪽 가장자리를 찾아가기 위해 며칠 전에 길을 떠나 동쪽으로 가고 있다는 것이다.

벨로캉 개미들은 세계는 항상 존재해 왔고 영원히 존재하게 되리라고 믿고 있다. 세계는 태어난 것이 아니기에 죽지도 않으리라는 것이 그들의 생각이다. 그들이 보기에 세계는 정육면체 모양으로 되어 있다. 그들은 그 정육면체가 공기로 둘러싸여 있고 그 위를 구름이 감싸고 있으며, 더 위에는 물이 있어서 그것이 이따금 구름을 뚫고 비가 되어 떨어지는 것이라고 생각한다.

그것이 바로 그들의 우주관이다.

벨로캉 개미들은 자기들이 세계의 동쪽 가장자리 아주 가까이에 있다고 믿고, 수천 년 전부터 자기들의 정확한 위치를 알고자 동방에 탐험대를 보내곤 했다.

103683호는 자기 역시 탐험 개미의 하나로서 동방에 파견되어 세계의 가장자리를 다녀오는 길이라고 밝힌다.

열두 개미가 한결같이 그의 이야기를 믿으려고 하지 않자, 늙은 불개미는 뿌리 속의 은신처로 들어가서 둥그렇게 모여 더듬이를 맞대고 차근차근 이야기를 나누자고 제안한다.

이제 103683호는 젊은 동료들에게 자기 삶의 역정을 이야기해 줄 참이다. 그의 이야기를 통해 그들은 세계의 동쪽 가장자리에서 펼쳐진 놀라운 모험담을 알게 될 것이고, 그럼으로써 그들의 도시에 가공할 위험이 어두운 그림자를 드리우고 있다는 것도 알게 되리라.

18. 벌레 증후군

집 앞에 주차된 리무진의 앞 차체에서 검은 깃발이 펄럭이고 있었다. 2층에선 준비가 끝나 가고 있는 참이었다.

각자 관으로 다가가서 망인(亡人)의 손에 마지막으로 입을 맞추었다.

그것이 끝나자, 사람들은 가스통 팽송의 시신을 지퍼가 달린 커다란 비닐 가방에 담고 거기에 사탕 모양의 나프탈렌을 채워 넣었다.

「왜 나프탈렌을 넣죠?」

쥘리가 장의사에서 나온 한 일꾼에게 물었다. 검은 옷을 입은 그 남자는 아주 전문가다운 표정을 지으면서 거드름 섞인 목소리로 설명했다.

「벌레들을 죽이기 위해서야. 시신에는 구더기가 꾀기 마련이지. 다행히도 오늘날의 시신들은 나프탈렌 덕분에 벌레들로부터 보호를 받게 되었지.」

「나프탈렌을 넣으면 벌레들이 시신을 파먹지 못하나요?」

「그럼. 게다가 이제는 관에 아연판을 씌우기 때문에 벌레들이 안으로 들어갈 수가 없어. 흰개미조차도 아연판을 뚫을 수 없지. 아버지의 시신은 깨끗하게 묻혀서 아주 오래도록 그런 상태를 유지하게 될 거야.」

검은 제모를 쓴 남자들이 관을 리무진 안으로 옮겼다.

장례 행렬은 매연이 자욱한 교통 혼잡 속에서 참을성 있게 몇 시간을 보낸 끝에 공동묘지에 다다랐다. 영구(靈柩)를 실은 리무진이 먼저 공동묘지로 들어가고, 그 뒤를 이어 가족, 친척, 친구, 고인의 직장 동료를 태운 승용차들이 차례로 들어갔다.

모두들 검은 옷을 입고 애도의 뜻이 담긴 표정을 짓고 있었다.

묘광 인부 네 사람이 관을 어깨에 메고 미리 파놓은 무덤 구덩이로 옮겼다.

의식은 아주 천천히 진행되었다. 사람들은 몸을 덥히기 위해 발을 동동거리며 계제에 어울리는 말들을 가만가만 주고받았다. 〈정말 훌륭한 사람이었어〉, 〈아까운 양반이에요. 너무 일찍 돌아가셨어요〉, 〈산림치수국으로서는 얼마나 큰 손실인지 몰라〉, 〈이 친구 성인군자 같은 사람이었지. 착하고 아주 너그러웠어〉, 〈이분이 돌아가심으로써 우리는 숲을 지키는 탁월한 전문가 한 사람을 잃게 된 셈이에요).

마지막으로 신부가 나와서 의례적인 말로 고인의 명복을 빌었다.

「그대 흙에서 나와 흙으로 돌아가리라…… 훌륭한 남편이 자 가장이었던 고인은 우리 모두에게 하나의 본보기가 되었습니다……. 그에 대한 좋은 추억이 우리의 가슴속에 영원히 남게 될 것입니다……. 그는 모든 사람들로부터 사랑을 받았습니다……. 이로써 하나의 순환이 마감되는 것입니다, 아멘.」

모두가 조의를 표하기 위해 쥘리와 그녀의 어머니 주위로 몰려갔다.

뒤페롱 지사도 그들 틈에 끼어 있었다.

「와주셔서 감사합니다, 지사님.」

쥘리의 어머니가 그렇게 인사를 했지만, 지사는 어머니보다는 쥘리에게 말을 하고 싶은 눈치였다.

「뭐라고 위로의 말을 해야 할지 모르겠어, 쥘리 양. 자네 아버님이 돌아가신 건 우리 모두에게 크나큰 손실일세.」

지사는 몸에 닿을 듯 가까이 다가와서 쥘리에게 귀엣말을 했다.

「내가 자네 아버님을 존경했던 만큼, 우리 도청의 부서에는 자네를 위한 자리가 항상 마련되어 있을 테니 그리 알게. 법학 공부가 끝나거든 나를 만나러 와. 자네에게 좋은 자리를 찾아 줄 테니.」

그러고 나서야 지사는 어머니에게 말을 걸었다.

「부군의 사건을 우리의 가장 민완한 형사에게 맡겼습니다. 이제부터 그가 이 사건의 미스터리를 밝혀 낼 겁니다. 리나르 경정이 그 사람입니다. 아주 뛰어난 경찰관이지요. 그 사람이 수사를 시작했으니 곧 사건의 전모가 드러날 겁니다.」

잠시 뜸을 들이다가 그가 말을 이었다.

「장례도 끝나기 전에 이런 말씀드려서 폐가 될는지 모르겠습니다만, 아무리 거상 중이라 해도 때로는 기분을 바꿔보시는 게 좋을 것입니다. 그래서 드리는 말씀인데, 우리 퐁텐블로시와 일본 하시노에서의 자매결연을 맞이하여 다음 토요일에 퐁텐블로성 연회실에서 리셉션이 열릴 것입니다. 따님과 함께 오십시오. 저는 가스통이 어떤 사람이었는지 누구보다 잘 압니다. 부인이 연회에 참석해서 즐거운 시간을 보내신다면 그 친구도 기뻐할 겁니다.」

어머니는 고개를 끄덕였다. 그러는 동안 사람들은 관 위에 마른 꽃을 던졌다.

쥘리는 묘혈(墓穴) 가장자리로 나아가 입속말로 중얼거렸다.

「아빠, 가슴 아프게도 우리는 한 번도 진정 어린 대화를 나눠 보지 못했어요. 오늘 보니까, 아빠는 집이 아닌 다른 곳에서는 좋은 분이었던 게 분명해요…….」

쥘리는 한동안 아버지의 관을 내려다보았다.

가슴이 찢어지는 듯했다. 그녀는 엄지손가락의 손톱을 물어뜯었다. 손톱을 물어뜯으면 마음의 비통함을 다스릴 수 있었다. 몸에 고통을 주는 것이 때로는 마음에 도움이 되기도 했다. 괴로움을 참고 견디기보다 적극적으로 통제할 수 있기 때문이었다.

「아빠, 안타깝게도 우리 사이엔 너무나 많은 장벽이 가로놓여 있었어요.」

그녀가 말을 맺었다.

고인의 관 밑에서는 콘크리트의 틈새로 기어 들어간 한 떼의 굶주린 구더기들이 아연판을 두드리며 저희들의 언어로 이렇게 말하고 있었다.

《안타깝게도 우리 사이엔 너무나 많은 장벽이 가로놓여 있군요.》

19. 백과사전

문명과 문명의 만남

두 문명이 만나는 순간은 언제나 까다롭다.

1818년 8월 10일, 영국 극지 탐험대의 대장인 존 로스 선장이 그린란드의 원주민, 곧 이누이트(그들을 우리는 흔히 에스키모라고 부르지만 그들 자신은 스스로를 이누이트라고 한다. 에스키모는 〈물고기를 날로 먹는 사람〉이라는 뜻이어서 다소 경멸의 뜻을 담고 있음에 반해, 이누이트는 〈인간〉을 뜻한다)를 처음 만났을 때의 일이다. 이누이트들은 이 세계에 인간은 자기들뿐이라고 믿고 있던 터였고, 그들 가운데 가장 나이 많은 이누이트가 막대기를 흔들며 떠나라는 신호를 보내는 상황에서는 누구나 최악의 경우를 우려했을 법하다.

존 로스 선장은 마침 존 삭세우스라는 통역자를 대동하고 있었다. 그 통역자는 남그린란드 출신으로 서툰 영어로나마 영국인들과 의사소통을 할 줄 알았다. 이누이트들이 적대적인 태도를 보이자, 이 통역자가 재치를 발휘하여 자기가 들고 있던 칼을 얼른 땅바닥에 던졌다. 처음 만난 사람의 발밑으로 자기 무기를 던져 버리는 것을 본 이누이트들은 어리둥절해졌다. 그들은 그 칼을 집어 들더니, 자기들의 코를 잡고 소리를 지르기 시작했다. 삭세우스도 재빨리 그들과 똑같은 동작을 취했다.

그것이 가장 어려운 고비였다. 그 고비를 넘기고 나니 만사형통이었다. 사람들은 어떤 사람이 자기와 똑같이 행동하면 그를 죽이려 하지 않는 법이다.

가장 나이 많은 이누이트가 다가와 삭셰우스의 면 셔츠를 더듬어 보더니 그렇게 얇은 모피는 무슨 동물의 가죽으로 만드느냐고 물었다.

그 물음에 삭셰우스가 그럭저럭 대답을 하고 나자, 노인이 또 물었다.

「당신들은 달에서 왔소, 아니면 해에서 왔소?」

지구에 자기들 말고 다른 사람들은 없다고 믿고 있던 이누이트들은 다른 가능성을 생각할 수가 없었다.

삭셰우스는 마침내 영국 장교들을 만나도록 그들을 설득하는 데 성공했다. 이누이트들은 영국인들의 배에 올라갔다. 그들은 먼저 돼지를 발견하고 겁에 질렸다. 그런 다음 영국인들이 거울을 보여 주자 이누이트들은 거울에 비친 자기들의 모습을 보며 즐거워했다. 시계를 보여 주자 먹을 수 있느냐고 물었다. 비스킷을 한 입 먹어 보더니, 그들은 역겨워하면서 도로 뱉어 냈다. 이윽고, 이누이트들은 우호의 표시로 그들의 주술사를 불렀다. 주술사는 신령들에게 영국 배에 있을지도 모를 모든 악귀들을 쫓아내 달라고 빌었다.

그다음 날 존 로스는 이누이트의 땅에 영국 깃발을 꽂았고, 이누이트의 영토와 모든 자원을 가로챘다. 이누이트들은 그런 사실을 미처 깨닫지 못했지만 한 시간 만에 그들은 영국 왕의 신민이 되고 만 거였다. 일주일 후에 이누이트의 나라는 세계 지도 위에 테라 인코그니타[14]라는 말을 대신해서 나타나게 되었다.

에드몽 웰스, 『상대적이며 절대적인 지식의 백과사전』 제3권

---

14 terra incognita. 미지의 땅.

20. 위쪽 세상에 대한 두려움

홀로 떠돌던 늙은 불개미가 젊은 동료들을 만나 미지의 땅에 대해, 자기가 여행한 이상한 세계에 대해 이야기하고 있다. 열두 개미들로서는 곧이듣기 어려운 이야기가 아닐 수 없다.

이야기의 시작은, 평범한 병정개미에 지나지 않던 103683호가 벨로캉 여왕개미의 거처 가까이에 있는 금단 구역의 통로를 산보하고 있을 때로 거슬러 올라간다. 두 생식개미, 즉 수개미 하나와 암개미 하나가 나타나 그에게 도움을 청했다. 그들은 사냥을 나갔던 한 원정대가 어떤 비밀 무기 때문에 몰살을 당했다면서 그 무기는 여남은 마리의 병정개미들을 한꺼번에 죽일 수 있는 것이라고 주장했다.

103683호는 자기 나름대로 조사를 해본 뒤에, 그것은 대대로 내려오는 그들의 원수인 시게푸 둥지의 난쟁이개미들이 저지른 일이라고 결론을 내렸다. 벨로캉과 시게푸 사이에 전쟁이 시작되었다. 그런데, 난쟁이개미들은 벨로캉 개미들을 납작하게 눌러 죽였을 것으로 생각했던 그 거대한 신무기를 사용하지 않았다. 따라서 그 비밀 무기는 그들의 것이 아니었다.

난쟁이개미들 다음으로 혐의를 받은 것은 당연히 흰개미들이었다. 그들 역시 조상 때부터 내려온 적이기 때문이었다. 그들의 둥지로 그 비밀 무기를 조사하러 가기로 결정하고, 103683호는 한 원정대와 함께 동쪽의 흰개미 도시로 떠났다. 그러나 그곳에 다다라 보니 흰개미들의 도시는 독성의 염소 가스로 폐허가 되어 있었다. 여왕 흰개미가 유일한 생존자였다. 여왕 흰개미는 최근에 부쩍 빈번해진 그 모든 재앙이 〈세계의 동쪽 가장자리를 지키고 있는 거대한 괴물들〉의 소행이라고 주장했다.

그리하여 103683호는 동쪽을 향해 계속 나아갔다. 갖은 우여곡절 끝에 여왕 흰개미가 말한 그 동쪽 가장자리를 발견했다.

《우선 알아 둘 것은, 세계는 정육면체가 아니기 때문에 그 가장자리가 깎아지른 절벽으로 되어 있지 않다는 거다. 세계의 가장자리는 평평해.》

103683호는 자기가 본 것을 묘사하려고 애쓴다. 석유 냄새를 강하게 풍기던 검은 지대가 생각난다. 개미 하나가 그 지대로 나아갔다가 고무 냄새가 나는 검은 덩어리에 박살이 나고 말았다. 많은 개미들이 무리하게 그 지대를 건너려다가 즉사했다. 세계의 가장자리는 평평하다. 그러나 그곳은 즉사의 지대다.

103683호가 건너는 것을 포기하고 돌아오려 하던 참에, 그 죽음의 지대 밑으로 터널을 파는 묘안이 떠올랐다. 그렇게 해서 그는 맞은편으로 건너갔고, 세계의 가장자리를 지키는 그 거대한 동물들이 사는 이색적인 나라를 발견하게 되었다.

열두 개미들이 그 이야기를 홀린 듯이 듣고 있다. 14호가 자못 궁금해하며 묻는다.

《그 거대한 동물들의 이름이 무엇인가?》

103683호는 잠시 머뭇거리다가 짧게 대답한다.

《손가락.》

열두 개미는 가장 악독한 포식자를 사냥하는 데 이골이 난

용감한 전사들이다. 그럼에도, 그들은 그 한마디가 떨어지자마자 소스라치게 놀라면서, 정보를 교환하기 위해 둥그렇게 그리고 있던 원을 풀어 버린다.

《손가락들이라고?》

그들에게 손가락들은 악몽의 화신이다.

개미들은 저마다 손가락들에 관한 혐오스럽기 짝이 없는 이야기들을 알고 있다. 그들이 아는 한, 손가락들은 모든 피조물 가운데 가장 무시무시한 괴물이다. 그들은 언제나 다섯씩 무리를 지어 다닌다는 얘기도 있고, 먹으려는 것도 아니면서 아무 이유 없이 그냥 개미들을 죽인다는 주장도 있다.

숲의 세계에는 살생이 있고, 그 살생에는 반드시 그럴 만한 까닭이 있기 마련이다. 숲의 동물들은 먹기 위해 죽이고, 스스로를 지키기 위해 죽이며, 사냥터를 넓히기 위해 죽이고, 둥지를 빼앗기 위해 죽인다. 그러나 손가락들은 터무니없는 행동을 한다. 그들은 아무 까닭 없이 개미들을 눌러 죽인다.

그 결과, 개미 세계에서 손가락들은 미친 짐승이라는 오명을 얻게 되었다. 그들의 행동은 공포를 넘어서서 극도의 혐오감을 불러일으킨다. 열두 개미는 저마다 그들에 관해서 널리 퍼져 있는 무시무시한 일화들을 알고 있다.

《손가락들이 어떤 자들인데…….》

몇몇 개미들의 주장에 따르면, 그들은 온 도시에 구멍을 내기도 하고, 구역구역을 휘저으며 도시 안으로 후비고 들어와 겁에 질린 개미들이 떼 지어 몰려나오게 하는 일도 있다고 한다. 심지어 그자들은 어린 생명들이 모여 있는 구역에까지 구멍을 뚫고 들어와 그곳을 통째로 들어 올리기도 한다. 그 바람에 반쯤 납작해진 알 뭉치들이 이슬처럼 굴러떨어지는 목불인견의 참상이 빚어지기도 한다는 것이다.

《손가락들이 어떤 자들인데…….》

벨로캉에 퍼진 소문에 의하면, 그들은 아무것도 존중할 줄 모른다. 그들은 여왕개미조차 무참히 짓밟는다고 한다. 그들이 눈이 멀어서 앞을 보지 못한다는 얘기도 있다. 그래서 눈이 먼 것에 대한 복수로 눈이 성한 것들을 닥치는 대로 죽이고 있다는 것이다.

《손가락들이 어떤 자들인데…….》

모든 이야기들을 종합해 보면, 그들은 눈도 입도 없고 더듬이나 다리도 달리지 않은 것이 분홍빛의 커다란 공처럼 생겼다. 그 매끈매끈한 분홍빛 공들은 힘이 어마어마해서 지나는 길에 있는 것들을 모조리 죽이지만, 그것들을 먹지는 않는다.

《손가락들이 어떤 자들인데…….》

어떤 개미들의 주장에 따르면, 그들은 자기들에게 겁 없이 너무 가까이 다가간 탐험 개미들의 다리를 하나하나 뽑아 버린다고 한다.

《손가락들이 어떤 자들인데…….》

그 많은 이야기들이 어디까지가 사실이고 어디까지가 전설인지는 아무도 모른다. 개미 도시에서 부르는 그들의 별명도 가지가지다. 핑크빛 학살자, 하늘에서 내리는 무자비한 죽음, 야만의 수괴, 공포의 장밋빛 괴물, 다섯씩 패를 짓고 다니는 가공할 불한당, 매끈한 악마, 도시에 구멍을 뚫는 자, 무어라 이름 지을 수 없는 자, 등등.

《손가락들이 어떤 자들인데…….》

그들은 실제로 존재하는 게 아니라, 유모 개미들이 너무 일찍부터 둥지 밖으로 나가고 싶어 하는 올된 애벌레들을 겁주느라고 그들을 들먹인 것에 지나지 않는다고 믿고 있는 개미들이 아직 있다.

《밖에 나가지 마라. 광활한 바깥세계에는 손가락들이…….》

어린 시절에 그런 엄명을 들어 보지 않은 자 누가 있으랴? 또, 맨 위턱으로 손가락 사냥을 떠났다는 영웅적인 병정개미들의 전설을 듣지 않고 자란 자 누가 있으랴?

《손가락들이 어떤 자들인데…….》

젊은 열두 개미들은 손가락을 뜻하는 페로몬을 발하는 것만으로도 몸이 후들거린다. 손가락들은 단지 개미들만 공격하는 게 아니라 살아 있는 모든 것을 공격한다고 한다. 그들은 애벌레의 몸뚱이에 구부슴한 가시를 꽂는 짓도 서슴지 않고, 벌레들을 강물에 빠뜨리기도 한다. 그래서 자비로운 물고기들이 와서 구해 주지 않으면 벌레들은 하릴없이 허우적대다가 죽음을 맞는다.

《손가락들이 어떤 자들인데…….》

혹자의 주장을 빌리자면, 그들은 1천 년 묵은 나무를 단숨에 쓰러뜨리고, 개구리의 뒷다리를 자른 뒤에 그 다리는 잘렸지만 아직 살아 있는 개구리를 다시 늪에 던진다고 한다.

어디 그뿐인가! 나비 등에 바늘 꽂고, 나는 모기 낚아채고, 조약돌로 새 맞히고, 도마뱀 짓이기고, 다람쥐 가죽 벗기고, 꿀벌 둥지 작살내고, 마늘 냄새 풀풀 나는 초록색 기름 속에 달팽이를 집어넣고…….

열두 개미가 103683호를 신기한 듯 바라본다. 그러니까, 이 늙은 병정개미가 손가락들에게 다가갔다가 무사히 살아 돌아왔다는 얘기렸다!

103683호는 열두 개미의 석연치 않아 하는 기색에 아랑곳하지 않고 이야기를 계속한다.

《손가락들은 이 숲의 주위에 두루 퍼져 있고, 숲에 자주 나타나기 시작했다. 우리는 더 이상 그들을 모른 체할 수가 없다.》

5호는 여전히 곧이들으려 하지 않고 더듬이를 내민다.

《그렇다면 왜 그자들이 우리 눈에 띄지 않는가?》

《그들이 너무 크고 높아서 우리 눈에 보이지 않는 것이다.》

열두 탐험개미들은 더 이상 대꾸를 하지 않는다. 혹시 이 늙은 개미가 공연한 객담을 늘어놓고 있는 건 아닐까? 손가락들이 있기는 정말로 있는 걸까? 후각적으로 침묵하고 있는 그들의 더듬이는 더 이상 어떤 페로몬을 발하고 받아야 할지 갈피를 잡지 못한다. 늙은 개미의 얘기가 너무나 터무니없기 때문이다. 그들은 세계의 가장자리와 그곳을 지키고 있다는 손가락들을 상상해 보려고 애쓴다.

이윽고 5호가 늙은 병정개미에게 묻는다.

《왜 벨로캉으로 돌아가려고 하는가?》

《손가락들이 다가오고 있다는 것, 그리고 앞으로는 모든 게 달라지리라는 것을 모두에게 알리고 싶어서다.》

103683호는 가장 무게 있고 가장 설득력 있는 냄새 분자로 이렇게 페로몬을 발한다.

《손가락들은 존재한다. 온 세계에 이 사실을 알려야 한다. 저 위, 우리 눈에 보이지 않는 어딘가에서 그들이 우리를 살피며 다가올 채비를 하고 있다. 그들이 다가오면 모든 것이

변할 것이다. 다 같이 둥그렇게 모여 더듬이를 맞대자. 아직 더 할 이야기가 있다.》

사실 그가 정작 하고 싶어 한 이야기는 이제 겨우 시작된 셈이다. 첫 번째 모험을 끝내고 벨로캉으로 돌아와 새로운 여왕에게 자기가 겪은 일을 보고하자, 여왕은 불안을 느끼고 지상에서 손가락들을 모두 없애 버리기 위해 대규모 원정대를 파견하기로 결정했다.

벨로캉 개미들은 개미산을 배에 가득 채운 병정개미 3천으로 신속하게 원정군을 조직했다. 그러나 원정길은 너무나 멀고 험난했다. 처음 3천으로 출발한 그들이 세계의 가장자리에 도착했을 때는 5백으로 줄어 있었다. 게다가 그들이 벌인 전투는 영원히 잊을 수 없는 치욕이었다. 원정길에서 살아남은 개미들 중 거의 모두가 손가락들이 뿜어 대는 비눗물 속에서 죽었다. 103683호는 몇 안 되는 생존자 가운데 하나였다. 어쩌면 그가 유일한 생존자였는지도 모른다.

그때, 그는 둥지로 돌아가서 다른 개미들에게 그 나쁜 소식을 전하려고 생각했다. 그러나 그의 호기심이 무엇보다 강했다. 돌아가는 대신에 그는 두려움을 이겨 내고 세계의 건너편으로 계속 나아가 손가락들이 사는 나라를 탐험하기로 결심했다.

그리하여 그는 그들을 보았다.

벨로캉의 여왕은 잘못 생각하고 있었다. 3천의 병정개미로는 세상의 손가락들을 모두 없애 버릴 수 없었다. 그들은 여왕이 상상한 것보다 훨씬 수가 많았다.

103683호가 손가락들의 세계를 묘사한다.

《손가락들은 자연을 파괴하고 그것을 자기들이 직접 만든 물건들로 대체해 놓았다. 그 물건들은 주로 직선들로 이루어져 있어서 모양이 아주 이상하다. 그들 나라에서는 어디를 가나, 물건들이 반질반질하고 차갑고 죽어 있는 듯하다.》

늙은 탐험 개미가 문득 이야기를 중단한다. 멀리에서 위험을 알리는 냄새가 날아온다. 뭔가 적대적인 존재가 다가오고 있다. 더 생각하고 자시고가 없다. 그는 열두 개미와 함께 재빨리 달아나서 몸을 숨긴다. 저게 뭐지?

21. 정신과 의사의 논리

환자들을 편안하게 해줄 양으로, 의사는 진료실을 살롱처럼 꾸며 놓았다. 큼지막한 빨간색 얼룩무늬가 들어간 현대적인 그림들이 마호가니로 된 고가구들과 그런대로 잘 어울렸다. 방 한가운데에는 역시 빨간색으로 된 명자(明瓷) 화병이 금도금 쇠테가 둘린 외다리 탁자 위에 놓여 있는데, 그 탁자가 너무 약해서 무거운 꽃병이 평형을 유지하느라 애를 쓰고 있는 듯했다.

쥘리가 처음으로 거식증 증세를 보이기 시작했을 때 어머니가 그녀를 데려온 곳이 바로 여기였다. 그때 의사는 대뜸 어떤 성적인 것에 혐의를 두었다. 집안의 남자 어른이 그녀를 추행한 적은 없는가, 친지 가운데 누군가 지나치게 친밀한 태도를 보이며 치근거리던 사람은 없는가, 성악 선생이 그녀의 몸에 손을 댄 적이 있지는 않은가 하면서.

의사의 그 생각에 쥘리 어머니는 놀라움과 흥분을 감추지 못했다. 어머니는 늙은 성악 선생의 손길을 뿌리치느라고 힘겨운 싸움을 벌이고 있는 딸의 모습을 지레 상상했다.

「선생님 생각이 맞을 수도 있어요. 쥘리는 일종의 공포증 같은 다른 장애까지 보이고 있거든요. 이 애는 누가 자기 몸에 손대는 것을 끔찍이도 싫어해요.」

의사가 보기에는 어린것이 강한 심리적 충격을 받은 것이 분명했고, 그래서 그녀의 병이 단지 성악 연습을 못 하게 된 데에 기인한다는 생각을 받아들이기가 어려웠다.

그도 그럴 것이, 그 심리 치료 의사는 자기 환자들의 대부분이 어린 시절에 성적으로 학대를 받았을 것으로 확신하고 있는 사람이었다. 그 확신이 얼마나 단단했던지, 만일 어떤 병적인 행동의 배후에서 그런 종류의 심리적 충격을 발견해 내지 못하는 경우가 생기면, 그는 환자들에게 그런 충격이 실제로 있었던 것처럼 자기 암시를 하도록 권하곤 했다. 그러고 나면, 환자들을 치료하기가 쉬워지고, 그 환자들은 평생을 두고 그를 찾아오는 단골손님이 되는 거였다.

어머니가 상담 날짜를 잡기 위해 전화를 걸었을 때, 그는 쥘리가 이젠 정상적으로 식사를 하느냐고 물었다.

「아니요. 여전히 제대로 먹지를 않아요. 깨지락거리며 까탈을 부리고, 고기라면 그 비슷하게 생긴 것도 한사코 안 먹겠대요. 전보다는 한결 나아졌지만, 제가 보기엔 아직도 식욕 부진 단계를 못 벗어난 것 같아요.」

「그 애의 무월경(無月經)도 아마 그래서 생겼을 겁니다.」

「무월경요?」

「네. 언젠가 저한테 따님이 만 열아홉이 되었는데도 아직 생리가 없다고 말씀하시지 않았습니까? 늦되는 것도 어느 정도지, 그것은 정상이라고 보기가 어려워요. 그렇게 적게 먹으니까 성장이 늦어지는 건지도 모르지요. 무월경은 종종 식욕 부진과 관계가 있어요. 사람의 몸은 그 나름의 지혜를 지니고 있어요. 태아에게 영양을 공급해서 완전하게 발육시킬 수 있음을 스스로 느끼지 못하면 난자를 만들어 내지 않습니다. 그러지 않겠습니까?」

「그런데, 도대체 우리 애가 왜 그런 식으로 행동하는 걸까요?」

「우리 전문 용어로는 쥘리와 같은 경우를 〈피터 팬 콤플렉스〉라고 부릅니다. 따님은 아동기 상태를 그대로 유지하고 싶어서 성인이 되는 것을 거부하고 있습니다. 먹지 않음으로써 자기 몸이 자라지 않고 영원히 소녀로 남아 있기를 바라는 것이지요.」

「네, 그렇군요. 그 애가 대입 시험에 합격하고 싶어 하지 않는 것도 어쩌면 그와 똑같은 이유에서 그러는지도 모르겠네요.」

그러면서 어머니는 한숨을 쉬었다.

「물론이지요. 대학 입시 역시 따님에게는 성년으로 넘어가는 것을 의미합니다. 그런데 따님은 성인이 되는 것을 바라지 않습니다. 그래서 마치 장애물 앞에서 뒷걸음을 치는 말처럼 그 울타리를 넘지 않으려고 앞발을 들고 서버리는 것이지요. 그렇지 않습니까?」

직원이 인터폰으로 쥘리가 왔음을 알리자, 심리 치료 의사는 쥘리를 들여보내라고 일렀다.

쥘리는 아킬레우스와 함께 들어왔다. 심리 치료를 받으러 나오는 김에 바람이나 쐬게 해주자는 심산으로 개를 데리고 온 거였다.

「쥘리, 우리 일은 잘되어 가고 있는 거지?」

쥘리는 줄곧 땀을 흘리고 있는 그 덩치 큰 남자와 리본으로 묶은 그의 숱 적은 머리채를 물끄러미 바라보았다.

「쥘리, 나는 너를 도우려고 여기에 있는 거야. 아버님이 갑자기 돌아가셔서 비통함이 이루 말할 수 없으리라는 거 잘 알아. 젊은 여성들은 조심성이 있어서 자기들의 괴로움을 잘 표현하려고 하지 않는데, 그러면 못써. 괴로움에서 벗어나려면 그것을 드러내야 해. 그렇게 하지 않으면 고통이 쓰디쓴 즙처럼 안에 고여서 더 고통을 받게 돼. 무슨 얘긴지 이해하지, 그렇지?」

쥘리는 묵묵부답이었다. 그녀의 굳은 얼굴에는 아무런 표정이 없었다.

의사가 의자에서 일어나 그녀의 어깨에 손을 얹었다.

「쥘리, 나는 너를 도우려고 여기에 있는 거야. 내가 보기에 넌 두려워하고 있어. 너는 어둠 속에서 혼자 두려워하는 소녀야. 자신감을 가져야 해. 그게 바로 내 일이야. 너에게 자신감을 다시 심어 주고 너의 근심과 두려움을 씻어 주고 너의 내면에 있는 더 좋은 것을 표현하게 해주는 것, 그것이 바로 내가 할 일이야. 그렇지?」

쥘리는 아킬레우스에게 은밀히 신호를 보내, 값비싼 중국 화병 안에 뼈다귀가 들어 있다고 알렸다. 개는 눈을 가늘게 뜨고는 그녀를 올려다보았다. 그녀의 신호가 무슨 뜻인지는 알겠는데, 장소가 워낙 낯선 탓에 움직일 엄두가 나지 않았다.

「쥘리, 우리는 네 과거의 수수께끼를 함께 풀어 보려고 여기에 있는 거야. 우리는 네가 지금까지 살아오면서 겪은 모든 일들을 하나하나 되짚어 볼 거야. 네가 잊어버렸다고 생각하고 있는 일들까지 말이야. 먼저 네 이야기를 듣기로 하자. 그러면, 우리가 어떻게 하면 그 곪아 버린 종기를 도려내고 그 상처를 불로 지져 버릴 수 있는지 알게 될 거야. 그렇지?」

쥘리는 계속 개를 은근히 부추겼다. 개는 쥘리와 꽃병을 번갈아 보면서 그 둘 사이의 관련을 이해하려고 애썼다. 주인은 자기가 해야 할 아주 중요한 일이 있다고 알려 오는데, 죽으나 사나 개일 수밖에 없는 그의 뇌로는 도무지 가리사니를 잡을 수가 없었다.

《아킬레우스와 꽃병. 꽃병과 아킬레우스. 거기에 무슨 관계가 있지?》

개로 태어나 개같이 살아가면서 아킬우레스가 무엇보다 난처함을 느끼는 경우는 사물들이나 인간 세계의 사건들 사이의 상호 관계를 파악하지 못하는 때였다. 예를 들어, 아킬레우스는 우체부와 우편함 사이의 관계를 이해하려고 오랫동안 고심한 적이 있었다. 〈왜 저 사람은 저 통에 종잇조각을 채워 넣는 걸까?〉 하면서. 그러다가 그는 마침내 우체부가 왜 그런 행동을 하는지 그 이유를 깨닫게 되었다. 그가 깨달은 바대로라면, 그 숙맥은 그 네모진 통을 종이 먹는 동물로 잘못 생각하고 있는 것이고, 다른 사람들은 십중팔구 그를 불쌍히 여겨서 그가 그런 짓을 해도 그냥 내버려 두고 있는 거였다.

《그런데, 지금 쥘리가 원하는 건 뭐지?》

기연가미연가하면서 아이리시세터는 왕왕 하고 가볍게 짖어 보았다. 쥘리가 바라는 건 어쩌면 이렇게 짖으라는 건지도 몰라 하고 생각하면서.

심리 치료 의사는 연회색 눈의 처녀를 뚫어지게 바라보았다.

「쥘리, 나는 우리가 함께할 일에 두 가지의 주요한 목표를 설정했어. 우선은 너에게 자신감을 다시 심어 주는 것이고 다음엔 너에게 겸손을 가르치는 거야. 비유로 말하자면, 자신감은 인격의 액셀러레이터고 겸손은 인격의 브레이크야. 사람은 액셀과 브레이크를 제어할 수 있을 때 비로소 자기의 운명을 통제하고 인생의 길을 온전하게 이용할 수 있게 되는 거야. 쥘리, 내 말 이해할 수 있지, 그렇지?」

쥘리가 마침내 의사의 눈을 똑바로 바라보며 입을 열었다.

「액셀이든 브레이크든 그런 거엔 관심 없어요. 제가 보기에, 정신 분석은 자녀들로 하여금 부모들의 전철(前轍)을 밟지 않도록 도와주기 위해서 고안된 것일 뿐, 그 이상도 그 이하도 아니에요. 그리고 일반적으로 말해서, 정신 분석으로 효과를 보는 경우는 1백에 한 번 정도래요. 제가 아무것도 모르는 어린애인 양 말씀하시는데, 이제는 그런 식으로 말씀하지 마세요. 선생님이야 당연히 읽으셨겠지만, 저도 지크문트 프로이트의 『정신 분석 강의』 정도는 읽었고, 선생님이 사용하시는 정신 분석의 비결을 어느 정도는 알아요. 분명히 말씀드리지만 전 환자가 아니에요. 제가 고통을 받고 있다면, 그건 어떤 결핍 때문이 아니라 과잉 때문이에요. 저는 이 세계가 품고 있는 낡고 반동적이고 경화증에 걸린 것들에 신물이 나요. 선생님의 이른바 심리 치료라고 하는 것도 따지고 보면 과거 속으로 자꾸자꾸 침잠시키는 수단일 뿐이에요. 저는 뒤돌아보는 것을 좋아하지 않아요. 운전을 할 때도 저는 백미러에 눈길을 고정시키지는 않아요.」

의사는 적잖이 놀랐다. 이제껏 쥘리는 언제나 다소곳하고 말이 없는 모습을 보여 왔다. 게다가 어떤 환자도 그렇게 대놓고 자기에게 시비를 걸어 온 적이 없었다.

「내 얘기는 뒤를 돌아보라는 게 아니라, 너 자신을 잘 보라는 거야. 그렇지?」

「저 자신도 보고 싶지 않아요. 운전할 때 자기 자신을 보는 사람이 있나요? 사고를 내고 싶지 않으면 앞을 봐야지요. 그것도 되도록 멀리요. 사실, 제가 너무…… 멀쩡해서 선생님이 곤란하실 거예요. 그래서 선생님은 제가 정상이 아닌 것으로 생각하고 싶으신 거고요. 제가 보기엔, 말끝마다 〈그렇지?〉를 붙이는 선생님이 오히려 비정상적인 사람 같아요.」

쥘리는 차분하게 말을 이었다.

「이 진료실의 장식만 해도 그래요. 이 모든 빨간색, 저 그림과 가구들, 저 빨간 꽃병, 그런 것들에 대해 생각해 보신 적 있어요? 선생님은 핏빛에 매료되셨나 보죠? 그리고 그 말총머리는 어떻고요! 그건 선생님의 여성적인 성향을 더 잘 드러내기 위한 건가요?」

의사는 움찔하며 뒤로 물러섰다. 딱정벌레가 날개를 간헐적으로 파닥이듯 그의 눈꺼풀이 깜박거렸다. 환자와 의견 충돌을 벌이면 안 된다는 것은 의사라는 직업의 철칙 가운데 하나다. 이 충돌에서 어서 벗어나야 한다. 저 애의 속셈은 내 무기를 거꾸로 들이댐으로써 나를 쓰러뜨리려는 것이다. 저 애가 아주 맹탕은 아니다. 심리학 책을 읽긴 좀 읽은 모양이다. 이 빨간색이 나에게 그 어떤 것에 대한 생각을 불러일으키는 게 사실이다. 그리고 이 말총머리는…….

의사는 냉정을 되찾고 싶었지만, 그가 환자라고 생각하는 그 맹랑한 여학생은 그에게 숨 돌릴 틈을 주지 않았다.

「어찌 보면, 정신과 의사라는 직업을 선택한다는 것은 이미 자기 안에 어떤 징후가 있다는 걸 의미하는 것인지도 몰라요. 에드몽 웰스가 쓴 글에 이런 얘기가 있어요. 〈어떤 의사가 전공으로 무엇을 선택하는지를 보면, 그 의사의 문제가 어디에 있는지를 알게 된다. 안과 의사는 대개 안경을 쓰고 있고, 피부과 의사는 여드름이나 마른버짐 때문에 고생하는 경우가 많으며, 내분비 전문의는 호르몬에 문제가 있을 수 있고, 정신과 의사는…….〉」

「에드몽 웰스가 누구지?」

의사는 재빨리 그녀의 말을 막고, 기회를 놓칠세라 화제를 돌렸다.

「저한테 도움을 주고 싶어 하는 친구예요.」

화제가 다른 것으로 넘어가자 의사는 이내 마음의 평정을 되찾았다. 그의 직업적인 반사 작용은 내면에 아주 단단히 뿌리를 내리고 있었기 때문에 어느 때고 발동할 태세가 되어 있었던 거였다. 그래, 결국 이 애는 환자일 뿐이고 나는 의사야 하고 그는 생각했다.

「그래? 에드몽 웰스라……. 어디서 들어 본 듯도 한데. 『투명 인간』의 저자 허버트 조지 웰스하고 무슨 관계가 있니?」

「아무 관계도 없어요. 제가 아는 웰스가 훨씬 더 대단한 분이에요. 그는 살아 있는 책, 말하는 책을 썼거든요.」

의사는 이제 궁지에서 벗어날 방도를 확실하게 찾아냈다. 그가 쥘리에게 다가갔다.

「그 에드몽 웰스 씨의 살아 있는 책, 말하는 책에 담긴 내용은 뭐지?」

그는 이제 쥘리가 그의 숨결을 느낄 수 있을 만큼 아주 가까이 다가와 있었다. 쥘리는 다른 사람이 내쉰 날숨을 다시 들이마시는 게 싫어서, 얼굴을 돌릴 수 있는 데까지 돌렸다. 그의 역한 입내에 박하 로션 냄새가 섞여 들었다.

「내가 생각했던 대로야. 네 삶에는 누군가 너를 조종하고 비뚤어지게 만드는 사람이 있어. 에드몽 웰스가 도대체 어떤 사람이지? 내게 그 책을 보여 줄 수 있겠니?」

의사가 대화의 고삐를 다시 쥐고 있었다. 쥘리는 그 눈치를 채고 이 승강이를 더 계속하지 않기로 했다.

의사는 이마의 땀을 훔쳤다. 그 어린 환자가 당돌하게 뻗대고 나오면 나올수록 더욱 예뻐 보였다. 쥘리에겐 놀라운 면모가 있었다. 생김새는 열두 살 소녀 같은데 침착하고 대담하기가 서른 살은 족히 된 여자 같았다. 게다가 책깨나 읽은 듯한 묘한 교양미가 매력을 더해 주고 있었다. 그는 눈으로 삼킬 듯 그녀를 바라보았다. 그는 반골 기질을 좋아했다. 그녀의 냄새, 눈, 가슴 등 모든 것이 매력적이었다. 그녀를 어루만지고 싶은 충동이 일었다.

한 마리 송어처럼 싱싱한 그녀는 벌써 그의 손아귀를 빠져나가 문 가까이에 서 있었다. 그녀는 도전적인 태도가 담긴 미소를 지어 보이고는, 손을 더듬거려 에드몽 웰스의 책이 들어 있는지 확인하고 배낭을 둘러메었다.

문을 꽝 닫고 그녀가 떠났다.

아킬레우스도 그녀의 뒤를 따랐다.

밖으로 나오자, 그녀는 개에게 발길질을 했다. 그 발길질이 개에게 가르쳐 준 것은, 그녀가 하라고 할 때에는 그녀가 가리키는 꽃병을 깨뜨려야 한다는 것이었으리라.

22. 백과사전

예측 불허의 전략

관찰력과 논리력을 갖춘 사람이라면 인간이 짜내는 그 어떤 전략이라도 예측할 수가 있다. 그러나 예측이 불가능한 전략을 짜는 방법이 없는 것은 아니다. 결정 과정에 우연적인 메커니즘을 도입하면 된다. 예컨대, 주사위를 던져서 나오는 점의 수효를 보고 다음 공격을 어느 방향으로 할 것인지를 결정하는 것과 같은 식으로 말이다.

전체적인 전략에 약간의 우연적인 요소를 집어넣는 것은 기습 효과를 얻을 수 있게 해줄 뿐만 아니라, 중요한 결정의 바탕이 되는 논리를 비밀로 간직할 수 있게도 해준다. 주사위를 던져서 어떤 결과가 나올지는 아무도 모르기 때문이다.

물론 전쟁 중에 다음 작전의 선택을 우연의 장난에 맡길 만큼 대담한 장군은 거의 없다. 장군들은 자기들의 지략만으로 충분하다고 생각한다. 그러나 주사위야말로 적을 불안에 빠뜨리는 가장 훌륭한 수단이다. 주사위를 이용하게 되면, 적은 비밀을 알 수 없는 어떤 해괴한 메커니즘에 압도당한 기분을 느끼면서 갈피를 못 잡고 두려움에 사로잡힌 채 대응해 올 것이고, 그렇게 되면 이쪽에서는 적의 전략을 손금 보듯 훤히 들여다볼 수 있게 될 것이다.

에드몽 웰스, 『상대적이며 절대적인 지식의 백과사전』 제3권

23. 세 가지 이색적인 개념

103683호와 열두 동료들은 은신처 위로 더듬이를 세우고 그들 쪽으로 오고 있는 자들이 누구인지를 알아낸다. 그것은 시게푸 둥지의 난쟁이개미들이다. 작지만 아주 공격적이고

전투에 능한 자들이다.

그들이 다가온다. 그들 역시 벨로캉 개미들의 냄새를 맡고 한바탕 붙어 볼 채비를 한다.

그런데, 저들이 둥지에서 이렇게 멀리 떨어진 곳까지 뭐하러 왔지? 103683호는 그들이 자기의 새 동료들과 마찬가지로 호기심 때문에 여기에 왔을 거라고 생각한다. 난쟁이개미들 역시 세계 동쪽의 지리적 경계를 탐험하고 싶어 하는 것이다. 103683호는 그들이 지나가도록 그냥 내버려 두기로 한다.

너도밤나무 뿌리 밑에 모두 둥그렇게 모여 더듬이를 맞대자, 103683호가 다시 이야기를 시작한다.

각설하고, 그리하여 그는 홀로 손가락들의 나라 한복판에 있게 되었다. 거기에서 그는 발견에 발견을 거듭하였다. 먼저 그는 바퀴벌레들을 만나는 것으로부터 탐험을 시작하였다. 그가 만난 것은 예사 바퀴들이 아니라 손가락들을 길들여 매일같이 엄청나게 큰 초록색 그릇에 어마어마하게 많은 공물(供物)을 바치게 만든 바퀴들이었다.

그런 다음 103683호는 손가락들의 둥지를 구경했다. 그 둥지들은 거대한 것은 말할 것도 없고, 몇 가지 다른 특징들을 보이고 있었다. 그것들은 더할 나위 없이 단단했고 평행 육면체로 보였다. 그 벽을 뚫고 들어가기는 불가능했다. 손가락들의 각 둥지마다에는 더운물과 찬물과 공기가 순환하고 있었고, 썩은 먹이를 버리는 통로가 있었다.

그러나 정작 놀라운 사실은 그런 데에 있지 않았다. 103683호는 요행히도 개미들에게 전혀 적대감을 품지 않고 있는 손가락 하나를 알게 되었다. 그는 개미와 손가락 두 종이 의사소통을 할 수 있게 되기를 바라는 손가락이었다.

그 손가락은 개미의 후각 언어를 손가락의 청각 언어로 바꾸어 주는 기계를 손수 제작해서 실제로 사용했다.

거기까지 페로몬을 받고 난 14호가 더듬이들의 원에서 빠져나왔다. 이 정도면 됐다. 황당무계한 것도 어느 정도지, 이 늙은 개미는 지금 어떤 손가락에게 〈말을 했다〉고 주장하고 있지 않는가! 103683호는 미쳤다. 더 이상 의심의 여지가 없다. 다른 개미들도 그의 의견에 동조한다.

103683호는 선입견을 갖지 말고 자기 이야기에 더듬이를 기울여 달라고 부탁한다.

5호는 손가락들이 개미 둥지에 구멍을 내는 자들임을 상기시키면서, 손가락과 대화를 하는 것은 개미들의 가장 악독한 적과 내통하는 것이라고 주장한다. 그의 동료들도 동의의 뜻으로 더듬이를 흔든다.

103683호가 반박한다.

《적들을 쳐부수기 위해서라도 그들을 알아야 한다. 우리의 제1차 반(反)손가락 원정이 떼죽음을 당하는 것으로 끝난 것은 우리가 손가락들에 대해 전혀 모른 채 비현실적인 망상을 품고 있었기 때문이다.》

열두 개미는 머뭇거린다. 홀로 떠도는 늙은 개미의 이야기를 계속 듣고 싶은 생각은 별로 없다. 그들을 더욱 아연실색게 할 만한 이야기가 이어질 것 같기 때문이다. 그러나 호기심이 너무 강하다는 게 또 개미들의 어찌할 수 없는 천성이다. 그들은 다시 둥그렇게 모여 더듬이를 서로 맞댄다.

103683호는 〈대화를 할 줄 아는 손가락〉과 나눈 이야기를 젊은 병정개미들에게 들려준다. 그 손가락이 설명해 준 것이 있기에 그는 이제 자기 아우들에게 가르쳐 줄 것이 아주 많다. 손가락들에게도 다리가 있고, 다리 끝에 길게 이어져 나온 부분이 있는데, 개미들이 볼 수 있는 것은 오로지 그 부분뿐이다. 손가락들의 모습은 상상을 훨씬 뛰어넘는다. 그들은 개미들보다 1천 배나 더 크다. 그들에게 입과 눈이 없는 것처럼 보이는 것은 그것들이 개미들이 볼 수 없을 만큼 아주 높은 곳에 달려 있기 때문이다.

어쨌거나, 손가락들에겐 입도 있고 눈도 있고 다리도 있다. 더듬이는 없다. 그것이 필요치 않기 때문이다. 그들은 청각으로 의사소통을 하고 시각으로 세계를 지각한다.

그들의 특성은 그런 것들에 국한되지 않는다. 훨씬 더 특이한 것들이 많다. 예컨대, 그들은 뒷다리로 평형을 유지하면서 곧추선 자세로 걸어다닌다. 단지 두 다리만으로! 또 그들의 몸속에는 뜨거운 피가 흐르고, 그들 역시 모듬살이를 하며 도시를 만들어 그 안에 산다.

《그들의 수는 얼마나 되는가?》

《수백만이다.》

5호가 자기 더듬이를 의심한다. 수백만이나 되는 거대한 동물들이 이 세계에 자리를 차지하고 있다면, 그들의 존재가 진작 알려졌을 것이 아닌가?

103683호의 설명이 이어진다. 세상은 개미들이 생각하는 것보다 훨씬 더 광대하다. 게다가 그들의 대부분은 아주 멀리 떨어진 곳에 살고 있다. 손가락들은 지상에 나온 지 그리 오래되지 않은 신종의 동물이다. 개미들이 1억 년 전부터 지구에 살고 있음에 반해, 그들은 불과 3백만 년 전에 지구에 나타났다. 그들은 아주 오랫동안 미개한 상태에 있었다. 그들이 농업과 목축을 생각해 내고 도시를 건설하기 시작한 지는 기껏해야 몇천 년밖에 되지 않는다.

그러나 손가락들이 비록 비교적 늦게 생겨난 종이기는 해도, 그들에겐 지구상의 다른 어떤 동물에 못지않은 강점이 있다. 그들의 다리 끝에는 그들이 손이라고 부르는 것이 달려 있는데, 마디진 다섯 개의 가락으로 이루어진 그 손이라는 것을 사용해서, 그들은 집기, 움켜잡기, 부러뜨리기, 조이기, 으스러뜨리기 따위를 할 수 있다. 그렇게 아주 쓸모가 많은 물건이 달려 있기에, 그들은 그들 몸의 많은 결함을 메워 나갈 수 있는 것이다. 그들은 단단한 딱지가 없는 대신 식물 섬유 가닥을 꼬아 〈옷〉이라는 것을 만들고, 날카로운 위턱이 없는 대신 쇠붙이를 잘라 날을 세운 칼을 사용한다. 또, 그들은 다리의 추진력이 약하기 때문에 자동차를 사용한다. 자동차란 불과 탄화수소의 반응으로 움직이는 이동 둥지를 말한다. 그렇듯이, 그들은 손을 이용함으로써 앞서가는 종들에게 뒤져 있던 것을 따라잡았다.

젊은 열두 개미는 늙은 개미의 주장을 쉽게 믿으려 하지 않는다. 13호가 페로몬을 발한다.

《손가락들이 자기네 〈통역 기계〉로 103683호에게 별의별 터무니없는 얘기를 다 한 모양이다.》

6호는 103683호가 너무 나이가 들어 사리 판단에 장애가 생긴 모양이라면서, 〈늙은 개미의 헛소리다, 손가락들은 존재하지 않는다, 그건 유모 개미들이 애벌레들을 겁주기 위해 지어낸 것일 뿐이다〉 하고 격앙된 페로몬을 뿜어낸다.

그러자 늙은 개미는 자기 이마에 찍힌 점을 핥아 보라고 부탁한다. 그것은 손가락들이 세상의 모든 개미들 속에서

103683호를 식별하기 위해 찍어 놓은 특별한 표지다. 6호는 실험을 해보기로 하고 그 반점을 핥아 보고 더듬이를 대본다. 새똥이 묻은 것도 아니고 먹이 찌꺼기가 달라붙은 것도 아니다. 6호는 그것이 처음 접해 보는 물질이라고 결론을 내린다. 103683호가 그 결론에 힘을 얻고 설명을 덧붙인다.

《당연히 그럴 것이다. 단단하게 들러붙는 이 물질은 손가락들이 만들 줄 아는 이상한 끈끈물 가운데 하나다. 그들은 이것을 매니큐어라고 부른다. 그들은 이런 종류의 희한한 물건들을 많이 만들어서 그들 스스로 중요하다고 여기는 것들의 가치를 높이기 위해 사용한다.》

103683호는 손가락들에 대한 자기의 지식을 입증하는 그 구체적인 증거를 바탕으로, 자기 모험을 제대로 이해하려면 자기 이야기를 믿어야 한다며 기세를 올린다.

좌중이 다시 더듬이를 기울인다.

손가락들은 정상적인 개미라면 도저히 생각할 수 없는 괴상한 행동을 많이 한다. 그런데, 그들의 그 모든 기상천외한 생각들 가운데, 세 가지가 특히 103683호의 흥미를 끌었다. 그가 보기에 그 세 가지는 개미들도 깊이 연구해 볼 가치가 있다.

《해학, 예술, 사랑이 바로 그것이다.》

그의 설명이 이어진다. 해학이란 일부 손가락들이 품고 있는 병적인 욕구로서, 다른 손가락들에게 어떤 이야기를 들려줌으로써 신경의 경련을 유발하고 삶의 어려움을 한결 가뿐하게 견디며 살게 해주는 것이다. 103683호도 아직은 어떤 이야기가 어째서 해학이 되는지를 제대로 이해하지 못하고 있다. 개미와 대화할 줄 아는 그 손가락이 그에게 〈농담〉

이라는 것을 이야기해 주긴 했지만, 그것들이 그에게는 아무런 효과도 불러일으키지 않았다.

예술 역시 손가락들이 지닌 강렬한 욕구로서 그들 나름대로 아름답다고 생각되는 것들을 만드는 것이다. 그러나 그렇게 해서 만들어진 것들이 딱히 무슨 쓸모가 있는 것은 아니다. 먹이나 무기로 쓰일 수 없음은 물론이고 살아가는 데 필요한 그 무엇에도 소용이 닿지 않는다. 그들은 형태를 만들거나 색을 칠하기도 하고, 서로 어울리면 아주 듣기가 좋을 것으로 여겨지는 소리들을 결합하기도 한다. 그것 역시 그들에게 경련을 일으키고 삶의 어려움을 한결 가뿐하게 견디며 살게 해준다.

《그럼 사랑이란 무엇인가?》

10호가 자못 흥미를 느끼며 물었다.

사랑은 훨씬 더 불가사의한 것이다. 예를 들어, 손가락 수컷이 암컷 앞에서 이상한 행동을 거듭한 끝에 손가락 암컷이 마침내 입과 입을 맞대고 영양 교환을 하는 데 동의하는 경우, 그것을 사랑이라고 부를 수 있다. 개미 세계에서야 영양 교환은 한쪽에서 원하면 자동적으로 이루어지는 것이지만, 손가락들의 세계에서는 입과 입을 맞대는 것이 특별한 의미를 갖는다. 때때로 그들은 그것을 거부하기까지 한다.

원, 세상에! 영양 교환을 거부하다니……. 열두 개미들의 놀라움은 갈수록 커진다. 어떤 다른 개체와 입을 맞대는 것을 어떻게 거절할 수 있단 말인가? 먹이를 되올려서 다른 개체의 입에 넣어 주는 것을 어떻게 거부할 수 있단 말인가?

좌중은 어째서 그런 일이 일어나는지를 이해하려고 더듬이를 더욱 바싹 들이민다.

《사랑도 역시 경련을 일으키고 삶의 어려움을 한결 가뿐하게 견디며 살게 해준다.》

《우리의 결혼 비행과 비슷한 것인가?》

《아니다, 그거하곤 다르다.》

대답은 그렇게 했지만, 103683호는 사랑에 대해선 더 이상 이야기할 수가 없다. 개미들이 알지 못하는 어떤 이색적인 감정일 거라는 생각은 들지만, 그 역시 그것을 제대로 이해했는지 아직 자신이 없기 때문이다.

젊은 개미들 사이에 동요가 인다.

10호는 사랑과 예술과 해학에 대해서 더 자세히 알고 싶어 한다. 그런 것들에 호기심이 동한 모양이다.

그러나 15호는, 〈우리에게 사랑이나 예술, 해학 따위는 필요 없어〉 하고 퉁을 놓는다.

16호는 단지 페로몬 지도를 완전하게 만들기 위해서라도 손가락들의 나라가 정확히 어디에 있는지 알아야 한다며 늙은 개미의 이야기를 더 듣고 싶어 한다.

13호는 이렇게 한가로운 생각들을 하고 있을 때가 아니라면서, 당장 전 세계의 동물들을 부추겨 모든 개미들과 동물들로 거대한 연합군을 만든 다음, 손가락들을 처단하러 가야 한다고 주장한다.

103683호는 앙앙불락하는 13호를 달래며, 그들을 모두 죽이는 건 불가능하다고, 그보다는 그들을 길들이는 편이 더 쉽다고 타이른다.

《그들을 길들인다고?》

다들 깜짝 놀라며 동시에 페로몬을 발한다.

《그렇다! 그건 불가능한 일이 아니다. 우리는 이미 진딧물이나 연지벌레 따위를 길들여 대량으로 사육하고 있지 않은가. 손가락들이라고 해서 길들이지 못할 이유가 없지 않은가? 게다가 그들을 길들이는 건 우리가 처음이 아니다. 바퀴들은 진작부터 그들로부터 먹이를 공급받고 있다. 바퀴들이 해낸 일을 우리는 훨씬 더 큰 규모로 이곳에서 이루어 낼 수도 있는 것이다.》

103683호는 손가락들과 대화를 해보고 나서, 그들이 죽음의 씨앗을 뿌리는 미치광이 괴물들인 것만은 아니라고 생각하게 되었다. 손가락들은 개미들의 지식으로 덕을 볼 수 있고, 개미들 역시 그들의 지식으로 도움을 얻을 수 있다. 그러기 위해서는 그들과 외교 관계를 수립하고 협력해야 한다.

바로 그런 것을 온 겨레에게 제안하기 위해 그는 돌아온 것이다.

《나에겐 너희의 도움이 필요하다. 물론 개미 세계 전체가 이 생각을 받아들이게 만들기는 쉽지 않다. 그러나 그것은 수고할 가치가 있는 일이다.》

열두 개미는 그저 아연할 따름이다. 이상한 동물들 속에서 살다 오더니 아무래도 103683호의 판단력에 이상이 생긴 것 같다. 손가락들과 협력을 하라니, 진딧물을 길들이듯 손가락들을 길들이라니, 그게 어디 될 법이나 한 얘긴가 말이다.

손가락들과 협력을 하느니 차라리 숲에서 가장 크고 사나운 동물, 예컨대 도마뱀 따위와 동맹을 맺는 편이 백번 낫다. 게다가 개미들은 어느 동물하고도 동맹을 맺어 본 역사가 없다. 같은 개미들끼리도 서로 싸우는 판국이 아닌가. 삶은 투쟁 그 자체이고, 세상엔 계급 간의 전쟁, 도시 간의 전쟁, 구역 간의 전쟁, 동족상잔 등 온갖 전쟁이 끊이지 않는다.

상처투성이의 등딱지가 말해 주듯, 평생에 걸쳐 누구보다도 많은 전투를 경험했을 늙은 병정개미가 다른 종과 동맹을 맺자고 제안하고 있다. 그것도 너무나 거대해서 개미들 눈에는 눈도 입도 보이지 않는다는 괴물들과 말이다! 참으로 어처구니없는 생각이 아닐 수 없다.

그러나 103683호는 주장을 굽히지 않는다. 비록 일부일지언정 저 위에서 손가락들도 개미들과 협력하기 위해 애를 쓰고 있다는 점을 강조하면서, 그는 어떤 동물이 생김새나 크기가 다르고 잘 알려져 있지 않다는 이유로 그 동물을 멸시해서는 안 된다고 타이른다.

《자기보다 큰 자는 언제나 쓸모가 있는 법이다.[15] 다른 건 몰라도, 손가락들은 군사적으로 많은 도움이 될 것이다. 나무를 순식간에 쓰러뜨려 토막을 낼 수 있는 자들이 아닌가. 그들과 동맹을 맺는 경우에는, 우리가 공격하려는 둥지를 가리켜 주기만 하면 곧바로 그들이 나서서 거기에 구멍을 뚫어 버릴 것이다.》

비로소 그의 주장이 먹히기 시작한다. 전쟁이야말로 개미들의 으뜸가는 관심사이기 때문이다. 그 점을 눈치챈 늙은 개미가 기회를 놓치지 않고 이렇게 동을 단다.

《길들인 손가락 1백 마리로 부대를 편성해서 전투에 배치하면, 우리의 힘이 얼마나 막강해질지 생각해 보라!》

너도밤나무의 울퉁불퉁한 밑동 속에서 열두 개미는 자기들이 역사의 중차대한 갈림길에 서 있음을 의식하기 시작한

15 라퐁텐의 우화 「사자와 쥐」에 나오는, 〈자기보다 작은 자도 종종 쓸모가 있는 법이다〉라는 구절의 패러디.

다. 만일 이 늙은 개미가 열두 개미를 설득해 낸다면, 그가 둥지의 모든 개미들을 설복시키는 날이 올지도 모른다. 그날이 오면…….

24. 성대한 무도회

손가락들이 서로 얽혀 들었다. 춤추는 남자들은 저마다 자기 파트너를 꼭 껴안았다.

퐁텐블로성의 무도회.

퐁텐블로시와 하시노에라는 일본 도시와의 자매결연을 축하하기 위하여, 유서 깊은 그 성관에서 축제가 벌어지고 있는 중이었다. 기(旗)와 기념패와 선물을 교환하고 민속 무용을 선보인 뒤에 지방 합창단의 공연이 있었다. 그런 다음, 이제부터 두 도시의 입구에 나타나게 될 〈자매 도시 퐁텐블로-하시노에〉라는 표지판이 소개되었고, 일본 청주와 프랑스의 자두 브랜디를 시음하는 순서가 있었다.

두 나라 국기를 내단 승용차들이 여전히 가운데뜰로 들어서고, 시간에 늦은 남녀들이 야회복 차림으로 승용차들에서 내렸다.

쥘리와 어머니는 아직 상중이어서 검은색 옷을 차려 입은 채 무도회장에 들어갔다. 쥘리는 그런 호사스러운 연회에는 별로 참석해 본 적이 없었다.

불을 아주 환하게 밝힌 방 한가운데에서 현악단이 슈트라우스의 왈츠를 연주하자, 하객들이 쌍쌍이 어우러져 빙글빙글 돌기 시작했다. 남자들 스모킹[16]의 검은색과 여자들 야회

16 남자들의 약식 야회복, 턱시도.

복의 흰색이 어지러이 섞여 들었다.

제복 차림의 시중꾼들이 형형색색의 작은 과자들이 가지런히 담긴 은쟁반을 받쳐 들고 내빈들 사이를 돌아다니고 있었다.

연주자들이 「아름답고 푸른 도나우강」의 마지막 소용돌이를 빠르게 휘몰아 갔다. 춤추는 남녀들은 이제 진한 향수 냄새를 풍기는 흑백의 팽이들로만 보였다.

휴식 시간을 이용해서 시장이 연설을 했다. 그는 두 도시의 자매결연을 맺는 흡족한 감회를 술회하고, 프랑스와 일본 간의 우호 관계가 영원히 지속되기를 바란다고 말한 다음, 연회에 참석한 귀빈들을 하나하나 소개했다. 사업가, 대학교수, 고위 공무원, 고위 장교, 저명한 예술가 들이 소개될 때마다 모두가 뜨거운 박수를 보냈다.

일본 측 시장은 서로 다른 두 문화 사이의 이해라는 주제에 대해 간단하게 자기 생각을 밝히는 것으로 답사를 대신하고 이렇게 덧붙였다.

「우리 두 도시의 시민들은 아름다운 자연을 마음껏 향유하고 있다는 공통점이 있습니다. 자연은 철이 바뀔 때마다 아름다운 자태를 달리하면서 우리 시민들의 재능이 더욱 활짝 피어나도록 도와주고 있습니다.」

박수갈채가 새로이 일고 왈츠가 다시 시작되었다. 춤추는 남녀들은 색다른 즐거움을 얻으려는 듯, 이번에는 다들 시곗바늘과 반대 방향으로 돌았다.

그렇게 왁자지껄한 속에서는 서로의 말을 알아듣기가 어려웠다. 쥘리와 어머니와 아킬레우스는 구석 자리의 탁자에 가서 앉았다. 뒤페롱 지사가 그들에게 인사를 하러 왔다. 그는 한 남자를 대동하고 있었다. 키가 큰 편이고 얼굴에 크고 파란 눈만 보이는 남자였다.

「이 사람이 제가 말씀드린 막시밀리앵 리나르 경정입니다. 부군의 사망에 관한 수사를 맡고 있지요. 이 사람을 전적으로 믿으셔도 될 겁니다. 보기 드물게 뛰어난 경찰관이지요. 퐁텐블로 경찰 학교에서 강의도 맡고 있습니다. 리나르 경정이 가스통의 사망 원인을 곧 밝혀 낼 겁니다.」

지사가 소개한 그 남자가 손을 내밀었다. 악수를 나누는데, 그의 손바닥에서 땀이 묻어났다.

「만나 뵙게 돼서 기쁩니다.」

「만나 뵙게 돼서 기쁩니다.」

「저도요.」

그것 말고는 서로 더 이상 할 말이 없었다. 그들이 물러갔다. 쥘리 모녀는 분위기가 한창 무르익어 가는 축하연을 멀찍이 떨어져서 물끄러미 바라보고 있었다.

「춤추실까요?」

잔뜩 선멋을 부린 일본 젊은이가 쥘리 앞에서 머리를 숙였다.

「뜻은 고맙지만 추고 싶지 않아요.」

그 뜻하지 않은 거절에 놀란 일본인은 한동안 어찌할 바를 몰라 하며, 정중한 제의를 해놓고 퇴짜를 맞을 때 어떻게 처신하는 것이 프랑스식 예법인지를 생각하고 있었다. 그때, 어머니가 나서서 그를 도와주었다.

「미안해요, 젊은이. 우리는 거상 중이에요. 프랑스에서는 검은색이 상복의 빛깔이지요.」

일본 청년은 한편으로는 자기 자신에게 문제가 있어서 퇴짜를 맞은 게 아니라는 데 마음이 놓이기도 하고, 또 한편으로는 큰 실수를 저지른 것이 송구스럽기도 해서, 모녀가 앉아 있는 탁자 앞에서 몸이 기역 자가 되도록 허리를 구부렸다.

「용서하십시오. 두 분께 폐를 끼쳤습니다. 우리 나라에서는 상복이 흰색이라서 제가 미처 생각을 못 했습니다.」

뒤페롱 지사는 연회의 흥을 돋울 양으로, 자기를 둘러싸고 작은 무리를 짓고 있는 내빈들에게 우스갯소리 하나를 들려주기로 했다.

「어떤 이누이트가 낚시를 하려고 얼음판에 구멍을 뚫었답니다. 미늘에 미끼를 달아 낚싯줄을 드리워 놓고 기다리는데, 갑자기 어디선가 쩌렁쩌렁한 목소리가 들려오는 거예요. 〈여기에 무슨 물고기가 있다고 낚시를 하는 거야!〉 그 소리에 겁을 먹은 에스키모는 조금 떨어진 곳으로 가서 다른 구멍을 팠어요. 낚싯바늘을 던져 놓고 다시 기다리고 있는데, 그 무시무시한 음성이 우레처럼 다시 울리는 거예요. 〈거기도 물고기는 없어, 이 멍청아.〉 에스키모는 이번엔 훨씬 더 멀리 떨어진 곳으로 가서 세 번째 구멍을 팠어요. 그러자, 그 목소리가 다시 이러는 거예요. 〈여기는 물고기가 없다는데 왜 말귀를 못 알아듣는 거야!〉 에스키모는 눈을 휘둥그렇게 뜨고 주위를 샅샅이 둘러보았지만 아무도 보이지 않았어요. 에스키모는 더욱 겁을 집어먹고 하늘을 올려다보며 말했지요. 〈누가 나한테 말을 하고 있는 거지? 하느님이신가?〉 그때 그 우렁찬 목소리가 다시 울렸어요. 〈하느님이라니, 멍청하긴! 나는 이 스케이트장 주인이야, 인마…….〉」

한소끔 터져 나온 몇 사람의 웃음. 〈어쩜! 지사님은 농담도 잘하셔〉하는 찬탄. 그리고 이해가 더딘 사람들이 몇 박자 늦게 터뜨린 두 번째 웃음의 물결.

내빈으로 참석한 일본 대사도 이야기 하나를 소개하고 싶어 했다.

「난생처음 거울을 보게 된 어떤 시골 내외의 이야깁니다. 한 남자가 어느 날 거울 하나를 얻게 되었답니다. 그는 거울을 책상 서랍에 넣어 두고 틈만 나면 오래오래 그것을 들여다보았지요. 그는 거울에 자기 아버지의 얼굴이 들어 있다고 생각했던 겁니다. 그의 아내는 남편이 액자를 자꾸 꺼내서 들여다보는 것을 눈치채고 불안한 생각이 들었어요.〈남편에게 혹시 여자가 생긴 게 아닐까? 그렇다면 그 액자 안에 든 것은 그 시앗년의 초상화일 거야〉하고 상상하면서 말이에요. 어느 날 오후, 그녀는 남편이 출타한 틈을 타서 책상 서랍을 뒤졌지요. 남편이 숨겨 놓은 그 이상한 초상화가 누구 것인지를 알아야 속이 후련할 것 같았거든요. 남편이 돌아오자마자, 그 여자는 남편에게 강짜를 부리며 이렇게 물었어요.〈도대체 그 마귀할멈같이 생긴 늙은 년이 누구예요? 그게 누구기에, 그년 초상화를 책상 서랍 안에 모셔 두고 있는 거예요?〉」

다시 한소끔 터져 나온 진짜 웃음과 예의상의 웃음. 이해가 더딘 사람들이 몇 박자 늦게 터뜨린 두 번째 웃음의 물결. 그리고 옆 사람의 설명을 듣고서야 그게 왜 농담이 되는지를 깨달은 사람들이 풋풋 흘려 낸 세 번째 웃음의 물결.

뒤페롱 지사와 일본 대사는 자기들이 거둔 성공에 도취되어 다른 농담들을 꺼냈다. 그러나 그 결과가 썩 신통치 않은 것을 보고, 그들은 농담에도 자기 나라에서만 뜻이 통하는 문화적 맥락이 풍부하기 때문에 두 나라 사람들을 똑같이 즐겁게 해줄 수 있는 농담을 찾아내기가 쉽지 않다는 것을 깨달았다. 한 나라 사람들은 척 하면 울 너머 호박 떨어지는 소리로 대번 알아듣지만, 다른 나라 사람들은 그것을 창 너머에 비둘기 똥 떨어지는 소리로만 여길 수도 있는 거였다.

「모든 사람들을 웃길 수 있는 보편적인 농담이 존재할까요?」

지사가 그렇게 묻는데, 그 대답이 나오기도 전에 만찬의 시작을 알리는 종이 울렸다. 차분한 분위기가 되돌아오고, 내빈들은 모두 식탁 쪽으로 자리를 옮겼다. 식사 시중을 드는 사람들이 각각의 접시 앞에 작고 둥근 빵들을 놓는 중이었다.

25. 백과사전

빵 만드는 법

모듬살이를 하는 동물들의 양식은 빵이다. 개미들은 버섯을 으깨어 일종의 반죽을 만든다. 그것이 바로 개미들의 빵이다.

인간의 빵을 만드는 방법은 이러하다. 그 오랜 비법을 재발견하고 싶어 하는 이들을 위해 여기에 소개한다.

〈재료〉

밀가루 6백 그램, 마른 뜸팡이 한 갑, 물 한 컵, 설탕 두 찻술, 소금 한 찻술, 버터 약간.

〈만드는 법〉

뜸팡이와 설탕을 물에 넣고 반 시간 동안 가만히 놓아둔다. 그러면 잿빛을 띤 진한 거품이 우러난다. 넓적한 그릇에 밀가루를 붓고 소금을 넣은 다음, 가운데를 오목하게 파고 거기에 뜸팡이와 설탕 녹인 물을 따른다. 따르면서 밀가루가 엉기지 않도록 거품기 따위로 잘 저어야 한다. 뚜껑을 덮고 그릇을 바람이 잘 통하지 않는 따뜻한 곳에 15분 동안 놓아둔다. 이상적인 온도는 섭씨 27도지만, 그 온도를 정확히 맞추기가 어려울 때는 그보다 낮은 편이 낫다. 온도가 너무 높으면 뜸팡이가 죽어 버리기 때문이다. 반죽이 부풀어 오르면 양손으로 좀 더 주무른다. 그런 다음 반죽을 다시 30분 동안 부풀린다. 그러고 나면 반죽을 구울 수 있다. 구울 때는 오븐이나 잿불에 넣고 한 시간 동안 굽는다. 오븐이나 잿불이 없을 때는, 평평한 돌을 볕바른 곳에 놓고 거기에 빵을 구울 수도 있다.

에드몽 웰스, 『상대적이며 절대적인 지식의 백과사전』 제3권

26. 벨로캉에 닥쳐오는 위험

103683호는 자기 이야기에 조금만 더 주의를 기울여 달라고 요청했다. 그에겐 아직 꼭 해야 할 이야기가 남아 있는 것이다. 그가 한시라도 빨리 둥지로 돌아가려고 하는 것은 어떤 끔찍한 위험이 벨로캉에 닥쳐오고 있기 때문이다.

103683호와 대화한 손가락들은 무엇을 만드는 재주가 아주 비상했다. 그들은 오랜 시간을 들여서라도 자기들이 필요로 하는 것을 만들어 내곤 했다. 그들은 어떻게 해서든 103683호로 하여금 자기들의 세계를 눈으로 직접 보고 이해할 수 있게 해주고 싶어 했다. 그래서 그들이 공을 들여 만들어 낸 것이 개미의 크기에 맞는 미니 텔레비전이었다.

《텔레비전이란 게 무엇인가?》

16호가 물었다.

늙은 개미는 설명하기가 쉽지 않다고 느끼며 더듬이를 움직여 정사각형을 그린다. 텔레비전은 하나의 더듬이가 달린 네모 상자다. 그 더듬이는 개미들의 더듬이와는 달리 냄새를 지각하는 것이 아니라, 손가락들 세계의 공중에 떠다니는 영상과 소리를 지각한다.

《그럼 손가락들에게도 더듬이가 있는 셈인가?》

《그렇다. 하지만 그것은 다른 더듬이와 대화를 나눌 수 없는 특이한 것이다. 그것은 단지 영상과 소리를 받아들이는 데에만 사용된다. 그 영상들은 손가락들 세계에 무슨 일이 일어나는지를 보여 준다. 그것들은 그들 세계의 표상이며 세계를 이해하는 데 필요한 모든 정보를 제공한다.》

103683호는 설명하기가 쉽지 않다는 것을 잘 알고 있다. 그러다 보니, 자기 이야기를 믿어 달라는 요구를 자꾸 되풀이하게 된다. 어쨌든 늙은 개미는 텔레비전 덕분에 여기저기 돌아다니지도 않고 손가락들 세계 요모조모를 볼 수 있었다.

그러던 어느 날, 그는 텔레비전의 한 지방 방송에서 하얀 게시판 하나를 보게 되었다. 그 게시판은 바로 벨로캉에서 몇백 발자국 떨어진 곳에 세워져 있었다.

열두 개미들이 깜짝 놀라며 더듬이를 세운다.

《그 게시판이 무엇인가?》

《손가락들이 어딘가에 하얀 게시판을 세울 때는, 그들이 나무를 베고 둥지들을 유린하고 모든 것을 짓뭉갤 채비를 하고 있다는 뜻이다. 일반적으로 하얀 게시판은 그것이 세워진 자리에 그들의 네모진 둥지가 들어설 것임을 예고하는 것이다. 그들이 하얀 게시판을 세우면 그 일대가 금세 평평하고 딱딱하고 풀 한 포기 나지 않는 불모지로 변하고, 얼마 안 가 손가락들의 둥지가 세워진다. 바로 그런 일이 지금 우리 둥지 근처에서 벌어지고 있다. 파괴와 죽음의 공사가 시작되기 전에 어떻게든 벨로캉에 이 사실을 알려야 한다.》

열두 개미가 생각에 잠긴다.

개미 세계엔 우두머리도 없고 위계 제도도 없다. 따라서 내리거나 받을 명령도 없고, 순종의 의무도 없다. 각자 원하는 때에 스스로 하고 싶어 하는 일을 하는 것이다.

열두 개미가 가까스로 의견의 일치를 보았다. 둥지에 위험이 닥쳐오고 있다는 것을 이 늙은 탐험 개미가 알려 주었다. 그렇다면, 이것저것 따질 계제가 아니다. 그들은 세계의 동쪽 가장자리를 탐험하려던 당초의 계획을 바꾸어, 겨레에게 위험을 알리기 위해 빨리 벨로캉에 돌아가기로 결정했다.

《남서쪽으로 전진!》

그러나 공기는 차지 않아도, 벌써 땅거미가 밀려오고 있으니 길을 떠나기에는 너무 늦었다. 개밥바라기와 함께 찾아드는 휴면의 시간이 온 것이다. 개미들은 나무 밑동의 움푹 팬 곳에 모여 다리와 더듬이를 접은 다음, 서로의 온기를 잠시라도 더 나누려고 서로 기대어 옹송그린다. 그런 뒤, 거의 동시에 더듬이를 천천히 잦히고 손가락들의 이상한 세계를 생각하며 잠이 든다.

12호는 무언가를 잡아먹고 있는 손가락들을 상상하고 있다.

27. 불가사의의 피라미드에 대한 이야기가 오고 가기 시작한다

많은 시중꾼들이 요리 쟁반을 받쳐 들고 나타났다. 발레를 하듯 사뿐사뿐 오가는 그들에게 의전(儀典) 책임자는 오케스트라의 지휘자처럼 짧고 박력 있는 손짓으로 지시를 내리면서 그들을 감독하고 있었다.

각각의 요리가 그야말로 하나의 예술 작품이었다.

돼지고기 쟁반에는 수북하게 쌓인 슈크루트[17] 사이에 새끼 돼지들이 웅크리고 있는데, 그 주둥이에는 때깔 좋은 빨간 토마토가 물려 있고 그 얼굴에는 웃다가 그대로 굳어 버린 듯한 표정이 어려 있었다. 닭고기 요리로 나온 것은 거세시켜 통통하게 살을 찌운 수탉인데, 속에 채워 넣은 밤죽이 전혀 거북하지 않다는 듯 느긋하게 앉아서 쉬고 있는 듯한 그 모습이 가관이었다. 쇠고기 쟁반에는 통째로 구운 송아지의 안심살이 제물로 올라왔다. 해물로 올라온 바닷가재들은 집게로 다리를 서로 물려 놓은 품이, 번들거리는 마요네즈를 발라 놓은 채소 샐러드를 무대로 삼아 손에 손을 잡고 즐거운 원무라도 추고 있는 형상이었다.

다 같이 축배를 들기에 앞서 한마디 짤막한 연설을 하는 것은 뒤페롱 지사의 몫이었다. 그는 짐짓 엄숙한 표정을 지으며, 자기의 〈자매결연식용(用) 원고〉를 꺼내 들었다. 그 원고는 외국 대사들과의 만찬에서 여러 차례 사용한 탓에 이미 귀퉁이가 닳아빠지고 노랗게 색이 바래 있었다.

「두 나라 국민들 간의 우정을 위하여, 그리고 나라와 지역을 막론하고 선의를 지닌 모든 사람들 사이의 이해를 위하여

17 양배추를 절여 만든 요리.

119

건배를 하겠습니다. 우리는 여러분께 많은 관심을 가지고 있습니다. 여러분 역시 우리에게 많은 관심을 보여 주시기를 희망합니다. 관습과 전통, 산업과 기술에는 차이가 있지만, 바로 그 차이가 있음으로 해서 우리는 서로를 더욱 풍부하게 만들어 가리라 믿습니다……」

진수성찬을 앞에 놓고 침을 삼키며 기다리고 있던 사람들이 마침내 다시 자리에 앉아 자기들 접시에 정신을 집중하기 시작했다.

만찬은 또다시 농담과 일화를 주고받는 기회가 되었다. 하시노에 시장은 자기 시에 사는 어떤 특별한 사람에 대한 이야기를 꺼냈다. 그 요지는 이러했다. 그는 팔이 없이 태어나 발로 그림을 그리며 사는 은자다. 사람들은 그를 〈발가락 도사〉라고 부른다. 그는 그림을 그릴 뿐만 아니라, 활을 쏘거나 양치질도 할 만큼 발가락을 능수능란하게 움직인다.

좌중은 그 이야기에 깊은 흥미를 느끼면서 그가 결혼을 했는지 궁금해했다. 하시노에 시장의 대답은 이러하였다.

「아니요, 그는 결혼하지 않았습니다. 하지만, 그 발가락 도사에겐 많은 정부가 있답니다. 어떤 사정 때문인지는 모르지만, 그 여자들은 발가락 도사에게 거의 미쳐 있다는군요.」

뒤페롱 지사는 남한테 이야기 하나를 들으면 반드시 다른 이야기로 빚을 갚아 주어야 직성이 풀리는 사람이었다. 그는 퐁텐블로시에도 특별한 시민들이 많다면서, 그중의 한 사람을 소개하겠다고 나섰다.

「퐁텐블로가 낳은 괴짜 중의 괴짜는 두말할 것도 없이 에드몽 웰스라는 이름의 미치광이 학자일 겁니다. 그 사이비 과학자는 개미들이 인간 문명에 견줄 만한 하나의 문명을 이루고 있으며 우리 인간은 그 문명과 대등하게 교류함으로써 이익을 얻게 될 거라고 단호하게 주장하면서 사람들을 설득하려고 애썼지요.」

처음에 쥘리는 자기 귀를 의심했다. 그러나 지사는 정말로 에드몽 웰스라는 이름을 들먹였다. 그녀는 지사의 말을 귀여겨들으려고 몸을 기울였다. 다른 내빈들 역시 개미에 미쳤다는 그 학자의 이야기를 들으려고 다가들었다. 좌중을 사로잡은 것에 흐뭇해하면서 지사가 말을 이었다.

「웰스 교수는 자기 주장이 옳다는 것을 확신한 나머지, 대통령의 측근을 만나서 이런 제안을 했답니다. 그게 뭐냐 하면요……. 아마 여러분은 그게 무언지 절대로 못 알아맞히실 거예요.」

자기 이야기의 효과에 신경을 쓰면서, 그가 천천히 동을 달았다.

「그가 제안한 것은 바로 개미 대사관을 설치하자는 거였습니다. 우리 나라에 개미들의 대사를 두자는 거였지요.」

한동안 침묵이 흘렀다. 내빈들은 저마다 사람이 어떻게 그런 어처구니없는 생각을 할 수 있는지를 이해해 보려고 애썼다.

「그런데, 그 사람은 어떻게 그런 생각을 하게 되었을까요?」

일본 대사의 부인이 물었다.

「에드몽 웰스 교수는 개미들의 언어를 인간의 언어로, 또 인간의 언어를 개미들의 언어로 옮길 수 있는 기계를 발명했다고 주장했습니다. 그는 그 기계를 통해 인간 문명과 미르메코 문명 사이에 대화가 이루어질 수 있다고 생각했던 겁니다.」

「미르메코가 무슨 뜻이에요?」

「개미라는 뜻의 그리스어입니다.」

「개미와 대화를 할 수 있다는 게 사실입니까?」

다른 부인이 묻자, 지사는 어깨를 으쓱해 보이며 대답했다.

「글쎄요. 제 생각에는, 그 고명하신 학자께서 우리 지방의 풍미인 자두 브랜디를 너무 과용하신 게 아닌가 싶습니다.」

그러고 나서 그는 시중꾼들에게 술잔을 다시 채우라고 손짓을 보냈다.

내빈들 가운데는 어떤 연구소의 책임자도 있었다. 시의 발주(發注)며 보조금을 따내려고 혈안이 되어 있는 사람이었다. 그는 시청 간부들의 관심을 자기에게 끌어들일 수 있는 절호의 기회라고 생각하고 의자에서 거의 일어나다시피 하며 대화에 끼어들었다.

「제가 한 말씀 드리겠습니다. 저는 개미 연구자들이 합성 페로몬을 만들어서 약간의 성과를 얻어냈다는 얘기를 들었습니다. 그들은 개미들에게 〈위험이 닥치고 있다〉와 〈날 따라와〉라는 두 가지 뜻의 말을 할 수 있게 된 모양입니다. 그런 기본적인 신호는 냄새 분자를 재구성해서 만드는 것입니다. 연구자들이 그것을 만들 수 있게 된 것은 1991년부터입니다. 그렇다면 그 기술을 발전시켜 어휘를 확대하고 완전한 문장을 만들 수 있게 된 연구팀도 있을 수 있습니다.」

그 말이 너무 진지했던 탓에 분위기가 어색해지고 말았다. 지사가 물었다.

「정말 그게 가능하다고 생각하시오?」

「내용이 아주 진지하기로 정평이 나 있는 어떤 과학 잡지에서 읽었습니다.」

쥘리도 그런 얘기를 읽은 적이 있었다. 그러나 『상대적이며 절대적인 지식의 백과사전』을 출처로 인용할 수는 없는 노릇이었다.

연구소 책임자가 말을 이었다.

「개미들이 사용하는 후각 언어의 분자를 재구성하는 데는 두 가지 기계가 필요합니다. 하나는 질량 분광기고 또 하나는 크로마토그래프[18]입니다. 그런 것들을 사용해서 분자를 분석하고 종합하는 것이지요. 냄새를 복사하는 거라고 말할 수도 있겠습니다. 개미 언어의 페로몬은 냄새일 뿐입니다. 냄새 분자를 분석하는 일쯤은 향수 제조업체의 수습공도 할 수 있는 일입니다. 그렇게 해서 얻어진 분자의 구조식을 컴퓨터를 이용해 우리가 들을 수 있는 말로 바꾸면, 개미의 후각 언어가 우리의 청각 언어로 옮겨지는 것이지요. 그 역의 경우도 마찬가지입니다.」

「꿀벌의 춤으로 된 언어를 해독한다는 얘기는 들어 보았지만, 개미의 후각 언어를 해독한다는 얘기는 금시초문이에요.」

손님 하나가 그렇게 말참견을 했다.

「우리는 개미보다 꿀벌에 더 관심이 많습니다. 꿀벌은 꿀을 생산해서 우리에게 경제적 이익을 가져다주지만, 개미는 인간에게 쓸모 있는 것을 전혀 생산하지 않기 때문입니다. 사람들이 개미 언어에 대한 연구를 무시했던 것도 아마 그

18 혼합물을 분리하는 분리 분석법의 하나인 크로마토그래피에 쓰이는 장치.

때문일 겁니다.」

「그렇기도 하지만, 살충제 회사에서 개미 연구에 돈을 대지 않는다는 것도 그 이유가 될 거예요.」

쥘리도 한마디 토를 달았다.

어색한 침묵이 서렸다. 지사는 그 침묵을 깨뜨리려고 서둘러 생각을 굴렸다. 사실, 이 손님들은 곤충학 강의를 들으러 온 것이 아니라 웃고 먹고 마시고 춤추러 온 것이 아니던가. 지사는 에드몽 웰스의 제안이 지닌 우스꽝스러운 측면으로 좌중의 관심을 되돌렸다.

「어쨌거나, 그 장면을 한번 상상해 보십시오. 파리에 개미 대사관이 생긴다면 어떤 일이 벌어질까요? 이런 장면이 눈에 선해요. 연미복을 입고 목에 나비매듭을 단 작은 개미 한 마리가 공식적인 리셉션에 참가하는 거예요. 연회장 입구에서 수위가 물어요. 〈누가 오셨다고 전해 드릴까요?〉 그러면 개미는 작은 명함을 내밀면서 〈개미 나라 대사올시다〉 하고 대답하겠지요. 또 예컨대 과테말라 대사 부인이 〈어머, 죄송해요. 방금 전에 제가 대사님을 밟은 것 같아요〉 하고 사과를 하면, 개미는 죽어 가면서 이렇게 대답할 겁니다. 〈네, 그렇군요. 제가 바로 개미 나라의 신임 대사올시다. 부인이 밟아 주신 덕분에 리셉션에서 밟혀 죽은 네 번째 대사가 되겠군요!〉」

즉흥적으로 생각해 낸 그 농담이 모두를 웃겼다. 지사는 마냥 흐뭇했다. 좌중의 눈길이 다시 그에게로 쏠렸다.

웃음이 가라앉을 즈음 일본 대사의 부인이 물었다.

「개미들에게 말을 할 수 있다는 주장은 받아들인다 쳐도, 개미 대사관을 설치하는 것은 무슨 이익이 있을까요?」

지사는 무슨 비밀을 털어놓기라도 할 것처럼 사람들을 다 가오게 했다.

「설마 하시겠지만, 그 에드몽 웰스라는 교수는 개미들이 경제적인 면에서도 정치적인 면에서도 강력한 나라를 이루고 있다고 주장했답니다. 인간 사회에 비해 규모는 작지만 제법 발전된 문명이라는 것이지요.」

지사는 이야기의 효과를 높이기 위해 뜸을 들였다. 자기가 알려 주는 정보가 너무나 대단한 것이어서 그것을 소화하려면 시간이 좀 걸릴 거라고 생각하는 모양이었다.

「작년에, 그의 주장에 찬동하는 일군의 개미광(狂)들이 과학부 장관을 접촉했답니다. 과학부 장관은 그들의 주장에 일리가 있다고 생각하고 대통령을 만나 개미 대사관을 개설하자고 부탁했지요. 아, 잠깐만요, 그들이 대통령께 올린 청원서의 사본이 있어요. 대통령께서 우리에게 보내 주신 겁니다. 앙투안, 가서 그것 좀 가져오게.」

지사의 비서는 소지품을 놓아둔 곳으로 가더니, 가방을 뒤져 종이 한 장을 꺼내 왔다. 지사가 그 종이를 받아 들고 말했다.

「자, 제가 읽을 테니 들어 보십시오.」

지사는 주위가 조용해지기를 기다렸다가 그것을 낭독하기 시작했다.

「우리는 반만년 전부터 똑같은 생각을 지닌 채 살아가고 있습니다. 우리가 자랑하는 정치 체제인 민주주의는 이미 고대 그리스 시대에 만들어진 것이고, 우리의 수학이며 철학, 논리학은 줄잡아도 3천 년의 역사를 가지고 있습니다. 하늘 아래에는 새것이 없습니다. 인간의 뇌수(腦髓)가 언제나 똑같은 방식으로 돌기 때문에 새로운 것이 나타날 수가 없습니다. 게다가 인간의 두뇌는 온전하게 사용되고 있지도 않습니다. 권력을 가진 자들이 굴레를 씌워 놓았기 때문입니다. 그들은 자기들의 자리를 잃을까 두려워하면서 새로운 개념, 새로운 생각이 솟아나는 것을 억누르고 있습니다. 똑같은 명분을 내건 똑같은 갈등이 되풀이되는 까닭이 거기에 있고, 세대 간에 언제나 똑같은 몰이해와 불화가 생기는 까닭이 거기에 있습니다.

개미들은 우리 세계에 대한 새로운 관점과 새로운 사고방식을 제공합니다. 그들에게도 농업과 과학 기술이 있고, 우리 사고의 지평을 넓혀 줄 수 있는 그들 나름의 사회적 선택이 있습니다. 그들은 우리가 해결하지 못한 문제들에 대한 독창적인 해결책을 찾아냈습니다. 예를 들어, 그들은 수천만의 개체가 하나의 도시에 모여 살지만, 그 도시에는 우범 지역도 교통 체증도 실업 문제도 없습니다. 개미 대사관은 지구상에서 가장 발전했으면서도 너무나 오랫동안 서로를 무시해 온 두 문명을 이어 주는 수단입니다.

서로 멸시하고 서로 싸우는 역사는 지금까지로 족합니다. 이제는 인간과 개미가 대등하게 협력할 때가 되었습니다.」

낭독 끝에 잠시 침묵이 이어졌다. 그러다가, 지사가 피식하고 웃음을 흘리자, 그 웃음이 다른 손님들에게로 차츰차츰 옮아가며 소리가 커져 갔다.

웃음소리는 그날 만찬의 별식인 양고기찜이 나올 때까지 그치지 않았다.

「그 에드몽 웰스라는 양반, 정말이지 머리가 좀 돈 사람이었군요!」

일본 대사의 부인이 말했다.

「그래요, 미친 사람이었지요.」

쥘리는 그 청원서를 보여 달라고 했다. 그것을 받아 꼼꼼히 읽고 나서, 그녀는 오랫동안 생각에 잠겼다. 마치 그것을 외워 마음에 담아 두려는 것 같았다.

내빈들이 디저트를 먹고 있을 때, 지사는 막시밀리앵 리나르의 소매를 넌지시 끌어당기며 둘이서만 할 이야기가 있다고 했다. 그는 두 사람의 이야기가 혹시라도 입이 가벼운 사람들의 귀에 들어갈까 걱정하는 눈치였다. 둘만이 있게 되자, 지사는 리나르에게 이런 정보를 알려 주었다. 일본 기업인들이 퐁텐블로에 온 것은 단지 자매결연식 때문만이 아니다. 그들은 자본력이 막강한 어떤 금융 그룹에 속해 있는 사람들이다. 그 그룹에선 퐁텐블로 숲 한가운데에 종합 숙박시설을 만들 계획을 세우고 있다. 백년수가 울창한 데다, 가까이에 유서 깊은 성관(盛館)까지 있는 그런 야생림 속에 호텔 단지를 건설하게 되면 전 세계에서 관광객들을 끌어들일 수 있으리라는 것이 그들의 생각이다.

「하지만, 퐁텐블로 숲은 도령(道令)에 의해 자연 보호 구역으로 지정되어 있지 않습니까?」

「물론 그렇지. 여기는 코르스[19]도 아니고 지중해 해안도 아니니까, 거기 부동산 개발업자들이 보호 구역의 토지를 분양 받기 위해 황야에 불을 지르는 것처럼 무지막지하게 나갈 수는 없는 노릇이지. 하지만 퐁텐블로 숲을 개발함으로써 생기는 경제적인 이익도 고려하지 않을 수 없어.」

19 프랑스에서 가장 큰 섬. 지중해에 있으며 관광을 주요 자원으로 삼고 있다. 우리나라에서는 흔히 코르시카라고 부른다.

막시밀리앵 리나르가 난처한 기색을 보이자, 지사는 더 알아듣기 쉽게 설명을 해야겠다고 생각하고 이렇게 덧붙였다.

「자네도 이 지방의 실업률이 꽤 높다는 걸 모르지 않을 거야. 실업률이 높아지면 사회가 불안정해지고 위기가 오는 법이지. 우리 지방의 호텔들은 차례차례 문을 닫고 있어. 이 지역이 죽어 가고 있단 말일세. 시급하게 어떤 대책을 마련하지 않으면 우리 젊은이들이 이 고장을 떠나게 될 걸세. 그리고 현재의 지방세로는 더 이상 우리의 교육 기관과 행정 관청과 경찰에서 요구하는 보조금을 충당할 수가 없어.」

리나르 경정은 뒤페롱 지사가 무슨 꿍꿍이가 있기에 자기에게만 은밀하게 그런 이야기를 하는 것인지 의아하지 않을 수 없었다.

「제게 뭐 분부하실 일이 있으십니까?」

지사는 그에게 나무딸기 과자를 내밀었다.

「가스통 팽송 사건에 관한 수사는 어떻게 되어 가고 있지?」

경정은 지사가 내민 디저트를 받으면서 대답했다.

「사건이 좀 수상합니다. 법의과에 부검을 의뢰했습니다.」

「자네 보고서를 읽어 보니까, 시체가 콘크리트로 된 피라미드 옆에서 발견되었다더군. 그리고 그 피라미드는 높이가 약 3미터이고 커다란 나무들에 가려서 이제껏 발각되지 않았다지?」

「네, 바로 그렇습니다. 그런데, 거기에 뭐 특별한 점이라도 있습니까?」

「있고말고! 자네가 보고한 대로 하면, 자연 보호 구역 안에 건물을 지을 수 없도록 규정한 법령을 완전히 무시한 사람들이 이미 존재한다는 얘기가 돼. 그들은 누가 반대하고 어쩌고 할 새도 없이 아무도 몰래 조용히 건물을 지었어. 그것은 우리에게 자본을 투자하려는 일본 친구들 입장에서 보면 아주 흥미로운 선례가 될 게 틀림없어. 자네, 그 피라미드에 대해서 뭐 알아낸 것 없나?」

「아직 별세 없습니다. 그 건물이 토지 대장에 나와 있지 않다는 것을 확인한 게 고작입니다.」

「팽송 사망 사건을 수사하면서 동시에 그 피라미드에 대해서도 수사하도록 하게. 반드시 그렇게 해야 해. 내가 보기엔, 두 사건이 서로 관련이 있는 게 틀림없어.」

지사의 어조는 단호했다. 두 사람의 대화는 지사에게 긴히 드릴 말씀이 있다는 한 시민 때문에 중단되었다. 그 시민은 지사의 도움으로 어떤 유치원에 자기 아이를 위한 자리를 얻고 싶어 하는 사람이었다.

디저트가 끝나자 사람들은 다시 춤을 추기 시작했다.

밤이 이슥했다. 쥘리 모녀는 집으로 돌아가기로 했다. 모녀가 자리를 뜨려는데, 리나르 경정이 바래다주겠다고 나섰다.

한 시중꾼이 그들에게 외투를 내주었다. 리나르는 그의 손에 동전 하나를 쥐어 주었다. 주차장 관리인이 경정의 베를린 승용차를 끌고 오기를 기다리면서 현관 계단에 서 있는데, 뒤페롱 지사가 경정에게 귀엣말을 했다.

「그 불가사의의 피라미드 말인데, 나는 정말이지 그것에 많은 관심을 갖고 있네. 내 말 무슨 뜻인지 알지?」

28. 수학 시간

「네, 선생님.」

「자, 이해를 했으면 내 질문을 그대로 반복해 봐.」

「성냥개비 여섯 개로 똑같은 크기의 정삼각형 네 개를 만드는 방법은 무엇인가?」

「좋아. 그러면 이리 나와서 칠판에 답을 제시해 봐.」

쥘리는 자리에서 일어나 칠판 앞으로 나갔다. 수학 선생이 어떤 답을 요구하는 것인지 전혀 갈피를 잡을 수가 없었다. 선생은 위압적인 눈길로 그녀를 노려보고 있었다.

쥘리는 멍한 눈길로 반 학생들을 둘러보았다. 학생들은 빈정거리는 눈길로 그녀를 힐끔거렸다. 다른 학생들은 모두 알고 있는 답을 그녀만 모르고 있는 것 같았다.

쥘리는 누군가 자기를 도와주기를 바라면서 급우들을 바라보았다.

급우들의 표정은 득의에 찬 오불관언과 연민, 그리고 자기가 쥘리와 같은 처지가 되지 않는 데서 온 안도 사이를 왔다 갔다 하고 있었다.

맨 앞줄에 버티고 앉아 있는 학생들은 돈 많고 권세 좋은 아버지를 둔, 품행이 방정하고 학업 성적이 우수한 귀공자들이었다. 그 뒷줄에는 그 귀공자들을 부러워하면서 그들 말이라면 언제라도 따를 준비가 되어 있는 학생들이 앉아 있었다. 그다음은 고만고만한 중간치기들, 〈더 잘할 수 있는데 노력을 안 하는〉 뺀질이들, 애는 많이 쓰는데 결과가 신통치 않아서 탈인 면학파들의 자리였다. 그리고 방열기 가까이에 있는 맨 뒷줄은 문제아들의 차지였다.

그 맨 뒷줄에 〈일곱 난쟁이〉가 있었다. 그 별명은 바로 그들이 결성한 록 그룹의 이름이었다. 그들은 반의 나머지 학생들과 거의 어울리는 일이 없었다.

「자, 답이 뭐지?」

선생이 다시 답을 요구했다.

일곱 난쟁이 가운데 하나가 그녀에게 신호를 보냈다. 그 남학생은 손가락을 합치고 또 합쳐서 어떤 형태를 만들어 보이고 있었지만, 쥘리는 그 의미를 헤아릴 수가 없었다.

「쥘리, 아버님이 돌아가셔서 충격을 받았으리라는 건 이해하지만, 그렇다고 세계를 지배하는 수학 법칙이 달라지는 건 아니야. 다시 한번 물어볼게. 성냥개비 여섯 개를 어떻게 배열하면 크기가 똑같은 정삼각형 네 개를 만들 수 있겠니? 다르게 생각하려고 노력해 봐. 상상력을 한껏 발휘해 보라고. 성냥개비 여섯 개, 정삼각형 네 개, 성냥개비들을 어떻게 놓으면…….」

쥘리는 눈을 찡그리며 아까 그 남학생이 보여 준 손짓이 무엇을 뜻하는지를 생각해 내려고 애썼다. 손짓만으로는 안 되겠다 싶었던지, 이번엔 그 남학생이 소리는 내지 않고 입술만 움직여서 무슨 말인가를 한 음절씩 일러 주었다. 피-로-니-드.

「피로니드.」

그녀가 그렇게 대답하자마자, 학생들이 웃음을 터뜨렸다. 그녀를 도와주려던 남학생은 낙담한 표정을 지었다.

「커닝을 하려면 제대로 해야지. 피로니드가 아니라 피-라-미-드야. 여러분, 이 형태가 의미하는 바를 잘 생각해 보세요. 피라미드라는 형태는 3차원을 나타내고 있고 입체의 정복을 뜻해요. 또한, 이 형태는 평면에서 입체로 나아가 듯이 우리가 다른 차원의 세계로 넘어가는 것이 가능하다는 것을 일깨우고 있어요. 그렇지, 다비드?」

수학 선생은 성큼성큼 걸어서 어느새 맨 뒷줄의 방금 호명 당한 남학생 옆에 가 있었다.

「다비드, 사람이 살다 보면 속임수를 쓸 수도 있어. 단, 속 임수를 쓰려면 들키지 말아야 해. 네 깜냥에는 꾀를 쓴다고 썼겠지만 내 눈을 속이지는 못했어. 쥘리, 자리에 돌아가서 앉아라.」

선생은 칠판 앞으로 돌아가 〈시간〉이라고 썼다.

「오늘 우리는 3차원에 대해서 공부를 했어요. 내일은 4차 원, 즉 시간에 대해서 공부할 거예요. 수학에서도 시간이라 는 개념을 다룰 필요가 있어요. 과거에 일어난 일의 결과가 미래에 나타난다면 언제, 어디서, 어떻게 나타날 것인가 하 는 문제를 다루게 될 거예요. 예컨대, 나는 내일 여러분에게 이런 질문을 할 수도 있어요. 〈쥘리 팽송은 왜 0점을 받았는 가? 그녀는 어떤 조건에서, 그리고 언제 다시 0점을 받게 될 것인가?〉」

앞자리에 앉은 몇몇 학생들 사이에서 쥘리를 조롱하고 선 생의 비위를 맞추는 웃음이 일었다. 쥘리가 일어섰다.

「쥘리, 앉아라. 너에게 일어서라고 말한 적 없어.」

「싫어요. 전 서 있고 싶어요. 선생님께 드릴 말씀이 있 어요.」

「0점에 대해서 말이니? 너무 늦었다. 너의 0점은 이미 성 적표에 올라갔어.」

쥘리는 잿빛 눈에 모를 세우고 수학 선생을 똑바로 바라보았다.

「선생님께서는 다르게 생각하는 것이 중요하다고 말씀하셨어요. 하지만 제가 보기에 정작 선생님은 항상 똑같은 방식으로 생각하시는 것 같아요.」

「무례하게 굴지 말고 꼭 할 얘기만 해라, 응?」

「저는 할 얘기를 하고 있습니다. 선생님께서 가르치시는 것은 삶 속에서 벌어지는 실제의 일과는 아무런 상관이 없습니다. 선생님께서는 단지 우리의 정신에 굴레를 씌워서 세상에 순응시키려고 애를 쓰고 계신 거예요. 우리가 원과 삼각형 따위에 관한 선생님의 이야기를 머릿속에 집어넣고 나면, 그다음부터는 무엇이든 고분고분하게 받아들일 수 있게 될 거라고 믿으시면서 말이에요.」

「0점을 한 번 더 받아야 정신을 차릴 모양이지, 팽송?」

쥘리는 그런 건 아무래도 좋다는 듯, 가방을 들고 문께로 걸어갔다. 모두가 놀라며 얼떨떨해하고 있는 사이에 그녀는 문을 꽝 닫고 떠나 버렸다.

29. 백과사전

아기의 애도

아기는 생후 8개월이 되면 특유의 불안감을 경험하게 된다. 소아과 의사들은 그것을 〈아기의 애도(哀悼)〉라고 부른다. 어머니가 자기 곁을 떠날 때마다 아이는 어머니가 다시는 돌아오지 않으리라고 생각한다. 어머니가 죽었다고 믿는 아이는 울음을 터뜨리고 심한 불안감을 드러낸다. 어머니가 돌아와도 아기는 어머니가 또 떠날 것을 걱정하며 다시 불안감에 빠진다.

그 나이에 아기는 세상에 자기가 통제할 수 없는 일들이 벌어지고 있다는 것을 깨닫는다. 〈아기의 애도〉는 자기가 세계로부터 독립되어 있다는 것을 의식함으로써 생기는 것이라고 볼 수 있다. 〈내〉가 나를 둘러싸고 있는 모든 것과 다르다는 사실은 참을 수 없는 슬픔이다. 아기는 엄마와 자기가 떼려야 뗄 수 없이 결합되어 있는 것이 아니어서, 자기 혼자 남게 될 수도 있고, 엄마 아닌 낯선 사람들 — 아기에겐 엄마 아닌 모든 사람, 경우에 따라서는 아빠, 할아버지, 할머니까지 모두 낯선 사람일 수 있다 — 과 관계를 맺어야 할 때도 있음을 깨닫는 것이다.

아기는 생후 18개월이 지나서야 어머니와의 일시적인 이별을 범상한 일로 받아들일 수 있게 된다.

아기가 나중에 어른이 되어 노년에 이르기까지 경험하게 될 그 밖의 많은 불안 — 고독에 대한 두려움, 소중한 존재를 잃을지도 모른다는 불안, 적대적인 이방인과 마주칠 때의 공포 따위 — 의 대부분은 맨 처음 겪는 이 고통의 연장선 위에 있게 될 것이다.

에드몽 웰스, 『상대적이며 절대적인 지식의 백과사전』 제3권

30. 파노라마처럼 펼쳐진 풍광

날씨가 쌀쌀하다. 하지만 앞으로 닥쳐올 일에 대한 두려움 때문에 추워할 겨를이 없다. 동녘이 밝아 오자, 열두 탐험 개미와 늙은 개미는 다시 길을 떠났다. 냄새길을 따라 서둘러 달려가서 그들이 태어난 도시에 〈하얀 게시판〉의 위험을 알리고 대책을 찾게 해야 한다.

그들은 윗부분이 골짜기 위로 툭 불거져 나온 낭떠러지 위에 다다랐다. 그들은 걸음을 멈추고 사위를 둘러보며 아래로 내려갈 수 있는 가장 좋은 길을 찾는다.

개미들이 눈으로 사물을 지각하는 방식은 포유류의 방식과는 사뭇 다르다. 개미의 두 안구는 각각 가는 대롱들이 모여서 된 것이고, 그 대롱들은 다시 몇 개의 렌즈로 이루어져 있다. 그 렌즈들은 선명하고 고정된 상(像)을 포착하지는 못하는 대신, 다수의 흐릿한 상을 받아들인다. 그래도 그 상이 많기 때문에 결국엔 분명하게 사물을 지각할 수 있게 되는 것이다. 그렇듯, 개미들의 눈은 사물의 세부를 지각하는 데는 능력이 떨어지지만, 움직임을 포착하는 데는 아주 탁월한 기능을 발휘한다.

탐험 개미들이 좌우를 둘러본다. 남녘땅의 식물 군집들이 거뭇한 이탄지(泥炭地)로 변해 있고, 그 위를 금갈색 파리들과 장난꾸러기 등에들이 날고 있다. 꽃동산의 커다란 벽옥빛 바위들과 북녘의 노란 풀밭, 고사리가 무성하고 극성스러운 방울새들이 사는 검은 숲도 보인다.

햇살에 공기가 데워지자 모기들이 위로 올라가고 감람색을 띤 휘파람새들이 이내 날아들어 모기들을 잡아먹는다.

개미들의 감각은 빛깔의 스펙트럼에 있어서도 특별하다. 개미들은 적색 광선은 잘 구별하지 못하지만 자외선은 완벽하게 구별한다. 자외선 정보는 초목의 푸름 속에서 꽃과 곤충들이 쉽게 눈에 띄도록 해준다. 개미들은 꽃잎에 꿀벌들이 내려앉을 때 생긴 활주로 같은 줄까지도 식별할 수 있다.

눈에 맺힌 상으로 시각 정보를 얻고 나면 후각 정보를 모을 차례다. 탐험 개미들은 그들의 후각 레이더인 더듬이를 1초당 8천 회의 진동으로 흔들어 주위에 떠도는 냄새를 맡는다. 그렇게 더듬이를 빙빙 돌리면서, 그들은 멀리 또는 가까이에 사냥감과 포식자들이 있는지 알아내고, 풀나무와 땅이 발산하는 냄새를 맡는다. 흙에서 올라오는 냄새는 그윽하고 향긋할 뿐, 씁쓸하고 짭짤한 느낌은 전혀 들지 않는다.

더듬이가 가장 긴 10호는 뒤의 네 다리로 몸을 일으켰다. 그렇게 앞다리를 들어 올리면 페로몬을 더 잘 포착할 수 있다. 그의 주위에서는 그보다 더듬이가 짧은 동료들이 그들 앞에 펼쳐진 광대한 후각 정보의 공간을 탐색하고 있다.

잔대가 무리 지어 자라는 작은 수풀의 냄새가 그들이 있는 곳까지 날아오고 있다. 눈을 휘둥그렇게 뜬 것 같은 무늬가 날개에 점점이 박힌 큰멋쟁이나비들이 떼를 지어 그 수풀 위를 날고 있다. 거기를 거쳐 가는 길이 벨로캉으로 돌아가는 지름길이다. 다들 그 지름길로 가는 게 좋겠다고 생각하는데, 16호만은 의견이 달랐다. 그는 냄새 지도 작성의 전문가답게 그곳의 문제점을 이렇게 나열한다. 그 수풀엔 겅둥거리는 거미들과 주둥이 긴 뱀들이 우글거린다. 게다가 외지에서 온 개미 떼들이 그곳을 통과하고 있는 중이다. 설령 그들과 마주치는 것을 피해 나뭇가지를 타고 위로 지나간다 하더라도, 난쟁이개미들에게 쫓겨 북쪽으로 밀려난 무사개미들에게 잡힐 염려가 있다.

5호가 새로운 길을 제안했다. 오른쪽으로 해서 절벽을 내려가는 것이 어떠냐는 것이다.

103683호는 젊은 개미들이 주고받는 정보들에 주의 깊게 더듬이를 기울이고 있다가, 문득 벨로캉을 생각한다. 그가 벨로캉 연방을 떠난 뒤로, 많은 정치적 사건들이 있었다고 했다. 벨로캉의 새로운 여왕은 어떻게 생겼는지 궁금하다. 5호가 알려 준 바로는 배가 작다고 한다. 벨로캉의 모든 여왕들이 그러하듯이 새 여왕의 이름도 벨로키우키우니다. 하지만, 새 여왕의 풍채는 예전 여왕들만 못한 모양이다. 지난해 재난을 겪은 뒤로 생식개미들이 모자라게 되었다고 한다. 그래서, 수개미의 정자를 받은 암개미가 사고를 당해 죽는 일이 없도록 하기 위해 결혼 비행도 하지 않고 닫힌 방 안에서 교미를 했다는 것이다.

103683호가 보기에, 5호는 새 여왕을 별로 존경하지 않는 것 같다. 하긴, 어떤 개미도 자기 여왕을 존경할 의무는 없다. 여왕이 자신의 어머니라 해도 사정은 달라지지 않는다.

그들은 다리 끝에 달린 부착반을 이용해서 깎아지른 절벽을 내려간다.

31. 막시밀리앵의 생일

막시밀리앵 리나르 경정은 복이 많은 사람이었다. 매력적인 아내 신티아와 열세 살짜리 사랑스러운 딸 마르그리트가 있었고, 아름다운 개인 주택에 살면서 성공한 사람들의 상징물이 된 커다란 수족관과 넓고 높직한 벽난로의 멋을 향유하고 있었다. 마흔넷의 나이에 이룰 것은 다 이루었다고 스스로 생각하는 사람이었다. 좋은 학교를 우수한 성적으로 졸업했고, 경찰에 몸을 담아 자랑스러운 경력을 쌓았다. 많은 사건을 해결한 덕에 퐁텐블로 경찰 학교에서 강의도 맡게 되었다. 윗사람들은 그를 신임했고 그의 수사에 간섭하지 않았다. 얼마 전부터는 정치에도 관심을 갖게 되어 지사의 측근들이 모이는 서클에 참가하기 시작했다. 지사는 그를 테니스 파트너로 받아 주었다.

집에 돌아오자 그는 앵무새 새장 위로 모자를 던져 놓고 웃옷을 벗었다.

거실에서는 딸아이가 텔레비전을 보고 있었다. 그는 금발을 뒤로 넘겨 땋아 늘인 아이의 옆모습을 바라보았다. 아이의 얼굴이 아주 조금씩 화면 쪽으로 다가갔다. 아이의 얼굴에 비치는 그 푸르스름한 빛은 바로 그 시각에 텔레비전을 향하고 있을 30억의 다른 사람들 얼굴에도 어른대고 있을 터였다. 아이는 한 손에 리모트 컨트롤을 들고, 아무리 눌러대도 나타나지 않는 이상적인 프로그램을 찾아 방송 사냥을 하고 있었다.

67번 채널. 다큐멘터리. 콩고에 사는 보노보의 복잡한 구애 행동이 동물학자들의 관심을 끌었다. 수컷들은 발기된 성기를 칼처럼 사용해서 자기들끼리 싸운다. 그러나 그처럼 구애를 위해 자기를 과시할 때 말고는, 보노보들은 절대로 싸우지 않는다. 그 종의 유인원들은 성을 통해 폭력 문제를 해결하고 비폭력주의를 실현하는 묘안을 생각해 낸 듯하다.

46번 채널. 사회 문제에 관한 르포. 환경미화원들이 파업을 벌이고 있다. 그들은 자기들의 요구가 관철되기 전에는 쓰레기를 수거해 가지 않을 거라고 한다. 그들은 봉급과 퇴직 연금의 인상을 요구하고 있다.

45번 채널. 에로 영화. 〈그래. 아흐아흐아아아, 아아흐, 오오오흐아아흐, 아아흐, 오오오흐, 오흐, 아니! 오흐, 그래! 그래! 계속해, 계속해……. 오흐아흐아흐……. 아니, 아니, 아니, 좋았어, 바로 그거야, 그래.〉

110번 채널. 뉴스. 속보. 어떤 유치원에서 벌어진 학살극. 범인들은 승용차에 폭탄을 설치하고 그 차를 유치원 앞에 주차해 놓았다. 피해자 수는 현재까지 아이들 중에서는 사망자

19명에 부상자 7명, 교사들 중에서는 사망자 2명으로 집계되었다. 범인들은 피해 규모를 늘리기 위해 폭발물에 못과 볼트를 첨가하였고 노는 시간에 맞추어 폭발물을 터뜨렸다. 스스로를 그 테러의 범인이라고 주장하는 자들이 나타났다. 언론에 보내 온 한 메시지에서 그들은 자기들 단체의 이름이 〈세계만방의 이슬람〉이라면서, 이교도들을 많이 죽임으로써 자기들은 천국에 가게 될 것임을 확신하고 있다고 밝혔다. 내무 장관은 국민들에게 냉정을 잃지 말라고 당부하고 있다.

345번 채널. 오락 방송. 제목은 〈오늘의 농담〉. 일소일소 일노일로(一笑一少 一怒一老)의 기치를 걸고, 날이면 날마다 짤막한 우스갯소리 한 토막을 전해 드리는 오늘의 농담 시간입니다. 잘 들어 두셨다가 친구분들을 웃겨 주시기 바랍니다. 한 곤충학자가 파리의 비행에 관한 연구를 하고 있었습니다. 파리의 다리 하나를 자르고 그 곤충학자가 파리에게 말했어요. 〈날아라!〉 그러자 파리가 날아갔어요. 그것을 보면서 곤충학자는 다리 하나가 없어도 파리는 날 수 있다는 사실을 알게 되었지요. 그는 실험을 한 단계 진전시켜 이번엔 다리 두 개를 자르고 파리에게 말했지요. 〈날아라!〉 그래도 파리는 날아갔어요. 곤충학자는 파리의 날개 하나를 잘라 내고 다시 말했어요. 〈날아라!〉 그러나 파리는 더 이상 날아오르지 않았어요. 그러자, 곤충학자는 자기 연구 수첩에 이렇게 적었어요. 〈파리의 한쪽 날개를 자르면, 파리는 귀가 먹는다.〉

마르그리트는 그 우스갯소리를 머릿속에 넣어 두었다. 그러나, 모두가 같은 시각에 그 이야기를 들었을 것이므로, 그 이야기를 풀어놓을 만한 곳은 아무 데도 없으리라는 걸 아이는 이미 알고 있었다.

201번 채널. 음악. 가수 알렉상드린의 새로운 뮤직 비디오. 〈세상의 모든 것이 사랑이에요, 언제나 사랑, 사아아아랑, 그대를 사랑해요, 모든 게 사랑일 뿐…….〉

622번 채널. 퀴즈 쇼.

마르그리트는 텔레비전 앞으로 더 다가가 리모트 컨트롤을 내려놓았다. 아이는 「알쏭알쏭 함정 퀴즈」라는 그 퀴즈 쇼를 무척 좋아했다. 누가 더 잡학에 능한가를 겨루는 여느 퀴즈 쇼와는 달리, 순전한 논리의 수수께끼를 푸는 게임이어서, 아이의 깜냥엔 그 프로그램이 그중 괜찮아 보이는 모양이었다. 사회자가 인사를 하자 방청석에서 열렬한 박수갈채가 일었다. 방청석이 화면에서 사라지고, 육덕이 좋은 축에 드는 한 여인이 나타났다. 나이가 지긋하고 꽃무늬 나일론 원피스를 입은 품이 옹색해 보이는 여자였다. 두툼한 뿔테 안경 너머로 보이는 그녀의 눈에는 무척 쑥스러워하는 기색이 어려 있었다.

사회자는 눈이 부실 만큼 하얀 이를 벌쭉 드러내며 씩 웃고 나서, 마이크를 잡았다.

— 라미레 씨, 이제 우리의 새로운 수수께끼를 말씀드리겠습니다. 여전히 성냥개비 여섯 개로 정삼각형을 만드는 문제입니다. 하지만 이번엔 크기가 똑같은 정삼각형을 네 개도 아니고 여섯 개도 아니고 무려 여덟 개를 만들어야 합니다. 어떻게 하면 만들 수 있을까요?

쥘리에트 라미레는 한숨을 쉬었다.

— 매번 새로운 차원을 추가하고, 거기에 도달할 것을 요

구하시는 것 같군요. 처음엔 3차원을, 다음엔 음과 양의 융합을 발견해야 했는데, 이번엔…….

사회자가 그녀의 말을 잘랐다.

— 제3의 단계입니다. 우리는 라미레 씨를 믿습니다. 라미레 씨는 챔피언 중의 챔피언입니다. 여러분, 라미레 씨를 위해 다 같이 외쳐 볼까요?「알쏭알쏭…….」

—「……함정 퀴즈.」

사회자의 선창에 방청객들이 이구동성으로 화답했다.

라미레 씨는 문제의 성냥개비 여섯 개를 가져오게 했다. 한쪽 끝에 붉은인을 바른 성냥개비 여섯 개가 즉시 전달되었다. 보통의 성냥개비와는 달리 아주 가늘고 긴 나뭇개비였다. 방청객과 시청자들이 그녀의 미세한 손놀림까지 놓치지 않고 볼 수 있도록 배려한 거였다.

그녀는 도움말 하나를 요구했다. 사회자는 천천히 봉투 하나를 뜯어 안에 든 종이쪽지를 꺼냈다.

— 라미레 씨에게 드릴 첫 번째 도움말은, 〈의식의 영역을 넓혀야 한다〉입니다.

막시밀리앙 리나르 경정은 한 눈과 한 귀를 팔면서 그 방송을 듣고 있었다. 그의 눈길이 문득 수족관에 닿았다. 죽은 열대어 몇 마리가 배를 위로 한 채 떠다니고 있었다.

먹이를 너무 많이 주었나? 설마 저희들끼리 싸우다 죽은 건 아니겠지? 그러나 그건 모를 일이었다. 강자가 약자를 죽이고, 빠른 자가 느린 자를 죽이는 것은 그 세계에 흔히 있는 일이었다. 그 유리 벽 안의 닫힌 세계에서는 오로지 가장 못된 자와 가장 공격적인 자만이 살아남는다는 특별한 적자생존의 법칙이 지배하고 있었다.

그는 죽은 물고기를 건져 내느라고 물에 손을 담근 김에, 수족관 바닥의 회반죽으로 만든 해적선과 플라스틱 해초들을 바로 세웠다. 물고기들은 아마 바닷속을 흉내 낸 그 무대 장치를 진짜로 여기고 있을 거였다.

경정은 여과기의 펌프가 작동하지 않는 것을 보고, 거르개에 가득 찬 배설물을 손가락으로 집어냈다. 〈무지개송사리도 스물다섯 마리가 되니까 배설물이 만만치 않구먼!〉 이왕 손을 보는 김에, 그는 수도꼭지를 틀어 수족관의 물을 갈아 주었다.

먹이를 조금 뿌려 주고 물의 온도를 확인한 뒤에, 그는 살아남은 자기 물고기들에게 작별 인사를 했다.

한편, 수족관 안의 물고기들은 자기들 주인의 그런 노력을 조금도 달가워하지 않고 있었다. 물고기들은 왜 손가락들이 무지개송사리의 시체를 건져 내는지 이해할 수가 없었다. 그 시체가 살이 더 연해져서 잘라먹기 좋을 때를 기다리느라고 그들이 일부러 수면에 놓아둔 것이기 때문이었다. 또, 그 물고기들에겐 서로의 배설물을 먹을 권리조차 없었다. 똥이 나오기가 무섭게 펌프에 빨려 들어가기 때문이었다. 수족관의 물고기들 가운데 가장 영리한 축에 드는 자들은 먹이가 매일같이 기적처럼 수면에 나타나는 까닭과 그 먹이가 언제나 꼼짝 안 하는 곡절을 이해하지 못한 채, 오래전부터 자기들의 삶이 무슨 의미가 있는지를 곰곰이 따져 보고 있는 중이었다.

싱그러운 두 손이 막시밀리앵의 눈 위에 포개졌다.

「아빠, 생신을 축하드려요!」

그는 아내와 딸에게 입을 맞추며 말했다.

「오늘이 생일이라는 걸 까맣게 잊고 있었네.」

「그래도 우리가 있잖아요! 엄마하고 제가 아빠 마음에 드실 만한 것을 준비했어요.」

딸아이는 호두 속살을 넣은 초콜릿케이크를 자랑스럽게 들어 올렸다. 케이크에는 불을 켜놓은 초들이 빽빽이 꽂혀 있었다.

「서랍을 다 뒤졌는데도 초를 마흔두 개밖에 못 찾아냈어요.」

그는 숨을 한 번 후 불어 촛불을 다 끄고, 케이크 한 조각을 잘라 자기 접시에 담았다.

「여보, 다른 선물도 있어.」

그의 아내가 상자 하나를 내밀었다. 그는 한입 물고 있던 케이크를 꿀꺽 삼키고, 판지 상자를 뜯었다. 안에 든 것은 최신형 휴대용 컴퓨터였다.

「이런 선물을 생각해 내다니, 정말 훌륭해!」

「가볍고 빠르고 기억 용량이 아주 큰 모델을 골랐어. 이걸 사용하면 일도 더 즐거울 거고, 비는 시간도 한결 재미있게 보낼 수 있을 거야.」

「그렇고말고. 두 사람 다, 정말 고마워.」

이제껏 그는 서재에 있는 덩치 큰 컴퓨터를 워드 프로세서와 계산기로 사용하는 것에 만족해 왔다. 하지만 그 선물을 계기로 마침내 새로운 전기가 마련되는 듯한 느낌이 들었다. 이제부터 이 작은 휴대용 컴퓨터를 가지고 정보 공학의 세계를 마음껏 탐험해 보리라는 새로운 다짐이 불끈 솟구치는 거였다. 그의 아내는 마음에 쏙 드는 선물을 고르는 데에 비상한 재주가 있는 사람이었다.

딸아이가 따로 준비한 선물도 있었다. 엄마가 산 컴퓨터에 구색을 맞추느라고, 아이는 게임 프로그램을 하나 산 모양이었다. 그것은 〈진화〉라는 이름의 컴퓨터 게임이었다. 〈하나의 문명을 재창조하고, 마치 신이 된 것처럼 그 세계를 주재해 보라. 그럼으로써 당신은 이 세계를 더욱 잘 이해하게 될 것이다〉라는 광고 글귀가 눈에 들어왔다.

「수족관을 돌보는 데 그토록 많은 시간을 들이시는 걸 보고, 아빠가 이 게임을 좋아하게 되실 거라고 생각했어요. 아빠는 이제부터 아빠 마음대로 하실 수 있는 하나의 가상 세계를 갖게 되시는 거예요. 그 세계에는 사람들도 있고 도시며 전쟁 등 모든 것이 있어요.」

「허 이런, 나한테 게임을…….」

그래도 그는 딸아이를 실망시키지 않으려고 볼에 입을 맞추며 고마움을 표시했다.

딸아이는 최근에 나와 크게 인기를 얻고 있는 그 프로그램의 CD를 컴퓨터에 집어넣고, 그에게 규칙을 설명하려고 무척 애를 썼다. 프로그램이 시작되면서 기원전 5000년의 광활한 평원이 펼쳐졌다. 게임을 하는 사람의 임무는 그 평원에 자기 부족을 정착시켜 마을을 건설한 뒤, 이웃 부족들의 침입을 물리치면서 수렵 영역을 넓혀 다른 마을들을 건설하고 산업과 과학 및 예술을 발전시켜 마을들을 도시로 변화시킨 다음, 하나의 국가를 형성하여 가능한 한 빠르게 발전시키는 것이었다.

「무지개송사리 스물다섯 마리하고는 비교가 안 돼요. 아빠는 이제 수십만의 인간들이 살고 있는 가상 현실을 주재하시게 되는 거예요. 맘에 드세요?」

「물론이지.」

경정은 썩 마음에 드는 것은 아니었지만, 딸아이를 실망시킬까 걱정이 되어 그렇게 대답했다.

32. 백과사전

아기들의 의사소통

13세기에 신성 로마 제국의 황제 프리드리히 2세는 인간이 타고나는 〈자연 그대로의〉 언어가 어떤 것인지를 알기 위해 한 가지 실험을 했다. 그는 아기 여섯 명을 영아실에 넣어 놓고, 유모들에게 아기들을 먹이고 재우고 씻기되 절대로 아기들에게 말을 하지 말라고 명령했다. 프리드리히 2세는 그 실험을 통해 아기들이 외부의 영향을 전혀 받지 않은 상태에서 자연스럽게 선택하는 언어가 어떤 것인지를 알아내고 싶어 했다. 그는 그 언어가 그리스어나 라틴어가 되리라고 생각했다. 그가 보기엔 오로지 그것들만이 순수하고 본원적인 언어들이었던 것이다. 그러나, 그 실험은 황제가 기대한 결과를 보여 주지 않았다. 어떤 언어로든 말을 하기 시작하는 아기가 하나도 없었다. 그뿐만 아니라, 여섯 아기들 모두 날로 쇠약해지다가 결국은 죽고 말았다.

아기들이 생존하는 데는 의사소통이 반드시 필요하다. 젖과 잠만으로는 충분치 않다. 커뮤니케이션은 사람이 살아가는 데 없어서는 안 되는 요소다.

에드몽 웰스, 『상대적이며 절대적인 지식의 백과사전』 제3권

33. 다듬이벌레, 총채벌레, 가뢰

절벽에도 그 나름의 식물상(相)과 동물상이 있다. 깎아지

른 암벽을 따라 내려가면서, 열두 탐험 개미와 늙은 개미는 미지의 세계를 발견한다. 암벽에도 꽃식물들이 달라붙어 있다. 꽃받침이 원통형으로 되어 있는 분홍빛 패랭이꽃, 잎이 살지고 매콤한 냄새를 풍기는 꿩의비름,[20] 나팔 모양의 보랏빛 꽃이 피어 있는 용담(龍膽),[21] 둥글고 매끈매끈한 잎이 작고 하얀 꽃을 희롱하는 흰꿩의비름, 꽃잎이 뾰족하고 잎이 촘촘하게 난 돌꽃[22] 따위가 보인다.

열세 개미는 다리 끝의 부착반을 아이젠처럼 사용하면서 암벽을 내리닫는다.

뾰족 튀어나온 커다란 돌 하나를 빙 돌았을 때, 그들 앞에 한 떼의 다듬이벌레가 나타났다. 그 작은 곤충은 바위에 붙어 사는데, 겹눈은 톡 튀어나왔고 입은 먹이를 잘게 부수어 먹기에 알맞게 되어 있으며 더듬이는 하도 가늘어서 언뜻 보기엔 없는 것처럼 보인다.

다듬이벌레들은 바위 거죽에 자라는 노란 이끼를 빠는 데 정신이 팔려서 개미들이 다가오는 것을 느끼지 못했다. 하긴, 그런 곳에서 개미를 만나기란 여간 어려운 일이 아니다. 다듬이벌레들은 이제껏 암벽 세계를 떠나지 않는 한 자기들은 안전하고 편안하게 살 수 있다고 믿어 왔다. 그런데 만일 개미들이 암벽을 기어 오르내리기 시작했다면, 이제 좋은 시절은 다 간 것이다.

20 돌나물과의 여러해살이풀. 잎은 길둥글거나 알꼴로 마주 붙거나 어긋맞게 나며 잎자루가 짧고 살이 많다.

21 용담과의 여러해살이풀. 한방에서 근경(近莖)과 뿌리 말린 것을 〈용담〉이라 하여 고미 건위제(苦味健胃劑)로 쓴다.

22 뿌리줄기는 통통하고 비늘 조각에 덮여 있으며, 잎은 바소꼴로 촘촘히 어긋맞게 나는 여러해살이풀.

다듬이벌레들이 진둥한둥 달아난다.

103683호는 노령에도 불구하고 개미산 몇 방울을 멋지게 날려 달아나는 다듬이벌레들을 정통으로 맞혔다. 동료들이 그에게 찬사를 보낸다. 나이에 비해 그의 꽁무니 사격은 아직도 대단히 정확하다.

개미들은 다듬이벌레를 먹으며, 그 맛이 수모기의 맛과 비슷하다는 것을 확인하고 무척 신기해한다. 더 정확하게 표현하자면, 다듬이벌레의 맛은 수모기와 풀잠자리의 중간쯤 된다. 그러나 풀잠자리 고기 특유의 박하 향은 없다.

열세 불개미는 또 다른 꽃식물들을 빙 돌아간다. 하얀 꽃이 피는 물통이, 나비꼴의 꽃이 피는 단너삼, 꽃잎이 작고 하얀 늘푸른여러해살이풀 범의귀들이다.[23]

조금 더 내려가다가 그들은 한 무리의 총채벌레를 습격했다. 103683호는 그것들이 총채벌레라는 것을 처음엔 알아보지 못했다. 손가락들 세상에 살다 온 탓에 많은 생물종들을 잊어버린 것이다. 총채벌레는 풀잎의 물을 빨아 먹는 작은 곤충으로 막대 모양의 날개에 털이 빽빽하게 나 있다. 그 벌레들을 먹어 보니, 바삭바삭 씹히는 맛은 있지만 삼키고 나면 시큼한 뒷맛이 남아서 그다지 좋은 먹이로 여겨지지 않았다.

탐험 개미들은 또 톡톡 튀어 다니는 톡토기, 날개가 예쁘고 두꺼운 자홍색 마디충나방, 핏빛의 거품벌레, 날갯짓이 서툰 실잠자리와 움직임이 힘차고 우아한 여러 잠자리들도

23 물통이는 쐐기풀과에 딸린 한해살이풀로 산지의 축축한 땅에서 자란다. 단너삼은 황기(黃芪)라고도 하는 콩과의 다년초이고 범의귀는 범의귓과의 상록 다년초로 높은 산의 축축한 땅에서 자란다.

죽였다.[24] 한결같이 온순하고 불개미들의 먹이가 될 수 있다는 것 말고는 특별히 흥미로운 구석이 없는 곤충들이다.

통통한 가뢰[25]들도 그들의 먹이가 되어 주었다. 가뢰라는 곤충의 피[血]림프와 생식기에는 칸타리딘이라는 물질이 들어 있다. 그 물질은 개미들에게 흥분제의 구실을 한다.

암벽을 타고 있으니, 바람 때문에 더듬이가 자꾸 뒤로 젖혀진다. 14호가 무당벌레 한 마리를 향해 개미산을 쏘았다. 오렌지빛 등에 검은 점 두 개가 있는 새끼 무당벌레다. 개미산을 맞은 무당벌레는 다리 마디마디에서 역한 냄새를 풍기는 노란 액체를 흘리고 있다.

103683호는 몸을 낮추어 무당벌레를 자세히 살폈다. 그건 속임수다. 개미산은 반구형 등딱지에 맞아 도로 튀어나왔는데, 무당벌레는 죽은 척을 하고 있다. 늙은 개미는 그런 교묘한 술책을 익히 경험한 바 있다. 어떤 곤충들은 스스로 위험한 상황에 빠져 있다고 느끼면, 깜냥껏 역겨운 액체를 분비해서 포식자를 멀리 쫓아 보낸다. 그 액체는 몸에 난 작은 구멍들을 통해 솟아나기도 하고, 관절 어름에서 작은 꽈리들이 부풀어 올랐다가 터지면서 나오기도 한다. 어느 경우든 간에, 포식자들은 그 냄새를 맡는 순간, 식욕이 싹 가시고 만다.

103683호는 액체를 흘리고 있는 새끼 무당벌레에게 다가갔다. 그게 속임수라는 것도 알고 그 고의적인 출혈이 스스

24 톡토기는 해안이나 습지에 사는데, 몸은 납작한 원통형이고 황갈색이다. 마디충나방은 노란 잿빛의 몸 색깔을 갖고 있으며, 명충나방이라고도 한다. 거품벌레는 좀매미로도 불리며 대체로 누른 갈색을 띠고 있고, 자란 벌레는 멸구와 비슷하게 생겼다.

25 광택 있는 길쭉한 갑충으로 뒷날개가 없다.

로 멈추리라는 것도 알지만 어쩐지 잡아먹고 싶은 생각이 들지 않는다. 그는 젊은 열두 개미들에게 그 곤충은 잡아먹기에 적합지 않다고 알린다. 새끼 무당벌레는 다시 길을 떠난다.

벨로캉 개미들은 암벽을 타고 내려가면서 단지 다른 곤충들을 죽이고 잡아먹기만 했던 것은 아니다. 주위를 살피면서 더욱 안전하고 편한 길을 찾는 것도 중요한 일이다. 그들은 암벽의 튀어나온 부분과 깎아지른 부분을 번갈아 지나간다. 이따금 깊숙하게 갈라진 틈새가 나오면 다리와 위턱으로 매달려 아슬아슬하게 건너가기도 한다. 몸과 몸을 연결하여 사닥다리와 다리를 만들어야 할 때도 있다. 그 경우, 서로 간의 신뢰는 절대적이다. 열세 개미 중 단 하나라도 붙잡고 있는 것을 놓치면 다리 전체가 무너지고 만다. 따라서 어떤 일이 있어도 동료들의 믿음을 저버려서는 안 된다.

103683호는 그렇게 많은 공력을 들여 일하는 습관을 한동안 잊어버리고 있었다. 거기, 세계의 가장자리 너머, 손가락들의 나라에서는 모든 게 손쉽기만 했다.

만일 그 세계에서 도망쳐 나오지 않았더라면, 그도 역시 손가락들처럼 무기력하고 게으른 자가 되고 말았을 것이다. 그가 텔레비전에서 본 대로라면, 손가락들은 언제나 노력을 가장 덜 들이는 쪽을 선택하는 자들이다. 그들은 자신의 둥지를 스스로 만들 줄도 모르며, 먹이를 구하기 위해 사냥을 한다거나 포식자들을 따돌리기 위해 빠르게 달리는 일도 더이상 할 줄 모른다. 하긴, 손가락들에겐 이제 포식자가 없다.

개미 세계의 한 격언이 갈파하듯, 기능이 기관을 만들고 기능이 없으면 기관이 퇴화하는 법이다.

거기, 정상적인 세계 너머에서의 삶이 생각난다. 거기서 무엇을 하며 하루하루를 보냈던가?

그는 하늘에서 떨어진 죽은 먹이를 먹고, 미니 텔레비전을 보고, 그의 페로몬을 청각 언어로 바꾸어 주는 기계의 송수신기로 손가락들과 대화를 하면서 살았다. 〈먹기, 전화하기, 텔레비전 보기〉, 손가락들이 주로 하는 일이 바로 이 세 가지다.

그는 열두 아우들에게 그런 이야기를 다 털어놓지 않았다. 대화를 할 줄 아는 그 손가락들이 다른 손가락들에게 말은 아주 많이 하지만 그 말이 먹혀들어 가지 않고 있다는 것도 이야기하지 않았다. 그들은 개미 문명과 대등하게 교류하는 것이 유익하다는 것을 이해하도록 다른 손가락들을 설득해 내지 못했다.

그들이 실패했기 때문에, 103683호는 거꾸로 개미들을 설득해서 손가락들과 동맹을 맺는 계획을 성사시키려 한 것이다. 어쨌든, 그는 두 문명이 적대하지 않고 서로의 재능을 합치는 것이 서로에게 이익이 된다는 점을 확신하게 되었다.

그들의 세계에서 도망쳐 나올 때의 일이 생각난다. 도망쳐 나오기가 쉽지는 않았다. 손가락들은 그를 떠나보내려고 하지 않았다. 그는 미니 텔레비전의 일기 예보에서 좋은 날씨가 예고되기를 기다렸다가, 그런 날이 오자 새벽같이 위쪽 창살의 틈새로 도망쳐 나왔다.

이제 겨레를 설득해야 하는 가장 힘겨운 일이 남아 있다. 그래도 젊은 열두 개미들이 그의 계획을 막무가내로 거부하지 않았던 걸 보면 조짐이 그리 나쁘지는 않다.

늙은 개미와 그를 따르는 젊은 개미들은 시계추처럼 움직이면서 암벽의 깊이 갈라진 틈을 건너 맞은편 가장자리에 닿았다.

103683호는 동료들에게 자기 이름이 너무 길어서 부르기가 어려우니까, 원정에 나간 병정개미들이 편의를 위해 그러듯이 짧게 줄여서 불러도 좋다는 뜻을 알렸다.

《내 이름은 103683호지만, 그냥 편하게 103호로 불러도 된다.》

14호는 그보다 더 긴 이름을 알고 있다면서, 예전에 그들 무리에 끼어 있었던 아주 어린 개미의 이야기를 꺼냈다. 그 개미의 이름은 3642451호였다. 그 긴 이름을 부르느라고 다들 헛된 시간을 낭비하곤 했다. 결국 그 개미는 사냥을 하던 도중 어떤 벌레잡이 식물에 잡아먹혔는데, 다들 그의 죽음을 안타까워하면서도 한편으로는 다행스럽게 여겼다.

그들은 계속 내려가다가 암벽에 뚫린 작은 굴이 나타나자, 잠시 휴식을 취하면서 갈무리 주머니에 들어가 잘 삭은 다듬이벌레며 가뢰 따위를 게워 올려 서로 나누어 먹는다. 늙은 개미는 역한 맛을 느끼며 진저리를 쳤다. 확실히 가뢰는 맛이 없다. 가뢰는 갈무리 주머니에서 삭여도 역시 가뢰다.

34. 백과사전

동화(同化)의 방법

우리의 의식은 우리 마음의 표면에 떠오른 부분이라고 할 수 있다. 우리 마음은 표면에 떠오른 10퍼센트의 의식과 심층에 잠겨 있는 90퍼센트의 무의식으로 이루어져 있다.

우리가 누군가에게 말을 할 때는, 그 10퍼센트의 의식이 상대의 마음을 차지하는 90퍼센트의 무의식에 전달되도록 해야 한다. 그러기 위해서는 하나의 장벽을 통과해야 한다. 이쪽에서 보낸 메시지가 상대방의 무의식으로까지 내려가는 것을 방해하는 의심이라는 여과 장치가 바로 그 장벽이다.

상대방의 버릇을 그대로 흉내 내는 것도 그 장벽을 통과하는 방법 중의 하나다. 식사 때에 특히 그런 버릇들이 잘 나타나므로 그 시간을 잘 이용할 필요가 있다. 맞은편에 앉은 상대를 잘 살피고 있다가, 그 사람이 말을 하면서 턱을 문지르면 당신도 턱을 문지르고, 그 사람이 손가락으로 감자튀김을 집어먹으면 당신도 그렇게 하고, 그가 냅킨으로 입을 자주 닦거든 당신이 똑같이 해보라.

또 상대가 말을 할 때 당신 눈을 바라보는지, 음식을 먹으면서 말을 하는지 안 하는지, 빵에 손을 대는지 안 대는지도 살펴보라. 밥을 먹을 때와 같은 가장 허물없는 순간에 상대의 버릇을 그대로 따라 한다는 것은 다음과 같은 무의식적인 메시지를 자동적으로 전달하는 것이 된다. 〈나는 당신과 같은 부류에 속하는 사람입니다. 우리는 똑같은 버릇을 가지고 있으니 아마 교육받은 것도 생각하는 것도 같을 것입니다.〉

에드몽 웰스, 『상대적이며 절대적인 지식의 백과사전』 제3권

35. 생물 시간

수학 시간 다음엔 생물 시간이었다. 쥘리는 수학실을 나와 곧바로 생물실로 갔다. 하얀 사기 실험대, 포르말린에 동물의 배 속 새끼들이 잠겨 있는 표본병, 때가 덕지덕지 묻은 시험관, 검게 그을린 분젠 버너,[26] 쓸모없이 자리만 차지하

26 독일인 분젠이 고안한 것으로, 석탄 가스를 연료로 쉽게 높은 열을 낼 수 있다.

는 현미경 따위가 있는 방이었다.

종이 울리자 선생과 학생들이 생물실로 들어왔다. 그들은 모두 하얀 가운을 입고 있었다. 이 시간을 위해서는 그렇게 〈연구하는 사람들〉이라는 느낌을 주는 제복으로 스스로를 위장하도록 되어 있었다.

선생은 먼저 이론 수업을 하겠다면서, 그 주제로 〈곤충의 세계〉를 선택했다. 쥘리는 공책을 꺼냈다. 선생의 말을 한마디도 빼놓지 않고 적어 둘 생각이었다. 에드몽 웰스의 백과사전에도 곤충과 관련된 항목이 많으므로 서로 비교해서 읽어 보는 것도 흥미로울 것 같았다.

강의가 시작되었다.

「곤충은 동물계 종의 80퍼센트를 차지합니다. 가장 오래된 종인 바퀴가 지구상에 나타난 것은 적어도 3억 년 전의 일이지요. 흰개미는 2억 년 전에, 개미는 1억 년 전에 출현했다고 연구자들은 말하고 있습니다.[27] 지금까지 알려진 인류의 가장 먼 조상이 출현한 것은 기껏해야 3백만 년 전의 일입니다. 그 점을 상기하면, 곤충이 얼마나 오래전부터 지구에 존재해 왔는지를 더욱 분명하게 실감할 수 있을 겁니다.」

생물 선생은 곤충이 지구의 가장 오래된 거주자일 뿐만 아니라 가장 수가 많은 동물이라는 점을 강조했다.

「학자들이 지금까지 기술한 곤충만도 약 5백만 종에 달합니다. 게다가 이제껏 알려지지 않은 곤충들이 매일 1백여 종씩 발견되고 있는 상황이에요. 다른 동물들과 비교해 보면

27 흰개미는 그 이름 때문에 〈하얀 개미〉로 오해되는 경우가 흔히 있지만, 개미와는 전혀 계통이 다른 곤충이다. 흰개미는 흰개미목 흰개밋과에 딸려 있고, 개미는 벌목 개밋과에 딸려 있다.

그게 얼마나 많은 것인지 쉽게 이해할 수 있을 거예요. 예를 들어, 포유류의 경우는 미지의 종이 새로 발견되는 건수가 하루에 하나꼴이에요.」

선생은 칠판에 아주 큰 글씨로 〈동물계의 80퍼센트〉라고 썼다.

「이렇듯이, 곤충은 지구상에서 가장 오래되고 가장 수가 많은 동물입니다. 하나 덧붙이자면, 우리가 가장 잘 모르는 동물이기도 하지요.」

그가 말을 중단했다. 날벌레의 희미한 날개 소리가 교실 안에서 들렸다. 선생은 수업을 방해하는 그 날벌레를 정확한 동작으로 낚아채어, 그 으깨진 시체를 학생들에게 보여 주었다. 비틀린 작은 조각 작품처럼 되어 버린 그 시체에는 두 날개와 더듬이 하나가 아직 붙어 있었다.

「이것은 날개 달린 개미예요. 아마 여왕개미일 겁니다. 개미들의 경우는 생식 능력을 가진 개체에만 날개가 있습니다. 수컷들은 결혼 비행이 끝나면 바로 죽어 버리지만, 암개미들은 알을 낳을 장소를 찾아 계속 날아갑니다. 여러분도 분명히 느끼고 있겠지만, 지구의 기온이 전반적으로 상승함에 따라 곤충들이 부쩍 더 많이 나타나고 있습니다.」

그는 여왕개미의 으스러진 시체를 바라보며 말을 이었다.

「생식 개미들은 대개 천둥 비가 오기 바로 전에 날아오릅니다. 지금 우리 앞에 있는 이 여왕개미는 내일쯤 비가 내릴 가능성이 있다는 사실을 우리에게 알려 주고 있는 것이지요.」

생물 선생은 죽어 가는 여왕개미를 어항 속에 던져 넣었다. 길이 1미터에 높이가 50센티미터쯤 되는 그 어항 속의 개구리들이 먹이를 삼키려고 앞다투어 달려들었다.

「일반적으로 볼 때, 곤충들은 지수(指數)적인 증가를 보이고 있고, 살충제에 대한 저항력이 점점 더 강해지고 있어요. 이런 추세로 나간다면, 장차 우리의 붙박이장 속에는 바퀴가, 설탕 통에는 개미가, 재목에는 흰개미가, 공중에는 모기들과 암개미들이 훨씬 더 많아질 가능성이 많아요. 그런 상황에 대비해서 여러분도 더욱 강력한 살충제를 마련해 두어야 할 거예요.」

학생들은 열심히 필기를 했다. 이제 수업의 두 번째 부분인 〈실험 실습〉으로 넘어갈 시간이었다.

「오늘은 신경계에 관해서, 그중에서도 특히 말초 신경계에 관해서 흥미로운 실험을 해보겠어요.」

선생은 맨 앞줄의 학생들을 시켜 실험대 위에 있는 플라스크들을 가져다가 급우들에게 나누어 주게 했다. 각각의 플라스크에는 개구리가 한 마리씩 들어 있었다. 선생은 자신도 플라스크 하나를 차지하고 실습 요령을 설명했다.

우선 에테르에 적신 솜을 플라스크 안에 넣어 개구리를 마취시킨다. 그런 다음, 개구리를 꺼내어 고무판 위에 올려놓고 핀을 박아 고정시킨다. 그것이 끝나면, 혈관을 건드려서 곤란을 겪지 않도록 개구리를 물로 씻는다. 그런 뒤에, 핀셋과 해부도를 사용해서 살가죽을 벗기고 힘줄을 노출시킨다. 마지막으로, 건전지와 두 개의 전극을 사용해서 오른쪽 뒷다리의 수축을 관장하는 신경을 찾아낸다.

개구리의 오른쪽 뒷다리에 경련이 일어나게 하는 데 성공한 학생들은 모두 20점 만점에 20점을 받기로 되어 있었다.

선생은 학생들을 차례로 돌아보며 실습의 진행 상황을 감독하였다. 어떤 학생들에겐 개구리를 마취시키는 것조차 쉬운 일이 아니었다. 솜을 에테르에 적셔 플라스크 안에 자꾸 집어넣었는데도 개구리들은 계속 버둥거렸다. 어떤 학생들은 개구리가 마취된 줄 알고 고무판 위에 꺼내어 핀을 꽂으려다가, 개구리가 다리를 흔들며 최후의 발악을 하는 바람에 기겁을 하기도 했다.

쥘리는 자기 개구리를 가만히 바라보고 있었다. 문득, 플라스크 안에서 자기를 뚫어져라 쳐다보고 있는 것이 자기 자신인 것 같은 느낌이 들었다. 그녀의 옆자리에 있는 공자그는 벌써 정확한 손놀림으로 자기 개구리에 스테인리스 스틸 핀을 스무 개쯤 꽂아 놓고 있었다.

공자그는 자기의 희생물을 찬찬히 살펴보고 있었다. 개구리는 온몸에 화살이 박힌 채 순교한 성(聖) 세바스티아누스를 연상시켰다. 마취가 덜 된 탓에 아직 버둥거리려는 기미가 보였지만, 핀을 워낙 잘 꽂아 놓아서 꼼짝달싹을 못 하고 있었다. 아프다고 소리를 내지를 수 없기에, 그 개구리의 고통을 이해할 수 있는 사람은 아무도 없었다. 개구리는 그저 〈꼬아〉 하고 애처로운 소리를 희미하게 뱉어 냈을 뿐이었다.

「어이, 내가 아주 재미있는 얘기 하나 알고 있는데 말이야. 너 사람 몸에서 가장 긴 신경이 뭔 줄 아니?」

공자그가 제 옆에 있는 남학생에게 물었다.

「아니, 몰라. 뭔데?」

「그게 뭐냐 하면, 바로 시신경(視神經)이야.」

「아 그래? 어째서 그렇지?」

「간단해. 거웃 하나를 잡아당기면 눈물이 찔끔 나잖아.」

공자그는 친구들이 낄낄거리는 것을 보고 농담이 제대로

먹힌 것을 흐뭇해하며 재빨리 개구리의 살가죽을 벗긴 다음 힘줄을 들추고 신경을 찾아냈다. 그가 능숙한 솜씨로 신경에 전극을 갖다 대자 개구리의 오른쪽 뒷다리가 아주 분명하게 움쭉거렸다. 개구리는 핀에 꽂힌 채 몸을 비틀면서 입을 벌렸다. 그러나 고통으로 마비된 입에서는 아무런 소리도 나오지 않았다.

그의 손놀림을 지켜보던 선생이 말했다.

「좋았어, 공자그. 만점이야.」

반에서 가장 성적이 우수한 그 학생은 개구리의 신경을 찾아내는 데에서도 누구보다 빨랐다. 더 이상 할 일이 없게 된 공자그는 심심풀이 삼아 반사 운동을 일으킬 수 있는 다른 신경들을 찾기 시작했다. 그는 살가죽을 뭉텅뭉텅 잘라 내고 분홍빛과 잿빛이 섞인 힘줄을 들어 올렸다. 몇 초 만에 개구리의 가죽이 완전히 벗겨졌다. 그러나 개구리는 여전히 살아 있었다. 공자그는 경련을 일으킬 수 있는 다른 신경들을 찾아내어 장난을 쳤다. 그와 친하게 지내는 두 남학생이 와서 그에게 축하를 보내며 그 장난을 구경했다.

뒷자리에는 마음이 모질지 못해서 에테르를 충분하게 사용할 엄두를 못 냈거나 손이 서툴러서 핀을 충분히 찔러 넣지 못한 학생들이 더러 있었다. 그들은 온몸에 침을 맞은 환자처럼 핀이 뺙뺙이 꽂힌 개구리가 고무판 밖으로 뛰어나가는 것을 보고 자지러지게 놀랐다. 개구리들은 다리의 살가죽이 완전히 벗겨졌음에도 분홍빛과 잿빛이 섞인 힘줄을 옴쭉거리며 교실 안을 이리저리 뛰어다녔다. 그런 모습이 우스꽝스럽기도 했지만 한편으론 측은하기도 했다.

쥘리는 겁에 질린 채 눈을 감았다. 그녀 자신의 신경 조직이 흐늑흐늑 느즈러지는 것 같았다. 그녀는 더 이상 그 자리에 머물러 있을 수가 없었다.

쥘리는 개구리가 들어 있는 플라스크를 들고 아무 말도 없이 생물실을 나왔다.

그녀는 운동장가의 회랑을 지나 네모진 잔디밭의 가장자리를 따라 달렸다. 잔디밭 한가운데의 깃대에는 〈이성은 지성에서 태어난다〉라는 교훈이 적힌 깃발이 펄럭이고 있었다.

쓰레기장 옆을 지날 때, 문득 거기에 불을 지르자는 생각이 들었다. 쥘리는 플라스크를 내려놓고 라이터를 꺼냈다. 몇 차례 라이터를 켜서 쓰레기통에 들이대었으나 불이 옮겨 붙지 않았다. 종잇조각에 불을 붙여 쓰레기통에 던져 보아도 결과는 마찬가지였다. 〈원, 세상에. 신문 방송에서는 무심코 버린 담배꽁초 하나가 몇 제곱킬로미터의 숲을 태울 수 있다고 노상 떠드는데, 나는 종이와 라이터를 가지고도 쓰레기통 하나를 못 태우고 있으니!〉 하고 투덜거리면서 그녀는 한사코 불을 피우려고 했다.

마침내 불이 살아 오르기 시작했다. 그녀와 개구리는 피어오르는 불꽃을 홀린 듯이 바라보았다.

「불이 멋있지? 이 불이 너 대신 앙갚음을 해줄 거야, 불쌍한 개구리야……」

검은색, 붉은색, 노란색, 흰색이 어우러진 불꽃에 휩싸여 쓰레기통의 흉물스러운 폐물들이 아름다운 불덩이로 변해 갔다. 널름대는 불길에 담이 거뭇하게 그을리고 매캐한 연기가 솟아올랐다.

「이 잔인한 학교에 오는 건 오늘로 마지막일지도 몰라.」

쥘리는 긴 한숨을 내쉬고 학교에서 멀어져 갔다.

개구리는 놓아주기가 무섭게 펄쩍펄쩍 뛰어서 하수구로 사라졌다.

36. 낭떠러지 아래에서

됐다. 끝났어.

열세 개미는 마침내 낭떠러지 아래에 다다랐다.

그때, 103호의 숨결이 갑자기 가빠졌다. 그가 더듬이를 흔든다. 다른 개미들이 다가간다.

늙은 탐험 개미가 아프다. 나이 탓이다. 그는 세 살이다. 생식 능력이 없는 중성의 불개미는 보통 3년을 산다. 따라서 그의 수명이 다 되어 가는 것이다. 수명이 15년이나 되는 개미들이 있지만, 그것은 생식 개미, 더 정확하게는 여왕개미의 경우에 한한다.

5호는 103호가 손가락 세계에 관한 것을 다 이야기하기 전에 죽을까 봐 불안하다. 손가락들에 관해 아직 알아야 할 것이 많다. 이런 상황에서 103호가 떠나는 것은 온 개미 문명에 막대한 손실이 될 것이다. 개미 세계에서는 늙은 개미들보다는 알이나 애벌레를 더욱 소중히 여기는 게 상례이지만, 이번만은 경우가 다르다. 알이나 애벌레를 소중히 여기는 것과는 다른 차원에서, 흔히들 이르기를, 〈늙은이 하나가 죽는 것은 기억 페로몬의 창고 하나가 사라지는 것〉이라고 한다. 그 격언의 의미가 처음으로 5호에게 절실하게 다가온다.

5호는 자기 갈무리 주머니의 영양물을 게워 올려 늙은 개미에게 먹여 준다. 그런다고 노화가 조금이라도 늦춰진 건

159

아니지만, 늙은 개미는 그 덕분에 몸이 한결 가뿐해짐을 느꼈다.

「우리 모두 103호를 구하기 위한 방법을 찾아보자.」

6호가 명령조의 냄새를 발했다.

개미들은 어떤 문제에든 반드시 해결책이 있게 마련이라고 믿고 있다. 만일 해결책을 찾아내지 못한다면 그것은 찾는 방식이 잘못되었기 때문이다.

103호가 올레산의 냄새를 풍기기 시작한다. 그것은 수명이 다한 늙은 개미들이 풍기는 죽음의 냄새다.

5호는 더듬이를 맞대고 완전 소통을 하자고 동료들을 다시 불러 모은다. 완전 소통이란 서로의 뇌를 연결하는 의사 소통 방식이다. 다들 둥그렇게 모여 서서 더듬이 끝을 서로 맞대면 그들의 열두 뇌는 단 하나의 뇌처럼 움직이게 된다.

생물학적 시한폭탄이 이 소중한 탐험 개미를 위협하고 있다. 그 시한폭탄의 뇌관을 어떻게 제거할 것인가? 그것이 문제다.

저마다 앞다투어 대답을 내놓는다. 아무리 터무니없는 생각이라도 다 표현될 수 있다. 가장 엉뚱한 착상에서 멋진 해결책이 나올 수도 있기 때문이다.

6호는 103호에게 수양버들의 뿌리를 먹이자고 제안했다. 그 뿌리에 들어 있는 살리실산(酸)은 만병통치약이라는 것이다. 그러나 늙는 것은 병이 아니지 않은가 하고 다른 개미들이 반박한다.

8호는 소중한 정보가 들어 있는 것은 뇌니까 103호의 뇌를 빼내어 젊고 건강한 몸에 옮겨 넣자는 의견을 비쳤다. 그러면서 젊고 건강한 개미의 예로 든 것이 14호였다. 그러나 정작 14호는 그 생각을 별로 마뜩잖게 여긴다. 다른 개미들도 마찬가지다. 그 방법은 너무 무모하다는 것이 중론이다.

103호의 더듬이에 담긴 페로몬들을 가능한 한 빨리 빨아들이면 되지 않을까? 14호가 내놓은 생각이었다.

그러기엔 페로몬이 너무 많다며 5호가 한숨을 쉰다.

늙은 개미는 입술을 떨며 잇달아 밭은기침을 한다.

〈103호가 여왕이라면 앞으로도 12년은 더 살 텐데〉 하고 7호가 탄식한다.

《만일 103호가 여왕이라면……》

5호는 그 방안의 현실성을 가늠해 본다. 103호를 여왕으로 만드는 것이 전혀 불가능한 것만은 아니다. 호르몬이 가득 들어 있는 왕유(王乳)라는 물질에 생식 능력이 없는 개미를 생식 개미로 바꾸어 주는 효험이 있다는 것은 누구나 알고 있다.

토론이 더욱 활기를 띤다. 꿀벌이 만들어 낸 로열 젤리를 사용하는 것은 불가능하다. 이제 개미와 꿀벌이라는 두 종이 지닌 유전적인 특성은 그 차이가 너무 뚜렷하기 때문이다. 하지만, 개미와 꿀벌에게는 공통의 조상이 있다. 바로 말벌이다. 말벌은 여전히 존재하고 있으며, 그들 가운데 일부는 왕유를 만들 줄 안다. 그들은 하나밖에 없는 여왕이 사고로 죽는 경우에, 그 여왕을 대체할 새로운 여왕 말벌을 만들어 내기 위해 왕유를 사용한다.

마침내 늙은 개미의 노화를 지연시킬 방도를 찾아냈다. 열두 개미들은 더듬이를 더욱 빨리 움직인다. 그렇다면, 말벌의 로열 젤리를 어떻게 구할 것인가?

12호는 어떤 말벌집에 가본 적이 있다며 더듬이에 힘을 주었다.

《중성 벌이 암컷으로 변하는 광경을 우연히 목격한 적이 있다. 여왕 말벌이 원인 모를 병으로 죽고 난 뒤에, 일벌들은 자기들 가운데 하나를 새로운 여왕으로 선출했다. 그들이 그 선택받은 일벌에게 거무스름한 당밀 같은 액체를 먹이자, 그 일벌은 이내 암컷의 냄새를 풍겼다. 그러고 나자, 다른 일벌 하나가 수컷 노릇을 하도록 지명되었다. 똑같은 물질을 그에게 먹이자, 그 역시 이내 수컷 냄새를 풍겼다.》

12호는 비상사태 중에 임시로 만들어진 그 두 생식벌이 교미하는 것을 보지는 못했다. 그러나 며칠 후 그가 거기를 다시 지나가다 보니, 말벌 둥지는 여전히 활력에 차 있을 뿐만 아니라 개체 수가 더 늘어나 있었다.

《그토록 화학에 능한 그 말벌들이 사는 곳을 다시 찾아갈 수 있겠는가?》

《북녘의 커다란 떡갈나무 근처다.》

103호는 격한 흥분에 휩싸였다. 생식 개미가 되다니, 성을 갖게 되다니, 그게 정말 가능하단 말인가? 아무리 터무니없는 공상 속에서도 그런 기적을 바란 적은 없었다. 정말 그게 가능하다면, 성을 갖고 싶다. 따지고 보면, 단지 우연에 의해서 누구는 모든 것을 갖고 누구는 아무것도 갖지 못한다는 것은 부당한 일이다.

늙은 불개미는 더듬이를 세우고 북녘의 커다란 떡갈나무 쪽을 향해 빙빙 돌린다.

그러나 난관이 하나 남아 있다. 떡갈나무는 아주 먼 곳에 있다. 거기에 다다르자면 흔히들 하얗게 빛나는 메마른 사막이라고 부르는 북녘땅의 광대한 건조 지대를 지나가야 한다.

어디를 둘러보아도 축축한 나무들이 울창하고 녹음이 짙었다.

막시밀리앵 리나르 경정은 조심스러운 발걸음으로 숲속의 피라미드 쪽을 향했다.

뱀 한 마리가 나타났다. 고슴도치의 가시 같은 것이 뱀의 몸뚱이에 잔뜩 꽂혀 있었다. 기이한 일이었다. 하긴, 숲이란 게 원래 온갖 기묘한 것을 다 품고 있게 마련이지 하고 그는 생각했다.

그가 보기에, 숲은 기고 날고 오글대고 끈적거리는 동물들이 득실대는 고약스러운 곳이었다. 숲은 온갖 마법과 주술이 횡행하는 곳이기도 했다. 옛날에 산적들이 나그네들의 봇짐을 강탈한 곳도, 마법사들이 숨어서 비밀스러운 의식을 행하던 곳도, 대부분의 혁명 운동이 게릴라를 조직하는 곳도, 로빈 후드가 셔우드 치안관을 괴롭히기 위해 근거지로 삼았던 곳도 바로 숲이었다.

막시밀리앵은 어렸을 때 숲을 무척 두려워한 나머지, 숲이 모두 사라졌으면 좋겠다고 생각하곤 했다. 숲에서 나온 온갖 뱀과 모기와 파리와 거미 들이 너무나 오래전부터 인간을 조롱해 왔다. 그는 숲이나 정글 따위는 눈을 씻고도 찾아볼 수 없는 콘크리트 세계, 평평한 판석만이 끝없이 펼쳐진 세계를 꿈꾸곤 했다. 그런 세계는 위생적일 뿐만 아니라, 먼 거리까지 롤러스케이트를 타고 돌아다닐 수 있어서 한결 재미있을 듯했다.

사람들의 눈길을 끌지 않으려고 막시밀리앵은 산보객의

차림을 하고 왔다. 〈제대로 된 위장(僞裝)은 풍경을 모방하는 것이 아니라 풍경에 자연스럽게 동화하는 것이다. 사막에서는 낙타보다 모랫빛 옷을 입은 사람이 더 쉽게 눈에 띄는 법이다.〉 그는 경찰 학교의 신입생들에게 늘 그런 식으로 가르치곤 했다.

이윽고 그는 문제의 그 건물을 찾아냈다.

그는 쌍안경을 꺼내어 피라미드를 살폈다.

나무들이 우거져 있어서 언뜻 보면 커다란 거울판들이 눈에 띄지 않았다. 그러나 자세히 살펴보면 거기에 건물이 있음을 알려 주는 단서가 있었다. 거울 때문에 태양이 하나 더 비치고 있다는 점이 그것이었다.

그는 피라미드로 다가갔다.

겉을 거울로 덮은 것은 탁월한 선택이었다. 마술사들이 여자를 커다란 트렁크 안에 들어가게 하고 예리한 칼들을 트렁크에 찔러 넣은 다음 여자를 감쪽같이 사라지게 하는 묘기를 보여 줄 때도 바로 이 거울을 이용하는 것이다. 그것은 단순한 시각 효과일 뿐이다.

그는 수첩을 꺼내어 한 글자 한 글자에 공을 들여 가며 이렇게 적었다.

1) 숲속 피라미드에 관한 조사
　가) 원격 관찰

그는 자기가 써놓은 것을 다시 읽어 보더니, 그 종잇장을 북 찢어 버렸다.

문제의 건물은 피라미드가 아니라 세모뿔이었다. 피라미

드는 네모꼴 밑바닥에 세모꼴 평면이 네 개 있는 오면체임에
반해, 세모뿔은 세모꼴의 평면 네 개로 둘러싸인 사면체다.

그는 이렇게 다시 적었다.

1) 숲속 사면체에 관한 조사

주관성에 빠지지 않고 자기 눈에 보이는 것을 있는 그대로
정확하게 지칭할 줄 아는 바로 그 능력이 막시밀리앵의 큰
장점 가운데 하나였다. 〈객관성〉을 견지하는 그 재능 덕분에
그는 이미 많은 실수를 피한 바 있었다.

어릴 적에 데생을 공부한 것도 그런 태도가 몸에 배게 하
는 데 한몫을 했다. 사람들에게 길을 그려 보라고 하면, 머릿
속에 들어 있는 길을 생각하면서 평행선을 그리기가 십상이
다. 그러나 눈에 보이는 길을 원근법에 따라 〈객관적으로〉
그리면, 가장자리를 이루는 두 선이 전경에서 멀어져 가다가
후경의 지평선에 이르러 하나로 합쳐짐으로써 길이 삼각형
처럼 나타나게 된다.

막시밀리앵은 쌍안경을 조절하고 피라미드를 다시 관찰
하기 시작했다. 이런, 또 피라미드란다. 그도 그 말을 떨쳐 버
리지 못하고 있었다. 피라미드라는 말에는 불가사의라든가
신비 따위를 떠올리게 하는 속성이 있는 게 사실이었다. 그
는 종잇장을 다시 찢었다. 매사에 정확성을 기하려고 세심하
게 마음을 쓰는 그였지만, 이번 한 번만은 예외를 두기로 하
였다.

1) 숲속 피라미드에 관한 조사

가) 원격 관찰

— 꽤 높은 건물임. 높이 약 3미터. 관목들과 교목들로 은폐되어 있음.

개략적인 스케치를 끝내고 경정은 다가갔다. 피라미드에서 몇 미터밖에 떨어지지 않은 곳에 사람과 개의 발자국이 있었다. 아마도 가스통과 그의 아이리시세터가 남긴 발자국일 터였다.

그는 그것도 수첩에 그려 넣고 건물의 주위를 한 바퀴 돌았다. 문이며 창문, 굴뚝이며 우체통처럼 사람이 살고 있음을 알려 주는 것들이 전혀 없었다. 그저 거울로 덮이고 꼭대기가 반투명한 콘크리트 건물일 뿐이었다.

그는 뒤로 다섯 걸음 물러서서 구조물을 한동안 바라보았다. 선의 비율이며 형태가 조화를 잘 이루고 있었다. 숲 한가운데에 이런 이상한 피라미드를 세운 자가 누구이든 간에, 그는 건축에 관한 한 완벽한 경지에 다다른 자임이 분명했다.

38. 백과사전

황금비

선분을 가장 아름답게 나누는 비, 즉 황금비(黃金比)는 물체에 신비한 힘을 부여함으로써 훌륭한 건축과 회화와 조각을 가능하게 해주는 하나의 비율이다.

쿠푸왕의 피라미드, 솔로몬 신전, 파르테논 신전, 대부분의 로마네스크식 성당 등은 부분적으로 이 황금비에 따라 지어졌다. 르네상스 시대의 많은 그림들 역시 이 비율을 엄격히 따르고 있다.

그 비율을 지키지 않고 지은 건축물은 결국 붕괴되고 만다는 주장도 있다.

황금비는 $\dfrac{1+\sqrt{5}}{2}$ 즉, 1.6180339이다.

수천 년의 신비가 담긴 이 수는 순전히 사람의 상상력에서 나온 것만은 아니다. 자연에서도 우리는 황금비를 발견할 수 있다. 예를 들어, 나뭇잎들이 서로에게 그늘을 만들지 않도록 떨어져 있는 거리와 나뭇잎의 길이가 황금비를 이루고 있고, 사람의 몸에 있는 배꼽도 이 비율에 따라서 그 위치가 정해져 있다.

에드몽 웰스, 『상대적이며 절대적인 지식의 백과사전』 제3권

39. 하굣길

교사(校舍)는 네모반듯한 콘크리트 건물이었다.

디귿 자 꼴이 되게 꺾어진 건물을 산화 방지 처리를 한 높다란 철책이 둘러싸고 있었다.

〈반듯한 사람을 양성하기 위한 반듯반듯한 학교.〉

그녀가 보기에 그것은 감옥이나 병사(兵舍), 양육원, 요양원, 정신 병원 따위처럼, 거리에서 배회하는 모습을 되도록 덜 보았으면 싶은 사람들을 격리시키는 네모진 건물들 중의 하나였다. 쥘리는 그 건물의 벽들을 타고 불길이 널름거리기를 바랐다.

쓰레기장 쪽에서 여전히 시커먼 연기가 솟아오르고 있었다. 그것을 본 수위가 얼른 소화기를 들고 와서 큰 화재로 번져 나갈 게 뻔한 불길을 흰 구름 같은 드라이아이스로 덮어 버렸다.

역시 세상을 공격한다는 건 쉬운 일이 아니었다.

쥘리는 시내를 배회하였다. 어디를 가나 썩는 내가 진동하였다. 청소 노동자들의 파업 때문에 거리는 온통 쓰레기투성이였다. 썩어 가는 음식물, 오물 묻은 종이, 끈적거리는 티슈페이퍼 따위를 너무 채워 넣어 옆구리가 터져 버린 파란 비닐봉지들이 쓰레기통마다 넘쳐 났다.

쥘리는 코를 움켜쥔 채 신흥 주택가로 들어갔다. 시간이 그래서 그런지, 거리에 사람이 보이지 않았다. 쥘리는 문득 등 뒤에서 인기척을 느끼고 뒤를 돌아보았다. 아무도 보이지 않았다. 다시 길을 계속 가는데, 누군가 뒤를 밟고 있다는 느낌이 더욱 강해졌다. 쥘리는 보도 가장자리에 세워 놓은 자동차의 백미러를 힐끗 바라보았다. 그녀의 직감은 틀리지 않았다. 뒤에 세 남자가 따라오고 있었다. 쥘리는 그들을 이내 알아보았다. 모두 쥘리 반의 귀공자파에 속한 남학생들이었다. 여느 때처럼 셔츠에 비단 스카프를 두른 공자그 뒤페롱이 맨 앞에 있었다.

쥘리는 위험을 직감하고 달아나기 시작했다.

그들이 점점 가까이 오고 있었다. 쥘리는 걸음을 재우치고는 있었지만 발뒤꿈치의 통증이 여전히 심해서 빨리 달릴 수가 없었다. 게다가 그 주택가는 발씨가 익지 않은 곳이었다. 그녀는 왼쪽으로 돌았다가 다시 오른쪽으로 돌았다. 그들의 발소리가 여전히 등 뒤에서 울렸다. 그녀는 다시 방향을 틀었다. 아뿔싸! 막다른 골목이었다. 그렇다고 돌아 나갈 수도 없는 처지였다. 쥘리는 어느 집의 현관 아래에 몸을 숨기고, 에드몽 웰스의 백과사전이 들어 있는 가방을 가슴에 꼭 껴안았다.

「이쪽 어딘가에 있을 거야. 빠져나갈 데가 없어. 길이 막혀 있거든.」

그들은 골목의 현관들을 하나하나 살피기 시작했다. 발걸음 소리가 점점 가까이에서 들렸다. 쥘리는 등골을 타고 식은땀이 흘러내리는 것을 느꼈다.

현관 안쪽에 문이 있고 초인종이 달려 있었다. 쥘리는 마음속으로 〈열려라, 참깨〉를 간절하게 외치면서 버튼을 눌렀다.

문 뒤에서 무슨 소리가 들렸지만 문은 열리지 않았다.

「꼬마야, 꼬마야, 어딨니?」

그 패거리가 그녀를 조롱하고 있었다.

쥘리는 문 앞에 앉아 턱을 무릎에 대고 몸을 웅크렸다. 득의에 찬 세 얼굴이 한꺼번에 나타났다.

더 이상 도망칠 수 없는 상황이었다. 쥘리는 그들과 맞서리라 마음을 다잡고 일어섰다.

「너희들 왜 이러는 거야?」

쥘리는 애써 목소리에 힘을 주었다.

그들이 다가왔다.

「저리 가. 날 가만 내버려 둬.」

그들은 쥘리에게 더 이상 도망칠 구멍이 없다는 걸 알고, 그녀의 연회색 눈에 담긴 공포를 즐기면서 천천히 다가섰다.

「도와주세요! 치한들이에요!」

골목을 향해 뜨문뜨문하게나마 열려 있던 창문들이 이내 닫히고 불들이 금세 꺼졌다.

「도와줘요! 경찰을 불러 주세요!」

대도시에서는 경찰이 궁지에 몰린 시민을 도와주러 오기

가 어려웠다. 온다 해도 너무 늦게 오기가 일쑤였다. 날로 늘어나는 범죄에 비해 경찰관의 수효가 태부족이었다. 그래서 누군가 절박하게 도움을 필요로 하는 사람이 있을 때, 경찰은 때맞추어 그 사람을 지켜 주러 달려오지 않았다.

부티가 반드르르하게 흐르는 세 젊은이는 느긋하게 여유를 부리고 있었다. 쥘리는 국으로 당하고만 있지는 않으리라 마음을 옹골지게 먹고 마지막 작전을 시도했다. 쥘리는 머리를 낮추고 돌진했다. 앞을 막고 선 두 적의 사이를 헤치고 나오는 데 성공한 그녀는 입을 맞추려는 것처럼 공자그의 얼굴을 잡더니 이마로 그의 코를 들이받았다. 나무가 쪼개지는 듯 쩍 하는 소리가 들렸다. 공자그가 손으로 코를 움켜쥐고 있는 틈을 타서, 그녀는 무릎으로 그의 사타구니에 일격을 가했다. 공자그는 억 하는 소리를 내지르고, 손을 부자지 쪽으로 내리면서 몸을 구부렸다.

쥘리는 생식기가 강한 부위가 아니라 약한 부위라는 것을 오래전부터 알고 있었다.

공자그를 잠시 무력하게 만들기는 했지만, 다른 두 남학생까지 꼼짝 못 하게 만든 건 아니었다. 두 남학생이 그녀의 팔을 잡았다. 그녀가 몸부림을 쳤다. 그 바람에 배낭이 떨어지고 백과사전이 비어져 나왔다. 그녀가 발을 움직여 책을 다시 밀어 넣는 것을 보고, 그들은 그 책이 그녀에게 중요하다는 것을 눈치챘다. 한 남학생이 몸을 숙여 책을 집어 들었다. 그러는 동안, 나머지 한 학생은 그녀의 발길질에 부자지를 맞을까 저어하며 그녀의 팔을 등 뒤로 비틀었다. 그녀가 소리쳤다.

「그 책에 손대지 마!」

공자그는 여전히 얼굴을 찡그리고 있으면서도, 〈네까짓 것한테 맞았다고 내가 아플 것 같으냐〉하는 뜻이 담긴 웃음을 애써 지으며, 쥘리의 그 보물을 낚아챘다.

「상-대적이며 절-대적인 지-식의 백-과-사-전…… 제3권. 이게 뭐야? 아무래도 마법 입문서 같은데.」

가장 힘이 센 남학생이 그녀를 꽉 붙들고 있는 사이에, 나머지 둘은 책을 훌훌 넘기며 내용을 대충 훑었다. 그러다가 어떤 음식의 조리법을 가르치는 대목이 나오자, 공자그가 소리쳤다.

「이거 도나캐나 다 들어 있는 잡탕 아니야! 여자들이나 보는 시시풍덩한 거로구먼!」

공자그는 책을 길가 도랑에 내던졌다.

에드몽 웰스의 백과사전은 보는 사람이 누구냐에 따라서 가치가 달라지는 책임이 분명했다.

쥘리는 성한 쪽의 발뒤꿈치로 자기를 붙들고 있는 남학생의 발톱을 사정없이 짓이긴 끝에 잠시 그의 손아귀에서 벗어나, 막 하수구로 빨려 들어가려는 책을 가까스로 붙잡았다. 그러나 세 남학생은 그녀가 빠져나갈 틈을 주지 않았다. 쥘리는 마구잡이로 주먹을 휘둘렀다. 그들의 얼굴을 할퀴고 싶었지만 손톱이 너무 짧았다. 한 가지 천연의 무기가 그녀에게 남아 있었다. 바로 이였다. 쥘리는 앞니로 공자그의 뺨을 있는 힘껏 깨물었다. 피가 흘렀다.

「이년이 나를 깨물었어, 독한 년! 애들아, 이년을 붙잡아 매!」

그들은 손수건을 꺼내어 가로등 기둥에 그녀를 묶었다. 공자그는 피가 흐르는 뺨을 문지르며 나직하게 으름장을 놓았다.

「어디 너도 맛 좀 봐라.」

그는 호주머니에서 커터를 꺼내더니 따르륵 소리를 내며 칼날을 밀어냈다.

「이제 내가 네 살에 상처를 낼 차례다, 요 사랑스러운 것.」

쥘리는 그의 얼굴에 침을 뱉었다.

「애들아, 꼭 잡고 있어. 이 애 몸에 기하학적인 기호를 몇 가지 새겨 주어야겠다. 수학 공부하는 데 도움이 되게 말이야.」

그는 즐거움을 오래오래 끌려는 듯, 그녀의 긴 치마를 아래에서 위로 천천히 베어 올라가다가, 천 한 조각을 네모지게 잘라 내어 자기 호주머니에 넣었다. 커터가 견딜 수 없을 만큼 천천히 다시 올라오고 있었다.

〈목소리는 고통을 주는 무기로도 변할 수 있다〉라고 얀켈레비치 선생이 그녀에게 가르친 적이 있었다.

「이이야아아아아이이야아아아……..」

쥘리는 목청의 진동을 한껏 높여서 귀청을 찢을 만큼 새된 소리를 질렀다. 남학생들은 소리를 견디지 못하고 귀를 막았다.

「이 애 입에 재갈을 물려야 일을 마음 놓고 할 수 있겠는데.」

그들은 그녀의 입 안에 비단 스카프를 욱여넣었다. 쥘리는 절망적으로 숨을 헐떡였다.

날이 저물고 있었다. 가로등의 광전지는 햇빛이 약해진 것에 민감하게 반응했다. 가로등에서 갑자기 환한 불빛이 쏟아져 내렸지만 쥘리를 괴롭히는 자들은 아랑곳하지 않았다.

원뿔 모양으로 내리비추는 조명을 받으며 그들은 커터를 가지고 쥘리를 계속 괴롭혔다. 공자그의 칼날이 무릎에 닿더니, 가로로 스치고 지나가며 상처를 냈다.

「이건 코를 들이받은 대가다.」

「수직선을 하나 더 그려서 십자가를 만들어.」

「그래, 이건 살에 무르팍을 내지른 대가다.」

그런 뒤에, 공자그는 세로 방향으로 상처를 하나 더 냈다.

「이건 뺨을 물어뜯은 대가야. 그러나 지금까지 한 것은 그저 시작일 뿐이야.」

칼날이 느릿느릿 치마 위쪽으로 다시 올라오기 시작했다.

「생물 시간에 본 개구리처럼 네 살가죽을 베어 버리겠다. 나는 개구리 해부하는 법을 아주 잘 알거든. 20점 만점에 20점을 맞았어. 너도 기억하지? 아니, 넌 기억하지 못할 거야. 수업이 끝나기도 전에 교실을 나가 버리는 못된 학생이 그런 걸 기억할 리가 없지.」

그는 다시 따르륵 소리를 내며 칼날을 더 밀어냈다.

쥘리는 공포가 극에 달하여 금방이라도 기절해 버릴 것 같았다. 문득 『백과사전』에서 읽은 한 구절이 생각났다. 어떤 위험에 처하여 도망치기가 불가능할 때에는, 자기 머리 위에 하나의 구체(球體)가 있다고 상상하라. 그런 다음, 자기 몸에서 정신이 떨어져 나가 텅 빈 껍데기만 남았다고 생각하면서, 팔다리와 몸의 다른 모든 부분을 조금씩조금씩 그 구체 안에 집어넣어라.

그럴듯한 이론이긴 했지만, 안락의자에 편안히 앉아 있을 때라면 몰라도, 철주에 묶인 채 깡패들에게 희롱을 당하고 있는 상황에서는 그것을 실행에 옮기기가 어려웠다.

무력해진 쥘리의 모습에 마음이 달아오른 가장 뚱뚱한 남학생이 역한 숨을 토해 내면서 그녀의 비단결처럼 부드러운 머리채를 쓰다듬었다. 그의 떨리는 손가락이 목정맥이 팔딱거리는 그녀의 하얀 목에 닿았다.

쥘리는 결박을 풀려고 바둥거렸다. 물건이 닿는 거라면, 설령 그게 칼날이라 해도 견딜 수 있겠는데, 다른 사람의 살갗이 와 닿는 것은 도저히 견딜 수가 없었다. 그녀의 눈이 휘둥그레지고 낯빛이 새빨개졌다. 부들거리는 몸이 금방이라도 터져 버릴 듯했다. 쥘리는 요란한 소리를 내며 코로 숨을 쉬었다. 뚱뚱이가 뒤로 물러섰다. 커터의 움직임이 멎었다.

그들 중 키가 가장 큰 남학생은 이미 그런 상황에 처한 사람을 본 적이 있었다.

「이 애한테 천식 발작이 일어났어.」

자기들이 괴롭히던 피해자가 정작 자기들과 직접적인 관련이 없는 어떤 병 때문에 고통스러워하는 것을 보자, 그들은 겁을 먹고 뒷걸음질을 쳤다.

그때, 어디선가 이런 소리가 날아왔다.

「그 애를 괴롭히지 마라!」

골목 입구에 다리가 셋 있는 긴 그림자가 드리워졌다. 쥘리를 괴롭히던 남학생들이 몸을 돌렸다. 그림자의 주인은 다비드였고, 세 번째 다리는 어린 시절에 척추 관절염을 앓은 그가 짚고 다니는 지팡이였다.

「이런, 다비드가 나타나셨군. 그럼 우린 골리앗이 되는 셈인가? 하지만, 미안하네, 친구. 우린 셋이고 넌 혼자야. 게다가 넌 너무 작고 근육질도 아니란 말씀이야.」

공자그 패거리가 웃음을 터뜨렸다. 그러나 그 웃음은 길게 가지 못했다.

세 다리의 그림자 옆에 다른 그림자들이 늘어서고 있었다. 호흡 곤란 때문에 튀어나올 듯 휘둥그레진 눈으로 쥘리는 반의 문제아들인 일곱 난쟁이들을 알아보았다.

공자그 패거리가 그들에게 달려들었다. 일곱 난쟁이들은 뒤로 물러서지 않고 그들과 맞섰다. 일곱 명 가운데 가장 덩치가 큰 남학생은 퉁퉁한 배로 적들을 밀어붙였고, 아시아계의 젊은이는 태권도풍의 아주 어려운 무술로 공자그 일당의 기를 죽였다. 홀쭉이 남학생이 팔을 휘둘러 적의 얼굴을 후려칠 때, 여자처럼 곱상하게 생긴 남학생은 적의 정강이를 정확하게 겨냥해서 발차기를 했다. 일곱 난쟁이에 속한 두 여학생도 가만히 보고만 있지는 않았다. 짧은 머리의 헌걸찬 여학생은 팔꿈치로 적들을 쥐어박았고, 금발의 날렵한 여학생은 손톱으로 적들의 얼굴을 할퀴었다. 마지막으로, 다비드는 지팡이를 빙빙 돌려 세 추행자들의 손에 짧고 세찬 타격을 가하였다.

공자그 일당도 녹록지는 않았다. 그들은 쉽게 승부를 포기하려 들지 않고, 전열을 다시 가다듬더니, 주먹질과 발길질을 해대고 커터를 휘둘렀다. 하지만 7 대 3의 결투인지라 판세는 이내 수가 많은 쪽으로 기울었다. 쥘리를 괴롭히던 자들은 결국 달아나는 쪽을 선택하고, 팔뚝으로 상앗대질을 하면서 을러멨다.

「어디 두고 보자!」

쥘리는 여전히 호흡이 곤란했다. 승리가 그녀의 천식 발작까지 멎게 한 건 아니었다. 다비드는 얼른 가로등 기둥으로 가서 쥘리의 입에 물린 재갈을 조심스럽게 빼내고 손목과 발목의 결박을 풀었다. 쥘리가 몸부림을 치면서 결박이 꽉 조여졌기 때문에 손톱을 사용해서야 겨우 풀 수 있었다.

결박에서 풀려나자마자 쥘리는 배낭이 있는 곳으로 부리나케 달려가서 천식약 방툴린이 들어 있는 작은 스프레이를 꺼냈다. 거의 녹초가 된 상태에서도 쥘리는 가까스로 힘을 내어 스프레이의 주둥이를 입 안에 넣고 힘껏 눌렀다. 쥘리는 게걸차게 공기를 들이마셨다. 숨을 한 번 들이마실 때마다 얼굴에 제 빛깔이 돌아오고 숨결이 차츰 차분해졌다.

쥘리가 두 번째로 한 행동은 『상대적이며 절대적인 지식의 백과사전』을 되찾아 서둘러 배낭에 담은 일이었다.

아시아계 남학생인 지웅이 말했다.

「우리가 이쪽으로 지나가고 있었던 게 천만다행이야.」

쥘리는 손에 피가 잘 통하도록 손목을 문질렀다.

「그들의 우두머리는 공자그 뒤페롱이야.」

프랑신이 그렇게 말하자 조에가 맞장구를 쳤다.

「그래. 뒤페롱 패거리였어. 〈검은 쥐〉파에 속해 있는 애들이야. 그 자식들 이미 별의별 망나니짓을 다 했어. 그래도 경찰이 가만히 내버려 두는 건, 공자그의 삼촌이 지사이기 때문이야.」

쥘리는 침묵을 지키고 있었다. 숨결을 고르느라고 말을 할 겨를이 없었던 거였다. 쥘리는 일곱 난쟁이들을 차례차례 둘러보았다. 지팡이를 짚고 있는 자그마한 키의 갈색 머리 다비드. 수학 시간에 그녀를 도와주려고 했던 남학생이 바로 그였다. 나머지 학생들과는 그저 이름만 아는 사이였다. 아시아계의 지웅, 키가 크고 과묵한 레오폴, 여자같이 곱살한 얼굴에 늘 차가운 미소를 머금고 있는 나르시스, 몸매가 날

176

씬하고 꿈꾸는 듯한 표정을 짓고 있는 프랑신, 입이 걸고 헌걸찬 대장부 조에, 뚱뚱하고 온화한 폴. 그들이 바로 늘 교실의 맨 뒷자리를 차지하고 있는 일곱 난쟁이들이었다.

「나에겐 아무의 도움도 필요 없어. 내 일은 내가 알아서 할 테니까 혼자 있게 해줘.」

쥘리는 여전히 숨을 고르면서 그렇게 말하자 조에가 볼멘소리를 했다.

「그래? 다들 들었지? 이거 은혜를 몰라도 너무 모르는군. 얘들아, 가자. 이 새침데기는 우리 도움 없이도 혼자 잘해 나갈 수 있다니까 제 일 제가 알아서 하게 내버려 두자고.」

여섯 실루엣이 발길을 돌렸다. 다비드는 뭔가 아쉬움이 남은 듯 발을 끌며 머뭇거렸다. 멀어지기 전에 그가 뒤를 돌아보며 쥘리에게 하려던 얘기를 털어놓았다.

「내일은 우리 록 그룹이 연습을 하는 날이야. 원하면 와서 우리랑 같이해. 카페테리아 바로 아래에 있는 작은 방이 우리 연습실이야.」

쥘리는 아무 대답도 없이 『백과사전』을 배낭 안쪽으로 조심스럽게 밀어 넣고 끈을 단단히 조인 다음, 좁고 구불구불한 고샅을 따라 총총히 사라졌다.

40. 사막

지평선이 일망무제로 펼쳐져 있다. 지평선을 수직으로 절단하는 풀 한 포기 나무 한 그루가 보이지 않는다.

103호는 자기에게 운명 지어진 성(性)을 찾아 나아간다. 관절이 삐걱거리고 더듬이가 자꾸 마른다. 그는 입술을 바들거리며 힘겹게 더듬이에 침을 바른다.

자기에게 주어진 시간이 다 끝나 가고 있다는 느낌이 시시 각각 더해 간다. 죽음이 그의 위를 떠돌고 있다. 암컷도 수컷도 아닌 중성의 중생들에게 삶은 얼마나 덧없는 것이랴! 만일 그가 성을 얻지 못한다면 그의 모든 경험은 전혀 쓸모없는 것이 될 것이고 시간이라는 냉혹한 적이 그를 앗아 가고 말 것이다.

그의 대모험에 동행하기로 결심한 열두 탐험 개미가 그를 따르고 있다.

고운 모래가 햇볕을 받아 뜨겁게 달구어졌다. 그들은 걷기를 멈추었다가, 태양이 구름에 가려진 뒤에 다시 길을 떠난다.

고운 모래와 조약돌, 자갈, 바위, 차돌 가루로 이루어진 풍경이 번갈아 가며 펼쳐진다. 식물이나 동물은 거의 없고 오로지 광물뿐이다. 그들은 바위가 나타나면 기어오르고, 너무 고운 모래가 나타나면 돌아간다. 모래가 너무 고우면 액체 위를 걷는 것처럼 미끄러지기 때문에 자칫 그 안에 빠져 버릴 염려가 있는 것이다.

너무 고운 모래를 피해 어쩔 수 없이 빙 돌아가는 경우에도 그들은 원래의 방향을 금세 되찾는다. 개미들에겐 방향을 잃지 않게 해주는 특별한 수단이 두 가지 있다. 페로몬이 뿌려져 있는 냄새길과 지평선을 기준으로 태양 광선의 각도를 계산하는 방법이 그것이다. 그러나 사막을 횡단하자면 그것만으로는 부족하고 세 번째 수단인 존스턴 기관을 사용해야 한다. 그 기관은 뇌로 통하는 가는 관(管)으로 이루어져 있고, 그 가는 대롱들에는 지구의 자기장에 민감하게 반응하는 미립자가 가득 들어 있다. 개미들은 지구 표면의 어느 곳에 있든지 간에 그 눈에 보이지 않는 자기장을 기준으로 스스로의 위치를 알게 된다. 그런 방식으로 개미들은 지하의 물줄기를 찾아낼 줄도 안다. 물에 들어 있는 소량의 염분 때문에 자기장에 변화가 생기기 때문이다.

그들의 존스턴 기관이 반복해서 알려 준 바로는, 현재로서는 위아래 어디에도 물이 없다. 그런데 커다란 떡갈나무에 닿으려면 햇빛 쏟아지는 광활한 공간 속으로 곧장 나아가야 한다. 갈증과 허기는 점점 더 심해지는데, 하얗게 빛나는 이 메마른 사막엔 사냥감이 별로 없다.

때마침 어떤 동물의 존재가 감지되었다. 그들의 먹이가 될 수 있는 동물이다. 전갈 한 쌍이 한창 구애 행위를 벌이고 있는 중이다. 거미강(綱)에 딸린 이 커다란 동물에게 함부로 달려들었다가는 오히려 당할 수도 있다. 개미들은 전갈들이 지쳐 있을 때 죽이기 위해서 그들이 교미를 끝낼 때까지 기다리기로 했다.

전갈들의 짝짓기가 시작된다. 전갈은 생김새와 빛깔로 암수를 구별할 수 있다. 배가 볼록하고 몸빛이 갈색인 쪽이 암컷이고, 배가 홀쭉하고 빛깔이 더 연한 쪽이 수컷이다. 암컷이 제 짝이 될 수컷을 집게로 붙잡아 바싹 끌어당긴다. 마치 탱고라도 한바탕 추려는 듯한 기세다. 그러더니 느닷없이 수컷을 앞으로 밀어 버린다. 수컷은 변덕쟁이 암컷이 시키는 대로 고분고분 뒷걸음질을 친다. 그들은 그렇게 긴 구애 행진에 들어간다. 개미들은 그 구애 춤을 방해할 엄두를 못 내고 하릴없이 그들 뒤를 따라간다. 수컷이 문득 뒷걸음질을 멈추더니, 자기가 이미 죽여 놓은 마른 파리를 집어 암컷에게 먹으라고 준다. 암전갈은 그 먹이를 집게로 받아 가장자리에 날이 서 있는 허리에 대고 잘게 조각을 낸다. 전갈은 이가 없기 때문에 허리의 칼날을 이 대신 사용하는 것이다. 암컷이 그 조각들을 냠냠 먹고 나자, 두 전갈은 서로의 다리를 잡고 다시 춤을 춘다. 이윽고, 수컷이 모래밭에 구덩이를 파기 시작한다. 한쪽 집게로는 사랑하는 암컷을 잡고 다른 쪽 집게로는 구덩이를 파면서, 다리와 꼬리를 비질하듯 움직여 모래를 쓸어 올린다.

한 쌍이 들어갈 만큼 구덩이가 깊어지자, 수컷은 자기의 새 보금자리로 암컷을 안내한다. 그들은 나란히 구덩이 속으로 들어가 위를 덮어 버린다. 열세 개미는 그다음의 일이 너무나 궁금하여 옆으로 구멍을 파고 들어간다. 땅속에서 벌어지고 있는 광경이 자못 흥미롭다. 두 전갈이 배와 배, 꼬리와 꼬리를 맞붙이고 흘레를 벌인다. 그것이 끝나고 나자, 교미를 하느라 허기가 진 암컷은 지친 수컷을 죽여 가차 없이 먹어 버린다. 한바탕 잘 즐기고 배까지 그득하게 채운 암컷이 혼자서 구덩이를 나온다.

개미들은 공격할 때가 되었다고 판단하고 암전갈에게 달려들었다. 그러나 옆구리에 수컷의 살덩이를 아직 붙이고 있는 암컷은 그 개미들이 강한 적대감을 품고 있음을 느끼면서 싸우기를 포기하고 달아나 버린다. 전갈은 개미들보다 더 빨리 달린다.

열세 병정개미는 전갈들이 교미하는 틈을 타서 공격하지 않은 걸 후회했다. 달아나는 암전갈에게 개미산을 쏘았지만, 전갈의 딱지는 썩 단단해서 개미산 공격을 무난히 막아 냈다. 개미들은 암전갈 사냥을 단념했다. 그 대신, 정자를 바치고 몸뚱이까지 암컷의 먹이로 바친 수전갈의 남아 있는 시체를 마저 먹어 치운다. 전갈의 고기는 맛이 없고, 그들의 허기는 가시지 않는다. 그 일을 통해서 그들은 남의 흘레를 엿보다간 사냥감을 잃게 된다는 교훈을 얻은 셈이다.

걸어도 걸어도 사막은 끝이 보이지 않는다. 모래, 돌, 바위, 다시 또 모래. 멀리 기이하게 생긴 둥근 물체가 보인다.

알이다.

어쩌다가 알이 사막 한가운데에 놓이게 되었을까? 신기루를 본 것일까? 아니다. 정말로 알이 있다. 열세 개미는 그들의 가는 길을 막고 묵상 시간을 갖게 하는 신성한 거석이라도 되는 양 그 알을 에워싸고 냄새를 맡아 본다. 5호는 언젠가 그 냄새를 맡아 본 적이 있다. 남녘에 사는 흰제비갈매기라는 새의 알이다.

흰제비갈매기는 생김새가 제비와 비슷한데, 깃털이 하얗고 부리와 눈은 검다. 그 새는 한 가지 기이한 특성을 보인다. 흰제비갈매기의 암컷은 알을 하나만 낳고 둥지를 짓지 않는다. 따라서 그 새는 알을 아무 데나 놓아둔다. 말 그대로 아무 데나다. 굳이 우묵하고 안전한 곳을 찾으려 하지 않고, 대개는 나뭇가지 위나 바위 꼭대기에 불안정하게 알을 놓아둔다. 그러니, 뱀이나 도마뱀이나 다른 새들이 그 알을 발견하면 웬 횡재냐 하며 좋아라 하는 것도 당연하다. 포식자들은 그 알을 깨뜨리려고 애쓰지 않아도 된다. 그저 바람만 한 번 불어도 알이 균형을 잃고 쓰러져 버리기 때문이다. 어쩌다 용케 쓰러지지 않고 버틴 알이 있어서 그 알을 깨고 새끼 흰제비갈매기가 나올 때도 문제다. 새끼 흰제비갈매기들은 알 껍질을 깨려고 애를 쓰다가 그만 알이 균형을 잃고 떨어지는 바람에 미처 알에서 나오기도 전에 으스러져 버리기 일쑤다. 운 좋게 알을 깨고 나온 새가 있다 해도, 그 열쭝이는 나무의 우듬지나 바위 꼭대기에서 추락하지 않도록 조심해야 한다. 사정이 그러하다 보니, 그 미욱한 새가 오늘날까지 살아남을 수 있었다는 게 그저 놀랍기만 하다.

개미들은 그 알의 주위를 돌며 살펴보았다.

거기에 그 알을 갖다 놓은 흰제비갈매기는 보통의 다른 흰제비갈매기들보다 훨씬 더 데면데면한 자임이 분명하다. 하나밖에 없는 소중한 후계자를 사막 한복판에 내팽개쳤으니 말이다. 한마디로, 자기 알을 모두의 처분에 맡길 테니 알아서 하라는 것 아닌가.

하지만, 따지고 보면 그게 그렇게 어리석은 짓만은 아니었다고 103호는 생각했다. 사막 한가운데에 놓인 알은 높은 곳에서 떨어질 염려가 없기 때문이다.

5호가 알을 향해 돌진해서 머리로 단단한 알 껍질을 들이받았다. 알은 끄덕도 하지 않는다. 열세 개미가 한꺼번에 달려들어 박치기를 했지만, 우박 알 떨어지는 듯한 작고 둔탁한 소리만 날 뿐 소득이 없다. 그렇게 큰 먹이를 가까이에 두고 먹지 못한다는 건 정말 약 오르는 일이다.

마침 103호는 손가락들의 텔레비전에서 본 과학 방송 하나를 떠올렸다. 그것은 지레의 원리와 응용에 관한 다큐멘터리였다. 그 지식을 실행에 옮길 절호의 기회다.

《마른 가지를 구해다가 알 밑에 괴자. 그런 다음, 다 같이 가지의 끝에 매달려 조금씩조금씩 알을 들어 올리자.》

열두 개미는 그가 이른 대로 잔가지 하나를 주워다가 괴고, 가지 끝에 매달린다. 충격량을 증가시키기 위해 그들은 허공에서 다리를 흔든다. 지레라는 그 새로운 개념에 완전히 매료된 8호가 가장 적극적이다. 그는 지레에 더 많은 힘을 가하려고 강중거리며 안간힘을 쓴다. 뜻한 대로 일이 되어 간다. 거대한 알이 균형을 잃고 피사의 사탑처럼 조금씩 기울어지다가 마침내 쓰러진다.

문제는 알이 모래에 쓰러지면서 받은 충격이 그리 강하지 않았기 때문에 아무 손상도 입지 않고 오히려 옆으로 누움으로써 더 안정이 되었다는 점이다. 5호는 손가락들의 기술을 미덥지 않게 여기면서 다시 개미들의 방식을 써보기로 했다. 그는 위턱을 오므려 세모꼴을 만든 다음 그 뾰족한 끝을 알 껍질에 갖다 대고 마치 나사송곳을 돌리듯이 머리를 좌에서 우로 돌린다. 알 껍질은 정말로 단단하다. 그렇게 돌리기를 1백여 차례 했건만 가느다란 줄무늬만 생겼을 뿐이다. 그토록 애를 쓴 결과가 고작 이거란 말인가! 103호는 손가락들의 세계에서 일이 금방금방 되어 돌아가는 것을 보는 데 익숙해져서, 그의 동료들이 지니고 있는 끈기와 인내심을 잃고 말았다.

5호가 지쳐 떨어지자 13호를 시작으로 다른 개미들이 번갈아 나서서 머리를 나사송곳 삼아 돌렸다. 그렇게 몇십 분을 들이고 나니 작은 균열이 생기면서 투명하고 끈끈한 흰자위가 흘러나왔다. 개미들은 허겁지겁 그 영양액에 달려든다.

5호는 아주 흐뭇해하면서 더듬이를 까딱거린다. 손가락들의 기술이 독창적인 면은 있지만, 효율성에 있어서는 개미들의 기술만 못하다는 뜻이다. 103호는 그 점에 관한 토론은 나중으로 미루기로 한다. 우선 먹는 게 급하다. 그는 알에 뚫린 구멍 속으로 머리를 들이밀고 맛좋은 노른자위를 빨아 먹는다.

모래 바닥이 너무나 뜨겁고 건조해서 흰제비갈매기의 알이 하얀 오믈렛으로 바뀐다. 그러나 개미들은 너무나 배가 고팠던 터라 그 현상을 관찰할 겨를이 없다.

그들은 알 속에 들어가 먹고 마시고 춤을 춘다.

41. 백과사전

알

새의 알은 자연이 빚어낸 걸작 가운데 하나다. 먼저, 알껍데기의 얼개가 얼마나 정교한지 살펴보자. 알 껍질은 삼각형의 금속염 결정으로 이루어져 있다. 그 결정들의 뾰족한 끝은 알의 중심을 겨누고 있다. 그래서, 외부로부터 압력을 받으면 결정들이 서로 끼이고 죄이면서 알 껍질의 저항력이 한결 커진다. 로마네스크식 성당의 둥근 천장이나 입구를 이루는 아치처럼, 압력이 세면 셀수록 구조는 더욱 견고해지는 것이다. 그와 반대로, 압력이 내부로부터 올 때는 삼각형 결정들이 서로 떨어지면서 얼개 전체가 쉽게 무너진다.

이렇듯, 알 껍질은 밖으로부터 오는 힘에 대해서는 알을 품는 어미의 무게를 견딜 수 있을 만큼 단단하고, 안으로부터 오는 힘에 대해서는 새끼가 쉽게 깨고 나올 수 있을 만큼 약하다.

새의 알은 또 다른 특장(特長)들을 보여 준다. 새의 알눈이 완전하게 성장하기 위해서는 언제나 노른자 위쪽에 놓여 있어야 하는데, 어쩌다 알이 뒤집어지는 경우가 생길 수 있다. 그러나 그것은 전혀 문제가 되지 않는다. 알이 거꾸로 놓여도 노른자의 자리가 변하지 않게 하는 알끈이 있기 때문이다. 즉, 탄력성 있는 두 개의 끈이 노른자를 감아 알막의 양쪽 측벽에 이어 댐으로써 노른자를 매달고 있는 것이다. 알이 움직이는 데에 따라 늘어나기도 하고 줄어들기도 하는 이 알끈이 있기에, 알눈은 마치 오뚝이처럼 언제나 제 위치로 돌아올 수 있게 된다.

새가 알을 낳을 때, 알은 따뜻한 어미 배 속에서 갑자기 차가운 곳으로 나오게 된다. 그렇게 급격히 냉각되는 과정에서, 붙어 있던 두 알막이 서로 분리되고 그 사이에 공기 주머니가 생긴다. 그 공기 주머니는 알이 부화하는 몇 초의 짧은 시간 동안 새끼가 숨을 쉴 수 있게 해준다. 그렇게 숨을 쉼으로써 새끼는 알 껍질을 깰 수 있는 힘을 얻고 위급할 때는 삐약 소리를 내서 어미를 부를 수 있는 것이다.

에드몽 웰스, 『상대적이며 절대적인 지식의 백과사전』 제3권

42. 〈진화〉 게임

과학 수사 연구소 주방에서 법의(法醫)가 점심으로 파슬리 오믈렛을 만들어서 막 먹으려던 참에 누군가 벨을 울렸다. 막시밀리앵 리나르였다. 가스통 팽송의 사인(死因)을 알고자 하는 것이 그가 찾아온 목적이었다.

「오믈렛 좀 드실래요?」

「아뇨, 됐어요. 벌써 점심을 먹었는걸요. 가스통의 부검은 끝났나요?」

법의는 오믈렛을 한입에 욱여넣고, 맥주 한 잔과 함께 목구멍으로 넘긴 다음, 선선히 하얀 가운을 걸쳐 입고 실험실로 경정을 안내했다.

법의는 서류를 하나 꺼내 보여 주었다.

사망자의 혈액 성분을 분석한 결과, 사망 시에 대단히 강한 알레르기 반응이 일어났다는 사실이 밝혀졌고, 사망자의 목에서 붉은 반점이 발견되었다. 따라서 가스통 팽송은 말벌

과 같은 곤충에 쏘여 사망한 것으로 보인다. 이상이 법의의
결론이었다.

「말벌에 쏘여 죽는 것은 얼마든지 있을 수 있는 일입니다.
말벌이 어쩌다 심장과 직접 연결된 정맥을 찌르게 되면, 독
이 온몸에 퍼져서 죽게 되는 거지요.」

부검 결과는 막시밀리앵이 예상했던 것과 너무나 달랐다.
살인 사건일 것으로 믿었던 것이 숲에서 산보를 하던 사람이
벌에 쏘여 죽은 시시한 사고로 밝혀졌으니 말이다.

하지만 가스통 사건을 단순한 사고로 보기에는 뭔가 석연
치 않은 구석이 있었다. 피라미드 문제가 남아 있기 때문이
었다. 사람이 벌에 쏘여 죽는 거야 얼마든지 있을 수 있는 일
이라 쳐도, 허가 없이 자연 보호 구역 한복판에 건축된 피라
미드 아래에서 사람이 죽은 것을 단순히 우연의 일치로 치부
할 수는 없는 노릇이었다.

경정은 법의의 신속한 일 처리에 고마움을 표하고, 거리
로 나왔다. 이마에 주름을 잡고 생각에 잠겨 걸어가는데, 누
가 그를 불러 세웠다.

「안녕하세요, 경정님!」

세 젊은이가 다가오고 있었다. 막시밀리앵은 그들 중에서
지사의 조카인 공자그를 알아보았다. 공자그의 얼굴이 말이
아니었다. 여기저기에 시퍼렇게 멍이 들었고 뺨에는 물린 자
국까지 있었다.

「너 싸웠니?」

「그 비슷한 거예요. 무정부주의자 패거리를 조금 혼내 줬
어요.」

「너 여전히 정치에 관심이 많구나?」

「저희는 새로운 극우 청년 운동의 전위 조직인 흑서회(黑鼠會)에 속해 있어요.」

그렇게 토를 달면서 한 남학생이 전단을 내밀었다.

경정은 전단 첫머리의 〈외국인들을 몰아내자!〉라는 구호를 입엣말로 우물거렸다.

「무슨 얘긴지 알겠다.」

「저희의 문제는 무기가 없다는 거예요. 경정님처럼 권총이 있다면, 모든 일이 〈정치적으로〉 한결 수월해질 텐데 말이에요.」

막시밀리앵은 자기의 웃옷이 벌어져 권총 멜빵이 드러나 보인다는 것을 확인하고 얼른 웃옷의 단추를 잠갔다.

「네가 몰라서 그렇지, 권총이란 별게 아니야. 그저 도구일 뿐이지. 중요한 건 뇌야. 뇌로 방아쇠를 당기는 손가락 끝의 신경을 통제할 줄 알아야 해. 그건 아주 긴 신경이거든…….」

「그것보다 더 긴 신경도 있어요.」

그들 중의 하나가 생물 시간에 했던 공자그의 농담을 떠올리며 웃음을 터뜨렸다. 경정은 그것이 요즘 젊은이들의 익살이려니 생각하고 발걸음을 옮겼다.

「어이, 그럼 잘들 가라.」

공자그가 그를 붙들었다.

「경정님. 아시다시피 저희는 질서의 편에 서 있어요. 혹시 도움이 필요하시면 망설이지 마시고 저희에게 연락을 주세요.」

그러면서 공자그는 명함을 내밀었다. 막시밀리앵은 정중하게 그것을 받아 호주머니에 찔러 넣고 가던 길을 계속 갔다. 공자그가 그의 등에 대고 다시 소리쳤다.

「저희는 언제라도 경찰을 지원할 태세가 되어 있어요.」

경정은 떨떠름한 기분으로 어깨를 으쓱 들어 올렸다. 세월이 변하긴 많이 변했다. 그가 공자그만 한 나이였을 때는 경찰관에 대해서 경외감을 갖고 있었기 때문에 감히 지나가는 경찰관을 불러 세우지는 못했을 거였다. 그런데, 훈련 한번 제대로 받은 적이 없는 새파란 것들이 경찰관 노릇을 하겠다고 자청하고 있으니! 그는 아내와 딸이 있는 집으로 어서 돌아가야겠다는 생각에 걸음을 재우쳤다.

퐁텐블로의 번화한 거리마다 사람들이 바쁘게 움직이고 있었다. 유아차를 밀고 가는 어머니들, 적선을 강요하는 걸인들, 슈퍼마켓에서 카트를 밀고 나오는 여인들, 앙감질을 하며 깡충거리는 아이들, 하루의 노동을 끝내고 지친 몸으로 귀가를 서두르는 사람들, 파업 때문에 자꾸 쌓여 가는 쓰레기 더미를 이리저리 뒤지는 사람들.

그 썩은…….

막시밀리앵은 걸음을 재촉했다. 이 나라엔 질서가 없는 게 사실이었다. 아무런 짜임새도 없이 그 어떤 공통의 목표도 없이 사방에 인간들이 흘러 넘쳤다.

묵정밭에 풀숲이 무성해지듯 도시마다 혼돈이 횡행하고 있었다. 막시밀리앵이 보기에 경찰관이라는 직업은 좋은 직업이었다. 잡초와 잡목을 잘라 내고 끝맛한 나무들만 남겨 대수림을 가꾸는 일이기 때문이었다. 그러고 보면 그의 일은 정원사의 일과 비슷했다. 생활 공간을 잘 관리해서 더할 나위 없이 깨끗하고 건전하게 만드는 것이 바로 그의 일이었다.

집에 돌아와서 열대어들에게 먹이를 주다가, 막시밀리앵은 무지개송사리의 암컷이 알을 까고 나온 제 새끼들을 쫓아

가서 잡아먹는 광경을 목격하였다. 수족관에는 천륜이고 뭐고가 없었다. 벽난로의 활활 타는 장작불을 물끄러미 바라보고 있는데, 그의 아내가 저녁을 먹으라고 불렀다.

그날의 식단은 라비고트소스를 친 돼지머리와 치커리샐러드였다. 식사를 하면서, 그들은 영 좋아질 기미를 보이지 않는 날씨에 대해서, 늘 나쁜 소식뿐인 세상일에 대해서 이야기를 나눴고, 마르그리트가 학교에서 받아 온 우수한 성적과 리나르 여사의 훌륭한 요리 솜씨를 칭찬했다.

식사가 끝나고, 먹고 난 그릇을 아내가 식기 세척기에 넣는 동안에, 막시밀리앵은 생일 선물로 받은 〈진화〉라는 이름의 그 이상한 컴퓨터 게임을 어떻게 하는 건지 설명해 달라고 딸아이에게 부탁했다. 딸아이는 숙제를 아직 다 끝내지 못했다면서, 자기가 설명해 주는 것보다는 게임 방법을 가르쳐 주는 다른 프로그램을 컴퓨터에 설치해 주는 편이 낫겠다고 대답했다. 그 프로그램의 이름은 〈아무〉였다.

딸아이의 설명에 따르면, 〈아무〉는 마치 대화를 나누듯이 사람의 이야기에 맞추어 문장을 만들어 낼 줄 아는 소프트웨어였다. 그렇게 만들어진 문장은 음성 합성 장치를 통해 소리로 바뀌어서 화면 양쪽에 달린 스피커를 거쳐 나오게 되어 있었다. 마르그리트는 그 프로그램을 작동시키는 방법만 일러 주고 자기 방으로 가버렸다.

경정은 희미하게 윙 소리를 내는 컴퓨터를 마주하고 앉았다. 화면에 커다란 눈 하나가 나타났다.

「제 이름은 〈아무〉입니다. 이 이름이 마음에 들지 않으시면 당신이 좋아하시는 다른 이름으로 부르셔도 좋습니다. 제 이름을 바꾸시겠습니까?」

작은 스피커로 흘러나오는 컴퓨터의 음성에 흥미를 느끼면서, 경정은 컴퓨터에 내장된 마이크로 다가갔다.

「스코틀랜드계 이름을 하나 지어 주마. 마키아벨[28]로 하자.」

「그럼, 이제부터 저는 마키아벨입니다. 제가 무엇을 해드릴까요?」

합성된 소리라는 느낌이 거의 들지 않는 음성이었다. 커다란 외눈이 감겼다가 다시 뜨였다.

「〈진화〉라는 게임을 어떻게 하는 건지 가르쳐 주었으면 좋겠다. 그 게임을 알고 있니?」

「아닙니다. 하지만, 그 게임의 사용법 설명과 접속할 수는 있습니다.」

마키아벨의 외눈은 게임의 규칙을 알아내려는 듯 여러 개의 파일을 불러내어 읽어 보고 난 뒤, 화면 한 귀퉁이의 작은 아이콘으로 줄어들더니 게임 방법을 가르치기 시작했다.

「우선 부족 하나를 만드셔야 합니다.」

마키아벨은 〈진화〉라는 프로그램의 사용법을 가르쳐 주는 단순한 프로그램이 아니라, 진정한 의미에서의 보조자였다. 마키아벨은 먼저 가상의 부족을 어디에 정착시켜야 하는지를 일러 주었다. 물을 얻기 쉽도록 될 수 있으면 강에서 가까운 곳을 선택해야 하며, 해적의 공격을 받지 않으려면 해안으로 너무 가까이 가지 말아야 하고, 대상(隊商)들이 쉽게 찾아올 수 있도록 너무 높은 곳은 피해야 한다는 것이었다.

---

28 〈아들〉을 뜻하는 접두사 맥Mac이 붙은 스코틀랜드계 이름이지만, 그것을 프랑스어식으로 읽으면 마키아벨이 된다. 마키아벨은 바로 이탈리아의 정치가이자 철학자인 마키아벨리의 프랑스어 발음이다.

화면에 곧 원근감과 입체감을 살린 작은 마을이 나타났다. 초가지붕들 위로 연기가 곧게 피어오르고, 멋지게 그려진 작은 인물들이 문으로 들락날락하면서 임의적인 방식으로 임의적인 활동에 종사하고 있었다.

다음으로 마키아벨은 가상의 부족에게 건축이나 수공업을 어떻게 가르치는지를 보여 주었다. 벽토에 짚을 섞어 벽을 쌓고 찰흙으로 벽돌을 만들고 창끝을 불에 달구어 단단하게 만드는 일 따위의 이점을 부족에게 가르치는 거였다. 물론 화면에만 존재하는 모의 마을이긴 했지만, 마키아벨이 한번 개입할 때마다 마을 살림이 점점 윤택해졌다. 곳간에는 곡물과 목초가 산더미처럼 쌓였고, 개척자들이 인근에 작은 마을들을 건설하러 떠났으며, 인구가 증가하였다.

그 게임에서는, 정치적이고 군사적이고 경제적인 어떤 선택을 하고 나서 스페이스 키를 누르면 10년이 지나가도록 되어 있었다. 그럼으로써 중장기적인 결정의 효과를 즉시 확인할 수 있었다. 또, 화면의 좌측 상단에는 인구와 부(富), 비축 식량, 과학적인 발견, 진행 중인 연구 등을 보여 주는 계기판 같은 것이 있어서, 성공의 수준을 수시로 점검할 수 있었다.

막시밀리앵은 하나의 작은 문명을 건설하는 데 성공하고, 그 문명이 이집트풍의 예술을 향유하도록 이끌었다. 그는 자기 백성들로 하여금 피라미드까지 건설하게 했다. 그 게임을 통해서 그는 새로운 사실을 깨달아 가는 중이었다. 이제껏 그는 거대한 기념물을 세우는 것은 돈과 힘을 낭비하는 것이라고 생각해 왔다. 그런데 가상의 것이나마 하나의 문명을 이끌다 보니, 그런 건축물들이 필요하다는 생각이 드는 거였다. 기념물들은 백성들에게 문화적 동일성을 부여하고 공동체 구성원들의 단결을 공고히 해주었다. 게다가 이웃 나라의 우수한 문화적 인재들을 끌어들이는 효과도 있었다.

아뿔싸! 막시밀리앵이 깜박 잊은 게 있었다. 그는 질그릇 굽는 가마도 만들지 않았고, 밀폐된 통에 곡물을 저장하지도 않았다. 그래서, 바구미 따위의 벌레들이 식량을 파먹었다. 배를 곯은 병사들은 너무 힘이 없어서 남쪽에서 쳐들어온 누미디아 왕국의 공격을 막아내지 못했다. 여태껏 해온 일이 모두 도로 아미타불이 되고 말았다.

막시밀리앵은 그 게임에 재미를 붙이기 시작했다. 질그릇 가마를 만드는 것이 한 문명의 생존에 필수적이라는 것은 어디에서도 배운 적이 없었다. 곡물에 바구미나 거저리[29]가 꾀지 않도록 밀폐된 항아리에 저장하는 일을 소홀히 하면 한 문명이 망해 버릴 수도 있다는 사실도 그 게임을 통해 처음 알았다.

〈그의〉 60만 백성이 게임 속에서 전멸해 버렸지만, 마키아벨은 아무 일도 없었다는 듯이 〈새로운〉 백성으로 모든 것을 다시 시작하고 싶으면 새 판을 벌이면 그뿐이라고 알려주었다. 〈진화〉 게임에서는 완벽한 문명을 건설하기 위해 연습을 해볼 권리도 있는 거였다.

모든 것을 처음부터 다시 시작하게 하는 키를 누르기 전에, 경정은 화면에 펼쳐진 거대한 평원을 가만히 바라보았다. 폐허가 된 평원에 두 개의 피라미드가 버려져 있었다. 문득, 그의 생각이 딴 데로 옮아갔다.

피라미드란 예사로운 건축물이 아니었다. 그것은 강한 힘

---

29 몸빛은 딱정벌레와 비슷한데 허리가 좀 더 통통하다. 더듬이와 다리는 약간 붉고, 몸은 오돌토돌하고 주름이 있으며 노란 갈색의 짧은 털이 있다.

을 지닌 하나의 상징이었다.

퐁텐블로 숲에 있는 그 피라미드에는 대체 무엇이 감춰져 있는 걸까?

43. 몰로토프 칵테일

집은 평화로운 휴식이 있는 항구였다. 쥘리는 집으로 돌아오기 위해 수없이 많은 길을 돌고 돌았다. 마침내 집에 돌아온 그녀는 시트 밑에 들어가 몸을 반쯤 뻗은 채 『상대적이며 절대적인 지식의 백과사전』을 읽고 있었다. 그녀는 에드몽 웰스가 말하는 혁명이 정확하게 어떤 종류의 것인지를 알고 싶었다.

저자의 생각은 명료해 보이지 않았다. 〈혁명〉이라고 말한 대목이 있는가 하면 〈진보〉라는 말을 쓴 대목도 있었다. 폭력을 사용하지 않고 떠들썩하지 않게 세상을 변화시킨다는 점에서는 일관성이 있었다. 저자는 사람들이 거의 알아채지 못할 만큼 조용하게 사람들의 사고방식을 변화시키고 싶어 하는 것 같았다.

이 모든 것에는 이율배반까지는 아니더라도, 어딘가 서로 아귀가 맞지 않는 구석이 있었다. 혁명에 대해서 이야기하는 부분을 한참 읽고 났더니, 이제까지의 혁명은 그 어느 것도 성공한 것이 없다는 얘기가 나왔다. 마치 혁명이란 숙명적으로 부패하거나 실패할 수밖에 없다는 듯한 비관적인 얘기였다.

그래도 쥘리는 그 책을 펼칠 때마다 늘 그랬듯이 흥미로운 대목을 몇 군데 찾아냈다. 그중에는 몰로토프 칵테일을 만드는 방법에 관한 것도 있었다. 몰로토프 칵테일에는 몇 가지 종류가 있었다. 천으로 된 마개에 불을 붙여 터뜨리는 것이 있는가 하면, 알사탕 모양의 화염제를 써서 인화성이 강한 화학 성분이 터져 나오게 한 고성능 화염병도 있었다.

〈결국 혁명을 하기 위한 실제적인 조언도 들어 있는 셈이군〉 하고 쥘리는 생각했다. 에드몽 웰스는 화염병의 성분과 배합량을 자세하게 설명해 놓고 있었다. 만들려고 마음만 먹으면 얼마든지 만들 수 있을 것 같았다.

쥘리는 상해를 당한 무릎에 강한 통증을 느꼈다. 그녀는 붕대를 들어 올리고 상처를 찬찬히 들여다보았다. 무릎에 있는 뼈와 힘살과 물렁뼈의 존재가 생생히 느껴졌다. 그녀의 무릎은 일찍이 그렇게 생생하게 존재해 본 적이 없었다. 그녀는 큰 소리로 이렇게 말했다.

「무릎아, 너 거기 있었구나. 이 낡은 세계가 너에게 고통을 주었구나. 내가 너 대신 복수를 해줄게.」

쥘리는 정원을 가꾸는 데 쓰는 연장이며 화학 약품 따위를 모아 놓은 창고로 갔다. 화염병을 만드는 데 필요한 모든 재료들이 거기에 있었다. 쥘리는 유리병 하나를 잡고, 거기에 염소산나트륨과 휘발유와 화염병 제조에 꼭 필요한 다른 화학 약품들을 부었다. 어머니 것이긴 하지만 좀이 쏠아 못 쓰게 된 스카프로 병마개를 하고 나자, 화염병이 완성되었다.

쥘리는 작은 화염병을 꽉 움켜쥐었다. 학교가 그녀에게 난공불락의 요새인지 아닌지는 이제 두고 볼 일이었다.

그들은 지칠 대로 지쳐 있다. 오랫동안 먹지도 마시지도 못한 탓에 수분 부족 증상이 나타나기 시작한다. 다리 관절은 뻑뻑하고, 안구엔 먼지가 켜를 이루었건만 침이 말라서 먼지를 씻어 낼 수도 없다.

열세 개미는 모래밭에 사는 톡토기에게 커다란 떡갈나무로 가는 길을 물었다. 톡토기의 대답이 끝나기가 무섭게 그들은 그 곤충을 잡아먹는다. 살다 보면 고맙다고 말하는 것조차 분에 넘치는 사치가 되는 때도 있는 것이다. 그들은 수분을 조금이라도 더 보충하려고 그 곤충의 다리 관절까지 빨아먹었다.

만일 사막이 이런 식으로 멀리 이어져 있다면, 그들은 결국 죽고 말 것이다. 103호는 한 걸음 한 걸음을 힙겹게 떼어 놓고 있다.

단 한 방울의 이슬이라도 구할 수 있으면 좋으련만! 그러나 어디에도 물이 없다. 몇 해 전부터 지구의 기온이 급격히 상승해서, 봄은 덥고 여름은 불지옥 같고 가을은 훈훈하며 그나마 한기와 습기를 느낄 수 있는 계절은 겨울뿐이었다.

한 가지 다행스러운 것은 그들이 여섯 다리의 끝을 다 모래 바닥에 대지 않고 걷는 방법을 터득하고 있다는 것이다. 그것은 예디베이나캉 둥지의 개미들이 사용하는 방법으로서, 항상 네 다리만 바닥에 닿도록 다리를 바꿔 가면서 나아가는 것이다. 그렇게 되면, 뜨거운 모래 바닥에서 떼어 낸 나머지 두 다리는 더위를 식히며 피로를 풀 수 있다.

늘 낯선 종에 관심이 많은 103호가 진드기류의 작은 곤충들을 보며 경탄했다. 〈곤충 중의 곤충〉이라고 할 만큼 작은 그들은 포식자들의 발길이 미치지 않는 사막에서 편안히 살고 있다. 그들은 더울 땐 모래 속으로 들어가고 서늘해지면 다시 나온다. 개미들은 그들을 따라 하기로 했다.

《우리가 손가락들에 비해 작은 것만큼이나 이들은 우리에 비해 작다. 하지만, 이 시련 속에서 이들은 우리에게 생존의 한 본보기를 보여 주고 있다.》

103호는 크기가 다르다는 이유로 어떤 종을 과소평가해선 안 된다는 것을 다시 한번 절감한다.

《우리는 손가락과 진드기 사이에 있다. 우리는 크지도 작지도 않게 균형이 잡혀 있다.》

날씨가 서늘해지자, 개미들은 모래 덮개를 헤치고 빠져나왔다.

빨간 딱정벌레 한 마리가 그들 앞으로 달아난다. 15호가 그 곤충을 겨냥하고 개미산을 쏘려는데, 103호가 그 곤충은 죽여 봐야 아무 쓸모가 없다면서 그를 말린다. 동식물 중에서 눈에 잘 띄는 색깔을 보란 듯이 내보이는 것들은 대개 독이 있거나 위험하다는 것이다.

《빨간 딱정벌레들은 바보가 아니다. 그들이 선홍색을 공공연하게 드러내는 것은 날 죽여 주십쇼 하고 천적들의 눈길을 끌려는 것이 아니라, 오히려 모든 포식자들에게 자기들을 공격해 봐야 아무 쓸모가 없다는 것을 알려 주려는 것이다.》

14호가 이의를 제기한다.

《실제로는 독이 없으면서도 독이 있는 것처럼 보이려고 몸빛을 빨갛게 만드는 곤충들도 있다.》

그러자 7호도 끼어들어, 다른 종과 유사하게 진화해서 스스로의 약점을 보완하는 예를 제시한다.

《날개의 무늬가 똑같은 두 종의 나비가 있는데, 하나는 날개에 독이 있고 다른 하나는 독이 없다. 그런데, 독이 없는 종도 똑같이 목숨을 보전한다. 날개의 무늬를 알아본 새들이 거기에 독이 있다고 생각하고 잡아먹지를 않기 때문이다.》

103호는 의심스러울 때는 위험을 피하는 것이 상책이라고 타이른다.

15호는 아쉬움을 느끼며 딱정벌레가 떠나가도록 내버려두었다. 그러나 더 고집이 센 14호는 끝내 그 벌레를 쫓아가서 쓰러뜨린 다음, 고기를 먹었다. 다들 그가 곧 죽을 거라고 생각했지만 그는 죽지 않았다. 그의 말마따나 독성이 있는 것처럼 믿게 하려던 의태(擬態)였다.

모두가 그 빨간 곤충을 맛있게 먹었다.

그들은 다시 걸어가면서, 의태의 의미와 색깔의 중요성에 대해서 토론한다. 왜 어떤 자들에겐 색깔이 있는데, 다른 자들에겐 색깔이 없는가 하면서.

뜨겁고 메마른 사막 한복판에서 의태에 관한 토론을 벌인다는 건 자못 엉뚱해 보인다. 103호는 그것이 자기 탓이라고, 손가락들과의 만남에서 얻은 부정적인 측면이라고 생각했다. 그래도 수분을 낭비한다는 점만 빼면, 그렇게 이야기를 나눔으로써 피로와 고통을 잊을 수 있으니 전혀 이점이 없는 건 아니다.

16호는 새의 머리 형상을 해서 진짜 새에게 겁을 주는 나비의 애벌레를 본 적이 있다고 했고, 9호는 전갈의 모습을 취해서 거미를 쫓아내는 파리를 보았노라고 주장했다.

14호가 물었다.

《그 파리는 갖춘탈바꿈을 하는 자였는가, 아니면 안갖춘탈바꿈을 하는 자였는가?》

탈바꿈은 곤충의 세계에서 끊임없이 되풀이되는 토론 주제의 하나다. 곤충들은 탈바꿈에 대해서 이야기하기를 무척 좋아한다. 갖춘탈바꿈을 하는 곤충들과 안갖춘탈바꿈을 하는 곤충들 사이에는 하나의 간극이 있다. 갖춘탈바꿈은 알, 애벌레, 번데기, 자란 벌레의 순으로 네 단계를 거치며 이루어진다. 나비와 개미, 말벌과 꿀벌은 물론이고, 벼룩과 무당벌레 따위가 그 경우에 해당된다. 안갖춘탈바꿈은 알, 애벌레, 자란 벌레의 세 단계만 거친다. 안갖춘탈바꿈을 하는 자들은 자란 벌레의 축소판으로 태어나 점차적인 변화의 과정을 겪는다. 메뚜기, 집게벌레, 흰개미, 바퀴 따위가 그 경우에 속한다.

흔히들 모르는 체하고 있지만, 〈갖춘탈바꿈파〉들의 태도에는 은연중에 〈안갖춘탈바꿈파〉들에 대한 멸시가 배어 있다. 안갖춘탈바꿈을 하는 자들은 번데기 단계를 경험하지 못한 〈덜떨어진 것들〉이며, 애벌레에서 자란 벌레가 되는 것이 아니라 애벌레에서 늙은 애벌레가 되는 불완전한 자들이라는 것이다.

14호의 물음에 담긴 속뜻을 간파하고 9호가 아주 당연하다는 듯이 말했다.

《물론 갖춘탈바꿈을 하는 자였지.》

103호는 걸어가면서 하늘을 올려다본다. 태양이 조금씩 붉은빛을 띠어 가며 지평선 어름의 하늘을 오렌지빛으로 물들이고 있다. 햇볕을 지나치게 쬔 탓인지 엉뚱한 생각이 뇌리를 스쳤다. 태양은 갖춘탈바꿈을 하는 동물일까? 손가락들도 갖춘탈바꿈을 할까? 어찌하여 자연은 나로 하여금 그 괴물들을 만나도록 주선했던 걸까? 어찌하여 한 개체에게 이토록 무거운 책임이 지워졌을까?

그는 처음으로 자기가 추구하는 일에 약간의 회의를 느꼈다. 성을 갖는 것, 세상을 발전시키려는 것, 손가락들과 개미들 사이에 동맹을 이루어 내려는 것, 그 모든 것에 정말 의미가 있는 걸까? 만일 의미가 있다면, 어찌하여 자연은 나로 하여금 이토록 위험천만한 길을 거쳐 가게 하는 것일까?

45. 백과사전

미래에 대한 의식

인간이 다른 동물과 다른 점은 무엇일까? 같은 손의 다른 손가락들을 마주 대할 수 있는 엄지손가락이 있다는 점일까? 아니면, 언어? 비대해진 뇌? 직립 자세? 저마다의 관점에 따라서 아주 많은 것들이 제시될 수 있겠지만, 그냥 간단하게 미래에 대한 의식이라고 말해도 무방할 것이다.

동물들은 현재와 과거 속에서 산다. 동물들은 당장 닥친 일을 이미 경험했던 일과 비교한다. 그와 반대로, 인간은 앞으로 일어날 일을 예측하려고 한다. 미래를 제어하고자 하는 이 성향은 아마도 인간이 신석기 시대에 농업에 관심을 갖게 되면서 나타났을 것이다. 그때부터 인간은 우연에 의존하는 식량 획득 방법인 채집과 수렵을 버리고 미래의 수확을 예상하며 씨를 뿌렸다. 미래에 대한 예측은 주관적이어서 사람에 따라 다를 수밖에 없었다. 그래서 사람들은 아주 자연스럽게 그 미래를 설명하기 위한 수단으로 언어를 고안하게 되었다. 미래에 대한 의식과 함께 그것을 표현하기 위한 언어가 생겨난 것이다.

태고 시대의 언어는 미래를 말하기 위한 어휘도 적었고 문법도 지극히 단순했다. 그에 비해 오늘날의 언어는 어휘도 풍부하고 문법도 날이 갈수록 정교해지고 있다.

미래에 대한 예측을 확실히 하기 위해서는 과학 기술이 필요했고, 거기에서 기계의 맹아가 싹텄다.

또 신이란 것도 미래에 대한 의식과 연관해서 생각해 보면, 인간의 통제를 벗어나는 것을 설명하기 위한 이름이라고 할 수 있다. 그러나 과학 기술의 힘으로 인간이 미래를 더욱 잘 통제할 수 있게 되면서 신이 점차 사라지고, 기상학자와 미래학자, 그리고 과학 기술을 이용하여 미래를 예측할 수 있다고 믿는 모든 사람들이 그 역할을 대신하려 하고 있다.

에드몽 웰스, 『상대적이며 절대적인 지식의 백과사전』 제3권

46. 눈의 위력

막시밀리앵은 오랫동안 조용히 피라미드를 톺아보았다. 그는 그 형태와 위치를 더욱 정확하게 포착하여 수첩에 다시 피라미드를 그렸다. 그런 다음, 자기 그림이 앞에 보이는 실물과 모든 점에서 비슷한지 꼼꼼하게 검토하였다. 경찰 학교에서 리나르 경정은 어떤 사람이나 어떤 사물을 오랫동안 관찰하다 보면 소중한 정보들을 숱하게 얻을 수 있다고 가르치곤 했다. 심지어는 그렇게 관찰하는 것만으로도 수수께끼 같은 사건들을 해결할 수 있는 경우가 아주 흔하다고 단언하기까지 했다.

그는 그런 현상을 〈예리고[30] 신드롬〉이라고 불렀다. 물론

30 『구약 성서』 「여호수아」 6장에 나오는 지명. 모세의 후계자 여호수아가

그는 성이 스스로 무너질 때까지 나팔을 불면서 성의 주위를 돈 이스라엘 백성들과는 달리, 모든 각도에서 대상을 관찰하고 그림을 그리면서 그 주위를 돌았다.

그는 자기 아내 신티아를 유혹할 때도 바로 그런 방법을 사용한 바 있었다. 신티아는 빼어난 미모를 뽐내며 청혼자들에게 으레 딱지를 놓기가 일쑤인 콧대 높은 부류의 여자였다.

막시밀리앵은 어떤 패션쇼에서 그녀를 처음으로 보게 되었다. 그녀는 거기에 모인 여자들 중에서 단연 〈튀었고〉, 그래서 남자들의 탐심 어린 눈길을 가장 많이 끌었다. 그는 그녀를 오랫동안 관찰하였다. 처음엔 뚫어지게 바라보는 그 집요한 눈길이 그녀를 성가시게 했지만, 나중에는 그 눈길이 그녀의 호기심을 자극하게 되었다. 단지 그녀를 바라보는 것만으로도, 그는 그녀에 관한 많은 정보를 얻게 되었고, 그 정보들은 나중에 그녀의 고유한 파동에 똑같은 파장으로 동조하려 할 때 긴요하게 쓰였다. 그녀는 자기의 별자리를 가리키는 동물인 물고기들이 새겨진 큰 메달을 걸고 있었고, 귓불에 염증을 일으키는 귀고리를 달고 있었다. 또, 그녀에게서는 아주 진한 향수 냄새가 풍겨 났다.

식사 시간에 그는 그녀 옆자리에 앉아 점성술에 관한 이야기로 대화를 시작했다. 그는 그 화제를 상징의 힘, 물과 흙과 불의 속성을 지닌 기호들과 그 기호들 간의 차이 등으로 발

이스라엘 백성을 이끌고 요단을 건너 예리고에 다다랐을 때, 성이 굳게 닫혀 있었다. 야훼의 가르침대로 이스라엘 백성들은 나팔을 불며 그 성의 주위를 돌았다. 엿새 동안 하루에 한 번씩 돌고 제7일에 일곱 번을 돌자 마침내 성이 무너져 내렸다.

전시켰다. 신티아는 처음에 품었던 경계심을 풀고 아주 스스럼없이 자기 의견을 말하기 시작했다. 그다음으로, 그들은 귀고리에 관해서 이야기를 나눴다. 그는 알레르기를 막아 주는 새로운 물질이 나왔다는 소식을 전하면서, 그 신소재를 섞어 장신구를 만들게 되면 귓불의 염증 따위는 생기지 않게 될 거라고 말했다. 그러고 나서, 그들의 화제는 향수, 화장, 식이 요법, 염가 판매 등으로 이어졌다. 처음 얼마간은 상대의 입장에 서서 상대를 편하게 해주어야 한다는 것이 그의 생각이었다.

그녀가 잘 아는 화제를 가지고 한동안 이야기를 나눈 뒤에, 그는 비로소 그녀가 알지 못하는 화제, 예컨대 희귀한 영화, 외국의 진미 별미, 한정판으로 출간된 도서 따위를 초들었다. 그 두 번째 단계에서 그가 사용한 구애 전략은 일찍이 그가 깨우친 역설을 바탕에 둔 간단한 것이었다. 그 역설이란, 아름다운 사람들은 남이 자기의 똑똑함에 대해서 이야기하는 것을 좋아하고, 똑똑한 사람들은 남이 자기의 아름다움에 대해서 이야기하는 것을 좋아한다는 사실이었다.

세 번째 단계에서 그는 그녀의 손을 잡고 손금을 보았다. 그는 수상(手相)에 대해서는 전혀 아는 바가 없었지만, 사람이라면 누구나 듣고 싶어 하는 소리로 넌덕을 떨었다. 그는 그녀가 특별한 운명을 지닌 사람이며, 위대한 사랑을 경험하게 될 것이고, 두 아이를 낳아 행복하게 살 거라고 말해 주었다.

마지막 단계에서 그는 그녀를 더욱 확실하게 사로잡기 위해서, 그녀와 가장 친한 여자 친구에게 관심이 있는 척했다. 그 작전은 즉시 그녀의 질투심을 자극하는 효과를 가져왔다.

그로부터 세 달이 지나서, 그들은 부부가 되었다.

막시밀리앵은 피라미드를 다시 살펴보았다. 그 삼각뿔은 정복하기가 그리 쉽지 않을 것 같았다. 그는 건물에 다가가서 손을 대고 쓰다듬었다.

건물 안에서 소리가 들리는 듯했다. 그는 수첩을 챙겨 넣고 거울 벽에 귀를 갖다 댔다. 사람의 음성이 들렸다. 안에 사람이 있음에 틀림없었다. 그가 열심히 귀를 기울이고 있는데, 느닷없이 총소리가 들려왔다.

그는 기겁을 하면서 뒤로 물러섰다. 리나르 경정에게 가장 잘 발달된 감각은 시각이었다. 그는 자기의 청각만을 바탕으로 해서 어떤 결론을 이끌어 내는 것을 좋아하지 않았다. 그렇기는 해도, 피라미드 안에서 총성이 들려온 건 확실했다. 그는 벽에 다시 귀를 대보았다. 이번엔 자동차 급정거하는 소리와 그에 이은 새된 비명, 그리고 왁자지껄한 소리, 클래식 음악, 박수갈채, 말들의 히힝거림, 따르륵거리는 기관총 소리가 차례로 들려왔다.

47. 행운을 가져오는 물잠자리

열세 개미는 극도로 지쳐 있다. 그들은 더 이상 페로몬 문장을 발하지 않는다. 대화를 나눌 때 발산되는 수분마저 아껴야 하기 때문이다.

103호는 날벌레 하나 날지 않던 한결같은 하늘에 문득 어떤 움직임이 일고 있음을 느꼈다. 물잠자리 한 마리가 날고 있다. 개미들이 그 커다란 잠자리를 만난 것은 난바다에서 헤매는 뱃사람들이 갈매기를 만난 것만큼이나 반가운 일이다. 물잠자리가 날고 있다는 것은 가까운 곳에 식물 지대가 있다는 것을 의미하기 때문이다. 개미들은 다시 힘을 얻었다. 그들은 물잠자리가 움직이는 것을 잘 보고 그가 날아가는 데로 따라가기 위해 눈을 쓸어 먼지를 닦아 낸다.

물잠자리가 내려온다. 시맥(翅脈)이 있는 네 날개가 개미들을 스칠 듯하다. 개미들은 걸음을 멈추고 위풍당당한 그 곤충을 관찰한다. 부챗살처럼 펴져 있는 시맥마다 혈관이 발딱인다. 물잠자리는 정말로 비행의 여왕이다. 한자리에 머물러 정지 비행을 할 수 있을 뿐만 아니라, 네 날개를 따로따로 움직여 후진 비행까지 할 수 있는 유일한 곤충이다.

물잠자리는 그들에게 다가와 넓은 그늘을 드리우다가, 다시 움직여 그들의 주위를 돈다. 그들을 구원의 장소로 안내하려는 모양이다. 그 차분한 비행은 그의 몸에 수분이 충분하다는 것을 뜻한다.

개미들은 물잠자리를 따라간다. 마침내 공기가 조금 선선해지는 듯한 느낌이 들면서, 민둥 언덕 꼭대기에 거뭇한 식물의 띠가 나타난다. 풀이다, 풀이다! 풀이 있는 곳에는 풀즙이 있고, 풀즙이 있으면 수분을 보충하고 더위를 식힐 수 있다. 이제 살았다.

열세 개미는 그 오아시스로 달려가서, 풀싹과 너무 작아서 생존의 권리를 요구하지 못하는 곤충들을 아귀아귀 먹는다. 그들은 또 더듬이를 재게 놀리며 풀줄기의 꼭대기에 달린 꽃들을 탐색한다. 멜리사,[31] 수선화, 봄맞이꽃, 히아신스,

---

31 꿀풀과의 여러해살이풀. 꽃은 누르스름한데 입술 모양이며, 온몸에서 레몬 비슷한 향기가 난다.

시클라멘 등이 있다. 열매가 열린 떨기나무[32]들도 지천이다. 월귤나무가 있는가 하면, 딱총나무, 회양목, 찔레나무, 개암나무, 아가위나무,[33] 산수유나무도 있다. 한마디로 이곳은 천국이다.

그들은 일찍이 그토록 풍요로운 곳을 본 적이 없다. 열매며 꽃이며 풀이 풍성한 데다, 달리는 게 빠르지 않아서 개미 산으로 사격하기에 알맞은 작은 사냥감들이 도처에 있다. 쾌적한 공기엔 꽃가루가 날고 땅바닥엔 씨앗들이 널려 있다. 무엇 하나 부족한 것이 없다.

개미들은 마음껏 먹으면서 소화위와 사회위를 그득하게 채운다. 오랫동안 허기와 갈증으로 시달린 탓인지 모든 먹이가 다 진미로 느껴진다. 민들레 씨앗에도 단맛에서 쓴맛 짠맛에 이르는 온갖 맛이 담겨 있고, 꽃의 암술에 붙은 이슬에서조차 이제껏 그들이 그 미묘한 차이를 구별하지 못한 갖가지 맛깔이 느껴진다.

5호와 6호와 7호는 꽃의 수술들을 서로 주고받으며 핥아도 보고 껌처럼 씹어도 보면서 마냥 즐거워한다. 개미들은 온몸에 꽃가루를 묻히고 그 냄새에 취한 채, 노란 꽃가루를 눈처럼 뭉쳐 서로에게 던진다. 환희에 겨워 뿜어 대는 그들의 페로몬 때문에 더듬이가 따가울 정도다.

싫증이 날 만큼 먹고 마시고 씻기를 되풀이한 그들은 마침내 풀 사이를 비집고 들어가 살아 있다는 것의 행복감을 만끽하면서 편안하게 휴식을 취한다.

---

32 키가 작고 원줄기가 뚜렷하지 않으며 밑동에서 가지가 많이 나는 나무들을 가리킨다.

33 산사나무의 다른 이름. 장미과의 낙엽 활엽. 교목.

하얗게 빛나는 메마른 사막을 무사히 건너온 데다 먹이까지 실컷 먹고 난 뒤라, 그들은 아주 느긋한 기분이 되어 다시 이야기를 시작했다.

10호는 103호에게 손가락들에 관한 이야기를 더해 달라고 청한다. 늙은 탐험 개미가 자기의 지식을 다 알려 주지 않고 죽을까 봐 걱정이 되었던 모양이다.

103호는 손가락들의 기상천외한 발명품인 삼색등을 화제로 삼는다. 교통 혼잡을 피하기 위해 손가락들의 길에 세워 놓은 신호등에 관한 이야기다. 초록색 불이 켜지면 손가락들은 길 위로 나아간다. 신호가 적색으로 바뀌면 손가락들은 꼼짝 않고 서 있다.

5호는 그렇다면 그것은 손가락들의 침입을 막는 좋은 수단이 되겠다고 토를 단다. 도처에 빨간 신호를 설치해 두면 되지 않겠느냐는 것이다. 그러나 103호는 신호를 지키지 않고 마음 내키는 대로 지나가는 손가락들이 많아서 별로 효과가 없을 거라고 되받는다.

10호가 물었다.

《전에 해학에 대한 얘기를 했었는데, 해학이란 대체 무엇인가?》

103호는 손가락들의 농담 하나를 들려주기로 한다. 그러나 그들의 농담을 하나도 이해 못 했기 때문에 기억 속에 남아 있는 것이 없다. 얼음판의 이누이트를 다룬 이야기 하나가 어렴풋이 생각이 나긴 하지만, 이누이트가 뭔지 얼음판이 뭔지는 끝내 알아내지 못했다.

그래도, 아우들에게 들려줄 수 있는 얘기가 하나쯤은 있을 듯하다. 개미와 매미가 등장하는 농담이다.

《매미가 여름 내내 노래만 하다가, 겨울이 되어 먹을 것이 없어지자 개미에게 먹이를 부탁하러 갔어. 그랬더니, 개미가 이러는 거야. 싫어, 난 너에게 아무것도 주고 싶지 않아.》

그 대목에서 열두 개미들이 도저히 이해할 수 없었던 것은, 어째서 개미가 그 매미를 잡아먹지 않고 그냥 두고 있느냐는 거였다. 103호가 대답했다.

《손가락들의 농담이란 게 원래 그런 거다. 우리는 뭐가 뭔지 전혀 이해하지 못하는데도 그런 이야기들이 손가락들에겐 경련을 일으킨다.》

10호는 그 이야기의 결말을 마저 듣고 싶어 했다.

《매미는 그냥 가버렸고 결국엔 굶어 죽었대.》

열두 개미는 그 결말을 유감스럽게 여기면서, 이야기의 맥락을 이해해 보려고 질문을 던진다. 매미는 교미 상대를 끌어들이기 위해서만 노래를 부르고 교미가 끝나고 나면 노래를 하지 않는다는 것은 모두가 아는 사실인데, 어째서 그 매미는 여름 내내 노래를 불렀을까? 왜 그 개미는 굶어 죽은 매미의 시체를 찾아다가 자르고 잘게 다져서 먹이로 쓰지 않았을까?

토론이 갑자기 중단되었다. 뭔가 심상치 않은 일이 벌어지고 있다. 풀이 바들거리고 꽃잎이 옹송그리고 산딸기나무가 수액의 맛을 바꾸고 있음이 느껴진다. 주위의 동물들이 땅굴에 숨어든다. 공중에 위험이 있다. 무슨 일일까? 그들 열세 개미가 다른 생명들에게 그토록 두려움을 주고 있는 것일까?

아니다. 정체를 알 수 없는 어떤 위협에 나뭇가지들이 떨고 있다. 공포의 냄새가 떠돈다. 하늘이 어두워진다. 아직 한

낮인데, 태양은 더 우월한 어떤 적에게 굴복당한 듯 몇 줄기 햇살을 더 비추다가 사라져 버린다.

열세 개미는 더듬이를 세운다. 시커먼 구름이 다가오고 있다. 그들은 처음에 그것이 뇌우를 몰고 오는 먹장구름이려니 생각했다. 그러나 아니다. 비가 오거나 바람이 불 기미는 보이지 않는다. 날아다니는 손가락들이 우연히 이쪽을 지나게 된 것일까? 그것 역시 아니다.

개미들이 아주 멀리까지 볼 수 있는 시력을 가진 건 아니지만, 그들은 하늘에 걸린 그 기다란 검은 구름이 무엇을 뜻하는지 차츰차츰 깨닫는다. 날개 소리가 번져 오고, 아주 진한 냄새가 더듬이로 훅 끼쳐 온다. 하늘에 구름처럼 떠서 몰려오는 그것은⋯⋯.

《메뚜기 떼다!》

《누리[34] 떼가 몰려오고 있다!》

유럽에 누리 떼가 나타나는 것은 드문 일이다. 스페인과 프랑스의 지중해 연안에 몇 차례의 내습이 있었을 뿐이다. 그러나 기온이 전반적으로 상승하면서 프랑스 남부의 메뚜기들이 루아르강을 건넜다. 단작(單作) 농업이 널리 행해지면서 누리 떼의 규모는 더욱 커졌다.

누리 떼! 무리 짓지 않고 홀로 다니는 메뚜기는 아주 매력적인 곤충이다. 어느 모로 보나 얌전하고 그 고기 맛 또한 일품이다. 그러나 그들이 떼를 이루고 있으면 재앙도 그런 재앙이 없다.

외돌톨이 메뚜기는 잿빛을 띠고 있고 사뭇 다소곳한 태도

---

34 메뚜깃과의 곤충. 몸길이는 5센티미터가량이다. 크게 떼를 지어 날아다니며 농작물에 큰 해를 끼치기도 한다.

를 보인다. 그러다가 무리 속에 들어가게 되면, 빛깔이 처음엔 붉어졌다가 분홍색, 주황색을 거쳐 노란색으로 바뀐다. 메뚜기가 노란빛을 띠는 것은 성적인 흥분이 절정에 달했다는 것을 뜻한다. 그때부터 메뚜기는 걸귀처럼 닥치는 대로 먹어 대면서 주위에 있는 암컷들과 닥치는 대로 교미를 한다. 메뚜기의 색탐은 식탐만큼이나 대단하다. 그 두 가지를 다 만족시키기 위해서라면, 메뚜기는 지나는 길에 있는 모든 것을 파괴할 준비가 되어 있다.

홀로 있을 때, 메뚜기는 밤에 튀어 다니며 살아간다. 무리를 짓고 있을 때, 메뚜기는 낮에 날아다니며 살아간다. 메뚜기는 건조한 기후에 적응이 잘 되어 있는 곤충이지만, 홀로 사는 메뚜기는 건조한 곳에서도 힘없이 타박타박 돌아다닌다. 그에 반해, 떼살이하는 메뚜기는 습한 기후도 완벽하게 견디며 경작지건 덤불이건 숲이건 거리낌 없이 쳐들어간다.

손가락들의 텔레비전에서 〈군중의 힘〉이라고 부르던 것의 실제적인 상황을 여기서 보게 되는 걸까? 수는 억제력을 잃게 하고 관습의 벽을 무너뜨리며 남의 삶을 존중하던 태도에 영향을 미친다고 하지 않던가.

5호는 오던 길로 돌아가자고 제안했지만, 이미 너무 늦었다는 것을 다들 알고 있다.

103호는 점점 가까이 다가오는 죽음의 구름을 바라본다. 공중에 떠 있는 저들 수백만이 잠시 후면 땅으로 공격해 올 것이다.

먹구름 같은 누리 떼가 하늘에서 빙빙 돈다. 마치 아래에서 팔딱거리는 생명들이 지레 겁을 먹고 죽기를 바라는 것 같다. 한 줄기 세찬 바람이 불어오자, 누리 떼는 뫼비우스의 띠를 닮은 소용돌이로 변한다. 몇몇 탐험 개미들은 아직도 설마 하면서, 그것이 누리 떼가 아니고 그저 먼지의 구름이기를 간절히 바라고 있다.

시커먼 구름이 길게 늘어나면서 밀교의 상징물처럼 섬뜩한 형상을 짓는다. 그것은 바로 죽음의 시간이 임박했음을 알리는 전조다.

아래에서는 다들 움직임을 멈춘 채 숨을 죽이고 있다. 열두 개미들은 경험 많은 103호가 기발한 해결책을 찾아내기를 기다리지만, 103호라고 무슨 뾰족한 수가 있는 것은 아니다. 그는 자기 배에 남아 있는 개미산의 양을 확인하고 그것으로 메뚜기들을 얼마나 떨어뜨릴 수 있을지를 가늠해 보는 중이다.

구름이 소용돌이를 치면서 천천히 내려온다. 무수한 위턱들의 부딪는 소리가 점점 똑똑하게 들린다. 무엇이든 닥치는 대로 잘라 버릴 기세다. 풀들이 웅크린다. 풀들은 그 걸귀 같은 메뚜기들이 내려오면 모든 게 끝이라는 것을 알고 있다.

하늘이 점점 더 어두워진다. 열세 개미들은 둥그렇게 모여 서서 배를 내밀고 사격 준비를 한다.

마침내, 거대한 비행 군단의 척후로 내려오는 공수 부대원들처럼 메뚜기들의 선발대가 땅으로 덮쳐 온다. 되튀어 오르는 동작은 어설펐지만 그들은 이내 몸의 균형을 되찾고 주위에 있는 모든 것을 먹어 치우기 시작한다.

메뚜기들은 그렇게 먹고 나면 교미를 한다. 암컷이 착륙하기가 무섭게 수컷이 달려든다. 교미가 끝나면 암컷들은 바로 땅속에 알을 낳기 시작한다. 가공할 번식력이다. 메뚜기의 주 무기는 대량의 알을 아주 신속하게 퍼뜨리는 것이다.

개미산보다 강하고 손가락들의 분홍빛 끄트머리보다 무서운 것이 바로 메뚜기들의 생식기다.

48. 백과사전

사람의 뜻매김

사지가 온전히 발육한 6개월 된 태아는 이미 사람이 되었다고 할 수 있는가? 그렇다고 한다면 3개월 된 태아도 사람인가? 갓 수정을 끝낸 난자도 사람이라고 할 수 있는가? 6개월 전부터 혼수상태에 빠진 채 의식을 되찾지 못하고 있는 환자, 그렇지만 여전히 심장이 뛰고 허파로 숨을 들이고 내는 식물인간도 여전히 사람인가?

사람의 몸에서 분리되어 영양액 속에 담긴 살아 있는 뇌는 사람인가?

인간의 사고 작용을 그대로 모방할 수 있는 컴퓨터도 사람으로 취급할 수 있을까?

사람과 똑같은 겉모습에 사람의 뇌와 비슷한 뇌를 가진 로봇은 사람인가?

사람의 신체 기관에 생길지도 모를 결함에 대비해서, 대체 기관들을 미리 마련해 둘 목적으로 유전자 조작을 통해 만들어 낸 복제 인간은 사람인가?

그 어떤 물음에도 분명하게 답하기가 쉽지 않다. 시대가 변하면 사람의 뜻매김도 달라질 수 있기 때문이다. 고대에는 물론이고 중세까지도 여자와 오랑캐와 노예는 사람 취급을 받지 못하였다.

그러나 입법자들에겐 무엇이 사람이고 무엇이 사람이 아닌지를 가려낼 의무가 있다. 그들의 판단을 돕기 위해서는 생물학자, 철학자, 정보 공학자, 유전 공학자, 종교인, 시인, 물리학자 들이 함께 머리를 맞대야 하리라. 〈사람〉이라는 말을 정의하기가 점점 더 어려워질 것이기 때문이다.

49. 성악에서 록 음악으로

학교 뒤쪽 현관의 크고 단단한 떡갈나무 문을 마주하고, 쥘리는 배낭을 풀어 자기가 만든 몰로토프 칵테일을 꺼냈다. 그녀는 라이터의 작은 톱니바퀴를 돌렸다. 불빛은 튀는데 불꽃이 일지 않았다. 돌이 닳은 모양이었다. 그녀는 가방 속을 뒤져서 성냥갑을 찾아냈다. 이젠 그 무엇도 그녀가 학교 후문에 화염병 던지는 것을 막지 못할 거였다. 쥘리는 성냥을 그어 한순간 그 작은 불꽃을 바라보았다. 그 오렌지빛 불꽃과 함께 공격의 포문이 열리려던 찰나였다.

「아! 쥘리, 너 왔구나?」

쥘리는 무의식적으로 화염병을 감추었다. 〈이번엔 또 누가 방해를 하는 걸까?〉 하면서 그녀가 몸을 돌렸다. 다비드였다.

「드디어 마음을 정했구나? 우리 그룹의 음악을 들으러 온 거지?」

그가 지레짐작으로 물었다.

수위가 경계심을 보이며 그들 쪽으로 다가오고 있었다. 쥘리는 화염병을 더 깊이 감추며 대답했다.

「그래, 맞아.」

「그럼, 가자.」

다비드는 일곱 난쟁이들이 연습실로 쓰고 있는 방으로 쥘리를 데려갔다. 다른 구성원들이 먼저 와서 악기의 소리를 고르고 있었다.

「어이구, 손님이 오셨구먼…….」

프랑신이 말했다.

방은 작았다. 여기저기 늘어놓은 악기들만으로도 꽉 찬 느낌을 주었다. 벽에는 그들 그룹이 생일잔치나 댄스파티에 나가 연주할 때 찍은 사진들이 붙어 있었다.

지옹은 연습하는 데 방해를 받지 않으려고 문을 닫았다.

「우린, 네가 안 오는 줄 알았어.」

나르시스가 차가운 미소를 지으며 쥘리에게 말했다.

「너희들이 어떻게 연주하는지 보고 싶었어. 그뿐이야.」

「여긴 구경꾼이 오는 데가 아니야! 우린 록 그룹이고 여긴 우리 연습실이야. 우리와 함께 연주를 하든지 아니면 그냥 가든지 해.」

조에가 불뚝했다.

쥘리는 자기가 내침을 당하고 있다는 사실 때문에 오히려 더 남아 있고 싶은 생각이 들었다.

「너희는 운이 좋구나. 학교 안에 너희들만의 자리를 마련 했으니 말이야.」

「연습을 하려면 이런 공간이 꼭 필요했어. 그러던 차에, 교장 선생님께서 선뜻 도와주셨지.」

다비드의 설명에 폴이 덧붙였다.

「교장 선생님께서 우리에게 이런 공간을 마련해 주신 데에는 여러 가지 이유가 있겠지만, 무엇보다 우리 학교에서는 학생들의 문화 활동을 진작시키기 위해 애쓰고 있다는 것을 보여 줄 수 있다는 점에서 우리에게 방 하나쯤 내주어도 나쁠 것이 없다고 생각하신 것 같아.」

「반의 다른 애들은 너희가 그저 너희끼리만 따로 놀고 싶어서 이런다고 생각하고 있어.」

「알아. 그런 건 상관없어. 행복하게 살려면 숨어 살아야 해.」

프랑신의 말이 끝나기가 무섭게 조에가 다시 머리를 들며 통을 놓았다.

「아직도 이해를 못 했니? 우리는 연습을 할 거고 우리끼리 있고 싶어. 여기에 네가 할 일은 없어.」

그래도 쥘리가 나갈 생각을 안 하자, 지웅이 친절하게 그녀를 거들고 나섰다.

「악기 연주하는 거 있니?」

「아니. 하지만 성악 레슨을 받았어.」

「어떤 노래를 부르는데?」

「나는 소프라노야. 주로 퍼셀, 라벨, 슈베르트, 포레, 사티 같은 작곡가들의 곡을 부르지. 그런데 너희는 어떤 장르의 음악을 하니?」

「록이야.」

「그냥 록이라고만 하면, 이젠 아무 의미가 없어. 어떤 록인데?」

그 물음에는 폴이 대답했다.

「우리가 본보기로 삼고 있는 것은 제너시스의 초기 작품, 곧 〈Nursery Cryme〉, 〈Foxtrot〉, 〈A Lamb Lies Down on Broadway〉에서 〈A Trick of the Tail〉에 이르는 앨범들과 예스의 모든 작품, 그중에서도 〈Close to the Edge〉하고 〈Tormato〉라는 앨범, 그리고 핑크 플로이드의 모든 작품, 그중에서 특히 〈Animals〉, 〈Wish You Were Here〉, 〈The Wall〉 등이야.」

쥘리는 고개를 끄덕였다. 그녀 역시 그 분야에 대해서는 누구 못지않게 알고 있는 터였다.

「아, 그래! 1970년대 프로그레시브 록이로구나. 아주 오래되어서 먼지가 풀풀 나는 록이잖아!」

쥘리의 그런 지적에 다들 시큰둥한 반응을 보였다. 누가 뭐래도 그건 그들이 지표로 삼는 음악임에 분명했다.

다비드가 다시 그녀를 거들었다.

「성악 공부를 했다고 했지? 그럼, 우리와 함께 노래를 해보는 게 어떻겠니?」

「말은 고맙지만 그럴 수가 없어. 성대를 다쳤거든. 작은 결절이 생겨 수술을 받았는데, 의사 말이 더 이상 성대에 무리를 가하면 안 된다는 거야.」

쥘리는 일곱 난쟁이들을 하나하나 살펴보았다. 사실, 그녀는 그들과 함께 노래를 하고 싶은 마음이 간절했다. 그들도 그녀의 마음을 알고 있을 터였다. 그러나 언제부턴가 아니라고 말하는 게 버릇이 되어서, 그 자리에서도 그녀는 자기도 모르게 그들의 제안을 거절하고 있는 거였다.

「노래하고 싶은 마음이 없다면 붙잡지 않을게.」

조에가 다시 볼멘소리를 했다.

다비드는 대화에 가시가 돋지 않도록 얼른 말을 이었다.

「옛날 블루스 곡으로 연습을 해볼 수도 있을 거야. 블루스는 클래식과 프로그레시브 록의 중간에 있으니까 말이야. 노랫말은 네가 즉흥적으로 붙여 봐. 무리해서 소리를 크게 낼 필요는 없어. 그냥 흥얼거리듯 노래하면 되는 거야.」

조에만 여전히 시큰둥해 있을 뿐, 모두가 다비드의 제안에 찬성하였다.

지웅은 방 한가운데에 있는 마이크를 가리켰다. 프랑신이 말했다.

「걱정하지 말고 해봐. 우리 역시 클래식 음악에 대한 소양을 갖춘 사람들이야. 난 피아노를 5년 동안 쳤어. 그런데, 날 가르치던 선생님이 너무 고루해서 자꾸 반발심이 생기더라고. 그래서 단지 그를 약 올리기 위해서라도 장르를 바꾸고 싶었어. 재즈로 말이야. 그러다가 다시 록으로 온 거야.」

각자 자기 자리로 돌아갔다. 폴은 앰프가 놓인 탁자로 가서 전위차계(電位差計)를 조절했다.

지웅이 두 박자의 간단한 리듬을 두드리자, 조에는 거기에 화답하듯 조바심이 섞인 반복적인 리듬으로 베이스를 넣었다. 나르시스는 블루스에 흔히 나오는 화음, 곧 E 8박 A 4박 다시 E 4박 B 2박 A 2박 E 2박을 뚱겼다. 다비드는 전기 하프로, 프랑신은 신시사이저로 같은 화음을 아르페지오로 되풀이했다. 노래할 사람만 빼고는 모두 연주를 시작할 준비가 되어 있었다.

쥘리는 천천히 마이크를 잡았다. 잠시 시간이 멎은 듯한 느낌이 들었다. 이윽고, 그녀의 입술이 벌어지고 턱뼈가 느즈러지면서 입이 열렸다. 오랜 망설임 끝에 그녀가 다이빙대 위에서 뛰어 내리는 순간이었다.

그녀는 블루스 선율에 맞추어 머릿속에 떠오르는 가사를 나지막한 소리로 노래했다.

초록색 생쥐 한 마리,
풀밭으로 달려가요.

처음엔 그녀의 목소리가 잡음이 섞인 것처럼 똑똑지 않게 들렸다. 그러더니 2절에 들어가자 성대에 열기가 오르면서 힘이 붙기 시작했다. 폴이 굳이 앰프에 손을 댈 필요도 없게 쥘리의 음성이 모든 악기들을 차례차례 압도해 나갔다. 이제 기타와 하프와 신시사이저 소리는 더 이상 들리지 않았다. 지웅이 두드리는 드럼 소리와 함께 쥘리의 목소리만이 작은 방에 울려 퍼지고 있었다.

쥘리는 눈을 감고 단일한 진동의 순음(純音)을 내었다.

〈오오오오오오오오오오오오.〉

폴은 앰프를 조절해 보려고 했지만, 더 이상 조절하고 자시고 할 게 없었다. 쥘리의 목소리는 이미 마이크의 허용 한계를 넘어서고 있었다.

쥘리는 노래를 멈추었다.

「방이 작아서, 마이크가 필요 없겠어.」

쥘리가 한 음을 내지르자, 아닌 게 아니라 그 소리에 벽이 울렸다. 지웅과 다비드는 깊은 인상을 받았고, 프랑신은 너무 놀라 틀린 음을 두드렸으며, 폴은 홀린 기분으로 앰프의 눈금반을 바라보았다. 쥘리의 목소리가 온 공간을 가득 채우면서 귓속으로 파고들었다.

한동안 침묵이 흘렀다. 프랑신이 신시사이저 앞에서 물러나와 가장 먼저 박수를 치자, 일곱 난쟁이의 다른 구성원들도 그녀를 따라 했다.

「물론 우리가 늘 하던 것과는 다르지만, 이것도 재미있는데.」

나르시스가 여느 때와 달리 정색을 하며 말했다.

「이 정도면 합격이야. 너는 우리 그룹에 들어오기 위한 시험을 통과한 셈이야. 너만 좋다면, 넌 우리 그룹의 일원이 될 수 있어.」

쥘리는 늘 개인 지도를 통해 음악을 공부해 왔지만, 이제는 그룹을 지어서 음악 활동을 해보고 싶은 생각이 들었다.

그들은 다시 시험 연주를 해보기로 하고, 핑크 플로이드의 「The Great Gig in the Sky」를 다 같이 연주하기 시작했다. 쥘리는 장엄한 발성 효과를 내면서 목소리를 올릴 수 있는 데까지 올렸다. 놀라운 일이었다. 그녀의 목이 다시 깨어나고, 그녀의 성대가 되돌아와 있었다.

〈성대야, 너 거기 있었구나〉 하고 쥘리는 속으로 인사를 했다.

일곱 난쟁이들은 소리를 그토록 자유롭게 다스리는 법을 어디서 배웠느냐고 물었다.

「이건 테크닉이야. 연습을 많이 하면 돼. 나는 아주 훌륭한 선생님 밑에서 배웠어. 그분이 음량을 완벽하게 통제하는 법을 가르쳐 주셨어. 그분은 독특한 방법으로 소리 연습을 시키셨어. 예를 들어, 밀폐된 방 안에 들어가 어둠 속에서 소리를 지르되, 그 소리로 방의 크기를 가늠한 다음, 소리가 벽에 닿아 울리기 직전까지 방의 용적을 소리로 꽉 채우는 거야. 또, 그분은 머리를 아래로 한 자세에서, 또는 물속에서 노래를 시키기도 하셨지.」

쥘리는 자기 스승 얀켈레비치가 이따금 학생들을 모아 놓고 〈에그레고르〉를 연습시키곤 했다는 것도 이야기해 주었다. 〈에그레고르〉란 여럿이 동시에 소리를 내면서도 마치 한 사람이 소리를 내는 것처럼 모두 똑같은 음에 도달하는 것을 의미했다.

쥘리는 일곱 난쟁이에게 자기와 함께 그것을 한번 해보자면서, 한 음을 내었다. 일곱 난쟁이도 그녀를 따라 같은 음을 내었다. 결과는 그리 신통치 않았다.

「어쨌든, 우린 널 받아들이기로 했어. 네가 원한다면, 너는 이제부터 우리 그룹의 가수가 되는 거야.」

지웅이 말했다.

「글쎄⋯⋯.」

「이젠 새침데기처럼 굴지 마. 자꾸 그러면 짜증 나잖아.」

조에가 쥘리의 귀에 대고 속삭였다.

「그래⋯⋯. 좋아.」

「잘 생각했어!」

다비드가 소리쳤다. 모두가 그녀의 결심을 반겼다. 다비드가 그룹의 각 구성원들을 정식으로 소개했다.

「드럼을 맡고 있는 저 키가 크고 눈이 갸름한 갈색 머리 친구가 지웅이야. 만화 영화 〈백설 공주와 일곱 난쟁이〉에 나오는 인물로 치자면, 첫째 난쟁이인 〈슬기주머니〉가 될 거야. 아무리 어려운 상황이 닥쳐도 냉정을 잃지 않는 성품을 가졌지. 도움이 필요할 때는 그에게 조언을 구하면 좋을 거야.」

「그럼 지웅이 그룹의 우두머리니?」

「아니야. 우리에겐 우두머리가 없어. 우리는 자주 관리 민주주의를 실행하고 있거든.」

「〈자주 관리 민주주의〉라는 게 뭔데?」

「각자 자기 마음에 드는 것을 행하면서도 그것이 남에게 방해가 되지 않는 거야.」

쥘리는 마이크에서 물러나 등받이 없는 작은 의자에 앉

았다.

「그게 뜻한 대로 잘되어 가니?」

「우리는 음악으로 결합되어 있어. 서로 조화가 잘 되니까 함께 연주를 하는 거야. 진정한 록 그룹이라면 당연히 구성원들끼리 사이가 좋아야지.」

「구성원의 수가 많지 않다는 것도 우리가 사이좋게 지내는 비결의 하나일 거야. 일곱이서 자주 관리 민주주의를 실행한다는 건 그다지 어려운 일이 아니거든.」

조에가 그렇게 토를 달자, 다비드가 그녀를 가리키며 말했다.

「조에는 베이스 기타를 맡고 있어. 일곱 난쟁이 중의 〈툴툴이〉에 해당하지.」

단발머리의 뚱뚱한 여학생은 자기 별명이 언급되자 얼굴을 찡그렸다. 지웅이 덧붙였다.

「조에는 까닭을 말하기에 앞서 우선 툴툴대고 보는 버릇이 있거든.」

다비드가 소개를 계속했다.

「폴은 앰프를 맡고 있어. 실수를 자주 한다는 점에서 일곱 난쟁이 가운데 〈멍청이〉를 닮았지. 보다시피, 저렇게 뚱뚱한 것은 먹을 것처럼 생긴 것은 뭐든지 닥치는 대로 입에 집어넣는 버릇이 있어서 그래. 사람은 혀를 통해서 자기를 둘러싸고 있는 세계를 가장 잘 알 수 있다는 것이 그의 지론이야.」

「플루트를 부는 레오폴은 〈부끄럼쟁이〉야. 나바호족의 후손이라는데, 보다시피 파란 눈에 금발이라 그 주장의 진위가 확실치는 않아.」

레오폴은 자기 조상들 특유의 태연한 표정을 유지하려고

애썼다.

「저 친구는 집에 특히 관심이 많아. 시간만 나면 자기가 꿈꾸는 집을 설계하곤 하지.」

소개가 계속되었다.

「오르간을 맡은 프랑신은 〈잠꾸러기〉 난쟁이야. 잠을 많이 잔대서가 아니라, 늘 공상에 잠겨 있기 때문이지. 컴퓨터 게임을 무척 좋아해. 저렇게 눈이 늘 충혈되어 있는 건 컴퓨터 화면을 너무 들여다보기 때문이야.」

머리를 중간 정도로 기른 그 금발의 여학생은 쥘리에게 생긋 웃어 보이더니, 마리화나 담배 하나를 꺼내 불을 붙였다. 그녀가 뱉어 낸 푸르스름한 연기가 긴 소용돌이를 이루며 올라갔다.

「전기 기타를 치고 있는 나르시스는 우리의 〈익살쟁이〉야. 보기엔 저렇게 얌전한 소년처럼 생겼지만, 생김새하고 아주 다르다는 것을 곧 알게 될 거야. 재치 있는 농담으로 우리를 늘 웃기지만, 이따금 신랄한 말로 분위기를 썰렁하게 만들기도 하지. 보다시피, 아주 멋쟁이야. 언제나 옷을 잘 입지. 게다가 자기 옷을 손수 만들기까지 해.」

곱살하게 생긴 그 남학생은 쥘리를 보며 한 눈을 찡긋하더니, 이렇게 소개를 마무리했다.

「마지막으로 소개할 사람은 전기 하프를 맡고 있는 다비드야. 일곱 난쟁이 중의 하나인 〈재채기쟁이〉가 그의 별명이지. 그는 노상 걱정에 싸여 있어. 아마 척추의 병 때문일 거야. 편집증에 가까울 정도로 늘 불안해해. 그래도 우리는 익숙해져서 괜찮아.」

「왜 다들 너희를 일곱 난쟁이라고 부르는지 이제 알겠어.」

다비드가 말했다.

「난쟁이를 뜻하는 프랑스어 냉nain은 지식을 뜻하는 그리스어 그노메gnome에서 나온 거야. 우리는 각자 고유의 영역을 향유하면서, 서로의 모자라는 부분을 완벽하게 메워 주려고 노력하고 있어. 그럼, 이제 네가 누군지 소개할 차례야.」

쥘리는 말을 못 하고 머뭇거리다 농담 삼아 이렇게 말했다.

「나? 난…… 물론 백설 공주지.」

「백설 공주치고는 너무 어두워.」

그러면서 나르시스가 쥘리의 검은 옷을 가리켰다.

「이건 상중이기 때문에 그래. 얼마 전에 아버지가 사고로 돌아가셨어.」

「상중이 아닐 때는 어땠는데?」

「그때는…… 역시 검은 옷을 입었지.」

쥘리는 장난스러운 말투로 자인했다.

폴이 물었다.

「전설 속의 백설 공주처럼 너도 멋있는 왕자가 나타나서 입맞춤으로 깨워 줄 때를 기다리고 있니?」

「너 백설 공주를 잠자는 숲속의 미녀와 혼동하고 있구나.」[35]

쥘리가 지적하자, 나르시스가 가세했다.

「폴, 너 또 실수한 거야.」

35 이 혼동은 월트 디즈니의 만화 영화가 그림 형제의 원작 동화를 압도함으로써 생긴 일반적인 현상인 듯하다. 실제로 그림 형제의 동화에서는 백설 공주가 왕자의 입맞춤으로 깨어나는 것이 아니라, 왕자의 청으로 난쟁이들이 공주가 들어 있는 유리 관을 옮기던 중에 실수로 관을 놓쳐서 그 충격 때문에 깨어나는 것으로 되어 있다.

「꼭 그렇다고 말할 수는 없어. 잠자는 여인을 사랑하는 사람이 와서 깨워 준다는 점에서는 어느 경우나 마찬가지니까 말이지…….」

「우리 노래 좀 더 할까?」

노래에 다시 맛을 들이기 시작한 쥘리가 제안했다.

그들은 예스의 「And You and I」를 부른 다음, 더 어려운 곡으로 핑크 플로이드의 「The Wall」을 골랐다. 마지막으로는 연주 시간이 20분쯤 되고 각자 솔로로 저마다의 진면목을 발휘할 수 있게 해주는 제너시스의 「Supper's Ready」를 연주했다.

쥘리는 세 곡의 유형이 서로 달랐음에도, 노래를 잘 소화해서 각각의 곡에 잘 어울리는 효과를 만들어 냈다.

이윽고, 그들은 그날의 연습을 거기에서 끝내고 돌아가기로 했다.

「나 오늘 밤에는 집에 돌아가고 싶은 생각이 별로 없어. 엄마하고 말다툼을 했거든. 오늘 밤에 나 재워 줄 사람 없어?」

「다비드와 조에, 레오폴, 지웅은 기숙생이라서 학교에서 잘 거고, 프랑신하고 나르시스하고 나는 통학생이야. 네가 원한다면 우리 셋이서 번갈아 가며 재워 줄게. 오늘 밤에는 우리 집으로 가도 돼. 손님방이 따로 있으니까 아무 문제 없을 거야.」

폴이 그렇게 제안했지만, 쥘리는 별로 마음이 내키지 않았다. 프랑신은 쥘리가 남학생 집에 가서 자고 싶은 생각이 별로 없음을 알아채고, 자기 아파트로 가자고 권했다. 쥘리는 그제야 고개를 끄덕였다.

50. 백과사전

모음자의 힘

고대의 여러 언어, 예컨대 이집트어, 히브리어, 페니키아어 등에는 모음자가 존재하지 않았고 오로지 자음자만 있었다. 모음은 목청을 울려 울림이 된 공기가 조음 기관의 방해를 받지 않고 자유롭게 흘러나온 소리다. 그 홀소리를 자모로 나타내어 낱말에 음성을 부여하는 것은 그 낱말에 생명을 불어넣는 것이나 마찬가지라고 고대인들은 생각했다.

문자나 기호의 힘에 대한 그런 믿음은 고대의 중국인들에게도 있었던 것 같다. 남북조 시대의 가장 뛰어난 화가였던 장승요는 황제로부터 완벽한 용을 그리라는 분부를 받았다. 그는 용을 다 그리고는 눈을 그려 넣지 않았다. 황제가 왜 눈을 빠뜨렸냐고 묻자, 그는 〈눈을 마저 그려 넣으면, 용이 날아가 버릴 것이기 때문입니다〉라고 대답했다. 그래도 황제가 고집을 부리자, 화가는 눈을 그려 넣었다. 그러자, 그 용이 정말 날아가 버렸다고 전설은 전하고 있다.

에드몽 웰스, 『상대적이며 절대적인 지식의 백과사전』 제3권

51. 누리 떼의 척후병들

103호와 동료들은 메뚜기들에 맞서 사력을 다해 싸우고 있다. 103호의 개미산 주머니는 거의 바닥이 났다. 그래서 위턱으로 육박전을 하는 것 말고는 달리 방도가 없다. 육박전은 훨씬 더 피곤하다.

메뚜기들은 끈질기게 저항하는 기색을 별로 보이지 않는다. 거의 싸우고 있지 않다고 말할 수 있을 정도다. 그럼에도 워낙 수가 많아서 감당하기가 어렵다. 굶주린 메뚜기들이 하

늘에서 비 오듯 쏟아져 내린다.

땅은 이제 온통 누리 떼로 덮였다. 예닐곱 겹이나 되게 포개어진 메뚜기들이 바다처럼 끝 간 데 없이 펼쳐져 있다. 103호는 위턱을 낫처럼 마구 휘둘러 메뚜기들의 몸뚱이를 베고, 베고, 자꾸 벤다. 그토록 많은 고난을 이겨 내고 살아남은 그가 새끼를 많이 퍼뜨리는 것을 유일한 생존 전략으로 삼고 있는 이따위 종에게 굴복할 수는 없는 노릇이다.

손가락들의 세계에서는 개체 수가 지나치게 많아지면 생식력을 떨어뜨리기 위해 암컷들이 경구 피임약이라 불리는 호르몬제를 먹는다. 이 메뚜기들에게도 그런 알약을 먹일 수 있었으면 좋겠다. 하나나 둘이면 족한 상황에서 스물씩 새끼를 만들어 내는 것에 무슨 이점이 있는가? 잘 돌보지도 못하고 제대로 가르치지도 못하리라는 것을 뻔히 알면서 알을 그렇게 마구 낳아 대면 어쩌자는 것인가? 그래 봤자 다른 종에 기생하면서 살 수밖에 없지 않은가 말이다.

103호는 그 미친 듯이 알을 낳는 자들의 횡포에 굴복하지 않으리라 마음을 다잡는다. 메뚜기들의 동강 난 몸뚱이가 그의 주위로 휘날린다. 위턱이 저려 오기 시작한다.

문득 한 줄기 햇살이 검은 구름을 뚫고 나와 월귤나무 한 그루를 비춘다. 그것을 신호로, 103호는 동료들과 함께 그 나무로 기어 올라간다. 힘과 용기를 얻기 위해서 그들은 남빛 구슬처럼 반짝이는 물열매를 먹는다.

《줄행랑이 상책이다.》

103호가 전황을 냉정하게 판단하고 나서, 그렇게 페로몬을 발했다. 그는 더듬이를 하늘 쪽으로 들어 올린다. 땅에는 메뚜기들이 가득 덮여 있지만, 메뚜기들의 비는 그쳤고 태양이 다시 나타났다. 용기를 되찾을 양으로, 그는 예로부터 내려오는 벨로캉의 노래를 흥얼댄다.

> 햇살이 우리의 텅 빈 몸 안으로 들어와
> 고통에 겨운 우리의 근육을 움직이고
> 갈라진 우리의 생각을 맺어 주도다.

열세 개미가 월귤나무의 우듬지 끝에 매달리자 메뚜기의 물결이 그리로 몰려간다. 마치 메뚜기들이 물결치는 난바다 한복판에서 바늘 같은 외돛에 매달려 있는 형국이다.

52. 프랑신의 아파트

8층. 승강기가 없어서 오르기가 힘겨웠다. 그녀들은 층계참에서 숨을 돌렸다. 그래도 막상 오르고 보니 기분이 괜찮았다. 길에서부터 스멀스멀 기어오르던 위험들을 따돌리고 안식처에 들어온 듯한 느낌이 들었다.

그곳은 꼭대기에서 두 번째 층이었다. 그럼에도, 환경 미화원들의 파업으로 방치된 쓰레기들의 썩은 내가 거기까지 올라왔다. 프랑신은 열쇠를 찾으려고 커다란 호주머니를 뒤적거렸다. 그 호주머니가 그녀에겐 가방 구실을 하고 있었다. 자질구레한 잡동사니 속을 한참 뒤진 끝에, 그녀는 마침내 열쇠 꾸러미를 찾아내어 득의양양하게 꺼내 들었다.

프랑신은 문에 달린 네 개의 자물쇠를 차례로 딴 다음, 어깨로 문을 툭툭 쳤다. 〈습기 때문에 나무가 부풀어 올라서 문이 꽉 끼었기 때문〉이라는 거였다.

집 안으로 들어서니 컴퓨터들과 재떨이들만 눈에 띄었다. 그녀가 거창하게 〈아파트〉라고 불렀던 것은 알고 보니 작은 방 하나에서 먹고 자고 공부까지 다 해야 하는 단실형(單室型) 주거였다. 위층에서 새어 나온 물이 천장에 훈륜(暈輪) 같은 둥근 테를 남겨 놓고 있었다. 여러 가구가 모여 사는 큰 건물에서는, 이웃의 불편에 아랑곳하지 않는 경우가 너무나 흔했다. 위층 사람들은 늘 욕조의 물을 철철 넘치게 하고, 아래층 사람들은 너무 부피가 큰 쓰레기 봉지로 쓰레기 처리관(管)을 막히게 하기 일쑤였다.

벽지가 밤색인 데다, 프랑신이 집 안을 깨끗이 하는 데 별로 신경을 안 쓴 탓인지 도처에 먼지가 쌓여 있어서, 집 안의 전체적인 분위기는 어둡고 활기가 없어 보였다.

「앉아. 너희 집처럼 편하게 생각해.」

그러면서 프랑신은 밑바닥이 움푹 들어간 안락의자를 가리켰다. 십중팔구는 쓰레기장에서 주워 온 의자이지 싶었다.

쥘리는 의자에 앉았다. 프랑신이 그녀 무릎의 곪은 상처를 보았다.

「검은 쥐파 애들이 그런 거니?」

「이제는 아프지 않아. 그런데, 이렇게 무릎을 다치고 나니까 이 안에 있는 뼈들을 하나하나 느끼게 돼. 이 느낌을 어떻게 설명하면 좋을까? 말하자면, 슬개골이며 뼈마디며, 뼈와 뼈가 맞닿아 움직이는 그 복잡한 체계가 생생하게 의식되는 거야.」

프랑신은 쥘리의 상처와 그 시퍼런 테두리를 살펴보면서, 이 애에게 혹시 마조히즘 같은 것이 있는 건 아닐까 하고 생각했다. 상처가 자기에게 무릎의 존재를 일깨워 주었기 때문에 그 상처가 고맙다는 식의 말투가 아닌가…….

「그건 그렇고, 우선 이 상처를 소독해야겠다. 어딘가에 머큐로크롬하고 솜이 있을 거야.」

프랑신은 먼저 상처에 달라붙은 긴 치마를 가위로 잘랐다. 쥘리는 이번엔 고분고분하게 자기의 허벅지를 드러냈다.

「이 치마 이제 못 입겠네.」

「잘됐지 뭐. 이래서 마침내 사람들이 네 다리를 보게 되는 거지. 여자답기 위해서 양보해야 할 것 중의 첫째가 바로 다리를 드러내는 거야. 너도 다리를 드러내렴. 그러면 상처도 더 빨리 아물 거야.」

프랑신은 소독을 끝내고 마리화나 담배에 불을 붙여 쥘리에게 내밀었다.

「이제 너에게 네 머릿속으로 도피하는 법을 가르쳐 줄게. 별로 대단한 건 아니지만, 나는 하나의 현실이 아니라 병행하는 몇 가지 현실 속에서 사는 법을 터득했어. 정말이지, 선택의 여지가 있다는 건 아주 멋진 일이야. 살다 보면 모든 게 다 실망스러울 때가 있어. 그럴 때, 만일 텔레비전 채널을 바꾸듯이 여러 현실 중에서 자기 맘에 드는 것을 선택할 수 있다면, 사는 게 한결 견딜 만할 거야.」

프랑신은 컴퓨터들을 켰다. 방이 갑자기 초음속 비행기의 조종실 같은 느낌을 주었다. 지시등이 깜박거리고 하드 디스크 돌아가는 소리가 들렸다.

「컴퓨터를 여러 가지 가지고 있구나.」

「그래. 내 돈과 정열을 여기에 다 쏟아부었어. 나는 게임을 무척 좋아해. 제너시스의 노래를 배경 음악으로 틀어 놓고 마리화나 담배에 불을 붙인 다음, 가상의 세계를 만들며 노는 거야. 요즘엔 〈진화〉라는 게임에 한창 재미를 붙이고 있어. 문명을 건설하여 그것을 발전시키고, 문명들끼리 싸움을 벌이게 할 수도 있는 프로그램이야. 이 게임을 하다 보면 인류의 역사를 다시 만드는 듯한 기분으로 즐겁게 시간을 보낼 수 있지. 해볼래?」

「물론이지.」

프랑신은 문명을 건설하는 방법, 기술을 발전시키고 전쟁을 이끌고 도로를 건설하고 바다에 탐험대를 보내고 이웃 문명과 외교 관계를 맺고 상단(商團)을 보내고 첩자를 활용하고 선거를 실시하는 방법, 단기적인 또는 중장기적인 결과를 예측하는 방법 등을 가르쳐 주었다.

「비록 가상 현실 속에서나마 한 민족의 신이 된다는 것은 결코 쉬운 일이 아니야. 이 게임에 몰두하다 보면, 인류의 역사가 더 잘 이해되고 미래에 있을 일들이 선하게 보이는 듯한 기분을 갖게 돼. 예를 들어, 나는 이 게임을 하면서, 한 민족이 발전해 가는 과정에서는 초기의 전제주의 단계를 거쳐야 한다는 것과 이 단계를 건너뛰어 바로 민주주의 단계로 들어가면 나중에 가서 전제주의가 나타난다는 것을 깨닫게 되었어. 자동차에 비유하자면 그건 변속 장치 같은 거야. 1단에서 2단을 거쳐 점차적으로 3단으로 넘어가야지, 처음부터 3단에 놓고 출발하려고 하면 엔진이 꺼져 버려. 내가 창조한 문명을 발전시키는 것도 그런 식이야. 긴 전제주의 단계를 보내고 입헌 군주제 단계를 거친 다음, 국민들이 책임을 질 수 있을 때 비로소 자유를 허용하고 민주주의를 실현하는 거야. 그러면 국민들이 아주 좋아해. 하지만, 민주주의 단계는 아주 미묘하고 조심해야 할 것이 많아. 너도 게임을 하면서 그 점을 깨닫게 될 거야.」

프랑신은 〈진화〉 게임의 가상 세계에 푹 빠져 지낸 덕에, 자기 나름대로 세계를 분석할 수 있게 된 모양이었다.

「혹시 이런 생각은 안 해봤니? 네가 게임을 하는 것처럼 우리를 조종하면서 게임을 하는 어떤 거대한 존재가 있을지도 모른다고 말이야.」

프랑신이 웃음을 터뜨렸다.

「신을 말하는 거니? 그래, 어쩌면 그럴지도 몰라. 그러나 신이 존재한다 해도, 내가 게임을 하는 것처럼 인간을 조종하는 건 아니야. 신은 우리에게 자유 의지를 주었어. 신은 내가 〈진화〉 게임 속의 백성들에게 하는 것처럼 해야 할 일을 일일이 지시하지 않아. 그보다는 우리 스스로 해야 할 일을 찾도록 자유를 주고 있는 거야. 우리의 신은 책임을 지지 않는 신이야.」

「신이 인간에게 자유 의지를 주었다면, 인간에겐 어리석은 짓을 할 권리도 있어. 터무니없이 어리석은 짓을 해도 신은 간섭하지 않아. 그건 인간이 누릴 수 있는 최상의 권리야.」

그 말이 예사롭지 않게 들렸는지 프랑신은 한동안 깊은 생각에 잠겼다.

「네 말이 맞아. 어쩌면 신은 호기심 때문에 우리에게 자유 의지를 주었는지도 몰라. 우리가 그 자유 의지를 가지고 어떻게 하는가 보려고 말이야.」

「신이 우리에게 자유 의지를 마련해 준 것은 우리 피조물들의 한결같이 착하고 순종적인 모습을 보는 게 재미가 없어서 그랬는지도 몰라. 신이 우리에게 이토록 큰 자유를 준 것은 우리를 사랑하기 때문이야. 완전한 자유 의지는 피조물에 대한 신의 사랑을 입증하는 가장 위대한 증거야.」

「그런데, 유감스럽게도 우리는 자유 의지를 슬기롭게 향유하지 못하고 있어. 그건 아마도 우리 자신에 대한 사랑이 온전치 못하기 때문일 거야.」

그렇게 결론을 짓고 프랑신은 컴퓨터 자판을 두드려 자기 백성들에게 곡물 경작을 개선하기 위한 농학 연구에 착수하라고 명령을 내렸다.

「컴퓨터 공학은 해롭지 않은 과대망상을 마음껏 즐길 수 있는 길을 우리에게 열어 준 셈이야. 나는 피조물들이 나아갈 길을 일러 주는 신이야.」

그녀들은 가상의 백성들을 관찰하고 지도하면서 즐겁게 한 시간을 보냈다. 쥘리는 눈을 비볐다. 보통의 경우에는, 눈을 깜박이면 5초마다 두께 7마이크로미터의 얇은 눈물막이 생기면서 각막을 적시고 씻기고 부드럽게 해주게 마련이지만, 컴퓨터 화면 앞에 오래 앉아 있었더니 눈이 뻑뻑한 느낌이 들었다. 쥘리는 가상의 세계에서 눈길을 돌리고 싶었다.

「하나의 세계를 돌본다는 건 쉬운 일이 아니야. 눈이 아파서 그만해야겠어. 우리의 신도 하루 24시간 내내 지구를 살피고 있지는 못할 거야. 그렇지 않으면, 좋은 안경을 가지고 있을 거고.」

프랑신은 컴퓨터를 끄고 눈을 비볐다.

「쥘리, 너 노래 말고 좋아하는 게 뭐니?」

「나는 네 컴퓨터들보다 훨씬 더 좋은 걸 가지고 있어. 가방에 넣을 수도 있고, 네 것보다 백배는 무게가 덜 나가고, 화면도 아주 넓고, 펼치면 바로 작동하고, 무수히 많은 정보를 담고 있고, 고장이 나는 일도 없어.」

「슈퍼컴퓨터니? 한번 보고 싶은데.」

프랑신이 안약을 몇 방울 넣으면서 말했다.

쥘리는 빙긋 웃었다.

「게다가, 그것은 눈을 아프게 하지도 않아.」

그러면서 쥘리는 두툼한 책을 흔들어 보였다.

「책이잖아?」

「여느 책하곤 다른 거야. 숲속의 땅굴에서 발견했어. 제목은『상대적이며 절대적인 지식의 백과사전』이야. 어떤 늙은 현인이 지었어. 모든 나라, 모든 시대, 모든 영역에 관한 당대의 지식을 다 모아 놓은 걸 보면 아마 세계를 두루 돌아본 사람일 거야.」

「아무래도 과장인 것 같은데.」

「사실 이 책을 쓴 사람에 대해선 나도 아는 바가 전혀 없어. 하지만 조금만 읽어 봐. 깜짝 놀라게 될 테니까.」

쥘리는 친구에게 책을 내밀었다. 두 사람은 책장을 홀홀 넘기며 함께 훑어보았다.

프랑신은 컴퓨터에 관한 내용을 찾아내어 읽어 보았다. 정보 공학은 세계를 변화시키는 수단이지만, 거기에 이르자면 아주 성능이 좋은 컴퓨터가 필요하다고 주장하는 대목이었다. 그 주장의 요지는 이러했다. 현재의 컴퓨터들은 구성 요소들 사이에 차등이 주어져 있기 때문에 성능에 한계가 있을 수밖에 없다. 마치 군주제 사회에서처럼 중앙 처리 장치가 주변의 구성 요소들을 지배하고 있다. 따라서 컴퓨터 칩 내부에서도 민주주의를 실현할 필요가 있다. 커다란 중앙 처리 장치 대신에, 동시에 작동하면서 끊임없이 서로 협의하고 번갈아 가며 결정을 내리는 다수의 마이크로프로세서를 사용하자는 것이다. 에드몽 웰스는 자기가 희구하는 그런 컴퓨터를 〈민주주의적 구조의 컴퓨터〉라고 부르고 있었다.

프랑신은 흥미를 느끼며 설계도를 검토해 보았다.

「여기에 나온 대로라면, 이 미래의 컴퓨터는 현재 존재하는 모든 컴퓨터들을 박물관으로 보내 버리겠는걸. 착상이 아주 재미있어. 여기에 새로운 유형의 컴퓨터를 묘사해 놓았는데 말이야, 네 개의 마이크로프로세서가 병렬적으로 작동하는 것이 아니라 무려 5백 개의 마이크로프로세서가 함께 움직이는 거야. 그런 컴퓨터의 성능을 상상할 수 있겠니?」

프랑신은 그 백과사전이 단지 경구들을 모아 놓은 책이 아니라 실생활과 직접 관련이 있는 문제들에 대해서 아주 실제적이고 현실적인 해결책들을 제시하는 책임을 깨달았다.

「이제껏 사람들은 평행적인 구조의 컴퓨터만 만들어 왔어. 그런데 만일 이 책에서 묘사하고 있는 컴퓨터가 나온다면, 어떤 프로그램이나 그 성능이 5백 배는 좋아질 거야.」

쥘리와 프랑신은 서로를 바라보았다. 그 순간, 두 사람 사이에 아주 단단한 묵계가 이루어졌다. 말은 안 했지만, 두 사람은 영원히 서로를 신뢰할 수 있으리라는 것을 알았다. 쥘리는 외로움이 한결 옅어지는 것을 느꼈다. 둘은 까닭도 없이 웃음을 터뜨렸다.

53. 백과사전

마요네즈 만드는 법

한 물질에 다른 물질을 섞는 것은 쉬운 일이 아니다. 그러나, 서로 다른 두 물질을 섞어서 그 둘을 승화시킨 제3의 물질을 만들어 낼 수 있음을 보여 주는 증거가 있다. 마요네즈가 바로 그것이다. 마요네즈를 만드는 방법은 이러하다. 달걀노른자와 겨자를 샐러드 그릇에 넣고 나무 숟가락으로 휘저어 크림처럼 만든다. 기름을 조금씩 따르면서 톱톱한 유화제(乳化濟)처럼 될 때까지 천천히 섞는다. 그런 다음, 식초 20밀리리터와 소금과 후추를 넣는다. 마요네즈를 만들 때 중요한 것은 온도를 잘 맞추는 일이다. 달걀과 기름이 똑같은 온도에서 섞이도록 하는 것이 비결이다. 섭씨 15도가 이상적인 온도이다. 두 재료를 결합시키는 것은 따지고 보면 그것들을 휘저을 때 생기는 작은 기포들이다. 그렇게 해서 1+1=3이 되는 것이다.

마요네즈를 망쳤을 때는, 잘못 혼합된 노른자와 기름에 찻숟가락 한 술 분량의 겨자를 조금씩 첨가하면서 천천히 저으면 잘못된 것을 고쳐 마무를 수 있다. 이때 주의할 것은 모든 일을 서두르지 말고 서서히 해야 한다는 것이다.

마요네즈 제조법은 회화(繪畵)에도 응용된다. 플랑드르 유화의 그 유명한 비법은 바로 이 마요네즈의 기술에 바탕을 둔 것이다. 15세기에 반 에이크 형제는 완전히 불투명한 물감을 얻기 위해 마요네즈 형태의 유화제를 사용하는 방법을 생각해 냈다. 그러나 오늘날의 회화에서는 물, 기름, 달걀노른자의 혼합물은 더 이상 사용하지 않고, 물, 기름, 달걀흰자의 혼합물을 사용한다.

에드몽 웰스, 『상대적이며 절대적인 지식의 백과사전』 제3권

54. 세 번째 조사

피라미드를 세 번째로 조사하러 오면서 막시밀리앙 리나르는 탐지기를 가져왔다. 피라미드 아래에 다다르자 그는 탐

지기의 마이크를 당겨서 거울 벽에 갖다 대고 귀를 기울였다.

다시 총성이 들리고, 웃음소리와 피아노 소나티네, 박수 갈채가 이어졌다.

그는 귀를 더욱 바짝 기울였다. 사람들의 말소리가 들렸다.

—성냥개비 여섯 개만 가지고 크기가 똑같은 정삼각형을 여덟 개 만들어야 합니다. 네 개도 아니고 여섯 개도 아니고 여덟 갭니다. 성냥개비를 분질러도 안 되고 붙이거나 휘어도 안 됩니다. 어떻게 하면 될까요?

—도움말을 하나 더 주시겠어요?

—물론 드려야죠. 잘 알고 계신 대로, 라미레 씨는 며칠간 연속으로 나오실 수 있는 권리가 있고, 매번 새로운 도움말을 요구하실 수 있습니다. 그것이 바로 우리 게임의 규칙이니까요. 자, 그럼 오늘의 문장을 읽겠습니다. 〈답을 찾아내려면…… 무엇에 비추어 생각하면 된다.〉

막시밀리앵은 그것이 「알쏭알쏭 함정 퀴즈」라는 퀴즈 쇼에서 요즘 내보내고 있는 성냥개비 여섯 개의 수수께끼라는 것을 이내 알아들었다. 그렇다면 그 모든 것이 텔레비전에서 나오는 소리였던 것이다!

문도 창문도 없는 피라미드 안에서 어떤 놈인지 년인지 연놈인지가 그저 텔레비전을 보고 있는 거였다. 몇 가지 추측이 경정의 머리에 떠올랐다. 어떤 은둔자가 방해를 받지 않고 텔레비전 앞에서 여생을 보내려고 그 안에 틀어박혔을 거라는 추측이 가장 그럴듯했다. 그자는 식량을 충분히 비축해 놓고 있는 게 틀림없었다. 어쩌면 영양 주사를 맞으며 음량을 최대로 높여 놓고 텔레비전을 마주하고 있을지도 몰랐다.

별의별 미치광이들이 다 있는 세상이라니까, 하고 경정은 생각했다. 텔레비전이 사람들의 삶에서 점점 중요한 부분을 차지해 가는 건 사실이지만, 텔레비전을 더 잘 보고 싶어서 문도 창문도 없는 감옥에 스스로 갇힌다는 건 아무래도 정상이 아니었다. 미쳐도 여간 단단히 미치지 않고서는 그런 자살 방식을 선택할 리가 없었다.

막시밀리앵은 손나발을 거울 벽에 붙이고 소리쳤다.

「당신이 누구든 간에, 당신은 여기에 머물 권리가 없습니다. 이 피라미드는 건축이 금지된 자연 보호 구역 안에 세워져 있기 때문입니다.」

소음이 즉시 끊겼다. 이제 아무 소리도 들리지 않았다. 무슨 대꾸가 있는 것도 아니었다.

「경찰이다! 밖으로 나와라! 명령이다!」

어디선가 작은 뚜껑 문이 열리는 듯한 둔탁한 소리가 들려왔다. 만약의 경우를 생각해서 경정은 권총을 빼 들고 사위를 경계하면서 피라미드 주위를 한 바퀴 돌았다.

손바닥에 닿은 강철 총 개머리의 촉감 때문인지 어떤 적이 나타나도 끄떡없을 것 같은 기분이 들었다. 그러나 권총은 강점이 아니라 약점이었다. 권총을 손에 쥠으로써 마음이 든든해진 것까지는 좋았는데, 문제는 그 때문에 주의력이 약해진 데에 있었다. 막시밀리앵은 등 뒤에서 나는 희미한 날갯짓 소리를 듣지 못했다.

브즈즈즈…… 브즈즈즈.

잠시 후 뭔가 목을 살짝 찌르는 것이 있었지만 그는 그것에도 개의치 않았다.

그는 다시 몇 걸음을 더 걸었다. 그러더니, 갑자기 입을 크게 벌리고 무슨 소린가를 지르려 하는 것 같았으나 소리는 나오지 않았다. 그는 눈을 휘둥그렇게 뜬 채 무릎을 꿇으며 앞으로 고꾸라졌다. 권총이 땅바닥에 떨어지고, 그는 길게 널브러졌다.

눈을 감기 전에 그는 두 개의 태양을 보았다. 하나는 진짜 태양이었고 또 하나는 거울 벽에 비친 거였다. 그는 연극 무대의 묵직한 막처럼 내리누르는 눈꺼풀의 무게를 견딜 수 없었다.

55. 적들의 수는 수백만이다

메뚜기들의 바다는 갈수록 수위가 높아지고 있다.

어서 무슨 수를 내야 한다. 개미라면 마땅히 살아남기 위한 뾰족한 수를 찾아내야 한다. 월귤나무의 우듬지 끝에 매달린 채, 열세 개미는 더듬이를 서로 맞댄다. 하나로 결합된 그들의 생각은 공포와 살의 사이를 오간다. 벌써 모든 걸 체념하고 죽음을 받아들이려는 개미들마저 있다. 그러나 103호는 체념하지 않았다. 빠져나갈 방도가 없는 것은 아니다. 문제는 속도다.

메뚜기들의 등딱지는 단속적인 카펫을 이루고 있다. 그것을 디딤돌로 삼아 아주 빠르게 징검징검 뛰어가면 되지 않을까? 예전에 강을 건널 때, 늙은 병정개미는 물에 떠다니는 곤충들을 본 적이 있다. 그 곤충들은 물속으로 미끄러져 들어가려는 찰나에 또 한 걸음을 옮겨 놓음으로써 물에 빠지지 않고 수면을 달렸다.

자못 엉뚱한 생각이다. 메뚜기들의 등은 강의 수면과는 전혀 다르기 때문이다. 그러나 아무도 다른 제안을 내놓지 못하고 있는 데다 메뚜기 떼가 달려들어 월귤나무가 축축 휘어지는 상황인지라 달리 방도가 없다. 그들은 죽기 아니면 살기로 모든 것을 걸고 해보기로 했다.

103호가 앞장을 섰다. 그는 메뚜기들의 등 위로 질주한다. 그가 너무 빨리 달리기 때문에 메뚜기들은 무슨 일이 일어나고 있는지를 미처 깨닫지 못한다. 하긴, 메뚜기들은 먹고 교미하는 데 몰두하느라고 자기들 등딱지 위로 개미가 스쳐 지나가는 것에는 주의를 기울일 겨를이 없다.

열두 개미도 103호를 따라서, 메뚜기들의 등보다 높이 올라온 넓적다리마디와 더듬이 사이를 요리조리 헤치며 달려간다. 한순간, 103호가 등딱지 위에서 미끄러졌지만 5호가 때맞추어 그의 앞가슴 테두리를 붙들어 줌으로써 위기를 모면했다. 벨로캉 개미들은 있는 힘을 다해 달리고 있다. 그러나 갈 길은 너무나 멀다. 가도 가도 메뚜기들의 등뿐이다.

불개미들은 메뚜기들의 등을 디디며 계속 달린다. 요동도 만만치 않다. 주위의 관목들이 누리 떼의 공격을 받고 흔적도 없이 사라진다. 개암나무들과 까치밥나무들이 침식성이 강한 빗물에 녹아 버리듯 자취를 감춘다.

멀리에 커다란 나무들이 그늘을 드리우고 있다. 떨기나무들이 아니라 메뚜기가 갉아 먹기 어려운 교목들이다. 이제 안심이다. 그 나무들이 개미들에겐 든든한 누각이 되어 줄 것이기 때문이다. 누리 떼의 물결을 나무들이 막고 있다. 다시 힘을 내서 나무 위로 올라가면 누리 떼로부터 벗어날 수 있을 것이다.

됐다! 탐험 개미들은 아래쪽의 긴 나뭇가지로 올라갔다. 이젠 살았다!

비로소 세상 모든 일이 정상으로 되돌아온 듯하다. 호수처럼 펼쳐진 모래밭과 너울거리는 누리 떼의 바다를 오래오래 헤쳐 온 뒤에, 우람찬 나무에 올라 느긋하게 세상을 굽어본다는 건 그 얼마나 기분 좋은 일이랴!

그들은 서로 입을 맞대고 영양물을 교환하면서 원기를 되찾았다. 고립된 메뚜기 한 마리를 죽여 나눠 먹기도 했다. 12호는 자기장 감지기를 이용해서 그들의 위치와 커다란 떡갈나무의 방향을 알아냈다. 그들은 즉시 다시 길을 떠난다. 누리 떼의 물결이 아직 나무뿌리를 덮고 있기 때문에 그들은 땅바닥을 피해 나뭇가지에서 나뭇가지로 이동한다.

이윽고 그들 앞에 아주 커다란 나무 하나가 나타났다. 나무들이 누리 떼의 공격을 막아 주는 누각이라면, 그 커다란 떡갈나무는 가장 높고도 가장 너른 누각이 될 법하다. 그 밑동은 너럭바위처럼 평평하고 그 우죽은 하늘을 가릴 만큼 높다.

떡갈나무의 북쪽 면에는 이끼 무리가 두껍게 덮여 있다. 개미들은 벨벳처럼 부드러운 이끼들을 밟으며 밑동을 올라간다.

개미들 세계에 전해 오기로는, 이 커다란 떡갈나무가 1만 2천 년이나 묵었다고 한다. 다소 과장이 섞이긴 했겠지만, 어쨌든 이 나무는 정말로 특별하다. 껍질이며 잎이며 꽃이며 도토리의 구석구석에 생명을 숨기고 있기 때문이다. 벨로캉 개미들은 떡갈나무에 붙어살며 하나의 동물상을 이루고 있는 갖가지 동물들을 만난다. 바구미들은 시가를 문 것처럼 길게 나온 주둥이로 도토리에 구멍을 뚫고 거기에 아주 작은 알들을 슬고, 금속처럼 단단한 딱지날개가 달린 가뢰들은 아직 연한 애채들을 갉아 먹는다. 왕하늘소의 애벌레들은 나무 껍질 속에 통로를 파는 중이고, 자벌레들은 제 어버이들이 윗뿔꼴로 말아 칭칭 동여맨 나뭇잎 속에서 무럭무럭 자라고 있다.

조금 더 올라가니, 잎말이나방의 애벌레들이 아랫가지로 내려가려고 실 끝에 매달려 허공에서 대롱거리고 있다. 개미들은 그들이 매달려 있는 실을 끊고 일말의 거리낌 없이 애벌레들을 잡아먹는다. 먹이가 나뭇가지에 매달려 날 잡아 잡수오 하는데 그것을 마다할 이유는 없다. 게다가 나무가 만일 말을 한다면, 개미들에게 고맙다고 할 게 뻔하다.

개미들은 그리 강력하지는 않을지언정 포식자로서의 자기 역할을 떠맡고 있다. 그들은 살생을 하고 자기들이 잡은 먹이를 까탈 부리지 않고 먹는다. 그런데, 103호가 보기에, 손가락들은 먹이 사슬에서 자기들이 차지하는 자리를 잊고 싶어 한다. 그들은 동물을 죽이는 장면을 직접 목격하고 나면 그 동물의 고기를 먹지 못하며, 원재료가 된 동물을 상기시키지 않는 음식에 대해서만 식욕을 느낀다. 그래서 먹이의 정체를 더 이상 알아볼 수 없도록 자르고 다지고 색깔을 들이고 다른 것들과 섞는다. 그들은 자기 자신만은 모든 것에 대해 결백하기를 바라기 때문에, 짐승의 고기를 먹으면서도 그 짐승을 죽이기 위해 자기 손에 피를 묻히는 것은 원치 않는다.

열세 개미 앞에 반원 모양의 버섯들이 늘어서 있다. 마치 나무줄기를 타고 돌아 올라가는 충충대 같다. 개미들은 숨을 돌리고 나서 버섯들을 타고 다시 올라간다.

103호는 나무껍질을 파고 새겨 넣은 기호들을 발견한다. 화살이 심장을 꿰뚫고 있고, 심장 안에는 〈리샤르는 리즈를 사랑한다〉라고 새겨져 있다. 103호는 손가락들의 기호를 해독할 줄 모른다. 다만, 그는 주머니칼이 파고 들어올 때 나무가 겪었을 고통은 이해한다. 화살이 심장을 꿰뚫었어도 가짜 심장이야 고통을 받지 않았겠지만, 그 상처 때문에 나무는 오렌지빛 수액을 눈물처럼 흘렸으리라.

열세 개미는 모듬살이하는 거미들의 둥지를 빙 돌아간다. 머리가 없거나 다리가 없는 시체들이 하얀 거미줄에 매달려 있다.

벨로캉 개미들은 떡갈나무 줄기를 타고 자꾸 올라간다. 중턱에 다다랐을 때, 그들은 마침내 밑부분이 대롱처럼 길게 늘어진 둥근 열매 같은 것을 발견했다.

《저것이 바로 커다란 떡갈나무의 말벌집이다.》

16호가 더듬이를 곧게 세워 그 종이 열매를 가리키며 모두에게 알렸다.

103호는 제자리에 멈춰 선 채 꼼짝하지 않고 있다. 마음 같아서는 당장에라도 그 말벌집으로 달려가고 싶지만, 이제부터는 조급하게 굴면 안 된다. 게다가 벌써 어둠이 밀려오고 있다. 그들은 떡갈나무에 맺힌 옹두리 하나를 골라 밤을 보내고, 말벌집에는 이튿날 들어가기로 한다.

103호는 잠을 이루지 못한다.

저 종이 봉지 안에 들어가면 정말 내가 성을 얻을 수 있단 말인가? 다리를 뻗으면 닿을 만큼 가까운 저곳에 정말 나를 암개미로 만들어 줄 물질이 있단 말인가?

56. 백과사전

사회 변동

잉카 부족들은 결정론을 믿었고 세습적인 계급 제도를 받아들였다. 그
들에게는 직업 지도의 문제가 없었다. 농부의 아들은 농부가 되고 무사
의 아들은 무사가 되는 것을 당연하게 여겼기 때문이다. 그들은 계급을
세습하는 과정에서 혹시 생길지도 모를 실수를 미연에 방지하기 위해
서 아이들의 몸에 금방 알아볼 수 있는 표시를 새겼다. 그 방법은 이러
했다. 정수리가 채 굳지 않아서 숨구멍이 발딱거리는 갓난아이의 머리
를 나무로 만든 특별한 바이스에 물려 놓는다. 그 바이스는 아이들의
머리통을 원하는 모양으로 만들기 위한 것이다. 예를 들어, 왕의 자식
들은 네모지게 무사의 아이들은 세모지게 하는 식이다. 머리통 모양을
주어진 틀에 맞추어 가는 그 공정은 그다지 고통스럽지는 않았다. 벋니
를 교정하기 위해 치아 보정 기구를 달고 다니는 거나 크게 다를 게 없
기 때문이다. 아이들의 물렁물렁한 머리통은 나무틀 속에서 단단해진
다. 그러고 나면, 설령 왕자가 발가벗은 채 거리에 버려진다 해도 그게
왕자라는 것은 누구나 알아볼 수 있다. 네모꼴의 왕관을 쓸 수 있는 네
모진 머리를 가진 아이는 왕자뿐이기 때문이다. 그와 마찬가지로 무사
자식들의 머리통은 세모꼴로 맞추어졌고, 농부 자식들의 머리 모양은
뾰족했다.

그렇듯, 저마다 사회적 계급과 직능을 머리통에 찍고 평생을 살아야 했
기 때문에 잉카 사회에는 변동이 일어나지 않았고, 개인적인 야망이 피
어날 여지가 없었다.

에드몽 웰스, 『상대적이며 절대적인 지식의 백과사전』 제3권

57. 역사 시간

학생들은 저마다 자기 자리에 앉아 일제히 공책과 펜을 꺼냈다. 역사 시간이었다.

공자그 뒤페롱은 마치 아무 일도 없었다는 듯이, 쥘리와 일곱 난쟁이가 뒷자리로 가서 나란히 앉을 때까지 눈길 한번 주지 않았다.

역사 선생은 칠판에 커다란 글씨로 〈1789년 프랑스 혁명〉이라고 쓴 다음, 너무 오랫동안 학생들에게 등을 돌리고 있으면 안 된다는 것을 잘 알고 있는 것처럼 이내 돌아서서 학생들을 좌우로 훑어보고 가방에서 종이 뭉치를 꺼냈다.

「지난번 시험의 채점을 끝냈습니다.」

그는 의자의 열 사이를 돌아다니며 학생들에게 각자의 답안지를 돌려주었다. 답안지마다, 〈맞춤법에 더 신경을 쓸 것〉, 〈약간의 향상이 있었음〉, 〈미안하지만, 콘벤디트는 1789년 혁명이 아니라 1968년 학생 운동의 지도자임〉과 같은 짤막한 평이 적혀 있었다.

그는 가장 높은 점수를 시작으로 해서 성적순으로 답안지를 나누어 주고 있었다. 20점 만점에 3점을 맞은 학생들 차례가 되었는데도, 쥘리는 아직 답안지를 받지 못하고 있었다.

단두대의 칼날이 떨어지듯, 그녀의 점수가 발표되었다.

「쥘리, 20점 만점에 1점. 너에게 그나마 0점을 주지 않은 건 생쥐스트에 관해서 제법 특별한 이론을 전개했기 때문이야. 너는 그가 혁명을 타락시킨 사람이라고 주장했더구나.」

쥘리는 누가 뭐라든 그건 자기 의견이라는 것을 보여 주려는 듯, 고개를 들고 말했다.

「실제로 저는 그렇게 생각하고 있습니다.」

「어떤 점에서 그 훌륭한 생쥐스트에 반대하고 있는 거지? 그는 매력적이고 교양이 아주 풍부하고 십중팔구는 학창 시절에 너보다 성적이 더 좋았을 사람인데 말이지.」

쥘리는 냉정을 잃지 않고 대답했다.

「생쥐스트는 폭력 없이 혁명을 성공시키는 것은 불가능하다고 생각했습니다. 그는 이렇게 썼습니다. 〈혁명은 세상을 개선하는 것을 목표로 삼고 있다. 만일 혁명에 찬성하지 않는 자들이 있다면, 그들을 제거해야만 한다〉고 말입니다.」

「네가 전적으로 무지하지는 않다는 것을 확인하게 되어 기쁘다. 적어도 몇 개의 인용문이 네 머릿속에 들어 있다는 것은 알았어.」

사실 쥘리가 생쥐스트에 관한 자기 나름의 생각을 갖게 된 것은 『상대적이며 절대적인 지식의 백과사전』을 읽은 덕이었다. 그러나 그런 사실을 털어놓을 계제는 아니었다.

역사 선생이 말을 이었다.

「그렇다고 해서 근본적으로 달라지는 건 아무것도 없어. 생쥐스트는 근본적으로 옳아. 폭력 없이 혁명을 한다는 건 불가능해.」

「제 생각엔, 사람을 죽이고 사람들에게 그들이 하고 싶어 하지 않는 일을 강요하는 건 상상력이 부족한 탓에 자기 생각을 전파할 다른 방도를 찾을 수 없음을 보여 주는 것입니다. 폭력을 사용하지 않고 혁명을 이룰 수 있는 방법이 분명히 있습니다.」

선생은 자못 흥미를 느끼면서, 어린 토론 상대를 자극

했다.

「말도 안 돼. 비폭력 혁명이란 역사에 존재한 적이 없어. 혁명과 비폭력이라는 두 단어는 사실상 이율배반이야.」

「역사에 존재하지 않았다 해서 미래에도 이루지 못하리라는 법은 없습니다. 비폭력 혁명은 새롭게 이루어 내야 할 혁명으로 남아 있습니다.」

조에가 나서서 쥘리를 거들었다.

「로큰롤, 정보 공학……, 그런 것들이 바로 폭력 없는 혁명들입니다. 그것들은 피를 부르지 않고 사람들의 사고방식을 바꾸었기 때문입니다.」

선생이 역정을 냈다.

「그건 혁명이 아니야. 로큰롤과 정보 공학은 국가의 정치 구조에 아무런 변화도 가져오지 않았어. 압제자를 몰아낸 것도 아니고 시민들에게 더 많은 자유를 준 것도 아니야.」

「록 음악은 1789년 혁명보다 개인들의 일상적인 삶에 더 많은 변화를 가져왔습니다. 1789년 혁명은 결국 더 심한 전제주의로 귀결되고 말았고요.」

다비드도 한마디 거들었다.

「록 음악으로도 우리는 사회를 변화시킬 수 있습니다.」

나머지 학생들은 쥘리와 일곱 난쟁이가 역사책에 나오지도 않는 이색적인 주장을 하며 열을 올리는 통에 그저 어안이 벙벙할 뿐이었다.

선생은 책상으로 돌아가서 안락의자에 편안하게 앉았다. 자기 의견이 옳다는 것을 분명하게 입증해 보일 수 있다는 듯한 느긋한 자세였다.

「좋아요. 우리의 록 그룹이 프랑스 혁명을 재평가하고 싶어 하니까, 우리 다 같이 토론을 해보기로 합시다. 자, 혁명에 대해서 이야기해 봅시다.」

그는 세계 지도를 펼쳐 벽에 걸고, 자로 지도상의 이곳저곳을 가리키며 말했다.

「스파르타쿠스의 반란에서 미국의 독립 전쟁에 이르기까지, 또 그 이후로 19세기의 파리 코뮌, 1956년의 헝가리 혁명, 1968년의 프라하의 봄, 포르투갈의 이른바 카네이션 혁명, 사파타가 이끈 멕시코의 농민 혁명, 마오쩌둥과 중국 공산당의 대장정, 니카라과의 산디니스타 혁명, 피델 카스트로의 쿠바 혁명 등 수많은 예에서 보듯이,[36] 세계를 변화시키려고 했던 사람들은 누구나 자기들의 생각이 기성 권력의 생각보다 옳다고 확신했고, 그 생각을 강요하기 위해 투쟁했습니다. 그 과정에서 많은 사람들이 죽었습니다. 잃는 게 없이는 아무것도 이룰 수 없는 법, 모든 성취에는 대가가 따르기 마련입니다. 혁명은 피 속에서 이루어집니다. 어찌 보면, 바로 그런 까닭에 혁명의 깃발들은 항상 어디에든 붉은색을 담고 있는 것인지도 모릅니다.」

쥘리는 그 달변의 위세에 주눅들지 않고, 격앙된 어조로 반박했다.

「우리 사회는 변했습니다. 급격한 움직임이 없이도 경화증에서 벗어날 수 있습니다. 조에가 말한 대로 록 음악과 정보 공학은 부드러운 혁명의 본보기를 보여 주고 있습니다.

36 프라하의 봄은 체코슬로바키아에서 스탈린주의에 반발한 지식층 중심으로 일어난 민주 자유화 운동이고, 멕시코 농민 혁명(1910~1917)은 디아스 대통령의 독재 타도와 사회 변혁을 목표로 일어난 민족주의 혁명, 산디니스타 혁명은 산디니스타 민족 해방 전선이 주도하여 소모사 족벌 독재 정권을 타도한 정치 혁명이다.

그 혁명의 깃발에는 빨간색이 없습니다. 우리는 그것들의 진가를 정확히 헤아리지 못했습니다. 정보 공학은 수천의 사람들이 국가의 통제를 받지 않고 빨리 그리고 멀리 정보를 교환할 수 있게 해줍니다. 앞으로의 혁명은 그런 종류의 도구를 이용해서 이루어질 것입니다.」

선생은 고개를 가로젓다가 한숨을 한 번 쉬고는 전체 학생을 향해 물었다.

「여러분 생각은 어때요? 좋아요. 그럼 내가 짤막한 이야기 하나를 해주겠어요. 이른바 〈부드러운 혁명〉과 정보 통신망에 관한 거예요. 1989년 중국 베이징의 천안문 광장에 모였던 학생들은 이제까지와는 다른 혁명을 실현하기 위해 첨단 기술을 사용할 수 있다고 믿었어요. 그래서 아주 자연스럽게 그들은 팩스를 사용할 생각을 했습니다. 프랑스의 신문들은 그 반정부 학생 운동가들을 지지하는 뜻으로 팩스를 보내자고 제안했어요. 그 결과, 중국 경찰은 프랑스에서 보내오는 팩스를 감시함으로써 컴퓨터와 팩스를 가지고 있는 학생들을 하나하나 적발해서 잡아들였어요. 그 젊은이들은 감옥에 갇히고 고문을 받았어요. 오늘날에야 알려진 얘기지만, 심지어는 학생들의 튼튼한 장기를 들어내어 늙은 지도자들의 몸에 이식시킨 경우도 있었다고 해요. 그 중국 학생들은 자기들에게 〈지지〉의 메시지를 보내 준 프랑스 사람들을 대단히 고맙게 여겼을까요? 어때요? 첨단 기술이 혁명의 성공에 어떻게 기여하는지를 보여 주는 좋은 사례가 되겠지요?」

그 일화는 쥘리의 의기를 조금 소침하게 만들었다.

쥘리와 선생은 서로의 얼굴을 뚫어지게 바라보았다. 뜻하지 않게 벌어진 두 사람의 의견 대립은 학생들뿐만 아니라 선생 자신에게도 즐거움을 주었다. 그 토론을 하면서 그는 자신이 젊어지는 듯한 기분을 느꼈다. 그는 한때 프랑스 공산당원이었고, 당에서 지방의 연합 선거 전략이라는 모호한 이유로 그의 지구당을 자진 폐쇄하라고 명령하는 바람에 크나큰 실망을 맛보기도 했다. 파리의 〈상부〉에서 의석 하나를 확실히 지킬 목적으로 그에게는 어디로 가라는 말조차 해주지 않고 그와 그의 당원들의 이름에 줄을 그어 버린 거였다. 그 일을 계기로 그는 환멸을 느끼며 정치판을 떠났다. 그러나 학생들에게 그런 얘기를 해줄 수는 없는 노릇이었다.

쥘리는 자기 어깨 위에 손 하나가 올려지는 것을 느꼈다. 지웅이 귀엣말로 속삭였다.

「그만해 둬. 저이는 너에게 마지막 반론의 기회를 주지 않을 거야.」

선생이 손목시계를 들여다보며 말했다.

「시간이 다 됐군요. 다음 시간엔 1917년의 러시아 혁명에 대해서 공부할 거예요. 역시 기아와 학살과 군주의 처형에 관한 이야기가 나올 거예요. 하지만, 이번 무대에는 설원이 배경으로 펼쳐지고 발랄라이카[37]의 선율이 흐를 거예요. 결국 혁명이란 다 비슷비슷해요. 단지 환경과 민속이 다를 뿐이지요.」

그는 쥘리 쪽을 마지막으로 바라보며 덧붙였다.

「쥘리, 난 너를 믿는다. 다음 시간에도, 흥미로운 반론을 제기해 주겠지? 쥘리, 네가 말한 것과 같은 견해를 나는 〈폭력적인 반폭력주의〉라고 부르고 싶다. 그건 더 나쁜 것일 수

---

37 울림통이 세모꼴이고 두세 개의 줄을 맨 현악기. 우크라이나 농민들이 즐겨 썼다.

도 있어. 그것은 바닷가재를 끓는 물에 대뜸 집어넣을 엄두가 안 나서 약한 불에 삶는 것과 같아. 그 결과, 바닷가재는 훨씬 더 오랫동안 백배나 더한 고통을 받게 되지. 쥘리, 넌 충분히 능력이 있으니까, 볼셰비키들이 폭력을 쓰지 않고도 러시아에서 차르를 몰아낼 방법이 있었는지, 있었다면 그 방법이 무엇이었는지 연구해 보도록 해. 흥미로운 탐구 주제가 될 거야…….」

위에서 잿빛 종이 울리기 시작했다.

58. 말벌집

그것은 잿빛 종과 생김새가 비슷하다. 파수를 보는 말벌들이 검은색의 예리한 침을 내보이며 주위를 빙빙 돌고 있다.

바퀴가 흰개미의 조상이듯이 말벌은 개미의 조상이다. 곤충의 세계에서는 옛날의 종과 진화한 종이 공존하는 경우가 종종 있다. 그것은 오늘날의 인류인 호모 사피엔스가 자기들의 조상인 오스트랄로피테쿠스와 함께 사는 것에 비유할 수 있다.

말벌들은 진화가 덜 된 종치고는 제법 사회성을 지닌 곤충이다. 원시성을 벗어나지 못한 그 둥지는 꿀벌의 거대한 밀랍 건축물이나 개미들의 모래 도시와는 전혀 비교가 안 되지만, 그래도 종이 둥지나마 지어 무리를 짓고 산다.

103호와 그의 동료들은 그 둥지로 다가간다. 둥지가 아주 가벼워 보인다. 말벌들은 종이 반죽으로 둥지를 짓는다. 그 종이 반죽은 죽은 나무나 벌레 먹은 나무의 섬유에 침을 섞어 가며 오래오래 씹어서 만든다.

척후 말벌들이 개미들이 둥지 쪽으로 기어오르는 것을 보고 경고 페로몬을 발한다. 그들은 더듬이로 저희들끼리 통하는 신호를 주고받고는 침입자들을 쫓아내기 위한 만반의 준비를 하고 달려든다.

두 문명이 만나는 순간은 언제나 까다롭다. 첫 번째 반사작용으로 폭력이 발생하기가 십상이다. 14호는 말벌들을 구슬리는 작전을 생각해 냈다. 그는 갈무리 주머니의 먹이를 조금 되올려서 말벌들에게 내민다. 적이라고 생각했던 자가 자기에게 선물을 줄 때는 누구나 놀라게 마련이다.

종이 둥지 말벌들은 나무줄기에 내려앉더니 여전히 미심쩍어하면서 다가온다. 14호는 싸울 의사가 없음을 보이기 위해 더듬이를 뒤로 젖힌다. 말벌 하나가 14호에게 오더니 그가 어떤 반응을 보이는지 알아보려고 더듬이로 머리를 톡톡 건드린다. 14호는 아무런 반응을 보이지 않는다. 다른 개미들 역시 더듬이를 뒤로 젖힌다.

말벌 하나가 후각 언어로 여기는 말벌의 영토인데 개미들이 무슨 일로 왔느냐고 묻는다.

14호는 자기들 중의 하나가 성을 갖고 싶어 하며 그가 성을 갖는 것은 자기들 전체의 생존에 꼭 필요하다고 설명한다.

척후 말벌들은 저희들끼리 의견을 나눈다. 그들의 대화 방식은 아주 특별하다. 그들은 단지 페로몬만 발하는 것이 아니라 더듬이까지 크게 움직이면서 이야기를 나눈다. 그들은 더듬이를 세워 놀라움을 표시하고, 더듬이를 앞으로 내밀어 불신을 나타내며, 한쪽 더듬이를 꼿꼿이 세움으로써 관심을 표현한다. 이따금 더듬이의 끝으로 상대의 더듬이 끝을 쓸어 주기도 한다.

이번엔 103호가 나서서 자기가 바로 성을 원하는 개미라고 스스로를 소개한다.

말벌들은 그의 머리를 두드리고 나서 자기들을 따라오라는 신호를 보낸다. 따라오되, 혼자 오라는 것이다.

103호는 종이 열매처럼 생긴 둥지 안으로 들어간다. 안에 들어서니 제법 둥지다운 면모가 보인다.

많은 파수 말벌들이 입구를 지키고 있다. 그것은 당연하다. 다른 출입구가 없으니, 적이 둥지를 공격한다면 오로지 그곳을 통할 수밖에 없다. 둥지 안의 온도를 조절할 때도 역시 그 구멍을 통해서 한다. 파수 말벌들이 날개를 젓고 있는 것도 바로 둥지 안에 공기의 흐름을 만들어 내기 위한 것이다.

말벌은 원시적인 종이지만, 그래도 이 말벌들은 진화가 많이 된 듯하다. 그들의 둥지는 종이로 된 평행한 봉방(蜂房) 널로 이루어져 있다. 말벌집의 봉방 널은 꿀벌집의 봉방 널과는 달리 수평으로 되어 있고, 각 널은 한 줄의 봉방들만을 받치고 있다. 그 봉방들은 꿀벌집의 경우처럼 육각형으로 되어 있다.

잘게 씹어서 레이스 장식을 단 것처럼 만들어 놓은 잿빛 기둥들이 여러 봉방 널들을 연결하고 있다. 바깥벽에는 씹어 만든 종이와 판지를 몇 겹으로 대어 추위와 충격으로부터 내부를 보호할 수 있게 되어 있다.

103호는 이미 말벌에 대해서 조금은 알고 있다. 벨로캉에서 유모 개미들이 말벌들의 삶에 대해 가르쳐 주었기 때문이다.

항구적인 둥지인 꿀벌집과는 달리, 말벌집은 한 철밖에 가지 않는다. 봄이 되면 여왕 말벌은 둥지를 지을 곳을 찾아 떠난다. 그런 장소를 발견하면, 여왕은 판지로 봉방을 만들고 거기에 알을 낳는다. 알이 부화하면 여왕은 먹이를 구해 애벌레들을 먹이느라 며칠을 보낸다. 보름쯤 지나면 애벌레들은 일벌이 된다. 그러고 나면 여왕은 오로지 알 낳는 일에만 전념한다.

103호는 말벌들의 알 뭉치를 보면서 생각한다. 봉방들이 아래를 향하고 있는데 알과 애벌레 들이 어떻게 떨어지지 않고 버티는 걸까? 103호는 자세히 살펴보고 나서 그 이유를 깨닫는다. 유모 말벌들이 끈끈한 분비물을 이용해서 알과 애벌레 들을 천장에 붙여 놓는 것이다. 말벌들은 종이와 판지뿐만 아니라 풀까지도 발명한 셈이다.

동물의 세계에서는 못이나 나사가 발명되지 않았기 때문에 풀이 물체들을 결합하기 위한 수단으로 가장 널리 사용된다. 어떤 곤충들은 아주 질기고 건조가 대단히 빠른 풀을 만들어서 스스로를 단숨에 단단한 물체로 변화시키기도 한다.

103호는 중앙 통로를 거슬러 올라간다. 각 층마다 판지로 된 구름다리가 있고, 한가운데에 구멍을 뚫어 다른 층과 소통을 할 수 있게 되어 있다. 그렇긴 해도 역시 꿀벌의 둥지만은 못하다. 이곳은 모든 것이 잿빛이고 가볍다.

이마에 무시무시한 무늬가 새겨진 일벌들은 나무를 갈아 종이 반죽을 만든 다음, 집게처럼 꾸부슴하게 휜 더듬이로 규칙적으로 두께를 확인하면서 그 반죽으로 벽이나 봉방을 만든다.

고기를 운반하고 있는 일벌들도 보인다. 말벌의 독에 마취된 채 끌려가는 그 나비 애벌레들과 파리들은 나중에 마취에서 깨어난 뒤에야 자기들의 불행을 깨닫게 되리라. 그 먹이 중의 일부는 애벌레들의 몫이다. 먹성 좋은 애벌레들은 먹을 것을 달라고 끊임없이 몸을 뒤튼다. 말벌들은 새끼들에게 고기를 잘게 씹어 주지 않고 생것을 그냥 주는 유일한 모듬살이 곤충이다.

여왕 말벌이 암벌들 사이를 돌아다니고 있다. 여왕 말벌은 다른 암벌들보다 뚱뚱하고 무겁고 신경이 날카롭다. 103호가 페로몬을 보내 인사를 건넨다. 여왕 말벌이 다가오자 늙은 불개미는 자기가 찾아온 이유를 설명한다. 자기 나이가 세 살인데 죽음이 임박했노라고. 그런데, 자기는 자기 둥지에 꼭 전해야 할 중요한 정보를 지닌 유일한 개체라고. 그 임무를 끝내기 전에는 죽고 싶지 않노라고.

여왕 말벌은 103호의 냄새를 맡으려고 더듬이 끝으로 그를 더듬는다. 여왕으로서는 개미가 말벌에게 도움을 청하는 곡절을 이해할 수가 없다. 모름지기 자기 종의 일은 자기 종 스스로 책임을 져야 하는 법이다. 종(種)간의 상호 부조란 존재하지 않는다. 103호는 자기의 생존에 필요한 것은 로열 젤리인데 개미들은 그것을 만들 수 없기 때문에 부득이 다른 종에게 부탁을 하지 않을 수 없게 되었노라고 사정을 설명한다.

여왕 말벌은 자기들이 로열 젤리를 만들 줄 아는 건 사실이지만, 함부로 낭비해서는 안 되는 그 소중한 것을 왜 개미에게 주어야 하는지 그 이유를 모르겠다고 대꾸한다.

103호는 아주 어렵게 페로몬 문장 하나를 발한다. 그의 더듬이에서 떨어져 나간 그 문장이 한순간 늦게 여왕 말벌의 더듬이에 다다른다.

《성을 갖기 위해서다.》

여왕 말벌이 깜짝 놀란다.

《왜 성을 원하는가?》

59. 백과사전

특별하지 않은 삼각형

평범하기가 때로는 비범하기보다 더 어렵다. 삼각형의 경우를 생각해 보면, 그 점이 분명히 드러난다. 삼각형에는 대개 이등변 삼각형, 직각 삼각형, 정삼각형 따위의 이름이 붙어 있다.

정의된 삼각형의 종류가 하도 많아서 특별하지 않은 삼각형을 그리기가 쉽지 않을 정도다. 특별하지 않은 삼각형을 그리자면, 가능한 한 길이가 같은 변이 생기지 않도록 그려야 할 터인데, 그 방법은 확실치 않다. 특별하지 않은 삼각형은 직각이나 둔각을 가져도 안 되고, 크기가 같은 각이 있어도 안 된다. 자크 루브찬스키라는 학자가 진짜 〈이름 없는 삼각형〉을 그리는 방법을 생각해 냈다. 그 방법에 따라 우리는 특별하지 않은 삼각형을 아주 정확하게 그릴 수 있다. 정사각형을 대각선 방향으로 잘라 삼각형 두 개를 만들고, 정삼각형을 높이 방향으로 잘라 역시 삼각형 두 개를 만든다. 정사각형을 잘라 만든 삼각형과 정삼각형을 잘라 만든 삼각형을 나란히 붙여 놓으면 특별하지 않은 삼각형의 한 표본을 얻게 된다. 특별하지 않은 존재가 되는 것이 쉬운 일은 아니다.

에드몽 웰스, 『상대적이며 절대적인 지식의 백과사전』 제3권

60. 시험

왜 성을 원하는가?

중성 계급으로 태어난 중성의 개체가 자기의 타고난 본바탕을 거스르고 느닷없이 성을 갖고자 할 때는 그럴 만한 생물학적 이유가 있어야 할 터인데 그 이유가 없지 않은가?

103호는 여왕 말벌이 자기를 시험하려 하고 있음을 깨달았다. 뭔가 현명한 대답을 찾아야겠는데 마땅한 것이 떠오르지 않아서, 그는 그저 〈성을 갖게 되면 더 오래 살 수 있다〉는 것을 상기시키는 것으로 그친다.

아무래도 손가락들의 텔레비전 드라마에서 쓸모없고 무의미한 대화들을 너무 많이 들은 탓에, 횡설수설하지 않고 이야기의 핵심을 요령 있게 전달하는 방법을 잊어버린 것 같다.

그에 반해, 여왕 말벌은 자기의 후각 문장에 강도와 밀도를 부여하는 방법을 아주 잘 알고 있다. 둘의 대화가 본격적으로 시작된다. 여왕들이 모두 그렇듯이 이 여왕 말벌은 먹이나 안전과 관련되지 않은 주제에 대해서도 이야기를 할 줄 알며, 추상적인 개념들도 사용할 줄 안다.

여왕 말벌은 냄새로 자기 의사를 표현할 뿐만 아니라 더듬이를 이리저리 돌리면서 중요한 대목을 효과적으로 강조하기도 한다. 개미 세계에서는 그것을 일컬어 〈더듬이 짓으로 말한다〉고 표현한다.

여왕 말벌은 어차피 죽게 마련인데 더 오래 살려고 하는 이유가 뭐냐고 묻는다.

103호는 여왕을 설복하기가 생각했던 것보다 만만치 않음을 깨닫는다. 상대는 그가 계획하고 있는 일의 타당성을 여전히 인정하지 않고 있다. 따지고 보면 더 오래 산다는 것이 그 자체로 의미가 있는 것은 아니다. 긴 삶이 짧은 삶보다 더 나을 게 무엇이 있단 말인가?

103호는 성을 가진 개체들의 감성적 특장, 즉 감각기의 민감성과 풍부한 감정을 향유하기 위해 성을 갖고 싶어 하는 것이라며 새로운 이유를 제시한다.

여왕은 그것이 즐거움을 주기보다는 오히려 불편함을 줄 때가 더 많다면서, 섬세한 감각과 예민한 감정을 지니고 살아가는 개체들의 대다수는 불안 속에서 살고 있다고 반박한다. 수컷들이 오래 살지 못하고 암컷들이 세상을 등지고 갇혀 사는 까닭이 거기에 있으며, 감수성은 끊임없는 고통의 원천이라는 것이다.

103호는 성이 생식을 할 수 있게 해주기 때문에 성을 원하노라고 더욱 설득력 있는 논거를 제시한다.

여왕 말벌이 비로소 호기심을 느끼는 듯하다.

《왜 생식을 하고자 하는가? 하나뿐인 개체로서 살다가 죽으면 그만 아닌가?》

일반적으로 곤충의 세계, 특히 막시류(膜翅類), 곧 벌목에 속하는 모듬살이 곤충의 세계에는 〈왜〉라는 개념이 존재하지 않는다. 오로지 〈어떻게〉라는 개념이 있을 뿐이다. 그들은 어떤 현상의 이유를 알려고 애쓰지 않고, 오로지 그것을 통제하려고 애쓴다. 여왕이 〈왜〉냐고 물은 것은 여왕 역시 이미 상궤를 넘는 정신적인 경지에 도달해 있음을 보여 주는 것이다.

103호는 자기의 유전 암호를 살아 있는 다른 존재에게 전해 주고 싶기 때문이라고 대답한다.

여왕은 여전히 이해할 수 없다는 뜻으로 더듬이를 흔든다.

《물론 그런 욕망이 있다면 성을 갖는 것이 마땅하다. 그런데, 그대의 유전 암호를 전달하는 것이 어떤 점에서 이익이 있는가? 결국 그대는 한 여왕이 낳은 거의 동일한 유전적 특성을 가진 수많은 개체들 가운데 하나일 뿐이다. 한 둥지의 같은 여왕이 낳은 개미들은 모두 비슷해서 더 낫거나 더 못함이 없지 않은가.》

특별히 중요한 개체란 없다는 점을 일깨우고자 하는 것이 여왕 말벌의 의도다. 사실 자기 유전자의 조합이 번식될 만한 가치가 있다고 생각하는 것은 오만이다. 그런 생각의 바탕에는 자기 자신이 남들보다 더 중요하다는 뜻이 함축되어 있다. 개미들의 세계에서는, 말벌들의 세계에서와 마찬가지로, 그런 생각을 일컬어 〈개인주의 병(病)〉이라고 부른다.

허다한 싸움터에서 그토록 많은 육체적 결투를 승리로 이끌어 온 백전노장의 103호이건만, 정신적인 결투를 해보기는 이번이 처음이다.

이 말벌은 여간 노활(老猾)한 자가 아니다. 그래도 하는 수 없다. 이왕 내친걸음이니 갈 데까지 가보는 수밖에.

103호는 금기의 단어인 〈나〉로 페로몬 문장을 시작했다.

《나는 특별한 개체다.》

여왕이 깜짝 놀란다. 주위에 있던 말벌들이 아연해하면서 뒤로 물러선다. 모듬살이 곤충이 〈나〉라는 말을 사용하는 것은 그만큼 해괴한 일인 것이다.

그러나 여왕 말벌은 〈나〉라는 말을 비판하기보다는 스스로를 특별한 존재로 규정한 103호의 그 새로운 주장에 이의를 제기한다. 여왕은 더듬이를 좌우로 흔들면서 103호 자신의 특성을 나열해 보라고 요구한다. 그러고 나면 자기들이 103호의 유전자가 후세에게 전해질 가치가 있을 만큼 특별한 것인지를 판단하겠다는 것이다. 여왕은 〈우리 말벌들〉이라는 복수의 표현을 썼다. 그럼으로써 자신이 개체의 이익을 구하는 자들의 편이 아니라 겨레와 더불어 공동체에 머무는 자들의 편임을 보여 주려는 것이다.

대화가 그렇게까지 진행된 터라 이제 와서 뒤로 물러설 수도 없는 노릇이다. 103호는 말벌들에게 자기가 자신만을 생각하는 타락한 개미로 비치고 있다는 것을 알고 있다. 그러거나 말거나 103호는 생각을 가다듬고 자기의 특성을 나열하기 시작한다.

《나는 새로운 사물을 탐구하는 능력을 지니고 있다. 그런 능력은 곤충의 세계에선 아주 드문 것이다.

나는 전투 능력과 미지의 세계를 탐험하는 능력을 지니고 있다. 그런 능력은 우리 종을 부유하고 강력하게 만드는 데 기여할 수 있다.》

여왕 말벌로서는 대화가 갈수록 재미있어진다. 그러니까, 목숨이 얼마 남지 않은 이 늙은 개미는 호기심과 전투 능력을 장점으로 여긴다는 얘기렸다?

여왕은 많은 도시들은 싸움꾼, 특히 모든 것을 다 안다고 착각하면서 사사건건 개입하는 싸움꾼들을 필요로 하지 않는다고 일침을 놓는다.

103호는 더듬이를 낮추고 잠시 생각을 가다듬는다. 여왕 말벌은 그가 생각했던 것보다 훨씬 더 교활하다. 그는 갈수록 고전을 면치 못하고 있다. 예전에 손가락들의 세계에서 바퀴들이 그에게 치르게 했던 시험이 생각난다. 그때, 바퀴들은 그를 거울 앞에 놓고 이런 식의 이야기를 했었다. 〈우리는 네가 너 자신에게 행하는 대로 너에게 해주겠다. 네가 거울 속의 너와 싸우면 우리도 너와 싸울 것이고, 네가 거울 속에 나타난 개체와 화합하면 우리도 너를 받아 주겠다.〉

바퀴들은 그 시험을 통해서 그에게 스스로를 사랑하는 법을 가르쳐 주었다. 그런데, 이 말벌은 지금 한결 더 까다로운 과제를 제시하고 있다. 말벌이 요구하는 것은 바로 그 자기애의 정당성을 입증하라는 것이 아닌가.

여왕이 질문을 되풀이한다.

103호는 자기의 두 가지 주요한 장점인 전투 능력과 호기심을 자꾸 들먹인다. 그토록 많은 개체들이 죽어 갈 때 자기가 살아남을 수 있었던 게 바로 그 장점 덕이었다면서.

여왕 말벌은 싸움도 서투르고 용기도 없는 병정개미들이 단지 운이 좋아서 살아남는 경우도 많고, 노련하고 용감한 개미들이 죽는 경우도 허다하면서, 살아남느냐 죽느냐는 기회의 문제이기 때문에 아무런 의미가 없다고 일축한다.

103호는 냉정을 잃고 마침내 충격적인 논거를 털어놓는다.

《나는 손가락들을 만났기 때문에 다른 개체들과 다르다.》

여왕이 잠시 침묵하고 있다가 되물었다.

《손가락들을 만났다고?》

《이 숲에 이상한 일들이 점점 더 자주 일어나고 있다. 그런 일들은 대부분 거대하고 잘 알려져 있지 않은 새로운 동물 종 때문에 일어나는 것이다. 그 종이 바로 손가락들이다. 나는 그들을 만났고 그들과 대화까지 나누었다. 나는 그들의

강점과 약점을 알고 있다.》

여왕은 별로 놀라는 기색이 아니다. 여왕은 자기도 손가락들을 알고 있다면서 그들을 안다는 건 전혀 특별할 게 없다고 대답한다.

《우리는 그들을 자주 만난다. 그들은 크고 느리고 물렁물렁하며 온갖 종류의 달착지근한 것들을 가지고 다닌다. 이따금 그들은 우리 말벌들을 투명한 동굴에 가두지만, 동굴의 문이 열리면 말벌들은 그들을 쏘아 버린다.》

여왕은 손가락들을 두려워해 본 적이 없다면서 그들을 죽인 적도 있다고 주장한다. 그들이 거대한 것은 사실이지만 단단한 껍질로 덮여 있지 않기 때문에 살가죽에 침을 꽂기가 아주 쉽다는 것이다. 그러면서, 여왕은 손가락들을 만났다는 것만으로는 성을 갖고자 하는 그의 욕망을 정당화할 수 없기 때문에 유감스럽지만 자기들의 로열 젤리를 조금도 떼어 줄 수 없다고 결론을 내린다.

103호의 예상이 빗나가고 있다. 손가락들에 대한 얘기를 들려주면 개미들은 자꾸자꾸 정보를 요구한다. 그런데, 이 종이 둥지의 말벌들은 손가락들에 관해 다 아는 것처럼 착각하고 있다. 그것은 자못 심각한 퇴락의 증거다! 개미들의 살아 있는 조상인 말벌들은 원래의 호기심을 잃어버렸다. 아마그 때문에 자연은 개미라는 종을 만들어 냈을 것이다.

어쨌든 103호의 일이 잘 풀리지 않고 있다. 말벌들이 로열 젤리를 주지 않으면 그의 생명은 이제 끝이다. 살아남기 위해 그토록 애를 썼건만 결국은 시간이라는 적에게 하릴없이 목숨을 빼앗기고 마는 것이다.

여왕 말벌은 설령 103호가 성을 갖는다 해도 그의 후손들이 손가락들을 만날 수 있는 능력을 갖게 되리라는 보장은 전혀 없다고 비꼬는 말을 마지막으로 덧붙인다.

물론 손가락들을 만나는 것은 유전될 수 있는 특성이 아니다. 103호는 제 꾀에 제가 넘어간 셈이 되었다.

그때, 둥지 입구에 갑자기 소란이 일었다. 흥분한 말벌들이 분주하게 날아 오르내린다.

둥지가 공격을 받고 있다. 전갈 한 마리가 잿빛 종이 종을 향해 기어오르고 있는 것이다.

거미강(綱)에 딸린 이 벌레도 아마 누리 떼의 해일에 쫓겨 떡갈나무의 무성한 잎 속에서 피신처를 구하려고 올라오는 것이리라. 보통의 경우, 말벌들은 독침을 찔러서 침입자를 쫓아낸다. 그러나 전갈의 등딱지는 너무 두꺼워서 뚫고 들어갈 수가 없다.

103호가 적을 맡겠다고 제안한다.

《만일 혼자서 적을 해치우면, 우리는 그대가 원하는 것을 주겠노라.》

103호는 말벌집의 대롱 같은 중앙 통로를 빠져나와 전갈을 내려다본다. 냄새를 맡아 본즉, 처음 만나는 전갈이 아니다. 이미 사막에서 만난 적이 있는 바로 그 암전갈이다. 암전갈의 등에는 제 어미의 축소판인 스물다섯 마리의 새끼 전갈들이 타고 있다. 새끼들은 집게의 끝과 꼬리의 독침으로 장난을 치며 놀고 있다.

103호는 작은 투기장처럼 둥글고 판판하게 되어 있는 떡갈나무의 한 옹두리에서 전갈을 저지하기로 한다.

그는 개미산을 쏘아 전갈을 위협한다. 그러나 전갈이 보기에 그 작은 개미는 한입거리도 안 되는 사냥감일 뿐이다.

전갈은 새끼들을 내려놓고 그를 잡아먹기 위해 다가온다. 기다란 집게의 끝이 그를 찌르려고 한다.

두 번째 게임   **스페이드**

61. 피라미드에 관한 수사

반투명한 꼭짓점. 하얀 삼각형. 막시밀리앵은 수수께끼의 피라미드를 다시 마주하고 있었다. 지난번엔 어처구니없는 일로 수사가 중단되고 말았다. 어떤 벌레에 쏘여 기절했다가 거의 한 시간이 지나서야 깨어났던 것이다. 오늘은 절대로 기습을 당하지 않으리라 마음을 다잡고, 그는 조심스러운 발걸음으로 다가갔다.

피라미드에 손을 대어 보니 미지근한 온기가 있었다.

거울 벽에 귀를 대자 소리가 들려왔다. 정신을 집중해서 들어 보니 이런 말이 들리는 듯하였다.

「어이, 빌리 조. 돌아오지 말라고 내가 말했을 텐데.」

역시 텔레비전에서 나오는 소리였다. 아마도 미국의 서부 영화인 듯했다.

경정은 이미 지사의 핀잔을 들을 만큼 들었다. 이젠 지사가 요구하는 결과를 얻어내야 할 상황이었다. 그는 자기 임무를 완수하는 데 꼭 필요하리라 생각하면서, 이번엔 공사장에서 쓰는 긴 나무망치를 가져왔다. 그는 어깨에 메는 커다란 가방을 열고 그 나무망치를 꺼내어, 거울 벽에 비친 자기 모습을 겨누고 있는 힘을 다해 내리쳤다.

요란한 소리를 내며 거울이 날카로운 조각으로 산산이 부서졌다. 그는 무엇인가 터져 나오지나 않을까 저어하며 뒤로 물러섰다.

먼지가 흩어지고 나서 그는 콘크리트 벽을 살펴보았다. 문이며 창문은 여전히 보이지 않았다. 거울 벽은 깨졌지만 꼭대기의 반투명한 부분은 그대로 남아 있었다.

그는 피라미드의 나머지 두 면을 덮고 있는 거울도 마저 부수었다. 역시 작은 구멍 하나 보이지 않았다. 텔레비전 소리는 더 이상 들리지 않았다. 안에서 누군가 반응을 보이고 있었다.

어쨌든 어딘가에 출입구가 있는 건 분명했다. 회전문이든 여닫이든 미닫이든 어떤 개폐 장치가 있지 않고서야, 어떻게 피라미드 안에 사람이 들어갈 수 있었겠는가?

경정은 피라미드 꼭대기 쪽으로 올가미를 던졌다. 몇 차례 허탕을 친 끝에 어렵사리 올가미를 건 다음, 그는 미끄럼 방지 신발에 의지하면서 콘크리트 벽면을 타고 올라갔다. 가까이에서 벽면을 조사해 보았지만, 갈라진 틈이나 구멍은 전혀 없었다. 연기를 흘려 넣어 안에 숨어 있는 자를 밖으로 몰아낼 수 있으면 좋으련만, 그럴 만한 가느다란 홈조차 보이지 않았다. 그는 꼭대기에서 세 면을 내려다보았다. 콘크리트 벽은 아주 두꺼워 보였고, 세 측벽은 모든 점에서 똑같았다.

「당장 나와라. 그러지 않으면, 어떤 식으로든 밖으로 몰아내고 말겠다.」

막시밀리앵은 밧줄을 타고 죽 미끄러져 내려왔다.

그는 콘크리트 건물 안에 어떤 은둔자가 틀어박혀 있는 것으로 확신하고 있었다. 동양의 수도승들 중에는 득도를 향한 남다른 열정을 품은 채 암굴이나 오두막에 틀어박혀 오랜 세월 면벽하는 사람들이 있다지 않던가. 그러나 그런 수도승들조차도 외부와 완전히 단절된 채 지낼 수는 없을 것이다. 하다못해 밖에서 음식을 넣어 주는 뚜껑 문 하나 정도는 남겨 놓을 법했다.

경정은 난방 설비도 없고 환기도 잘 되지 않는 옹색한 공간에서 여기저기 대변을 누어 놓고 앉아 있을 은둔자들의 삶을 상상해 보았다.

브즈즈즈…… 브즈즈즈.

막시밀리앵은 소스라치며 놀랐다.

그러니까 지난번에 그가 어떤 곤충에 쏘였던 것은 우연이 아니었다. 그 곤충이 피라미드와 관련이 있다는 점에는 이제 의심의 여지가 없었다.

그 브즈즈 소리를 내는 것은 커다란 날벌레였다. 십중팔구는 꿀벌이나 말벌일 터였다. 그는 손을 내저으며 소리쳤다.

「꺼져, 이놈의 날벌레.」

그는 눈으로 벌레를 뒤쫓느라고 몸을 뒤틀었다. 그 곤충은 사람을 공격하자면 먼저 사람의 눈길에서 벗어나야 한다는 것을 알고 있기라도 한 것처럼 그의 시선을 자꾸 따돌리려고 했다.

곤충이 8 자 춤을 추기 시작했다. 그러더니 갑자기 솟구쳤다가 급강하하면서 그에게 덤벼들었다. 막시밀리앵의 정수리가 독침의 표적이 되었지만, 그의 금발은 숱이 많아서 날벌레의 공격이 먹혀들지 않았다. 마치 살이 아주 촘촘한 금빛 살문이 요새를 가로막고 있는 격이었다.

막시밀리앵은 자기 머리를 몇 차례 세게 때렸다. 곤충은 그의 손바닥을 피해 다시 날아올랐다가 가미카제식 급강하 폭격을 계속했다.

「도대체 왜 이러는 거야? 이 못된 벌레야. 너희 곤충들은 인간을 괴롭히는 마지막 남은 동물이야, 안 그래? 우리는 너희를 멸종시키지 못했어. 3백 년 전부터 우리 조상님들과 우리를 괴롭혀 왔으면 됐지, 앞으로 얼마 동안이나 더 우리 자손들을 괴롭힐 작정이냐? 이 못된 것들.」

날벌레는 경찰관의 으름장에는 관심이 없다는 듯 달아날 생각을 하지 않고, 정지 비행 자세를 유지하면서 방공 방위에 허점이 생기기를 노리고 있었다.

막시밀리앵은 신발 한 짝을 벗어 테니스 라켓처럼 그러쥐고 날벌레가 공격해 오는 즉시 스매싱 한 방을 오지게 먹이려고 노리고 있었다.

「네 이놈, 못된 말벌아, 네놈의 정체가 뭐냐? 피라미드의 경비원이냐? 그럼 이 불법 건물의 주인이 말벌들을 길들인 거야?」

그의 물음에 답하기라도 하듯 곤충이 덤벼들었다. 곤충은 그의 목으로 접근하다가 방향을 틀어 몸 주위를 한 바퀴 돌고는 맨살이 드러난 장딴지 쪽으로 급강하했다. 그러나 곤충은 침을 살갗에 꽂기도 전에 거대한 신창에 정통으로 맞았다. 막시밀리앵은 로빙[38]을 하듯 자세를 낮추고 손목을 잽싸게 놀림으로써 마침내 자기의 작은 적을 때려눕히는 데 성공한 것이다.

---

38 테니스 따위에서 공을 높이 쳐서 상대편의 머리 위로 넘겨 코트 구석에 떨어뜨리는 것.

둔탁한 소리를 내면서 신창에 부딪힌 곤충은 완전히 납작해진 채 바닥에 떨어졌다.

「1 대 0. 경기 끝.」

경정은 자기의 일타에 적이 흐뭇해하면서 말했다.

그는 물러가기 전에 다시 벽에 손나발을 대고 소리쳤다.

「그 안에 있는 자 들어라. 내가 호락호락 포기할 거라고 생각하면 큰 오산이다. 나는 이 피라미드 안에 숨어 있는 자가 누군지 알아낼 때까지 다시 올 것이다. 두고 보자고, 텔레비전을 좋아하는 은자 선생. 세상과 격리된 채 이 콘크리트 속에서 얼마나 오래 버티는지.」

62. 백과사전

명상

몸 고생 마음고생으로 하루를 보낸 뒤엔 조용하게 혼자 있는 시간을 갖는 것이 좋다. 그런 시간을 위한 간단한 명상법 하나를 소개하고자 한다.

먼저 등이 바닥에 닿게 누워서 발을 약간 벌린다.

팔을 몸에 붙이지는 말고 몸과 나란하게 쭉 뻗는다. 손바닥은 위를 향하게 놓는다.

명상은 자기 허파 안에 들어오는 공기에 대한 생각으로 시작한다. 그런 다음, 가슴이 열리고 허파 안으로 공기가 들어오는 것을 느껴야 한다.

처음에는 숨을 천천히 들이마시면서, 더러운 피가 다리를 거쳐 발가락으로부터 빠져나가고 허파에 산소가 풍부해지고 있다고 생각한다. 숨을 내쉬면서 산소를 가득 빨아들인 스펀지 같은 허파가 다리에서 발가락 끝에 이르기까지 하반신 구석구석에 깨끗한 피를 분산시키고 있다고 상상한다.

그런 다음, 다시 숨을 들이마시면서 복부 기관의 피를 허파로 빨아들인다고 생각한다. 숨을 내쉬면서 활력이 넘치는 피가 간, 지라, 소화기, 생식기, 근육을 흥건히 적시고 있다는 느낌을 가져야 한다.

세 번째 단계에서는 다시 숨을 들이마시면서 손과 손가락의 혈관을 깨끗한 피로 가신다고 생각한다.

마지막으로 한층 더 깊이 숨을 들이마시면서 뇌의 피를 허파로 빨아들이고 고여 있는 생각들을 모조리 비워 허파로 보낸다. 그런 다음, 활력으로 가득 찬 피와 맑아진 생각을 뇌로 돌려보낸다.

각 단계가 눈으로 보듯 분명하게 느껴져야 하고, 기관의 피를 깨끗하고 활기차게 만드는 것과 호흡을 잘 결합시켜야 한다.

뇌에 깨끗하고 활기찬 피가 가득하게 하려면 머릿속에 더러운 것을 모두 씻어 내야 한다.

에드몽 웰스, 『상대적이며 절대적인 지식의 백과사전』 제3권

63. 결투

전갈의 독침이 늙은 개미의 더듬이를 스치며 아슬아슬하게 비켜 갔다.

늙은 개미는 세 차례의 집게 공격과 네 차례의 독침 공격을 피했다. 그때마다 그는 몸의 균형을 잃고 구릿빛 괴물의 치명적인 무기에서 가까스로 벗어났다.

그 전갈을 아주 가까이에서 보니 무기를 여간 많이 갖추고 있는 게 아니다. 머리에 달린 뾰족한 집게는 독침 공격을 가하기에 앞서 상대를 꼼짝 못 하게 붙잡는 데 쓰인다. 옆구리에 붙은 여덟 개의 다리로는 전후좌우로 빠르게 이동할 수

있다. 뒷배는 유연성이 좋은 여섯 마디의 꼬리 모양으로 되어 있는데, 끝마디에는 가시나무의 가시처럼 날카롭고 커다란 독침이 달려 있다.

이 동물의 감각기는 어디에 있는 걸까? 이마에 달린 홑눈 말고는 눈도 거의 없는 셈이고 더듬이며 귀도 보이지 않는다. 103호는 적의 공격을 피하는 척하면서 계속 탐색을 한 끝에, 전갈의 진짜 감각기는 다섯 올의 짧은 감각모(感覺毛)로 덮인 집게임을 깨닫는다. 전갈은 그 집게를 이용해서 주위에서 일어나는 공기의 미미한 움직임까지도 지각하고 있는 것이다.

103호는 손가락들의 텔레비전에서 본 투우 경기를 떠올렸다. 그때, 그들은 소를 어떻게 다루었던가? 〈물레타〉라는 붉은 천을 가지고 했다.

103호는 바람에 실려 온 자줏빛 꽃잎 하나를 위턱으로 잡고 그것을 물레타 삼아 흔든다. 그 꽃잎이 돛처럼 바람살을 받으면 그 힘에 날아가거나 거꾸러질 염려가 있으므로 그는 공기의 흐름에 유의하면서 바람을 안지 않으려고 애쓴다. 비록 몸은 지쳐 있지만, 늙은 개미는 물레타 기술을 사용해서 외뿔 같은 적의 독침을 여러 차례 가까스로 피한다.

적은 끈적거리는 독침을 들어 올려 103호를 겨눈 다음 작살을 찌르듯 달려들곤 한다. 회를 거듭할수록 독침 공격은 점점 정확해지고 있다. 하나의 독침은 두 개의 뿔보다 피하기가 더 어렵다. 만일 투우를 하는 손가락들이 소만 한 크기의 거대한 전갈과 맞붙게 된다면, 늘 하던 투우 경기에서보다 한층 더한 어려움을 겪게 될 것이 뻔하다.

103호가 적에게 다가가려고 하면 적은 집게를 벌린 채 달려들고, 배를 들어 개미산을 쏘려고 하면 집게를 오므려 방패로 삼는다. 적의 집게는 공격과 수비를 겸하는 무기다. 게다가 여덟 개의 다리가 워낙 빨라서 치거나 막기에 더 유리한 자리를 차지하는 것은 언제나 전갈 쪽이다.

텔레비전에서 본 투우사는 끊임없이 요란한 몸짓을 해서 황소를 혼란에 빠뜨리곤 했다. 그와 마찬가지로 103호는 요리 뛰고 조리 뛰면서 집게와 독침을 피하고 적을 지치게 만들려고 한다.

103호는 정신을 집중하고 텔레비전에서 본 투우 장면을 낱낱이 기억해 내려고 애쓴다. 그들이 투우의 전술에 관해서 무어라고 해설을 했던가? 투우사와 소 둘 중에서 언제나 하나는 가운데에 있고 다른 하나는 그 주위를 돌게 된다. 주위를 도는 쪽은 더 빨리 지치지만 상대의 허를 찌를 수 있다. 재능 있는 투우사들은 소로 하여금 제대로 한 번 들이받지도 못하고 비틀거리게 만들 수 있다.

103호는 물레타 삼아 흔들던 자줏빛 꽃잎을 이제 방패로 사용하면서, 적의 독침이 다가들 때마다 그것을 들이댄다. 그러나 꽃잎은 별로 단단하질 못해서, 독침의 뾰족한 끄트머리에 이내 구멍이 뚫리고 만다.

죽으면 안 된다. 손가락들에 관한 지식을 헛되이 하지 않기 위해서 이렇게 죽을 순 없다.

살아남아야 한다고 악착스럽게 마음을 다잡으면서 늙은 개미는 나이를 잊고 젊은 시절의 날렵함을 되찾는다.

103호는 한 방향으로 계속 돌았다. 전갈은 그 하찮은 것의 끈질긴 저항에 약이 올랐는지 집게 부딪는 소리를 점점 더 요란하게 낸다. 전갈이 다리를 더욱 재게 놀리며 개미를 뒤쫓고 있는데, 개미가 갑자기 돌기를 멈추더니 반대 방향으로 돌기 시작한다. 그 바람에 전갈은 균형을 잃고 비틀거리다가 뒤로 벌렁 나자빠진다. 전갈의 약한 부위가 드러나자 개미는 그 기회를 놓치지 않고 개미산을 정확히 쏘아 댄다. 그러나 전갈은 별로 고통스러워하는 기색을 보이지 않고, 이내 몸을 추스르고 공격을 재개한다.

집게에 이어 독침이 103호의 머리를 몇 밀리미터 차이로 비켜 간다.

어서 다른 수를 내야 한다.

늙은 병정개미는 전갈이 저 자신의 독에 대해서 면역이 되어 있지 않다는 점을 생각해 낸다. 개미 세계의 전설에 따르면, 전갈은 불길에 둘러싸이거나 해서 겁을 먹게 되면, 제 독침으로 스스로를 찔러 자살한다고 한다. 그러나 전갈에게 겁을 주는 일이 여전히 문제로 남는다. 103호는 그렇게 빨리 불을 피워 내는 방법을 모른다.

다른 수를 내야 한다.

늙은 개미는 전황을 검토한다. 내 약점은 어디에 있는가? 또, 내 강점은 어디에 있는가?

몸이 작다는 것, 그것은 약점도 될 수 있고 강점도 될 수 있다.

그렇다면, 어떻게 약점을 강점으로 바꿀 것인가?

늙은 개미의 뇌리에서 무수한 방안이 갈마들며 아주 신속하게 그 타당성이 검토된다. 그의 기억력은 그가 체득한 온갖 병법을 떠올리고, 그의 상상력은 그것들을 한데 모아 전갈과 대결하기에 적합한 새로운 병법들을 만들어 낸다. 눈으로는 적의 동정을 살피면서 더듬이로는 떡갈나무라는 싸움터에 걸맞은 묘안을 찾아내려고 애쓴다. 환경을 시각과 후각으로 동시에 지각한다는 것의 이점이 바로 그런 것이다.

103호는 나무껍질에 뚫린 구멍 하나를 발견했다. 그 구멍을 보자 문득 떠오르는 것이 있다. 손가락들의 텔레비전에서 본 텍스 에이버리의 만화 영화다. 개미는 빠른 걸음으로 내달아서 나무 구멍으로 들어간다. 전갈이 그를 뒤쫓아 구멍 속으로 몸을 들이민다. 그러나 곧 배가 꽉 끼어 전갈은 꼼짝하지 못한다. 구멍 밖에는 전갈의 꼬리만이 남아 있다.

103호는 나무 구멍 속을 계속 나아가서 말벌들의 갈채를 받으며 반대쪽 출구로 다시 나온다.

전갈의 독침이 마치 갓 움튼 싹처럼 나무껍질에 돌출해 있다. 전갈은 그 고약한 구멍 속으로 더 깊이 들어가야 할지 아니면 뒤로 몸을 빼내는 게 좋을지 갈피를 못 잡고 궁지에서 벗어나려고 안간힘을 쓴다.

새끼 전갈들은 어미가 승리할 가능성이 별로 없음을 지레 알아채고 줄행랑을 놓는다.

103호는 느긋하게 다가간다. 이제 그 위험한 독침을 깔쭉깔쭉한 위턱으로 썰어 낸 다음, 독이 몸에 닿지 않도록 조심하면서 그 흉기로 구멍에 끼인 적을 찌르는 일만 남아 있다.

개미들의 전설은 사실이었다. 전갈은 자신의 독에 면역이 되어 있지 않았다. 제 독침에 찔린 전갈은 최후의 발악을 하며 버둥거리다가 경련을 일으키더니 마침내 죽어 버렸다.

〈적의 무기를 도리어 적을 공격하는 데 사용하라〉고 그는 애벌레 시절에 배운 바 있었다. 바로 그 가르침대로 그는 전갈을 해치운 것이다. 103호는 병법의 보고라 할 만한 텍스 에이버리의 만화 영화에 대해서도 생각했다. 언젠가 그 위대한

274

전략가의 전투 비법을 겨레에게 온전히 전수해 줄 날이 오리라 기대하면서.

64. 노래

쥘리는 멈추라는 신호를 보냈다. 모두 틀리게 연주를 하고 그녀 자신도 노래를 제대로 못 하고 있었다.

「이런 식으로는 오래가지 못해. 내가 보기엔 우리가 근본적인 문제에 봉착해 있는 것 같아. 남의 음악을 연주하는 건 말끔 다 헛일이야.」

일곱 난쟁이들은 쥘리가 무슨 생각으로 그런 소리를 하는지 이해하지 못했다.

「뭐 제안할 게 있니?」

「우리도 창작을 할 수 있어. 우리의 노랫말과 우리의 음악으로 우리 자신의 작품을 만들어야 해.」

조에가 심드렁하게 어깨를 으쓱했다.

「너 뭔가 착각하고 있는 거 아니니? 우린 그저 고등학교의 소박한 록 그룹일 뿐이야. 교장 선생님이 겉발림으로 격려를 하고 있긴 하지만, 그건 우리 같은 록 그룹이라도 있어야 교과 외 문화 활동에 관한 보고서에 〈음악 활동 진작(振作)〉이라고 써넣을 수 있기 때문에 그러는 거야. 착각하지 마. 우리는 비틀스가 아니라고.」

쥘리는 길고 검은 머리채를 흔들었다.

「우리 작품을 만들면, 우리도 창작자가 되는 거야. 어렵게 생각할 것 없어. 독창적이기만 하다면, 우리 음악도 다른 어떤 음악 못지않은 가치를 지니게 되는 거라고. 우리는 이미 존재하고 있는 것과는 다른 어떤 것을 만들어 낼 수 있어.」

일곱 난쟁이들은 그 난데없는 제안에 다들 어리둥절한 기색을 보였다. 그들은 쥘리만큼 자신감을 갖고 있지 않았다. 그들 중 몇 사람은 자기들 그룹에 이상한 여학생을 끌어들였다고 후회하기 시작했다.

그때 프랑신이 쥘리를 거들어 주었다.

「쥘리 말이 맞아. 쥘리가 나에게 어떤 책을 보여 주었어. 『상대적이며 절대적인 지식의 백과사전』이라는 책이야. 거기에는 새로운 것들을 구상할 수 있게 해주는 조언들이 들어 있어. 나는 그 책에서 현재 시중에 나와 있는 모든 것들을 능가하는 새로운 컴퓨터의 설계 도면을 보았어.」

「정보 처리 기술을 개선하는 데는 한계가 있어. 컴퓨터의 칩은 누가 사용하든 똑같은 속도로 정보를 처리해. 게다가 우리는 현재 사용되고 있는 것보다 더 빠른 칩을 만들 수 없어.」

다비드가 그렇게 반박하자, 프랑신이 자리에서 일어나며 말했다.

「더 빠른 칩을 만든다는 얘기가 아니야. 물론, 우리가 직접 칩을 만들 수는 없어. 하지만, 칩들을 다른 방식으로 배치할 수는 있지.」

프랑신은 쥘리에게 백과사전을 달라고 해서 설계도가 나와 있는 면을 펼쳤다.

「봐. 여기엔 칩들의 위계 구조가 아니라 칩들의 민주주의가 실현되어 있어. 실행 칩들을 지배하는 상위의 마이크로프로세서는 더 이상 존재하지 않고, 모든 칩들이 똑같은 지위에 있어. 똑같은 성능을 가진 5백 개의 마이크로프로세서 칩이 항상 동시에 소통하는 거야.」

프랑신은 지면 한쪽의 스케치를 가리키며 말을 이었다.

「문제는 칩들의 배열 방법을 찾아내는 거야. 그건 마치 여러 사람이 모여 저녁 식사를 할 때 집주인이 손님들의 자리를 어떻게 배치할까 하고 궁리하는 것과 비슷해. 보통 하는 것처럼 사람들을 긴 네모꼴 탁자에 둘러앉히면, 끄트머리에 앉은 사람들은 이야기를 못 하고 가운데 앉은 사람들이 대화를 독점하게 돼.『상대적이며 절대적인 지식의 백과사전』의 저자는 말하자면 모든 칩들이 마주 볼 수 있도록 둥그렇게 배열하자는 거야. 동그라미가 바로 해답인 셈이지.」

프랑신은 친구들에게 다른 설계도를 보여 주었다.

「과학 기술만으로 만사가 해결되는 건 아니야. 네가 말하는 그 컴퓨터도 음악을 어떻게 만들 것인가 하는 문제에 대해서 답을 제시해 주지는 않아.」

조에는 여전히 회의적인 태도를 보였다. 그러나 폴은 마음이 끌리는 모양이었다.

「나는 프랑신이 무슨 말을 하려는지 이해하겠어. 컴퓨터는 현존하는 가장 복잡하고 정교한 도구야. 그 컴퓨터를 새롭게 할 방안을 내놓은 사람이라면 틀림없이 음악을 혁신하도록 도와줄 수 있을 거야.」

나르시스도 맞장구를 쳤다.

「그래, 쥘리 말이 맞아. 우리 자신의 노래를 만들어야 해. 이 책이 우리를 도와줄 거야.」

백과사전을 여전히 손에 들고 있던 프랑신이 손길 닿는 대로 한 면을 펼쳐서 큰 소리로 읽었다.

때가 되었다. 이젠 끝내야 한다.

우리의 오감을 활짝 열자.

신새벽의 새로운 바람이 불어온다.

그 무엇도 미친 듯이 춤추는 이 바람을 재울 수 없다.

잠들어 있는 이 세상에 무수한 탈바꿈이 일어나리라.

하지만 경직된 가치들을 부수는 데에 폭력은 필요치
않다.

뜻밖이겠지만 우리가 이루려는 건 그저 〈개미 혁명〉
일 뿐.

낭독이 끝나자, 한순간 침묵이 흘렀다.

「개미 혁명이라고? 그게 무슨 의미가 있지?」

조에가 그렇게 물었으나 다들 아무런 대꾸가 없었다.

「후렴만 붙이면 노래가 되겠는데.」

나르시스의 그 말에 힘을 얻고, 쥘리는 눈을 감은 채 생각
하다가 이런 후렴을 제안했다.

이젠 미래를 내다볼 줄 아는 사람이 없다.

이젠 새로운 것을 만들어 내는 사람이 없다.

그들은 『백과사전』을 샅샅이 뒤져 가면서 한 절 한 절 노
랫말을 지어냈다.

지웅은 그 책에서 음악과 관련된 내용을 찾아냈다. 건축
을 하듯이 선율을 지어내는 방법을 설명하는 대목이었다. 에
드몽 웰스는 거기에 바흐의 작품들이 어떻게 구성되었는지
를 분석해 놓고 있었다.

지웅은 칠판에 고속 도로 같은 것을 그린 다음 그 위에 선 하나를 그어 가락이 따라갈 길을 만들었다. 그러자 저마다 칠판 앞으로 나와 그 선을 중심으로 자기 악기가 낼 소리의 높낮이와 길이를 적었다. 그러고 나자, 그라탱과 다진 고기가 번갈아 가며 켜를 이룬 이탈리아 요리 라자냐를 닮은 선율이 만들어졌다.

그들은 악기들이 서로 잘 어울리도록 조정하면서 보표에 적힌 교차된 가락들의 효과를 배합하였다.

수정을 가하는 게 좋겠다 싶은 곳이 있으면 누구든 그 부분을 지우고 자기 마음에 드는 걸로 다시 그려 넣었다.

쥘리는 콧노래로 가락의 효과를 시험해 보았다. 배꼽에서 시작하여 기관을 타고 올라온 소리가 생동감 넘치는 선율로 울려 나왔다. 우선 그렇게 노랫말 없이 콧노래를 불러 본 다음, 쥘리는 그 가락에 에드몽 웰스의 책에서 읽은 〈때가 되었다. 이젠 끝내야 한다〉와 〈이젠 미래를 내다볼 줄 아는 사람이 없다. 이젠 새로운 것을 만들어 내는 사람이 없다〉라는 후렴을 붙여서 노래하였다. 그리고, 책의 다른 대목에서 취한 다음과 같은 구절을 2절의 노랫말로 삼았다.

그대는 다른 세상을 꿈꾼 적이 없는가?

그대는 다른 삶을 꿈꾼 적이 없는가?

그대는 인간이 우주에서 본연의 자리를 찾게 될 날을 꿈꾼 적이 없는가?

그대는 인간이 자연과 대화하고 자연이 피정복자로서가 아니라 대화의 상대로서 화답할 날을 꿈꾼 적이 없는가?

그대는 동물이나 구름이나 산과 이야기를 나누고 서로 적대함이 없이 협력하며 살 수 있기를 꿈꾼 적이 없는가?

　　그대는 새로운 인간관계에 바탕을 둔 새로운 공동체를 꿈꾼 적이 없는가?

　　성공하느냐 실패하느냐는 더 이상 중요하지 않고, 누구도 감히 남을 심판하려 들지 않으며, 저마다 자유롭게 행동하되 모두의 성취를 항상 염두에 두는 공동체를.

　　쥘리의 목소리는 폭넓은 성역(聲域)을 넘나들었다. 소녀의 새된 고음에서 쉰 목소리처럼 껄껄한 저음에 이르기까지 막힘이 없었다.

　　그녀의 노래를 들으면서 일곱 난쟁이들은 저마다 다른 가수를 떠올렸다. 폴은 그녀의 음성이 케이트 부시의 음성과 비슷하다고 생각했고, 지웅은 재니스 조플린을 연상했다. 그런가 하면, 레오폴은 쥘리가 팻 베네이터를 연상케 하는 하드 록적인 감각을 지니고 있다고 보았고, 조에는 쥘리가 노아처럼 강렬하다고 생각했다. 결국 쥘리의 목소리는 그들이 저마다 여성의 음성에서 가장 매력적인 것으로 여기는 요소들을 두루 갖추고 있는 셈이었다.

　　쥘리가 노래를 멈추자, 다비드는 전기 하프로 열광적인 솔로 연주에 들어갔고, 레오폴이 그의 연주에 화답하기 위해 플루트를 잡았다. 쥘리는 싱긋 웃으며 3절을 시작했다.

　　그대는 우리와 닮지 않은 것을 두려워하지 않는 세상을 꿈꾼 적이 없는가?

　　그대는 저마다 자기 장점을 찾아 자기완성의 길로 나아

갈 수 있는 세상을 꿈꾼 적이 없는가?

나는 우리의 낡은 습관을 바꾸기 위해 하나의 혁명을 꿈꾸었다.

그것은 작고 보잘것없는 자들의 혁명, 곧 개미 혁명이다.

아니 혁명이라기보다는 진보라고 하는 편이 나을지도 모르겠다.

그러나 내가 꿈꾼 것은 그저 유토피아일 뿐이었다.

나는 그 유토피아를 이야기하는 책, 시간과 공간을 초월하여 오래도록 살아남는 책을 꿈꾸었다.

내가 그 책을 쓴다면, 그것은 끝내 실현되지 않을 동화 같은 이야기가 되리라.

그들은 원무를 추듯이 둥그렇게 모였다. 마치 오래전부터 존재했어야 할 어떤 마술적인 원이 그제야 이루어진 듯한 느낌이었다.

쥘리는 눈을 감고, 조에의 베이스 기타와 지웅의 드럼 장단에 맞추어 신들린 사람처럼 몸을 흔들었다. 춤추는 것을 좋아하지 않는 그녀였지만 몸을 움직이고 싶은 욕구를 거스를 수가 없었다.

그녀의 춤에 모두가 격려를 보냈다. 쥘리는 헐렁한 모직 풀오버를 벗고 몸에 꽉 끼는 티셔츠 차림으로 마이크를 손에 든 채 율동에 맞추어 몸을 흔들었다.

나르시스는 전기 기타로 반복 선율을 연주해서 신명을 돋우었다.

조에가 멋진 결말부로 곡을 마무리하자고 제안했다.

쥘리는 여전히 눈을 감은 채 즉흥적으로 이렇게 노래했다.

우리는 새로운 선견자다.
우리는 새로운 발명자다.

그렇게 해서 결말부도 만들어졌다. 프랑신이 오르간으로 마무리 연주를 했다.

「훌륭해!」

조에가 소리쳤다.

그들은 방금 완성한 곡에 대해서 토론을 벌였다. 3절의 솔로 부분을 제외하면 모든 것이 제대로 된 것 같았다. 다비드는 그 부분에도 혁신이 필요하다면서 전기 기타로 연주하는 전통적인 반복 선율 말고 다른 것을 찾아보자고 주장했다.

다소 미진한 점은 있었지만 그것은 그들의 첫 창작곡이었고, 그들은 스스로를 대견하게 여겼다. 쥘리는 이마의 땀을 닦고, 티셔츠 차림으로 있기가 쑥스러워서 얼른 다시 겉옷을 입었다.

쥘리는 쉬는 시간을 이용해서 새로운 화제를 꺼냈다.

「발성법을 잘 조절하면 건강에 도움이 될 수 있어. 나한테 성악을 가르쳐 주신 얀켈레비치 선생님은 소리로 병을 다스리는 법도 가르쳐 주셨어.」

소리와 관계된 거라면 무엇에든지 관심을 보이는 폴이 물었다.

「어떻게 하는 건데? 우리에게 시범을 보여 줘.」

쥘리는 예를 들어 〈오〉라는 울림소리를 낮고 장중한 음으로 내면 배에 효험을 미친다고 설명했다.

「〈오오오〉하고 소리를 내면 창자에 진동이 생겨. 소화가 잘 안 될 때에는 그 소리로 소화 기관을 떨리게 해봐. 약을 먹는 것보다 값도 싸고 언제든지 사용할 수 있다는 장점이 있지. 그냥 진동만 일으키면 되는 거니까 입 가진 사람이면 누구나 할 수 있어.」

일곱 난쟁이들은 실제로 〈오오오〉하는 소리를 내면서 소화 기관에 미치는 효과를 느껴 보려고 했다.

「〈아〉소리는 심장과 허파에 효험이 있어. 숨이 차면 저절로 그 소리를 내게 되지.」

그들은 합창을 하듯 다 같이 〈아아아〉를 외쳤다.

「〈에〉소리는 목에 효험이 있고, 〈우〉소리는 입에, 〈이〉소리는 뇌와 정수리에 영향을 미치지. 각각의 소리를 길게 내면서 기관이 떨리게 해봐.」

그들은 각각의 모음을 반복해서 발음했다. 폴은 사람들의 고통을 덜어 주는 치료 음악을 만들어 보자고 제안했다. 다비드가 맞장구를 쳤다.

「폴의 말이 맞아. 〈오오오〉와 〈아아아〉와 〈우우우〉를 계속 잇는 것만으로도 노래를 만들 수 있을 거야.」

조에도 거들었다.

「거기에 사람의 마음을 차분하게 만들어 주는 초저주파음을 베이스로 깔면 더할 나위 없이 좋은 치료 음악이 될 거야. 아예 〈만병을 고치는 음악〉을 우리의 슬로건으로 삼을 수도 있어.」

「그래, 음악에 새로운 지평을 여는 거야.」

「무슨 소리야? 음악으로 병을 고치는 건 이미 고대부터 있어 온 거야. 우리 원주민들의 노래 중에는 무한히 반복되는 모음으로만 이루어진 것이 많아. 그런 노래들이 왜 생겼다고 생각하니?」

레오폴이 그렇게 지적하자, 지웅은 한국의 전통 음악에도 모음으로만 이루어진 노래들이 있다면서 그의 주장을 뒷받침해 주었다.

그들은 듣는 이들의 건강에 도움을 줄 수 있는 노래를 한 곡 만들기로 했다. 그들이 막 작업에 착수하려는데 느닷없이 쿵쿵거리는 소리가 들렸다. 지웅의 드럼에서 나오는 소리가 아니었다.

폴이 문을 열자, 교장 선생님이 짐짓 불평하듯 말했다.

「이 녀석들 너무 시끄럽구먼.」

밤 8시였다. 그들에게 허락된 연습 시간은 8시 반까지였다. 보통의 경우 그 시각까지는 마음 놓고 연습을 할 수 있었다. 그러나 그날은 교장이 잡무를 처리하느라고 늦게까지 사무실에 남아 있었던 거였다.

그는 연습실로 들어서며 여덟 명의 젊은 음악가들을 하나하나 훑어보았다.

「너희들 연주하는 소리가 다 들리더구나. 너희들이 창작도 하는지는 몰랐어. 들어 보니까 괜찮던데. 어쩌면, 때맞춰서 아주 좋은 일이 생길지도 모르겠어.」

교장은 접는 의자 하나를 펴서 앉았다.

「내 아우가 프랑수아 1세 구역에 문화원을 개관하는데, 처음으로 관객을 받아들여 음향 시설이며 매표소며 그 밖의 모든 것들을 시험적으로 가동해 보려고 공연거리를 찾고 있어. 진작 어떤 현악 4중주단과 약속이 되어 있었는데 공교롭게도 두 연주자가 동시에 병이 나서 꼼짝을 못 하고 있다는 거야. 아무리 동네 문화원이지만 둘이서 4중주를 한다는 건 너무 성의가 없는 일이지. 그래서 내 아우는 어제부터 그들을 대신해서 별다른 준비 없이도 연주를 할 수 있는 음악가들을 찾고 있어. 마땅한 사람을 찾지 못하면 개관을 연기해야 돼. 그러면 시청 측에서 별로 좋아하지 않을 거야. 어쩌면 너희들이 그를 곤란한 처지에서 구해 줄 수 있을지도 모르겠다. 어때, 개관 기념으로 거기에서 연주해 볼 생각 없어?」

여덟 학생들은 난데없이 찾아온 행운에 얼떨떨해하면서 서로의 얼굴을 바라보았다. 지웅이 소리쳤다.

「아니 어떻게!」

「어떡하긴, 어서 부지런히 준비해서 다음 토요일에 연주하면 되지.」

「이번 토요일에요?」

「그래, 이번 토요일.」

폴은 하마터면, 〈안 돼요, 그건 불가능해요, 저희 레퍼토리엔 현재 창작곡이 한 곡밖에 없는걸요〉하고 말할 뻔했다. 그러나 지웅의 시선은 그에게 아무 말도 하지 말라고 이르고 있었다.

「아무 문제 없습니다.」

조에가 자신만만하게 말했다.

그들은 불안했지만 한편으로 기쁘기도 했다.

시시껄렁한 야회와 동네 축제에나 나가던 그들에게 마침내 진짜 관객을 앞에 놓고 연주할 기회가 온 거였다.

「좋았어. 그럼 너희를 믿는다. 활기 넘치는 분위기를 한번 만들어 보라고.」

교장은 은근한 뜻을 담아 그들에게 한쪽 눈을 찡긋해 보였다.

프랑신은 어안이 벙벙해서 허둥거리다 오르간 건반에 팔꿈치를 미끄러뜨렸다. 그 바람에 불협화음의 아르페지오가 대포 소리처럼 울렸다.

65. 백과사전

작곡 기법 ― 카논

서양 음악에서 사용하는 작곡 기법의 하나인 카논은 그 구조가 대단히 흥미롭다. 카논의 예로는 프랑스 민요 「자크 수사(修士)」나 「아침 바람, 상쾌한 바람」, 「그대 종지기에 저주가 있으리」, 파헬벨의 「카논」 등을 들 수 있다.

카논은 하나의 주제를 중심으로 구성된다. 연주자는 그 주제의 모든 측면을 탐색하면서 그 주제를 그것 자체와 대면시킨다.

우선 제1성부(聲部)가 주제를 제시한다. 그런 다음, 정해진 간격을 두고 제2성부가 주제를 되풀이한다. 다시 제3성부가 선행 성부를 모방한다.

전체가 순조롭게 진행되기 위해서는 음 하나하나가 다음과 같은 세 가지 역할을 수행할 수 있어야 한다.

1) 기본 선율을 만들어 낼 것.

2) 기본 선율에 반주를 덧붙일 것.

3) 기본 선율과 반주에 또 다른 반주를 덧붙일 것.

말하자면 각 요소가 세 가지 수준을 동시에 갖게 하는 구성이다. 각 요소는 위치에 따라서 주연이 되기도 하고 조연과 단역이 되기도 한다.

음을 추가하지 않고 단지 고음부와 저음부에서 음높이를 변경하는 것만으로 카논을 정교하게 만들 수 있고, 후속 성부를 반(半) 옥타브 간격으로 시작하는 방법을 통해서도 카논을 정교하게 만들 수 있다. 즉, 선행 성부가 〈도〉로 되어 있으면 후속 성부는 〈솔〉, 선행 성부가 〈레〉로 되어 있으면 후속 성부는 〈라〉가 되게 하는 것이다.

노래의 빠르기에 변화를 주는 것 역시 카논을 정교하게 만들 수 있는 방법 중 하나이다. 더 빠르게 하는 경우에는, 선행 성부가 선율을 연주하는 동안에 후속 성부는 빠른 속도로 선율을 두 번 되풀이한다. 더 느리게 하는 경우에는, 선행 성부가 선율을 연주하는 동안에 후속 성부는 두 배 더 느리게 선율을 연주한다.

제3성부도 마찬가지 방식으로 주제를 더욱 확대하거나 축소할 수 있을 것이다. 그럼으로써 확장 또는 집중의 효과를 얻게 된다.

또, 선행 성부의 선율을 상하로 자리바꿈하여 모방하는 방법을 통해서도 카논을 정교하게 만들 수 있다. 즉, 주제의 모든 음에 대해 선행 성부가 올라가면 후속 성부는 내려가게 만드는 것이다.

가장 복잡한 카논 기법은 이른바 〈가재 카논〉이다. 음들이 가재처럼 뒷걸음질을 치기 때문에 그런 이름이 붙은 것이다.

카논 중에는 말 그대로 수수께끼라 할 만한 것들도 있다. 그런 카논에서는 주제를 변화시키는 법칙을 발견하기가 매우 어렵다. 바흐는 그런 종류의 〈놀이〉를 무척 좋아했다.

에드몽 웰스, 『상대적이며 절대적인 지식의 백과사전』 제3권

66. 막시밀리앙, 현상을 직시하다

아무도 말이 없었다. 포크와 나이프를 곤충의 위턱처럼 놀리는 소리가 들릴 뿐이었다. 막시밀리앙은 조용히 자기 몫의 음식을 삼켰다.

가정이라는 안식처에서도 그는 이제 권태를 느끼고 있었다. 돌이켜보면, 그가 신티아와 결혼한 것은 친구들의 기를

죽이기 위해서였다.

신티아는 자랑스러운 존재였고, 친구들은 모두 그를 부러워했던 것이 사실이었다. 문제는 미모라는 것이 샐러드처럼 매일같이 먹어도 물리지 않는 그런 것이 아니라는 데에 있었다. 신티아는 아름답지만, 그는 몹시 권태를 느끼고 있었다. 그는 미소를 지으며 아내와 딸에게 입을 맞춘 다음, 〈진화〉게임을 하기 위해 서재에 틀어박혔다.

〈진화〉는 갈수록 재미가 붙는 게임이었다. 그는 재빨리 아즈텍풍의 문명 하나를 건설한 다음, 여남은 개의 도시를 건설하고 신대륙을 발견하기 위한 갤리선까지 파견하면서 기원전 500년까지 그 문명을 이끌어 갔다. 아즈텍의 탐험대로 하여금 기원전 450년쯤에 유럽 대륙을 발견하게 할 셈이었는데, 콜레라가 창궐하는 바람에 그의 백성들이 수도 없이 죽어 나갔다. 엎친 데 덮친 격으로 오랑캐들마저 침입해 와서 그의 아즈텍 문명은 서기 1년이 되기 전에 멸망하고 말았다.

「신통치 않군요. 정신을 어디 딴 데다 팔고 있는 것 같습니다.」

마키아벨이 핀잔을 주었다.

「그래. 내 일 때문에 그래.」

「무슨 일인지 저에게 이야기해 주실래요?」

경정은 어럽쇼 하며 자기도 모르게 움찔했다. 이제껏 그는 마키아벨을 컴퓨터를 켜면 자기를 맞아들여 구불구불한 〈진화〉의 길로 안내하는 하인 정도로만 생각해 왔다. 그런 마키아벨이 가상의 영역을 떠나 그의 진짜 〈삶〉에까지 간섭해 온 것은 정말 뜻밖이었다. 그럼에도 막시밀리앵은 에멜무지로 마키아벨이 하자는 대로 해보기로 했다.

「나는 경찰관이다. 어떤 사건을 수사하고 있는 중이야. 수사에 별로 진척이 없어서 마음이 편치 않아. 숲속에 독버섯처럼 자란 피라미드가 하나 있는데, 그 때문에 골치를 앓고 있어.」

「그것에 대해 저에게 말씀해 주실 수 있어요? 아니면 비밀인가요?」

합성된 음성이라는 느낌이 거의 안 들고 장난기마저 느껴지는 그 말투에 막시밀리앵은 적이 놀랐다. 하긴, 최근에 출시된 〈대화 시뮬레이터〉는 자연스러운 대화를 하는 것처럼 사람을 속일 수 있다는 얘기를 듣긴 했다. 사실 그 프로그램들은 그저 핵심적인 단어에 반응하면서 간단한 토론 기법을 바탕으로 응답 문장을 만들어 내고 있을 뿐이었다. 예를 들면, 〈정말 그렇게 생각하십니까?〉 하고 되묻거나 아니면 〈당신에 관한 얘기를 하는 편이 낫겠어요〉라는 말로 대화의 중심을 자꾸 상대에게 떠넘기는 식이었다. 한마디로 거기에 무슨 대단한 비법이 있는 건 아니었다. 알고 보면 놀랍거나 신기로울 게 전혀 없었다. 그런 사정을 알면서도 막시밀리앵은 컴퓨터와 대화하는 것을 받아들인 셈이었다. 그는 자기가 사람과도 맺지 못한 특별한 유대 관계를 단순한 기계와 맺어 가고 있다는 사실을 의식했다.

그는 잠시 망설였다. 따지고 보면, 그에겐 진정한 대화를 나눌 만한 사람이 아무도 없었다. 경찰 학교의 학생들하고는 물론이고, 부하 경관들과도 대등하게 이야기를 나눈다는 것이 불가능했다. 그가 조금이라도 허술한 구석을 보이면, 부하 경관들은 그것을 세력 약화의 징후로 간주할 게 뻔했다.

그렇다고 뒤페롱 지사와 같은 윗사람들과의 대화가 가능하냐 하면 그것도 아니었다. 위계질서는 모든 사람들을 갈라놓는 벽이 아니던가! 막시밀리앵은 자기 아내나 딸하고도 속내 이야기를 주고받아 본 적이 없었다. 사정이 그러하다 보니, 결국 의사 전달이라고 해봐야 그가 경험하고 있는 것은 텔레비전이 쏟아 내는 일방적인 정보 전달이 있을 뿐이었다. 텔레비전은 그에게 재미있는 이야기들을 쉴 새 없이 들려주지만 이쪽의 이야기는 전혀 들을 줄 모르는 괴물이었다.

어쩌면 신세대 컴퓨터가 막시밀리앵의 삶에 생긴 그 허전한 구멍을 메워 줄지도 모를 일이었다.

막시밀리앵은 컴퓨터의 마이크로 다가갔다.

「내가 고민하고 있는 것은 숲의 보호 구역 안에 지어진 무허가 건물 때문이야. 그 건물의 벽에 귀를 대면 안에서 텔레비전 소리 같은 것이 들려. 그런데, 벽을 두드리면 소리가 끊어져. 문이나 창문도 없고, 안을 엿볼 만한 작은 구멍도 하나 없어. 그 안에 누가 살고 있는지 빨리 알아내야 할 텐데 말이야.」

마키아벨은 그 문제와 관련해서 몇 가지 상세한 질문을 하더니, 눈조리개를 오므렸다. 그건 깊은 관심의 표시였다. 마키아벨은 한동안 숙고하다가 저 나름의 해결책을 제시했다. 기술병 한 분대를 데리고 가서 콘크리트 벽을 폭파하는 것 말고는 달리 방법이 없다는 거였다.

확실히 컴퓨터는 상황의 미묘함을 요모조모 따지지 않는다. 막시밀리앵은 아직 그런 극단적인 결정을 못 하고 있던 터였다. 하지만, 종당에는 그도 컴퓨터가 제안한 대로 벽을 폭파하는 쪽으로 마음을 굳히기가 십상이었다. 컴퓨터는 단지 그 결심을 앞당겨 주는 것에 지나지 않았다. 경정은 마키아벨에게 고마움을 표하고, 〈진화〉 게임을 다시 시작하려고 했다. 그때, 컴퓨터가 그에게 한 가지 일을 상기시켰다. 열대어들에게 먹이 주는 것을 잊었다는 거였다.

막시밀리앵은 문득 컴퓨터가 자기의 친구가 되어 가고 있다는 느낌이 들었다. 그런 기분은 처음이었다. 이제껏 그는 한 번도 진정한 친구를 사귀어 본 적이 없었다. 그 점에 생각이 미치자 마음이 편치 않았다.

67. 로열 젤리

103호는 기어이 전갈을 처치했다. 혹시나 하며 멀리서 결투를 관망하던 새끼 전갈들은 어미가 죽은 것이 확실해지자, 이제부터는 자기들만의 힘으로 험난한 세파를 헤쳐 나가야 한다는 것을 의식하면서 미련 없이 달아나 버린다. 새끼 전갈들이 보기에 이 세상은 자기들 독침의 위력 말고는 믿고 의지할 것이 아무것도 없는 무법천지일 뿐이다.

말벌집 안으로 안내를 받고 들어온 열두 탐험 개미들은 페로몬을 발산하여 늙은 개미에게 갈채를 보낸다. 여왕 말벌은 103호에게 로열 젤리를 내주기로 하고, 잿빛 궁궐의 한 모퉁이로 그를 데리고 가더니 한곳을 가리키며 거기에서 기다리라고 한다.

그런 다음, 여왕 말벌은 정신을 집중하고 냄새가 아주 진한 침 같은 물질을 게워 올린다. 벌목(目)에 딸린 곤충들은 병정이고 여왕이고 할 것 없이 체내의 화학 작용을 완벽하게 통제한다. 그들은 소화 기능이나 휴면을 조절하고 통각이나 신경 흥분을 다스리기 위해 호르몬을 마음대로 분비할 수 있다.

이윽고 여왕 말벌이 거의 성호르몬만으로 이루어진 로열 젤리를 만들어 냈다.

103호는 먹기 전에 더듬이로 냄새를 맡아 보려고 조금 나아간다. 그러나 여왕 말벌은 입과 입을 맞대야 한다면서 그에게 바싹 다가든다.

개미라는 종과 말벌이라는 종 사이의 역사적인 입맞춤이 행해진다.

늙은 개미는 여왕 말벌이 입으로 건네주는 것을 받아 훅 삼켜 버린다. 그의 몸속으로 마술적인 자양분이 한꺼번에 밀려들어온다. 로열 젤리는 필요하다면 어느 말벌이나 만들 수 있다. 하지만 일벌이 만든 것보다는 여왕벌이 만든 것이 냄새도 한결 진하고 효험도 더 좋은 게 분명하다. 그 냄새가 어찌나 진한지 주위에 있는 다른 벨로캉 개미들까지도 그것을 느낄 정도다.

맛도 아주 강하다. 시고 달고 짜고 맵고 쓰다.

갈색 로열 젤리가 103호의 소화 기관 속으로 퍼져 들어간다. 위에서 희석되어 피[血]림프에 섞여 들어간 그 물질이 혈관을 타고 올라가 뇌 속으로 들어간다.

처음엔 아무런 변화도 생기지 않아서, 늙은 탐험 개미는 실험이 실패한 것으로 여겼다. 그러더니 갑자기 그의 몸이 떨리기 시작했다. 마치 광풍에 휩싸인 듯하다. 기분은 그다지 유쾌한 편이 아니다.

금방이라도 죽을 것만 같다.

여왕 말벌이 독을 준 게 아닐까? 그 물질이 온몸으로 퍼지고 있다. 캄캄하고 후끈후끈한 느낌이 밀려온다. 여왕 말벌을 믿지 말았어야 했는지도 모른다. 말벌이 개미를 싫어한다는 건 천하가 다 아는 사실이다. 말벌들은 자기네의 유전적 사촌인 개미들이 자기네보다 앞서 나가는 것을 용인한 적이 없다.

103호는 젊은 시절에 자기가 말벌들을 상대로 행한 일들을 떠올린다. 그는 판지 조각 뒤에 숨으려고 허겁지겁 달아나는 말벌들에게 개미산을 쏘아 대면서 말벌들의 둥지를 유린한 적이 있었다.

이건 그 행위에 대한 말벌들의 앙갚음일 것이다.

사위가 으스스할 만큼 어두워진다. 고통스럽다는 것 말고는 아무 생각도 나지 않는다. 이 상황에서 무엇을 어떻게 해야 할지 갈피를 잡기가 어렵다. 어둠, 시큼한 냄새, 추위, 죽어 간다는 느낌. 몸이 자꾸 부들거린다. 턱들이 제멋대로 벌어졌다가 오므라진다. 그는 자기 몸에 대한 통제력을 잃고 말았다.

그는 자기에게 독을 먹인 말벌을 공격하려고 그쪽으로 다가간다. 그러나 더 이상 몸을 가눌 수가 없다. 그는 앞다리를 꺾으며 쓰러진다.

시간에 대한 느낌이 달라진다. 모든 것이 느릿느릿 진행되는 듯하다. 다리를 움직이기로 마음먹은 순간과 실제로 다리를 움직인 순간 사이에 아주 긴 시간의 공백이 있는 것 같다.

그는 여섯 다리로 지탱하며 서 있기를 포기하고 널브러진다.

자신의 모습이 보인다. 마치 자기 몸 밖에서 자기를 보고 있는 것 같다.

과거의 영상들이 스쳐 간다. 바로 앞서 겪은 일들을 시작으로 시간을 차츰차츰 거슬러 올라가면서 옛일의 장면들이 떠오른다. 암전갈과 싸우는 모습, 물결처럼 너울거리는 메뚜기들의 등 위를 파도타기 하듯 헤쳐 나오는 광경, 사막을 건너는 장면이 보인다.

손가락들의 세계에서 도망쳐 나오는 모습과 손가락들과 처음으로 대화를 나누는 장면이 다시 보인다. 손가락들은 그의 더듬이가 벙벙해질 만큼 놀라운 이야기들을 하고 있다.

모든 일이 영화를 거꾸로 돌리고 있는 것처럼 펼쳐진다.

원정의 전우인 24호가 보인다. 강 한복판의 코르니게라 섬에 자유로운 공동체를 건설한 친구다. 처음으로 뿔풍뎅이의 등에 올라타고 허공을 날며 빗줄기 사이를 헤쳐 나가는 광경이 보인다. 그 빗줄기는 수정 기둥처럼 단단해서 정통으로 맞으면 목숨을 잃을 만큼 위험하다.

손가락들의 나라를 향해 떠난 첫 번째 원정과 세계의 가장자리를 발견하던 때의 장면이 다시 나타난다. 자동차들이 온갖 생명을 죽이는 시커먼 도로가 보인다.

도마뱀과의 싸움, 새와의 싸움, 바위 냄새를 풍기는 음모꾼들과의 싸움이 생생하게 되살아 온다.

수개미 327호와 암개미 56호가 다시 보인다. 그들의 이야기를 통해 비밀 무기의 수수께끼를 처음으로 알게 되었던 때의 광경이다. 기나긴 탐험과 발견의 역정이 시작되는 순간이다.

기억의 실타래가 걷잡을 수 없이 계속 풀려 나간다.

개양귀비 전투 때의 일이 되살아난다. 그는 죽음을 당하지 않기 위해 적을 죽이고 있다. 적들의 등딱지가 그의 위턱을 맞고 쪼개진다. 수백만의 병정개미들이 맞붙어 백병전을 벌이고 있다. 몸뚱이에서 잘려 나간 다리와 머리와 더듬이가 지천으로 널려 있다. 그 전투의 결과는 더 이상 생각이 나지 않는다.

풀들 사이로 빠르게 움직이는 그의 모습이 보인다. 겨레의 페로몬이 향긋한 냄새를 풍기는 길을 따라 그가 달리고 있다.

벨로캉의 통로에서 나이 많은 병정개미들과 장난을 치던 아주 어린 시절의 모습도 떠오른다.

103호는 더 오래전의 옛일로 자꾸 거슬러 올라간다. 번데기 시절을 지나 애벌레 시절의 모습이 다시 보인다. 그는 이제 잔가지 지붕의 햇빛방에서 몸을 말리고 있는 한 마리 애벌레. 몸이 근질근질하지만 혼자 힘으로는 돌아다닐 수가 없다. 그래서 울부짖듯 페로몬을 발하면, 유모 개미들이 다른 애벌레를 제쳐 두고 그에게 서둘러 달려온다.

《먹이를 줘요! 유모들, 어서 내게 먹이를 줘요. 많이 먹고 빨리 크고 싶어요.》

그가 그렇게 소리치고 있다. 사실, 그 시절에 그는 한시라도 더 빨리 자란 벌레가 되기만을 바랐다.

시간을 더 거슬러 올라가자, 알이었던 때의 모습이 다시 보인다. 그는 여왕의 배 속에서 갓 나와 알 더미 속에 들어 있다. 자갯빛 알에 맑은 액체가 가득 들어 있다. 그토록 작은 구체(球體)로 줄어들어 있는 자신의 모습을 다시 보니, 참으로 기이한 느낌이 든다. 이게 바로 예전의 내 모습이란 말인가.

《한 마리 개미이기 전에, 나는 하얀 구체였다.》

그런 생각을 하니 머리가 어질어질하다.

알이었던 시절보다 더 먼 과거로 거슬러 올라갈 수는 없으리라는 생각이 든다. 그러나 아니다! 기억의 얼레에는 아직 풀려 나갈 연줄이 남아 있다. 영상의 연은 바람을 타고 더 먼 과거로 한껏 솟구쳐 올라간다.

그는 산란의 순간을 거쳐 어머니 배 속으로 되올라가 난세포의 모습이 된다. 방금 정받이를 끝낸 난세포다.

《하얀 구체이기 전에, 나는 노란 구체였다.》

다시 뒤로, 더 먼 과거로 거슬러 올라간다.

난자 한가운데에서 웅성 생식 세포와 자성 생식 세포가 만나는 광경이 보인다. 지금 103호는 수컷, 암컷, 중성 사이에서의 선택이 이루어지는 그 찰나적인 기로에 서 있다.

난자가 떨고 있다.

수컷이냐, 암컷이냐, 중성이냐? 난자의 한가운데에서 진동이 일고 있다. 수컷이냐, 암컷이냐, 중성이냐?

난자가 춤을 춘다. 세포핵에서 이상한 액체들이 뒤섞이고 분해되면서 물결무늬가 어른거리는 소스 같은 물질이 만들어진다. 염색체들이 긴 다리처럼 서로 얽혀 든다. X냐, Y냐, XY냐, XX냐? 마침내 자성의 염색체가 점지를 받는다.

됐다! 로열 젤리는 효험이 있었다. 그 물질은 성을 결정하는 최초의 갈림길로 그를 되돌려서 세포의 발전 경로를 바꾸어 버렸다.

103호는 이제 암컷이다. 이제부터 103호는 암개미다.

그의 머릿속에서 꽃불이 작렬한다. 흡사 뇌 속의 모든 문이 열리면서 빛이 함빡 들어오는 듯하다.

모든 문이 열리고 모든 감각이 열 배나 더 민감해진다. 온갖 것이 훨씬 더 강렬하고 고통스럽고 깊이 있게 느껴진다. 그의 몸은 외부의 아주 미세한 파동에도 반응할 만큼 지극히 민감하다. 오색영롱한 무늬들이 눈을 파고들고 온갖 냄새들이 더듬이를 찌른다. 순수한 알코올에 적신 것처럼 더듬이가 따갑다. 이러다가 더듬이를 못 쓰게 되는 건 아닐까 하고 문득 두려운 생각이 든다.

자극이 매우 강렬하다. 너무 강렬해서 땅을 파고 들어가 숨어 버리고 싶다. 도처에서 눈과 더듬이를 통해 뇌로 쏟아져 들어오는 그 무수한 시각, 후각, 청각 정보들로부터 달아나고 싶다. 일찍이 겪어 본 적이 없는 감정, 추상적인 기분이 느껴진다. 냄새가 색깔로 나타나고, 색깔이 소리로 느껴지며, 소리가 촉각으로 감지되고, 촉각이 관념으로 표현된다.

뇌리에 새로운 관념들이 솟아오른다. 마치 땅속을 흐르던 물줄기가 땅껍질을 뚫고 솟구쳐 샘을 이루는 것과 같다. 과거의 한 순간 한 순간이 샘물처럼 퐁퐁 솟아난다. 하지만 그 순간들이 그냥 되돌아오는 것은 아니다. 새로운 감각과 감정과 추상 능력이 그 순간들의 참뜻을 새롭게 밝혀 주기 때문이다.

오감의 강렬한 빛을 받아 온갖 것이 새로워진다. 모든 것이 한결 더 미묘하고 복잡하다. 세상 만물이 쏟아 내는 정보가 이렇게 많은 줄을 예전엔 미처 몰랐다.

그렇다면, 이제껏 그는 삶의 풍요로움을 온전히 누리지 못하면서 살아온 셈이다. 그의 뇌가 홀쩍 커져 버린 느낌이 든다. 전에는 뇌 용적의 10퍼센트밖에 사용하지 않았는데, 그 호르몬 합제 덕분에 30퍼센트까지는 사용할 수 있게 된 듯하다.

감각이 열 배나 더 민감해진다는 건 얼마나 기분 좋은 일인가! 그토록 오랜 세월을 중성으로 살아온 개미가 화학의 마력을 빌려 갑자기 생식 개미가 된다는 건 얼마나 즐겁고 놀라운 일인가!

103호는 몽환 상태에서 벗어나 차츰차츰 현실로 되돌아온다. 지금 그는 말벌집 안에 들어와 있다. 난방이 잘 되고 있는지 이 잿빛 둥지 안은 훈훈하다. 밤인지 낮인지 더 이상 알 수가 없다. 아마도 밤일 것이다. 어쩌면 벌써 새벽이 되었는지도 모른다.

로열 젤리를 먹은 뒤로 얼마나 많은 시간, 얼마나 많은 날들이 흐른 것일까? 그는 시간이 흐르는 것을 느끼지 못했다. 두려움이 엄습한다.

여왕 말벌이 그에게 무슨 말을 하고 있다.

68. 체육 시간

「자, 모두 반바지 차림으로 복장을 통일하고 일렬로 서라. 오늘은 가뿐하게 달리기로 몸을 풀겠다.」

여기저기서 웅성거리는 소리가 일었다. 몇몇 학생들은 팔다리를 쭉쭉 뻗으며 준비 운동을 했고, 나머지 대다수는 출발선에 가서 자리를 잡았다.

체육 시간으로 하루가 시작되는 참이었다.

「정렬하라고 했잖아. 한 사람 머리만 보이게 똑바로 맞춰서봐. 출발 신호를 하면 각자 최선을 다해서 빨리 달려라. 넓적다리를 번쩍번쩍 들어 올리고 보폭을 넓혀서 있는 힘껏 달리는 거야. 모두 여덟 바퀴를 돌아야 한다. 내가 시간을 잴 것이다. 너희는 스무 명이니까, 결승선에 들어오는 순서가 곧 자기 점수가 될 것이다. 1등은 20점 만점에 20점, 꼴찌는 1점을 받게 된다.」

날카로운 호루라기 소리. 출발!

쥘리와 일곱 난쟁이들은 선생이 시키는 대로 달리고는 있었지만, 그다지 열의가 있는 건 아니었다. 그들은 그저 연습실에 돌아가 새로운 곡을 만들고 싶은 마음에 어서 수업이 끝나기만을 고대하고 있었다.

결국 그들은 다 같이 꼴찌로 들어왔다.

「달리기 싫은데 억지로 달리고 있는 것 같아, 그러니, 쥘리?」

체육 선생의 핀잔에 쥘리는 대답 대신 어깨를 으쓱 들어 올렸다. 체육 선생은 남자처럼 우람찬 여자였다. 수영 선수로서 올림픽 경기의 국가 대표로 선발되기도 했던 그녀는 한창 시절에 근육을 붙이고 힘을 더 얻기 위해 남성 호르몬제를 복용한 적도 있었다.

다음 운동은 밧줄 타기였다.

쥘리는 밧줄에 매달려 몸을 앞뒤로 흔들었다. 얼굴을 잔뜩 찡그리며 힘을 썼지만 그녀는 아무리 해도 1미터 이상 더 올라갈 수가 없었다.

「자, 힘내, 쥘리!」

쥘리는 땅바닥으로 뛰어내렸다.

「밧줄 타기는 살아가는 데에 아무런 쓸모가 없어. 우리가 정글에 사는 것도 아니고 어디 가나 승강기와 계단이 있는데 이런 걸 왜 배우는지 모르겠어.」

쥘리의 툴툴거리는 소리를 듣고 선생은 잠시 당황한 기색을 보이며 뭐라고 한마디 핀잔을 놓을까 하다가, 그러느니 차라리 진지하게 근육 단련에 애쓰고 있는 다른 학생들을 돌보기로 했다.

그럭저럭 체육 시간이 끝났다. 다음은 독일어 시간. 독일어 선생은 시간마다 학생들에게 야유를 당하는 가련한 여자였다. 학생들은 그녀에게 계란을 던지기도 했고, 종이를 씹어 악취가 물씬 풍기게 만든 총알을 취시통(吹矢筒) 같은 빈 대롱에 넣고 불기도 했다. 쥘리는 선생님에 대한 학생들의 그런 학대를 견딜 수 없었지만, 그들 전체에 맞서 개입할 용기를 내지 못했다.

결국 학생들과 맞서 싸우는 것은 선생님들에게 대드는 것보다 더 어려운 일이었다. 쥘리는 자신이 비열하다고 생각하면서, 그 선생님에 대해 강한 연민을 느꼈다.

종이 울렸다. 이번엔 철학 시간이었다. 독일어 선생이 미처 나가기도 전에 철학 선생이 교실로 들어왔다. 그는 가련한 동료 교사에게 정중하게 인사를 했다. 그는 독일어 선생과는 정반대였다. 언제나 여유작작하고 우스갯소리를 잘 하는 대단히 인기 좋은 선생이었다. 그는 뭐든지 모르는 게 없고 아무런 번뇌도 없이 느긋하게 소요하듯 살아가는 사람이라는 인상을 주었다. 정도의 차이는 있었지만 많은 학생들이 그를 흠모하고 있었다. 청소년기의 고민을 털어놓으러 그를 찾아오는 학생들도 적지 않았다. 그런 학생들이 올 때마다 그는 속내 이야기를 들어주는 사람의 역할을 완벽하게 수행하곤 했다.

그날 수업의 주제는 〈반항〉이었다. 철학 선생은 묘한 마력을 지닌 그 단어를 칠판에 쓰고 잠시 뜸을 들이다가 입을 열었다.

「오늘은 〈예〉와 〈아니요〉에 대해서 생각을 해보겠습니다. 여러분도 스스로의 삶 속에서 확인하고 있겠지만, 〈아니요〉라고 말하는 것보다는 〈예〉라고 말하는 쪽이 언제나 더 쉽습니다. 〈예〉는 우리로 하여금 한 사회 속에 완전하게 편입할 수 있게 해줍니다. 남들이 여러분에게 무언가를 요구할 때 〈예〉라고 답해 보십시오. 그러면 그들은 여러분을 기꺼이 받아들여 줄 것입니다. 그러나 살다 보면, 이제껏 우리에게 문을 잘 열어 주던 그 〈예〉가 갑자기 우리 앞에서 문을 닫아 버리는 때가 찾아옵니다. 여러분이 이미 몇 년 전에 겪은 사춘기가 아마 그런 때일 것입니다. 청소년기로 이행하는 그 시기에 여러분은 〈아니요〉라고 말하는 법을 배웠을 겁니다.」

이번 시간 역시 철학 선생은 학생들의 마음을 사로잡아 가고 있었다.

「〈아니요〉 역시 〈예〉만큼의 힘을 지니고 있습니다. 〈아니요〉라고 말하는 것은 남들과 다르게 생각할 자유를 천명하는 것이고, 자기의 개성을 주장하는 것입니다. 그래서 〈아니요〉는 〈예〉라고 말하는 것에 길들어 있는 사람들에게 두려움을 줍니다.」

철학 선생은 책상 앞에 앉아 자기 지식을 늘어놓는 고리타분한 모습을 보이기보다는 학생들 사이를 성큼성큼 돌아다니며 친숙하게 대화하는 모습을 보이기로 했다. 이따금 그는 걸음을 멈추고 한 학생의 책상을 골라 가장자리에 걸터앉은 다음 그 학생을 응시하며 말하기도 했다.

「하지만 〈예〉와 마찬가지로 〈아니요〉에도 한계가 있습니다. 모든 것에 대해 〈아니요〉라고 말해 보십시오. 그러면 여러분은 가로막히고 고립된 채 더 이상 빠져나갈 길이 없는 궁색한 처지에 놓이게 됩니다. 성년으로 넘어가는 시기는 모든 것에 긍정을 표시하거나 모든 것을 철저하게 거부하지 않고 〈예〉와 〈아니요〉를 번갈아 가며 사용하는 법을 배우는 때입니다. 이젠 무조건 기성 사회에 동화하려고 해서도 안 되고 사회를 총체적으로 거부해서도 안 됩니다. 〈예〉 또는 〈아니요〉를 선택함에 있어 판단의 근거로 삼을 만한 두 가지 기준이 있습니다. 첫째는 중장기적인 미래의 결과에 대한 분석이고, 둘째는 심오한 직관입니다. 〈예〉와 〈아니요〉를 분별 있게 배분하는 일은 과학보다는 예술에 더 가깝습니다. 〈예〉 또는 〈아니요〉를 분별 있게 말할 줄 아는 사람은 주변 사람들을 지배하게 될 뿐만 아니라, 자기 자신을 다스리는 더 중요한 일을 해낼 수 있습니다.」

맨 앞줄에 앉은 학생들은 그의 말을 다 빨아들일 기세로 열심히 귀를 기울이고 있었다. 학생들은 그가 발음하는 단어의 뜻보다는 말소리 그 자체에 더 관심이 많은 것 같았다. 철학 선생은 청바지 호주머니에 두 손을 질러 넣고 조에의 책상에 걸터앉았다.

「지금까지 한 얘기를 요약하는 뜻으로, 여러분에게 오래된 속담 하나를 상기시키고자 합니다. 〈스무 살 나이에 무정부주의자가 되지 않는 사람은 어리석다. 그러나 서른이 넘어서도 무정부주의자로 남아 있는 사람은 더욱 어리석다.〉」

그는 그 문장을 칠판에 적었다.

칠판에 쓰인 거라면 뭐든지 탐욕스럽게 베껴 대는 학생들이 부지런히 펜을 놀려 공책의 종이를 긁었다. 몇몇 학생들은 대학 입시의 구두시험에 대비하기라도 하는 것처럼 나직

302

한 소리로 음절 하나하나를 읊조리며 문장을 외웠다.

「그럼 선생님은 아직 서른 전이신가요?」

쥘리의 물음에 철학 선생이 몸을 돌렸다.

「서른이 되려면 아직 1년 더 있어야 해.」

그는 장난기 어린 웃음을 지으며 쥘리 쪽으로 다가왔다.

「따라서 앞으로도 얼마간은 무정부주의자로 행세할 수 있어요. 그 점을 잘 활용하도록.」

「그런데 무정부주의자가 된다는 게 무슨 뜻인가요?」

프랑신이 물었다.

「신도 지배자도 받아들이지 않고 스스로를 자유인으로 느끼는 거예요. 나는 스스로를 자유인으로 느끼고 있고 여러분에게도 자유인이 되는 법을 가르치고 싶어요.」

조에가 끼어들었다.

「신도 지배자도 받아들이지 않는다는 게 말처럼 쉬운 일은 아니에요. 지금 이 순간에도 선생님은 우리를 지배하고 있고, 우리는 선생님 말씀을 들어야 하는걸요.」

철학 선생이 무어라고 미처 대답하기도 전에 느닷없이 교실 문이 열리고 교장이 불쑥 나타났다. 교장은 잰걸음으로 교단에 올라갔다.

「다들 그대로 앉아 있어요. 여러분에게 급히 할 얘기가 있어서 온 거예요. 우리 학교 안에 방화광이 어슬렁거리고 있어요. 며칠 전에 쓰레기장에서 화재가 발생했고, 수위가 후문 근처에서 화염병을 발견했어요. 후문은 여러분도 알다시피 나무로 되어 있어요. 물론 우리 학교 건물은 콘크리트로되어 있어요. 하지만, 천장에 유리 섬유나 인화성이 강한 플라스틱 따위를 대어 놓았기 때문에 만에 하나 화재가 발생하

303

게 되면 그것들이 단숨에 연소되면서 독성이 대단히 강한 가스를 방출하게 돼요. 그래서 화재에 효과적으로 대처하기 위한 소화 장비를 갖춰 놓기로 했어요. 이제 우리 학교에는 여덟 개의 소화전이 마련되어 있고, 각 소화전에는 우리 건물의 어느 구석까지든 몇 초 만에 풀려 나가서 불길을 잡을 수 있는 소방 호스가 들어 있어요.」

갑자기 사이렌이 울렸다. 그러나 교장은 한결같이 차분한 목소리로 이야기를 계속했다.

「그뿐만 아니라, 이제 후문에도 절연체를 입혀 놓았기 때문에 불길이 닿아도 끄떡없을 거예요. 방금 여러분이 들은 사이렌 소리는 화재가 발생했음을 알리는 신호예요. 이제부터는 그 소리가 들리면, 서로 떠밀지 말고 줄을 지어서 되도록 신속하게 교실을 빠져나간 다음 현관 앞 운동장에 모이도록 해요. 자, 연습을 한번 해보기로 하겠어요.」

사이렌 소리가 귀가 먹먹할 정도로 요란하게 울렸다.

학생들은 휴식 시간이 덤으로 생긴 것을 기뻐하면서 기꺼이 대피 훈련에 응했다. 아래에는 소방대원들이 기다리고 있었다. 그들은 소화전을 열고 소방 호스를 꺼내어 이음매를 맞추는 방법을 보여 주었고, 화재 시의 몇 가지 구명 조치, 예를 들면 문틈에 젖은 수건을 놓는다든가 자욱한 연기 속에서 몸을 낮추어 산소를 구하는 방법 등을 가르쳐 주었다.

그 떠들썩한 와중에서 교장 선생님이 지웅에게 말을 걸었다.

「연주회 준비는 열심히 하고 있지? 내일모레야. 문제없겠지?」

「시간이 부족해요.」

교장 선생님은 잠시 무언가를 생각하다가 이렇게 말했다.

「좋아. 특별한 사정을 감안해서 수업을 면제해 주도록 하지. 수업은 다 제쳐도 좋아. 하지만, 이 특별 허가에 걸맞은 모습을 보여 주어야 해.」

대피 훈련이 끝나자마자, 쥘리와 일곱 난쟁이들은 연습실로 달려갔다. 그날 오후 안으로 새로운 곡을 더 만들어야 했다. 이미 완성된 것은 세 곡이었고 두 곡을 새로 만드는 중이었다. 그들은『백과사전』을 샅샅이 뒤져 노랫말이 될 만한 것을 찾아낸 다음, 그 뜻을 잘 살릴 수 있는 음을 붙이려고 고심하였다.

69. 백과사전

호전 본능

네 적을 사랑하라. 그것이 적의 신경을 거스르는 가장 훌륭한 방법이다.

에드몽 웰스,『상대적이며 절대적인 지식의 백과사전』제3권

70. 떡갈나무를 떠나자

《이제 그대는 떠나야 한다.》

여왕 말벌은 더듬이를 움직여 같은 신호를 되풀이한다. 더듬이 하나로는 개미의 머리를 두드리고, 다른 더듬이로는 지평선을 가리킨다. 그건 누구나 이해할 수 있는 신호다. 이제 떠나야 한다.

103호의 새로운 삶이 시작된다. 그는 앞으로도 12년을 더

살 수 있다. 추가로 받은 그 시간을 겨레를 위해 유익하게 쓰지 않으면 안 된다.

103호에겐 이제 성이 있다. 언젠가는 수개미들을 만나 생식을 할 수 있는 날이 올 것이다.

열두 병정개미가 자기들의 새로운 암개미에게 어느 쪽으로 갈 거냐고 묻는다. 땅에는 여전히 메뚜기들이 우글거리고 있다. 암개미 103호는 남서쪽을 향해 가되 계속 나뭇가지들을 타고 위로 가는 것이 좋으리라고 판단한다.

열두 개미가 동의한다.

그들은 커다란 떡갈나무의 원줄기를 타고 내려오다가 긴 가지 하나를 골라 방향을 바꾼 다음, 나뭇가지에서 나뭇가지로 옮아가며 남서쪽으로 나아간다. 이따금 그들은 공중 그네 곡예를 하듯이 서로의 다리를 잡고 진자 운동을 해서 멀리 떨어진 잎으로 건너뛰기도 한다.

오랫동안 그렇게 나아가다 보니, 아래에서 더 이상 메뚜기 떼의 역한 냄새가 올라오지 않는다. 암개미 103호를 선두로 해서 열세 개미는 조심스럽게 멀구슬나무[39]를 타고 내려가 땅에 닿는다. 융단처럼 깔린 메뚜기 떼로부터 불과 몇십 미터밖에 떨어지지 않은 곳이다.

5호는 반대쪽으로 몰래 빠져나가자고 제안했지만, 그렇게 조심스럽게 행동할 필요가 없음이 곧 밝혀진다. 온 메뚜기 떼가 마치 눈에 보이지 않는 어떤 부름에 응하기라도 하는 것처럼 갑자기 공중으로 날아오르기 시작한 것이다.

메뚜기 떼가 죽음을 부르는 눈송이처럼 공중에서 펄펄 날

---

39 키는 10미터쯤 되고 잎은 깃꼴겹잎이며, 잔잎은 알꼴 또는 바소꼴인 활엽 교목.

고 있다.

참으로 인상적인 광경이 펼쳐진다. 메뚜기들의 다리 힘줄은 개미들의 것보다 1천 배나 더 강력하다. 그래서 메뚜기들은 자기들 몸길이의 20배에 달하는 높이까지 뛰어오를 수 있다. 도약의 정점에 이르면 그들은 네 날개를 활짝 펼치고 아주 빠른 속도로 흔들어서 공중으로 높이높이 솟아오른다. 그토록 많은 메뚜기들이 한꺼번에 날아오르니 그 소리가 자못 요란하다. 무수한 메뚜기들이 구름을 짓고 있다. 그 구름 속에서 날개들이 서로 부딪친다. 그 와중에 으스러져 땅에 떨어지는 자들도 있다.

모든 것을 먹어 치우고 폐허만 남겨 놓은 채 메뚜기 떼가 계속 날아오른다. 그들이 떠나간 땅에는 잎도 꽃도 열매도 남아 있지 않은 헐벗은 나무 몇 그루가 서 있을 뿐이다.

멀어져 가는 메뚜기 떼를 보면서 15호가 탄식한다.

《생명의 과잉이 때로는 생명을 죽이는구나.》

남의 목숨 빼앗는 일을 본업으로 삼고 있는 사냥 개미가 그런 식의 성찰을 한다는 것은 어딘지 아귀가 안 맞는 일이지만, 암개미 103호가 보기에도 자연이 메뚜기와 같은 종을 만들어 낸 데에 무슨 이익이 있는지 잘 이해가 가지 않는다. 혹시 메뚜기들은 사막과 동맹을 맺고 있는 것이 아닐까? 그래서 동물계와 식물계를 파괴하고 오로지 광물만을 남겨 놓는 것이 아닐까? 메뚜기 떼가 지나간 자리에는 사막이 넓어지고 동물과 식물이 쇠퇴한다.

암개미 103호는 메뚜기 떼가 휩쓸고 간 초원의 음울한 광경에서 눈을 돌린다. 돌풍이 불어오자, 공중의 메뚜기 구름은 일그러진 얼굴처럼 흉측한 모습으로 바뀌더니 길게 늘어나면서 북쪽으로 밀려간다.

103호는 이제 여유를 갖고 손가락들의 세 가지 훌륭한 특성, 곧 해학과 사랑과 예술에 대해서 숙고해 보기로 한다. 그의 생각을 알아챈 10호가 다가와 동물학과 관련된 기억 페로몬을 만들자고 제안한다. 그 기억 페로몬 속에 기억력과 분석력이 한결 좋아진 암개미 103호가 전해 주는 모든 정보들을 모아 두겠다는 것이다. 그러면서 10호는 곤충의 알 껍질 하나를 주워 온다. 거기에 페로몬을 저장하려는 것이다.

103호는 그의 제안을 받아들인다.

옛날에 그 역시 그런 것을 만든 적이 있었다. 그러나 모험의 와중에서 정보로 가득 찬 그 알을 잃어버렸다. 103호는 자기의 뒤를 이어 기억 페로몬을 만들고자 하는 10호가 대견스럽다.

열세 개미는 문명이 있는 도시, 그들이 태어난 도시 벨로캉이 있는 방향인 남서쪽을 바라고 나아간다.

71. 과거를 일소하자

공연 전날의 이른 아침이었다. 쥘리는 또 꿈을 꾸고 있었다. 마이크를 앞에 놓고 서 있는데, 목소리가 나오지 않는다. 마이크조차 그녀를 놀리고 있는 듯하다. 마이크에 다가가 소리를 지르려다 그녀는 자기 얼굴에 더 이상 입이 없음을 깨닫고 자지러지게 놀란다. 입이 있던 자리는 밋밋한 턱이 있을 뿐이다. 이젠 말을 할 수도 없고, 소리치거나 노래를 할 수도 없다. 그저 눈썹을 꿈틀거리거나 눈을 휘둥그렇게 떠서 자기 뜻을 전달할 수 있을 따름이다. 마이크가 자꾸 웃는다.

그녀는 잃어버린 입을 슬퍼하며 눈물을 흘린다. 화장대 위에 면도날이 하나 있다. 그녀는 살을 째어서 새 입을 만들고 싶다. 그러나 살에 칼을 대기가 무섭다. 그녀는 수술을 쉽게 하기 위해 루주로 입 모양을 그린다. 그 그림 한가운데로 칼날을 가져가는데…….

쥘리의 어머니가 요란하게 방문을 열었다.

「쥘리, 9시다. 얘가 아직도 자고 있네. 일어나. 우리 얘기 좀 하자.」

쥘리는 팔꿈치로 버티며 몸을 일으키고 눈을 비볐다. 그런 다음, 그녀는 무의식적으로 입을 문질렀다. 입의 위아래 둘레를 이룬 도톰하고 촉촉한 살이 만져졌다. 휴! 그녀는 혀와 이가 제대로 있는지 확인하려고 손으로 더듬었다.

어머니는 문턱에 꼼짝 않고 서서, 아무래도 정신과 의사에게 연락을 해야 하는 게 아닐까 하는 듯한 표정을 짓고 그녀를 뚫어지게 바라보았다.

「자, 어서 일어나.」

「아이 싫어요, 엄마. 조금 더 있다가요.」

「너에게 싫은 소리 좀 해야겠다. 아버지가 돌아가신 뒤로, 넌 마치 아무 일도 없었던 것처럼 살아 왔어. 넌 인정머리도 없는 애니? 네 아버지가 돌아가셨는데 어쩌면 그럴 수가 있니?」

쥘리는 어머니의 말을 듣지 않으려고 베개 밑에 머리를 묻었다.

「언제 그런 일이 있었냐는 듯이 놀기나 하고 학교 친구들하고 작당해서 돌아다니고 간밤에는 외박까지 했어. 어디, 네 얘기 좀 들어보자.」

쥘리는 베개 한 귀퉁이를 들어 올리고 어머니를 가만히 올려다보았다.

어머니는 전보다 한결 날씬해져 있었다. 꼭 아버지의 죽음이 그녀의 젊음을 되찾아 준 것 같았다. 어머니는 새로운 식이 요법에 만족하지 않고 정신 분석까지 받기 시작했다. 몸을 젊게 만드는 것으로는 성에 차지 않아서 정신적으로까지 퇴행하고 싶은 모양이었다.

쥘리는 어머니가 그즈음의 유행을 좇아 이른바 〈재생〉 정신 분석 요법 의사에게서 진료를 받고 있다는 것을 알고 있었다. 그 의사들은 환자들을 유아기로 거슬러 올라가게 해서 그들 마음에 상처를 남긴 충격적인 사건들을 밝혀내고 그 상처를 치유하는 것으로 그치지 않고, 환자들을 더 멀리 태아기까지 되돌아가게 했다. 쥘리는 어머니가 걱정스러웠다. 정신 연령과 의복 연령을 조화시키는 데 늘 신경을 쓰는 어머니가 유아기를 거쳐 태아기로 퇴행한 나머지, 양말과 기저귀 커버까지 달린 내리닫이를 입거나 플라스틱 탯줄로 몸을 감고 다니게 되는 건 아닐까 하는 생각 때문이었다.

그나마 어머니가 〈환생〉 정신 분석 요법 의사를 선택하지 않은 게 다행이었다. 그 의사들은 태아나 수정란보다 더 먼 전생까지 거슬러 올라갔다. 어머니가 그들을 찾아갔더라면, 쥘리는 전생이었던 사람의 옛날 옷을 입고 다니는 어머니를 보게 되었을지도 모를 일이었다.

「쥘리, 어서 일어나! 어린애처럼 굴지 말고.」

쥘리는 공처럼 동그래지도록 몸을 잔뜩 웅크리고 손가락으로 귀를 막았다. 더 이상 보고 듣고 느끼고 싶지 않았다.

그러나 현실의 손이 다가와 시트를 들어 올렸고, 그녀가 꼭꼭 숨고 싶어 하는 곳에 어머니의 얼굴이 나타났다.

「쥘리, 엄마 지금 심각해. 우리 터놓고 얘기 한번 해야겠다.」

「좀 더 자게 내버려 두세요, 엄마.」

어머니는 잠시 망설였다. 그때, 침대 머리맡 탁자에 펼쳐 놓은 책이 그녀의 눈길을 끌었다.

에드몽 웰스라는 사람이 지은 『상대적이며 절대적인 지식의 백과사전』, 제3권이었다.

쥘리를 진찰한 심리 요법 의사가 혐의를 둔 문제의 그 책이었다. 딸아이가 여전히 시트를 뒤집어쓰고 있는 틈을 타서 어머니는 살그머니 그 책을 집어 들었다.

「그래, 그럼 한 시간만 더 자라. 그러고 나선 엄마하고 얘기하는 거다, 응?」

어머니는 책을 부엌으로 가져가서 대강 훑어보았다. 혁명, 개미, 현대 사회에 대한 문제 제기, 병법, 대중 조작 기술 따위를 다루고 있는 책이었다. 몰로토프 칵테일을 만드는 법까지 나와 있었다.

의사 말이 맞는 것 같았다. 의사가 전화를 해서 무슨 백과사전인가 하는 것이 딸아이를 비뚤어지게 만들고 있으니 그 책을 보지 못하게 하라고 했을 때만 해도 기연가미연가했는데, 막상 책을 대하고 보니 의사의 충고가 옳다는 생각이 들었다. 체제 전복의 교본이 딸아이에게 나쁜 영향을 끼치고 있음에 틀림없었다.

그녀는 붙박이장 맨 위의 선반에 책을 감추었다.

「내 책 어디 있어요?」

쥘리가 이내 반응을 보였다. 어머니는 문제 해결의 열쇠를 찾았다며 속으로 쾌재를 불렀다. 마약을 없애 버리면 중독자가 금단 증세를 보이듯이 쥘리는 책이 없어지기가 무섭게 찾고 있었다. 그 책이 딸아이에겐 스승이나 아버지 같은 존재일 거였다. 예전에 성악 선생이 하던 역할을 이젠 책이 대신하고 있는 셈이었다. 어머니는 딸의 마음을 빼앗아 가는 온갖 허깨비들을 깡그리 몰아내고 딸아이로 하여금 이 세상에서 의지할 사람은 오로지 제 어미밖에 없다는 사실을 깨닫게 하고야 말리라고 다짐했다.

「내가 감춰 버렸다. 다 너 잘되라고 이러는 거야. 언젠가는 나한테 감사할 날이 있을 게다.」

「제 책 돌려주세요.」

「아무리 떼를 써도 소용없다.」

쥘리는 붙박이장 쪽으로 다가갔다. 어머니는 집 안에 뭔가 거치적거리는 게 있을 때면 으레 거기에다 치워 두곤 했다. 쥘리는 말을 또박또박 되풀이했다.

「어서 제 책 돌려주세요.」

「책이라고 해서 다 유익한 건 아니야. 책이 때로는 위험할 수도 있어. 『자본론』 때문에 70년간의 공산주의 사회를 경험한 것처럼 말이야.」

「그래요? 그런 식으로 말한다면, 『신약 성서』 때문에 5백 년간에 걸쳐 종교 재판이 행해진 거로군요. 엄마는 바로 그 종교 재판의 전통을 잇고 있는 거고요.」

쥘리는 붙박이장을 열고 금방 『백과사전』을 찾아냈다. 마치 책이 거기에 갇혀 있다고 그녀를 부르기라도 한 듯했다.

어머니는 책을 가슴에 꼭 껴안는 딸아이의 모습을 하릴없이 지켜보았다. 쥘리는 발길을 돌려 복도의 옷걸이에서 검은색 바바리코트를 벗겨 냈다. 발목께까지 내려오는 그 긴 코트를 잠옷 위에 걸쳐 입고 작은 배낭을 들어 그 안에 책을 집어넣은 다음, 그녀는 밖으로 달려 나갔다.

아킬레우스가 그녀를 따라갔다. 개는 아침에 주인과 함께 산보를 나가서 이리저리 뜀박질하는 것을 무엇보다 좋아했다. 젊은 주인이 마침내 자기가 좋아하는 것을 알아준 것에 기뻐하면서 개는 멍멍 짖으며 깡충거렸다.

「쥘리, 당장 돌아오지 못하겠니!」

어머니가 현관에서 소리쳤다.

쥘리는 손님을 찾아 돌아다니는 빈 택시를 소리쳐 불렀다.

「우리 귀여운 손님분을 어디로 모실까요?」

쥘리는 택시 운전사에게 학교의 주소를 가르쳐 주었다. 그녀는 되도록 빨리 일곱 난쟁이들을 다시 만나고 싶었다.

72. 벨로캉으로 가는 길

돈.

돈은 손가락들이 지어낸 독특한 추상 개념이다.

손가락들은 물건들을 교환하는 번거로움을 없애기 위해 그런 기발한 개념을 생각해 냈다.

그들은 부피가 큰 먹이를 들고 다니기보다 그림이 그려진 종이쪽지를 가지고 다닌다. 그 종이쪽지는 먹이와 똑같은 가치를 지니고 있다.

그들 모두가 동의하고 있기 때문에, 그 종이쪽지는 언제라도 다시 먹이와 교환될 수 있다.

손가락들과 돈에 관해서 이야기를 나눠 보면, 그들의 말은 한결같다. 자기들은 돈을 좋아하지 않지만, 유감스럽게도 돈이 없으면 자기들의 사회가 유지되지 않는다는 것이다.

그러나 그들의 사회에 처음부터 돈이 있었던 것은 아니다. 그들의 역사 기록에 따르면, 재화를 유통시키는 수단으로는 돈보다 앞서 약탈이 있었다. 즉, 사나운 손가락들이 덜 사나운 손가락들이 사는 곳에 쳐들어가서 수컷들을 죽이고 암컷들을 겁탈하면서 모든 재산을 빼앗곤 했다는 것이다.

기온이 너무 내려가서 행군을 계속할 수 없게 되자, 그들은 어떤 동굴 속에 들어가 휴식을 취하기로 했다. 10호는 그 시간을 이용해 103호에게 질문을 던진다. 손가락들의 삶과 풍속에 관한 소중한 정보들을 받아 자기의 동물학 기억 페로몬을 채우려는 것이다. 암개미 103호는 그의 요구에 기꺼이 응한다.

다른 개미들도 이야기를 놓치지 않으려고 다가든다. 103호는 손가락들의 생식에 관한 이야기로 허두를 뗀다.

《그들의 텔레비전을 보면 아주 재미있는 것이 나온다. 이른바 포르노 영화라는 것이다.》

열두 개미는 손가락들의 풍속과 관련된 그 새로운 표현의 냄새를 더 잘 맡아 보려고 바싹 다가든다.

《포르노 영화라는 게 무엇인가?》

《손가락들은 교미를 대단히 중요하게 여긴다. 그래서 교미를 서툴게 하는 자들에게 본보기를 보여 주려고 가장 뛰어난 교미꾼들의 교접 광경을 찍는 것이다.》

《포르노 영화에서 볼 수 있는 것은 무엇인가?》

《이해할 수 없는 것도 적지 않지만, 대개는 손가락 암컷이 먼저 수컷의 생식기를 핥고 난 다음 생식기를 서로 끼워 맞추는 광경이 나온다. 때로는 빈대들이 그러듯이 몇이 모여서 교접하는 장면도 볼 수 있다.》

《날개를 활짝 펴고 활공 비행을 하면서 교미를 하는 게 아니란 말인가?》

《아니다. 손가락들은 민달팽이들처럼 바닥에 뒹굴면서 교미를 한다. 게다가 대개는 끈끈물을 내뿜는다. 그것 역시 민달팽이들과 비슷하다.》

열두 개미에게는 손가락들의 원시적인 교미 방식이 자못 흥미롭게 느껴진다. 그렇게 땅바닥에서 비비적거리며 생식기를 끼어 맞추는 성행위는 바로 개미들의 조상이 1억 2천만 년 전에 행하던 것임을 알고 있기 때문이다. 그들은 손가락들이 교미라는 분야에서만큼은 자기들에게 한참 뒤져 있다고 생각한다. 3차원의 공간을 활공하는 결혼 비행은 땅바닥에 붙어서 하는 2차원적인 성행위보다 한결 더 고상하고도 자극적이다.

암개미와 열두 개미는 이야기를 거기에서 그치고 다시 길을 떠나기로 한다. 하얀 게시판이 예고하는 끔찍한 위험이 닥치기 전에 겨레를 구하려면 한시라도 빨리 도시로 돌아가야 한다.

103호가 앞장을 선다. 그는 아직도 성을 얻은 것의 행복감에 취해 있다. 지구의 자기장에 민감하게 반응하는 존스턴 기관마저도 기능이 더욱 활발해진 느낌이다.

삶이 아름답고 세상이 멋지다는 생각이 새록새록 더해 간다.

존스턴 기관이 예민해진 덕분에 땅속의 파동이 아주 분명하게 지각된다. 땅 거죽을 타고 진동의 파동이 지나간다. 땅 거죽에는 자기(磁氣) 에너지가 흐르는 맥이 있다. 중성 개미였을 적에는 그것을 겨우 느꼈는데, 이젠 기다란 뿌리처럼 뻗어 나간 에너지의 맥을 거의 눈으로 보듯 감지할 수 있다.

암개미는 다른 개미들에게 그 맥을 따라 계속 나아가라고 이른다.

《땅의 보이지 않는 맥을 따라가면서 땅에 순종하면 땅이 우리를 보호해 줄 것이다.》

암개미는 다시 손가락들을 생각한다. 손가락들은 자기장을 지각하지 못한다. 그들은 아무 데나 도로를 건설하며 예전부터 동물들이 이동하기 위해 이용하던 길을 장벽으로 막아 버리곤 한다. 그들은 해로운 자기가 흐르는 지역에 둥지를 세워 놓고는 까닭 모를 편두통으로 고생을 하기가 일쑤다.

그래도 옛날에는 지구 자기 맥의 비밀을 아는 손가락들이 있었던 듯하다. 암개미는 텔레비전에서 그와 관련된 얘기를 들은 적이 있다. 중세까지만 해도 그들은 사원과 같은 중요한 건물을 지을 때면 반드시 사제들이 양성(陽性)의 자기 매듭을 검색해 낼 때까지 기다렸다. 그것은 개미들이 도시를 건설하기 전에 자기 매듭을 찾는 것과 마찬가지다. 그러나 그 뒤로 손가락들은 자기들의 이성만으로도 모든 것을 이해할 수 있다고 믿기 시작했고, 무슨 일을 하든 사전에 자연의 의견을 물어볼 필요를 더 이상 느끼지 않게 되었다.

《손가락들은 이제 땅에 적응하려고 애쓰지 않는다. 그들은 오히려 땅이 자기들에게 적응하기를 바라고 있다.》

73. 백과사전

사람을 다루는 기술

사람은 세 부류로 나눌 수 있다. 첫째는 시각적인 언어를 표현의 준거로 삼아 말하는 사람이고, 둘째는 주로 청각적인 언어를 빌려서 말하는 사람이며, 셋째는 육감적인 언어를 많이 구사하는 사람이다.

시각파들은 〈이것 봐요〉라는 말을 자주 한다. 아주 당연한 일이다. 그들은 이미지를 빌려서 말하는 사람들이기 때문이다. 그들은 보여 주고 관찰하며 색깔을 통해 묘사한다. 또, 설명을 할 때는 〈명백하다, 불분명하다, 투명하다〉라는 식으로 말하고, 〈장밋빛 인생〉이라든가 〈불을 보듯 뻔하다〉 〈새파랗게 질리다〉와 같은 표현을 즐겨 사용한다.

청각파들은 〈들어 봐요〉라는 말을 아주 자연스럽게 한다. 그들은 〈쇠귀에 경 읽기〉나 〈경종을 울리다〉 〈나발 불다〉처럼 어떤 소리를 상기시키는 표현을 사용해서 말하고, 〈가락이 맞는다〉라든가 〈불협화음〉, 〈귀가 솔깃하다〉, 〈세상이 떠들썩하다〉 같은 말들을 자주 쓴다.

육감파들은 〈나는 그렇게 느껴. 너도 그렇게 느끼니?〉 하는 식의 말을 아주 쉽게 한다. 그들은 느낌으로 말한다. 〈지긋지긋해〉 〈너무 예뻐서 깨물어 주고 싶어〉 〈썰렁하다〉 〈화끈하다〉 〈열에 받치다〉 〈열이 식다〉 같은 것이 그들이 애용하는 말들이다.

자기와 대화를 나누는 상대방이 어떤 부류에 속하는지는 그 사람이 눈을 어떤 식으로 움직이는가를 보면 알 수 있다.

어떤 일에 대해 기억을 더듬어 보라고 요구했을 때, 눈을 들어 위쪽을 보는 사람은 시각파이고, 눈길을 옆으로 돌리는 사람은 청각파이며, 자기 내부의 느낌에 호소하려는 듯 고개를 숙여 시선을 낮추는 사람은 육감파다.

대화의 상대방이 어떤 유형에 속하는 사람이든 각 유형의 언어적 특성을 알고 그 점을 참작해서 이야기를 한다면, 상대를 다루기가 한결 용이해진다.

한편 상대방의 언어적 특성을 활용하는 방법에서 한 걸음 더 나아가, 상대의 신체 부위 가운데 한 곳을 골라 그를 조종하는 맥점(脈點)으로 이용하는 방법도 생각해 볼 수 있다. 예를 들어, 〈나는 자네가 이 일을 잘해 내리라고 믿네〉와 같은 중요한 메시지를 전달하는 순간에, 상대방의 아래팔을 눌러 자극을 주는 것이다. 그러면, 매번 그의 아래팔을 다시 눌러 줄 때마다 그는 되풀이해서 자극을 받게 된다. 말하자면 감각의 기억을 활용하는 것이다.

한 가지 조심할 것은 그 방법을 뒤죽박죽으로 사용하면 전혀 효과를 볼 수 없다는 점이다. 예컨대, 어떤 심리 요법 의사가 자기 환자를 맞아들일 때, 〈이런, 가련한 친구 같으니, 보아하니 상태가 별로 나아지지 않은 게로군〉 하고 그를 측은해하면서 어깨를 툭툭 친다고 하자. 만일 그 의사가 환자와 헤어지는 순간에도 똑같은 동작을 되풀이한다면, 그가 아무리 훌륭한 치료를 행했다 한들 환자는 한순간에 다시 불안에 빠지고 말 것이다.

에드몽 웰스, 『상대적이며 절대적인 지식의 백과사전』 제3권

74. 돼지와 철학자

택시 운전수는 끊임없이 지껄여서 손님을 즐겁게 해주는 것이 자기의 소명이라고 믿고 있는 사람이었다. 어린 승객을 상대로 쉴 새 없이 이야기를 해대는 품으로 보아, 손님이 없어 혼자 택시 안에 있었으면 그는 아마도 심심해서 미치고 말았을 거였다. 그는 별로 흥미로울 구석도 없는 자기의 인생 역정을 5분 만에 들려주었다.

쥘리가 계속 잠자코 있자, 그는 재미있는 이야기를 해주 겠다며 화제를 돌렸다.

「개미 세 마리가 파리의 샹젤리제 거리를 산보하고 있었 어. 그런데, 느닷없이 개미들 앞에 롤스로이스 승용차 한 대 가 와서 멈추는 거야. 차 안에는 밍크코트를 입고 귀금속 장 신구를 치렁치렁하게 단 매미가 타고 있었어. 매미가 차창을 내리며 〈애들아, 안녕!〉 하고 인사를 했지. 개미들이 가만히 살펴보니까, 놀랍게도 매미는 샴페인을 마시면서 캐비어를 먹고 있었어. 개미들이 대답했지. 〈안녕! 야, 너 아주 크게 성 공했구나.〉 그러자 매미가 말했어. 〈응, 그래. 사실은 나 연예 계에 진출했어. 딴따라가 밥 빌어먹는다는 건 옛날 얘기야. 요즘엔 딴따라도 벌이가 괜찮아. 게다가 난 스타야. 캐비어 좀 먹을래?〉 개미들은 먹고는 싶었지만 〈아니야, 됐어〉 하면 서 사양을 했지. 매미는 차창을 다시 올리고 자기 운전수에 게 출발하라고 명령을 했어. 롤스로이스가 떠나고 난 뒤에 개미들은 얼떨떨해하면서 서로를 바라보았지. 그들은 모두 똑같은 생각을 하고 있었어. 한 개미가 그들의 생각을 이렇 게 표현했대. 〈개미와 매미라는 우화를 쓴 그 라퐁텐이라는 작자 말이야. 그 자식 완전히 얼간이야!〉」

운전사는 자기 혼자서 낄낄거렸다. 쥘리는 그 정도 가지 고는 못 웃겠으니 더 잘해 보라는 뜻으로 입술을 조금 내밀 어 보였다. 그러면서 그녀는 문명의 정신적 위기가 다가올수 록 사람들이 농담을 점점 더 많이 하게 되고, 그럼으로써 진 정한 대화가 점점 사라져 간다고 생각했다.

「다른 이야기 한 토막 더 해줄까?」

운전사는 줄곧 자기만이 안다는 샛길들을 골라 가면서 이야기를 계속했다.

풍텐블로시를 관통하는 간선 도로는 농민들의 시위 때문에 막혀 있었다. 농민들이 요구하는 것은 정부 보조금의 증액과 휴경 면적의 축소 및 외국 고기의 수입 중단이었다. 〈프랑스의 농업을 살리자〉〈수입 돼지에게 죽음을, 우리 양돈업에 생명을〉이라는 구호가 적힌 플래카드가 눈에 띄었다.

시위대는 헝가리에서 돼지를 운송해 오던 트럭을 탈취해서 돼지우리에 석유를 붓고 성냥불을 던졌다. 산 채로 불에 타고 있는 돼지들이 비명을 내질렀다. 아비규환의 참상이었다. 쥘리는 돼지가 그렇게 울부짖을 수 있다는 사실이 믿어지지 않았다. 그 소리는 거의 사람의 절규에 가까웠다. 거리에 살 타는 냄새가 진동했다. 단말마의 순간에 돼지들은 인간과의 유연관계를 드러내고 싶어 하는 듯했다.

「제발이지, 여기서 빨리 벗어나 주세요.」

돼지들은 여전히 울부짖고 있었다. 쥘리는 생물 시간에 선생님이 했던 얘기를 떠올렸다. 동물 중에서 그 기관을 사람의 몸에 이식할 수 있는 것은 돼지뿐이라고 했다. 거기에 생각이 미치자, 인간과 유연관계가 깊은 짐승들이 죽어 가는 광경을 도저히 보고 있을 수 없었다. 돼지들이 애원하듯 그녀를 바라보고 있었다. 그들의 살가죽은 사람의 살빛이었고 그들의 눈도 사람 눈처럼 파랗게 보였다. 쥘리는 그 아비규환에서 어서 멀리 벗어나고 싶었다.

쥘리는 운전사에게 지폐 한 장을 던져 주고 택시에서 내려 도망치듯 달려갔다.

숨을 헐떡이면서 마침내 학교에 다다르자, 그녀는 아무의 눈에도 띄지 않기를 바라면서 곧바로 연습실 쪽으로 갔다.

「쥘리! 자네 여기서 뭐 하나? 자네 반은 오늘 아침 수업이 없을 텐데.」

철학 선생이었다. 그는 쥘리의 검은 바바리코트 깃 사이로 분홍색 잠옷을 언뜻 보았다.

「이러다가 감기 들겠다.」

그는 카페테리아에 가서 따끈한 음료를 마시자고 권했다. 쥘리는 일곱 난쟁이들이 아직 오지 않았으리라 생각하고 그를 따라갔다.

「선생님은 참 좋으신 분 같아요. 여느 선생님들 같지 않으세요. 다른 선생님들은 저를 형편없는 애로 취급하시지요. 특히 수학 선생님이요.」

「자네도 알겠지만, 선생님들이라고 해서 보통 사람들과 별로 다를 게 없어. 착하고 친절하고 똑똑한 분들이 계신가 하면 덜 착하고 덜 친절하고 덜 똑똑한 분들도 계시게 마련이야. 문제는 책임감이야. 선생님들은 적어도 수십 명의 학생들에게 일상적으로 영향력을 행사하고 있어. 학생들은 아직 어리고 가단성(可鍛性)이 풍부하기 때문에 선생님들의 책임이 막중하지. 우리는 미래 사회를 가꾸는 정원사라고 할 수 있어. 너도 이해하지?」

그는 갑자기 부름말을 〈자네〉에서 〈너〉로 바꾸어 버렸다.

「제가 선생님이 된다고 생각하면 두려움이 앞서요. 게다가 독일어 선생님처럼 학생들에게 야유를 당한다고 생각하면 등골이 오싹해요.」

「그래, 네 말이 맞아. 자기 과목만 잘 안다고 좋은 선생이 되는 건 아니지. 학생들을 제대로 가르치려면 반은 심리학자가 되어야 해. 사실, 정도의 차이는 있겠지만 선생님들은 누구나 한 학급의 학생들을 마주한다는 생각에 불안감을 느끼고 있을 거야. 그래서 권위의 가면을 쓰거나 학자 흉내를 내는 이들도 있고, 나처럼 친구 행세를 하는 축도 있는 거지.」

철학 선생은 자리에서 일어나 플라스틱 의자를 밀어 넣고는 쥘리에게 열쇠 꾸러미 하나를 내밀었다.

「난 지금 수업이 있어서 들어가야 해. 혹시 쉬고 싶다든가 뭘 좀 먹고 싶은 생각이 있으면, 이 열쇠를 받아. 나는 저기 광장 모퉁이에 있는 건물에 살고 있어. 4층 왼쪽이야. 원하면 거기로 가도 돼. 한바탕의 방황이 끝난 뒤엔 작고 고요한 항구가 필요한 법이야.」

쥘리는 그 고마운 호의를 사양할 수밖에 없었다. 록 그룹의 친구들이 곧 도착할 것이기 때문이었다.

철학 선생은 담백하고 진심 어린 눈길로 그녀를 물끄러미 바라보았다. 그녀는 그의 친절에 보답하기 위해서 무언가를 그에게 주어야 할 것 같은 기분을 느꼈다. 그녀가 줄 것은 정보밖에 없었다. 그녀의 뇌가 생각을 정리할 새도 없이 입에서 불쑥 이런 말이 튀어나왔다.

「쓰레기장에 불을 지른 건 바로 저예요.」

그 자백에 철학 선생은 별로 놀라는 기색을 보이지 않았다.

「음…… 네가 적을 잘못 생각하고 있구나. 긴 안목으로 내다보고 행동을 해야지. 학교는 목적이 아니라 수단이야. 학교 때문에 고통을 받지 말고 학교를 이용해야지. 어쨌거나 학교 제도는 너희를 돕기 위해서 만들어진 거야. 학교 교육은 학생들을 더욱 강하고 더욱 똑똑하고 더욱 견고하게 만들기 위해 존재하는 거라고. 이 학교에 다니는 걸 행운이라고 생각해 봐. 이 학교가 너에게 나쁜 느낌을 주고 있는 모양이지만, 오히려 너에게 많은 것을 줄 수도 있어. 제대로 이용할 생각은 안 하고 파괴할 생각을 먼저 한 것은 큰 실수야.」

75. 은빛 강물 쪽으로

열세 개미는 잔가지 하나를 이용해서 어지럼증을 일으키는 협곡을 건넜다. 그런 다음, 민들레 서리를 가로질러 고사리가 자라는 가풀막을 내리닫는다.

비탈길 아랫자락에 이르니 나무에서 떨어진 뒤에 속이 쩍 벌어진 무화과 하나가 보인다. 단물을 뿜어 대는 그 당분의 활화산이 벌써 성미 급한 눈에놀이[40]들을 끌어들이고 있다. 보라, 초록, 분홍, 하양이 어우러진 때깔 고운 열매다. 개미들은 잠시 쉬면서 식사를 하기로 한다. 이렇게 맛있는 먹이를 두고 어찌 그냥 갈 수 있으랴!

암개미 103호가 손가락들 세계에서 들은 바로는, 자연에 대한 손가락들의 관심이 갈수록 얕아지고 있다고 한다. 그들은 이제 예컨대, 열매는 왜 맛이 좋을까, 꽃들은 왜 아름다울까와 같은 질문을 스스로에게 던지지 않는다.

개미들은 그런 질문에 대한 답을 알고 있다. 손가락들은 개미 문명에서 배워야 한다. 10호가 손가락들에 관한 기억 페로몬을 만들듯이, 언젠가는 어떤 손가락 하나가 수고를 자청하면서 개미 문명에 관한 동물학 페로몬을 만들 날이 오리라고 103호는 생각한다. 그날이 오면, 열매가 왜 맛있는지,

40 모기와 비슷한 곤충의 하나. 풀숲 속에 살며 여름에 사람의 눈앞에 어지럽게 떼를 지어 날아다닌다.

꽃은 왜 아름다운지를 그들에게 가르쳐 줄 수 있으리라.

개미 세계로부터 배우고자 하는 그런 손가락을 만난다면, 103호는 이런 얘기를 해줄 것이다. 꽃이 아름답고 향기로운 까닭은 곤충들을 끌어들이기 위한 것이다. 곤충들은 꽃에서 꿀을 얻는 대신 꽃가루를 퍼뜨려 생식을 할 수 있게 해준다. 열매가 달콤한 까닭은 동물들에게 먹히고 싶은 바람 때문이다. 동물들은 열매를 먹은 다음 멀리 떨어진 곳으로 가서 그 단단한 씨앗을 똥과 함께 다시 배출한다. 참으로 교묘한 생존 전략이 아닐 수 없다. 열매 나무들은 그 전략을 통해서 씨앗을 퍼뜨릴 뿐만 아니라, 그 씨앗이 싹트고 자라는 데 필요한 거름까지 마련해 주는 것이다. 열매들은 동물들의 먹이가 됨으로써 세상에 씨를 퍼뜨리려고 서로 경쟁을 벌인다. 열매들의 처지에서 보면, 진화란 곧 자기들의 맛과 빛깔과 향기를 개선하는 것이다. 동물들의 식욕을 자극하지 못하는 열매 나무는 어쩔 수 없이 사라지고 만다.

103호는 텔레비전에서 손가락들이 씨 없는 열매를 생산하는 데 성공했다는 소식을 접한 적이 있다. 그들은 씨 없는 참외며 수박이며 포도를 생산하고 있다고 한다. 단지 씨를 뱉어 내거나 삼키는 것이 귀찮고 성가시다는 이유 하나로 그들은 식물의 몇몇 종들로 하여금 생식을 못 하게 만들고 있는 것이다. 다음에 손가락들을 만날 기회가 생기면, 103호는 그들에게 씨앗을 뱉어 내는 번거로움을 감수해야 한다는 건 안된 일이지만 열매에 씨를 그대로 남겨 두라고 충고할 생각이다.

어쨌거나, 열세 개미가 먹고 있는 그 신선한 무화과는 맛으로 보나 빛깔로 보나 동물의 먹이가 되어 씨를 퍼뜨리는 데는 아무런 문제가 없을 듯하다. 열세 개미는 연한 과육에 머리를 쑤셔 넣기도 하고 서로의 얼굴에 씨앗을 뱉어 내기도 하면서 끈적거리는 단물에서 신나게 먹을 감고 있다.

멀떠구니[41]와 갈무리 주머니를 과당으로 그득하게 채우고, 개미들은 다시 길을 떠난다. 치커리와 찔레나무로 둘러싸인 길을 거쳐 가는데, 16호가 재채기를 한다. 찔레나무 꽃가루 때문에 생기는 과민증이다.

조금 더 나아가자, 멀리에 은빛 띠가 나타난다. 강이다. 암개미 103호는 더듬이를 세워 보고는 자기들이 어느 지점에 와 있는지를 이내 알아낸다. 현재 그들은 벨로캉의 북동쪽에 있다.

다행히도 강은 북에서 남으로 흐르고 있다.

그들은 강가의 거무스름한 모래밭에 다다른다. 그들이 다가오는 것을 본 무당벌레들이 반쯤 찢어 놓은 진딧물들을 내팽개치고 줄행랑을 놓는다.

103호는 손가락들이 왜 무당벌레를 〈이로운 벌레[益蟲]〉로 여기는지를 끝내 이해하지 못한 채 그들 세계를 떠나왔다. 무당벌레는 개미들의 가축인 진딧물을 잡아먹는 야수 같은 자들인데, 그 자들이 어떻게 이로울 수 있단 말인가. 토끼풀을 좋은 풀로 생각한다는 것도 손가락들의 이상한 점 가운데 하나다. 토끼풀의 즙에 독이 있다는 것쯤은 어떤 개미라도 다 아는 상식이 아닌가 말이다.

열세 탐험 개미는 모래밭 위를 나아간다.

주위의 호리호리한 갈대들 속에 두꺼비들이 숨어 있다. 그들의 음산한 울음소리가 공기를 휘젓는다.

41 먹이를 일시적으로 저장해 두었다가 조금씩 위(胃)로 보내는 주머니.

암개미 103호는 배를 타고 강을 내려가자고 제안한다. 열두 개미는 배가 무엇인지 전혀 모르기 때문에 그것 역시 손가락들의 발명품이려니 지레짐작을 한다.

암개미 103호는 나뭇잎을 이용해 물 위를 미끄러져 갈 수 있다는 것을 보여 준다. 옛날에 그는 물망초잎을 타고 강을 건넌 적이 있었다. 그러나 지금 그들이 있는 곳에는 물망초가 없다. 그들은 눈과 더듬이로 주위를 뒤져서 배로 사용하기에 아주 적합한 잎을 찾아낸다. 바로 수련이다. 수련은 태곳적부터 물 위에 떠서 살아온 식물이다. 물에 잠기지 않는 잎으로 그보다 더 좋은 것을 생각할 수 없다.

열세 개미는 강둑에 살짝 닿아 있는 수련 위로 기어 올라간다. 흰색과 분홍색이 섞인 작은 수련이다. 그 잎들은 잎자루가 길고 말굽꼴인데, 잎의 윗면이 니스를 칠해 놓은 것처럼 반들반들해서 물이 쉽게 흘러내리도록 되어 있다. 물에 떠 있는 커다란 잎 아래에는 아직 물속에 잠겨 있는 작은 잎들이 작은 나팔 모양으로 돌돌 말려 있다. 잎자루는 유연하고 공기로 가득 찬 관다발이 안에 많이 들어 있어서 잎을 더욱 잘 떠 있게 해준다.

개미들이 승선을 끝내고 출항을 하려고 하는데, 수련이 꼼짝을 하지 않는다. 어찌 된 일인가 하고 잎의 주위를 살펴보니, 물속으로 길게 뻗어 들어간 뿌리줄기가 닻처럼 수련을 꼼짝 못 하게 하고 있다. 그 뿌리줄기는 매우 단단하고 두께가 5센티미터가 넘으며 물속으로 1미터 가까이나 들어가서 수련을 강바닥에 붙들어 매고 있다. 암개미 103호는 뿌리줄기를 자르려고 물속으로 머리를 기울이고 위턱으로 가위질을 해댄다. 그러면서 이따금 숨을 돌리기 위해 머리를 들어 올린다.

다른 개미들이 103호를 거든다. 닻줄을 끊어 버릴 수 있는 마지막 일격을 남겨 놓고, 암개미 103호는 물방개들을 잡아 오라고 이른다. 그 수생 곤충들을 수련잎 배의 추진기로 삼자는 것이다. 개미들은 수면에서 잡은 먹이를 미끼로 삼아 물방개들을 유인한다. 물방개들이 다가오자, 103호는 동료들과 더듬이를 맞대고 적절한 페로몬을 찾아낸 다음, 자기들이 강을 건널 수 있게 도와 달라고 물방개들을 설득한다.

103호는 한결 좋아진 생식 개미 특유의 시력을 이용해서 강폭과 물살을 가늠해 본다. 맞은편 강둑이 아주 멀리 떨어져 있다. 게다가 물에 떠 있는 낙엽들이 맴돌이치고 있다는 것은 강물에 소용돌이가 있다는 뜻이다. 어떤 배로도 이곳을 건너갈 수는 없을 것 같다. 더 아래로 내려가다가 강폭이 좁아지는 곳을 찾아 건너가는 편이 나을 듯하다.

벨로캉 개미들은 험난한 물길 여행에 필요한 먹이들을 배에 싣기 시작한다. 그 비상식량은 주로 제때에 달아나지 못한 무당벌레들과 협력을 거부한 물방개들의 고기로 이루어져 있다.

벌써 어둠이 밀려오고 있다. 밤에는 항행을 할 수 없으므로 지금 떠나는 것은 무리다. 암개미 103호는 출발을 내일 아침으로 미루자고 권한다. 삶이란 낮과 밤의 연속이다. 이젠 하루 밤낮쯤 늦어진다 해도 그리 대수로울 것이 없다.

그들은 바위 밑에 야영지를 마련하고 힘을 얻기 위해 무당벌레 고기를 먹는다. 이 밤이 새고 나면 험난한 여행이 다시 시작될 것이다.

76. 백과사전

달나라 여행

아무리 터무니없는 꿈이라도 과감하게 시도하면 이루어 낼 수 있을 것처럼 보이는 때가 있다.

13세기에 중국 송나라에서는 달을 찬미하는 문화적 행위가 크게 유행하였다. 내로라하는 문호와 가객 들은 너 나 할 것 없이 하늘에 떠 있는 그 위성을 영감의 원천으로 삼았다.

그 무렵의 송나라 임금 중에는 달에 관해서 모든 것을 알고 싶어 한 이가 있었다. 손수 시를 짓고 글을 쓰기도 했던 그는 달을 너무나 찬미했던 나머지 달에 발을 디디는 최초의 인간이 되고 싶어 했다.

그는 신하들에게 명을 내려서 로켓을 만들게 했다. 당시의 중국인들은 이미 화약의 사용법을 아주 잘 알고 있던 터였다. 그들은 임금이 탄 작은 가마 밑에 커다란 폭약을 설치했다. 폭약이 터질 때의 추진력으로 가마를 달까지 쏘아 올리려고 생각했던 거였다.

그 중국인들은 닐 암스트롱이나 쥘 베른의 시대보다 훨씬 앞서서 달로켓을 만든 셈이었다. 그러나 사전 연구가 너무 부실했던 탓에, 폭약의 심지에 불을 붙이자마자, 불꽃놀이를 방불케 하는 광경이 벌어졌다.

송나라 임금은 휘황하게 작렬하는 그 불꽃 속에서 가마와 함께 산산이 부서졌다.

에드몽 웰스, 『상대적이며 절대적인 지식의 백과사전』 제3권

77. 최초의 비행

그들은 밤새도록 곡을 다듬고 연습을 되풀이했다. 콘서트가 열리는 날 오전까지도 그들은 작업에 몰두하였다. 노랫말

은『상대적이며 절대적인 지식의 백과사전』에 나오는 글들을 토대로 해서 만들었지만, 선율과 리듬은 그들 나름대로 심혈을 기울여 만들었다.

밤 8시가 되자, 그들은 문화원에 모여 악기의 음을 맞추고 현장의 음향 효과를 시험했다.

무대에 오르기 10분 전, 그들이 무대 뒤에서 떨리는 마음을 진정시키려고 애쓰고 있을 때, 지방 신문의 기자 하나가 인터뷰를 하러 왔다.

「안녕하세요.『퐁텐블로 나팔수』에서 나온 마르셀 보지라르입니다.」

그들은 그 작고 땅딸막한 남자를 가만히 살펴보았다. 두 뺨과 코에 도는 불그죽죽한 기운이 식사를 하면서 술깨나 마시는 사람임을 짐작게 했다.

「노래를 취입해서 음반을 만들 생각이 있습니까?」

쥘리는 별로 말을 하고 싶은 생각이 없었다. 지웅이 그룹의 대변자로 나섰다.

「네, 그렇습니다.」

기자는 만족한 표정을 지었다. 철학 선생님 말씀이 옳았다. 〈네〉라고 말하는 것은 듣는 사람에게 즐거움을 주고 대화를 원활하게 하는 이점이 있었다.

「음반의 표제는 뭐라고 할 겁니까?」

지웅은 머뭇거리지 않고 아무거나 머리에 떠오르는 대로 대답했다.

「〈그대 잠에서 깨어나라〉입니다.」

「노랫말은 어떤 주제를 다루고 있나요?」

「글쎄요…… 모든 주제를 다루고 있다고나 할까요.」

조에가 그렇게 대답하자, 그 말의 모호함 때문인지 기자는 그다지 만족해하는 기색이 아니었다. 그의 질문이 이어졌다.

「여러분의 리듬은 어떤 장르에서 영향을 받았나요?」

「우리는 우리만의 리듬을 만들려고 노력했습니다. 우린 독창적인 음악을 만들고 싶습니다.」

이번엔 다비드가 대답했다. 시장 볼 품목을 꼼꼼하게 적고 있는 가정주부처럼 기자는 그들의 말을 받아 적었다.

「문화원 측에서 첫 줄의 좋은 자리를 내드렸으면 좋겠네요.」

프랑신이 그렇게 말하자, 기자는 뜻밖의 대답을 했다.

「아니요. 시간이 없어요.」

「그게 무슨 말씀이세요? 시간이 없다뇨?」

마르셀 보지라르는 수첩을 챙겨 넣고 그들에게 손을 내밀었다.

「시간이 없어요. 오늘 밤에 해야 할 일이 아직 많이 남아 있어요. 한 시간 동안이나 꼼짝 않고 앉아서 여러분의 연주를 들을 처지가 못 돼요. 듣고 싶은 마음은 정말 굴뚝같지만, 미안해요, 그럴 수가 없어요.」

쥘리가 놀라서 물었다.

「그런데, 왜 기사를 쓰세요?」

기자는 은밀한 얘기를 털어놓기라도 하듯 쥘리에게 다가와 귀엣말을 했다.

「중요한 비밀 하나 가르쳐 줄까? 〈잘 몰라야 말을 잘한다.〉 그게 바로 우리 직업의 비결이야.」

쥘리는 그 역설에 얼떨떨한 기분이 들었다. 하지만, 그런 식으로 일하는 것을 기자가 아주 만족스럽게 여기는 듯해서, 굳이 토를 달거나 그를 붙들어 두려고 하지 않았다.

문화원장이 부리나케 들어왔다. 그는 쌍둥이 형제라고 해도 믿을 만큼 생김새가 교장 선생님과 아주 비슷했다.

「준비들 해. 곧 시작할 거야.」

쥘리는 막을 살짝 들추고 객석을 보았다. 객석은 5백 명가량을 수용할 수 있는 규모였는데, 4분의 3이 비어 있었다.

쥘리는 곧 대중 앞에 선다는 생각에 잔뜩 긴장하고 있었다. 그건 일곱 난쟁이들도 마찬가지였다. 폴은 힘을 얻기 위해 뭔가를 야금거렸고 프랑신은 마리화나 담배를 피웠다. 레오폴은 명상을 하듯 눈을 감고 있었고, 나르시스는 기타의 코드를 다시 한번 짚어 보는 중이었다. 조에는 혼자서 중얼중얼하는 것처럼 보였지만, 사실은 혹시라도 도중에 노랫말이 생각나지 않는 불상사가 생길까 봐 거듭거듭 되뇌고 있는 거였다.

쥘리는 더 이상 물어뜯을 수 없게 닳아 버린 약손가락 끝을 잘근거리다가 생채기가 나자 그것을 입으로 빨았다.

무대에서 원장이 그들을 소개했다.

「우리 퐁텐블로 시민의 문화생활을 더욱 풍성하게 해줄 새로운 문화원의 개관을 축하해 주시기 위해 이렇게 많이 참석해 주신 여러분께 감사를 드립니다. 아직 공사가 완전히 끝난 것은 아니지만, 미흡하나마 이렇게 여러분을 모시게 되어서 대단히 기쁩니다. 좀 더 일찍 문을 열지 못한 것에 대해 깊은 사과의 말씀을 드리면서 여러분의 너그러운 이해를 부탁드립니다. 어쨌든, 오늘 여러분께서는 새 객석에서 새로운 음악을 감상하실 수 있을 것입니다.」

객석 맨 앞줄에는 보청기를 낀 노인들이 앉아 있었다. 그들은 그저 바깥나들이를 하기 위해서라도 문화원에서 마련하는 모든 공연을 하나도 빼놓지 않고 참석하게 될 회원들이었다.

원장이 목청을 높였다.

「여러분께서 이제부터 들으실 곡은 우리 고장에서 주목을 받고 있는 비교적 리듬이 강한 음악입니다. 록 음악을 좋아하는 분도 계시고 좋아하지 않는 분도 계실 터이지만, 오늘 공연할 젊은이들의 음악은 그 나름대로 들을 가치가 있다고 저는 확신하고 있습니다.」

원장은 쥘리와 일곱 난쟁이들을 처량한 신세로 몰아갔다. 그는 그들을 마치 지방의 민속 음악 그룹처럼 소개하고 있었다.

그들의 얼굴에서 마뜩잖은 기색을 읽었는지, 원장이 말투를 바꾸었다.

「자, 멋진 음악을 들려 줄 록 그룹 〈백설 공주와 일곱 난쟁이〉를 소개하겠습니다. 아주 예쁜 아가씨가 노래를 맡고 있습니다.」

객석에서는 아무런 반응이 없었다.

「자, 가수 쥘리 팽송과 일곱 난쟁이들입니다. 오늘 공연은 이들의 첫 무대입니다. 아낌없는 박수갈채로 이들을 격려해 주시기 바랍니다.」

무대 앞의 몇 줄에서 빈약한 박수 소리가 일었다.

원장은 쥘리의 손을 잡고 투광기의 불빛이 쏟아지는 무대 한가운데로 데리고 갔다.

쥘리는 마이크 앞에 섰다. 그녀 뒤로 일곱 난쟁이들이 각자 자기 악기를 마주하고 자리를 잡았다.

쥘리는 어두운 객석을 바라보았다. 앞의 몇 줄에는 퇴직 연금을 받은 노인들의 차지였다. 그 뒤로는 할 일이 없어 빈둥거리다가 우연히 공연장에 들어온 것으로 보이는 사람들이 띄엄띄엄 앉아 있었다.

뒤쪽에서 누군가 소리쳤다.

「꺼져라!」

귀에 익은 목소리였다. 너무 멀리 떨어져 있어서 얼굴을 분간할 수는 없었지만, 쥘리는 야유를 보낸 사람이 누구인지 금방 알아차렸다. 공자그 뒤페롱이었다. 그는 아마도 자기 패거리를 다 데리고 공연을 방해하러 왔을 거였다.

「꺼져라! 물러가라!」

그들이 한목소리로 소리쳤다.

프랑신은 뜻하지 않은 야유를 가라앉히기 위해 어서 시작하자고 신호를 보냈다.

무대 바닥에는 작품의 제목을 연주할 순서대로 적어 놓은 종이가 붙어 있었다.

1. 인사말

쥘리 뒤에서 지웅이 리듬을 예고했다. 폴은 전위차계를 조절하고 투광기로 꽤나 통속적인 느낌을 주는 무지갯빛 분광을 배경 막에 내쏘았다.

쥘리가 노래를 시작했다.

여러분,

미지의 관객 여러분, 안녕하십니까?

우리의 음악은 세계를 변화시키는 데 쓰일 무기입니다.

아니, 우스개로 하는 말이 아닙니다. 그건 가능한 일입니다. 여러분은 세상을 변화시킬 수 있습니다. 어떤 일이 일어나기를 진정으로 바라는 사람에게는 그 일이 일어납니다…….

그녀가 첫 곡을 끝내자, 몇 사람이 열의 없는 박수를 보냈다. 객석의 몇몇 의자에서 삐걱 하는 소리가 일었다. 벌써 실망을 느끼고 자리에서 일어나는 관객이 있는 모양이었다. 뒷자리의 공자그 패거리가 다시 야유를 보냈다.

「꺼져라! 물러가라!」

다른 관객들은 그저 덤덤히 앉아 있을 뿐이었다. 첫 무대란 다 이런 것일까? 제너시스와 핑크 플로이드와 예스도 첫 공연을 이런 식으로 치렀을까? 쥘리는 관객의 반응을 기다리지 않고 바로 다음 곡을 시작했다.

2. 지각

우리는 세계에 존재하는 모든 것을 지각하는 것이 아니라
우리가 지각할 준비가 되어 있는 것만 지각한다.
어떤 생리학 실험을 위해 갓 태어난 고양이들을
수직 무늬로 내벽을 장식한 방 안에 집어넣었다.

공자그 패거리가 있는 곳에서 계란 하나가 날아와 쥘리의 몸에 맞고 박살이 났다.

「어때, 그건 지각이 잘 되었냐?」

몇몇 관객이 웃음을 터뜨렸다. 쥘리는 이제 적대적인 청중 앞에서 겪는 독일어 선생의 고난을 온전히 이해할 수 있을 것 같았다.

프랑신은 사태가 심상치 않음을 깨닫고, 자기의 예정된 독주로 들어가기 전에 야유 소리를 덮어 버리기 위해 신시사이저의 소리를 키웠다.

그런 다음, 그들은 바로 세 번째 곡으로 넘어갔다.

3. 역설수면

우리 내면 깊은 곳에는 아기가 잠자고 있다.
밤마다 우리에겐 역설수면이 찾아온다.
그때 우리는 가장 깊은 잠에 빠져서 격렬한 꿈을 꾼다.

객석 뒤쪽에서는 늦게 도착한 사람들이 들어오고 실망한 사람들이 나가느라고 문이 계속 열리고 닫혔다. 그 때문에 쥘리는 노래에 정신을 집중할 수가 없었다. 그녀는 이내 자기가 기계적으로 노래를 하고 있음을 깨달았다. 벽을 울리는 문소리에 너무 신경을 쓰고 있기 때문이었다.

「꺼져라, 쥘리! 물러가라!」

쥘리는 일곱 난쟁이들을 돌아보았다. 정말이지 이건 대실패였다. 마음이 너무 산란해서 서로 호흡조차 잘 맞지 않았다. 나르시스가 코드를 잘못 짚었다. 손이 떨리는 바람에 그의 기타가 불협화음을 냈다.

쥘리는 객석의 소란에 마음을 쓰지 않으려고 애쓰면서 후렴을 다시 불렀다. 그들은 그 대목에 이르면 청중이 손뼉을 치면서 다 같이 노래를 따라 부를 거라고 예상했었다. 그러나 쥘리는 그런 식으로 몰고 갈 엄두조차 못 내고 있었다.

우리 내면 깊은 곳에는 아기가 잠자고 있다.
밤마다 우리에겐 역설수면이 찾아온다.

노랫말에 맞추기라도 하듯, 앞줄에 앉은 노인들이 잠에 빠져들고 있었다.

쥘리는 그들을 깨울 양으로, 목청을 높여서 〈역-설-수-면〉하고 또박또박 외쳤다.

이제 레오폴의 플루트 독주가 이어질 차례였다. 그는 몇 차례 음을 틀리고 나더니 아예 독주 부분을 줄여 버렸다.

아까 그 기자가 객석에 남아 있지 않은 게 다행이었다. 쥘리는 완전히 의기가 꺾여 있었다. 다비드는 턱짓으로 그녀를 격려하면서 객석에 신경 쓰지 말고 노래를 계속하라는 신호를 보냈다.

우리는 모두 승리자다. 우리는 모두 3억의 경쟁자를 물리친 챔피언 정자에서 나온 사람들이기 때문이다.

공자그 패거리는 맥주 깡통을 들고 무대 앞으로 나와서 쥘리에게 맥주를 끼얹었다.

지웅이 팔을 휘두르며 말했다.

「계속해, 계속해!」

어쩌면 그런 순간들을 경험함으로써 진정한 프로페셔널

이 되는 건지도 모를 일이었다.

훼방꾼들은 숫제 고삐 풀린 망아지처럼 날뛰었다. 그들은 달걀과 깡통을 던지는 것으로 그치지 않고 농무(濃霧) 경적을 울리고 온갖 종류의 인공 연무(煙霧)를 뿌려 대면서 계속 소리를 질렀다.

「꺼져라, 쥘리! 물러가라!」

그러나 그들은 너무 심하게 행패를 부리고 있었다.

「조용히 좀 합시다. 이렇게 소란스러워서야 어디 이 사람들이 연주를 할 수 있겠어요?」

덩치 좋은 여자 하나가 고함을 쳤다. 그녀의 티셔츠에는 〈합기도 클럽〉이라는 글자가 찍혀 있었다.

「물러가라!」

하도 소리를 질러서 목이 쉬어 버린 공자그는 그렇게 소리를 치더니 객석을 향해 말했다.

「여러분도 아셨다시피, 이들의 음악은 들을 가치가 없습니다.」

「음악이 당신 맘에 안 들면 나가면 될 거 아니오. 누가 당신에게 남아 있으라고 강요합디까?」

티셔츠를 입은 관객이 맞받았다.

공연을 방해하는 무뢰배에 맞서 싸울 준비를 한 그녀가 자못 위협적인 태도를 보이며 혼자서 앞으로 나왔다. 상대편의 수가 많아서 그녀 혼자서는 대적하기가 어려울 것으로 보이자, 똑같은 티셔츠를 입은 여자 관객들이 그녀를 도우러 나왔다. 다른 사람들도 자리에서 일어나 한쪽 편을 골라 가세했다.

그 서슬에 잠에서 깨어난 노인들은 의자에 깊숙이 몸을 묻었다.

「여러분, 진정하세요. 이러시면 안 됩니다. 제발, 진정하세요.」

쥘리는 어찌할 바를 몰라 하며 청중에게 애원했다.

다비드가 그녀에게 말했다.

「노래를 계속해.」

쥘리는 아연실색하여 서로 싸우고 있는 사람들을 멀거니 바라보았다. 이런 상황에서는 누구도 그들의 음악이 사람들에게 기쁨을 주고 풍속을 순화한다고 말할 수 없었다. 어서 무슨 수를 내야 했다. 쥘리는 일곱 난쟁이들에게 연주를 중단하라고 신호를 보냈다. 음악이 멎고, 이젠 난투를 벌이는 사람들의 악다구니를 벗어나는 게 낫겠다고 생각하며 자리에서 일어서는 사람들이 내는 의자 소리밖에 들리지 않았다.

이런 식으로 첫 공연을 망칠 수는 없는 노릇이었다. 쥘리는 자기 앞에서 벌어지고 있는 일을 잊고 정신을 집중하기 위해 눈을 감고 귀를 꼭 막았다. 그녀는 스스로를 외부와 단절시키고 마음을 한곳에 모은 다음, 얀켈레비치 선생님의 가르침을 떠올렸다. 〈노래를 함에 있어, 사실 성대는 그다지 중요한 역할을 하지 않는다. 성대를 울리며 나는 그 소리 자체만 놓고 보면, 뭔가를 긁는 듯한 불쾌한 소리에 지나지 않는다. 그 거친 소리를 다듬어 완전하게 만드는 것은 입이다. 허파가 풀무라면, 성대는 진동하는 막이고, 볼은 공명 상자이며, 혀는 변조기(變調器)다. 자, 이제 네 입술로 과녁을 겨냥하고 쏘아라.〉

쥘리는 과녁을 겨냥하고 쏘았다.

단 하나의 음이 튀어나왔다. 〈시 플랫〉이었다. 넉넉하고도 단단한 그 소리가 새 문화원의 객석을 휘어잡기 시작했다. 벽에 닿았던 소리가 되튀어나와 장내는 온통 쥘리가 내는 시 플랫의 파동으로 가득 찼다.

백파이프의 가죽 부대가 수축하듯이 쥘리의 배가 성량을 늘리기 위해 오므라들었다.

그 음은 하나의 구체처럼 커다랗게, 쥘리의 몸보다 훨씬 더 크게 부풀어 올랐다. 쥘리는 그 시 플랫의 커다란 구체 안에서 자기가 보호를 받고 있다고 느꼈다. 여전히 눈을 감은 채, 그녀는 그 음을 길게길게 늘였다. 그녀의 얼굴에 미소가 번지기 시작했다.

그녀의 입이 온전히 깨어났다. 시 플랫은 더욱 맑고 순수한 소리로 청중의 마음을 파고들었다. 입천장과 이까지도 떨렸다. 팽팽하게 긴장된 혀는 더 이상 움직이지 않았다.

객석이 조용해졌다. 공자그 패거리와 합기도 클럽의 여학생들은 싸움을 중단했고, 보청기를 만지작거리던 앞줄의 노인들도 손을 가만히 내려놓았다.

쥘리는 허파의 풀무로 공기를 한껏 밀어 올렸다.

이 기회를 놓치면 안 된다고 생각하면서, 그녀는 다른 음을 내기 시작했다. 〈레〉였다. 이미 〈시 플랫〉이 온 입을 덮혀 놓은 터라, 그 소리는 한결 더 부드럽게 나왔다. 레가 모든 사람들의 뇌 속으로 스며들어 갔다. 쥘리는 그 음을 통해서 자기의 온 마음을 전하고 있었다. 그 단일한 진동 속에 그녀의 어린 시절, 그녀의 고뇌, 얀켈레비치와의 만남, 어머니와의 갈등 등 모든 것이 담겨 있었다.

우레와 같은 박수 소리가 터져 나왔다. 공자그 패거리가 자리를 뜨고 있었다. 청중의 박수가 쥘리를 위한 갈채인지,

떠나는 훼방꾼들을 향한 야유인지는 알 수 없었다.

레 음이 한참 동안 이어지다가 멎었다.

쥘리는 자기의 활력을 온전히 되찾았다. 일곱 난쟁이들이 다음 곡을 준비하는 동안 그녀는 마이크를 쥐고 잠시 기다렸다.

폴은 투광기의 조명을 끄고 쥘리를 후광으로 감싸는 하얀 광추(光錘) 조명만 남겨 놓았다. 그 역시 단순성으로 돌아가야 한다는 것을 알고 있었다.

쥘리는 또박또박한 음성으로 천천히 말했다.

「예술은 혁명을 이루는 데 이바지합니다. 다음 곡의 제목은 〈개미 혁명〉입니다.」

쥘리는 숨을 가다듬고 다시 눈을 감았다.

하늘 아래에 새것이 없다.

이젠 미래를 내다볼 줄 아는 사람이 없다.

이젠 새로운 것을 만들어 내는 사람이 없다.

우리는 새로운 선견자다.

우리는 새로운 발명자다.

객석 여기저기에서 〈옳소〉 하는 소리가 터져 나왔다.

지웅은 신들린 사람처럼 드럼을 휘몰아 갔다. 조에가 베이스로 그를 받쳐 주고, 나르시스가 기타로 그 뒤를 따랐다. 프랑신은 아르페지오로 연주했다. 친구들이 곧 비행기를 이륙시키려 한다는 것을 알고, 폴은 앰프를 최고로 높였다. 장내가 진동하고 있었다. 이런 상황에서 날아오르지 않으면, 다시는 기회가 오지 않을 거였다.

쥘리는 입술을 마이크에 바싹 붙이고 다시 노래를 시작했다.

때가 되었다. 이젠 끝내야 한다.
우리의 오감을 활짝 열자.
신새벽의 새로운 바람이 불어온다.
그 무엇도 미친 듯이 춤추는 이 바람을 재울 수 없다.
잠들어 있는 이 세상에 무수한 탈바꿈이 일어나리라.
하지만 경직된 가치들을 부수는 데에 폭력은 필요치 않다.
뜻밖이겠지만 우리가 이루려는 건 그저 〈개미 혁명〉일 뿐.

활주로를 달리는 비행기처럼 소리가 서서히 높아졌다. 쥘리는 눈을 감고 주먹을 들어 올렸다. 그녀의 목소리가 더욱 힘차게 솟구쳤다.

이젠 미래를 내다볼 줄 아는 사람이 없다.
우리가 바로 새로운 선견자다.
이젠 새로운 것을 만들어 내는 사람이 없다.
우리가 바로 새로운 발명자다.

모든 것이 순조로웠다. 악기들은 저마다 정확한 소리를 내었고, 폴의 앰프 조절은 완벽했다. 쥘리의 뜨겁게 달아오른 목소리는 모든 음을 더할 나위 없이 훌륭하게 다스리고 있었다. 진동 하나하나, 노랫말 한마디 한마디가 분명하게 울렸다. 모든 것이 제자리를 잡고 그녀의 발성 기관에 좋은 영향을 미치고 있었다. 쥘리는 자기 목소리를 완벽하게 통제하고 있다는 느낌이 들었다. 정확하게 사람들의 지라나 간에 영향을 주는 소리를 내라고 해도 낼 수 있을 것 같았다.

1천 와트의 앰프들이 어마어마한 에너지를 터뜨리고 있었다. 청중은 진동을 느끼는 게 아니라 숫제 떨고 있었다. 마이크로 증폭된 쥘리의 목소리가 청중의 고실(鼓室)과 뇌 속까지 가득 채웠다. 그 순간 그녀의 목소리 말고는 다른 것을 생각할 수가 없었다.

쥘리는 이제껏 자신이 그렇게 활활 타오르는 듯한 느낌을 가져 본 적이 없었다. 어머니도 대학 입시도 그녀의 마음을 억누르지 않았다.

그녀의 노래는 모두에게 기쁨을 주었다. 앞줄의 노인들은 보청기를 빼고 손발로 장단을 치고 있었다. 객석 뒤쪽의 문은 더 이상 삐걱거리지 않았다. 온 청중이 박자에 맞추어 몸을 흔들고 있었다.

마침내 비행기가 이륙한 거였다. 이젠 고도를 유지하는 일이 남아 있었다.

쥘리는 폴에게 음악을 한 음조 낮추라고 신호를 보낸 다음, 객석에 다가가 노래를 계속했다.

하늘 아래에 새것이 없다.

우리는 똑같은 세계를 언제나 똑같은 방식으로 바라본다.

우리는 등대의 나선 계단에 갇혀 있다.

우리는 더 높은 곳으로 올라가면서

똑같은 실수를 되풀이하고 있다.

세계를 변화시킬 때가 되었다.

세상을 바꿀 때가 되었다.

이것은 끝이 아니라, 새로운 시작일 뿐.

폴은 〈시작일 뿐〉이라는 말이 떨어지는 순간에 맞추어 앰프의 〈불꽃놀이〉 기능을 작동시키고 청중의 머리 위로 섬광을 쏘아 보냈다.

청중이 박수갈채를 보냈다.

다비드와 레오폴은 쥘리에게 그 곡을 되풀이하라고 귀띔했다.

쥘리의 목소리는 갈수록 힘이 넘쳤다. 그녀는 이제 조금도 떨고 있지 않았다. 그 가냘픈 몸에서 어쩌면 그렇게 힘 있는 노래가 나올 수 있는지 누구나 감탄하지 않을 수 없었다.

이젠 새로운 것을 만들어 내는 사람이 없다.

우리가 바로 새로운 발명자다.

이젠 미래를 내다볼 줄 아는 사람이 없다……

그 대목에서 청중이 폭발적인 호응을 보였다. 그들은 한목소리로 이렇게 화답했다.

「우리가 바로 새로운 선견자다!」

쥘리와 일곱 난쟁이들은 자기네와 청중이 그렇게까지 하나로 어우러지리라고는 예상하지 못했다. 쥘리가 즉흥적으로 한마디를 했다.

「그렇습니다. 세상을 바꾸고 싶어 하지 않으면, 세상 때문에 고통을 받게 됩니다.」

다시 박수갈채가 일었다. 『상대적이며 절대적인 지식의 백과사전』에 담긴 생각은 호소력이 있었다. 쥘리는 방금 한 말을 되풀이했다.

「세상을 바꾸고 싶어 하지 않으면, 세상 때문에 고통을 받게 됩니다. 다른 세상을 생각하십시오. 다르게 생각하십시오. 여러분의 상상력을 억누르고 있는 굴레를 벗어던지십시오. 발명가들이 필요합니다. 선견자들이 필요합니다.」

쥘리는 눈을 감았다. 처음 맛보는 어떤 기이한 느낌이 마음속에 사무쳐 왔다. 불가(佛家)에서 말하는 견성(見性)이라는 것이 어쩌면 그와 비슷한 느낌일지도 몰랐다. 의식과 무의식이 일체를 이루는 법열(法悅)의 순간이었다.

청중은 자기들의 심장 박동에 박자를 맞추어 손뼉을 치고 있었다. 콘서트는 이제 시작일 뿐이었다. 모두들 그 행복과 일치의 시간이 길게 이어지기를 바랐다. 그들은 콘서트가 끝나고 일상의 단조로운 삶으로 돌아가야 하는 순간을 벌써부터 걱정하고 있었다.

쥘리는 더 이상 『백과사전』에만 집착하지 않고 스스로 노랫말을 지어냈다. 그녀 자신도 어디에서 나오는 것인지를 알지 못하는 말들이 입에서 즉흥적으로 흘러나왔다. 그녀가 말을 한다기보다 말들이 그녀의 입을 빌려 저절로 튀어나오는 것 같았다.

78. 백과사전

정신권

우리는 완전히 독립된 두 개의 뇌를 가지고 있다. 대뇌의 좌우 반구가 그것이다. 그것들은 저마다 다른 역할을 맡고 있다. 왼쪽 뇌는 모든 것을 숫자로 분석하면서 활동하고, 오른쪽 뇌는 모든 것을 형태로 분석하면서 활동하는 것으로 보인다(말하자면, 전자는 디지털 방식으로 기능하고, 후자는 아날로그 방식으로 기능한다고 할 수 있을 것이다). 동일한 정보를 놓고, 좌우 반구는 서로 다르게 분석하며 때에 따라서 정반대의 결론에 이를 수도 있다.

하지만 둘은 서로 의견의 일치를 보아야 한다. 그러지 않으면 우리는 심각한 정신 장애에 빠질 염려가 있다.

무의식의 담당자이자 조언자인 우반구가 꿈을 매개로 삼아 의식 담당자이자 실행자인 좌반구에게 자기 의견을 말할 수 있는 때는 오로지 우리가 잠잘 때뿐일 것이다. 그것은 부부 사이에서 뛰어난 직감을 가진 아내가 아주 현실주의적인 남편에게 자기 의견을 넌지시 비치는 것에 비유를 할 수 있을 것이다.

〈생명권〉이라는 말을 지어낸 러시아 학자 블라디미르 베르나드스키와 프랑스의 철학자 테야르 드 샤르댕에 따르면, 우반구는 또 다른 능력을 가지고 있다고 한다. 정신권(精神圈)[42]에 선을 댈 수 있다는 것이 바로 그 능력이다. 정신권이란 대기권이나 전리층(電離層)처럼 지구를 둘러싸고 있는 일종의 거대한 구름 같은 것이라고 할 수 있다. 그 비물질적인 구름은 인간의 오른쪽 뇌가 발산한 모든 무의식으로 이루어진 것이다. 베르그송이 신이라고 부른 총체적 인간 정신, 위대한 내재적 정신 같은 것도 어쩌면 그것의 다른 이름일지 모른다.

우리 오른쪽 뇌는 밤에 우리가 잠을 자는 동안 정신권의 마그마에 들어가서 인류의 오른쪽 뇌가 발산한 것의 총합인 총체적인 정신에서 정보를 퍼 오는 능력을 가지고 있다는 얘기다. 말하자면 무의식을 담당하는

---

42 noosphère. 정신을 뜻하는 그리스어 〈노스noos〉와 구(球), 범위, 권(圈)을 뜻하는 〈스파이라sphaira〉를 합친 말.

우리 뇌의 우반구는 원초적인 진짜 정보들이 모여 있는 파장에 연결될 수 있다는 것이다.

우리는 무엇인가를 상상하거나 발명한다고 믿고 있지만, 그건 따지고 보면 우리의 오른쪽 뇌가 정신권에서 퍼 온 것이다. 그런 뒤에 오른쪽 뇌가 왼쪽 뇌에 정보를 전달하면, 정보가 하나의 생각으로 틀이 잡히고 구체적인 행위로 이어지는 것이다.

그런 가정에 따르자면, 화가나 음악가나 소설가는 결국 성능 좋은 전파 수신기에 지나지 않는지도 모른다. 그들은 자기들의 오른쪽 뇌로 집단적인 무의식에서 정보를 퍼 올리고, 그것을 왼쪽 뇌로 자유롭게 전달할 수 있는 사람들이어서, 정신권에 떠오는 개념들을 구체적인 작품으로 형상화해 내는 것이 아닐까.

에드몽 웰스, 『상대적이며 절대적인 지식의 백과사전』 제3권

79. 불면

밤이 이슥하다. 그럼에도 103호는 잠을 못 이루고 있다. 소리 하나 빛 한 줄기에도 자꾸 잠에서 깨기 때문이다. 열두 탐험 개미는 한 번도 깨지 않고 잘 자고 있다.

예전엔 밤중에 무슨 일이 일어나는지를 알지 못했다. 잠이 들고 나면 몸이 차가워지면서 모든 활동이 정지되기 때문이었다. 그러나 생식 개미가 되고부터는 비몽사몽의 상태로 잠을 잔다. 그래서 조금 이상한 기미만 있어도 잠을 깨고 만다. 그것은 더욱 예민한 감각을 갖게 됨으로써 생긴 불편한 점 가운데 하나다.

날씨는 쌀쌀하지만 어제 든든하게 먹어 두었기 때문에 깨어 있는 데 필요한 열량은 충분하다.

103호는 동굴 입구로 나가서 밖을 내다본다.

두꺼비들의 꼬악꼬악 하는 울음소리는 더 이상 들리지 않는다. 구름에 반쯤 가려진 달이 어두운 하늘에 떠 있다. 달빛이 강물에 반사되어 작은 마름모꼴 무늬들이 어른거린다.

한 줄기 빛이 하늘을 가른다. 천둥 비가 쏟아지려는 모양이다. 번개는 가지들이 길게 뻗은 나무와 흡사하다. 하늘에서 자란 그 나무가 땅을 어루만지려는 듯 아래로 쭉쭉 내리뻗는다. 그러나 번개의 삶은 너무 짧아서 금세 자취가 보이지 않는다.

우레가 지나가고 나자 훨씬 더 무거운 정적이 서린다. 하늘도 한결 더 어둡다. 존스턴 기관에 공중의 전자기가 감지된다.

그런 뒤에 하늘에서 폭탄 하나가 떨어졌다. 커다란 물방울 하나가 땅에서 부서지며 103호에게 물을 튀긴다. 빗방울이다. 잘못 맞으면 죽음을 불러올 수도 있는 그 구체들이 이제 떼를 지어 떨어진다. 누리 떼에 비해 위험은 덜하지만, 그래도 피하는 게 상책이다. 103호는 뒤로 몇 걸음 물러서서 우두둑 듣는 빗방울을 바라본다.

고독, 추위, 어둠. 103호는 이제껏 그런 개념들을 개미 사회의 정신과 상충하는 것으로 생각해 왔다. 그런데, 어둠은 이토록 아름답고, 추위마저도 그 나름의 매력이 있지 아니한가.

세 번째 벼락이 친다. 구름 속에서 자라난 커다란 빛의 나무가 땅에 닿자마자 죽음을 맞는다. 번개는 아까보다 더 가까운 곳에 떨어졌다. 섬광이 동굴 안을 비추자, 열두 탐험 개미들이 한순간 색소 결핍증에 걸린 것처럼 창백해 보인다.

하늘의 흰 나무가 땅의 검은 나무 한 그루를 덮쳤다. 땅의 나무에 불이 붙었다.

불.

103호는 나무를 조금씩 먹어 치우는 불을 바라본다.

저 위쪽 세상의 손가락들은 불을 다스림으로써 자기들의 기술 문명을 이루어 냈다. 그들은 불을 이용해서 돌을 녹이고 먹이를 굽고 전쟁을 한다.

곤충들의 세계에서 불은 금기(禁忌)로 되어 있다.

곤충들은 모두 알고 있다. 옛날, 지금으로부터 수천만 년 전의 아주 먼 옛날에, 개미들이 불을 다스릴 줄 알았고, 그래서 이따금 숲 전체를 태우는 전쟁을 벌이곤 했다는 것을. 그런 일들이 있고 나서, 곤충들은 죽음을 부르는 그 원소의 사용을 금지하기로 합의하였다. 곤충들이 금속이나 폭발물과 관련된 기술을 전혀 발전시키지 못한 까닭이 아마 거기에 있을 것이다.

불.

진화하기 위해서는 개미들 역시 그 금기를 넘어서야 되는 것이 아닐까?

103호는 더듬이를 접고 땅에 떨어지는 빗소리를 자장가 삼아 다시 잠이 든다. 꿈속에서 그는 일렁이는 불꽃을 보고 있다.

80. 콘서트의 열기

장내의 분위기가 후끈하게 달아올랐다.

쥘리는 그 분위기에 흠씬 젖어 들었다. 참으로 기분 좋은 시간이었다.

프랑신은 금발을 흔들었고, 조에는 배 춤을 추었다. 다비드는 레오폴의 독주에 화답하여 하프를 뜯었고, 지웅은 눈을 허공으로 들어 올린 채 모든 북들을 동시에 두드렸다.

그들의 마음은 하나로 합쳐져 있었다. 그들은 여덟이 아니라 하나였다. 쥘리는 그 소중한 순간이 영원히 지속되기를 바랐다.

콘서트는 밤 11시 반에 끝나기로 되어 있었다. 그러나 쥘리는 하나 된 느낌이 너무나 강렬하고 아직 힘이 넘치고 있었기에 그 어마어마한 교감의 시간을 연장하고 싶었다. 그녀는 날고 있는 듯한 그 기분이 사라질까 봐 착륙하기를 거부하고 있었다.

지웅은 그녀에게 「개미 혁명」을 되풀이하라고 신호를 보냈다. 통로에 나와 춤을 추고 있던 합기도 클럽의 학생들이 박자에 맞추어 소리쳤다.

새로운 선견자는 누구인가?
새로운 발명자는 누구인가?

박수 소리가 다시 터져 나왔다.

우리가 바로 새로운 선견자다.
우리가 바로 새로운 발명자다.

쥘리의 눈에 새로운 빛이 감돌았다. 그녀의 머릿속에서 어떤 기계 장치 같은 것들이 작동하면서 문이 열리고 철책이

치워졌다. 신경 하나가 뇌에서 메시지를 받아 신속하게 입으로 전달했다. 턱뼈가 벌어지고 혀가 움직이면서 말이 튀어나왔다.

「여러분은 준비가 되어 있습니까? 지금, 이곳에서부터 혁명을 시작하시겠습니까?」

모두가 돌연 잠잠해졌다. 청중의 귀에 들어간 메시지가 청신경을 타고 뇌로 전달되었다. 뇌에서 각 음절의 의미와 무게가 분석되자, 마침내 대답이 터져 나왔다.

「네에에!」

신경은 일단 열이 오르자 더 빨리 움직였다.

「여러분은 지금 이곳에서부터 세상을 바꿔 나갈 준비가 되어 있습니까?」

청중은 더욱 큰 소리로 대답했다.

「네에에!」

쥘리의 가슴이 두방망이질을 쳤다. 그녀는 망설였다. 그것은 자기들의 승리를 기정사실로 받아들이기를 주저하는 정복자들의 망설임 같은 것이었다. 카르타고의 한니발 장군이 로마 입성을 눈앞에 두고 느꼈던 것과 같은 불안이 그녀를 엄습했다. 〈아무래도 일이 너무 쉽게 이루어지는 것 같다. 그리로 가지 않는 게 좋겠다.〉

일곱 난쟁이들은 쥘리에게서 한마디 말이 더 나오기를 기다렸다. 말이 아니면 그냥 손짓만이라도 좋을 것 같았다. 그녀의 신경은 뇌의 신호를 아주 신속하게 전달할 태세가 되어 있었다. 다들 그녀의 입을 살폈다. 마음먹기에 따라서는 『백과사전』에서 말하는 그 혁명이 시작될 수도 있는 상황이었다. 청중의 눈길이 온통 그녀에게 쏠려 있었다. 쥘리의 소임은 그저 〈나갑시다!〉라는 말 한마디를 던지는 것이었다.

잠시 시간의 흐름이 정지한 듯했다.

그때, 원장이 앰프를 끄고 무대 조명을 줄인 다음 객석에 다시 불을 켰다.

그가 무대로 나와 말했다.

「자, 이제 콘서트가 끝났습니다. 이들에게 뜨거운 박수를 보내 주십시오. 감사합니다, 〈백설 공주와 일곱 난쟁이〉.」

일치와 교감의 시간이 지나갔다. 마법이 풀렸다. 사람들이 손뼉을 쳤지만, 그 박수에는 좀 전과 같은 신명이 담겨 있지 않았다. 모든 것이 다시 제 흐름을 되찾고 있었다. 물론 성공적이긴 했지만, 그건 그냥 하나의 콘서트일 뿐이었다. 박수갈채를 보내던 사람들은 객석을 떠나 뿔뿔이 헤어져 집으로 돌아가 잠을 자버리면 그만이었다.

「안녕히 돌아가십시오. 감사합니다.」

쥘리는 왁자지껄하게 객석을 떠나는 사람들을 향해 그렇게 중얼거렸다. 의자들이 삐걱이고 문이 요란한 소리를 내며 계속 열렸다 닫혔다.

분장실에서 화장을 지우며 그들은 쓸쓸함과 허전함을 느꼈다.

쥘리는 파운데이션을 지우고 난 베이지색 솜뭉치를 아쉬운 마음으로 바라보았다. 한바탕의 전투를 치르고 나서 남은 거라곤 그 솜뭉치뿐이었다. 원장이 미간을 찌푸리며 분장실로 들어왔다.

「죄송해요. 초입에 벌어진 그 난투 때문에 피해가 많이 났겠어요. 그건 물론 저희가 갚아 드릴게요.」

쥘리가 그렇게 말하자 그의 막대 같은 눈썹이 위로 올라갔다.

「죄송하다니, 뭐가? 개관 공연을 멋지게 해준 게 미안하단 말이야?」

그는 껄껄 웃으며 쥘리를 껴안고 그녀의 두 볼에 입을 맞추었다.

「정말 아주 훌륭했어!」

「하지만…….」

「이 작은 지방 도시에서 오랜만에 아주 신명나는 일이 벌어진 거야……. 나는 아코디언 반주에 맞추어 춤을 추는 무도회 정도만 되었어도 감지덕지했을 텐데, 자네들이 일대 사건을 만들었어. 아마 다른 문화원 원장들이 샘이 나서 죽을 지경이 될 거야. 청중이 그렇게 열광하는 모습은 몽생미셸 문화원의 〈나무 십자가 소년 합창단〉 공연 이후로는 본 적이 없어. 자네들이 우리 문화원에서 다시 콘서트를 가졌으면 좋겠어. 그것도 빠른 시일 내에.」

「진심이세요?」

원장은 수표책을 꺼내고, 잠시 생각하더니 5천 프랑이라고 썼다.

「오늘 콘서트의 출연료야. 얼마 안 되는 금액이지만 다음 공연을 준비하는 데 도움이 되었으면 좋겠어. 무대 의상에 더 관심을 가져야겠어. 또, 포스터도 붙이고, 발연(發煙) 기재며 무대 장식에도 신경을 써야 할 것 같고……. 오늘 밤의 이 작은 성취로 만족하면 안 돼. 다음번엔 그야말로 세상을 깜짝 놀라게 할 만한 아주 멋진 콘서트를 해보라고.」

81. 신문 기사

『퐁텐블로 나팔수』문화면
새 문화원 개관, 신명 올린 첫 공연

젊은 록 그룹 〈백설 공주와 일곱 난쟁이〉가 아주 순조로운 첫 개가를 올렸다. 어젯밤 퐁텐블로 문화원의 개관을 기념하여 열린 콘서트에서 그들은 새로운 연주회장에 작은 폭풍을 일으키며 한껏 신명을 올렸다. 그룹의 리더 격인 가수 쥘리 팽송은 여신 같은 몸에 성인이라도 지옥에 떨어뜨릴 법한 연회색 눈, 재즈 분위기가 물씬 나는 목소리 등 연예계에서 성공하는 데 필요한 조건을 고루 갖추고 있다.

리듬이 약하고 가사가 무미건조하다는 점이 아쉬움으로 남아 있기는 하지만, 청중의 마음을 사로잡는 쥘리의 열창으로 그 작은 미비점은 충분히 보완되었다.

일각에서는 그녀가 인기 가수 알렉상드린의 강력한 경쟁자가 될 수 있으리라는 주장도 나오고 있다.

그 주장을 그대로 받아들이기에는 아직 섣부른 감이 없지 않다. 특유의 글래머 록으로 대중의 폭넓은 사랑을 받고 있는 알렉상드린은 이미 지방 문화원의 수준을 훨씬 넘어서 있기 때문이다.

하지만 젊은이들의 미래는 그 누구도 장담할 수 없는 법이다. 어쨌거나, 〈백설 공주와 일곱 난쟁이〉는 〈그대 잠에서 깨어나라〉라는 도발적인 제목의 앨범을 준비하고 있다. 그 앨범이 이미 인기곡 순위 1위에 올라 있는 알렉상드린의 〈내 사랑하는 그대〉와 경쟁을 벌일 수 있을지 두고 볼 일이다.

마르셀 보지라르

82. 백과사전

검열

옛날에는 정보를 대중으로부터 차단하기 위해 단순하고 노골적인 검열 방법을 사용했다. 체제에 도전하는 서적들을 간행하지 못하게 하는 방법이 그것이다.

그러나 오늘날에는 검열의 양상이 사뭇 달라졌다. 이제는 정보를 차단하지 않고 정보를 범람시킴으로써 검열을 한다. 그러나 이 방법이 오히려 한층 효과적이다.

홍수처럼 쏟아져 나오는 무의미한 정보들 속에서 사람들은 정작 중요한 정보가 어떤 것인지 갈피를 잡지 못한다. 텔레비전 채널이 늘어나고, 프랑스에서만도 한 달에 수천 종의 소설이 쏟아져 나오며, 온갖 종류의 비슷한 음악들이 어느 곳에나 퍼져 나가는 상황에서 혁신적인 움직임이란 나타날 수 없다. 설령 새로운 움직임이 출현한다 해도 대량 생산되는 정보들 속에 묻혀 버리고 만다.

결국 이 거대한 진창 속에서는 대중 매체가 만들어 낸 상품들만이 살아남는 것이다. 사람들은 그 상품들이 가장 인기가 있다는 점 때문에 마음 놓고 소비한다. 텔레비전에서는 게임과 쇼, 문학에서는 자전적인 사랑 이야기, 음악에서는 〈수려한 육체를 지닌〉 사람들이 단순한 선율에 담아 제시하는 사랑 노래들이 판친다.

과잉은 창조를 익사시키고 비평은 마땅히 이 예술적 범람을 걸러 낼 책임을 져야 함에도 불구하고 정보의 홍수 앞에 주눅이 들어 버린다. 이 모든 것이 빚어내는 결과는 자명하다. 기성 체제에 도전하는 새로운 것이 전혀 나타나지 않게 되는 것이다. 결국 그토록 많은 에너지를 소모하고 있음에도 변하는 건 아무것도 없는 셈이다.

에드몽 웰스, 『상대적이며 절대적인 지식의 백과사전』 제3권

83. 강을 내려가면서

은빛 강물이 남쪽으로 흘러간다. 탐험 개미들은 아침 일찍 거친 물결 위에 수련잎 배를 띄웠다. 거울처럼 반짝이는 물살을 가르며 배가 남으로 남으로 내려간다. 물에 떠서 배 뒤를 따라오는 물방개들이 우아한 동작으로 잔물결을 일으키고 있다. 물방개들의 초록색 등딱지에는 오렌지빛 테두리가 있고, 이마에는 V 자 꼴로 된 기호가 새겨져 있다. 자연은 동물들을 약간의 치렛거리로 꾸며 주기를 좋아한다. 그래서 나비들의 날개에는 복잡한 무늬를 그려 놓았고 물방개들의 등딱지에는 단순한 무늬를 넣어 주었다.

물방개들은 털이 많이 난 기다란 종아리마디를 접었다 폈다 하면서 개미들의 배를 밀어 준다. 암개미 103호와 열두 탐험 개미들은 수련의 가장 높은 잎에 앉아서 주위의 풍광을 완상(玩賞)하고 있다.

수련은 차가운 강물이 스며들지 않는 정말 훌륭한 배다. 게다가 강물에 사는 그 어떤 동물도 그것을 눈여겨볼 생각을 하지 않아서 십상 좋다. 수련잎이 물위에 미끄러져 가는 것은 너무나 당연한 일이기 때문이다. 개미들은 자기들의 배를 요모조모 살펴본다. 수련잎은 크고 단단하고 평평한 초록색 뗏목과도 같다. 수련꽃은 꽤나 복잡하다. 꽃받침 네 개에 나선을 이루며 차곡차곡 맞물린 꽃잎이 여럿인데, 그 꽃잎들이 안으로 들어갈수록 점점 작아지다가 꽃 한가운데에 이르러서는 수술로 바뀌고 만다.

개미들은 커다란 분홍빛 꽃잎 위를 오르내리면서 장난을 친다. 수련이 돛배라면 그 꽃잎들은 아랫돛, 가운뎃돛, 꼭대

기둥이 되는 셈이다. 수련의 꼭대기에 오르면 멀리에 있는 장애물까지 식별해 낼 수 있다.

언제나 새롭게 느껴 볼 것이 없나 하고 주위를 살피던 암 개미 103호가 수련 뿌리줄기의 즙을 빨아 보더니 뜻밖에도 기분이 아주 느긋하고 편안해짐을 느끼며 놀라워한다. 사실, 수련의 뿌리줄기에는 성욕을 억제시키는 물질이 들어 있어 서 그것이 진정제와 같은 구실을 하는 것이다. 그 물질을 먹 으면 모든 것이 더욱 평화롭고 차분하고 부드럽게 보인다.

아침에 보는 강은 참으로 아름답다. 주홍빛 태양이 뿌려 주는 빛살을 받아 벨로캉 개미들이 루비처럼 빛난다. 강물에 둥둥 떠다니는 수생 식물 위에서 이슬방울이 반짝인다.

배는 갖가지 식물들을 스치고 지나간다. 능수버들은 가지 를 축 늘어뜨려 길고 연한 잎을 주고, 마름은 측면에 커다란 가시가 붙어 있는데 껍질이 단단한 마름모꼴 열매를 선물한 다. 천성이 쾌활한 향긋한 황수선은 노란 별처럼 반짝인다.

왼쪽으로 바위 하나를 살짝 스치며 지나다 보니, 바위 표 면이 은은한 냄새를 풍기는 비누풀로 덮여 있다. 비누풀의 열매들이 물에 떨어지자, 열매에서 나온 사포닌[43]이라는 물 질 때문에 거품이 일고 물방울이 생긴다. 수면에 벌어진 그 거품 난리가 물방개들을 성가시게 한다. 그들은 물 위로 머 리를 들고 작은 물줄기를 내뿜는다. 그럼으로써 기관(氣管) 에 장애를 일으키는 거품을 없애 버리려는 것이다.

수련의 꼭대기가 우산 꽃차례[44]로 핀 독미나리꽃을 스치

43 물에 녹으면 거품이 일어나는 약한 독성이 있는 물질로 식물계에 널리 분포되어 있는 배당체(配糖體)이다.

44 꽃대 끝에 잔 꽃대가 우산 모양으로 여러 개 달리고 그 끝에 꽃이 한 개씩

자, 셀러리 냄새가 풍겨 나오고 노르스름한 즙이 흘러 바람에 흩날린다. 개미들은 그 즙이 달지만 코닌이라는 강한 알칼로이드[45]가 들어 있어서 뇌를 마비시킨다는 것을 알고 있다. 독미나리를 건드리면 안 된다는 정보가 개미들의 집단 기억 속에 들어오기까지는 많은 탐험 개미들의 희생이 있었다.

그들 위에서 잠자리들이 맴을 돌고 있다. 젊은 개미들은 그 유서 깊고 품격 있는 곤충들을 올려다보며 경탄의 페로몬을 발한다. 잠자리들은 짝짓기 춤에 여념이 없다.

잠자리 수컷들은 사위를 경계하면서 다른 수컷들이 들어오지 못하게 자기 영역을 지킨다. 그렇게 수컷들이 자기 공간을 넓히기 위해 서로 싸우는 까닭은, 가장 넓은 공간을 마련하는 자가 암컷을 차지할 수 있기 때문이다. 암컷은 교미 춤을 추고 나중에 알을 낳기 위한 공간이 넓을수록 좋아한다.

그러나 수컷이 갖은 애를 쓴 끝에 암컷을 유인하는 데 성공하든 실패하든, 그것으로 경쟁이 끝나는 것은 아니다. 암컷은 수컷의 정액을 며칠 동안이나 배에 신선하게 보존할 수 있다. 그래서 만일 암컷이 여러 수컷과 몇 차례에 걸쳐 교미를 한다면, 암컷은 한배에서 여러 수컷의 알을 낳을 수 있게 된다. 질투심 많은 수컷들은 그런 사실을 알기 때문에 교미를 하기 전에 경쟁자들의 정자가 들어 있는 암컷의 배를 비워 낸다. 그렇다고 암컷이 또 다른 수컷을 찾아내지 못하라는 법이 없다. 결국 영광은 맨 마지막에 만나는 수컷의 정자

붙는 무한 꽃차례의 하나. 미나리꽃, 파꽃 따위.

45 식물 속에 들어 있는 질소를 포함한 염기성 화합물.

에게 돌아간다.

103호는 생식 개미 특유의 새로운 시각으로 물속을 들여다본다. 수면 아래에 배를 위로 하여 송장헤엄을 치는 물살이 벌레가 보인다. 그 벌레가 유리를 통해 보듯이 103호를 살피고 있다. 바로 송장헤엄치개[46]라는 곤충이다. 긴 뒷다리를 놀려 나아가는 품이 유리 같은 수면 저편에서 뜀박질이라도 하고 있는 것 같다. 송장헤엄치개는 옆구리에 방울 모양의 공기 저장소를 지니고 있어서, 여기에 산소를 모았다가 숨구멍을 통해 조금씩 빨아들임으로써 물속에서도 호흡을 하게된다.

갑자기 머리 하나가 튀어나온다. 학배기, 즉 잠자리의 애벌레다. 학배기의 머리가 벌어지면서 윗부분이 물 위로 튀어오르더니 하루살이 한 마리를 낚아챈다. 암개미 103호는 그것이 어찌 된 일인지를 이내 깨닫는다. 학배기 머리의 앞부분은 마치 탈을 쓰고 있는 것처럼 되어 있고 그 탈은 턱 구실을 하는 관절에 연결되어 있다. 학배기가 사냥감들에게 다가가면, 그들은 아직 도망치기에 충분한 거리가 있다고 생각하고 달아나지를 않는다. 그때, 학배기는 관절의 탄력을 이용해서 탈을 날려 보낸다. 그러면, 그 탈은 캐터펄트[47]가 띄워올린 로켓처럼 튕겨 나가서 먹이를 낚아챈 다음 턱이 달려 있는 머리의 나머지 부분으로 되돌아온다.

수련잎 배가 암초들을 아슬아슬하게 피하면서 미끄러져

46 황갈색 날개에 검은 얼룩무늬가 있는 수생 벌레. 보통 배를 위쪽으로 하여 송장헤엄을 친다.
47 큰 배 위나 좁은 공간에서 압축 공기와 화약의 힘으로 포를 쏘듯이 빨리 나가게 밀어 주는 장치.

내려간다.

배의 한가운데에 앉아서 103호는 개미들의 위대한 역사를 되새기고 있다. 요행히도 그는 옛날부터 더듬이에서 더듬이로 전해져 내려온 전설들을 거의 다 알고 있다. 공룡들의 창자를 뚫고 들어가 그들을 쓰러뜨린 개미들의 이야기도 알고, 수천만 년 동안 흰개미와 싸웠던 조상들의 이야기도 안다.

개미들의 그런 역사를 손가락들은 모른다. 개미들이 태곳적부터 완두콩이나 양파나 당근 같은 식물의 씨앗들을 한 고장에서 다른 고장으로 옮김으로써 새로운 식물상을 만들어 내곤 했다는 사실을 손가락들은 모른다.

도도한 장강을 바라보면서, 103호는 자기 종에 대한 자부심이 사무쳐 옴을 느낀다. 손가락들은 강의 이런 모습을 결코 느끼지 못할 것이다. 그들은 너무나 크고 너무나 강해서 저 황수선과 능수버들을 개미가 보는 것처럼 보지는 못할 것이다. 그들은 색깔도 개미와 다른 방식으로 지각한다. 그들은 분명하게 아주 멀리까지 볼 수 있지만, 그들의 시야는 아주 좁다. 개미들은 180도 범위 안에 들어오는 사물을 모두 볼 수 있지만, 손가락들이 볼 수 있는 범위는 90도밖에 되지 않는다. 게다가, 그들이 시선을 고정해서 분명하게 볼 수 있는 범위는 15도에 불과하다.

103호가 텔레비전 다큐멘터리를 통해 알게 된 바로는, 손가락들이 지구가 둥글고 따라서 끝이 있다는 사실을 발견했다고 한다. 그들은 모든 숲과 초원의 지도를 가지고 있다. 그들은 이제 〈나는 미지의 곳을 향해 간다〉라든가 〈나는 낯선 땅으로 멀리 떠난다〉라는 식으로 말할 수가 없다. 지구상의 어떤 나라든 날아다니는 기계를 타고 하루만 가면 닿을 수 있기 때문이다.

암개미 103호는 언젠가는 손가락들에게 벨로캉의 기술을 보여 줄 날이 오리라고 기대하고 있다. 손가락들은 진딧물의 분비밀(分泌蜜)을 조리하는 방법, 열매들을 상하지 않게 저장하는 방법, 동물들끼리 서로를 이해하는 방법 등 아직 모르는 것이 너무 많다.

태양이 주홍빛에서 오렌지빛으로 변하자, 여기저기에서 노랫소리가 들려온다. 귀뚜라미는 물론이고 두꺼비, 개구리, 새 들이 저마다의 울음소리를 내고 있다.

아침을 먹을 시간이다.

103호는 손가락들의 세계에서 매일 세 차례씩 정해진 시간에 식사하는 습관을 들였다. 개미들은 몸을 기울여 물에 떠다니는 먹이를 찾는다. 머리를 아래로 하고 꼬리 수관을 위로 들어 올린 장구벌레들이 보인다. 다들 배고프던 차에 때맞추어 그 벌레들이 나타나 준 것이다.

84. 노래의 열쇠

닭이냐, 물고기냐?

그 월요일, 학교 카페테리아의 메뉴는 이러하였다.

전채 비네그레트소스를 친 순무

주요리 빵가루를 입혀 튀긴 생선 또는 감자튀김을 곁들인 닭고기

후식 사과파이

조에는 사과파이의 잼에 눌어붙은 작은 날벌레를 가장 긴 손톱으로 걸어 냈다.

「어때, 손톱 긴 것도 때로는 쓸모가 있지?」

그녀가 쥘리에게 말했다.

날벌레는 그녀의 손톱에서 이내 날아갈 기미를 보이지 않았다. 그렇다고 그것을 먹어 버릴 수도 없는 노릇이어서 조에는 접시 가장자리에 날벌레를 내려놓았다.

학생들이 쟁반을 들고 급식대를 따라서 죽 늘어서 있었다. 급식대 건너에서 학생들의 쟁반에 음식을 담아 주는 아주머니는 커다란 국자를 손에 들고 학생들 하나하나를 상대로 똑같은 질문을 계속 던지고 있었다. 듣기에 따라서는 〈닭이 먼저냐 달걀이 먼저냐〉만큼이나 형이상학적인 느낌을 주는 물음이었다. 〈닭고기야, 생선이야?〉

그래도 그런 선택의 여지가 있다는 게 단순한 학교 식당과 현대적인 카페테리아의 차이였다.

쥘리는 위에 올려놓은 기다란 물병이 쓰러지지 않도록 쟁반을 반듯하게 받쳐 들고 자기들 그룹 전체가 앉을 수 있는 큰 식탁을 찾아갔다.

식탁에 쟁반을 내려놓으려는데, 누군가 말했다.

「안 돼. 거긴 선생님들 자리야.」

조금 떨어진 곳에 있는 큰 식탁은 카페테리아 직원들을 위해 따로 잡아 둔 거였고, 다른 곳에 있는 또 다른 식탁은 학교의 사무직원을 위한 자리였다. 어느 사회, 어느 집단에나 그나름의 카스트들이 있고 각각의 카스트는 제 영역과 특권에 집착하고 있기 때문에, 그것에 이의를 제기하기란 쉬운 일이 아니었다.

마침내 빈자리가 났다. 점심시간이 20분밖에 남아 있지 않으므로, 그들은 여느 때처럼 채 씹을 겨를도 없이 음식을 욱여넣었다. 그들의 위는 이제 그런 상황에 이골이 난 나머지, 산성이 더욱 강한 위산을 분비해서 어금니의 게으름에 대처하고 있었다.

한 남학생이 그들의 식탁으로 다가왔다.

「토요일에 있었던 선배들 콘서트가 굉장했던 모양인데, 나와 내 친구들은 참석을 못 했어요. 다음 주에 또 한다면서요? 무료 좌석권 좀 얻을 수 없을까요?」

「와, 우리도 줘요.」

「우리도요.」

스무 명쯤 되는 학생들이 공짜 표를 얻을 욕심으로 그들을 에워쌌다.

지웅이 친구들을 돌아보며 말했다.

「우리의 작은 월계관 위에서 잠이 들면 안 돼. 일이 잘 돌아갈 때일수록 더 박차를 가해야 하는 거야. 역사 시간 끝나고 바로 연습에 들어가자. 다음 주 토요일 콘서트를 위해서 새 곡도 만들어야 하고 새로운 무대 효과도 준비해야 해. 나르시스는 의상을 만들고, 폴은 무대 장식을 맡아. 쥘리는 훨씬 더 〈섹스 심벌〉로 보일 필요가 있어. 너에겐 카리스마가 있어. 그런데 넌 그걸 억누르고 있는 것 같아. 더 자유분방해질 필요가 있다고.」

「설마 나보고 스트립쇼를 하라는 건 아니겠지?」

「스트립쇼를 하라는 게 아니라, 몸을 너무 감추지 말고 드러내는 게 어떠냐는 거야. 때에 따라서는 이렇게 어깨를 노출시킬 수도 있잖아. 별것 아닌 것 같아도 그게 효과가 있

362

다고.」

쥘리는 마음이 별로 내키지 않는 듯 뾰로통한 표정을 지었다.

그때, 교장 선생님이 나타났다. 그는 쥘리와 일곱 난쟁이들의 성공을 축하하고, 자기 아우가 그들에게 많은 기대를 걸고 있으니 다음 토요일에는 더 잘해 보라고 격려했다. 그러고는 자기도 젊은 시절에 그 비슷한 기회가 있었는데, 그것을 놓쳐 버리고는 아직까지도 후회하고 있다면서 그들에게 열쇠 하나를 내밀었다. 학교 후문의 열쇠라고 했다. 수위가 커다란 철책 정문을 닫은 뒤에도 그들이 마음대로 드나들면서 연습을 할 수 있게 하려고 특별히 배려한 것이었다.

「이번엔, 세상을 시끌벅적하게 만들어 보라고!」

교장 선생님은 지웅의 어깨를 툭 치면서 그렇게 말하고, 자리를 떴다.

쥘리는 콘서트의 면모를 일신해야 한다고 말했다. 폴이 투사하는 무지갯빛 조명만으로는 무대 효과를 내기가 충분치 않다는 거였다.

그러자 레오폴이 제안했다.

「커다란 책을 하나 만들어 배경에 놓고, 거기에 『백과사전』에서 발췌한 합성 사진 슬라이드와 여러 색깔의 빛을 비추면 어떨까?」

「좋은 생각이야. 그리고 커다란 개미를 만들어서 리듬에 맞추어 다리를 움직이게 하는 것도 생각해 볼 수 있어.」

「아예 우리 콘서트 제목을 〈개미 혁명〉이라고 하는 게 어때? 결국 우리의 첫 콘서트를 살려준 게 그 곡이었잖아.」

저마다 앞다투어 자기 의견을 내놓았다. 의상이며 무대

장치, 연출에 관한 이야기들이 더 나왔다. 록 음악 사이사이에 바흐의 푸가와 같은 고전 음악을 끼워 넣자는 주장도 있었다.

85. 백과사전

푸가 기법

푸가는 카논에 비해 한층 발전된 기법이다. 카논에서는 하나의 주제를 놓고, 그것이 스스로와 대면할 때 어떤 양상이 빚어지는지를 알기 위해 갖가지 방식으로 〈고문〉을 하지만, 푸가에서는 하나가 아니라 몇 개의 주제가 나타난다. 그런 점에서 푸가는 반복보다는 진전의 양상을 띤다.

제1성부가 시작되면서 기본 주제가 나타난다. 그러면 그 주제를 보완하기 위해 제2성부가 4도 높게 또는 3도 낮게 그 뒤를 따른다. 제1성부는 자기의 제1주제를 끝내고 대위 주제를 연주하기 시작한다.

그때 제3성부가 나타날 수 있다. 제3성부는 제1성부나 제2성부의 주제, 또는 제1성부의 대위 주제를 연주한다.

성부와 주제의 조합이 카논의 경우보다 더욱 복잡하다.

마침내 각 성부가 자기 구역을 다 탐색하고 다른 구역과의 교류도 끝내고 나면, 모두가 출발점에 모여 제1주제를 다시 불러낸다.

푸가 중에서 구성이 아름답기로는 바흐의 작품 「음악의 헌정」을 빼놓을 수 없다. 많은 푸가가 그렇듯이, 이 작품도 다 단조로 시작된다. 그런데 마치 요술쟁이가 눈 깜짝할 사이에 술수를 부리기라도 한 것처럼, 어느 틈에 조가 바뀌어 라 단조로 끝을 맺는다. 듣는 사람의 귀가 조바꿈의 순간을 감지하지 못하는 사이에 그런 변화가 일어난 것이다.

그처럼 조성(調性)을 〈도약〉시키는 방식을 사용하기 때문에, 우리는 「음악의 헌정」을 음계의 모든 음에서 무한히 반복할 수 있을 것이다.

〈제왕의 영광도 이와 마찬가지로 조바꿈을 통해서 끝없이 상승한다〉고 바흐는 설명했다. 그의 이름 〈바흐〉는 엉뚱하게도 독일어로 〈개울〉을 뜻한다.

푸가 중에서 가장 빼어난 작품은 바흐의 「푸가의 기법」이다. 바흐는 죽음을 맞기 전에 그 작품을 통해서 단순한 것에서 출발하여 더할 나위 없이 복잡한 것으로 나아가는 점진 기법을 일반 대중에게 설명하고 싶어 했다. 그러나 건강이 극도로 나빠지는 바람에(그는 시력을 거의 잃은 상태였다), 한창 열정적으로 하던 작업을 그만두어야 했다. 결국 이 푸가는 미완성인 채로 남게 되었다.

하지만 바흐가 그 작품에 자기 이름의 네 글자 B, A, C, H를 새겨 넣었다는 사실에 주목할 필요가 있다. 즉, 바흐는 그 푸가의 마지막 주제 가운데 하나를 자기 이름을 가지고 만들었다. 독일어로 B는 시, A는 라, C는 도에 해당한다. H는 B와 마찬가지로 시를 뜻하지만 B가 시 플랫임에 반해서 H는 그냥 시를 나타낸다. 결국 BACH를 음으로 나타내면, 시 플랫, 라, 도, 시가 된다.

바흐는 마침내 자기 음악의 내부로 들어간 셈이다. 그는 제왕들처럼 무한을 향해 상승하기 위해서 자기 음악에 의지했다.

에드몽 웰스, 『상대적이며 절대적인 지식의 백과사전』 제3권

86. 물 위를 미끄러져 달리는 자들의 공격

장밋빛 돛을 단 수련잎 배가 강물 위를 천천히 미끄러져 가는 동안, 개미들은 물 위를 걷는 한 무리의 곤충들을 발견한다. 소금쟁이들과 꾸정모기와 비슷한 실소금쟁이들이다.

그들은 머리가 아주 길고 둥근 눈이 두 개의 진주처럼 좌우에 박혀 있어서 아프리카의 갸름한 가면을 보는 듯한 느낌

을 준다. 배의 아래쪽은 물에 젖지 않는 은빛 잔털로 덮여 있는데, 이 잔털 덕분에 그들은 물에 빠질 염려 없이 마음 놓고 떠다닐 수 있다.

물벼룩이나 모기의 시체나 장구애비의 애벌레 같은 먹이를 찾고 있던 소금쟁이들은 개미들의 배가 일으키는 파동을 감지하자, 뜻밖에도 대오를 지어 개미들을 공격해 온다.

그들은 돛을 이용하기라도 하는 것처럼 빠르게 물 위를 미끄러져 달린다. 그들이 발목마디로 수면을 디디면 강물이 팽팽한 막처럼 버티면서 아주 훌륭한 발판이 되어 준다.

개미들은 위험을 직감하고 수련잎의 가장자리에 늘어서서, 마치 옛날 바이킹들이 창과 방패를 들어 올리듯이 꽁무니를 들어 올리고 개미산 사격을 준비한다.

발사.

개미들의 배에서 일제히 개미산 포가 날아간다.

소금쟁이 여러 마리가 개미산을 맞고 고꾸라져 물 위에서 표류한다. 그래도 배가 방수가 되기 때문에 그들은 가라앉지 않고 계속 수면에 떠 있다.

처음 몇 차례의 사격에 많은 소금쟁이들이 쓰러졌다. 하지만 몇몇 소금쟁이들은 용케 사격을 피하고 수련 배로 접근했다. 그들이 그저 긴 다리로 수련잎을 디뎠을 뿐인데도 잎이 물에 잠겨 버린다. 개미들은 모두 물 위로 떨어졌다. 몇몇 개미들은 소금쟁이들을 흉내 내어 물 위를 걸어 보려고 한다. 그러나 그것을 실행하자면 힘을 완벽하게 조절해서 각 다리에 골고루 실리도록 해야 하는데, 그것이 도무지 여의치 않아서 그들 다리 중의 한둘은 자꾸 물속으로 빠져든다. 결국 개미들은 턱과 배를 차가운 물에 대고 하릴없이 허우적거린다.

턱이 물에 잠기지 않는 한 익사할 염려는 없지만, 어떤 동물에게 잡혀 먹힐지 모르는 위태로운 상황이므로 빨리 곤경에서 벗어날 방도를 찾아야 한다. 열세 개미는 물결에 이리저리 흔들리면서 서로 의지해 보려고 하지만 도움이 되기보다는 서로에게 물을 끼얹는 꼴이 되고 만다. 그들이 간신히 수련잎 가장자리에 매달리자 소금쟁이들은 그들은 떼밀고 머리를 밟아서 물속에 빠뜨리려고 한다.

그래도 갖은 애를 쓴 보람이 있어서, 개미들은 가까스로 서로를 떠받쳐 물에 뜨는 승강대를 만들고 그것을 발판으로 삼아 수련에 기어오른다.

먼저 올라간 개미들은 다른 개미들을 끌어올리고, 계속 덤벼드는 소금쟁이들을 사로잡는다.

포로가 된 소금쟁이들을 잡아먹기 전에, 103호는 자기가 궁금하게 여기고 있는 것을 그들에게 묻는다. 소금쟁이는 따로따로 떨어져 살아가는 곤충으로 알려져 있는데, 어찌하여 무리를 지어 공격을 해 왔는가 하고. 한 소금쟁이가 말하기를, 그것은 〈개조(開祖)〉라 불리는 어떤 소금쟁이 때문이라는 것이다. 이야기인즉슨 이러하다.

개조는 물살이 아주 센 여울목에 살던 소금쟁이였다. 그곳은 소금쟁이들이 마음 놓고 돌아다닐 수 없는 곳이었다. 소금쟁이들은 짧은 거리를 미끄러져 가다가 재빨리 물풀에 매달리곤 해야 했다. 그렇게 하지 않으면 물살에 휩쓸려 가버리기 때문이었다. 그렇게 물살에 실려 가면 어디로 가게 되는지를 아는 소금쟁이는 하나도 없었다. 개조는 그 물살에 맞서 싸우기 위해 총력을 기울여야 한다고 생각했다. 그래서 그는 평생 물풀에 의존하며 살기를 거부하고 물살에 휩쓸려 가기로 결심했다. 이웃의 소금쟁이들은 모두 바위에 부딪혀 죽게 될 거라면서 그를 만류하였다. 그러나 개조는 뜻을 굽히지 않고 물길을 떠났다. 동료들이 예상한 대로 그는 물살에 휩쓸려 이리저리 흔들리고 떴다 잠겼다 무자맥질을 하고 여기저기 부딪히며 찢기고 긁히고 멍이 들었다. 하지만 그는 죽지 않고 살아남았다. 그가 떠내려 오는 것을 본 강 하류의 소금쟁이들은 그런 용감한 행동을 할 수 있는 소금쟁이는 모두의 귀감이 된다고 생각했다. 그들은 그를 우두머리로 세우고 함께 모여 살기로 결정했다.

그 얘기를 듣고, 암개미 103호는 개체 하나의 힘으로도 종 전체의 행동을 변화시키는 일이 가능하다는 생각을 한다. 그 용감한 소금쟁이가 이룩한 것은 무엇인가? 물살을 두려워하며 물풀에 매달리기를 거부하고, 온갖 고난을 무릅쓰며 스스로 물살에 휩쓸려 간 끝에, 자기 자신은 물론이고 온 겨레의 생존 조건을 개선하지 않았는가?

소금쟁이의 이야기가 암개미에게 용기를 새로이 북돋운다.

15호가 다가와 그 소금쟁이를 잡아먹으려고 하자, 103호가 말린다. 최근에 모듬살이를 이룬 제 겨레에게 돌아가도록 그를 풀어 주자는 것이다. 15호는 포로를 놓아 주라는 까닭을 이해하지 못한다.

《이건 소금쟁이다. 맛도 좋다. 그런데, 왜 이자를 돌려보낸단 말인가? 할 수만 있다면 그〈개조〉라는 자도 찾아서 죽여야 할 판인데.》

다른 개미들도 그와 생각이 같다. 소금쟁이들이 무리를

지어 싸움을 걸어오기 시작한 상황에서, 당장에 그들을 제지하지 않으면, 몇 년 후에는 그들이 수상 도시를 건설하고 강을 지배하게 되리라는 것이다.

103호라고 그런 걸 모르는 바 아니다. 그러나 결국 어느 종에나 진화의 기회는 오게 마련이다. 자기 종의 우위를 유지하는 길은 경쟁자들을 없애 버리는 것이 아니라 그들보다 더 빨리 나아가는 것이다.

암개미는 자기에게 다른 종에 대한 연민이 싹트고 있음을 깨닫고 스스로 놀란다. 이것 역시 생식 개미 특유의 새로운 감각 탓일 것이다. 아니면, 손가락들과 오랫동안 접촉한 데서 기인한 퇴행의 한 증거일지도 모른다.

암개미 103호는 자기 머리에 문제가 있다는 것을 알고 있다. 예전에도 그는 자아를 생각하는 성향을 지니고 있었는데, 성을 갖게 되고 감각이 열 배나 더 민감해지면서 그런 성향이 부쩍 심해졌다. 보통의 경우, 개미는 항상적으로 집단적인 정신에 접속되어 있고, 개체적인 문제를 해결하기 위해 집단적인 정신에서 떨어져 나오는 것은 극히 드문 일이다. 그런데 103호는 집단적인 정신에서 벗어나 있을 때가 너무나 많다. 그는 개체의 입장에서 사고하며 자아의 감옥에 갇힌 채, 더 이상 집단적으로 사고하기 위한 노력을 기울이지 않고 있다. 이런 상황이 계속된다면, 얼마 안 가서 그는 오로지 자아만을 생각하게 될 것이고, 손가락들처럼 자기중심적인 개체가 되고 말 것이다.

5호 역시 그것을 느끼고 있다. 더듬이를 맞대고 완전 소통을 할 때, 암개미는 자기 뇌의 구석구석을 온전히 보여 주려고 하지 않는다. 그는 이제 집단의 규칙에 따라 행동하려고 하지 않는다.

어쨌거나 지금은 그런 생각에 매달리고 있을 계제가 아니다.

암개미 103호는 수련잎 배의 꽃잎 돛이 씨익씨익 소리를 내고 있음을 깨닫는다. 불길한 조짐이다. 바람이 불고 있는 것일까, 아니면 배에 속력이 붙고 있는 것일까?

《모두 꼭대기로 올라가자.》

개미들은 망을 보러 꽃잎의 가장 높은 끄트머리로 올라간다. 그곳에 오르니 배의 속도를 한결 잘 느낄 수 있다. 머리의 모든 털과 더듬이가 가는 풀처럼 뒤로 젖혀진다.

암개미의 불안은 공연한 것이 아니다. 멀리에 뽀얀 물보라의 장벽이 보인다. 이 속도대로 간다면 그 장벽을 피하기가 어려울 듯하다.

《제발 폭포가 아니어야 할 텐데.》

87. 두 번째 콘서트를 위한 준비 작업

쥘리와 친구들은 많은 공을 들여 두 번째 콘서트를 준비했다. 그들은 매일 방과 후에 연습실에 모였다.

「아직 창작곡이 충분하지 않아. 공연 시간을 채우려고 똑같은 노래를 두 번 부르는 건 용렬한 짓이야.」

쥘리가 책상에 『상대적이며 절대적인 지식의 백과사전』을 펼쳐 놓으면서 말했다. 다들 책 위로 몸을 기울였다. 쥘리는 책장을 넘기면서, 〈황금비〉, 〈알〉, 〈검열〉, 〈정신권〉, 〈푸가 기법〉, 〈달나라 여행〉 등 노랫말이 될 만한 글들을 모두 표시해 두었다.

그런 다음, 그들은 곡을 붙이기 쉽게 원문을 고쳐 썼다.

쥘리가 말했다.

「우리 그룹 이름을 바꾸는 게 좋겠어.」

다른 구성원들이 고개를 들었다.

「〈백설 공주와 일곱 난쟁이〉는 좀 유치하지 않니? 게다가, 나는 그 〈와〉라는 말로 백설 공주를 일곱 난쟁이와 떼어 놓는 게 싫어. 그보다는 차라리 〈여덟 난쟁이〉가 낫지.」

다들 쥘리의 진의를 알아차렸다.

「〈개미 혁명〉은 지난번 콘서트에서 가장 큰 성공을 거둔 작품이야. 다비드는 다음 콘서트의 제목을 그것으로 정하자고 제안했는데, 이번 기회에 우리 그룹 이름도 다시 짓는 게 어떨까?」

「〈개미들〉이라고 하잔 말이니?」

조에가 이렇게 말하며 입술을 내밀었다.

레오폴은 〈개미들〉 하고 되뇌었다.

「느낌이 괜찮지 않니? 비틀스Beatles보다 낫잖아. 그 이름은 철자는 조금 다르지만 투구벌레라는 뜻의 비틀스Beetles와 발음이 같아. 게다가 앞에 블랙을 붙이면 바퀴벌레라는 뜻이 돼. 혐오감을 주기 십상인 그런 곤충의 이름도, 그 4인조록 그룹이 세계적인 성공을 거두는 데는 아무런 지장을 주지 않았어.」

지웅이 숙고 끝에 입을 열었다.

「그룹 이름을 〈개미들〉로 하고, 콘서트 제목을 〈개미 혁명〉으로 하면 어떤 일관성이 있는 건 사실이야. 하지만 굳이 개미를 고집할 필요가 있을까?」

「왜 어때서 그래?」

「개미는 사람들이 발로 밟고 손으로 눌러 죽이는 하찮은 곤충이야. 게다가 전혀 재미가 없는 곤충이잖아.」

「그러면 멋있는 곤충으로 하자. 〈나비들〉이나 〈꿀벌들〉이라는 이름은 어때?」

나르시스가 제안하자, 폴도 한마디 했다.

「〈버마재비들〉이라고 하면 어떨까? 버마재비는 머리가 재미있게 생겨서 음반 재킷에 넣어도 괜찮을 거야.」

저마다 자기가 가장 호감을 느끼는 곤충의 이름을 들먹였다.

「눈에놀이도 괜찮을 것 같은데. 그러면 우리에게 이런 슬로건이 생길 거야. 〈눈에놀이들의 음악을 듣고 눈에 눈물을 흘리면서 우리는 눈에놀이들의 친구가 된다!〉 그러고 나면, 손수건을 꺼내 흔드는 것이 우리 팬들을 하나로 묶어 주는 상징이 될 거야.」

「아, 그래? 그렇게 말의 재미를 노릴 거면 차라리 〈탕 taons〉으로 하는 게 어때? 그러면 〈탕 temps〉[48]과 소리가 같아서 재미있는 뜻 겹치기가 가능할 거야. 〈오 탕이여, 그대의 비상을 멈출지라〉라든가 〈레 탕 모데른〉,[49] 혹은 〈당신의 주말을 위한 보 탕〉[50] 하는 식으로 말이야.」

「〈무당벌레들〉이라고 하자. 그러면 무당벌레를 흔히 〈하느님의 벌레〉[51]라고 부르니까, 말의 다의적인 효과를 살릴 수 있을 거야.」

---

48 taons은 〈등에〉, temps은 〈시간〉 또는 〈날씨〉라는 뜻.

49 〈새로운 등에들〉, 또는 〈현대〉.

50 〈아름다운 등에들〉, 또는 〈화창한 날씨〉.

51 우리말에도 무당벌레를 하늘과 연관시키는 〈천도충(天道蟲)〉이라는 한 자어가 있다.

「〈뒝벌들〉은 어떨까? 여러분의 몸과 마음을 진동시키는 그룹, 〈뒝벌들〉 하고 말이야.」

쥘리는 난처한 표정을 지었다.

「아니야! 내 얘기는 그런 게 아니야. 개미는 물론 아주 보잘것없는 곤충이야. 그러나 바로 그 점 때문에 가장 훌륭한 상징이 될 수 있어. 흔히들 아무런 가치도 없다고 생각하는 곤충을 흥미로운 존재로 만드는 것이 바로 우리가 할 일이야.」

다른 사람들은 아직 마음을 정하지 못하고 있었다.

「게다가 『상대적이며 절대적인 지식의 백과사전』에는 개미에 관한 시와 산문 들이 아주 많이 나와 있어.」

이번엔 그녀의 주장이 먹혀들었다. 빠른 시일 내에 새로운 곡들을 만들자면, 『백과사전』에 가장 많이 나오는 주제를 선택하는 편이 나을 것이기 때문이었다. 다비드가 선선히 말했다.

「좋아. 〈개미들〉로 하자.」

조에도 쥘리의 의견을 받아들였다.

「어쨌거나 개미라는 말은 균형이 잘 잡힌 두 음절로 되어 있어서 어감이 괜찮아.」

조에는 음의 고저와 장단을 여러 가지로 달리하면서 되뇌어 보았다. 〈개-미〉, 〈개미〉, 〈우리는 개미다〉, 〈우리는 개-미다〉.

「자, 이제 포스터 건으로 넘어가자.」

다비드는 연습실의 컴퓨터 앞에 앉았다. 그는 그래픽 프로그램을 열어서 양피지 고문서 같은 느낌을 주는 글바탕을 찾아낸 다음, 글꼴을 선택했다. 각 행의 첫머리에 쓰일 글자들로는 빨간색의 굵고 꼬불꼬불한 대문자를, 나머지 글자들로는 흰색 음영이 들어간 검은색 소문자들을 골랐다.

그들은 『상대적이며 절대적인 지식의 백과사전』의 표지에 나와 있는 그림을 포스터에 활용하는 방안을 검토했다. 원 안에 삼각형이 있고, 그 삼각형 안에 개미 세 마리가 뒤집어진 Y 자 모양을 이루고 있는 그 그림을 그래픽 프로그램을 사용해서 재구성하면 그들 그룹의 상징으로 쓰기에 충분할 것 같았다.

그들은 다 같이 컴퓨터를 들여다보면서 포스터를 만들어 나갔다. 맨 위에 〈개미들〉이라고 쓰고, 조금 아래에 괄호를 열고 〈백설 공주와 일곱 난쟁이의 새 이름〉이라는 말을 넣었다. 첫 콘서트의 청중을 다시 오게 하려는 생각에서였다.

그 아래에 〈4월 1일 토요일, 퐁텐블로 문화원〉 하고 시간과 장소를 명시한 다음, 크고 굵은 글씨로 〈개미 혁명〉이라고 썼다.

그들은 그렇게 해서 얻어진 결과를 검토했다. 양피지 고문서를 닮은 포스터의 견본이 화면에 나타났다.

조에는 교장실의 컬러복사기를 이용해서 그것을 2천 부 복사했다. 지웅은 자기 누이동생을 불러 급우들과 함께 포스터를 시내에 붙여 달라고 부탁했다. 지웅의 누이는 무료 좌석권을 얻는 조건으로 그 부탁을 받아들이고, 친구들을 모아 거리로 나섰다. 그들이 상점들의 문이나 공사장 담벼락 같은 곳에 포스터를 붙이면, 사람들은 앞으로 사흘에 걸쳐서 표를 살 수 있게 될 거였다.

「포스터는 됐고, 그럼 이제부터 공연의 면모를 일신하기 위해서 해야 할 일을 점검해 보자.」

프랑신의 말이 떨어지기가 무섭게 저마다 자기 생각을 내놓았다.

　「나는 발연 기재와 스포트라이트로 특수 효과를 낼 생각이야.」

　「대도구들을 만들어서 무대를 꾸미는 방법도 생각해 봄직해.」

　「나는 스티롤 수지로 1미터 높이의 책을 만들겠어.」

　「펼쳐 놓은 모형의 책을 만들고 거기에 움직이는 종이 한 장을 붙여 놓는 거야. 그러고 나서, 슬라이드를 비추면 마치 책장을 넘기는 듯한 느낌을 줄 수 있어.」

　「그거 멋진 생각이야! 그럼, 나는 2미터가 넘는 거대한 개미를 책임지고 만들겠어.」

　지웅이 약속했다.

　폴은 각 노래의 특별한 분위기에 어울리는 향기를 발산시키자는 안을 내놓았다. 그는 자기에게 초보적인 형태로나마 냄새 오르간을 만들 만한 화학적인 재능이 있노라고 스스로를 평가했다. 그는 라벤더 향에서 흙냄새에 이르기까지, 아이오딘 냄새에서 커피 향에 이르기까지, 말 그대로 후각적인 무대 장치를 마련해서 각각의 작품에 맞는 분위기를 연출할 생각이었다.

　나르시스는 기발한 의상을 만들고 각 노래의 주제를 부각시킬 만한 가면과 분장을 고안하기로 했다.

　그들은 다시 본격적인 연습에 들어갔다. 다비드가 「개미 혁명」의 솔로 부분을 연주하다 말고 투덜거리는 소리를 냈다. 분명히 그의 연주가 정상이 아니었다. 그들이 웬일인가 하고 의아해하고 있을 때, 어디선가 찌찌거리는 소리가 들려왔다. 처음에 그들은 그것이 전기 장치에서 나오는 잡음일 것으로 생각했다. 그러나, 앰프를 조정하려고 다가가 보니, 그 안에 귀뚜라미 한 마리가 들어 있었다. 변압기의 온기에 끌려 숨어 들어온 가련한 귀뚜라미였다.

다비드는 그 귀뚜라미를 보고 한 가지 기발한 생각을 해냈다. 하프 줄에 다는 작은 마이크를 귀뚜라미의 딱지날개에 부착시키자는 거였다. 그의 말대로 마이크를 달아 주고 폴이 앰프를 조정했더니, 효과가 아주 특이한 마찰음이 나왔다.

「우리가 마침내 〈개미 혁명〉을 위한 완벽한 솔로 연주자를 찾아낸 것 같은데.」

88. 백과사전

미래는 배우들의 것이다

미래는 배우들의 것이다. 배우들은 불의에 맞서 분노하는 시늉을 할 줄 알기에 사람들의 존경을 받고, 사랑하는 시늉을 해서 사람들의 꾐을 받으며, 행복한 모습을 연기할 줄 알기에 사람들의 부러움을 산다. 배우들은 이제 모든 직업에 침투하고 있다.

1980년 미국의 대통령 선거에서 로널드 레이건이 당선된 것은 배우들이 지배하는 세상이 도래하고 있음을 보여 주는 결정적인 사건이었다. 고명한 사상이라든가 통치 능력 따위는 쓸모가 없어지고, 연설문을 작성하기 위한 전문가들을 거느리고 카메라 앞에서 멋진 연기를 하는 것이 더 중요한 세상이 온 것이다.

사실, 현대의 대다수 민주주의 국가에서 유권자들은 더 이상 정강(政綱) 정책에 따라서 후보를 선택하지 않는[누구나 선거 공약이 종당엔 공약(空約)이 되고 말리라는 것을 뻔히 알고 있다. 현대 국가의 문제를 해결하기 위해서는 모든 정당과 정파의 지혜를 다 합쳐도 모자란다는 것을 느끼고 있기 때문이다]. 그 대신, 유권자들은 생김새와 미소, 음성, 옷맵시, 인터뷰할 때의 격식을 차리지 않는 태도, 재치 있는 언변 따위로 후보자를 선택한다.

직업의 모든 분야에서 배우 같은 사람들이 불가항력적으로 우위를 점해 가고 있다. 연기 잘하는 화가는 단색의 화폭을 갖다 놓고도 예술 작품이라고 설득할 수 있고, 연기력 좋은 가수는 시원찮은 목소리를 가지고도 그럴듯한 뮤직비디오를 만들어 낸다. 한마디로, 배우들이 세상을 좌지우지하고 있다. 문제는, 이렇게 배우들이 우위를 차지하다 보니, 내용보다는 형식이 더 중요해지고 겉치레가 실속을 압도하는 상황이 벌어진다는 데에 있다. 사람들은 이제 무엇을 말하는가에는 별로 주의를 기울이지 않는다. 그보다는 어떻게 말하는지, 말할 때 눈길을 어디에 두는지, 넥타이와 웃옷 호주머니에 꽂힌 장식 손수건이 잘 어울리는지 따위를 보는 것으로 만족한다.

그리하여 좋은 생각을 가지고 있으면서도 그것을 제시할 줄 모르는 사람들은 토론에서 점차 배제되어 가고 있다. 문제의 심각성은 바로 거기에 있다.

에드몽 웰스, 『상대적이며 절대적인 지식의 백과사전』 제3권

89. 험난한 뱃길

급류다!
어마지두에 개미들은 더듬이를 곤추세운다.
이제껏 느릿느릿한 물살에 실려 강둑을 따라 가만가만 흔들리며 내려왔는데, 갑자기 모든 것이 달라졌다.
어느새 배가 여울머리에 들어온 것이다.

여울돌들의 기복 때문에 하얀 물보라가 들쭉날쭉한 선을 그리고 있다. 요란한 물소리가 사위에 진동한다. 수련잎 배의 분홍빛 돛들이 속도를 견디지 못해 시끄럽게 부들거린다.

암개미 103호는 더듬이가 머리에 엉겨 붙는 바람에 몸짓으로, 물살이 덜 센 왼쪽으로 지나가는 게 좋겠다는 뜻을 알린다.

배 뒤를 따라오던 물방개들은 개미들의 부탁을 받고 훨씬 더 빠르게 물을 휘젓는다. 개미들은 물에 떠가는 기다란 잔가지를 붙들어 그것을 위턱으로 잡고 상앗대로 삼아 배를 이끌고 간다.

13호가 물에 빠졌으나, 동료들이 재빨리 그를 건져 올린다.

올챙이들이 배가 난파되기를 기다리며 수면을 배회하고 있다. 남의 불행을 호기로 삼으려는 그 민물의 하이에나들은, 크기로 보자면 물론 엄청난 차이가 있지만 탐욕스럽기로는 상어보다 더한 자들이다.

속도가 붙은 수련잎 배는 커다란 돌 세 개가 솟아 있는 쪽으로 내닫는다. 물방개들은 온 배에 물을 튀기며 미친 듯이 물을 휘젓고 있다.

수련잎 배의 이물 쪽 뾰족한 끝이 방향을 잃고 갈팡질팡한다. 그 바람에 돌 하나가 뱃전에 정통으로 부딪는다. 무른 잎으로 된 배라서 부서지지 않고 그 충격을 흡수한 것이 다행이다. 수련잎이 바르르 떨면서 방향을 틀려는 찰나, 소용돌이가 일면서 잎을 반대 방향으로 돌려 버린다. 꽃잎 하나가 개미들을 강타하며 떨어지더니 물속으로 사라져 간다.

개미들은 첫 번째 급류를 통과했다. 그러나, 벌써 두 번째 물보라 장벽이 나타났다. 벨로캉 개미들이 물에 빠지기를 기다리는 자들은 올챙이 말고도 더 있다. 검고 야드르르한 물맴이, 배 끝에 긴 호흡관이 달린 장구애비, 다리가 가늘고 긴 물거미 같은 물살이 벌레가 그들이다. 먹이가 생길 것을 기대하며 헤엄쳐 온 축도 있고, 그저 남의 재난을 구경하러 온 축도 있다. 5호는 물방개들에게 페로몬을 보내어, 배를 좁은 수로 쪽으로 이끌게 한다. 그곳의 물살이 덜 사나워 보이기 때문이다.

눈에놀이들은 개미들이 아무런 부탁도 하지 않았는데, 자청해서 그곳에 날아갔다 오더니 비관적인 소식을 전해 준다.

《그쪽으로 가면 안 된다.》

수로 안은 물살이 훨씬 더 세다는 것이다. 개미들은 어찌해야 좋을지 갈피를 못 잡고 있다. 배에 대한 통제력을 상실할 위험을 무릅쓰고 방향을 틀 것인가, 아니면 최선을 다해서 두 번째 급류를 통과할 것인가?

너무 늦었다. 미래는 우유부단한 자들을 두남두지 않는다.

수련잎 배가 급류에 휩쓸려 간다. 앞에 돌이 있는 것을 보면서도 그것을 피할 겨를이 없다. 짐승의 이빨처럼 여기저기 솟아 있는 돌부리에 배가 부딪힐 때마다 개미 서넛이 균형을 잃고 금방이라도 뱃전 너머로 떨어질 것처럼 위태위태한 모습을 보인다. 개미들은 모두 수련꽃 한가운데의 노란 수술 사이로 들어가 위턱을 악문 채 옹송그린다.

배가 또 한차례 돌을 들이받고는 잠시 멈칫하더니 이리저리 흔들리다가 균형을 되찾는다. 어떤 작전에서든 성공의 첫 번째 요인은 뭐니 뭐니 해도 행운이야, 하고 103호는 생각한다.

세모꼴 바윗돌이 배 밑을 긁어 줄무늬의 홈집을 내고 배 한가운데에 덩어리 모양의 자국을 남겼다. 그 서슬에 배가 아주 심하게 요동을 쳤다. 균형을 잃었던 개미들이 원래의 자세로 돌아오기가 무섭게, 수련잎이 세 번째 급류에 휘말려 다시 속도를 낸다.

강 양편의 온 숲에서 개구리 울음소리가 들리기 시작한다. 마치 숲 전체가 하나의 동물처럼 살아 있는 듯하고, 강물은 숲의 축축한 혀인 듯하다.

암개미 103호는 미친 듯이 출렁대는 물결을 바라본다. 위의 하늘은 저리도 맑고 아름다운데, 아래의 이 수평선 어름에는 오로지 광란만이 있을 뿐이다. 우뚝 솟은 커다란 바윗돌 하나가 그들 앞에 그늘을 드리운다.

물을 휘저으며 배를 따라오던 물방개들은 겁에 질린 채 배를 놓아 버리고 하릴없이 배와 함께 물결에 휩쓸린다. 이제 모든 걸 운명에 맡길 도리밖에 없다.

수련잎 배는 추진 장치를 잃고 팽이처럼 뱅글뱅글 돈다. 안에 있는 개미들은 원심력에 이끌려 이제 몸을 가누고 서 있을 수조차 없다. 바깥쪽으로는 더 이상 아무것도 보이지 않는다. 저 위, 수련의 분홍빛 꽃잎 위에 하늘이 있고, 그 아래에서는 모든 것이 돌고 있다.

103호와 5호는 서로 꼭 달라붙어 있다. 배가 돈다. 자꾸자꾸 돈다. 다시 커다란 돌을 들이받는다. 개미들은 마구 까불리고 튀어 오른다. 배가 또다시 돌에 부딪힌다. 돛대가 기울고 있는 것 같다. 그러나 아직 배가 뒤집어지지는 않았다. 103호는 조심스럽게 머리를 들고 앞을 내다본다. 배는 어지럼증이 일 만큼 어마어마한 폭포 쪽으로 곧장 나아가고 있다. 물보라 너머로 강물이 더 이상 보이지 않는 걸 보면 물이 무척이나 가파른 절벽 아래로 떨어지고 있는 모양이다.

갈수록 태산이라더니, 이젠 나이아가라 폭포까지…….

배가 점점 더 빨라진다. 급류의 굉음에 천지가 진동한다. 개미들의 더듬이는 머리에 찰싹 달라붙어 있다.

이번엔 한바탕 크게 날아서 다이빙을 할 도리밖에 없다. 그들은 분홍빛 수련꽃의 노란 수술 사이에서 몸을 잔뜩 웅크린다.

배가 허공으로 튕겨 올랐다. 아래쪽에 은빛 띠 같은 강물이 아스라이 보인다.

90. 무대 뒤에서

「어이, 여보게들, 마음껏 해보라고! 지난번 콘서트가 다이빙대 위에서 준비 운동을 한 거라면, 이번엔 확실하게 물속으로 뛰어 들어가는 거야.」

문화원 원장은 그렇게 군말에 지나지 않는 충고를 했다.

그들은 시간을 허비할 겨를이 없었다. 두 번째 공연이 세 시간 앞으로 다가와 있는데, 무대 장치를 아직 끝내지 못했기 때문이었다. 그들은 커다란 책을 세우랴, 개미 상(像)을 설치하랴, 냄새 뿜는 기계를 시험해 보랴 여념이 없었다.

폴은 동료들을 상대로 냄새 뿜는 기계를 실제로 가동시켜 보이며 말했다.

「이 기계를 사용하면, 쇠고기스튜 냄새에서 땀내, 피비린내, 커피 향, 통닭구이 냄새, 박하 향, 재스민 향에 이르기까지 모든 냄새를 합성할 수 있어.」

프랑신은 옷핀을 입에 물고 분장실에 있는 쥘리에게 와서, 오늘 밤은 특별히 중요하니까 첫 콘서트 때보다 훨씬 더 아름답게 보여야 한다고 말했다.

「네게 반하지 않는 관객이 단 한 사람이라도 있으면 안 돼.」

프랑신은 분장 도구 일습을 가져와 쥘리의 분장사 노릇을 해주었다. 그녀는 눈 주위에 새 모양의 무늬를 그리는 것으로 화장을 마무리한 다음, 길고 검은 머리에 왕관 모양의 머리 장식을 씌우고 핀으로 고정시켰다.

「오늘 밤, 너는 여왕이 되는 거야.」

그때, 나르시스가 분장실로 불쑥 들어왔다.

「우리의 여왕을 위해서, 나는 황제의 드레스를 지었지. 너는 그 어떤 군주나 왕후보다도 매혹적으로 보일 거야. 조제핀보다도 시바의 여왕보다도, 러시아의 예카테리나 황제나 클레오파트라보다도 말이야.」

「『백과사전』을 뒤져 보면 새로운 미학을 찾아낼 수 있을 거라고 생각했지. 내 생각이 틀리지 않았어. 네가 입게 될 옷의 색깔은 율리시스나비, 라틴어로 하면 파필리오 울리세스의 날개 빛깔이야. 잘은 모르지만, 그 나비는 뉴기니, 오스트레일리아의 퀸즐랜드주 북부, 솔로몬 제도 등지에 사는데, 그 나비가 공중을 날 때면 열대의 숲에 푸른 형광이 번쩍거린다는 거야.」

「그런데 그건 뭐니?」

쥘리는 드레스에 두 가닥으로 가늘고 길게 덧댄 검은색 벨벳 두루마리를 가리키며 물었다.

「이건 그 나비의 꼬리 부속 기관이야. 이렇게 검고 긴 꼬리가 있어서 그 나비가 날아가는 모습이 놀랍도록 우아해 보인대.」

「어서 입어 봐.」

쥘리는 풀오버와 치마를 벗고 팬티와 브래지어 차림이 되었다. 나르시스가 그녀의 몸맵시를 살펴며 덤덤하게 말했다.

「아, 걱정하지 마. 난 그저 옷이 네 몸에 잘 맞는가를 보고 있는 거니까. 나로 말하자면, 여자들의 벗은 몸을 보아도 아무런 유혹을 느끼지 않는 사람이야. 사실 나는 내게 선택의 기회가 주어졌다면, 여자가 되기를 바랐을 거야.」

「정말로 여자로 태어나는 편이 나았을 거라고 생각하니?」

쥘리가 얼른 옷을 입으면서 물었다.

「그리스의 한 전설에 따르자면, 여자들은 오르가슴의 순간에 남자들보다 아홉 배나 더한 즐거움을 느낀다는 거야. 그런 점에서 남자들은 손해를 보고 있는 셈이지. 물론 단지 그것 때문에 여자가 되고 싶다는 얘기는 아니야. 여자는 생명을 잉태할 수 있잖아? 나도 그런 걸 느껴 보고 싶어. 사람이 한 생애를 살면서 이루어 낼 수 있는 것 중에 진실로 중요한 성취는 결국 생명을 전하는 것밖에 없지 싶어. 남자들은 그런 것을 느끼고 경험할 수 없지.」

하지만 쥘리의 몸을 톺아보고 있는 나르시스의 눈길이 마냥 덤덤하기만 한 것은 아니었다. 그 맑은 살결, 검고 윤기 흐르는 머리, 커다란 연회색 눈, 눈가에 문신처럼 그려 놓은 새의 날개. 그의 시선이 그녀의 가슴에 가서 멎었다.

쥘리는 목욕을 끝내고 나오는 사람처럼 옷으로 몸을 휘감았다. 살갗에 닿은 천의 느낌이 부드럽고 따뜻했다.

「입으니까 아주 기분이 좋은데.」

「당연하지. 이 옷감은 율리시스나비의 애벌레가 토한 실로 짠 것이거든. 말하자면, 애벌레가 고치를 지으려고 토한 실을 사람들이 훔쳐 낸 것이지. 하지만, 너에게 이 옷을 선사하려는 정당한 이유가 있으니까 괜찮아. 캐나다의 원주민인 휴런 부족 혹은 웬다트 부족 사람들은 사냥을 할 때, 동물을 죽이는 이유가 식구들을 먹이기 위한 것이든 옷을 만들기 위한 것이든, 활을 쏘기 전에 짐승에게 그 이유를 설명한다는 거야. 내가 나중에 부자가 되어서 누에 실 공장을 차리게 된다면, 나는 모든 누에들에게 그들이 비단을 제공하게 될 고객들의 명단을 알려 줄 거야.」

쥘리는 분장실 문에 걸린 커다란 거울에 자기 모습을 비춰 보았다.

「이 옷 훌륭한데. 아주 독특해. 이런 옷은 정말 처음 봐. 넌 디자이너 해도 되겠다.」

「내가 옷을 잘 만들었다기보다 매혹적인 세이렌에게 율리시스나비가 더할 나위 없이 잘 어울리는 것뿐이야. 나는 그리스 신화에 나오는 뱃사람들이 왜 그렇게 세이렌들의 아름다운 목소리에 홀리는 것을 한사코 거부했는지 도무지 이해를 못 하겠어.」

쥘리가 옷을 매만지며 대꾸했다.

「그거 말 되네.」

나르시스가 정색을 하며 말했다.

「넌 아름다워. 그리고 네 목소리는 한마디로 굉장해. 네 노래를 들으면 등골이 짜릿짜릿하지. 칼라스도 네 앞에선 기를 못 폈을 거야.」

쥘리는 피식 웃었다.

「너 여자들에게 아무런 유혹을 느끼지 않는다고 말한 거 정말이니?」

나르시스가 쥘리의 어깨를 쓰다듬으면서 말했다.

「사랑의 방법은 여러 가지야. 사랑 그러면 모의 생식 행동인 성행위를 떠올리기가 십상이지만, 그런 것을 원치 않아도 사랑을 할 수 있는 거야. 나는 내 방식대로 너를 사랑해. 내 사랑은 외쪽사랑이야. 그래서 오히려 완전하지. 나는 아무런 대가를 요구하지 않아. 그저 너를 바라보고 너의 목소리를 들을 수 있으면, 그것만으로도 충분해.」

다른 친구들도 쥘리를 보러 왔다. 조에는 분장실에 들어서자마자 탄성을 지르며 쥘리를 껴안았다.

「와, 우리의 애벌레가 나비로 변했네.」

「율리시스나비의 날개를 그대로 모방한 거야.」

나르시스는 새로 온 사람들을 위해 같은 설명을 되풀이했다.

「눈이 부시구먼!」

지웅은 그렇게 말하고 쥘리의 손을 잡았다. 쥘리는 얼마 전부터 그룹의 남학생들이 이러저러한 이유를 대면서 자기 몸에 손을 대고 싶어 한다는 사실을 깨달았다. 그녀는 그것이 싫었다. 그녀의 어머니가 늘 하는 말이 있었다. 사람과 사람 사이가 너무 가까워지면 문제가 생기기 마련이므로, 자동차들이 도로에서 안전거리를 유지하듯이, 서로 간에 어느 정도의 거리를 두어야 한다고.

다비드는 그녀의 목과 빗장뼈를 꾹꾹 눌러 주기 시작했다.

「너의 긴장을 풀어 주려는 거야.」

그것이 그의 설명이었다. 아닌 게 아니라, 등의 뻣뻣함이 조금씩 풀어지는 듯한 느낌이 들긴 했다. 그러나 다비드의 손가락은 훨씬 팽팽한 새로운 긴장을 불러일으켰다. 쥘리는 몸을 빼냈다.

문화원 원장이 다시 나타났다.

「여보게들, 서두르라고. 곧 무대로 나가야 해. 벌써 객석이 꽉 찼어.」

원장은 쥘리 쪽으로 몸을 숙였다.

「이런, 살갗에 소름이 돋았네. 추운 게로구나.」

「아니에요. 괜찮아요.」

쥘리는 조에가 내미는 가죽신을 받아 신었다.

그들은 각자 자기 의상을 입고, 무대로 나가서 악기들과 무대 장치들을 마지막으로 점검했다. 원장이 준 출연료 덕에 그들은 무대 장치며 앰프를 개선할 수 있었다.

원장은 첫 콘서트 때 훼방꾼들이 소란을 피운 일도 있고 해서, 이번에는 만약의 사태에 대비하는 뜻으로 장정 여섯 명의 도움을 빌리기로 했다는 사실을 귀띔해 주었다. 원장의 말대로라면, 이번엔 달걀이나 맥주 깡통에 맞는 불상사 없이 편하게 공연을 할 수 있을 터였다.

그들은 분주하게 뛰어다니며 각자 자기가 맡은 일을 수행했다.

레오폴은 커다란 개미 상을, 폴은 냄새 오르간을, 조에는 백과사전의 모형을 점검했고, 나르시스는 가면들을 이리저리 매만져 동료들에게 나누어 주었다. 또, 프랑신은 신시사이저를, 폴은 조명을, 다비드는 귀뚜라미에게 달아 준 마이크의 음향 강도를 조정했고, 쥘리는 노래와 노래 사이에 들어갈 짤막한 대사들을 되풀이해서 외웠다.

나르시스가 준비한 무대 의상은 모두 곤충의 모습을 본뜬 것들이었다. 그리하여 레오폴은 오렌지빛 개미처럼 보이는 옷을 입었고, 프랑신은 초록색 버마재비, 조에는 딱지날개에 빨간색과 검은색이 섞인 무당벌레, 지웅은 풍뎅이, 폴은 꿀벌, 다비드는 귀뚜라미 형상으로 차려 입었다. 그런가 하면, 진짜 귀뚜라미는 종이로 만든 작은 나비넥타이를 목에 두르고 있었다. 나르시스가 자기 자신을 위해 마련한 것은 버마재비 모습을 흉내 낸 알록달록한 옷이었다.

『퐁텐블로 나팔수』의 마르셀 보지라르 기자가 다시 인터 뷰를 하러 나타났다. 그는 신속하게 몇 가지를 물어보고는, 〈오늘도 나는 여러분의 공연을 지켜볼 수가 없어요. 그래도 지난번 기사가 정확했다는 건 여러분도 인정하지요?〉라고 말했다.

쥘리는 만일 기자들이 다 그런 식으로 일을 한다면 신문이나 텔레비전이 전하는 소식은 사실의 작은 부분밖에 반영하지 못하게 되리라고 생각했다. 하지만 쥘리는 그런 내색을 하지 않고, 그의 비위를 맞추었다.

「정말 그랬어요.」

그러나 조에는 기자의 주장에 수긍하지 않았다.

「잠깐만요. 설명 좀 해주세요. 저는 이해를 못 하겠어요.」

「잘 몰라야 말을 잘한다는 게 언뜻 듣기엔 어불성설 같지만, 잘 생각해 보라고. 일리가 있어. 사람은 어떤 것에 대해 조금 알게 되면 객관성을 잃기가 쉽고 그것과 적당한 거리를 둘 수 없게 되지. 중국 사람들은 이런 얘기를 해. 중국에 하루 동안 머문 사람은 책 한 권을 쓰고, 일주일 동안 머문 사람은 기사 한 편을 쓰는데, 거기서 한 해를 보낸 사람은 아무것도 쓰지 못한다고 말이야. 그럴듯하지? 안 그래? 세상일이라는 게 다 그런 식이야. 내가 어렸을 때 얘긴데 말이야…….」

쥘리는 문득 그 기자가 오로지 인터뷰받기만을 꿈꾸는 사람임을 깨달았다. 마르셀 보지라르는 쥘리네 그룹이나 그들의 음악에는 별로 관심이 없는 사람이었다. 같은 일을 오랫동안 되풀이해 온 탓에 그에겐 이제 호기심도 다른 사람에 대한 흥미도 없었다. 그가 원하는 것은 남에게 질문을 하는 것이 아니라 남에게서 질문을 받는 거였다. 쥘리가 만일 어떻게 그런 저널리즘의 비결을 터득하게 되었느냐, 그 비결을 어떻게 적용하느냐, 신문사 내에서 그의 지위는 무엇이고 기자의 삶은 어떠한 것이냐 따위를 물어보았다면 그는 무척이나 좋아했을 거였다.

쥘리는 그의 이야기를 귓등으로 흘리면서 너불거리는 입술만 바라보고 있었다. 그 기자는 얼마 전에 만난 택시 운전수처럼 자기를 드러내고자 하는 욕망은 대단히 강한데 남의 이야기를 들으려는 마음은 전혀 없는 사람이었다. 그가 쓰는 모든 기사에는 아마도 자기 자신의 삶에 관한 이야기가 조금씩은 담겨 있을 거였다. 그래서 그가 쓴 기사를 모두 모아 놓으면, 현대 언론의 대기자 마르셀 보지라르의 완전한 전기가 만들어질지도 모를 일이었다.

원장이 다시 나타났다. 그는 좋아서 어쩔 줄 모르고 있었다. 그가 전해 준 바에 따르면, 좌석 표가 매진되어 객석이 만원일 뿐만 아니라 입석 관객까지 들어왔다는 거였다.

「저 소리를 들어 봐.」

아닌 게 아니라 막 뒤에서 청중이 박자에 맞춰 외치는 소리가 들려왔다.

「쥘리! 쥘리! 쥘리!」

쥘리는 귀가 번쩍 뜨였다. 그건 꿈이 아니었다. 온 청중이 그녀를, 오로지 그녀만을 부르고 있었다. 그녀는 앞으로 다가가 막을 살짝 들추고 객석을 보았다. 자기 이름을 외치고 있는 사람들의 모습이 한눈에 들어왔다.

「쥘리, 잘할 수 있지?」

다비드가 물었다.

쥘리는 대답을 하고 싶었지만, 갑자기 목이 갑자기 이상해지면서 말이 나오지 않았다. 그녀는 마른기침으로 목을 가다듬고 어렵사리 이렇게 중얼거렸다.

「목…… 소리가…… 안…… 나와.」

〈개미들〉은 질겁한 얼굴로 서로를 바라보았다. 쥘리의 목소리가 안 나오면 모든 게 물거품이 되고 마는 거였다.

꿈속에서 본, 입 없는 얼굴의 영상이 그녀의 뇌리를 스쳤다.

쥘리는 손짓으로 도저히 안 되겠다는 뜻을 표시했다.

「괜찮아. 아무것도 아니야. 너무 긴장해서 그럴 거야.」

프랑신이 스스로를 안심시키느라고 그렇게 말했다. 원장도 거들었다.

「그래. 이건 무대에 서기 전에 찾아오는 불안 증세야. 흔히 있는 일이지. 중요한 공연을 앞둔 사람들은 무대에 나가기 전에 으레 이런 불안을 겪게 마련이야. 하지만 걱정할 거 없어. 내게 처방이 있으니까.」

원장은 어딘가로 사라졌다가 숨을 헐떡이며 작은 단지 하나를 들고 돌아왔다. 단지 안에 든 것은 꿀이었다.

쥘리는 꿀 몇 숟가락을 삼킨 다음, 잠시 눈을 감고 있다가 마침내 입을 열었다.

「아아아.」

다들 안도의 한숨을 내쉬었다. 원장은 득의에 차서 목청을 높였다.

「다행히도 곤충들이 이렇게 훌륭한 약을 만들어 놓았어. 내 아내는 로열 젤리로 독감까지 낫게 해.」

폴은 생각에 잠긴 얼굴로 꿀단지를 들여다보았다. 정말 놀라운 효험을 지닌 식품이로군, 하고 그는 생각했다. 쥘리는 모든 음역에 걸쳐 갖가지 소리를 내보면서 되찾은 목소리를 계속 시험하였다.

「자, 이제 준비됐지?」

91. 백과사전

두 개의 입

『탈무드』의 주장에 따르면, 사람에게는 두 개의 입, 곧 윗입과 아랫입이 있다고 한다.

윗입은 말을 통해서 사람의 육신이 공간 속에서 겪는 문제를 해결할 수 있게 해준다. 말은 단지 정보를 전달할 뿐만 아니라 병을 치료하는 역할도 한다. 사람은 윗입으로 말을 함으로써 공간 속에 자기 자리를 잡고 타인과 관계를 맺으며 살아가게 된다. 『탈무드』는 병을 치료하기 위해 약을 먹더라도 너무 많이 먹는 것은 피해야 한다고 충고한다. 약은 말의 자연스러운 흐름을 막아 병을 악화시키기 때문이다.

두 번째 입은 생식기다. 생식기는 사람의 육신이 시간 속에서 겪는 문제를 해결해 준다. 사람은 생식기를 통해, 즉 쾌락과 생식을 통해 시간의 속박에서 벗어나며, 부모와 자녀라는 관계로 자기 존재를 규정하게 된다. 생식기, 곧 아랫입은 가계(家係)를 풍성하게 하는 새로운 길을 열어 나갈 수 있게 해준다. 사람은 누구나 자기 자녀를 통해 부모의 가치와는 다른 가치를 구현하는 권능을 향유하고 있다.

윗입은 아랫입에 영향을 미친다. 그래서 사람은 말로써 남의 마음을 끌고, 말로써 성(性)을 움직일 수 있다. 아랫입 역시 윗입에 영향을 미친다. 사람은 성을 통해 자기의 정체와 자기의 언어를 발견할 수 있다.

에드몽 웰스, 『상대적이며 절대적인 지식의 백과사전』 제3권

92. 첫 번째 폭파 시도

「준비됐습니다.」

막시밀리앵은 피라미드의 벽에 설치해 놓은 폭발물을 점검했다.

그 건물에 언제까지나 조롱만 당하고 있을 수는 없는 노릇이어서 마침내 그는 폭파를 결심했다.

폭파 담당자들이 폭발물을 기폭 장치에 연결한 전선을 풀어 놓고 피라미드에서 멀찍이 물러섰다.

경정이 신호를 보냈다. 폭파 책임자가 기폭 장치를 들어 올리고 초읽기에 들어갔다.

「다섯…… 넷…… 셋…… 둘…….」

브즈즈즈즈…….

돌연 폭파 책임자가 앞으로 고꾸라지면서 기절을 해버렸다. 그의 목에 무엇인가에 물린 자국이 있었다.

피라미드를 지키는 말벌이 다시 나타난 거였다.

막시밀리앵은 살갗의 노출된 부위를 물리지 않도록 조심하라고 이르고, 그 자신도 옷깃으로 목을 가린 채 양손을 호

주머니에 넣은 다음 팔꿈치로 기폭 장치를 눌렀다.

아무 소리도 들리지 않았다.

그는 전선을 따라가 보고 나서 곤충의 위턱 같은 것에 전선이 잘려 있음을 확인했다.

93. 물

수련잎이 잠시 허공을 난다. 시간이 멎어 버린 느낌이다. 그렇게 높이 떠 있으니, 이제껏 볼 기회가 거의 없었던 동물들이 보인다. 벌새도 있고, 밤빛 쇠등에, 공중의 한자리에 떠서 물을 살피고 있는 물총새도 있다.

바람이 그들의 머리와 수련잎 배의 분홍빛 돛을 휙휙 스치며 지나간다.

암개미 103호는 이것이 자기가 보게 될 마지막 모습이라고 생각하며 동료들을 바라본다. 그들은 모두 겁에 질린 채 더듬이를 세우고 있다.

그들 앞의 몽실몽실한 구름 속에서 밤꾀꼬리 한 쌍이 희롱거리고 있다.

《오호라! 이것으로 내 여행이 끝나는 것인가!》

허공에 머물러 있던 수련잎이 다시 중력 법칙의 지배를 받고 빠른 속도로 내려간다. 마치 엘리베이터가 아래층으로 뚝 떨어지고 있는 것 같다. 개미들은 그 엘리베이터에 발톱을 박고 몸을 도사린다. 수련에서 꽃잎 두 개가 또 떨어져 나간다. 개미들이 우글거리는 배에 붙어 있기보다는 자기 나름의 삶을 살고 싶어 하는 꽃잎들이다.

낙하가 점점 빨라진다. 12호의 뒷다리가 속도를 견디지 못하고 수련잎에서 떨어진다. 그는 뒷다리를 위로 하고 머리를 아래로 해서 물구나무를 선 채, 발톱 하나로 겨우 잎을 붙들고 있다. 암개미 103호는 날아가지 않으려고 위턱을 수련잎에 박아 넣는다. 7호가 날아간다. 그를 14호가 가까스로 붙들고, 14호까지 날아가려는 것을 다시 11호가 붙든다.

수련잎의 가장자리가 위로 말리면서 사발 모양을 이룬다. 공기와의 마찰 때문에 수련잎이 뜨거워지기 시작한다. 우주 비행사들이 우주선을 타고 지구에 착륙할 때도 아마 그와 비슷한 현상을 경험하리라.

암개미 103호는 발톱의 잡음새가 자꾸자꾸 느슨해지고 있음을 느낀다. 이러다간 곧 수련잎에서 떨어져 나갈 것만 같다.

그때, 수련잎 배의 밑바닥 전체가 착 하고 수면에 닿는다. 배가 조금 물속으로 들어갔지만, 아주 순식간의 일이어서 개미들은 물에 빠지지 않았다. 수련잎이 떨어지면서 수면이 살짝 패던 그 짧은 순간 암개미 103호는 물속에 사는 동물들과 거의 닿을 듯이 마주 보는 아주 진기한 경험을 했다.

눈이 아주 동그란 모래무지 한 마리와 등마루가 톱니처럼 들쭉날쭉한 도롱뇽 두 마리를 보았다 싶었을 때, 탄력을 받은 배가 다시 올라간다. 물결이 한바탕 밀려와 개미들의 더듬이를 적신다. 그 바람에 그들의 모든 지각이 잠시 중단된다.

지각이 돌아왔다. 그들은 급류를 통과했다. 은빛 강물은 그들을 괴롭히는 데에 싫증이 났는지 이젠 고요하게 흐르고 있다. 그들은 모두 무사하고, 급류가 또 나타날 기미는 보이지 않는다.

개미들은 아직 공포의 페로몬과 물이 묻어 있는 더듬이를 흔들고, 서로 달라붙어 갈무리 주머니의 달콤한 영양물을 교환한다. 모든 것이 다시 정상으로 돌아온다.

수련잎 배는 남쪽으로 흘러가는 은빛 강물 위를 다시 미끄러져 내려간다. 벌써 해가 설핏하다. 해가 천천히 땅속의 제 둥지로 들어가고 땅거미가 밀려온다. 안개가 뿌옇게 서리면서 시야가 점점 줄어든다. 안개의 물 알갱이 때문에 개미들은 후각 레이더를 더 이상 사용할 수 없다. 레이더 탐지라면 누구에게도 뒤지지 않는 누에나방들조차도 숨을 곳을 찾아간다. 어둠에 밀려 숨어드는 태양의 무기력한 모습을 감춰 주려는 듯, 안개 장막이 사위를 휘감는다.

등에를 닮은 나비들이 개미들 위를 날고 있다. 암개미 103호는 그들의 힘찬 날갯짓을 관찰한다. 살아 있다는 것은 참으로 좋은 것이다. 나비들도 저토록 아름답지 아니한가!

94. 백과사전

나비

제2차 세계 대전이 끝났을 때, 엘리자베스 퀴블러로스 박사는 나치의 수용소에서 살아남은 유대인 소년들을 보살피는 일로 부름을 받았다. 아직 수용소 막사에 누워 있던 아이들을 보러 들어갔다가, 박사는 나무 침대에 새겨진 어떤 그림을 보게 되었다. 나중에 다른 수용소들을 돌아다니면서도 박사는 똑같은 그림을 또 보았다.

아이들의 그림에는 단 하나의 모티프가 있었다. 그건 바로 나비였다.

박사는 처음에 그것이 매 맞고 굶주리던 아이들끼리 일종의 형제애를 표현한 것이라고 생각했다. 옛날 초기 기독교 신자들이 물고기를 공동체적 유대의 상징으로 삼았듯이, 그 아이들도 나비를 통해 자기들이 한 집단에 속해 있음을 표현했을 거라고 박사는 믿었다.

박사는 여러 아이들에게 그 나비들이 무엇을 뜻하느냐고 물어보았다. 아이들은 대답을 거부하였다. 그러다가, 마침내 한 아이가 그 의미를 밝혀 주었다. 〈그 나비들은 미래의 우리예요. 우리는 모두 이 고통받는 육신이 하나의 매개체일 뿐이라는 것을 잘 알고 있어요. 지금의 우리는 애벌레와 같아요. 어느 날 우리 영혼은 이 모든 더러움과 고통에서 벗어나 날아오를 거예요. 나비를 그리면서 우리는 서로에게 이렇게 일깨우곤 했어요. 우리는 나비다, 우리는 곧 날아오를 것이다라고 말이에요.〉

에드몽 웰스, 『상대적이며 절대적인 지식의 백과사전』 제3권

95. 배를 갈아타다

그들 앞에 갑자기 돌덩이 하나가 나타났다. 개미들이 그것을 빙 돌아서 가려고 하는데, 돌에 달린 두 눈이 뜨이고 커다란 입이 벌어진다.

《조심해라. 돌이 살아 있다!》

10호가 자극적인 페로몬을 발했다.

돌덩이가 뱃전으로 성큼성큼 다가든다. 개미들은 수련잎 귀퉁이로 뒷걸음을 친다. 15호는 벌써 배의 꽁무니를 들어 올리고 사격 자세를 취하고 있다. 숨 돌릴 겨를도 없이 그들은 또 하나의 적과 마주친 것이다.

그들은 아우성치듯 페로몬을 발하며 대책을 논의한다.

암개미 103호는 수련잎 가장자리로 다가간다. 돌이 헤엄을 친다거나 입을 벌린다는 것은 있을 수 없는 일이다. 그것

을 찬찬히 살펴보니 돌이라고 보기엔 너무나 규칙적인 무늬가 있다. 이건 돌이 아니라 거북이다! 하지만 그것은 그들이 알고 있는 여느 거북과는 다르다. 그들은 헤엄치는 거북을 본 적이 없다.

사실, 거기에는 개미들이 모르는 곡절이 있다. 그 물살이 거북은 미국 플로리다주에서 온 것이다. 인간 세계에서는 그런 거북을 가지고 노는 것이 아이들에게 크게 유행하고 있다. 그 거북들은 생김새가 특이하고 위로 들린 코가 귀염성이 있어서 쉽게 아이들의 사랑을 받게 되었다. 아이들은 투명한 플라스틱 통 속의 가짜 무인도에 거북을 집어넣고 집 안에서 기른다. 그러다가 아이들은 그 작은 동물 장난감에 싫증이 나면, 차마 집 안의 쓰레기통에 버리지는 못하고 가장 가까운 호수나 연못이나 개울에 내다 버린다. 그 거북들이 거기에서 번식하는 데는 어려움이 없다. 자기들의 본고장인 플로리다에서보다 오히려 쉽게 번식한다. 플로리다에는 그들의 천적이 있다. 그들의 등딱지를 깨뜨릴 수 있는 특별한 부리를 가진 새들이 바로 그 천적이다. 물론 반려동물용 거북을 수입하면서 그 천적까지 들여올 생각을 한 수입업자는 한 사람도 없었다. 그 결과, 플로리다 거북들은 유럽의 호수와 개울에 공포의 회오리를 몰고 왔다. 그들은 지렁이와 물고기와 본바닥의 거북들을 학살했다.

지금 103호와 그의 동료들이 마주하고 있는 것이 바로 그 가공할 괴물 가운데 하나다.

그 괴물이 턱을 맞부딪치면서 다가오고 있다. 수련잎 배를 따라잡은 물방개들은 그 턱을 벗어나려고 전속력으로 물을 휘젓는다.

수련잎 배와 노란 눈의 괴물 사이에 경주가 시작된다. 그러나 더 무겁고 더 빠르고 수력학(水力學)을 더 잘 응용하는 쪽은 괴물 쪽이기 때문에 그는 너무나 쉽게 수련잎 배를 따라잡는다. 거북은 배의 추진 장치 노릇을 하는 물방개들을 한 마리씩 우적우적 먹어 치우고는, 개미들을 향해 입을 쩍 벌린다. 쓸데없이 저항하지 말고 고분고분 잡아먹히라고 종용하는 듯하다.

암개미 103호는 오디세우스의 모험에 관한 연속극을 떠올리고, 침착하게 다른 개미들을 모아 싸울 준비를 시킨다.

《강물에 떠내려가는 나뭇가지가 있으면 그것을 끌어올리고, 가장 큰 위턱을 가진 자가 그 끝을 깎아서 창을 만들어라.》

거북은 벌써 배의 고물을 물어뜯고 있다. 배가 금방이라도 침몰할 것만 같다. 몇몇 개미들은 거북이 더 다가오지 못하게 하려고 수련꽃 꼭대기에서 그의 콧구멍을 겨누고 개미산을 발사한다. 아무 효과가 없다. 이물 쪽에서는 나뭇가지를 깎아 창을 만들고 있다. 103호가 그만하면 되었다고 판단을 내리자, 그들은 다 같이 창을 들고 수련잎 위를 달려 괴물에게 덤벼든다.

암개미 103호는 오디세우스와 외눈 거인 키클롭스의 일화를 떠올리고 거북의 눈을 겨냥하라고 명령을 내린다.

그들이 있는 힘을 다해 거북의 얼굴을 찔렀지만, 창은 얼굴에 박히기는커녕 두 동강이 나고 만다. 거북의 쩍 벌어진 입이 고물 쪽을 삼킬 채비를 하고 있다. 103호는 비교적 최근에 나온 더 효과적인 병법을 쓰기로 한다. 오디세우스를 흉내 낸 것은 말짱 허탕이었다. 병법은 뭐니 뭐니 해도 텍스 에

이버리의 것이 최고다. 103호는 동강 난 창을 수직으로 세워 들고 거북의 입을 향해 돌진한다. 거북이 입을 다시 다물려는 찰나에, 103호는 동강 난 창을 들이밀어 아래위로 버텨 놓는다.

거북들이 흔히 그러듯이, 이자도 머리를 등딱지 속으로 끌어들이려고 한다. 그러나 입이 쩍 벌어져 있는 상태에서는 그게 뜻대로 될 리가 없다. 거북이 머리를 끌어들이려고 애면글면할수록 창은 입천장에 더욱 깊이 박힌다.

15호는 그 틈을 타서 뭔가를 할 수 있겠다는 생각을 하고, 동료들에게 거북의 입 안으로 들어가자고 신호를 보낸다. 거북이 달아나기 전에, 개미들은 있는 힘껏 달리다가 배에서 뛰어내려 침이 질벅거리는 혀에 다다른다.

거북은 입 안에 들어온 개미들을 익사시키려고 머리를 물속으로 들이민다. 15호는 조금도 당황하지 않고 동료들에게 식도로 들어가라고 이른다. 목구멍으로 넘어 들어간 개미들을 위로 내려보내기 위해 식도의 입구가 닫힌다. 그 덕분에 개미들은 물에 휩쓸리지 않았다.

개미들이 물에 빠지지 않고 식도 안으로 들어갔음을 깨달은 거북은 강물을 한 모금 가득 들이켠다. 물이 식도 안으로 쏟아져 들어온다. 15호는 커다란 동물들의 신체 구조에 대해 본능적인 감각을 지니고 있다. 그는 산성이 강한 삭임물이 가득 들어 있는 위에 떨어지지 않으려면 아래로 곧장 내려가면 안 된다고 알린다. 그들은 위턱으로 옆길을 내서 식도와 나란한 숨통으로 들어간다. 휴! 물은 그들을 휩쓸지 않고 지나갔다. 숨통의 벽은 점액이 없고 매끈하다. 그래도 상피에 공기를 거르는 섬모가 있어서 개미들이 너무 빨리 추락

하는 것을 막아 준다. 그들은 폐낭 아래로 미끄러져 내려간다. 전투 경험이 많은 사냥개미 15호는 자기들 주위로 독성 물질이 방출되는 것을 피하고, 거북에게 더욱 심한 고통을 주기 위해 동료들을 심장 쪽으로 이끌고 간다. 거북의 심장이 개미들의 위턱에 의해 잘려 나간다. 거북은 몇 차례 경련을 일으키더니 모든 움직임을 멈춘다.

플로리다 거북은 몸속을 난도질당한 채 물 위로 다시 떠오른다. 암개미 103호는 거북을 그냥 버리면 안 된다고 생각한다. 거북은 수련잎보다 더 훌륭한 배가 될 수도 있기 때문이다. 무엇이든 활용해서 쓸모 있는 것을 만들어 내는 것이 개미들의 위대한 재능이 아니던가.

열세 개미는 등딱지 꼭대기에 조타실을 마련하기 위해 끈기 있게 구멍을 판다. 그들은 등딱지 속의 하얀 살을 먹으며 힘을 얻고 일을 계속한다. 마침내 둥그런 구멍이 만들어지자 그들은 그 안으로 들어가 자리를 잡는다. 고기 냄새가 심하게 나는 것이 흠이지만 그런 것을 따질 계제는 아니다.

그들은 추진기 노릇을 할 새로운 물방개들을 불러 모은다. 물방개들에게 많은 먹이를 대가로 주겠다고 약속해도 전혀 문제 될 것이 없다. 항행 중에 물방개들은 연방 다른 동물들에게 잡아먹힐 것이기 때문이다. 물방개들은 죽은 거북을 나아가게 하려고 물을 휘젓기 시작한다. 거북은 수련잎보다 한결 무거워서 밀기가 쉽지 않다. 암개미 103호는 마뜩잖아하는 물방개들에게 잘게 부순 먹이를 조금 더 주고 추진력을 보강하기 위해 다른 물방개들을 더 불러 모은다.

개미들의 배는 이제 유람선이 아니라 철갑선이다. 무겁고 단단하고 다루기가 어렵다. 그러나 열세 개미는 자기들이 훨

399

씬 더 안전해졌음을 느낀다. 그들은 남하를 계속하여 새로운 안개 지대로 들어선다.

부릅뜬 채 굳어 버린 눈과 쩍 벌린 입을 이물로 삼은 배가 안개를 뚫고 떠오는 것을 보고 수생 곤충들이 기겁을 한다. 시체가 썩기 시작하면서 고약한 냄새를 풍기자 유령선의 위협 효과가 더욱 고조된다.

16호는 이물 쪽, 이무깃돌 같은 거북 머리의 꼭대기에 자리를 잡고, 전방을 주시한다. 장애물이 나타나면 즉시 동료들에게 알려 주려는 것이다.

개미들의 군함이 미끄러져 간다. 구멍 난 등딱지 위로 몇 쌍의 작은 더듬이들만이 다소 비틀린 채로 비죽이 올라와 있을 뿐이지만, 그 위용이 자못 무시무시하다.

96. 두 번째 콘서트

「이들은 젊고 패기에 차 있습니다. 이들은 오늘 밤 또다시 우리를 매혹시킬 것입니다. 여러분, 신명 나는 리듬과 멋진 선율을 들려줄 젊은 친구들을 박수로 맞아 주십시오. 자, 백설 공주와 일곱…….」

원장은 등 뒤가 술렁대는 느낌을 받고 뒤를 돌아보았다. 그들은 〈개미들〉이라고 입엣말을 하고 있었다.

「아 참, 죄송합니다. 우리 친구들이 자기들 그룹의 이름을 바꾸었습니다. 자, 그러면 〈개미들〉을 모시겠습니다. 에…… 〈개미들〉 앞으로 나오세요.」

무대 뒤에서 다비드가 친구들을 붙들었다.

「아니야. 바로 나가지 말고 잠깐 기다려. 때로는 뜸을 들일 줄도 알아야 해.」

그러면서 그는 즉흥적으로 한 장면을 연출해 냈다. 무대에는 아직 조명이 들어오지 않았고, 객석은 어둠과 정적에 잠겨 있었다. 1분이 족히 흘렀다. 어둠 속에서 갑자기 쥘리의 목소리가 솟아올랐다. 그녀는 혼자서 아카펠라로 노래를 하고 있었다.

그녀가 즉흥적으로 지어낸 가사 없는 노래였다. 깊고 힘차고 고저의 굴곡이 심한 음성이 모두의 귀를 파고들었다.

아카펠라 독창이 끝나자 청중은 콘서트장이 떠나가도록 박수갈채를 보냈다.

지웅은 두 박자의 리듬으로 청중의 심장 박동에 드럼 장단을 맞추어 나가기 시작했다. 당 덩, 당당 덩, 당 덩, 당당 덩. 그 한국인 학생은 마치 갤리선 사공들을 모아 놓고 노 젓는 훈련을 시키려는 사람 같았다. 신명이 오른 그의 손이 장단에 맞춰 오르내렸다. 당덩, 당당덩.

조명이 들어왔다. 지웅은 분당 90박에서 1백 박으로 장단을 약간 빠르게 했다.

그것에 맞추어 조에가 베이스 기타를 연주하기 시작했다. 드럼은 청중의 심장에 작용하고 베이스 기타는 배에 영향을 미치고 있었다. 만일 관객 중에 아이를 가진 여자가 있다면, 양수가 차 있는 모래집까지 들썩거리고 있기가 십상이었다.

투광기 하나가 빨간 불빛으로 지웅과 그의 드럼을 비추고, 다른 투광기가 파란 불빛으로 조에를 비추었다.

신시사이저 앞에 앉아 있는 프랑신의 머리 둘레로는 녹색 불빛이 후광처럼 비쳐 들었다. 프랑신이 드보르자크의 「신세계 교향곡」을 연주하기 시작하자, 즉시 비말(飛沫)의 냄새와 풀 냄새가 객석에 퍼져 나갔다.

고전 음악 작품으로 연주를 시작하자는 것은 다비드의 생각이었다. 그럼으로써 그들이 선인들의 음악을 자기들 나름대로 소화하고 있다는 것을 보여 주자는 거였다. 처음에 그들은 바흐의 푸가를 염두에 두었으나 막판에 「신세계 교향곡」으로 결정했다. 콘서트의 주제로 볼 때, 그쪽이 더 잘 어울릴 것 같아서였다.

이번엔 레오폴의 차례였다. 그는 노란 조명을 받으며 팬파이프를 불기 시작했다. 이제 무대 전체에 조명이 들어왔다. 아니, 정확히 말하면 전체는 아니었다. 무대 한가운데에 아직 어둠이 동그랗게 남아 있었다. 어둠 속이지만 어렴풋하게 어떤 형체가 보였다.

쥘리는 효과를 노리면서 뜸을 들이는 중이었다. 그녀가 마이크에 닿을락 말락 하게 입을 바싹 갖다 대자, 숨소리가 희미하게 들렸다.

「신세계 교향곡」의 도입부가 끝나 갈 즈음, 다비드는 한껏 달뜬 전기 하프로 레오폴의 팬파이프 독주를 이어 나갔다. 그것은 새로운 「신세계 교향곡」이었다.

타악기의 장단이 빨라졌다. 드보르자크의 선율은 아주 현대적이고 금속성이 대단히 강한 어떤 것으로 조금씩 변해 가고 있었다. 그것에 대해 청중은 박수갈채로 만족을 표시했다.

다비드는 전기 하프 하나로 청중을 휘어잡고 있었다. 그는 자기가 하프의 현들을 어루만질 때마다, 자기가 마주하고 있는 청중 사이로 한 가닥 전율이 흘러가고 있음을 느꼈다.

팬파이프가 다시 나와서 하프를 거들었다.

피리와 하프, 그 둘은 가장 오래되고 가장 널리 퍼져 있는 악기들이다. 피리가 그렇게 된 까닭은 태곳적에 누구나 대숲에 부는 바람 소리를 들었기 때문이고, 하프가 그런 악기가 된 까닭은 태곳적에 누구나 활줄 튕기는 소리를 들었기 때문이다. 결국 그 두 악기가 내는 소리는 인간의 세포에 각인된 태고의 소리들이다.

레오폴과 다비드는 그렇게 목신의 피리와 하프를 함께 연주하면서 인류의 아주 오랜 역사를 청중에게 들려주고 있는 셈이었다.

폴이 앰프의 음량을 줄이자, 그것을 신호로 삼아, 쥘리는 여전히 어둠에 묻힌 채, 〈어떤 협곡의 깊숙한 곳에서, 저는 책 한 권을 발견했습니다〉라는 말로 대사를 시작했다.

배경에 있는 커다란 책에 투광기의 불빛이 비쳤다. 폴은 전기 단속 장치를 이용해 책장이 넘어가는 것처럼 보이게 했다. 객석에서 박수가 터져 나왔다.

「그 책의 저자는 이 세상을 변화시켜야 한다면서 하나의 혁명을 제안하고 있습니다. 그 혁명은 가장 보잘것없는 자들의 혁명, 곧 〈개미 혁명〉입니다.」

다른 투광기가 스티롤 수지로 만든 커다란 개미에 스포트라이트를 비추었다. 여섯 다리를 움직이고 머리를 까닥이는데다가 눈 구실을 하는 전등에 불이 들어오자 개미 모형이 진짜 살아 있는 생명체처럼 보였다.

「그것은 예전의 것들과는 다른 새로운 혁명이 될 것입니다. 그 혁명에는 폭력도 없고 우두머리나 순교자도 없습니다. 그저 경화증에 걸린 낡은 체제로부터, 사람들이 서로 소통하고 새로운 생각들을 함께 응용하는 새로운 사회로 옮겨

가는 것뿐입니다. 그 책에는 우리가 어떻게 해야 하는가를 설명하는 글들이 많이 있습니다.」

쥘리는 여전히 조명이 들어오지 않은 무대 한가운데에서 한 발 앞으로 나갔다.

「그 첫 번째 글의 제목은 〈인사말〉입니다.」

지웅의 드럼을 신호로 모두가 연주에 들어가고 쥘리는 노래를 시작했다.

여러분,

미지의 관객 여러분, 안녕하십니까?

우리의 음악은 세계를 변화시키는 데 쓰일 무기입니다.

아니, 우스개로 하는 말이 아닙니다.

그건 가능한 일입니다.

여러분은 세상을 변화시킬 수 있습니다.

눈부신 백색 조명이 쥘리를 환히 드러냈다. 화려한 나비로 분장한 그녀가 팔을 들어 올려 소매를 나비 날개처럼 펼쳤다.

폴은 송풍기로 바람을 내보내서 그녀의 날개와 머리카락이 너풀거리게 하고, 그와 동시에 재스민 향을 퍼뜨렸다.

첫 번째 노래가 끝났을 뿐인데도 청중은 벌써 그녀에게 홀려 버린 듯했다.

폴은 조명을 더욱 밝게 하였다. 곤충을 연상시키는 그들의 의상이 더욱 분명하게 드러났다.

다음 곡으로 넘어가기 전에, 그들은 에그레고르를 시도했다. 쥘리가 눈을 감고 선창을 하자, 다른 사람들도 똑같은 음으로 합세했다. 그들 여덟 사람은 악기를 잠시 놔두고 무대 한가운데에 둥그렇게 모여, 마치 더듬이가 달린 것처럼 두 팔을 쭉 뻗어 머리 위로 올리고 눈을 감은 채, 마음을 합하여 힘차게 소리를 내질렀다.

신기한 일이었다. 그들의 소리가 하나의 진동으로 합쳐져서 풍선처럼 둥실 떠올랐다.

그들의 얼굴에 미소가 번졌다. 그들은 자기들이 마치 단 하나의 음성을 가진 것처럼 느꼈다. 그 음성은 그들과 청중 위로 떠올라서 커다란 융단처럼 이리저리 날아다녔다. 그들은 번갈아 그 융단을 조종하면서, 자기들의 목소리가 이루어내는 그 경이로운 조화를 만끽했다.

청중은 숨을 죽여 가며 듣고 있었다. 에그레고르가 무엇인지 전혀 모르는 사람들조차 음성의 그러한 조화에 매혹되었다.

청중이 박수를 보냈다. 그들은 노래를 멈추었다. 잠시 정적이 흘렀다. 쥘리는 노래를 시작하기 전이나 노래를 끝내고 난 뒤에 찾아오는 침묵도 노래만큼이나 중요하고 관리하기가 만만치 않다는 것을 깨달았다.

그녀의 노래가 신곡, 「미래는 배우들의 것이다」, 「푸가 기법」, 「검열」, 「정신권」 등으로 이어졌다.

지웅은 과학적인 방법으로 리듬을 조절하고 있었다. 그가 아는 바로는, 분당 120박이 넘는 리듬은 청중을 흥분시키고 120박 미만의 리듬은 청중을 차분하게 만들었다. 그는 청중이 지루함을 느끼지 않도록 양쪽을 번갈아 가며 오르내렸다.

다비드가 신호를 보냈다. 다시 고전 음악을 그들 나름의 현대적 방식으로 연주하는 시간이었다. 다비드는 전기 하프를 가지고 바흐의 「토카타」를 하드 록 식으로 연주했다.

그 나름의 매력이 있는 연주였다. 객석에서 박수를 보내왔다.

마침내 「개미 혁명」을 노래할 차례가 되었다.

폴은 축축한 흙냄새를 발산시켰다. 광대나물[52]과 월계수와 샐비어 따위의 풀나무 냄새도 간간이 섞여 들었다.

쥘리는 자신감에 찬 음성으로 가사를 분명하게 전달하며 노래를 불렀다. 3절이 끝났을 때, 새로운 악기 소리가 들렸다. 끼익끼익 하는 것이 첼로 소리 같기도 하고, 전기 기타 소리와 숟가락으로 치즈 채칼을 문질러 대는 소리를 섞어 놓은 것과도 같은 이상야릇한 소리였다.

한 줄기 가느다란 빛이 무대 왼쪽의 빨간 새틴 방석을 비추었다. 청중의 눈에는 거의 보이지 않았겠지만, 그 방석 위에는 왕귀뚜라미 한 마리가 놓였고, 그 날개에는 아주 작은 마이크가 달려 있었다.

작은 나비넥타이를 목에 단 귀뚜라미가 독주를 시작했다. 미친 듯이 연주하는 귀뚜라미의 지그가 분당 150박에서 160, 170을 지나 180박에 이르렀다. 조에의 베이스 기타와 지웅의 드럼이 어렵게어렵게 귀뚜라미의 템포를 따라가고 있었다. 귀뚜라미는 앞다리의 울음통이 터져 나갈 듯이 기세를 올리는 중이었다.

그 귀뚜라미의 연주를 따라가려면, 록 음악을 하는 기타리스트들은 모두 음악 학교에 가서 더 배우고 와야 할 판이었다. 귀뚜라미는 상상을 초월할 만큼 어려운 리프를 아주

52 밭이나 논에 나는 한해 또는 두해살이풀로 잎은 마주나는데, 아랫잎은 꼭지가 길고 둥근 꼴이고 윗잎은 꼭지가 없다.

자연스럽게 연주해 내고 있었다. 최신의 음성 합성 장치를 거쳐 증폭되어 나오는 그 〈곤충 음악〉은 이제껏 그 누구도 들어보지 못한 새로운 소리였다.

처음엔 얼떨떨해하면서 가만히 듣고만 있던 청중 사이로 찬탄의 속삭임이 빠르게 번져 나갔다.

다비드는 귀뚜라미의 연주가 신통치 않게 받아들여지면 어쩌나 하고 조금은 불안해하고 있었는데, 청중의 반응이 흔쾌한 것을 보고 마음을 놓았다. 그 순간은 전기 귀뚜라미라는 새로운 악기를 선보였다는 것만으로도 오래 두고 기억될 만하다고 그는 생각했다.

폴은 귀뚜라미가 연주하는 모습을 객석에서 더 잘 볼 수 있도록 비디오카메라를 작동시키고 투광기를 사용하여 배경의 커다란 책 위에 귀뚜라미의 영상을 투사하였다.

쥘리는 귀뚜라미의 비브라토를 따라가면서 이중창을 하였다. 그러자 나르시스도 기타로 귀뚜라미의 열창에 화답하였다. 그룹의 성원 모두가 그 작은 소프라노 가수와 기량을 겨뤄 보고 싶어 하는 듯했다. 그 바람에 귀뚜라미의 울음통은 점점 뜨거워지고 있었다.

객석에 환희의 물결이 너울거렸다.

폴은 송진 냄새와 백단 냄새를 객석에 흘려 보냈다. 두 냄새는 서로 방해가 되기보다는 서로를 도와 더욱 좋은 효과를 내었다. 앞좌석, 뒷좌석, 통로 등 모든 곳에서 사람들이 귀뚜라미의 노래에 맞추어 춤을 추고 있었다. 그토록 빠르고 열광적인 노래를 가만히 앉아서 감당한다는 것은 불가능한 일이었다.

청중은 극도로 신명이 올라 있었다.

맨 앞줄에서는 합기도 클럽의 학생들이 노인들과 어우러져 춤을 추고 있었다. 그녀들은 첫 콘서트 때 입었던 합기도 클럽의 티셔츠를 다른 것으로 바꾸어 입고 왔다. 〈개미 혁명〉이라는 콘서트 제목이 들어가 있는 티셔츠였다. 그것은 물론 시중에서 구한 것이 아니라, 보통의 티셔츠에 매직펜으로 그녀들이 직접 글자를 써넣어 만든 것이었다. 그러고 보니 〈개미들〉은 이미 그녀들의 우상이 된 모양이었다.

귀뚜라미는 금세 지친 기색을 보였다. 대중 앞에서 하는 첫 연주인 데다가, 투광기의 불빛 때문에 딱지날개가 번쩍거리고 점막이 말라 버려서 쉬 피로를 느끼고 있는 거였다. 햇빛 아래에서라면 오랜 시간이라도 마음껏 노래를 하겠지만, 조명 불빛은 견디기가 너무 힘들었다. 귀뚜라미는 기진맥진이 되어 높은 도음을 마지막으로 내고 노래를 멈추었다.

이제 쥘리가 나설 차례였다. 그녀는 마치 귀뚜라미의 연주가 절과 절 사이를 이어 주는 간주였던 양 아주 자연스럽게 다음 절로 넘어갔다. 그녀는 한 음을 낮춰 달라고 부탁한 다음, 객석 가까이의 무대 가장자리로 나아가서 조를 바꾸어 이렇게 노래했다.

하늘 아래에 새것이 없다.
우리는 언제나 똑같은 방식으로 세계를 바라본다.
이젠 새로운 것을 만들어 내는 사람이 없다.
이젠 미래를 내다볼 줄 아는 사람이 없다.

객석에서 즉시 반응이 왔다. 첫 콘서트에 참석했던 사람들이 그녀에게 노래로 화답하였다.

「우리가 바로 새로운 선견자다!」

쥘리는 청중과 그렇게까지 호흡이 잘 맞으리라고는 예상하지 못했다. 첫 콘서트 때 너무나 일찍 끝나 버린 그 일치와 교감의 시간이 다시 시작되고 있었다. 쥘리는 가슴으로부터 뜨거운 것이 치밀어 오름을 느꼈다.

「우리는 누구인가?」

「우리는 새로운 발명가다!」

그녀가 신호를 보낼 새도 없이, 청중은 「개미 혁명」을 다시 부르기 시작했다. 그들은 한 번밖에 듣지 않은 노랫말을 벌써 외워 버린 모양이었다. 쥘리는 너무 놀라서 어찌할 바를 모르고 있었다. 지웅은 고삐를 늦추지 말고 청중을 계속 휘어잡으라는 뜻의 신호를 보내 왔다. 그녀는 주먹 쥔 손을 들어 올렸다.

「여러분, 이 낡은 세계의 경화증을 끝장내고 싶으십니까?」

쥘리는 더 나아가면 돌아오기가 불가능한 지점에 도달해 있음을 깨달았다. 여기저기서 의자 삐걱이는 소리가 들렸다. 사람들이 주먹을 치켜들며 일어서고 있었다.

「여러분, 지금 여기에서부터 혁명이 시작되길 바라십니까?」

다량의 아드레날린이 그녀의 뇌로 흘러들었다. 두려움과 흥분과 열망과 호기심이 그녀의 마음에 착종(錯綜)하였다. 요모조모 따지고 말고 할 겨를이 없었다. 그녀는 입에서 나오는 대로 소리쳤다.

「나갑시다!」

봇물이 터져 나왔다.

즉시 우레와 같은 환호가 터져 나왔다. 한소끔의 격렬한 에그레고르였다. 한 줄기 뜨거운 바람이 객석을 휩쓸고 지나 갔다. 모두가 일어섰다.

원장이 무대 뒤에서 뛰어나와 마이크를 잡고 사람들을 진정시키려고 했다.

「여러분, 자리에 앉아 주십시오. 밖으로 나가시면 안 됩니다. 9시 15분밖에 안 되었기 때문에 아직 시간이 많습니다. 콘서트는 이제부터 본격적으로 시작되는 겁니다.」

장내 질서를 맡은 장정 여섯은 군중을 저지하려고 헛되이 애를 쓰고 있었다.

조에가 쥘리의 귀에 대고 속삭였다.

「이제 어떻게 하지?」

「해보는 거지 뭐. 유토피아 하나를 건설해 보는 거야.」

쥘리는 검은 머리를 쓸어 넘기며 입을 굳게 다물었다.

97. 백과사전

토머스 모어의 유토피아

유토피아라는 말은 1516년 영국인 토머스 모어가 만든 것이다. 그리스 말의 부정 접두사 〈우〉와 장소를 뜻하는 〈토포스〉를 엉구어 만든 이 말은 말 그대로 〈아무 곳에도 존재하지 않음〉을 뜻한다(하지만, 어떤 사람들은 이 말이 〈좋음〉을 뜻하는 접두사 〈에우〉에서 나왔다고 주장한다. 그런 경우라면, 유토피아라는 말은 〈좋은 곳〉이라는 의미가 된다). 외교관이자 대법관이었던 토머스 모어는 에라스뮈스와 친한 인문주의자이기도 했다. 그는 『유토피아』라는 제목의 한 저서에서 어떤 경이로운 섬나라를 묘사하였다. 그 섬의 이름이 바로 유토피아다. 목가적인 사회가 문명의 꽃을 피우고 있는 그 섬에는 세금도 가난도 범죄도 없다고 했다. 모어는 유토피아적인 사회의 으뜸가는 특징은 〈자유〉라고 생각했다.

그는 자기의 이상향을 이렇게 묘사했다. 10만 명의 사람들이 한 섬에 살고 있다. 주민들은 가족 단위로 편성되어 있다. 50가구가 모여 하나의 집단을 이루고 우두머리인 시포그란트를 선출한다. 그 시포그란트들이 모여 평의회를 이루고 네 후보 가운데 하나를 임금으로 선출한다. 일단 임금으로 선출되면 평생 자리를 지킬 수 있지만, 만일 전제 군주가 되면 퇴위를 당할 수도 있다.

전쟁에 대비해서 그 섬나라는 자폴렛이라는 용병을 두고 있다. 그 병사들은 전투 중에 적들과 함께 죽게 되어 있다. 그렇게 도구가 사용 중에 저절로 없어져 버리기 때문에 군사 독재가 생겨날 염려는 없다.

유토피아섬에는 화폐가 없다. 주민들은 각자 시장에 가서 자기가 필요로 하는 만큼 물건을 가져다 쓰면 된다. 집들은 모두 똑같고 문에는 자물쇠가 없다. 주민들은 누구나 타성에 젖지 않도록 10년마다 이사를 하도록 되어 있다. 무위도식은 금지된다. 사제도 귀족도 하인도 거지도 없다. 누구나 일을 하기 때문에 일일 노동 시간을 여섯 시간으로 줄일 수 있다. 무료 시장에 농산물을 공급하기 위해 누구에게나 2년 동안 농사를 지을 의무가 있다.

간통을 하거나 섬에서 탈출하려고 기도한 자는 자유인의 권리를 잃고 노예가 된다. 그렇게 되면 그는 자기와 동등했던 옛 주민들에게 머리를 조아리며 복종하여야 한다.

1532년, 헨리 8세의 이혼을 인정하지 않은 것 때문에 왕의 노여움을 산 토머스 모어는 1535년 참수를 당하였다.

에드몽 웰스, 『상대적이며 절대적인 지식의 백과사전』 제3권

98. 황폐해진 섬

늦은 시각이지만, 아직 환하고 따사로운 기운이 남아 있다. 암개미 103호와 열두 개미는 은빛 강물을 따라 계속 내려간다. 어떤 물고기도 감히 그들의 거북선에 덤벼들 엄두를 내지 못한다. 겁 없는 잠자리들만이 이따금 배 위로 다가왔다가 개미산을 맞고 그들의 먹이가 되곤 한다.

그들은 교대로 거북의 머리 위로 올라가 망을 본다. 암개미 103호는 머리를 기울여 수면을 관찰하고 있다. 물거미 한 마리가 둥근 줄 뭉치에 기포를 담더니 그것을 잠수 기구로 삼아 물속으로 들어간다.

자연은 그저 관찰하는 것만으로도 경탄을 자아낸다.

물맴이 한 마리가 나타났다. 물 위에 떠서 사는 이 딱정벌레목의 곤충은 겹눈이 등과 배에 두 쌍씩 있어서 물속과 공중을 함께 본다. 그래서 물맴이는 개미들이 타고 있는 그 이상한 배의 아래위 모습을 비교할 수가 있다. 물맴이는 개미들이 거북의 등 위에 올라가 있고 물방개들이 거북을 따라가고 있는 기이한 곡절을 이해하지 못한 채 개미들 쪽으로 가까이 가기를 포기하고 물벼룩 몇 마리를 잡아먹는다.

조금 더 나아가니 기다란 물풀들이 성가시게 뱃길을 가로막는다. 개미들은 발톱으로 물풀들을 치워 내고 다시 항행을 계속한다.

안개가 차츰 엷어지고 있다.

《뭍이 보인다!》

망을 보고 있던 12호가 알려 왔다.

정말 멀리, 감실감실 피어오르는 안개 사이로 아카시아

나무가 보인다. 암개미 103호는 그것이 코르니게라아카시 아임을 이내 알아차린다.

그렇다면, 결국 강물은 그를 24호가 있는 곳으로 이끌고 온 셈이다.

24호.

암개미 103호는 그 수줍음 많고 진중했던 24호를 잘 기억하고 있다. 손가락들을 무찌르러 떠났던 옛날의 그 원정 기간 동안, 그는 혼자 뒤로 처져서 길을 잃고 헤매기가 일쑤였다. 그 때문에 원정군의 일정에 차질이 빚어진 것이 한두 번이 아니었다. 그 중성의 병정개미에게는 길을 잃는 것이 제2의 천성이었다. 원정군이 코르니게라섬을 발견했을 때, 그는 이렇게 말했었다.

《나는 평생 길을 잃고 헤매며 살았다. 이젠 그런 삶에 종지부를 찍고 싶다. 이 섬은 선의를 가진 개체들끼리 새로운 공동체를 이루며 살기에 딱 알맞은 장소인 것 같다.》

24호의 생각에는 일리가 있었다.

그 섬에는 커다란 코르니게라아카시아가 한 그루 있다. 그 나무는 개미들과의 완전한 공생 관계 속에서 살아간다. 아카시아는 자기의 잎을 갉아 먹고 수액을 빨아 먹는 여러 애벌레들과 진딧물 및 노린재[53] 따위의 공격으로부터 스스로를 보호하기 위해 개미들을 필요로 한다. 그래서 그 나무는 개미들을 유인하기 위해, 껍질 안에 구멍과 통로 들을 만들어 놓고 몇몇 구멍으로 영양액까지 흘려 준다. 어떻게 식물이 개미들과의 공생에 유기적으로 적응할 수 있게 되었는

---

53 몸은 작고 납작하며 거의 육각형꼴이고 겉날개는 누런색이며 다리는 검은데, 몸에서 고약한 노린내가 난다.

지 참으로 신기로운 일이 아닐 수 없다.

개미와 아카시아 사이에는 많은 차이가 있다. 개미와 손가락 사이에 존재하는 차이보다 더 많은 차이가 있다. 그럼에도, 개미들은 그 나무들과의 협력을 이루어 냈다. 그렇다면, 손가락들과 협력하는 것도 얼마든지 가능한 일이 아닐까?

24호가 보기에 그 섬은 천국이었다. 그는 커다란 아카시아 나무의 보호를 받으며 이상적인 사회를 건설해 보려고 했다. 그 사회의 토대가 되는 유일한 공통분모는 이야기에 대한 사랑이었다. 그 섬에 남은 개미들은 더듬이를 즐겁게 하기 위해 이야기를 지어내는 새로운 퇴폐적 경향을 발전시켰다. 그들은 먹이를 구하기 위해 사냥을 하는 시간을 빼고는 주로 허구적인 이야기들을 지어내고 그것들을 서로 주고받으며 세월을 보냈다.

암개미 103호는 옛 친구를 다시 만날 생각에 마음이 설렌다. 그들이 서로 헤어진 뒤로, 그 이상주의적인 공동체가 어떻게 발전했을지 궁금하다. 섬 한가운데의 아카시아 나무는 옛 모습 그대로 평화와 안식의 상징물처럼 떡 버티고 있다.

그런데, 안개가 흩어지고 배가 섬 가까이로 다가가면 갈수록, 어떤 사위스러운 예감이 암개미를 자꾸 조여 온다.

배의 이물이 거무스름한 빛깔의 작고 동글동글한 것들에 부딪쳤다. 잘디잔 구멍이 송송 뚫려 있는 개미들의 시체다. 그 구멍들은 개미산에 녹아 생긴 것들이다. 뭔가 좋지 않은 일이 벌어진 것임에 틀림없다.

모두가 죽었다. 개미들이 사라진 아카시아 나무에는 진딧물이 잔뜩 꾀었다. 예전에 이곳에 많이 살았던 도롱뇽들조차 보이지 않는다. 여섯 다리와 배가 잘려 나간 개미 하나가 보일 뿐이다. 그 가련한 개미는 새끼 지렁이처럼 꿈틀거리고 있다.

암개미는 배를 섬에 대라고 물방개들에게 지시한다. 개미들은 배를 물가에 끌어 올린 다음, 일의 자초지종을 알고자 유일한 생존자에게로 달려간다. 그 개미가 힘겹게 페로몬을 발한다.

《난쟁이개미들의 기습 공격을 받았다. 난쟁이개미 군대가 동방 원정에 나섰다. 새 여왕의 뜻에 따라 그들은 동쪽 나라들을 정복하려 하고 있다.》

그러자 5호가 자기들이 앞서 겪은 일을 동료들에게 상기시켰다.

《우리가 여기로 오는 길에 만난 난쟁이개미들은 바로 그들의 척후대였을 것이다.》

103호의 재촉을 받고 그 개미가 이야기를 계속한다. 일군의 난쟁이개미들이 섬을 발견하고 상륙했다. 24호와 그의 친구들은 아카시아나무가 보호해 주는 닫힌 세계에서 상상의 이야기로 세월을 보낸 탓에 현실 세계의 냉혹한 힘의 논리를 망각하고 전투 능력을 상실해 버렸다. 스스로를 지킬 수 없는 자는 적 앞에서 도망을 치거나 속절없이 죽음을 당할 수밖에 없다. 그리하여 대학살이 벌어졌다. 24호와 몇몇 동료들만이 가까스로 도망쳐서 서쪽 강가의 갈대숲에 숨었다. 그러나 난쟁이개미들이 포위하고 있기 때문에 그들도 오래 버티지는 못할 것이다.

다리와 배가 잘려 나간 개미는 그 이야기를 끝으로 마지막 숨을 거둔다. 이야기를 주고받는 즐거움을 바탕으로 결속된이 공동체의 개미에게는, 그렇게 이야기를 하다가 죽는 것이 어쩌면 멋진 죽음이 될는지도 모를 일이다.

암개미 103호는 아카시아의 우듬지로 올라가서 더듬이를 세우고 멀리서 오는 정보들을 탐색한다. 생식 개미로서의 새로운 감각을 이용하여 그는 갈대숲에 숨어 들어갔다는 코르니게라 자유 공동체의 생존자들을 찾는다.

아까 그 개미가 죽어 가면서 일러 준 그곳에서 그들의 존재가 느껴진다. 그러나 그들은 꼼짝달싹을 못 하는 궁색한 처지에 있다. 그들이 갈대 구멍에서 더듬이의 끝만 내밀어도 수련 위에 올라간 난쟁이개미들이 개미산을 쏘아 대기 때문이다. 암개미 103호는 난쟁이개미들이 낙후 상태에서 벗어나 불개미들을 따라잡았음을 깨닫는다. 옛날에 난쟁이개미들은 개미산을 무기로 사용할 줄 몰랐다.

난쟁이개미들은 숲 불개미들에 비해 번식력이 강하고 새로운 기술을 습득하는 속도가 빠르다. 아주 먼 고장에서 왔음에도(손가락들은 그들을 아르헨티나개미라고 부른다. 손가락들의 주장에 따르면, 그들은 프랑스 지중해 연안의 도로를 꾸미기 위하여 협죽도 나무를 들여올 때, 우연히 묘목분(盆)에 함께 실려 왔다는 것이다), 그들이 이 숲에서 잘 적응하는 것을 보면 꽤 영리한 종임에 분명하다. 고동털개미들이나 수확개미들 같은 본바닥 개미들은 타지에서 온 그자들에게 텃세를 부리려고 덤벼들었다가 오히려 괴멸을 당하고 말았다.

103호는 난쟁이개미들이 언젠가는 이 숲의 지배자가 되리라고 줄곧 생각해 왔다. 결국 중요한 건, 끊임없는 혁신과 탐험과 응용을 통해서 그런 날이 하루라도 더 늦게 오도록 만드는 것이리라.

난쟁이개미들에게 조그마한 허점이라도 보이는 날에는 불개미들 역시 그들에게 정복당한 다른 종들처럼 쓰레기터로 쫓겨 가는 신세를 면치 못할 것이다.

지금 24호와 그의 동료들은 냉혹한 현실을 망각한 안일한 삶의 쓰라린 대가를 치르고 있는 것이다. 어쨌거나 적에게 포위된 채 갈대 꼭대기에 숨어 있는 불쌍한 그들을 구하러 가야 한다.

암개미 103호와 열두 개미는 거북선을 다시 물에 띄운 다음, 개미산 주머니를 가득 채우고 포격전을 준비한다. 물방개들은 배 뒤에 자리를 잡고 곧 수상 전투가 벌어질 갈대와 수련 쪽으로 배를 몰고 갈 태세를 갖춘다.

암개미 103호가 더듬이를 세운다. 이제 적들의 상황이 분명하게 지각된다. 그들은 갈대 주위에 있는 커다란 수련 꽃잎 위에 진을 치고 있다. 적의 병력을 헤아려 보니 1백은 족히 될 듯하다.

하나가 열을 당해 내야 하므로 결코 녹록지 않은 싸움이다. 물방개가 최고 속도로 거북선을 밀며 돌진한다. 그들이 수련들 근처로 다가가기가 무섭게 꽃잎들 위로 적들이 배를 내밀며 사격 자세를 취한다. 확실히 적의 수효는 1백이 넘는다. 적들의 개미산이 비 오듯 쏟아진다. 열세 개미는 그 사격을 피하기 위해 거북선 바닥에 잔뜩 웅크린다.

103호가 거북선 위로 과감히 몸을 드러내고 반격을 가한다. 난쟁이개미 한 마리를 죽이긴 했지만, 50여 마리의 적들이 일제히 사격을 해 오는 바람에 그는 다시 거북선 안으로 몸을 숨긴다.

13호는 거북선으로 돌진해 들어가서 수련 잎 위로 산개한 다음 위턱으로 백병전을 벌이자고 제안한다. 그렇게 하면, 자기들의 몸집이 더 크다는 이점을 활용할 수 있으리라는 것이다. 그러나 5호가 더듬이를 세우며 이의를 제기한다.

《곧 비가 올 것이다. 어느 누구도 비에 맞서 싸울 수는 없다. 일단 돌아갔다가 다시 오는 게 좋겠다.》

모두가 그 의견에 동의를 표한다.

그들은 배를 돌려 섬으로 돌아온 다음, 하룻밤의 은신처가 되어 줄 코르니게라아카시아나무 속으로 들어간다. 나무는 물론 개미들처럼 페로몬을 발하지는 못하지만, 수액의 냄새를 변화시킴으로써 불개미들을 다시 만난 기쁨을 표시한다.

나무의 환대에 보답하는 뜻으로 열세 개미는 나무 속에 뚫린 구멍과 통로를 바삐 돌아다니며 나무에 기생하는 벌레들을 잡아 죽인다. 벌레들이 많기 때문에 일을 끝내자면 시간이 꽤 걸릴 듯하다. 지렁이처럼 생긴 애벌레며 진딧물도 있고, 딱정벌레목에 딸린 벌레들, 예컨대 나무껍질을 갉아 먹으며 똑딱거리는 소리를 낸다 해서 〈죽음의 시계〉라는 별명을 가진 빗살수염벌레 따위도 있다. 열세 개미들은 그 벌레들을 하나하나 추격해서 죽이고 일부는 잡아먹는다. 아카시아의 숨결이 정상을 되찾는다. 나무는 수액을 삼출(滲出)시켜서 자기 나름대로 고마움을 표시한다. 개미들은 수액을 스스로 삼아 고기에 곁들여 먹는다.

빗살수염벌레에 아카시아 수액을 발라 먹는 것, 그것은 전형적인 개미식 요리가 될 법하다. 열세 개미는 모두 새로운 풍미를 즐기며 양껏 배를 불린다. 어쩌면 개미 역사상 최초의 미식법(美食法)이 바로 그 순간에 생겨나고 있는 것인지도 모를 일이다.

밖에 빗방울이 떨어지기 시작한다. 아까 5호가 찌무러진 하늘을 보며 예견한 대로다. 3월에 이따금 볼 수 있는 우박을 동반한 소나기가 때늦은 4월에 내릴 모양이다. 개미들은 아카시아나무 가지의 가장 깊숙한 구멍에 들어가 옹송그린다.

나무에 뚫린 구멍을 통해 번갯불이 번쩍번쩍 비쳐 들고 우레가 우르릉거린다. 암개미 103호는 땅의 목숨붙이들을 제압하는 성난 하늘의 장관을 구경하기 좋은 곳에 자리를 잡는다. 바람에 나무들이 휘어지고, 잘못 맞으면 그 자리에서 죽음을 맞을 수도 있는 빗방울들이 미처 피신할 생각을 못한 곤충들 위로 후드득 떨어진다.

비록 적에 포위되어 있는 신세일망정, 24호와 그의 친구들은 갈대 속에서 비를 피하며 한숨을 돌리고 있으리라.

또 벼락이 친다. 번쩍 하는 빛에 눈이 부시다. 우렛소리는 지붕처럼 드리운 구름 너머에서 들려오는 듯하다. 벼락의 힘에는 손가락들조차 꼼짝을 못 할 것이다. 나란한 세 가닥 흰 줄이 어두운 하늘을 가르며 사위를 온통 하얗게 만든다. 꽃과 나무와 잎과 강물이 잠시 반짝거리다가 어둠 속에 다시 묻힌다. 이제 모든 게 잠잠해지고 고요가 깃드는가 했더니, 또다시 번개가 검은 하늘에 줄무늬를 만들고 굉음이 천지를 뒤흔든다. 하얀 섬광 속에서 거미줄조차 하얀 동그라미로 변하고, 그 주인들은 질겁을 하며 사방으로 달아난다.

짧고 깊은 정적이 흐른 뒤에, 하늘이 더욱 요란한 소리를 내며 다시 갈라진다. 벼락이 점점 더 가까운 곳에서 치고 있다. 천둥소리가 점점 더 빠르게 번개를 뒤따른다. 열세 개미는 더듬이를 서로 엇걸고 잔뜩 웅크린다.

아카시아나무가 갑자기 부르르 떤다. 마치 감전이라도 당한 것 같다. 5호가 기겁을 하며 펄쩍 뛰어오른다.

《불이다!》

아카시아나무에 벼락이 떨어져 불길이 일고 있다. 우듬지에서 불꽃이 일렁인다. 나무껍질 여기저기에서 수액이 스며 나온다. 나무는 그렇게 고통을 호소하고 있는데, 개미들은 나무를 구하기 위해 할 수 있는 일이 아무것도 없다. 통로 안의 공기에 유독 가스가 섞여 든다.

열기를 견디지 못한 개미들은 밑동 쪽으로 달아나 뿌리를 타고 내려간 다음, 위턱으로 땅을 파서 불과 물을 동시에 피할 수 있는 피신처를 마련한다. 머리에 젖은 흙이 잔뜩 달라붙어서 그들은 꼭 흉측한 머리가 달린 괴물처럼 보인다.

개미들은 땅속에 웅크린 채 불과 비가 지나가기를 기다린다.

아카시아가 불타면서 독한 냄새가 풍겨 나온다. 그 냄새는 죽어 가는 나무의 고통에 찬 비명인 셈이다. 나뭇가지들이 오그라든다. 마치 나무가 자기의 고통을 보여 주기 위해 춤을 추려는 것 같다. 기온이 올라간다. 밖의 불길이 어찌나 거센지 개미들은 천장 구실을 하는 흙 너머로도 그것을 볼 수 있다.

나무는 금방 타버렸다. 열기가 사라지고 갑자기 냉기가 밀려온다. 개미들의 천장은 열을 받고 녹았다가 다시 굳어진 탓에 위턱으로 뚫고 나갈 수가 없다. 그들은 피신처에서 나가기 위해 긴 에움길을 파야만 했다.

비는 처음 내릴 때만큼이나 갑작스럽게 그쳤다. 비와 불이 남긴 건 폐허뿐이다. 이 작은 섬의 유일한 재산이었던 코르니게라 아카시아가 이제 한 무더기의 재로 변했다.

6호가 무언가를 보여 주겠다며 동료들을 부른다.

동료들은 그가 가리키고 있는 땅속의 구멍을 향해 달려간다. 그 안에는 빨간 동물 한 마리가 들어 있다. 빨간빛이 환해졌다 어두워졌다 하는 품이 꼭 천천히 숨을 쉬고 있는 것 같다. 그러나, 그것은 동물이 아니다. 식물도 아니고 광물도 아니다. 103호는 그것이 무엇인지 금방 알아본다. 그것은 아직 타고 있는 잉걸불이다. 구멍 속에 떨어져 다른 불덩이들이 가려 준 덕분에 비를 피한 불덩이다.

6호가 한 다리를 불덩이 쪽으로 가져간다. 다리가 그 빨간 물질에 닿았다 싶었을 때, 놀라운 일이 벌어졌다. 다리가 녹아서 액체처럼 흘러내린 것이다. 다리 하나와 발톱 두 개가 달려 있던 그 자리엔 불에 타서 뭉개져 버린 조막 다리가 남았을 뿐이다.

6호는 자기의 동강 다리에 소독제 구실을 하는 침을 바른다. 암개미가 페로몬을 발한다.

《이것이 난쟁이개미들을 정복하는 수단이 될지도 모르겠다.》

나머지 열두 개미는 놀라움과 두려움으로 몸을 바들바들 떤다.

《불을 사용한단 말인가?》

103호는 동료들을 설득하려 한다.

《두려움은 무지에서 생긴다. 우리는 불을 사용할 수 있다.》

《그렇지만, 그것을 만질 수가 없지 않은가? 6호가 이미 쓰

421

라린 경험을 했다.》

5호가 그렇게 반박하자, 103호가 설명한다.

《모든 일에는 절차가 있는 법이다. 이 불덩이를 주위 담는 것은 가능한 일이다. 그러나 다리나 위턱을 직접 갖다 대면 안 되고, 도구를 사용해서 오목한 돌 같은 데에 올려놓아야 한다.》

그런 돌은 이 섬에 얼마든지 있다. 열세 개미는 기다란 막대기를 지렛대로 사용해서 불덩이를 들어 올린 다음, 그것을 오목한 차돌 조각 안에 담는 데 성공한다. 오목한 돌 안에 담고 보니, 이제 불덩이가 보석 상자 안에 든 루비처럼 보인다.

암개미 103호의 설명이 이어진다.

《불은 강하면서도 약하다. 그것이 불의 역설이다. 불은 나무 한 그루는 물론이고 숲 전체를 파괴할 수도 있는 힘을 지니고 있지만, 때로는 눈에놀이의 날갯짓 한 번에도 꺼져 버릴 수 있다.》

불 때문에 다리가 녹아내리는 시련을 겪었음에도 6호는 불덩이가 거뭇해지는 것을 보면서 뜻밖의 이야기를 한다.

《이 불은 심하게 앓고 있는 것 같다. 이렇게 빛이 검게 변하는 것은 불이 아프다는 것을 뜻한다. 이것을 살려야 할 것 같다.》

《불을 어떻게 살리는가?》

《번식을 시키면 된다. 불은 접촉을 통해 번식한다. 예전에 마른 나뭇잎을 통해 불이 퍼져 나가는 것을 본 적이 있다.》

주위엔 마른 나뭇잎이 별로 없다. 그래도 그들은 흙 속을 뒤져서 나뭇잎 몇 장을 찾아낸다. 잎을 불덩이 위로 밀어 넣었더니 노란 불꽃이 일어난다. 새끼 불은 제 어미보다 한결

밝고 힘차다.

개미들 대부분은 그런 불을 본 적이 없기 때문에 겁을 먹고 뒤로 물러선다.

암개미 103호는 뒤로 물러서지 말라면서 더듬이를 높이 세워 예로부터 내려오는 페로몬 문장 하나를 발한다.

《우리의 진정한 적은 오직 두려움뿐이다.》

그들은 모두 그 문장의 역사와 의미를 알고 있다. 그것은 지금으로 8천 년 전에 불개미 〈니〉 왕조의 234대 여왕 벨로 키우키우니가 절명사(絶命辭)로 남긴 문장이다. 그 불행한 여왕은 여름철 산란기에 강으로 올라온 송어들을 길들이려고 애쓰다가 물에 빠져 죽으면서 그 문장을 남겼다고 한다. 그 여왕은 개미들과 송어들 사이에 동맹을 이룰 수 있다고 생각했지만, 그 사건 이후로 개미들은 은빛 강의 물고기 족속과 접촉하는 것을 완전히 포기하였다. 그래도 여왕의 절명사만은 개미들의 무한한 가능성을 향한 희망의 외침으로 남아 있다.

《우리의 진정한 적은 오직 두려움뿐이다.》

그들을 안심시키기라도 하려는 듯, 아주 높이 솟아올랐던 새끼 불꽃의 기세가 수그러들었다.

《이 불꽃을 더 두껍고 단단한 물건에 옮겨야 한다.》

불에 혼쭐이 났던 일을 금세 잊고 6호가 제안한다. 개미들은 마른 잎에서 마른 잔가지로, 마른 잔가지에서 나무 조각으로 불을 옮겨 붙인 끝에, 대야처럼 우묵한 돌 밑바닥에 작은 화로를 만들어 내는 데에 성공한다. 그런 다음, 암개미 103호의 조언에 따라 화로에 잔가지 부스러기들을 던진다. 던지기가 무섭게 불은 그 부스러기들을 덥석덥석 물어 버린다.

개미들은 그렇게 살려 낸 불을 역시 땅속에서 찾아낸 작고 오목한 돌들에다 조심스럽게 옮겨 담는다. 다리 하나가 불에 타버렸음에도, 6호가 불을 가장 잘 다루는 기술자임이 밝혀진다. 그는 불에 데어 보았기 때문에 불을 조심할 줄 아는 것이다. 그의 제안에 따라, 개미들은 불의 창고를 짓는다.

암개미 103호의 더듬이에서 자극적인 페로몬이 터져 나온다.

《자, 이것으로 난쟁이개미들을 공격하자.》

어둠이 밀려오기 시작한다. 그러나 그들은 불을 만드는 재미에 취하여 밤이 오는 것에도 아랑곳하지 않는다. 그들은 벌건 불덩이가 들어 있는 오목한 돌멩이 여덟 개를 거북선에 싣는다. 암개미 103호는 더듬이를 세우고 이런 뜻이 담긴 독한 페로몬을 터뜨린다.

《공격!》

99. 백과사전

소년들의 십자군 원정

소년들이 주축이 된 최초의 십자군 원정은 1212년에 있었다. 〈어른들과 귀족들은 예루살렘을 해방시키는 데 실패했다. 그것은 그들의 정신이 순수하지 않기 때문이다. 우리는 어리고, 그래서 순수하다〉라는 논리를 펴면서 할 일 없이 빈둥거리던 젊은이들이 십자군 원정을 조직하겠다고 나섰다. 그 충동적인 움직임은 주로 신성 로마 제국에서 일어났다. 그리하여 일군의 소년들이 신성 로마 제국을 떠나 성지를 향해 출발했다. 그러나 그들은 지도 하나도 변변히 갖추고 있지 않았다. 그들은 남쪽을 향해 가고 있으면서도 자기들이 동쪽으로 가고 있다고 생각했다. 그들은 론강 유역을 따라 내려갔다. 그들 무리는 수천을 헤아릴 만큼 수가 점점 불어났다.

그들은 도중에 마을이 나타나면 농부들의 식량을 약탈하였다.

어느 마을에서 주민들에게 길을 물었더니 곧 바다에 당도하게 될 거라고 했다. 소년들은 바다를 어떻게 건널 것인가를 걱정하지 않았다. 모세에게 기적이 일어났듯이, 자기들이 예루살렘으로 건너갈 수 있도록 바다가 자기들에게 길을 열어 주리라고 확신했던 것이다.

그들이 다다른 항구는 마르세유였다. 바다는 그들에게 길을 열어 주지 않았다. 며칠을 항구에서 기다렸지만 헛일이었다. 그러던 차에, 시칠리아 사람 둘이 나타나서 예루살렘까지 배로 데려다주겠다고 그들에게 제안했다. 소년들은 기적이 일어난 거라고 믿었다. 그러나 그것은 기적이 아니었다. 그 두 시칠리아 사람은 튀니지의 어떤 해적단과 짜고 소년들을 예루살렘이 아니라 튀니스로 데려갔다. 거기에서 소년들은 모두 헐값에 노예로 팔려 나갔다.

에드몽 웰스. 『상대적이며 절대적인 지식의 백과사전』 제3권

100. 대축제

「더 망설이지 말고 나갑시다!」

객석에서 누군가 소리쳤다.

쥘리는 이 충동적인 움직임이 빚어 낼 결과를 가늠할 수가 없었다. 그러나 그녀의 호기심이 무엇보다 강하였다.

「나갑시다!」

원장은 모두 자기 자리에 그대로 있어 달라고 사정을 했다.

「진정하십시오, 여러분. 이건 그저 콘서트일 뿐입니다.」

관객 하나가 달려 나와서 마이크의 전원을 꺼버렸다.

쥘리네 그룹은 열광하는 청중에 둘러싸인 채 거리로 나섰다. 행진하는 군중에게 어서 하나의 목표, 하나의 방향을 주어야 했다.

쥘리가 소리쳤다.

「퐁텐블로 고등학교로 갑시다. 거기 가서 축제를 벌입시다.」

「퐁텐블로 고등학교로!」

다른 사람들이 그녀의 말을 되받았다.

쥘리의 혈관에 아드레날린 수치가 계속 높아지고 있었다. 술이건 마리화나 담배건 마약이건 그 어떤 것으로도 그런 효과를 낼 수 없을 것 같았다.

이젠 그녀와 청중이 무대와 객석으로 분리되어 있지 않았다. 쥘리는 비로소 청중의 얼굴을 구별할 수 있었다. 남녀노소를 막론하고 5백 명 정도는 족히 될 듯한 사람들이 그녀 주위로 몰려들어 긴 행렬을 지었다.

쥘리가 「개미 혁명」을 선창하자, 군중은 춤을 추면서 노래를 따라 불렀다. 퐁텐블로 간선 도로는 일거에 떠들썩한 춤판으로 변해 버렸다.

우리는 새로운 발명가다.

우리는 새로운 선견자다.

합기도 클럽의 학생들은 즉석에서 자경반(自警班)을 편성하여 축제에 방해가 되지 않도록 자동차들의 통행을 막았다.

군중은 계속 불어났다. 퐁텐블로에서 밤에 그런 구경거리를 만나기란 그리 쉬운 일이 아니었다. 거리를 거닐던 사람들이 그들 무리에 끼어들며 무슨 일인가 하고 묻곤 했다.

플래카드도 없고 깃발도 없었다. 하프와 플루트 연주에 맞추어 몸을 흔드는 젊은이들이 행렬의 선두에 있을 뿐이었다.

쥘리가 뜨겁고 힘찬 음성으로 또박또박 외쳤다.

우리는 새로운 발명가다.
우리는 새로운 선견자다.

쥘리는 그들의 여왕이자 우상이었고, 그들의 세이렌이자 파시오나리아[54]였다. 무엇보다 그녀는 그들에게 신명을 불어넣는 무당이었다.

쥘리는 자기를 둘러싼 채 앞으로 밀어 대는 군중의 뜨거운 성원에 도취해 있었다. 그녀는 〈혼자가 아니라는 기분〉을 그토록 사무치게 느껴 본 적이 없었다.

그들 앞에 갑자기 경찰의 첫 저지선이 나타났다. 행렬의 선두에 있던 여자들은 기발한 작전을 생각해 냈다. 경찰관들의 볼에 입을 맞추어 주는 것이 그것이었다.

그런 상황에서 어떻게 곤봉을 휘두를 수 있으랴? 질서 수호자들의 저지선은 저절로 무너졌다. 조금 더 나아가자, 경

---

54 스페인의 혁명가(1895~1989). 본명은 돌로레스 이바루리. 스페인 공산당 지도부의 일원으로서 1936년 국회의원이 되었다. 탁월한 웅변가였던 그녀는 스페인 내전 중에 특유의 선전 선동으로 공화군의 저항에 활기를 불어넣었다. 스페인 공화국이 함락된 뒤 소련에 망명하였다가 1977년 귀국했다.

찰 버스 한 대가 다가왔다. 그러나 사건의 규모가 생각보다 크다고 판단했는지 경찰은 개입을 자제하고 버스를 돌렸다.

쥘리는 도로변을 향해 이렇게 소리쳤다.

「이건 축제입니다. 여러분, 거리로 나오십시오. 여러분의 근심과 슬픔을 잊고 우리와 함께하십시오.」

사람들이 창문을 열고 고개를 내밀어 어중이떠중이가 다 모인 행렬을 내려다보았다. 어떤 나이 지긋한 부인이 물었다.

「요구 사항이 뭐예요?」

합기도 클럽의 여장부 하나가 대답했다.

「아무것도 없습니다. 우리는 아무것도 요구하지 않습니다.」

「아무것도 요구하지 않는다고? 그렇다면 이건 혁명이 아니지.」

「왜요. 바로 그것이 우리 혁명의 독특한 점이에요. 우리는 요구 사항이 없는 최초의 혁명을 시도하고 있어요.」

관객들은 한 좌석에 1백 프랑씩 내고 참석한 두 시간짜리 콘서트로 축제가 끝나는 것을 원치 않는 것 같았다. 그들은 모두 축제가 연장되기를 바라고 있었다. 그들이 다시 목청껏 노래를 부르기 시작했다.

우리는 새로운 선견자다.
우리는 새로운 발명가다.

행렬에 새로이 합류하는 사람들 중에는 흥을 돋우는 데 한 몫을 하려고 자기들 집에 있는 악기를 들고 나오는 축도 있었고, 북과 북채 대신 주방 기구를 가지고 나오는 축도 있었다. 또 어떤 사람들은 축제 때 쓰는 색종이 테이프며 색종이 조각들을 가지고 나왔다.

쥘리는 예전에 성악 선생이 가르쳐 준 대로, 성량을 최대한 풍부하게 만들었다. 모두가 그녀를 따라서 합창을 했다. 5백 명이 넘는 사람들의 목소리가 하나로 어우러졌다. 온 도시에 그들의 노랫소리가 울려 퍼졌다.

우리는 새로운 선견자다.
우리는 새로운 발명가다.
우리는 경화증에 걸린 이 낡은 세상을 조금씩 갉아 먹는 작은 개미들이다.

101. 백과사전

청두의 소년 혁명

중국 쓰촨(四川)성의 성도(省都)인 청두(成都)는 1967년까지만 해도 조용한 도시였다. 히말라야산맥 기슭, 해발 1천 미터 되는 곳에 자리 잡고 있는 이 유서 깊은 성곽 도시는 인구가 3백만이었는데, 그 주민의 대다수는 베이징이나 상하이에서 무슨 일이 일어나고 있는지를 모르고 살았다. 당시에 중국의 대도시엔 인구가 넘치기 시작했고, 그에 따라 중국 정부는 대도시의 인구를 지방으로 분산시키는 정책을 추진했다. 그 과정에서 부모와 자식이 서로 헤어지는 일이 벌어졌다. 부모는 농촌으로 가고, 자식은 훌륭한 공산당원이 되기 위해 홍위병 양성소로 가야 했기 때문이다. 그 홍위병 양성소는 강제 노동 수용소나 다름없을 만큼 생활 조건이 몹시 열악했다. 소년들은 제대로 먹지도 못하면서 고된 노동에 시달렸다. 심지어는 아이들을 상대로 톱밥을 주원료로 한 섬유소 식품에 관한 실험이 행해지기도 했다. 아이들은 파리처럼 죽어 나갔다. 그 무렵, 권력 투쟁이 한창이던 베이징에선, 마오의 공식적인 후계자이자 홍위병의 책임자로서 문화 혁명에서 중요한 역할을 수행하던 린뱌오(林彪)가 마오의 총애를 잃는 상황이 벌어졌다. 그러자 공산당 간부들은 홍위병들에게 폭동을 부추겼다. 그것은 그 당시 중국의 특수한 사정에 기인한 아주 미묘한 사건이었다. 마오쩌둥주의의 병영을 탈출하고 교관들을 구타하는 것이 바로 마오쩌둥주의의 명분 아래 행해졌으니 말이다.

병영을 뛰쳐나온 소년 홍위병들은 부패한 권력에 맞서 마오쩌둥주의의 복음을 전파한다는 명목을 내걸고 전국으로 흩어졌다. 그러나 사실상 그들 중의 대다수는 중국에서 도망쳐 나갈 길을 찾고 있었다. 그들은 기차역으로 몰려가서 서쪽으로 떠났다. 거기로 가면 몰래 국경을 넘어 인도 땅으로 들어갈 수 있는 비밀 루트가 있다는 소문이 돌고 있었기 때문이다. 그런데, 서쪽으로 가는 모든 기차들의 종착역은 청두였다. 그리하여 그 산악 도시에 열서너 살 난 소년병 수천 명이 갑자기 들이닥치게 되었다. 처음엔 그 소년들과 주민들 사이에 별다른 문제가 생기지 않았다. 소년들은 병영에서 겪은 고초가 얼마나 심했는지를 이야기했고, 청두의 시민들은 그들을 측은히 여겨 먹을 것도 주고 잠자리도 마련해 주었다. 그러나 소년병들의 물결은 계속 청두역으로 쏟아져 들어왔다. 처음엔 수천에 지나지 않던 그들의 수가 무려 20만을 헤아리게 되었다.

그때부터 소년들은 주민들의 호의만으로는 만족하지 않게 되었다. 좀도둑질이 다반사로 행해졌고, 도둑맞기를 거부한 상인들은 몰매를 맞기 일쑤였다. 상인들은 참다못해 청두 시장을 찾아가 시급히 대책을 마련해 달라고 부탁했다. 그러나 시장은 어떤 대책을 마련할 겨를도 없이, 소년병들에게 끌려 나가 자아비판을 해야 했다. 자아비판이 끝난 뒤에 시장은 뭇매를 맞고 쫓겨났다.

소년병들은 새 시장을 뽑기 위한 선거를 계획하고 자기들의 후보를 내세웠다. 그들의 후보는 볼에 살이 통통한 열세 살짜리 소년이었다. 그 소년은 실제보다 나이가 더 들어 보이고 다른 홍위병들의 존경을 받을 만한 어떤 카리스마를 지니고 있었다. 온 도시의 벽과 담에 그에 대한 지지를 선동하는 벽보가 나붙었다. 그 소년이 그다지 훌륭한 웅변가가 아니었기 때문에 그들은 대자보를 통해 자기들의 정책을 알렸다. 소년 후보는 별다른 어려움 없이 당선되어 소년들의 시 정부를 구성하였다. 열다섯 살 난 시의원이 그들 중의 최연장자였다.

이제 좀도둑질은 더 이상 범죄가 아니었다. 상인들은 새 시장이 부과하는 새로운 세금을 내야 했고, 홍위병들에게 거처를 제공하는 것은 시민들의 의무가 되었다. 그 도시는 대단히 고립되어 있었기 때문에 홍위병들이 선거에서 승리를 거두었다는 소식이 외부에 알려지기까지는 시간이 걸렸다. 청두의 상인들은 그 사태에 불안을 느끼고 그 지방의 지사에게 대표를 보냈다. 지사는 사태가 대단히 심각하다고 판단하고 군대를 보내 폭도를 진압해 달라고 중앙 정부에 요청했다. 20만의 홍위병들에 맞서 중앙 정부는 수백 대의 전차와 수천 명의 중무장한 군인들을 보냈다. 그들이 받은 명령은 열다섯 미만의 소년들을 모두 죽이라는 거였다. 소년들은 성곽으로 둘러싸인 도시 안에서 저항하려고 했다. 그러나 청두 시민들은 그들을 지지하지 않았다. 그들은 무엇보다 자기 자식들이 애먼 죽음을 당할까 걱정하면서 자식들을 산속으로 피신시키는 일에 골몰하였다. 이틀 동안 어른들과 아이들이 맞붙어 전투를 벌였다. 중앙 정부군은 공중 폭격으로 소년들의 마지막 남은 저항의 보루를 날려 버리고 전투를 마무리하였다. 소년병들은 모두 죽음을 당하였다. 그 사건은 한동안 세상에 알려지지 않았다. 마침 미국의 닉슨 대통령이 중국 방문을 앞두고 있던 터라 중국을 비판하기가 곤란하였기 때문이다.

에드몽 웰스, 『상대적이며 절대적인 지식의 백과사전』 제3권

102. 또 한 차례의 폭파 시도

이번엔 터지겠지!

막시밀리앵은 경찰관들을 데리고 다시 와서 피라미드를 에워싸고 있었다.

그는 작전 시간을 야간으로 바꾸었다. 건물 안에 있는 자, 또는 잠들어 있는 자들의 틈을 타서 기습을 하는 편이 더 효과적일 거라고 생각했기 때문이다.

그들은 난바다에 나간 뱃사람들처럼 방수 천으로 된 보호복을 입고 있었다. 그리고 지난번처럼 곤충의 위턱에 잘려 나가는 일이 없도록 전선에도 단단히 피복을 씌웠다.

막시밀리앵이 막 폭파 명령을 내리려는 찰나에, 또다시 곤충의 날갯짓 소리가 들려왔다.

「다들 조심해! 말벌이 또 나타났어. 목과 손이 노출되지 않게 해.」

한 경찰관이 권총을 빼어 들고 말벌을 겨냥했다. 그러나 표적이 너무 작았다. 사격 자세에서 살갗의 일부가 드러나자 즉시 날벌레가 날아와 물었다.

곤충은 또 다른 경찰관을 공격한 다음, 허공을 휘젓는 손들을 피해 어딘가로 날아가 버렸다. 경찰관들은 말벌의 소리를 들으려고 귀를 바짝 기울이며 허공을 노려보았다.

그들의 시야에서 사라졌던 곤충이 갑자기 다시 나타나더

니 세 번째 경찰관에게 덤벼들었다. 곤충은 그의 오른쪽 귀를 빙 돌아 내려가서 목동맥에 침을 꽂았다. 경찰관이 쓰러졌다.

막시밀리앙은 구두 한 짝을 벗어 들고 흔들어 대다가, 전에도 한 번 그랬던 것처럼 잽싸게 곤충을 후려치는 데 성공했다. 적은 땅바닥에 떨어져 꼼짝을 하지 않았다. 경우에 따라서는 권총보다 구두 뒤축이 더 쓸모가 있었다.

「2 대 0.」

그는 적을 찬찬히 살펴보았다. 그것은 말벌이라기보다는 날개 달린 개미처럼 보였다. 그는 짜릿한 쾌감을 느끼며 구두 뒤축으로 적을 짓뭉갰다.

경찰관들은 쓰러진 동료들에게로 가서 그들이 잠들지 못하도록 흔들어 깨웠다. 막시밀리앙은 또 다른 적이 나타나기 전에 폭파를 서두르기로 했다.

「폭발물은 다 준비됐지?」

폭파 책임 기폭 장치의 접속 상태를 확인하고 경정의 명령을 기다렸다.

「준비됐습니다.」

경정이 초읽기에 들어가려는데, 느닷없이 휴대용 전화기가 울렸다. 전화를 걸어 온 사람은 뒤페롱 지사였다. 시내에 불상사가 생겼으니 급히 달려오라는 명령이었다.

「시위대가 퐁텐블로의 간선 도로를 점거하고 있네. 그들은 폭도로 변할 수도 있어. 지금 하고 있는 일을 당장 중단하고 시내로 돌아가서 그 정신 나간 자들을 해산시키라고.」

103. 갈대밭의 열기 속에서

빛살이 어둠살과 싸우고 있다. 천둥 비 뒤끝에 땅에서 올라오는 훈김 때문에 공기가 후텁지근하다. 개미들의 거북선이 갈대밭을 향해 돌진한다.

난쟁이개미들은 수련잎들 꼭대기에서 배가 다가오는 것을 보고 있다가, 불덩이의 빛과 열기에 경계심을 느끼며 사격 준비를 한다. 멀리, 개미산에 구멍이 뚫린 갈대로부터 24호의 구조 요청 페로몬이 날아오고 있다.

포위된 불개미들은 적들에 비해 수가 턱없이 부족해서 오래 버티기가 어려울 것이다. 갈대 아래에 떠 있는 무수한 시체들이 이전의 전투가 얼마나 치열했는지를 말해 주고 있다. 시체들은 어느 진영에 속하는지 더 이상 분간할 수 없을 만큼 물에 퉁퉁 불어 있다.

코르니게라섬의 불개미들은 이야기를 짓고 서로에게 들려주는 것만으로도 살 수 있다고 생각했다. 그러나 그것은 오산이었다. 이야기를 들려주고 듣는 것만으로는 부족하다. 중요한 것은 그 이야기들을 실제로 겪어 보는 것이다.

거북선의 조타실에서 103호와 열두 개미는 불덩이 때문에 애를 먹고 있다. 불은 멀리 떨어진 적에게 사용하기에는 그다지 실용적인 무기가 아니다. 난쟁이개미들이 포진하고 있는 수련들 쪽으로 그것을 쏘아 보내야겠는데, 그 방도가 마땅치 않다

그러나 끝없는 모색을 통해 이치를 따지고 문제를 해결하는 것이 개미들의 특성이 아니던가. 열세 개미는 저마다 자기 의견을 내놓는다. 6호는 물에 떠 있는 잎에 불덩이를 싣

고 물방개들로 하여금 그 잎을 적들이 있는 쪽으로 밀고 가게 하자고 제안한다. 그러나 물방개들은 불을 너무 무서워한다. 그들에겐 아직 불이 금기의 무기로 남아 있다. 그들은 불에 다가가기를 거부한다.

암개미 103호는 불을 아주 멀리 쏘아 보내는 손가락들의 기계 장치에 관해 기억을 더듬는다. 그들은 그것을 캐터펄트라고 부른다. 103호는 더듬이 끝으로 그 장치의 형태를 그려 보인다. 그러나 형태만 알아서는 아무 소용이 없다. 그런 장치에 놓아둔 불이 어떤 원리로 날아가는지를 이해해야 한다. 결국 그 장치는 단념할 수밖에 없다.

5호는 기다란 가지 끝에 불을 붙인 다음 그것을 창처럼 사용해서 수련에 닿게 하자는 방안을 내놓는다. 그 생각이 모두에게 받아들여졌다.

개미들은 물방개 추진기의 작동을 중단시키고, 되도록 긴 가지를 찾기 위해 주위를 살핀다. 마침 축 처져 물에 닿아 있는 잔가지들 중에 알맞은 것이 하나 있다. 그들은 그 잔가지를 배 위로 끌어올린다.

거북선이 적의 사정거리 안으로 들어가자 개미산이 비 오듯 쏟아진다. 열세 불개미는 위턱으로 잡고 있는 잔가지를 놓치지 않도록 주의하면서 바싹 엎드린다. 이제 때가 되었다. 그들은 잔가지 끝에 불을 붙여 번쩍 들어 올린다.

물방개들은 배 뒤로 하얀 물거품을 일으키며 더욱 빠르게 배를 밀어 댄다. 그 속도 때문에 배 위로 솟은 가지 끝의 불꽃이 기다란 깃발처럼 늘어난다.

14호는 더듬이를 잠망경처럼 내밀고 적의 위치를 정확히 포착한 다음, 불붙은 가지를 던져 보낼 방향을 동료들에게 알려 준다.

불꽃 창이 날아가 수련의 꽃잎에 닿았다. 수련에 물기가 많아서 금방 불이 붙지는 않았지만, 창이 닿을 때의 충격만으로도 꽃잎 위의 난쟁이개미들은 모두 몸의 균형을 잃고 물에 떨어졌다. 그 경우만 놓고 보자면, 불은 금기의 무기까지 사용할 태세가 되어 있는 불개미들의 결연한 의지를 보여 준 것 말고는 전혀 쓸모가 없었던 셈이다.

어쨌거나 그 공격이 성공하자, 적에게 포위된 불개미들도 사기를 되찾고 최후의 공격을 위해 남겨 두었던 개미산을 쏘아 난쟁이개미들의 진영에 적지 않은 타격을 주었다.

그러는 사이에, 암개미 103호는 불꽃 창을 제대로 다루는 방법을 터득해서 수련들에 차례차례 불을 지른다. 여기저기에서 연기가 피어오른다. 난쟁이개미들은 수련이 타는 냄새에 겁을 먹고 뭍 쪽으로 줄행랑을 놓는다. 다행스러운 일이다. 불꽃 창 역시 더 이상 다루기가 어려울 만큼 타 들어간 상황이기 때문이다. 불을 사용해서 적을 공격할 때는 그런 문제가 있다. 불은 공격을 받는 쪽은 물론이고 그것을 사용하는 쪽에도 마찬가지의 피해를 입힐 수 있다.

벨로캉 개미들은 백병전을 벌일 기회조차 갖지 못했다. 그동안 닦아 온 위턱 검술 실력을 유감없이 발휘할 기회였는데 말이다. 열세 개미 중에서 가장 호전적인 13호는 단지 한두 마리라도 그 오만불손한 난쟁이개미들을 베어 보지 못한 것을 못내 아쉬워했다.

암개미 103호는 불붙은 잔가지를 되도록 멀리 물에 던져 버리라고 신호를 보낸다.

그들은 적이 포위하고 있던 갈대 쪽으로 배를 몰고 간다.

24호가 제발 살아 있어야 할 텐데, 하고 103호는 생각한다.

104. 학교 앞 광장에서의 대치

문화원을 떠날 때 5백 명이었던 군중이 학교 앞 광장에 이르러서는 8백 명으로 불어났다.

그들의 행진은 어떤 요구를 관철시키기 위한 시위가 아니라 하나의 카니발이었다. 그것도 본래 의미 그대로의 진정한 카니발이었다.

중세 때만 해도 카니발은 분명한 의미를 지니고 있었다. 카니발이 열리는 날은 미치광이들의 날이었고, 백성들이 모든 억압에서 풀려나는 날이었다. 그날만큼은 모든 규율이 무시되어도 좋았다. 서슬 푸른 기병대장의 콧수염을 잡아당기거나 고을 관리들을 도랑에 밀어 버리는 것도 허용되었고, 남의 집 문을 두드려 누구든 나오면 그의 얼굴에 밀가루를 뿌릴 수도 있었다. 그날, 사람들은 짚으로 만든 커다란 인형을 태웠다. 그 카니발 인형은 바로 모든 권위의 상징이었다. 백성들이 그렇게 억눌린 감정을 표출하는 것은 사회학적으로 필요 불가결했다.

그런데, 오늘날의 카니발은 그 참된 의미가 잊힌 채, 그저 상인들을 위한 날이 되어 버렸다. 크리스마스나 밸런타인데이, 어머니날, 아버지날, 할머니날 따위가 그렇듯이 카니발은 이제 소비를 조장하기 위한 축제에 지나지 않는다.

거기에 모인 젊은이들에게는 물론이고 노인들에게도 축제에 대한 욕망과 반항심과 욕구 불만을 마음껏 표출할 수 있는 기회가 주어진 것은 생전 처음이었다. 이제껏 자기표현의 욕망을 억누르기만 했던 사람들이 갑자기 고삐에서 풀려나 한바탕의 흐드러진 춤판을 벌이고 있는 거였다.

록 음악의 애호가들과 구경꾼들은 시끌벅적한 긴 행렬을 이루며 계속 나아갔다. 그들이 학교 앞 광장에 다다르자, 경찰 기동대의 버스 여섯 대가 나타나서 도로를 봉쇄했다.

시위대와 경찰은 다 같이 멈춰 서서 서로를 톺아보았다.

경찰의 선두에는 팔 위쪽에 완장을 찬 막시밀리앙 리나르 경정이 있었다. 그가 확성기에 대고 소리쳤다.

「여러분, 해산하십시오.」

「우리는 남에게 해가 될 일을 하고 있지 않습니다.」

쥘리는 확성기도 없이 그렇게 맞받았다.

「여러분은 공공질서를 어지럽히고 있습니다. 밤 10시가 넘었습니다. 여러분은 야간에 소음을 내서 주민들의 안면을 방해하고 있습니다.」

「우리가 원하는 건 단지 학교에서 축제를 벌이는 것입니다.」

「야간에는 학교를 개방하지 않습니다. 사전 허가 없이는 학교 안으로 들어갈 수 없습니다. 여러분의 소란은 더 이상 용납될 수 없습니다. 당장 해산해서 각자 집으로 돌아가십시오. 다시 한번 말씀드리지만, 시민들의 잠잘 권리를 침해하지 마십시오.」

쥘리는 잠시 머뭇거리다가 이내 마음을 다잡고 자기가 맡은 파시오나리아의 역할을 계속 밀고 나갔다.

「우리는 사람들이 잠자기를 바라지 않습니다. 우리는 모든 사람들이 잠에서 깨어나기를 바랍니다.」

「너, 쥘리 팽송이구나? 어서 집으로 돌아가라. 어머니가 걱정하시겠다.」

「저는 자유롭습니다. 우리 모두가 자유롭습니다. 그 무엇도 우리를 막지 못합니다. 자, 나아갑니다, 우리의 혁…….」

뒷말이 나오지 않았다. 처음엔 약하게, 그러다 한결 자신감 있게 그녀가 다시 또박또박 말했다.

「자, 나아갑시다. 우리의 혁명을 위해.」

군중 속에서 환호성이 터져 나왔다. 모두가 축제를 벌일 준비가 되어 있었다. 비록 경찰이 나타나서 위험해질 염려가 있긴 했지만, 어쨌거나 그것은 하나의 축제일 뿐이었다. 쥘리가 요구하지 않았는데도, 군중은 주먹을 치켜들고 그들의 찬가가 된 콘서트의 주제곡을 불렀다.

때가 되었다. 이젠 끝내야 한다.

우리의 오감을 활짝 열자.

신새벽의 새로운 바람이 불어온다.

군중은 팔을 벌려 손에 손을 잡고 자기들의 수를 과시하며 광장을 가득 채우고는 학교 정문 쪽으로 서서히 나아갔다.

막시밀리앵은 부하 경찰관들과 대책을 논의했다. 더 이상 협상의 여지가 없었다. 지사의 명령은 분명했다. 공공질서를 바로 세우기 위해서는 소요자들을 당장 해산시켜야 했다. 그는 순대 전술을 사용하자고 제안했다. 순대 전술이란, 순대의 한가운데를 잡고 누르면 양끝으로 순대의 소가 빠져나가듯이, 중앙을 치고 들어가서 시위대를 양쪽으로 흩어지게 하는 것이었다.

한편, 시위대 쪽에서도 쥘리와 일곱 난쟁이들이 모여 이후의 대책에 관하여 토론을 벌였다. 그들은 여덟 개의 자치적인 조를 편성하고, 그들 여덟 명이 각 조의 조장을 맡기로 했다.

「우리끼리 서로 연락을 할 수 있어야 해.」

다비드의 말에 따라, 그들은 주위에 모여 있는 사람들에게 휴대용 전화기가 있으면 자기들에게 빌려 달라고 부탁했다. 그들이 필요로 하는 것은 여덟 대였는데, 사람들은 그보다 더 많은 것을 모아 주었다. 콘서트에 오면서도 전화기를 떼어 놓을 수 없었던 사람들이 꽤 있었던 모양이다.

「우리는 꽃양배추 전법을 사용하자.」

쥘리는 그렇게 말하고 주위를 둘러보며 자기가 즉흥적으로 지어낸 그 전술을 설명했다.

시위대는 계속 앞으로 나아갔다. 경찰관들은 순대 전술을 실행에 옮기려고 시위대 정면으로 다가서다가, 깜짝 놀라고 말았다. 시위대가 아무런 저항을 보이지 않고, 꽃양배추가 갈라지듯 뿔뿔이 흩어졌기 때문이었다. 그것이 바로 쥘리가 생각해 낸 전술이었다.

밀집 대형을 이루고 있던 경찰들 역시 시위대를 따라 가느라고 이리저리 분산되었다.

막시밀리앵이 확성기에 대고 명령했다.

「흩어지지 말고 대오를 유지해! 학교를 지키라고.」

기동대원들은 위험을 알아차리고 광장 한가운데에서 다시 대열을 정비했다. 그동안에 시위대는 자기들의 작전을 계속 밀고 나갔다.

쥘리와 합기도 클럽의 학생들은 기동대원들로부터 가장

가까운 곳에 있었다. 그녀들은 그들에게 함박웃음을 지어 보이며 그들의 볼에 도발적인 입맞춤을 선사했다.

「저 주동자를 붙잡아!」

경정이 쥘리를 가리키며 명령했다. 한 무리의 기동대원들이 즉시 쥘리와 그녀를 호위하고 있는 아마존들 쪽으로 달려갔다. 그것은 바로 쥘리가 바라던 바였다. 쥘리는 주위의 사람들에게 무리를 지어 달아나라고 이른 다음 전화기로 알렸다.

「됐어. 고양이들이 생쥐들을 쫓아오고 있어.」

경찰관들을 더욱 곤혹스럽게 만들기 위해, 아마존들은 자기들의 티셔츠를 찢고 요염한 매력을 조금 보여 주었다. 전운과 여성의 향취가 함께 감도는 기이한 분위기였다.

105. 백과사전

앨린스키 병법

히피 선동가이자 미국 최대 노동조합의 창립자인 솔 앨린스키는 한때 고고학을 전공하던 학생이었고, 알 카포네 밑에서 갱 노릇을 하기도 했던 다채로운 이력을 가진 사람이다. 그가 1970년에 어떤 지침서 한 권을 출판했는데, 그 책에는 생존 경쟁에서 살아남는 데 필요한 열 가지 전술 법칙이 다음과 같이 기술되어 있다.

1) 힘이란 당신이 지닌 것이 아니라, 당신이 지니고 있다고 주위 사람들이 믿고 있는 것이다.

2) 당신의 적이 자기 경험을 발휘할 수 있는 싸움터를 벗어나, 적이 어떻게 행동해야 할지 갈피를 잡지 못하는 새로운 전장(戰場)을 창안하라.

3) 적의 무기로 적을 쳐부수고, 적의 전술 지침에 나오는 요소들을 이용하여 적을 공격하라.

4) 말로 대적할 때는 익살이 가장 효율적인 무기다. 상대를 우스꽝스럽게 만들거나, 더 나아가서 상대방 혼자 우스꽝스러운 짓을 하도록 이끌 수 있으면, 상대가 당신에게 다시 도전하기는 어려워진다.

5) 어떤 전술을 상투적으로 사용해서는 안 된다. 특히 잘 통하는 전술일수록 자주 사용하는 것을 피해야 한다. 어떤 전술을 반복 사용해서 그 효과와 한계를 알게 되었으면, 하다못해 정반대의 전술을 채택해서라도 그것을 계속 사용하지 말아야 한다.

6) 적이 수세에서 벗어나지 못하게 해야 한다. 적으로 하여금 마음 놓고 휴식을 취하면서 전력을 재정비하겠다는 생각을 갖게 해서는 안 된다. 시의적절한 외적 요소들을 모두 사용하여 적에게 계속 압박을 가해야 한다.

7) 실행에 옮길 수 없으면, 허세를 부리지 말아야 한다. 허장성세는 적에 대한 억제력을 모두 상실하게 만든다.

8) 겉으로 보이는 단점은 가장 훌륭한 장점이 될 수 있다. 자기의 특성 하나하나를 약점이 아니라 강점으로 받아들여야 한다.

9) 목표를 하나로 집중시켜야 하고 전투 중에는 그것을 바꾸지 말아야 한다. 목표는 가능한 한 가장 작고, 가장 뚜렷하고, 가장 상징적이어야 한다.

10) 승리를 거두었을 때는 그 승리를 자기 것으로 받아들이고 승자의 몫을 차지할 수 있어야 한다. 새로 선출된 지도자는 낡은 정책을 대체할 새로운 정책을 준비하고 있어야 한다. 그렇지 않으면 권력을 장악한 것은 아무 소용이 없다.

에드몽 웰스, 『상대적이며 절대적인 지식의 백과사전』 제3권

불과 개미산 사격의 피해를 모면한 수련 위에서 두 무리가 합류한다. 해방된 개미들과 해방시킨 개미들이 입에 입을 맞대고 영양 교환에 들어간다. 어둠과 추위 때문에 몸에 마비가 오기 시작하자, 그들은 남아 있는 불씨로 몸을 데우고 어둠을 밝힌다.

24호는 무사하다.

암개미 103호는 옛 원정의 동반자였던 그에게 천천히 다가간다.

그들은 수련의 노란 꽃술 한가운데에 있다. 그들 뒤로 오렌지빛 불씨의 빛과 온기가 반투명한 꽃잎을 통해 은은히 스며들고 있다.

암개미 103호는 단물을 더 나누어 주려고 옛 친구를 껴안고 입을 맞춘다. 24호는 영양 교환을 받아들이겠다는 뜻으로 수줍게 더듬이를 뒤로 젖힌 다음, 갈무리 주머니 속에 반쯤 삭은 채 저장되어 있던 먹이를 달게 받아 먹는다.

24호는 많이 변했다. 단지 최근의 전투 때문에 지쳐 보이는 정도가 아니라, 그의 모습 자체가 달라져 있다. 자태로 보나 냄새로 보나 옛날의 그가 아니다. 작은 이상주의적 공동체 속에서의 삶이 그를 그렇게 다른 개미로 만들어 버린 모양이다.

24호는 그 변화의 곡절을 설명하려다가, 군이 그럴 것 없이 더듬이를 맞대고 완전 소통을 하자고 제의한다. 하긴, 서로의 정보를 교환함에 있어 그보다 더 간단한 방법은 없다.

암개미 103호로서는 반대할 까닭이 없다. 서로의 뇌를 접속하면 둘의 대화가 비길 데 없는 밀도와 심도와 속도를 지니게 될 것이기 때문이다. 두 개미는 더듬이를 천천히 접근시키고 마치 완전 소통을 하려면 어떻게 해야 하는지를 잊어버리기라도 한 것처럼 잠시 서로를 더듬으며 뜸을 들인다.

드디어 그들의 네 더듬이가 둘씩 달라붙었다. 한쪽의 생각이 직접 다른 쪽의 생각과 연결되기 시작한다.

암개미 103호는 자기가 생각했던 것보다 24호가 훨씬 많이 변했음을 깨닫는다. 무엇보다 놀라운 것은…… 그도 성을 갖게 되었다는 것이다. 24호가 설명하기를, 재미있는 이야기에 대한 열정이 너무나 강했던 나머지 더욱 예민한 감수성을 향유하고 싶은 욕구가 생기더라는 것이다. 그래서 그는 말벌 둥지를 찾아 나섰고, 마침내 어떤 맵시벌의 둥지 안에 들어가 로열 젤리를 얻게 되었다고 한다.

그가 왜 암컷이 아니고 수컷의 성을 갖게 되었는지는 분명치 않다. 그것은 온도 때문일 수도 있고, 그 호르몬 칵테일을 동화하는 방식에 기인한 것일 수도 있다.

어쨌거나 24호는 이제 수컷이다.

《나만 변한 게 아니라 너 역시 변했다. 네 더듬이가 예전과는 다른 냄새를 발산하고 있다. 혹시…….》

암개미는 그의 물음이 나오기도 전에 지레 설명을 해준다.

《나 역시 말벌의 로열 젤리 덕분에 성을 갖게 되었다. 나는 이제 암컷이다.》

두 개미는 어찌할 바를 몰라 하며 더듬이의 움직임을 멈춘다. 참으로 기이한 인연이다. 헤어질 때만 해도 둘 다 수명이 3년밖에 안 되는 평범한 중성의 병정개미였는데, 말벌들의 신비한 물질 덕에 이제 개미 사회의 왕자와 공주로 격이 높아져 자기들의 유전 인자를 후세에 전할 수 있게 되었으니 말이다.

더 깊이 생각할 겨를도 없이 두 개미는 다시 입을 맞추고 영양 교환에 들어간다. 아까보다 더욱더 깊고 살가운 입맞춤이다.

수개미 24호는 암개미 103호가 준 영양물을 반대쪽으로 되보내고, 암개미는 그것을 되올려 다시 건네준다.

어떤 영양물은 벌써 세 차례나 한쪽 갈무리 주머니에서 다른 쪽으로 왔다 갔다 했다. 그러나 갈무리 주머니의 내용물을 교환하는 것이 너무나 좋아서 그들의 입맞춤은 한동안 계속된다. 그만큼 영양 교환은 서로를 안심시키고 서로에게 힘을 준다.

동료들은 각자의 모험담을 주고받느라고 여념이 없는데, 암컷과 수컷으로 변신한 두 개미는 수련꽃의 수술 사이에 따로 떨어져 있다.

암개미 103호는 자기가 손가락들에 대해 알게 된 것을 서둘러 전해 준다. 암개미는 텔레비전이며 손가락들과 대화하는 기계, 그들의 갖가지 발명, 그들의 불안 등 모든 것에 대해 설명한다.

두 생식 개미의 생각이 서로 교접하는 문제에 미쳤다. 암수가 만나 짝짓기를 생각하는 것은 당연한 일이다.

그런데 103호가 멈칫거리며 뒤로 물러선다.

《나를 수컷으로 받아들이고 싶지 않니?》

아니, 그런 뜻이 아니다. 둘은 너무나 잘 알고 있다. 곤충의 사회에서 수컷은 사랑의 행위가 끝나고 나면 죽는다는 것을. 손가락들의 로맨티시즘에 물들어 타락한 탓인지는 모르지만, 103호는 자기 친구 24호가 죽는 것을 원치 않는다. 그가 보기에는 친구의 생존이 교미보다 더 중요하다.

103호의 생각을 받아들여, 그들은 서로 교접하는 것에 대해서는 더 이상 생각하지 않기로 결정한다.

어둠이 짙어지고 있다. 코르니게라 공동체의 개미들과 거북선의 개미들은 비어 있는 뱀굴에 들어가 잠을 잔다. 날이 밝으면 다시 먼 길을 떠나야 한다.

107. 백과사전

아담파의 유토피아

1420년에 보헤미아에서 교회의 개혁과 독일 영주들의 퇴진을 요구하는 후스파 신자들의 반란이 일어났다. 그들은 신교의 선구자였다.

그들 중에서 급진적인 한 집단이 떨어져 나왔다. 아담파 신자들이었다. 그들은 그들의 교회뿐만 아니라 사회 전체에 대해 이의를 제기했다. 그들이 보기에, 신에게 다가가는 가장 훌륭한 방법은 원죄를 짓기 전의 아담과 똑같은 조건에서 사는 것이었다.

그들은 프라하에서 멀지 않은 블타바강 한복판의 섬에 자리를 잡고, 나체 공동체를 만들었다. 그들은 모든 재산을 공유화하고 아담이 죄를 짓기 전에 살았던 지상 낙원의 삶을 되찾으려고 노력했다.

모든 사회 제도가 철폐되었다. 화폐, 귀족 계급, 정부, 군인, 자산 계급, 유산 상속 따위는 더 이상 존재하지 않았다.

그들은 경작을 삼가고 야생 열매와 채소만을 먹는 채식 생활을 했다. 교회도 성직자도 필요치 않았다. 그들은 신에게 직접 예배를 드리며 살았다.

그러한 급진주의를 탐탁지 않게 여기던 후스파 신자들은 그들의 지나친 행동을 더 이상 묵과할 수 없었다. 신에 대한 예배를 간소하게 하는 건 있을 수 있는 일이지만, 아담파의 경우는 정도가 너무 심하다고 그들은 생각했다. 후스파 신자들은 블타바강에 있는 섬을 포위하고, 때를 잘못 만난 그 히피들을 마지막 한 사람까지 학살하였다.

에드몽 웰스, 『상대적이며 절대적인 지식의 백과사전』 제3권

108. 물과 전화기를 무기로

기동대원들이 쥘리와 아마존들을 뒤쫓고 있는 동안에, 시위대의 다른 조들은 각각 한 난쟁이의 인솔을 받아 가며 샛길로 빙 둘러 가서 학교 후문 앞에 다시 모였다. 그곳엔 경찰이 전혀 보이지 않았다.

후문을 여는 데는 아무런 어려움이 없었다. 교장이 연습의 편의를 위해 지웅에게 맡긴 열쇠가 있기 때문이었다. 지웅은 열쇠를 꺼내어, 화재를 막기 위해 거죽에 새로 쇠를 씌운 문을 열었다. 군중은 되도록 소리를 내지 않으려고 조심하면서 학교 안으로 몰려 들어갔다. 막시밀리앵이 전술을 숙고하고 있는데, 학교 정문의 철책 사이로 재미있어서 어쩔줄 모르는 얼굴들이 나타났다. 아뿔싸, 너무 늦었다.

그가 확성기에 대고 소리쳤다.

「그자들이 뒷문으로 들어간다!」

기동대원들은 쥘리와 그녀를 따르는 사람들을 그대로 두고 갑자기 방향을 틀어 후문 쪽으로 달려갔다. 그러나 7백 명이 넘는 사람들이 어느새 학교 안으로 다 들어가고 지웅이 문의 견고한 자물쇠를 다시 잠가 버린 뒤였다. 그 두꺼운 철갑문을 상대로는 무엇을 어찌해 볼 도리가 없었다.

「2단계 완료.」

다비드가 전화기로 연락을 보내 왔다.

그러자 쥘리네 조는 경찰이 방치한 정문 앞으로 다시 모였다. 다비드가 나와서 문을 열어 주자, 쥘리가 이끄는 1백여 명의 새로운 〈동지들〉이 먼저 들어온 사람들과 합류하였다.

「그자들이 앞문으로 들어간다. 다들 돌아와!」

막시밀리앵이 기동대원들에게 명령했다.

기동대원들은 헬멧을 쓰고 방탄조끼를 입고 무거운 군화를 신은 채, 방패며 척탄통 따위의 장비까지 들고 이리 뛰고 저리 달리고 한 탓에 완전히 지쳐 있었다. 게다가 학교가 제법 넓어서 정문까지 제때에 달려올 수가 없었다.

그들이 정문 앞에 다다랐을 때는 이미 문이 다시 닫혀 있었고, 문 뒤에서는 아마존들이 여전히 장난기 어린 추파를 던지며 그들을 놀리고 있었다.

「대장님, 그들이 모두 안으로 들어갔습니다. 게다가 바리케이드까지 치고 있습니다.」

그렇게 해서 8백여 명의 사람들이 학교를 점거하게 되었다. 쥘리는 그 결과가 만족스러웠다. 양동 작전(陽動作戰)으로 상대편을 지치게 만들었을 뿐 아무런 충돌도 없이 그 쾌거를 이루었다는 점에서 더욱 만족스러웠다.

막시밀리앵은 시위대가 그런 게릴라 전술을 구사하는 것을 일찍이 경험한 바가 없었다. 그가 접해 본 군중은 언제나 앞으로 나아가는 것만을 능사로 아는 오합지졸이었다. 그런데, 시위자들이 어떤 정당이나 노동조합의 지휘를 받는 것도 아니면서 그렇게 조직적으로 움직일 수 있다는 사실에 막시밀리앵은 놀라움과 불안을 느꼈다.

어느 편에든 부상자가 생기지 않은 것은 다행한 일이지만,

그 사실조차 통상적인 경우와는 달라서 이래저래 그의 마음은 영 개운치가 않았다. 그런 식으로 경찰과 시위대가 맞닥뜨리면 이쪽저쪽 해서 적어도 서너 명의 부상자는 생기는 게 보통이었다. 하다못해 뛰어가다 넘어진다든가 발목을 접질리는 자들이라도 있게 마련이었다. 그런데, 시위대 8백 명과 기동대원 3백 명이 대치한 상황에서 아무런 불상사도 생기지 않았다는 것은 뭔가 정상이 아니었다.

막시밀리앵은 기동대 병력의 반은 정문 쪽에 나머지 반은 후문 쪽에 배치한 다음, 뒤페롱 지사에게 전화를 걸어 상황을 보고하였다. 지사는 물의를 일으키지 말고 농성자들을 학교에서 쫓아내라고 지시했다. 지사는 현장에 혹시 기자들이 와 있는지를 확인하고 싶어 했다. 막시밀리앵은 아직 언론에서 나온 사람은 아무도 없다고 알려 주었다.

뒤페롱 지사는 그제야 마음을 놓으면서, 신속하게 일을 처리하되 될 수 있으면 폭력을 사용하지 말라고 당부했다. 대통령 선거가 몇 달 앞으로 다가와 있는 데다가 시위자들 가운데에는 틀림없이 퐁텐블로시 유지들의 자녀도 있을 것이기 때문에 사건이 커지면 곤란하다는 거였다.

막시밀리앵은 참모들을 불러 모으고, 진작 그 일부터 했어야 했는데 그러지 못했다고 후회하면서 먼저 학교의 도면을 구해 오라고 지시했다.

「철책문 사이로 최루탄을 밀어 넣어. 굴속의 여우를 몰아내듯이 연기를 피워 대면 제까짓 것들이 안 나오고는 못 배길 게야.」

아닌 게 아니라 농성자들은 눈물을 질질 흘리고 콜록콜록 기침을 하면서 금세 기세가 꺾였다.

레오폴이 의견을 내놓았다.

「철책문에 우리의 약점이 있어. 그곳을 통해 저들이 공격해 오는 것을 막으면 돼. 토요일이라 기숙사에 학생들이 없으니까 공동 침실에 있는 담요를 가져다가 차폐물로 사용하면 될 거야.」

말이 떨어지기가 무섭게 일이 실행에 옮겨졌다. 합기도 클럽의 학생들은 가스를 맡지 않기 위해 젖은 손수건을 코에 대고, 최루탄이 머리에 떨어지는 것을 막기 위해 둥그런 쓰레기통 뚜껑을 방패로 삼은 채, 수위실에서 찾아낸 철사를 이용해서 담요들을 철책문에 붙들어 맸다.

그러고 나자, 경찰관들은 더 이상 학교 안에서 무슨 일이 벌어지는지를 볼 수 없게 되었다. 막시밀리앵은 다시 확성기를 들고 소리쳤다.

「여러분은 그 건물을 점거할 권리가 없습니다. 그곳은 공공장소입니다. 그곳에서 당장 나가 주십시오.」

쥘리가 되받았다.

「우리는 여기에 있을 겁니다.」

「여러분은 완전히 불법적인 행동을 하고 있습니다.」

「그러면 어디 우리를 쫓아내 보세요.」

광장에서 막시밀리앵과 참모들 사이에 밀담이 오고 가더니, 기동대 버스들이 후진하고 기동대원들이 광장에 이웃해 있는 거리로 물러났다.

「경찰이 그냥 철수하는 것 같은데.」

경찰의 움직임을 살피고 있던 프랑신이 말했다. 나르시스는 후문 쪽에서도 경찰이 철수하고 있다고 알려 왔다.

「아마도 우리가 이긴 것 같아.」

말은 그렇게 했으나, 쥘리의 얼굴에는 믿어지지 않는다는 듯한 표정이 역력했다. 레오폴이 말했다.

「승리를 외치기엔 아직 일러. 조금 더 두고 보자고. 양동 작전인지도 모르니까 말이야.」

그들은 가로등 불빛에 환히 드러난 텅 빈 광장을 살피며 기다렸다.

나바로족의 후예답게 눈이 밝은 레오폴이 마침내 경찰의 움직임을 알아챘다. 곧 한 무리의 기동대원들이 철책문으로 단호하게 걸어오고 있는 광경이 모두의 눈에 들어왔다.

「경찰이 공격해 오고 있다. 정문으로 치고 들어올 모양이야!」

대책이 필요했다. 어서 무슨 수를 써야 했다. 경찰이 철책문에 아주 가까이 왔을 때, 조에가 해결책을 생각해 냈다. 그녀는 자기 생각을 친구들과 몇몇 아마존에게 알렸다.

기동대원들이 몰려와서 철책문의 금속 자물쇠를 부수려고 할 때, 화재에 대비해 최근에 새로 설치한 소방 호스로 물을 뿜자는 것이 조에의 생각이었다.

「발사!」

쥘리의 구령이 떨어지자 아마존들이 소방 호스를 작동시켰다. 압력이 너무 세서 그 물대포 하나를 들고 방향을 가누기 위해 서너 명의 아마존들이 달라붙어야 했다.

기동대원들과 경찰견들이 광장에 널브러졌다.

「정지!」

그러나 기동대원들은 멀찌감치 물러서서 대오를 정비한 다음, 새롭게 공격할 채비를 했다. 이번 공격은 막아 내기가 그리 녹록지 않을 것 같았다.

「신호를 기다려.」

쥘리가 말했다.

기동대원들은 소방 호스의 물이 닿을 수 없는 사각지대를 따라서 구보로 돌진해 왔다. 그들이 곤봉을 치켜들고 철책문에 다다랐다.

「됐어, 지금이야.」

소방 호스는 이번에도 한몫을 톡톡히 했다. 아마존들 사이에서 승리의 환호가 일었다.

막시밀리앵은 다시 뒤페롱 지사의 전화를 받았다. 지사는 상황이 어떻게 진전되었는지를 물었다. 경정은 시위대가 여전히 학교를 점거한 채 공권력에 저항하고 있다고 대답했다.

「그럼, 더 이상 공격은 하지 말고 학교를 잘 포위하게. 그 소요가 학교 밖으로 번지지만 않으면 별로 문제 될 게 없으니까. 어떤 일이 있어도 사태가 확산되는 건 막아야 해.」

경찰의 공격이 중단되었다.

쥘리는 사람들에게 다음과 같은 행동 지침을 주지시켰다. 〈폭력은 일체 사용하지 말 것. 기물을 파손하지 말 것. 여론의 비난을 살 만한 행동을 삼갈 것.〉 역사 선생의 말에 반박하기 위해서라도 쥘리는 폭력 없는 혁명이 정말로 이루어질 수 있다는 것을 확인하고 싶었다.

109. 백과사전

라블레의 유토피아

1534년 프랑수아 라블레[55]는 『가르강튀아』에 묘사한 텔렘 수도원을

55 François Rabelais(1483?~1553). 프랑스의 작가. 소년기와 청소년기를

통해 자기가 생각하는 유토피아를 제시했다.

거기에는 통치 기구가 없다. 〈자기 자신도 다스릴 줄 모르거늘, 어찌 남을 다스릴 수 있으리오〉 하는 것이 라블레의 생각이다. 통치하는 자가 없으므로 수도원의 공동 생활자들은 〈자기가 바라는 바에 따라〉 행동한다. 텔렘 수도원이 효율적으로 운영되는 까닭은 거주자들을 선별해서 받아들이기 때문이다. 혈통 좋고 정신이 자유롭고 교양 있고 고결하고 아름다운 선남선녀들만이 그곳에 들어갈 수 있다. 여자들은 열 살, 남자들은 열두 살 때 들어간다.

각자 하고 싶은 일들을 하면서 하루를 보낸다. 일할 마음이 나면 일을 하고, 그렇지 않으면 쉬고, 마시고, 놀고, 사랑을 나눈다. 시계가 없으므로 시간의 흐름은 잊고 산다. 일어나고 싶을 때 일어나고 먹고 싶을 때 먹는다.

다만 소요, 폭력, 분쟁 따위는 허용되지 않는다. 힘겨운 일은 수도원 밖에 사는 종복들과 장인들이 맡는다.

수도원은 루아르강 근처의 포르위오 숲에 있다. 방은 9,332개이며 성벽은 없다. 〈성벽은 음모의 온상이기 때문이다.〉 수도원의 전체적인 모습은 하나의 성과 같다. 지름이 60보쯤 되는 둥근 망루도 여섯 채가 있

수도원에서 보내며 철학과 신학을 공부하는 한편, 당시에 이단으로 취급되던 그리스어를 비롯한 여러 언어를 독습하였다. 수도원을 나온 뒤, 고대 문화를 전범으로 삼는 인본주의자로서 의학을 비롯한 여러 과학을 연구하였다. 의사와 해부학 교수로 명성을 떨쳤으며 뫼동의 주임 신부를 역임하기도 했다. 〈전무 후무한 프랑스 산문의 마술사〉라는 칭호를 안겨 준 『팡타그뤼엘』(1532)과 『가르강튀아』(1532) 등의 장엄하면서도 익살스러운 5부작 소설을 통해, 고대 그리스·로마의 인본주의자들의 학문과 도덕에 관한 열렬한 애정과 정치와 교육에 대한 열망을 대변하고, 자연에 순응하며 육체와 정신의 균형 속에서 사는 행복을 찬미하였다. 온갖 수준의 프랑스어를 자유자재로 구사하면서, 풍자적인 사실주의와 상징주의, 가장 전문적인 과학 지식과 가장 방자한 해학을 하나로 융합하였다.

다. 각 망루의 높이는 6층 건물에 해당한다. 하수도는 강으로 연결되어 있다. 도서관이 여러 곳에 있고, 중앙에는 연못이 있으며, 미로 모양의 포도(鋪道)를 갖춘 공원도 있다.

그러나 라블레는 어수룩한 사람이 아니었다. 그는 자기 이상향이 언젠가는 하찮은 것을 얻기 위한 터무니없는 주장과 선동과 불화 때문에 붕괴되고 말 것임을 내다보고 있었다.

에드몽 웰스, 『상대적이며 절대적인 지식의 백과사전』 제3권

110. 아름다운 밤

103호는 잠을 이루지 못한다.

생식 개미가 된 뒤로 시작된 불면증이 또 찾아오고 있다. 평범한 중성 개미 시절에는 다른 건 몰라도 잠자는 데는 아무런 어려움이 없었다.

암개미는 더듬이를 세운다. 붉은 빛이 느껴진다. 그의 잠을 깨운 것이 바로 그 빛이다. 그것은 아침놀이 아니라, 그들이 은신처로 삼고 있는 뱀굴 안에서 나오는 빛이다.

암개미는 빛이 비쳐 오는 쪽으로 다가간다.

몇몇 개미들이 불덩이를 둘러싸고 있다. 그들에게 승리를 가져온 바로 그 불덩이다. 불을 처음으로 경험해 본 그들인지라 잠자는 걸 잊을 만큼 불에 매료되는 건 당연하다.

불을 꺼버리는 게 좋겠다고 주장하는 개미가 하나 있다. 암개미 103호는 그들의 대화에 끼어들어 점잖게 타이른다.

《불을 꺼버리는 것만이 능사는 아니다. 좋든 싫든 간에, 우리는 피할 수 없는 선택의 기로에 서 있다. 위험이 따르더라도 기술을 사용할 것인가, 아니면 무지 속에서 마음 편하게

살 것인가, 둘 중의 하나를 선택해야 한다.》

7호가 다가온다. 그의 흥미를 끄는 것은 불이 아니라 불꽃이 굴의 벽에 만들어 내는 개미들의 그림자다. 그는 그림자들과 대화를 나누어 보려고 하다가, 그것이 불가능하다는 것을 확인하고는 103호에게 그 까닭을 묻는다. 103호는 이렇게 대답한다.

《그 현상도 불이 지닌 마력의 하나다. 불은 우리에게 검은 빛깔의 분신을 만들어 준다. 그 분신들은 저렇게 벽에 달라붙어 있을 수 있다.》

《그럼 저 검은 분신들은 무얼 먹고 사는가?》

《저들은 아무것도 먹지 않는다. 냄새도 발하지 않고 우리의 몸짓을 그대로 흉내 낼 뿐이다. 그것에 대해서는 나중에 시간을 내어 이야기하기로 하고 우선 잠을 자기로 하자. 내일 다시 먼 길을 떠나자면 기운을 보충해 놓아야 한다.》

그러나 수개미 24호는 졸음을 느끼지 않는다. 추위 때문에 어쩔 수 없이 휴면에 들어가지 않아도 되는 밤을 처음으로 맞고 있는 그로서는 그 시간을 더 즐기고 싶은 것이다.

그는 사위지 않고 여전히 숨을 쉬고 있는 불그스름한 불덩이를 물끄러미 바라보다가, 손가락들에 관한 이야기를 더 해 달라고 103호에게 부탁한다.

111. 가동되는 혁명

손가락들이 화톳불을 피우기 위해 땔나무를 찾고 있었다.

그들은 학교 정원사가 쓰는 낡은 창고에서 나무를 찾아내어 잔디밭 한가운데로 날랐다. 거기에 불을 피우고 그 주위에서 춤을 추려는 것이었다.

장작이 다 쌓이자 몇몇 젊은이들이 종이를 가져왔다. 그러나 나무에 불을 붙이기는 쉽지 않았다. 종이가 너무 빨리 타버리는 데다, 겨우 생긴 불씨마저 바람이 꺼버리기 때문이었다. 경찰 기동대를 물리칠 만큼 용감한 그들이었지만 불을 피우는 데는 다들 손방이었다.

쥘리는 혹시 불을 어떻게 피우는가에 관한 설명이 없을까 하고 『백과사전』을 뒤적였다. 그 책엔 목차도 색인도 없었기 때문에, 쥘리는 어디쯤 그것이 나올지 알 수가 없었다. 『상대적이며 절대적인 지식의 백과사전』은 독자가 던지는 질문에 반드시 대답해 주는 사전이 아니었다.

마침내 레오폴이 그녀를 도우러 왔다.

「밑불이 꺼지지 않게 바람을 막아 주고, 밑으로 공기가 통하게끔 돌 세 개를 놓아서 장작을 받쳐 주어야 해.」

그러나 불은 한사코 옮겨붙기를 거부했다. 그러자, 쥘리는 이번엔 어떻게든 결판을 짓고 말겠다는 심정으로 화학실로 갔다. 몰로토프 칵테일을 만드는 데 필요한 재료들을 구하기 위해서였다. 쥘리는 다시 잔디밭으로 돌아와 자기가 급조한 몰로토프 칵테일을 장작더미 위에 던졌다. 비로소 불이 제대로 옮겨붙었다. 〈확실히 세상에 쉬운 일은 없어〉 하면서 쥘리는 한숨을 내쉬었다.

화톳불이 교정 안을 오렌지빛으로 물들이자 일제히 환호성이 터져 나왔다.

시위자들은 중앙의 깃대에서 〈이성은 지성에서 태어난다〉라는 교훈이 새겨진 깃발을 끌어내린 다음, 그 깃발의 양면에 콘서트의 상징인 개미 세 마리가 들어 있는 원을 붙여

서 다시 게양하였다.

한마디 연설이 필요한 시점이 되었다. 2층 교장실의 발코니가 연단으로 아주 제격이었다. 쥘리는 거기로 올라가서 교정에 모인 군중을 향해 말했다.

「이제부터 이 학교는 오로지 기쁨과 음악과 축제를 열망하는 사람들을 위한 공간이 될 것임을 엄숙히 선언합니다. 우리는 시간이 허락할 때까지 이곳에서 어떤 유토피아적인 공동체의 삶을 경험하게 될 것입니다. 그 공동체의 목표는 우리 자신을 비롯하여 사람들을 더욱 행복하게 만드는 것입니다.」

찬동의 박수갈채가 쏟아졌다.

「이제부터 여러분이 좋아하는 일을 하시되, 아무것도 파괴하지는 마십시오. 우리는 여기에 오랜 시간 머물게 될지도 모릅니다. 그런 경우를 생각하면, 시설들을 훼손하지 말고 온전하게 활용하는 편이 나을 것입니다. 용변을 보실 분은 교정 안쪽의 우측에 있는 화장실을 사용하십시오. 혹시 쉬고 싶은 분이 계시면, B동의 4, 5, 6층에 있는 기숙사의 공동 침실로 가시기 바랍니다. 다른 분들은 곧바로 축제에 들어가시기를 제안합니다. 우리 모두 아주 흐드러진 노래판과 춤판을 벌여 봅시다.」

쥘리와 일곱 연주자들은 피곤하기도 하고 앞으로의 대책을 논의할 필요도 있고 해서, 연습실에 있는 자기들의 악기를 네 명의 젊은이에게 맡겼다. 그들은 아주 기뻐하며 악기를 맡았다. 그들의 음악은 록보다는 살사에 가까웠지만 그런대로 상황에 아주 잘 어울렸다.

〈개미들〉은 시원한 것을 마시러 음료 자판기가 있는 카페테리아 근처로 갔다.

쥘리가 숨을 길게 내쉬며 말했다.

「결국 일이 이렇게 됐구나, 얘들아.」

「이제 어떻게 하지?」

조에가 물었다. 그녀의 볼은 아직 벌겋게 상기되어 있었다.

「뭘, 그리 오래갈 것도 아닌데. 내일이면 끝날 거야.」

폴은 그렇게 쉽게 생각했지만, 프랑신은 더 신중한 태도를 보였다.

「내일 안 끝나고 오래 지속되면 어쩌지?」

그들은 저마다 약간의 불안감이 담긴 눈길로 서로를 바라보았다.

쥘리는 불안한 마음을 떨치려고 애쓰며 목소리에 힘을 주었다.

「오래 지속되도록 최선을 다해야지. 내일 아침부터 다시 입시 준비에 들어가고 싶은 생각은 추호도 없어. 지금 여기에서 무엇인가를 이룰 수 있는 기회가 우리에게 온 거야. 이 기회를 놓치면 안 돼.」

다비드가 물었다.

「그럼, 네가 생각하고 있는 건 정확하게 뭐니? 축제를 영원히 계속할 수는 없어.」

「봉쇄된 장소에 이렇게 많은 사람들이 모여 있어. 당장 해산할 게 아니라면, 유토피아적인 공동체 생활을 시도해 볼 수도 있지 않겠어?」

「유토피아적인 공동체?」

「그래. 사람과 사람 사이에 새로운 관계를 창출해 보자는 거야. 실험을 한번 해보자고. 사람들이 함께 있음으로써 더욱 행복해지는 공동체가 현실적으로 가능한지를 알아보기 위한 사회적 실험 말이야.」

쥘리의 말을 놓고 모두들 한동안 깊은 생각에 잠겼다. 밖에서는 살사 음악이 울려 퍼지는 가운데 사람들의 노랫소리와 웃음소리가 들려왔다.

이윽고 나르시스가 입을 열었다.

「물론 그건 멋진 일이 될 수도 있어. 하지만, 군중을 다룬다는 게 쉽지는 않아. 전에 청소년 캠프에서 보조 교사 노릇을 한 적이 있어. 그때의 경험을 통해 깨달은 건데, 집단을 이루고 있는 사람들을 통제한다는 것은 결코 만만한 일이 아니야.」

「혼자서 하면 그렇지. 그러나 우리는 여덟 명이야. 우리가 굳게 단결하면 우리의 개인적인 능력을 합친 것보다 몇 배나 더 강한 힘을 발휘하게 될 거야. 나는 우리가 굳게 단결한다면 산이라도 무너뜨릴 수 있을 것 같은 기분이 들어. 8백 명의 사람들이 이미 우리를 따라 우리의 음악 세계로 들어왔어. 그렇다면, 그들이 우리의 유토피아 안으로 따라 들어오지 말란 법도 없잖아?」

프랑신은 더 깊이 생각해 보려는 듯 자리에 앉았다. 지웅은 이마를 긁적이며 되물었다.

「유토피아라고?」

「그래, 유토피아. 『백과사전』에는 그것에 관한 얘기가 도처에 나와 있어. 그 책에서 제안하고 있는 사회는 더욱…….」

그녀가 머뭇거리자 나르시스가 비꼬아 말했다.

「더욱 뭐? 더욱 상냥한 사회? 더욱 따뜻한 사회? 아니면,

더욱 재미있는 사회?」

「아니. 한마디로 말해서, 더욱 인간적인 사회야.」

나르시스가 웃음을 터뜨렸다.

「얘들아, 아무래도 우리가 잘못 말려든 것 같다. 쥘리는 인도주의적 야심을 감추고 있었던 거야.」

다비드는 쥘리의 마음을 이해하려고 애썼다.

「그럼, 더욱 인간적인 사회란 어떤 사회를 말하는 거지?」

「나도 아직 몰라. 하지만 언젠가는 알게 되겠지.」

「쥘리, 너 기동대원들하고 싸우다가 어디 다친 거 아니니?」

조에가 물었다.

「아니. 왜?」

「여기 네 옷에 빨간 얼룩이 있어.」

쥘리는 드레스를 돌려 보고 깜짝 놀랐다. 조에 말대로 핏자국이 보였다. 다쳤다는 느낌도 없었는데, 어디에 상처가 난 모양이었다.

「이건 상처에서 나온 피가 아니야. 그거하곤 달라.」

그러면서 프랑신은 쥘리를 복도로 데려갔다. 조에도 두 사람을 따라갔다.

「다친 게 아니라 너 몸엣것이 나온 것 같은데.」

「뭐? 뭐가 나왔다고?」

「너 월경한다고. 너 정말 몰라서 그러는 거니?」

쥘리는 머리를 된통 얻어맞은 느낌이 들었다. 자기의 육체가 자기를 배반하고 살해했다는 생각이 뇌리를 스쳤다. 그 피는 소녀기의 종말을 알리는 피였다. 그녀의 어린 시절은 그렇게 끝나고 말았다. 군중 속에서 행복을 느끼고 있던 바로 그 순간에 그녀의 기관이 그녀를 배신했다. 어른이 되어야 한다는 것을 무엇보다 저주스럽게 여겼는데, 그녀의 몸이 기어이 일을 저지르고 만 거였다.

쥘리는 입을 크게 벌리고 숨을 거칠게 쉬었다. 그녀의 가슴이 힘겹게 오르내리고 얼굴이 새빨개졌다.

프랑신이 다른 친구들을 소리쳐 불렀다.

「빨리 와봐. 쥘리에게 천식 발작이 일어났어. 쥘리의 방톨린을 찾아다 줘.」

쥘리의 배낭은 다행히 연습실 드럼 아래에 있었다. 그들은 배낭을 뒤져 방톨린의 스프레이를 찾아냈다. 그러나 그것을 쥘리의 입에 넣고 아무리 눌러도 방톨린이 전혀 나오지 않았다. 스프레이는 비어 있었다.

「방…… 톨……린 좀.」

주위의 공기가 희박해지고 있기라도 하듯 그녀의 숨이 점점 가빠졌다.

공기는 우리가 가장 먼저 익숙해지고 가장 먼저 무감각해지는 생명의 요소다. 세상에 나오면서 허파꽈리들을 부풀려 고고(呱呱)의 소리를 지르고 나면, 우리는 평생토록 그것이 없이는 살아갈 수 없다. 하루 24시간 내내 우리에겐 공기가, 그것도 될 수 있으면 깨끗한 공기가 필요하다. 바로 그 공기가 쥘리에겐 충분치 않은 거였다. 그녀는 한 모금의 공기를 얻기 위해 엄청난 힘을 쏟아야만 했다.

조에는 교정으로 나가서 누구든 방톨린을 가지고 있는 사람이 있느냐고 물어보았다. 아무도 없었다.

다비드는 밤낮을 가리지 않고 24시간 왕진하는 SOS 의사들과 SOS 응급 조치반에 전화를 걸었지만, 모든 회선이 포화 상태였다.

「밤에는 약국들이 번갈아 문을 여니까 이 구역에도 당번 약국이 있을 거야.」

프랑신이 조바심을 내며 말하자, 다비드가 지웅에게 권했다.

「네가 쥘리를 데려가라. 네가 우리 중에서 가장 힘이 좋으니까, 쥘리가 못 걸으면 어깨에 메고 갈 수 있을 거야.」

「그런데 여길 어떻게 빠져나가지? 앞뒤를 다 경찰이 막고 있으니 말이야.」

「아직 문이 하나 남아 있어. 날 따라와.」

다비드는 지웅과 쥘리를 자기들의 연습실로 데리고 갔다.

그가 가구 하나를 밀어내자 출구가 하나 나타났다.

「내가 우연히 찾아낸 거야. 이 통로를 따라가면 틀림없이 이웃 건물의 지하실이 나올 거야.」

쥘리는 가냘픈 신음 소리를 내고 있었다. 지웅은 그녀를 어깨에 메고 지하 통로로 들어갔다. 갈림길이 나왔다. 왼쪽에서는 수챗물 냄새가 올라왔고, 오른쪽에서는 지하실의 곰팡내가 났다. 그들은 오른쪽을 선택했다.

112. 불가에서

잉걸불의 불그레한 빛 속에서 그들은 손가락들에 관한 정보를 나누며 이야기꽃을 피운다. 암개미 103호가 손가락들의 관습이며 기술에 대해 이야기한다.

5호는 죽음을 예고하는 하얀 게시판을 다시 들먹이면서 개미 세계에 닥쳐올 재앙을 환기시킨다.

코르니게라섬의 불개미들은 자기들이 태어난 도시가 파

괴될 위험에 처해 있음을 알고 두려움에 젖어 든다.

103호는 그런 위협만을 생각하지 말고 손가락들에게서 얻을 수 있는 이익도 염두에 두어야 한다고 강조한다.

《손가락들은 우리 문명의 발전에 기여할 만한 것들을 많이 가지고 있다. 불을 사용한 덕분에 우리 열셋이서 많은 난쟁이개미들을 물리치지 않았는가. 그것 역시 손가락들의 기술에서 도움을 받은 것이다. 물론 지렛대를 사용한다든가 캐터펄트 장치를 모방하는 것이 쉽지 않았다는 것은 우리가 경험한 대로다. 하지만 예술과 해학과 사랑이 그렇듯이 그런 기술을 배우는 것도 시간문제라고 생각한다. 손가락들이 우리와 공정하게 경쟁하는 것을 받아들인다면, 결국은 그 모든 것들을 배우고 이해하게 될 것이다.》

《손가락들에게 접근하는 데는 위험이 따르지 않는가?》

6호가 불에 타서 끝이 무지러진 다리를 문지르며 묻는다.

103호는 꼭 그렇지는 않다면서, 개미들이 영리하기 때문에 종당에는 손가락들을 길들일 수 있을 거라고 대답한다.

그때, 24호가 더듬이 하나를 들어 올리며 묻는다.

《그들과 신에 대해서 이야기해 본 적이 있는가?》

신이라니? 다른 개미들은 모두 그게 무엇인지 궁금해한다. 어떤 기계의 이름인가? 아니면, 어떤 장소나 식물의 이름인가?

24호가 그들의 궁금증을 풀어 준다.

《옛날에 벨로캉 개미들이 어떤 손가락들과 접촉한 적이 있었다. 개미들과 의사소통을 할 줄 알았던 그 손가락들은 자기들이 개미들의 지배자이며 창조주임을 믿게 했다. 자기들이 거대하고 전능하다는 이유로, 그들은 개미들에게 맹목

적인 순종을 강요했다. 그들은 스스로를 개미들의 신이라고 주장했다.》

개미들은 더욱 호기심을 느끼며 바싹 다가든다.

《신이라는 것은 무슨 뜻인가?》

암개미 103호가 설명한다.

《그것은 손가락들 특유의 개념이다. 그들은 자기들 위에 눈에 보이지 않는 힘이 존재하며 그 힘이 자기들의 삶을 지배한다고 믿는다. 그 힘을 그들은 신이라고 부른다. 어떤 전지전능한 존재에 대한 그 믿음은 그들 문명의 중요한 토대를 이루고 있다.》

개미들은 신이라는 게 어떤 것일까를 상상해 보려고 애쓰지만, 그것이 실제로 어떤 이익을 가져다주는지를 이해하지 못한다. 자기들 위에 신이 존재한다고 생각하는 것이 도대체 어떤 점에서 도움이 되는 걸까?

암개미 103호는 어설프게나마 자기 깜냥대로 대답을 제시한다.

《그런 생각은 아마도 손가락들의 이기주의가 낳은 결과일 것이다. 손가락들은 본디 이기적인 동물이다. 그 이기주의가 견딜 수 없을 만큼 심해지자, 그들은 겸손을 필요로 하게 되었고, 그래서 자기들을 창조한 전능한 존재를 상정하게 되었을 것이다.

문제는 손가락들 중에는 그와 똑같은 개념을 우리에게 주입해서, 우리의 신임을 자처하는 자들이 있다는 것이다.》

수개미 24호의 그 지적에, 103호는 손가락들이 다른 종들을 지배하려는 생각을 아직 버리고 있지 않음을 인정하면서, 개미 세계에서와 마찬가지로 손가락들 중에는 독한 자와 순한 자, 어리석은 자와 영리한 자가 있고, 남에게 너그럽게 베푸는 자가 있는가 하면 남을 이용해서 제 이익을 챙기는 자도 있는데, 24호가 이야기한 손가락들은 바로 그 착취자들일 거라고 설명한다.

《그러나 그들 중의 몇몇이 개미들의 신으로 자처했다는 사실만으로 손가락들을 부정적으로 판단해서는 안 된다. 그 행동의 다양성은 오히려 그들의 정신이 풍부하다는 것을 보여 주는 것일 수도 있다.》

다른 개미들도 이제 어렴풋하게나마 신의 개념을 이해하게 되었다. 그러자 그들은 순진하게도 손가락들이 정말로 자기들의 신일 수도 있지 않느냐고 묻는다.

암개미 103호가 설명을 덧붙인다.

《개미와 손가락 두 종은 평행하게 진화의 길을 걸어왔다. 따라서 손가락들이 우리를 창조했을 가능성은 없다. 우리가 손가락들보다 지구상에 훨씬 더 먼저 나타났다는 점만 놓고 보더라도 그들은 우리의 신이 될 수 없다.》

암개미가 그렇게 설명했음에도 좌중의 의혹이 완전히 사라진 것은 아니다.

신을 믿는 것의 이점은 불가해한 현상을 설명할 수 있게 해준다는 것이다. 몇몇 개미들은 벌써 번개나 불 같은 것을 신의 발현으로 받아들일 준비가 되어 있다.

암개미 103호는 손가락들이 약 3백만 년 전에 출현한 종임에 비해 개미들은 이미 1억 년 전부터 존속해 왔다는 사실을 되풀이해서 강조한다.

《어떻게 창조주보다 피조물이 먼저 출현할 수 있단 말인가?》

다른 개미들은 103호의 주장이 믿어지지 않는다는 듯, 그런 것을 어떻게 알았느냐고 묻는다. 103호는 손가락들의 텔레비전에 나온 다큐멘터리를 보았다고 해명한다.

어쨌거나 불가에 모인 개미들의 마음은 착잡하다. 손가락들이 자기들의 창조주라고까지 생각하는 건 아니지만, 그 〈풋내기〉 종이 아주 뛰어난 재능을 지니고 있고 개미들이 모르는 것을 많이 알고 있다는 점은 누구도 부인할 수 없을 것 같기 때문이다.

그러나 수개미 24호만은 생각이 다르다.

《내가 보기에 우리가 손가락들을 부러워할 까닭은 전혀 없다. 만일 두 종이 만난다면, 손가락들이 우리에게 가르쳐 줄 것보다는 우리가 그들에게 가르쳐 줄 것이 더 많다. 그들의 세 가지 불가사의라는 예술과 해학과 사랑도 그리 대단한 것으로 생각되지는 않는다. 그것들이 뭐라는 것만 알아내면 우리는 즉시 그것들을 모방하고 개선할 수 있을 것이다.》

동굴 한쪽에서는 코르니게라섬의 개미들이 불씨를 나뭇잎 위로 끌어올리고 있다. 갈대밭 전투 때 불꽃 창을 보고 깊은 인상을 받은 그들은 여러 재료에 불을 붙여 보면서 불의 성능을 시험하는 중이다. 그들은 6호의 가르침을 받아 가며 나뭇잎과 꽃, 흙, 뿌리를 차례로 태우고, 푸르스름한 연기와 독한 냄새를 피워 낸다. 어쩌면 그들은 손가락들 세계에서 최초의 발명가들이 했던 일을 하고 있는 것인지도 모른다.

《아무튼 손가락들은 복잡한 동물임에 틀림없어.》

코르니게라 개미 하나는 위쪽 세상에 대한 그 모든 이야기에 싫증을 느끼고 그렇게 맥없이 페로몬을 발하더니, 다른 개미들이야 이야기를 하건 불장난을 하건 자기는 잠이나 자야겠다며 몸을 웅크린다.

113. 백과사전

생일 케이크

생일 때마다 촛불을 밝히고 불어 끄는 것은 인간의 특성을 아주 잘 드러내는 의식 가운데 하나다. 그 의식을 통해서 인간은 자기가 불을 일으킬 수도 있고, 입김을 불어 끌 수도 있다는 것을 스스로에게 주기적으로 환기시킨다. 불을 제어하는 것은 아기가 책임 있는 존재로 발전하기 위해 거쳐야 하는 통과 의례 중의 하나다. 반대로 노인이 되어 촛불을 불어 끄기가 어려울 만큼 숨이 달리는 것은 이제 활동하는 인구에서 사회적으로 배제될 때가 되었음을 뜻한다.

에드몽 웰스, 『상대적이며 절대적인 지식의 백과사전』 제3권

114. 공기가 부족하다

지웅은 쥘리를 어깨에 걸쳐 메고 지하실을 빠져나왔다. 빠져나온 곳은 다행히도 기동대의 버스들로부터 멀리 떨어진 곳이었다. 그는 새벽 3시가 된 그 시각에도 문을 열고 있을 약국을 찾아 바삐 걸음을 옮겼다.

한참을 가도 문을 연 약국이 눈에 띄지 않자, 지웅은 이판사판에 이른 심정이 되어 닫혀 있는 한 약국 문을 마구 두드렸다. 위층 창문이 열리면서 파자마 차림의 한 남자가 몸을 내밀었다.

「그러다 이웃 사람들 다 깨우겠소. 소란을 피운다고 될 일이 아니오. 이 시간에 문을 연 약국은 나이트클럽 안에 있는

약국밖에 없소.」

「정말 나이트클럽 안에 약국이 있어요?」

「그렇다니까요. 그건 새로운 의료 서비스요. 단지 콘돔을 팔기 위해서라도 거기에 약국이 있으면 편하겠다고 생각해서 만들어진 거요.」

「그럼, 그 나이트클럽이 어디 있나요?」

「오른쪽 길 끝에 가면 막다른 골목이 하나 나올 거요. 바로 거기요. 헤매고 자시고 할 것도 없이 금방 찾을 거요. 나이트클럽 이름은 〈지옥〉이오.」

아닌 게 아니라, 그 남자가 일러준 막다른 골목으로 들어서자, 박쥐 날개를 단 작은 악마들이 〈지옥〉이라는 글자를 둘러싸고 있는 네온사인이 금방 눈에 띄었다.

쥘리는 고통에 겨워 신음하고 있었다.

「공기를 줘! 제발, 공기 좀!」

지구에 넘쳐 나는 공기가 어찌하여 쥘리에겐 이토록 부족하단 말인가?

지웅은 그녀를 바닥에 내려놓고 마치 춤추러 온 한 쌍의 연인처럼 두 사람의 입장료를 지불했다. 귀와 코에 구멍을 뚫어 고리를 달고 얼굴에 문신을 새겨 넣은 문지기는 쥘리의 비참한 몰골을 보고도 전혀 놀라는 기색을 보이지 않았다. 아마도 〈지옥〉을 자주 드나드는 손님들은 술이나 마약 때문에 반쯤은 인사불성이 되어 입장하기가 일쑤인 모양이었다.

안으로 들어서자, 〈난 널 사아―랑해―〉 하는 가수 알렉상드린의 속삭이는 듯한 음성이 흐르고, 발연기에서 나온 연기가 후광처럼 휘감아 도는 속에서 젊은 남녀들이 쌍쌍이 껴안고 춤을 추고 있었다. 디제이는 사람들끼리의 대화가 불가능할 만큼 음량을 높이고, 조명을 낮추어 자그마한 홍등들만 깜박이게 해놓았다. 그는 자기가 해야 할 일이 무엇인지를 잘 알고 있었다. 그런 어둠과 소음 속에서는, 할 얘기가 아무것도 없는 사람들과 상대를 유혹하기에 그다지 유리한 조건을 타고나지 않은 사람들도 블루스를 이용해 상대를 유혹할 수 있는 기회를 갖게 되는 것이었다.

〈내 사랑, 난 널 사아-라앙해애-, 마이 러어-브〉 하고 알렉상드린이 음절을 토막 치며 간드러지게 소리를 끌고 있었다.

지웅은 쥘리를 한시라도 빨리 약국으로 데려가려는 일념으로 쌍쌍이 부둥켜안고 있는 사람들을 거침없이 떼밀며 플로어를 지나갔다.

약국 안의 하얀 가운을 입고 있는 여자는 껌을 질겅거리면서 연예 잡지를 읽는 데 몰두해 있었다. 그녀는 지웅과 쥘리를 보자, 소음으로부터 청각기를 보호하기 위해 귓구멍을 막고 있던 두 탐폰 가운데 하나를 빼냈다. 지웅은 음악 소리를 압도하려고 부르짖듯 목청을 높였다. 약사는 문을 닫으라고 손짓을 했다. 문을 닫아 버리자, 데시벨의 일부는 그들을 따라 들어오지 못하고 플로어에 남았다.

「방톨린 좀 주세요. 빨리요. 이 애가 천식 발작 때문에 다 죽어 가요.」

「처방전 있어요?」

「보시다시피 사람이 죽느냐 사느냐 하는 판이에요. 돈은 달라는 대로 드릴게요.」

쥘리는 약사의 연민을 자아내기 위해 굳이 애를 쓸 필요도 없었다. 그녀의 입이 바닷물에서 나온 도미의 입처럼 쩍 벌어져 있기 때문이었다. 그러나 약사는 그런 모습을 보고서도 측은해하는 기색이 아니었다.

「미안해요. 이곳은 잡화점이 아니에요. 처방전이 없으면 방톨린을 내줄 수 없어요. 그건 불법이에요. 그런 식으로 연극을 해서 나를 속이려는 사람들이 하나둘이 아니에요. 기력이 쇠한 남자들에게 방톨린이 혈관 확장제로 유용하게 쓰인다는 걸 알 만한 사람은 다 아는 사실이에요.」

해도 너무한다는 생각에 지웅이 욱기를 터뜨리고 말았다. 그는 약사의 멱살을 움켜쥐고, 무기 대신 자기 아파트의 열쇠를 꺼내어 그 끄트머리를 약사의 목덜미에 갖다 댔다.

그가 짐짓 을러메는 말투로 또박또박 말했다.

「이 사람이 지금 농담하는 줄 아나. 방톨린 줘요, 어서. 그러지 않으면, 곧 당신에게 약이 필요하게 될 거요. 약사에게 당장 약이 필요할 때도 처방전이 있고 없고를 따지는지 어디 두고 봅시다.」

약사는 음악 소리가 너무 시끄러워서 누군가를 부를 수도 없을 뿐만 아니라, 플로어에서 춤추는 사람들을 불러 봐야 소용이 없다는 것을 알고 있었다. 설령 그들이 온다 해도 자기편을 들기보다는 금단 증세를 보이는 젊은 남녀 편을 들 것이 뻔했다. 약사는 시키는 대로 하겠다는 뜻으로 고개를 끄덕이고 방톨린 스프레이를 찾아와서 마지못해 지웅에게 내밀었다.

1초가 급한 상황이었다. 쥘리는 이제 입을 다물고 호흡 정지 상태에 빠져들고 있었다. 지웅은 그녀의 입을 벌리고 스프레이의 주둥이를 집어넣었다.

「자, 어서 숨을 들이마셔 봐, 제발.」

쥘리는 갖은 애를 써가며 숨을 들이마셨다. 스프레이를

한 번 누를 때마다 황금보다 소중한 연무질이 그녀에게 다시 숨결을 불어넣었다. 시든 꽃을 물속에 담갔을 때처럼 그녀의 허파가 다시 피어나고 있었다.

「보세요. 처방전이 있네 없네 하고 절차를 따지는 게 얼마나 부질없는 시간 낭빈지.」

지웅이 그렇게 말하는 순간에, 약사는 파출소로 직접 통하게 되어 있는 경보 장치의 페달을 밟았다. 그 장치는 금단 상태에 빠진 마약 중독자들이 공격해 올 경우에 대비해서 마련해 놓은 것이었다.

지웅은 방톨린값을 지불하였다. 쥘리는 정신을 가다듬기 위해 긴 의자에 앉았다.

그들이 다시 자리에서 일어서려는데, 귀를 먹먹하게 하는 음악 소리가 다시 터져 나왔다. 이번에도 역시 알렉상드린의 블루스 곡으로 새롭게 인기를 얻고 있는 〈열애〉였다.

디제이는 자기 임무에 충실하고자, 아직 두 눈금의 여유가 있는 음량 조절 버튼을 마저 돌리고, 조명의 세기를 더욱 낮추어 유리 모자이크로 덮인 둥그런 전등만이 희미한 빛을 발하게 해놓았다.

〈안아 줘요. 그래요, 꼭 안아 줘요. 내 영원한 사랑, 내 평생의 사랑. 이렇게 뜨거운 사랑이 나에겐 필요했어요〉라고 알렉상드린이 절규하고 있었다. 그 음성은 그녀의 진짜 목소리가 아니라 음성 합성 장치로 변조해서 가창력 있는 가수처럼 느껴지게 만든 가짜 소리였다.

쥘리는 자기가 나이트클럽에 와 있다는 것을 비로소 깨달았다. 문득 지웅의 품에 안기고 싶은 충동이 강하게 일었다. 쥘리는 그 한국인을 가만히 바라보았다.

지웅은 잘생긴 남자였다. 어떤 야성미 같은 것이 느껴지는 호랑이 상호였다. 평소에 만나던 곳과는 전혀 다른 장소에서, 게다가 그처럼 특별한 상황에서 그를 바라보고 있으니 매력이 더욱 돋보였다.

　쥘리의 마음에는 복잡한 감정이 착종하였다. 왠지 부끄럽기도 하고 뒤늦게 여자가 되었다는 것이 두렵기도 했지만, 한편으로는 지웅을 힘의 원천으로 〈소모하고 싶다〉는 욕구도 생겨났다. 그것은 처음으로 느껴 보는 거의 동물적인 욕구였다.

　지웅이 말했다.

　「알아. 날 그런 눈으로 보지 마. 어떤 사람하고 살갗을 맞대든 간에, 네가 피부 접촉 자체를 견디지 못한다는 거 알아. 겁내지 마. 너한테 춤추자고는 안 할 테니까.」

　그녀가 그런 게 아니라고 말하려는 찰나에, 경찰관 두 명이 갑자기 나타났다. 약사는 두 습격자의 인상착의를 일러 주고 그들이 어디로 갔는지를 알려 주었다.

　지웅은 플로어 한가운데의 가장 어두컴컴한 곳으로 쥘리를 데리고 가서 다짜고짜 껴안았다. 경찰의 눈을 속이자니, 예의고 범절이고 따질 계제가 아니었다.

　그러나 바로 그 순간에 디제이는 플로어의 모든 조명을 다시 밝혔다. 〈지옥〉의 인간 군상이 적나라하게 모습을 드러냈다. 성도착자, 사디즘에 마조히즘이 겹친 동성애자, 이성애자, 양성애자, 남장 여자, 여장 남자, 남장은 하고 있지만 스스로를 여자라고 생각하는 남자, 여장은 하고 있지만 스스로를 남자라고 생각하는 여자 등 모두가 땀을 흘리며 몸을 흔들어 대고 있었다.

경찰관들은 이제 춤추는 사람들 사이를 돌아다니고 있었다. 두 〈개미들〉이 그들의 눈길을 끌게 되면, 체포를 피할 수 없게 될 것은 물론이고 이제까지의 일이 단숨에 와해될 가능성이 많았다. 거기에 생각이 미치자, 쥘리는 평소의 그녀와는 전혀 다른 여자로 돌변하였다. 그녀는 그 한국인 남학생의 얼굴을 두 손으로 감싸고 그의 입술에 와락 입을 맞추었다. 지웅은 그녀의 갑작스러운 행동이 그저 놀랍기만 했다.

경찰관들은 그들의 주위를 어슬렁거리고 있었다. 그들의 입맞춤은 계속되었다. 쥘리는 개미들도 사람의 입맞춤과 같은 행동, 곧 영양 교환을 한다는 것을 책에서 읽은 적이 있었다. 개미들은 입과 입을 맞대고 영양물을 게워 올려 서로에게 넘겨준다고 했다. 사람들이 입을 맞출 때도 그와 비슷하게 무언가를 주고받는지는 모르지만, 쥘리는 아직 그런 수준의 입맞춤까지는 할 수 없을 것 같았다.

경찰관 하나가 의심스러운 눈초리로 그들을 살폈다.

두 사람은 눈을 감았다. 마치 위험이 닥치면 그것을 보지 않으려고 땅속에 머리를 박아 버리는 타조들 같았다. 알렉상드린의 노랫소리도 더 이상 귀에 들어오지 않았다. 쥘리는 지웅이 자기를 꼭 껴안아 주기를, 우람한 팔로 더욱 힘껏 껴안아 주기를 바랐다. 그러나 경찰관들은 이미 떠나고 없었다. 그들은 우연히 서로 너무 가까이 갔다가 찰싹 달라붙어 버린 두 자석이었던 양, 어색하게 서로 떨어졌다.

지웅은 플로어의 소음을 뚫고 자기 말을 전하기 위해 그녀의 귀에 대고 소리쳤다.

「미안해.」

「뭘. 상황이 그랬기 때문에 우리에겐 선택의 여지가 없었어.」

지웅은 그녀의 손을 잡고 〈지옥〉을 떠나, 학교를 빠져나올 때 이용했던 지하실을 통해 다시 〈혁명〉에 합류하였다.

115. 백과사전

놀이의 의미

1960년대에 프랑스의 한 수의사는 동물들이 일으키는 문제 하나를 해결했다. 그 문제의 해결 방식은 틀림없이 사람들의 문제를 해결하는 데도 적용될 수 있을 것이다.

어떤 마주(馬主)가 비슷하게 생긴 씨말 네 마리를 사들였다. 잘생긴 잿빛 말들이었다. 그런데, 이 말들은 전혀 사이좋게 지내지 못했다. 말들은 나란히 붙여 놓기가 무섭게 서로 싸웠고, 함께 마차에 매달기도 불가능했다. 모이기만 하면 각각 다른 방향으로 달아나 버리기 때문이다. 그 문제의 해결을 부탁받은 수의사는 궁리 끝에 한 가지 방안을 생각해냈다. 그는 말들에게 마구간의 네 칸을 나란히 배정한 다음, 칸막이벽의 뚫린 창에 장난감들을 달아 놓았다. 그 장난감들을 가지고 이웃한 말들끼리 함께 놀 수 있게 하려는 것이다. 수의사가 활용한 장난감은 주둥이 끝으로 돌릴 수 있는 작은 바퀴, 말굽으로 쳐서 한 쪽 칸에서 다른 쪽으로 넘길 수 있는 공, 끈에 매달아 놓은 알록달록한 기하학적 형태의 물건 따위였다.

그는 말들이 서로 친해지고 상대를 바꿔 가며 놀 수 있게 하려고 말들의 자리를 규칙적으로 바꿔 주었다. 한 달이 지나자, 네 마리 말은 서로 떨어질 수 없는 사이가 되었다. 말들은 함께 마차를 끄는 일을 직수긋하게 받아들였을 뿐만 아니라, 놀이를 하듯 일을 하게 되었다.

어쩌면 이 실험은 전쟁이나 적대 관계가 놀이의 원초적인 형태일 뿐임을 입증하는 것일 수도 있다. 우리는 다른 놀이들을 고안해 냄으로써 그 원초적인 단계를 쉽게 넘어설 수 있을지도 모른다.

에드몽 웰스, 『상대적이며 절대적인 지식의 백과사전』 제3권

116. 흥분의 도가니

불가에 앉은 개미들이 커다란 그림자를 드리우고 있다. 그 그림자를 줄곧 바라보고 있던 7호는 그와 똑같은 것을 동굴 벽에 만들어 볼 양으로 불가에서 식은 숯 조각 하나를 집어 든다. 작업이 끝나자, 그는 자기 작품을 동료들에게 보여 준다. 동료들은 진짜 곤충이 벽에 달라붙어 있는 줄 알고, 그것과 더듬이 대화를 하려고 한다.

7호는 그게 무엇인지를 설명하려고 한다. 그러나 설명은 결코 쉽지가 않다.

《이건 진짜 곤충이 아니라, 내가 그림자를 본떠서 만들어 낸 움직이지 않는 형상일 뿐이다.》

사물을 형상화하는 행위가 개미 세계에서 태동하고 있는 순간이다. 지금은 처음이라 라스코 동굴[56]의 벽화와 비슷한 수준이지만, 나중에 가면 그들도 그들 나름의 독특한 표현 양식을 찾게 될지도 모를 일이다.

7호는 방금 숯 조각을 세 번 놀려 개미 회화를 창시한 셈이다. 그는 자기 작품을 오랫동안 관찰하다가 뭔가 부족하다는 생각을 한다. 검정색만으로는 사물을 표현하기에 충분치 않다. 색깔을 첨가해야 할 듯하다.

56 프랑스 도르도뉴도(道)의 몽티냐크에 있는 동굴. 1940년 이 동굴에서 후기 구석기 시대의 새김무늬와 벽화가 발견되었다.

그렇다면 색깔을 어떻게 넣을 것인가?

그의 뇌리에 가장 먼저 떠오른 방안은 곤충의 피림프를 짜내는 것이다. 마침 잿빛 개미 한 마리가 그의 그림을 감상하러 왔다. 그는 그 개미의 피림프에서 흰색 물감을 얻어낸다. 그 물감을 머리와 더듬이에 칠하자, 그 부분이 한결 도드라져 보인다. 꽤 성공적이다. 잿빛 개미로서는 별로 원통하게 여길 것이 없다. 예술을 위해 자기 몸을 바친 최초의 개미가 되었으니 말이다.

7호의 성과는 다른 개미들에게도 자극을 주었다. 창조적인 열의가 모두에게 용솟음치고, 불을 시험하는 축과 그림을 그리는 축과 지렛대를 연구하는 축 사이에 선의의 경쟁이 벌어진다.

모든 일이 가능해 보이고, 정치적으로나 기술적으로나 최고 수준에 도달해 있다고 믿었던 그들의 사회가 갑자기 아주 낙후되어 있다는 느낌이 든다.

열두 탐험 개미는 각자 자기가 특별히 좋아하는 일을 찾아내었다. 암개미 103호는 그들을 격려하는 한편 자기가 경험한 바를 전수하기에 바쁘다. 5호는 그의 으뜸가는 조수가 되었다. 6호는 타의 추종을 불허하는 발군의 불 기술자다. 7호는 그림에 남다른 열정을 보이고 있다. 8호는 지렛대를 연구하고 9호는 바퀴에 관해 탐구한다. 10호는 손가락들에 관한 동물학 기억 페로몬을 만드는 데 관심이 많고, 11호는 둥지를 짓는 여러 가지 방식에 많은 흥미를 느끼고 있다. 12호는 항행술에 매력을 느끼고 있는 터라 자기들이 타본 여러 가지 배에 관해 기록을 남길 생각이고, 13호는 끄트머리에 불을 붙인 잔가지와 거북을 이용한 군함 같은 신무기에 대해서 더 깊이 연구할 작정이다. 14호는 다른 종들과의 대화에 의욕을 보이고, 15호는 여행 중에 맛본 새로운 음식들에 관한 면밀한 분석을 시도하고 있다. 16호는 이곳까지 오는 동안 자기들이 이용했던 냄새길의 화학적인 지도를 만들려고 애쓰는 중이다.

암개미 103호는 손가락들에 관해서 자기가 알고 있는 것을 계속 이야기한다. 10호는 자기의 동물학 기억 페로몬에 103호가 전해 주는 새로운 정보를 담는다.

소설

손가락들은 때로 사실이 아닌 이야기들을 지어내기도 한다. 그들은 그것을 소설 또는 시나리오라고 부른다.

그들은 인물과 배경을 지어내고, 허구적인 세계를 지배하는 법칙을 만들어 낸다.

소설 속에 나오는 것들은 어디에도 존재하지 않는 것들이기가 십상이다. 그렇다면, 존재하지 않는 것에 대해 말하는 것은 어떤 점에서 이익이 되는 것일까?

그저 재미있는 이야기를 만드는 데 도움이 될 뿐이다. 그것도 예술의 한 형태다.

소설이나 시나리오는 어떻게 구성되는가?

103호가 영화라는 것들을 보고 알아낸 바에 따르면, 그것들은 농담, 즉 손가락들에게 경련을 일으키는 짤막한 이야기들과 똑같은 법칙에 따라 구성되는 것 같다고 한다. 다시 말하면, 시작과 중간과 뜻밖의 결말이 있으면 된다는 것이다.

수개미 24호는 암개미 103호가 전해 주는 정보에 주의 깊게 더듬이를 기울이고 있다. 그가 손가락 세계에 대해 103호와 똑같은 열정을 지니고 있는 건 아니지만, 103호가 가르쳐 주는 것을 바탕으로 허구적인 이야기, 곧 〈소설〉을 꾸며 볼 수도 있겠다는 생각이 든다.

일단 그런 생각이 들고 나자, 개미 세계 최초의 페로몬 소설을 쓰고 싶다는 욕망이 솟구친다. 그것의 윤곽이 벌써 분명하게 떠오른다. 그 소설은 더듬이에서 더듬이로 전해 내려온 개미 사회의 위대한 전설의 형식으로 구성된 손가락들의 모험담이다. 손가락들에 관한 정보도 있고, 생식 개미 특유의 감수성도 지니고 있기 때문에, 손가락 세계에서 벌어지는 모험을 얼마든지 상상해 낼 수 있을 것 같다.

그는 벌써 그 소설의 제목까지 생각해 냈다. 그는 그냥 간단하게 〈손가락〉이라는 제목을 붙일 생각이다.

암개미 103호는 7호의 그림을 보러 간다.

그 개미 화가는 여러 색깔의 물감을 필요로 하면서도 그것을 구하지 못해 애를 먹고 있다. 103호는 물감을 구할 수 있는 방법을 일러 준다.

《꽃가루를 노랑 물감으로, 풀잎을 초록색 물감으로 사용하고, 개양귀비꽃을 짓이겨서 빨강 물감으로 쓰면 될 것이다.》

7호는 그 물감들에 침과 분비밀을 섞어 끈끈하게 만든 다음, 자기를 돕도록 설득한 두 동료와 함께 플라타너스 잎새 위에 그림을 그리기 시작한다. 그 그림의 제목은 〈반전(反戰) 대장정〉이다. 7호는 먼저 개미 세 마리를 그리고, 개양귀비 꽃잎에 백악(白堊)을 섞어 손가락을 상징하는 분홍빛 공

478

을 그린다. 그런 다음, 꽃가루를 이용해서 개미들과 손가락 사이에 노란 줄을 긋는다.

《이건 불이다. 불은 우리와 손가락들을 이어주는 끈이다.》

7호의 작품을 요모조모 살펴보다가, 암개미 103호는 한 가지 생각을 떠올린다.

《이것을 〈반전 대장정〉이라고 부르기보다는 〈손가락 혁명〉이라고 하는 편이 나을 듯하다. 손가락들에 관한 지식은 결국 우리 사회에 격변을 가져올 것이 분명하기 때문이다.》

그들은 불가에 모여 다시 불에 관한 토론을 벌인다. 그들의 일부는 아직도 불에 대한 두려움을 버리지 못하고 있다. 그들은 불을 꺼버리고 사용을 금지하자며 격렬한 페로몬을 발한다. 그 바람에 친화파(親火派)와 반화파(反火派) 사이에 난투가 벌어졌다.

암개미 103호로서는 맞붙어 싸우는 개미들을 떼어 놓을 재간이 없다. 결국 개미 세 마리가 희생되고 나서야, 난투가 중단되고 좀 더 차분한 토론이 계속될 수 있었다.

한쪽에서는 불이 금기라는 주장을 고집스럽게 되풀이하고, 다른 쪽에서는 불의 사용은 현대적인 진보가 걸린 중요한 문제라면서 손가락들이 두려움 없이 불을 사용하고 있다면 개미들도 당연히 그래야 한다고 대꾸한다.

친화파는 옛날에 불을 금기로 선언한 탓에 기술적인 진보가 더뎌졌다면서, 만일 1억 년 전에 개미들이 불을 객관적으로 연구하고 그것의 좋은 점과 나쁜 점을 진지하게 검토했더라면 개미들 역시 손가락들이 자랑하는 예술과 해학과 사랑을 향유하게 되었으리라고 주장한다.

그에 대해, 반화파는 불을 잘못 사용하면 숲을 일거에 태위 버릴 수도 있다는 것을 과거의 사건들이 증명하고 있다면서, 개미들은 경험이 충분치 않아서 불을 슬기롭게 사용할 수 없다고 반박한다. 그러자, 친화파는 자기들이 불을 다룬 뒤로는 아무런 피해도 발생하지 않았다고 맞받는다. 오히려 불 덕분에 난쟁이개미들을 물리쳤고, 여러 가지 새로운 물건도 만들 수 있게 되지 않았느냐는 것이다.

결국 그들은 불에 대한 연구를 계속하되 안전에 더욱 만전을 기하자는 선에서 의견의 일치를 보았다. 그들은 땅바닥에 흩어져 있는 솔잎에 불이 붙는 것을 막기 위해 불덩이 주위에 도랑을 파기로 했다.

한 친화파 개미는 고기를 구워 먹을 수도 있겠다는 생각을 해내고, 여치 고기 한 토막을 불덩이 쪽으로 가져가서는 고기가 아주 잘 익었다고 알려 온다. 그러나 고기 맛이 어떠한지를 동료들에게 알려 줄 겨를도 없이, 불덩이에 너무 다가가 있던 그의 다리 하나에 불이 붙는 바람에 그 개미는 위 속에 고기를 담은 채 몇 초 만에 녹아 버린다.

암개미 103호는 그 소동을 신중하게 지켜보며 생각에 잠긴다. 손가락들의 관습과 기술에 대한 발견은 103호 자신도 무엇을 먼저 해야 할지 모를 만큼 엄청난 격변을 일으키고 있다. 어찌 보면, 그들은 갈증에 허덕이고 있다가 물웅덩이를 발견하고 서둘러 달려가는 곤충들과 비슷하다. 물을 너무 급히 마시다 보면 그 자리에서 죽어 버릴 염려가 있다. 기관이 물에 다시 익숙해지도록 천천히 마셔야 한다. 손가락 혁명의 일꾼들이 그런 점에 유의하지 않으면, 오히려 모든 것이 더 나빠질지도 모른다.

어쨌거나 분명한 것은, 진보를 향한 뜨거운 열기 속에서 그가 한 무리의 동료들과 함께 온전히 밤을 지새우고 있다는 것이다. 동굴 안은 해가 난 것처럼 환한데, 울퉁불퉁한 바닥 너머로 보이는 밖에는 어둠만이 있을 뿐이다.

117. 개미 혁명 제2일

어둠이 스러지고 동녘 하늘에 해가 천천히 솟아올랐다.

아침 7시. 퐁텐블로 고등학교에서의 농성이 이틀째를 맞고 있었다.

쥘리는 아직 잠에서 깨어나지 않았다. 꿈속에서 그녀는 지웅과 함께 있었다. 지웅은 그녀의 블라우스 단추를 하나하나 끄르고 가슴을 압박하는 브래지어의 후크를 풀더니, 그녀를 천천히 알몸으로 만들고 자기 입술을 그녀의 입술 가까이로 가져온다.

「안 돼.」

그녀는 그의 품에 안겨 몸을 비틀면서 여리게 반항한다.

그가 덤덤하게 되받는다.

「네가 하고 싶은 대로 해. 결국 이건 꿈이고 결정은 네가 하는 거니까.」

그 말이 어찌나 생경하게 들리던지, 쥘리는 즉시 자기가 꿈을 꾸고 있다는 것을 깨달았다.

「쥘리가 깨어 있는데. 어서들 와봐.」

누군가 그렇게 소리치면서 손을 내밀어 그녀를 일으켜 주었다.

쥘리는 잔디밭에 판지와 신문지를 깔아 놓고 그 위에서 한 뎃잠을 잤다는 사실에 새삼스럽게 놀라면서, 〈여기 어디지?

이게 어떻게 된 거지?〉 하고 물었다. 스무 명 남짓한 사람들이 마치 그녀를 지켜 주려는 듯 그녀 주위에 몸을 웅크리고 누워 있었다.

비로소 간밤의 일들이 모두 떠오르면서 편두통이 엄습해 왔다. 아, 이 두통! 집으로 돌아가서 방에 틀어박히고 싶은 생각이 들었다. 끌신을 신고 거품을 많이 낸 크림커피를 큰 사발에 담아 홀짝거리면서 작은 초콜릿빵을 먹고 라디오를 통해 세상 돌아가는 소식을 듣고 싶었다.

그녀는 달아나고 싶은 충동에 사로잡혔다. 버스를 타고, 세상에 무슨 일이 일어났는지 알기 위해 신문을 사고, 여느 때의 아침처럼 빵집 아주머니랑 수다를 떨고 싶었다.

쥘리는 간밤에 자기가 분장도 지우지 않은 채 잠이 들었던 것을 깨닫고, 개운치 않은 기분을 느꼈다. 그 때문에 얼굴에 종기 같은 것이 돋아난 듯했다. 그녀는 먼저 클렌징크림을 달라고 한 다음, 아침 식사를 부탁했다. 사람들은 그녀에게 고양이 세수를 하라고 냉수 한 컵을 갖다주고, 아침을 에우라고 플라스틱 컵에 가득 담긴 커피, 그것도 물이 미지근해서 잘 녹지도 않은 냉동 건조 커피를 가져왔다.

그녀는 〈하긴, 지금 찬밥 더운밥 가릴 처지가 아니지〉 하면서 한숨을 푹 쉬고 커피를 삼켰다.

아직 잠기가 가시지 않은 눈으로 교정을 둘러보니, 그곳의 술렁거리는 분위기가 차츰차츰 다시 느껴졌다. 깃대에서 펄럭이고 있고 있는 것은 원과 삼각형과 개미 세 마리가 들어 있는 바로 개미 혁명의 깃발이었다. 그 깃발을 보면서 쥘리는 한순간 자기가 꿈을 꾸고 있다고 생각했다.

다른 일곱 〈개미들〉이 그녀가 있는 곳으로 왔다.

「밖을 살피러 가자.」

레오폴이 철책문의 담요 자락을 들추었다. 쥘리는 경찰관들을 보았다. 그들이 공격해 오고 있었다. 정신이 번쩍 들었다. 저쪽에서 요란스럽게 아침잠을 깨우러 온다면, 이쪽에서도 저들의 정신을 번쩍 나게 해주는 수밖에 없었다.

합기도 클럽의 학생들은 소방 호스에 다시 물을 장전한 다음, 사정거리에 들어온 경찰관들을 향해 물을 뿜어 댔다. 경찰관들은 곧바로 퇴각했다. 간밤부터 되풀이된 싱거운 일진일퇴였다.

승리는 다시 농성자들 쪽으로 돌아갔다.

사람들은 쥘리를 번쩍 들어서 2층 발코니에 올려 주었다. 아침의 첫 승리에 그녀가 짤막한 연설을 보탤 차례였다.

「아침부터 경찰은 우리를 이곳에서 쫓아내려고 애쓰고 있습니다. 그들은 다시 올 것이고, 우리는 다시 그들을 물리칠 것입니다. 저들에게 우리는 아주 성가신 존재입니다. 우리가 기성 질서에서 벗어난 자유의 공간을 만들어 냈기 때문입니다. 우리는 이제 함께 생활하면서 무언가를 이루어 보기 위한 멋진 실험실 하나를 갖게 된 셈입니다.」

쥘리는 발코니 가장자리로 나아갔다.

「우리는 이제껏 아무도 해보지 않은 실험을 할 것입니다.」

대중을 상대로 말하는 것은 대중 앞에서 노래하는 것과는 다른 행위였다. 그러나 그것 역시 그 행위 자체에 도취하게 한다는 점에서는 마찬가지였다.

「여러분, 새로운 형태의 혁명을 창출합시다. 그것은 폭력이 없는 혁명이며, 우리 사회에 새로운 전망을 제시하는 혁명이 될 것입니다. 〈혁명은 그 무엇이기에 앞서 사랑의 행위

이다)라고 체 게바라는 말했습니다. 그 자신도 거기에까지
는 이르지 못했지만, 우리는 그것을 시도해 볼 것입니다.」

군중 속에서 누군가 소리쳤다.

「그렇습니다. 그뿐 아니라 이것은 변두리 빈민들의 혁명,
짭새들에게 신물이 난 젊은이들의 혁명이기도 합니다.」

다른 목소리가 터져 나왔다.

「아닙니다. 이것은 환경 오염과 핵에 반대하는 사람들의
운동입니다.」

또 다른 사람들이 목청을 높였다.

「이것은 인종 차별에 반대하는 혁명입니다.」

「아닙니다. 이것은 대자본가들에게 맞서는 계급 혁명이
되어야 합니다. 우리가 학교를 점거한 것은 학교가 민중에
대한 부르주아 계급의 착취를 상징하기 때문입니다.」

갑자기 분위기가 어수선해졌다. 서로 모순되기까지 하는
이러저러한 명분을 위해 그 농성을 이용하려는 사람들이 많
았다. 어떤 사람들의 시선에는 벌써 증오심이 번득이고 있
었다.

프랑신이 쥘리의 귀에 대고 속삭였다.

「이들은 목자도 없고 목표도 없는 양 떼와 같아. 이들은 무
슨 일이든 할 준비가 되어 있어. 조심해! 사태가 위험해질 수
도 있어.」

다비드가 덧붙였다.

「이들에게 어떤 상(像), 어떤 통합적인 테마, 어떤 명분을
마련해 주는 것은 바로 우리의 몫이야. 빨리 해야 돼. 사태가
악화되기 전에.」

「그래. 우리의 뜻이 왜곡되지 않도록 우리 혁명의 의미를

이젠 분명히 규정해야 해.」

지웅이 그렇게 결론을 내렸다.

쥘리는 자신이 궁지에 빠져 있는 것처럼 느꼈다.

그녀는 가리사니를 잡지 못하고 군중을 죽 둘러보았다. 그들은 그녀가 목표를 정해 주기를 기다리고 있는 것 같았다.

경찰과 싸우기를 바라는 어떤 사람의 칼을 세운 눈길이 그녀를 찔러 왔다. 그녀가 아는 사람이었다. 약점이 많은 선생님들을 괴롭히는 데에 앞장서는 바로 그 비열한 학생들 중의 하나였다. 용기도 없고 신념도 없는 주제에, 하급생들을 을러메어 돈이나 갈취하는 좁쌀뱅이 깡패였다. 더 멀리에서 환경 운동가와 계급 투쟁의 전사가 보내오는 빈정거림 섞인 눈길도 그리 곱게 느껴지지는 않았다.

이 혁명을 깡패들이나 정략가들에게 넘겨줄 수는 없는 노릇이었다. 이 군중을 그들 마음대로 이끌고 가도록 방치해서는 안 될 일이었다.

성서에 이르되, 태초에 말씀이 있었다고 하지 않던가. 모든 일에는 먼저 이름이 있어야 한다. 이름을 짓자. 그렇다면, 이 혁명을 무어라고 불러야 할까?

한 가지 확실한 것이 있기는 했다. 개미 혁명이 바로 그것이었다. 그것은 콘서트의 제목이었고, 포스터와 아마존들의 셔츠에 적힌 이름이었다. 그것은 모두를 하나로 묶어 주는 단결의 노래였고, 깃발의 모티프였다.

쥘리는 손을 들어 술렁대는 분위기를 가라앉혔다.

「아닙니다, 여러분. 그런 낡은 명분들을 내세워 우리의 힘을 분산시키지 맙시다. 그런 명분들은 이미 아무 열매를 맺지 못하는 헛된 것임이 드러났습니다. 새로운 혁명에는 새로운 목표가 필요합니다.」

군중은 아무런 반응을 보이지 않았다.

「그렇습니다. 우리는 개미들과 같습니다. 우리는 작고 약하지만, 단결하면 강합니다. 우리는 형식주의와 기성의 권위보다는 창조와 소통을 더 중요하게 여깁니다. 우리는 개미와 같습니다. 우리는 우리보다 더 큰 자들이 난공불락의 요새에 덤벼드는 것을 두려워하지 않습니다. 힘을 합치면 우리는 강하기 때문입니다. 개미들은 우리에게 하나의 길을 보여주고 있습니다. 그 길은 우리에게 유익한 것이 될 수도 있습니다. 무엇보다 그 길은 이제껏 한 번도 시험해 보지 않았다는 장점이 있습니다.」

실망한 사람들이 야유를 보냈다.

그녀는 잘 섞이지 않은 마요네즈처럼 군중과 하나로 융합되지 않는 듯한 느낌이 들었다. 쥘리는 서둘러 말을 이었다.

「개미들은 작지만, 함께 모이면 모든 문제들을 해결해 냅니다. 개미들은 우리에게 다른 가치들뿐만 아니라 다른 사회 조직, 다른 소통 방식, 개체 간의 관계를 유지하는 다른 방식을 보여 줍니다.」

그녀의 말은 추상적이고 막연했다. 그 허점을 노리고 선동가들이 앞다투어 목청을 높였다.

「그럼, 환경 오염 문제는 어떻게 되는 겁니까?」

「인종 차별 문제는요?」

「계급 투쟁을 상정하지 않는 혁명이란 있을 수가 없습니다!」

「도시 변두리 빈민 지역의 문제를 방치하면 안 됩니다.」

「옳소!」

쥘리는 문득 『상대적이며 절대적인 지식의 백과사전』에서 읽은 한 구절을 떠올렸다. 〈군중을 조심하라. 군중은 각각의 사람들이 지닌 자질을 넘어서기보다는 그 자질들을 약화시키는 경향이 있다. 군중의 지능 지수는 그것을 구성하는 개인들의 지능 지수를 합친 것보다 못하다. 개인이 모여 군중을 이루면, 1+1=3이 아니라 1+1=0.5이다.〉

날아다니는 개미 하나가 쥘리 옆으로 지나갔다. 그녀는 그 개미가 온 것을, 자기를 둘러싸고 있는 자연이 자기에게 지지를 보내는 것으로 생각했다.

「여기서 우리가 하려는 것은 개미 혁명입니다. 다른 어떤 것도 아니고 오로지 개미 혁명입니다.」

군중이 다시 술렁거렸다. 이제 모든 게 판가름 나려는 참이었다. 쥘리는 만일 판세가 뜻대로 돌아가지 않을 경우에는 모든 것을 작파하리라고 마음의 준비를 하고 있었다.

쥘리는 손가락으로 V 자를 그렸다. 그녀의 주위를 돌던 개미가 손가락 위에 내려앉았다. 아주 인상적인 장면이었다. 개미 같은 미물들조차 그녀에게 지지를 보내고 있지 아니한가…….

아마존들의 리더인 엘리자베트가 소리쳤다.

「쥘리가 옳습니다. 개미 혁명 만세!」

놓칠 수 없는 기회였다. 쥘리는 낙하산을 펴기 위해 손잡이를 당기는 기분으로 외쳤다.

「선견자들은 어디에 있습니까?」

군중은 더 이상 주저하지 않고 다시 구호를 외치기 시작했다.

「우리가 바로 선견자다!」
「발명자들은 어디에 있습니까?」
「우리가 바로 발명자다!」
쥘리는 노래를 시작했다.

우리는 새로운 선견자다.
우리는 새로운 발명자다.
우리는 경화증에 걸린 이 낡은 세상을
조금씩 갉아 먹는 작은 개미들이다.

노래가 다시 시작되고 보니, 쥘리와 다른 생각을 하고 있는 사람들의 우두머리가 될 수도 있을 법한 사람들은 그녀와 경쟁할 처지가 못 되었다. 진작 음악 수업이라도 받아 두었더라면, 그녀와 주도권을 다퉈 볼 수도 있었으련만.

간밤의 열광적인 분위기가 일거에 되살아났다. 가까이에 있던 귀뚜라미마저 뭔가 흥미 있는 일이 벌어지고 있음을 느끼는 듯 찌르륵찌르륵 울기 시작했다.

군중은 다 같이 개미 혁명의 찬가를 합창하기 시작했다.

쥘리는 주먹을 치켜들었다. 거대한 트럭을 몰아가는 듯한 위태위태한 기분이 들었다. 조작 하나하나에 엄청난 힘과 주의를 기울여야 하고, 무엇보다 길을 잘못 드는 일이 없어야 한다. 군중을 이끄는 법을 가르쳐 주는 사람이 있으면 좋으련만. 대형 트럭이라면 교습소에 가서 운전을 배우고 면허를 딸 수 있지만, 〈혁명〉 면허는 어디 가서 딴단 말인가?

이럴 줄 알았으면, 역사 수업을 더 열심히 들을 걸 그랬다. 그랬으면, 예전의 혁명가들이 이와 똑같은 상황에서 어떻게 행동했는지를 알게 되었을지도 모르는데 말이다. 트로츠키[57]나 레닌, 체 게바라, 또는 마오라면 이런 경우에 어떻게 했을까?

환경 운동, 도시 빈민 운동 따위를 외치던 선동가들은 얼굴을 찡그렸다. 어떤 사람들은 땅바닥에 침을 뱉거나 상스러운 말을 중얼거리기도 했다. 그러나 그들은 자기들이 소수라는 것을 느끼고 있었기 때문에, 감히 자기들의 주장을 계속하지 못하고 있었다.

「새로운 발명자는 누구인가?」

쥘리는 구명부대에 매달린 심정으로 그 말을 되풀이했다.

군중을 분산시키지 않고 한 방향으로 나아가게 해야 한다. 그들의 에너지를 모아 정수(精粹)를 얻어 낸 다음 그것으로 무언가를 건설해야 한다. 그 순간 쥘리는 그 생각에만 골몰해 있었다. 한 가지 문제가 있다면, 그것은 그녀가 건설해야 할 것이 무엇인지를 모르고 있다는 거였다.

갑자기 한 사람이 달려와서 그녀에게 말했다.

「경찰들이 학교를 완전히 봉쇄했어요. 조금 있으면 더 이상 밖으로 나갈 길이 없게 될 거예요.」

군중 사이로 웅성거림이 번져 갔다.

쥘리는 다시 마이크를 잡았다.

「방금 경찰이 학교 주위를 완전히 봉쇄했다는 소식이 들어왔습니다. 우리는 도시 한가운데에 있으면서도 이제 무인도에 갇혀 있는 거나 다름이 없게 됩니다. 떠나기를 원하시는 분들은 지금 당장 결정하시는 게 좋을 것 같습니다. 조금

---

57 Leon Trotsky(1879~1940). 영구 혁명론을 제창한 반(反)스탈린주의 러시아 혁명가.

더 있으면 떠나기가 불가능해질 것이기 때문입니다.」

3백 명가량의 사람들이 철책문 쪽으로 갔다. 식구들이 불안해하고 있을 것을 걱정하는 나이 지긋한 이들, 축제는 하룻밤으로 족하며 그것보다는 자기 일이 더 중요하다고 생각하는 사람들이 대부분이었다. 기중에는 예고도 없이 밖에서 밤을 보낸 것 때문에 부모의 꾸지람을 걱정하는 젊은이들과 록 음악은 무척 좋아하면서도 개미 혁명이라는 것이 영 찜찜해서 내심 불안해하고 있던 젊은이들도 있었다.

마지막으로 환경 운동과 도시 빈민 운동과 계급 투쟁의 지도자들이 그들 무리에 합류하였다. 그 농성을 자기들의 목적을 위해 이용해 보려던 그들은 빈정거리는 말을 중얼대면서 자리를 떴다.

철책문이 열렸다. 밖의 기동대원들은 학교를 떠나는 사람들을 데면스럽게 바라보았다.

쥘리가 외쳤다.

「이제 선의를 지닌 사람들만 남았습니다. 진짜 축제는 이제부터 시작입니다!」

118. 백과사전

아메리카 원주민의 유토피아

아메리카 원주민들은 수, 샤이엔, 아파치, 크로, 나바호, 코만치 등 어느 부족을 막론하고 똑같은 원칙을 가지고 있었다.

우선 그들은 스스로를 자연의 지배자가 아니라 자연을 구성하는 한 부분으로 생각했다. 그들 부족은 한 지역의 사냥감이 떨어졌다 싶으면 다른 지역으로 옮겨 간다. 사냥감이 다시 깃들일 때까지 기다리려는 것이다. 그런 식으로 그들은 자연에서 먹을 것을 취하되, 자연을 고갈시키지 않았다.

그들의 가치 체계에서 개인주의는 자랑거리라기보다는 웃음거리였다. 자기 자신을 위해 무언가를 한다는 것은 남우세스러운 일이었다. 그들은 아무것도 소유하지 않았고 아무것에 대해서도 개인의 권리를 주장하지 않았다. 그러한 전통은 오늘날까지 그대로 이어지고 있다. 한 원주민이 자동차를 사면 누구든 그것을 빌려 달라고 요구할 수 있고, 산 사람도 으레 누구에게든 빌려 주어야 하는 것으로 알고 있다.

원주민의 자녀들은 강제나 속박 없이 어른들이 하는 것을 보고 배우며 자연스럽게 부족의 어엿한 일원으로 성장해 갔다.

원주민들은 접목 교잡법(交雜法)을 터득하여 옥수수 같은 작물의 잡종을 만드는 데 이용하였고, 파라고무나무의 수액을 이용해 방수포를 만들었으며, 유럽의 면직물과는 비교도 안 될 만큼 결이 고운 무명옷을 지을 줄 알았고, 아스피린(살리실산)이며 퀴닌 등의 효험을 익히 알고 있었다.

북아메리카 원주민 사회에는 세습 권력도 항구적인 권력도 존재하지 않았다. 어떤 결정이 이루어질 때마다, 각자 파우와우(부족 회의)에서 자기 의견을 개진하였다. 파우와우는 유럽의 공화제 혁명보다 훨씬 앞서서 이루어진 의회 제도였다. 만일 부족 구성원의 다수가 추장을 신뢰하지 않으면, 추장은 스스로 자리에서 물러나곤 했다.

북미 원주민 사회는 평등한 사회였다. 물론 추장은 있었지만, 사람들이 자발적으로 그를 따라야만 추장이 될 수 있었다. 지도자가 되는 것은 신뢰의 문제였다. 또, 파우와우에서 어떤 결정이 이루어졌다고 해서 그것을 무조건 따라야 하는 건 아니었다. 자기가 그 결정에 찬성투표를 했을 때에만 그것을 따를 의무가 있었다. 말하자면, 부족 회의는 남에게 자기 의견을 강요하기 위한 것이 아니라 자기가 하려는 행동의 정당성을 인정받기 위한 장치였던 셈이다.

북미 원주민들은 한창 번영을 누리고 있던 시절에도 직업적인 군대를 보유한 적이 없었다. 필요할 경우에는 모두가 전투에 참가하였지만, 그들은 전사이기 전에 먼저 사냥꾼이자 경작자, 그리고 한 가정의 아버지였다.

그들은 생명이란 그 형태가 어떠하든 마땅히 존중해야 하는 것으로 생각했다. 그래서 그들은 적의 목숨도 함부로 해치지 않았다. 〈남이 너에게 행하기를 원하지 않는 일을 남에게 행하지 말라〉는 역지사지의 태도를 늘 견지했던 것이다. 그들이 생각하는 전쟁은 자기의 용기를 보여주는 하나의 경기였지, 적을 다치게 하거나 죽이는 행위가 아니었다. 그래서 전투는 막대의 둥글린 끝을 적의 몸에 대는 것만으로 승부가 판가름 나는 경우가 많았다. 그것은 적을 죽이는 것보다 더 명예로운 일이었다. 말하자면, 그들의 전투는 오늘날의 펜싱 경기와 비슷한 것이었다. 어느 편에서든 피를 흘리는 사람이 생기면 전투는 즉각 중단되었고, 사망자가 생기는 일은 아주 드물었다.

그런 문화 속에 살던 그들이 유럽인들의 전쟁 방식을 이해하기란 여간 어려운 일이 아니었다. 노인과 부녀자와 아이까지 죽이는 백인들을 보고 그들은 경악하지 않을 수 없었다. 그것은 단지 무서운 정도가 아니라, 몰상식하고 비논리적이어서 도무지 이해를 할 수 없는 일이었다.

그래도 북미 원주민들은 남미의 원주민들보다 비교적 오랫동안 백인들의 침략에 저항했다.

백인들의 입장에서는 남미 쪽이 공격하기가 더 용이하였다. 남미 원주민 사회는 우두머리의 목만 자르면 사회 전체가 붕괴되어 버렸다. 그것은 위계질서가 엄격하고 행정이 중앙에 집중된 사회 체제의 큰 약점이다. 그런 사회는 군주 하나에 의해 사회 전체의 운명이 좌우되기 십상이다.

북미 원주민 사회는 남미 쪽보다는 더 분산된 구조를 지니고 있었다. 백인 카우보이들은 이리저리 이동하는 수백의 부족을 상대해야 했다. 그들의 목표는 한곳에 붙박여 있는 왕이 아니라 끊임없이 움직이는 수백의 우두머리였다. 150명으로 이루어진 한 부족을 겨우 굴복시키거나 몰살시키고 나면, 다시 150명으로 이루어진 또 다른 부족을 공격해야 했다.

그렇다고는 해도 결국 원주민들은 유럽인들의 대학살을 피할 수 없었다. 콜럼버스가 아메리카 대륙에 상륙했던 1492년 무렵에 아메리카 원주민의 수는 1천만이었다. 그로부터 4백 년이 지난 1890년에 원주민 인구는 15만으로 줄었고, 그들 중의 다수는 유럽인들이 옮겨 온 병 때문에 죽어 가고 있었다.

1876년 6월 25일의 리틀 빅 혼 전투는 전례 없이 많은 원주민들이 집결해서 싸운 드문 경우였다. 1만에서 1만 2천에 달하는 원주민들이 함께 모였고 그중에 전사는 3천에서 4천을 헤아렸다. 원주민들은 커스터 장군이 이끄는 군대를 상대로 압승을 거두었다. 그러나 좁은 땅에서 그렇게 많은 사람들을 먹여 살리기는 쉽지 않았다. 그래서 원주민들은 승리를 거둔 후에 다시 흩어졌다. 그들은 백인들이 그런 모욕을 당했으니 다시는 자기들을 깔보지 않으리라고 생각했다.

그러나 원주민 부족들은 백인들에게 차례차례 정복되었다. 1900년에 이르기까지 미국 정부는 그들을 몰살하려고 했다. 1900년이 지나면서 미국 정부는 원주민들이 흑인이나 치카노(멕시코계 미국인), 아일랜드인, 이탈리아인들처럼 미국이라는 〈멜팅 포트〉[58]에 통합되었다고 믿었다.

하지만 그것은 단견의 소치였다. 원주민들은 자기들이 서양의 정치사

---

58 원래는 〈도가니〉라는 뜻. 잡다한 인종이 모여 사는 곳을 말하며, 종종 미국을 지칭한다.

회 체제에서 무언가를 배울 수 있다고 생각하지 않았다. 오히려 그들은 자기들의 체제가 백인들의 것보다 더 진보되었다고 믿었다.

에드몽 웰스, 『상대적이며 절대적인 지식의 백과사전』 제3권

119. 무르익어 가는 개혁의 기운

바깥의 햇빛이 안의 불빛보다 더 강해지자마자 개미들은 강둑에 다시 모여 서쪽의 길게 이어진 땅을 향해 출발했다.

그들의 수는 1백 정도밖에 안 되지만, 그들은 자기들이 힘을 합치면 세상을 변화시킬 수 있을 것 같은 기분을 느끼고 있다. 암개미 103호는 자기가 손가락들의 불가사의한 세계를 탐험하기 위해 서쪽에서 동쪽으로 원정을 갔다가 이제 그 세계에 대해 겨레에게 설명하고 개미 문명을 진보시키기 위해 반대쪽으로 가고 있음을 새삼스럽게 깨닫고 있다.

〈한 방향으로 떠난 것은 반드시 반대쪽으로 돌아온다〉라는 개미 세계의 옛 속담은 바로 이런 경우를 두고 하는 말이리라.

손가락들은 아마 그런 종류의 속담을 이해하지 못할 것이다. 거기에는 개미 사회의 문화적 특수성이 담겨 있기 때문이다.

그들은 물푸레나무와 느릅나무의 날개열매들이 비 오듯 쏟아지는 평지를 건너간다. 그런 곳을 지나가는 것은 참으로 고약스럽다. 나무 열매들이 그들에겐 하늘에서 떨어지는 바윗돌이나 다름없기 때문이다. 그곳을 빠져나오자, 이번엔 갈색 고사리가 잔뜩 우거진 수풀이 막아선다. 우두둑 떨어지는 이슬을 맞아 그들의 더듬이가 자꾸 머리에 달라붙는다.

모두들 나뭇잎으로 불씨를 감싸서 그것을 보호하려고 애를 쓰는데, 오로지 수개미 24호만은 다른 개미들처럼 손가락 세계를 숭배하는 행위에 빠져들기를 거부하고 외따로 떨어져서 가고 있다.

해가 높아지면서 숨 막힐 듯한 열기를 뿜어 댄다. 그들은 속이 빈 그루터기에 들어가 더위를 피하기로 한다.

불 기술자들은 사방에 역한 냄새를 진동시키는 곤충 하나를 발견하고 불에 태운다. 무당벌레 하나가 다가와 그게 무어냐고 묻자, 그들은 딱정벌레의 고기라고 대답한다. 무당벌레는 자기 역시 딱정벌레목에 딸린 곤충인지라, 군말 없이 그 자리를 떠나 근처의 진딧물들을 잡아먹으러 간다.

한편, 7호는 커다란 잎새 위에 실물 크기의 프레스코를 그리기 시작했다. 그는 거기에 〈손가락 혁명〉을 향한 장정을 형상화해 볼 생각이다. 각 개미의 형태를 정확하게 재현하기 위해서, 그는 동료들에게 그들의 그림자가 잎새에 드리워지도록 불 앞에서 포즈를 취해 달라고 부탁한다. 그의 문제는 물감을 제대로 착색시키는 일이다. 시간이 지나면 형상이 자꾸 지워지기 때문이다. 침을 사용하기는 하지만 그건 그다지 도움이 안 되고 그저 색조를 흐릿하게 만들 뿐이다. 다른 것을 찾아야 한다.

7호는 민달팽이 한 마리를 발견하고는 예술의 이름으로 그것을 거리낌 없이 죽인다. 민달팽이의 끈끈물은 침보다 효과가 좋다. 그것은 채료(彩料)를 희석시키지 않고 물기가 마르면 단단해진다. 아주 훌륭한 래커다.

암개미 103호는 7호의 작품을 보러 와서, 〈그래, 이런 게 바로 예술이야〉 하면서 힘을 북돋운다. 그가 기억하기로는 손가락 세계의 예술도 그러했다. 그가 아는 한, 예술이란 현실적으로 별로 쓸모는 없지만 이미 존재하는 것과 똑같은 그림이나 물건을 만드는 행위이다.

《예술이란 자연을 재현하려는 시도이다.》

갈수록 새로운 영감을 얻어 가고 있는 7호가 그렇게 요약했다.

이로써 개미들은 손가락 세계의 첫 번째 불가사의를 해결했다. 그러나 아직도 해학과 사랑이 탐구해야 할 과제로 남아 있다.

7호는 사기가 한껏 고양되어 자기 일에 더욱 매진하리라고 각오를 새로이 한다. 예술의 매력은 새로운 발견이 이루어질 때마다 새롭고 흥미로운 문제가 나타난다는 점에 있다.

7호의 궁금증은 끝이 없다. 우리가 여행한 고장들을 재현하고자 한다면 그 입체 효과를 어떻게 살릴 수 있을까? 우리 주위의 풀나무들을 어떻게 그림의 배경에 넣을 수 있을까?

수개미 24호와 10호는 손가락들에 관한 103호의 이야기에 줄곧 더듬이를 기울이고 있다.

눈썹

손가락들의 눈언저리에는 눈썹이라는 아주 편리한 것이 있다. 그것은 눈 위에 줄 모양으로 도도록하게 솟아 있는 털인데 빗물이 눈에 들어가는 것을 막아 준다.

그러나 그것만으로는 빗물을 완전하게 막을 수가 없기 때문인지 그들에겐 다른 것이 또 있다. 즉, 그들의 눈구멍은 안면에 비해 조금 안으로 들어가 있다. 그래서 빗물이 눈 속으로 들어가지 않고 눈 주위로 흘러내리게 된다.

10호는 그 정보 역시 기억 페로몬에 담는다.

103호의 이야기가 이어진다.

눈물과 눈꺼풀

손가락들의 눈에는 눈물샘이라는 것이 있다.

그것은 눈알에 물을 내보내는 기관이다. 그 물은 눈알을 씻어 주고 그 움직임을 매끄럽게 해준다.

손가락들의 눈에는 눈꺼풀이라는 것도 있다. 그것은 눈알을 위아래로 덮고 있는 일종의 움직이는 껍질이다. 그것이 5초마다 한 번씩 오르내리면서 눈알에 물을 묻혀 주기 때문에, 그들 눈에는 언제나 얇고 투명한 윤활액의 막이 덮여 있게 된다. 그 눈물막이 먼지며 바람, 비, 추위로부터 눈알을 보호해 준다.

그런 것들이 있어서 손가락들은 개미들처럼 눈을 비비거나 씻지 않아도 언제나 깨끗한 상태를 유지할 수 있다.

개미들은 손가락들의 눈을 상상해 보려고 애쓴다. 그러나 그들로서는 그렇게 복잡한 기관을 떠올리기가 쉽지 않다.

120. 제 풀에 와해되도록 푹 썩이자

신티아 리나르와 그녀의 딸 마르그리트는 텔레비전을 보고 있었다. 그날 저녁에 리모트 컨트롤을 차지한 사람은 신티아였다. 끊임없이 채널을 바꾸어 대는 딸아이에 비하면 그녀는 조금 더 진득한 편이었다. 그건 아마도 그녀가 딸보다는 더 많은 관심사를 가지고 있다는 뜻일 터였다.

45번 채널. 보도 프로그램. 한 쌍둥이 형제가 학교에서 가르치는 공식적인 언어를 거부하고 그들 자신의 언어를 만들어 냈다. 행정 당국은 그들이 국어를 배울 수 있도록 하기 위해 둘을 떼어 놓기로 결정했다. 소아과 의사 협회는 그 쌍둥이 형제로 하여금 사물을 다른 방식으로 표현하게 해주는 그 자생적인 언어를 연구하면 흥미로운 결과를 얻게 될지도 모르는데, 교육부가 그럴 시간을 주지 않았다며 유감의 뜻을 표시했다.

673번 채널. 광고. 〈요구르트를 드세요! 요구르트를 드세요! 요구르트를 드세요!〉

345번 채널. 오늘의 농담. 늪에서 수영복 차림으로 나온 어떤 코끼리의 이야깁니다.

678번 채널. 뉴스. 국내 소식: 정부는 실업을 국가의 운명이 걸린 중대사로 선포하고 실업과의 전쟁을 정책의 최우선 과제로 정했다. 국외 소식: 티베트에서 중국의 점령에 반대하는 시위가 있었다. 중국 군인들은 평화적인 시위자들을 구타하고 라마승들의 카르마를 더럽히기 위하여 그들에게 동물을 죽이라고 강요했다. 엠네스티 인터내셔널, 곧 국제 사면 위원회는 베이징 정부가 티베트 사람들을 학살함으로써 이제 티베트에는 티베트 사람들보다 중국인들이 더 많아지게 되었음을 환기시키면서, 티베트 문제에 대한 국제적인 관심을 촉구하고 있다.

채널 622번. 퀴즈 쇼. 알쏭알쏭 함정 퀴즈. 〈성냥개비 여섯 개로 정삼각형 여덟 개를 만들려면 어떻게 해야 할까요? 자, 도움말을 상기시켜 드리겠습니다. 답을 찾아내려면 무엇에 비추어 생각하면 됩니다.〉

그렇게 갖가지 불완전하고 단편적인 정보들을 모은 뒤에, 막시밀리앵네 가족은 저녁 식사를 하러 건너갔다. 그날 저녁 메뉴에는 냉동 피자와 파를 넣은 대구찜과 후식으로 요구르트가 있었다.

막시밀리앵은 후식을 앞에 둔 채 늑장을 부리고 있는 아내와 딸을 식탁에 남겨 두고, 할 일이 있다면서 자기 서재에 틀어박혔다.

마키아벨은 〈진화〉 게임을 다시 한 판 벌이자고 제안했다. 막시밀리앵은 손이 닿는 곳에 시원한 맥주를 갖다 놓고 슬라브풍의 문명을 건설했다. 그는 별다른 어려움 없이 그 문명을 1800년까지 이끌었다. 그랬는데, 1870년에 그리스 군대의 공격을 받고 패배했다. 성곽 도시를 건설하는 일에 너무 늑장을 부린 데다가, 정부의 부패에 신물이 난 국민들의 사기가 떨어질 대로 떨어진 탓이었다.

마키아벨은 그에게 폭동이 일어날 염려가 있다고 알려 주었다. 대책은 둘 중의 하나였다. 경찰을 보내어 폭도들을 진압하는 방법도 있었고, 희극 공연을 많이 열어서 국민들의 마음을 느긋하게 해주는 길도 있었다. 막시밀리앵은 자기의 게임 수첩에 희극 배우들이 위기에 처한 문명을 구하는 데 도움을 줄 수도 있다고 썼다. 그는 이런 말도 덧붙였다. 〈해학과 농담은 단기적인 치료 효과를 가져올 뿐만 아니라 문명 전체를 구할 수도 있다.〉 그러면서, 그는 수영복 입은 코끼리가 등장한 오늘의 농담을 적어 두지 않은 것을 후회했다.

마키아벨은 희극이 의기소침한 국민들의 사기를 높여 줄 수도 있지만, 그와 동시에 지도자들에 대한 국민들의 존경심을 약화시킬 수도 있다는 점을 지적하는 것도 잊지 않았다.

국민들은 희극이 현 정권을 조롱할 때 가장 즐거워한다는 것이었다.

막시밀리앵은 그 말도 적어 두었다.

그 판의 중간 결산을 하면서, 마키아벨은 적의 요새를 포위하는 방법을 배워야 한다고 강조했다. 캐터펄트나 장갑차를 마련하지 않은 채 요새를 공격하느라고 막시밀리앵은 너무나 많은 병사들을 희생시키고 있었다.

「당신은 딴 데에 정신을 팔고 있는 것 같군요. 아직도 숲속의 피라미드 때문에 고민하고 있나요?」

막시밀리앵은 컴퓨터의 성능에 다시 한번 놀랐다. 컴퓨터는 그저 문장과 문장 사이에 관계를 맺어 주는 것만으로도 진짜 대화 상대인 양 행세하고 있었다.

「아니, 이번엔 어떤 고등학교에서 벌어지고 있는 난동 때문에 골치를 앓고 있어.」

그는 상대가 기계라는 것을 거의 의식하지 않고 대답했다.

「그것에 대해서 저에게 말씀해 주실 수 있어요?」

마키아벨의 눈이 커지면서 화면 전체를 차지했다. 그건 아주 많은 관심을 보이고 있다는 뜻이었다.

막시밀리앵은 턱을 쓸며 생각에 잠겼다. 현실 속에서 그가 고민하고 있는 문제가 게임 속의 문제와 일치하고 있다는 것이 재미있었다.

그는 자기의 고민거리를 설명했다. 마키아벨은 중세에 있었던 요새 공략의 역사를 함께 연구해 보자면서, 모뎀을 이용해 컴퓨터를 역사 백과 정보망에 접속하고 여러 가지 그림과 글을 받아 냈다.

막시밀리앵은 그 정보를 통해서 아주 놀라운 사실을 깨달았다. 요새를 공략하는 데는 전쟁 영화나 무협 영화를 보면서 상상했던 깃보다 훨씬 복잡한 전술이 필요했다. 고대 로마 시대 이래로, 많은 장수들이 성곽과 요새를 공략하기 위한 방안들을 궁구한 바 있었다. 옛 장수들의 전술을 통해 그가 새롭게 배운 것 중의 하나는 캐터펄트가 단지 포탄을 쏘아 보내기 위해서만 사용된 것이 아니라 주로 농성자들의 사기를 꺾기 위한 목적으로 사용되었다는 점이었다. 포위자들은 성을 지키는 자들에게 토사물과 분뇨가 담긴 통을 쏘아 보내기도 하고, 살아 있는 포로를 날려 보내기도 했으며, 성의 수원지에 페스트로 죽은 동물들의 시체를 보내서 세균전을 벌이기도 했다.

포위자들은 이런 방법을 쓰기도 했다. 성벽 밑에 땅굴을 파고 나무 기둥으로 떠받친 다음, 거기에 나뭇단을 채워 넣는다. 알맞은 때를 골라 거기에 불을 지르면 땅굴이 무너지면서 그 충격으로 성벽이 내려앉는다. 그러고 나면 그 기습 효과를 이용해 성안으로 쳐들어가는 일만 남는다.

그뿐만 아니라, 포위자들은 불에 벌겋게 달군 무쇠 덩어리를 성안으로 쏘아 보내기도 했다. 프랑스어에서 적을 아주 혹독하게 공격하는 것을 일컬어, 〈벌건 포탄을 쏘다〉라고 표현하는 곡절이 거기에 있다. 그 무쇠 덩어리의 실제적인 피해는 그리 크지 않을지 모르지만, 하늘에서 날아오는 뜨거운 포탄이 언제 자기 머리에 떨어질지 몰라서 전전긍긍하는 사람들의 모습을 상상하기는 어렵지 않다.

막시밀리앵은 사뭇 놀라워하며 컴퓨터 화면에 펼쳐지는 그림들을 보고 있었다. 성을 공략하는 방법은 수없이 많았다. 그가 할 일은 오늘날의 새로운 농성 방식, 즉 네모반듯한 콘크리트 건물을 점거하는 경우에 맞는 공략 방식을 찾아내는 것이었다.

전화가 왔다. 지사는 난동이 어떠한 상태에 와 있는지를 알고 싶어 했다. 막시밀리앵은 시위자들이 경찰에 포위된 채 학교 안에 완전히 갇혀 있으며 아무도 들어가거나 나올 수 없다고 알려 주었다.

지사는 리나르 경정의 노고를 치하했다. 지사의 걱정은 단 하나, 장난처럼 시작된 그 일이 일대 사건으로 번져 가는 것이었다. 그에게는 난동이 확대되는 것을 막는 게 무엇보다 중요했다.

리나르 경정이 학교를 탈환하기 위한 방법을 찾아보겠다는 뜻을 밝히자, 지사는 기겁을 하였다.

「다른 건 몰라도 학교로 쳐들어가는 건 안 돼. 별것도 아닌 말썽꾼들을 순교자로 만들 셈이야?」

「하지만, 그들은 세상을 뒤집어엎고 혁명을 하자는 얘기를 하고 있습니다. 학교 주변의 주민들은 모두 그들의 파시오나리아가 하는 연설을 듣고 불안해하고 있습니다. 공식적으로 불만을 제기해 오는 사람들도 있습니다. 게다가 밤낮으로 울려 대는 음악 소리 때문에 모두들 잠도 제대로 못 자고…….」

지사는 자기의 〈썩게 내버려 두기〉 이론을 고집했다.

「아무것도 하지 않고 썩게 내버려 두는 것, 그 방법을 적용하면 어떤 문제도 결국은 저절로 해결되는 법일세.」

지사의 주장에 따르면, 프랑스 문화의 정수라고 할 만한 것들은 모두 〈썩게 내버려 두기〉라는 한마디 말로 집약될 수 있다는 거였다. 포도즙을 썩게 내버려 둠으로써 가장 감미로운 포도주를 얻고, 우유를 썩혀서 가장 맛 좋은 치즈를 생산해 내고, 심지어는 빵마저도 밀가루에 뜸팡이를 섞어서 만들지 않느냐는 얘기였다.

「썩게 내버려 둬. 푹 썩히라고. 두고 보면 알겠지만 그 녀석들 제 풀에 지쳐서 나가떨어지고 말 걸세. 따지고 보면, 혁명이나 반란은 모두 스스로 썩어 문드러지게 되어 있어. 혁명의 가장 무서운 적은 바로 시간이야. 시간은 모든 것을 발효시키는 뜸씨와 같은 걸세.」

지사는 농성자들을 몰아내려고 경찰관들을 보낼 때마다 농성자들의 대오는 단단해지고 단결력이 갈수록 높아질 테지만, 그들을 가만히 내버려 두면 상자 안에 갇힌 쥐 떼처럼 서로 물어뜯게 될 거라고 장담했다.

「자네도 알다시피, 함께 모여 산다는 것은 아주 어려운 일이야. 한 아파트에 여럿이 같이 산다고 생각해 보게. 그건 이미 도박이나 진배없어. 사랑하는 남녀가 만나 살을 섞으며 살다가도 서로 마음이 안 맞아서 남남으로 돌아서는 경우가 적지 않은데, 봉쇄된 학교에 7백 명이 모여 있으니 그 상황이 오죽하겠어? 말썽이 한두 가지가 아니지. 물이 새는 수도꼭지나 도둑맞은 소지품, 고장 난 텔레비전, 담배 연기를 싫어하는 사람 옆에서 줄담배를 피워 대는 사람들 등 갖가지 이유로 그들은 벌써부터 서로 싸움을 벌이고 있을 거야. 두고 보라고, 얼마 안 가서 학교 안은 지옥이 되고 말 테니까.」

121. 지금은 강경하게 밀고 나갈 때다

쥘리는 생물실로 가서 플라스크를 모두 부숴 버리고, 실험용 흰쥐와 개구리와 지렁이까지 풀어 주었다.

유리 파편 하나가 그녀의 팔 아래에 상처를 내었다. 그녀는 살갗에 송골송골 맺히는 피를 입으로 빨았다.

그런 다음, 그녀는 달아나듯 자기 반 교실로 뛰어갔다. 폭력을 사용하지 않고 세상을 변화시킬 수 있느냐 없느냐를 놓고 역사 선생과 논쟁을 벌였던 바로 그 교실이었다.

쥘리는 빈 교실에 홀로 앉아서 『상대적이며 절대적인 지식의 백과사전』을 뒤지며 혁명과 관련된 대목들을 찾았다. 역사 시간에 들은 말 한마디가 그녀의 뇌리를 떠나지 않고 있었다. 〈과거의 잘못이 왜 생겼는지를 이해하지 못한 자는 같은 잘못을 되풀이하게 된다.〉

쥘리는 자기에게 도움이 될 만한 과거의 경험들을 낱낱이 찾아 읽기로 했다. 다른 사람들은 난관을 어떻게 헤쳐 나갔는지, 또는 어째서 헤쳐 나가지 못했는지를 알 필요가 있었다. 과거에 유토피아를 건설하고자 했던 모든 사람들이 후세에 아무것도 끼치지 않고 죽지는 않았을 터였다. 그들의 실패와 좌절마저도 그녀에겐 타산지석이 될 수 있었다.

쥘리는 혁명들에 관한 이야기를 탐독하였다. 익히 알려진 혁명이 주를 이루고 있었지만, 개중에는 청두의 반란이나 소년 십자군, 독일 라인란트 지방의 아만파 혁명, 칠레 서쪽 파크섬에서 있었던 〈큰 귀들〉의 혁명처럼 에드몽 웰스가 짓궂은 재미를 느끼며 끼워 넣은 것으로 보이는 잘 알려지지 않은 것들도 있었다.

혁명이라는 것도 따지고 보면 하나의 교과목처럼 공부를 통해서 배워 나갈 수 있으리라는 생각이 들었다. 물론 대학 입시와는 아무런 상관이 없지만, 혁명은 아주 흥미진진한 과목이었다.

쥘리는 자기가 깨우친 바를 적어 두고 싶었다. 책 끝에는 백지가 몇 장 붙어 있고, 그 첫머리에 〈독자 여러분이 스스로 깨우친 바를 여기에 적어 두십시오〉라고 씌어 있었다. 에드몽 웰스는 이것저것에 고루 마음을 써놓았다. 그는 그야말로 저자와 독자가 상호 작용을 할 수 있는 책을 만들고자 했던 모양이다. 책을 읽은 뒤엔, 스스로 자기 얘기를 써보라는 것이 아닌가.

쥘리는 이제껏 그 책을 너무 소중하게 여긴 나머지, 감히 거기에 주석을 달겠다는 생각을 못 했는데, 저자의 말에 용기를 얻고 자기의 생각을 적어 보기로 했다.

쥘리 팽송의 주석.
혁명을 실제적으로 성공시키는 방법.

단장(斷章) 1 퐁텐블로 고등학교의 경험에서 얻은 것.

그렇게 허두를 뗀 다음, 쥘리는 자기의 경험에서 얻은 교훈과 장래의 일에 대한 의견을 기록하였다.

혁명 병법 제1조 록 콘서트는 청중의 폭넓은 공감을 얻어 냄으로써 혁명적인 형태의 대중 운동을 촉발하기에 충분한 에너지를 만들어 낼 수 있다.

혁명 병법 제2조 군중을 다루는 데는 한두 사람의 능력만으로 충분치 않다. 혁명 운동의 선두에는 적어도 7~8명의 전위가 있어야 한다. 단지 생각할 시간을 갖거나 휴식을 취하기 위해서라도 그 정도의 수는 불가피하다.

혁명 병법 제3조 교전 중인 군중을 통솔하는 방법 가운데 하나는 군중을 기동성 있는 몇 개의 집단으로 나누는 것이다. 그 경우 각 집단마다 선도자가 있어야 하고, 그 선도자는 다른 선도자들과 신속하게 연락을 취할 수 있는 수단을 지니고 있어야 한다.

혁명 병법 제4조 혁명이 성공하면 반드시 그 성공을 시기하는 자들이 생기게 마련이다. 어떠한 일이 있어도 혁명이 그것을 주도한 사람들의 선의에서 벗어나게 해서는 안 된다. 자기들의 의도하는 혁명이 정확히 무엇인지는 모른다 하더라도, 무엇이 자기들의 혁명이 아닌지는 반드시 알아야 한다. 우리의 혁명은 폭력적이지 않다. 우리의 혁명은 교조적이지 않다. 우리의 혁명은 예전의 그 어느 혁명하고도 유사하지 않다.

정말 그렇게 단언할 수 있을까? 하고 스스로에게 반문하면서, 쥘리는 그 마지막 문장을 지워 버렸다. 옛날의 혁명 중에서 호감이 가는 것을 찾아낸다면, 그것을 귀감으로 삼지 않을 이유가 없었다. 문제는 과거의 역사에서 호감이 가는 혁명을 찾아낼 수 있느냐 하는 것이었다.

쥘리는 『백과사전』을 처음부터 다시 뒤지기 시작했다. 그녀는 일찍이 공부를 그렇게 열심히 해본 적이 없었다. 그녀는 거의 외워 버릴 만큼 읽은 것을 또 읽었다. 독일 사회주의 단체 스파르타쿠스의 저항,[59] 파리 코뮌, 멕시코의 사파타 혁명, 1789년의 프랑스 혁명과 1917년의 러시아 혁명, 인도에서 일어난 세포이들의 항쟁……

[59] 독일 사회민주당의 극좌파가 제1차 세계 대전 중에 조직한 혁명 단체.

모든 혁명의 역사에는 한 가지 공통점이 있었다. 혁명 운동의 초기에는 오로지 선의만이 충만해 있지만, 운동이 폭발하여 전반적인 혼란이 야기되면 그 틈을 타서 영악한 자들이 나타나서, 모두의 열정을 왜곡하고 전제 정치의 길을 열곤 했다는 것이다. 유토피아를 건설하려던 사람들은 자기들의 이상을 실천에 옮기던 중에 죽음을 당하고, 결국엔 꾀바른 자들이 그들을 희생양으로 삼아 권력을 장악한 경우가 흔했다.

체 게바라는 암살을 당했고 피델 카스트로는 권력을 장악했다. 붉은 군대의 창시자 트로츠키는 살해당했고 스탈린은 지배자로 군림했다. 당통은 기요틴으로 처형되었고 로베스피에르는 권력을 향유했다.

세상일이 다 그렇듯이 혁명도 냉혹한 약육강식의 논리에서 벗어날 수가 없었다. 쥘리는 몇 대목을 더 읽다가, 만일 신이 존재한다면, 신은 인간에게 그토록 많은 자유 의지를 허락하고 그토록 많은 불의를 용납하였으니 인간을 대단히 존중하고 있음에 틀림없다고 생각했다.

쥘리와 그녀의 친구들이 이루려는 혁명은 아직 손이 타지 않은 예쁜 보석이었다. 쥘리는 이미 그 보석을 가로채려는 자들을 한차례 쫓아내었다. 그러나 시간이 지나면 다른 자들이 또 나타날 가능성이 많았다. 그런 경우를 생각하면 두루춘풍은 결코 능사가 아니었다. 온화함의 사치를 부리기에 앞서 강경한 태도를 보일 필요가 있었다. 쥘리가 여러 혁명의 예를 놓고 이리저리 따져 본 끝에 내린 고통스러운 결론은, 혁명 정부는 완벽한 민주주의를 실행하는 기쁨을 스스로에게 허용할 수 없다는 거였다. 나중에 가서야 공동체가 자율적으로 운영되어 가는 양상에 맞추어 고삐를 늦추더라도, 당장엔 강한 모습을 보여 주어야 했다.

조에가 청바지와 파란 셔츠와 파란 풀오버를 들고 교실 안으로 들어왔다.

「너 입으라고 가져온 거야. 계속 그 나비 드레스를 입고 돌아다닐 수는 없지 않니?」

「고마워.」

쥘리는 책을 덮고 옷가지를 챙긴 다음 공동 침실의 샤워실로 달려갔다. 그녀는 뜨거운 물을 틀어 놓고 마치 낡은 살가죽을 벗겨 내려는 것처럼 딱딱한 비누로 살갗을 문질렀다.

122. 이야기의 한중간

쥘리는 말쑥해진 몸으로 거울 앞에 서서, 조에가 가져다 준 옷을 입었다. 바지도 파란색, 셔츠도 파란색이었다. 이제 그녀의 옷은 검은색이 아니었다. 참으로 오랜만의 일이었다.

그녀는 세면대의 거울에 서린 김을 손바닥으로 닦아 냈다. 자기 자신이 아름답다는 생각이 들었다. 그것 역시 참으로 오랜만의 일이었다. 까만 머리에는 고운 윤기가 흘렀고, 푸르스름한 기운이 감도는 커다란 연회색 눈은 웃옷의 파란색과 한결 잘 어울렸다.

그녀는 거울에 비친 자기 모습을 물끄러미 바라보다가 문득 한 가지 생각을 떠올리고는, 『상대적이며 절대적인 지식의 백과사전』의 한가운데를 펴 들고 거울 앞으로 가져가서 비춰 보았다. 그러면서 그녀는 새로운 사실을 하나 깨달았다. 『백과사전』에는 가운데 페이지를 중심으로 장(章)과 장들이 서로 대칭을 이루고 있을 뿐만 아니라, 거울에 비추어 반대쪽으로 읽어야만 비로소 뜻이 통하는 문장들도 들어 있었다.

제5권에서 계속

옮긴이 **이세욱** 1962년에 태어나 서울대학교 불어교육과를 졸업하였으며, 현재 전문 번역가로 활동하고 있다. 옮긴 책으로 베르나르 베르베르의 『제3인류』(공역), 『웃음』, 『신』(공역), 『인간』, 『나무』, 『상대적이며 절대적인 지식의 백과사전』(공역), 『뇌』, 『타나토노트』, 『아버지들의 아버지』, 『천사들의 제국』, 『여행의 책』, 움베르토 에코의 『프라하의 묘지』, 『로아나 여왕의 신비한 불꽃』, 『세상의 바보들에게 웃으면서 화내는 방법』, 『세상 사람들에게 보내는 편지』(카를로 마리아 마르티니 공저), 장클로드 카리에르의 『바야돌리드 논쟁』, 미셸 우엘벡의 『소립자』, 미셸 투르니에의 『황금 구슬』, 카롤린 봉그랑의 『밑줄 긋는 남자』, 브램 스토커의 『드라큘라』, 파트리크 모디아노의 『우리 아빠는 엉뚱해』, 장자크 상페의 『속 깊은 이성 친구』, 에리크 오르세나의 『오래오래』, 『두 해 여름』, 마르셀 에메의 『벽으로 드나드는 남자』, 장크리스토프 그랑제의 『늑대의 제국』, 『검은 선』, 『미세레레』, 드니 게즈의 『머리털자리』 등이 있다.

개미 4

발행일	1997년	5월 30일	초판 1쇄
	2000년	6월 20일	초판 6쇄
	2001년	2월 15일	2판 1쇄
	2012년	11월 20일	2판 63쇄
	2013년	5월 30일	3판 1쇄
	2022년	5월 30일	3판 22쇄
	2023년	6월 15일	특별판 1쇄
	2023년	12월 15일	개정판 1쇄

지은이 베르나르 베르베르
옮긴이 이세욱
발행인 홍예빈·홍유진
발행처 주식회사 열린책들

경기도 파주시 문발로 253 파주출판도시
전화 031-955-4000 팩스 031-955-4004
www.openbooks.co.kr

Copyright (C) 주식회사 열린책들, 1997, 2023, *Printed in Korea.*
ISBN 978-89-329-2361-1 04860
ISBN 978-89-329-2357-4 (세트)